Artegenium

Der Zyklus

»Chronik eines Grenzgängers« schildert die Erlebnisse eines im Koma liegenden Mannes, der während seiner Bewusstlosigkeit aus unbekannten Ursachen mehrere Jahrhunderte in die Zukunft versetzt wird. In dieser Zeit findet er nicht nur gravierend veränderte Umstände vor – das brachte der globale Wirtschaftscrash mit sich, aus dem letztlich eine Zweiteilung der Welt resultierte –, auch die Zielsetzungen haben sich deutlich gewandelt: Die hochentwickelten Regionen der Erde planen eine Überführung von Menschen in synthetische »Übermenschen«. Als dies schließlich gelingt, sind die Folgen massiv, nicht nur für die progressive Stadt Anthrotopia, sondern auch für den rückständigen Rest der Welt. Ein Kampf von globalem Ausmaß zwischen gegensätzlichen Strömungen beginnt, dem sich niemand entziehen kann und der Freunde zu Feinden macht. Nur Gero Schmidt, der Mann aus der Vergangenheit, ahnt aufgrund seiner zeitlichen Entkopplung, auf welche Weise sich die Gefahr vielleicht doch noch abwenden lässt.

Der Autor

Im Romanzyklus »Chronik eines Grenzgängers« ist Darius Buechili jener Mann einer parallelen Zukunftswelt, in dem sich der durch einen Kopfschuss im Koma liegende Gero Schmidt als unbewusste Komponente wiederfindet. Buechili wird damit zur imaginären Erzählfigur des Gesamtwerkes. Der eigentliche Autor ist zeitlich nur wenige Jahrzehnte nach Gero Schmidt angesiedelt. Er wurde in den siebziger Jahren in Österreich geboren, setzte sich bereits in seiner Jugend mit naturwissenschaftlichen und philosophischen Grundsatzfragen auseinander und entschied sich später für ein technisches Studium.

Mit »Lucys Verwandlung« hat er das Fundament für die abenteuerliche Zeitreise des Monteurs Gero Schmidt gelegt. Ein Nachfolgeband ist in Arbeit.

Chronik eines Grenzgängers

Lucys Verwandlung

Roman

Artegenium

Darius Buechili

Erste Auflage Mai 2014
Copyright © 2014 by Artegenium Verlag, Linz, Österreich
Alle Rechte vorbehalten, insbesondere das der Verbreitung, des öffentlichen Vortrags, des auszugsweisen Nachdrucks sowie der Übersetzung.

www.artegenium.com

Printed in Germany 2014

Bildmaterial in Umschlaggrafik:
© by Abhijith Ar (Dreamstime.com)
Lektorat: Franziska Fischer
Druck und Bindung: GGP Media GmbH, Pößneck

ISBN 978-3-902987-01-3

*Meiner Familie gewidmet,
die mir die Kraft gab, mit diesem Projekt zu beginnen.*

Inhaltsverzeichnis

PROLOG	11
ABSCHNITT I	13
1: Zeitenbruch	15
2: Ein Projektil	24
3: Transitionen	26
4: Anthrotopia	30
5: Neurolinkons	35
6: Mit dem GT durch Anthrotopia	41
7: Ein Gespräch unter alten Freunden	50
8: Vor der Ratssitzung	70
9: Ratssitzung in Anthrotopia	77
10: Der Student und die Außenseiterin	95
11: In Lucys Schöpfungsresidenz	104
12: Lucys Plan	115
13: Der nächste Schritt des Professors	122
14: Reflections	125
15: Enthüllungen eines Studenten	131
16: Den Kabeln entlang	137
17: Essenzen einer Schweigerin	144
18: Zugang zum Kern	146
19: Kernschau	150
20: Interimsphase	156
21: Buechilis Erwachen	157
22: Venom Treaty	163
23: Touchettes Modelle des Lebens	173
24: Botengang	187
25: Künstliches Gemenge	194
26: Pläne um den Rand einer Stadt	203

27:	Ungleiche Kämpfe	210
28:	Freiwillige Flucht	218
29:	Ambers in ihrem Element	223
30:	MIETRA-Abwehr	236
31:	Angriff auf das Labor	251
32:	Alephs Welt	262
33:	Grundlektion in Sachen zweite Ordnungsebene	267
34:	Detailfragen an Aleph	280
35:	Tuchfühlung mit der LODZOEB	283

ABSCHNITT II — 293

36:	Biotransformation	295
37:	Sichere Verwahrung	305
38:	Ein goldenes Angebot	313
39:	Synthetikon I	327
40:	Ankunftsprozedere	335
41:	Nocturnus-Höhe	353
42:	Abkommensoptionen	369
43:	Synthetikon II	380
44:	Grenzwälle im Ideenraum	392
45:	Erste Recherchen	412
46:	Schlafende Fremdheit	419
47:	MIETRA-Analysen	438
48:	Dämmerzustand	450
49:	Ergebnisse einer isolierten Forschung	454
50:	Rückkehr aus dem Nichts	472
51:	Abfangkurse	496
52:	Natural Way of Clashing	513
53:	Aletheia	525
54:	Amikale Zusammenkunft	536
55:	Bewertung einer Studie	549
56:	Dining Chambers	566

57:	Noble Gaumenfreuden	577
58:	Retrospektiven im Nobility	586
59:	Sturmpläne	604
60:	Gedrosselte Bewusstseinsreste	609
61:	Entfesselte Psyche	623
62:	Relikte einer Virtufaktkünstlerin	636
63:	Junger Forschergeist	644
64:	Ankündigung eines Startschusses	646

EPILOG   **655**

SCHLUSSBEMERKUNGEN   **657**

VORSCHAU: BUCH 2   **659**

ANHANG   **661**
  Glossar 663

Prolog

Zeit«, *flüsterte er, als er an einem Sonntag im Spätsommer in seinem Gartenstuhl saß, die vorbeiziehenden Wolken betrachtend, und in ihm das Gefühl der Gegenwart von einer Wahrnehmung geradezu absurder Unschärfe abgelöst wurde, einer flüchtigen, sich dem eigenen Seelenzustand anpassenden Größe. Mit dieser Verwandlung, die am ehesten dem Übergang von einem Aggregatzustand in den anderen gleichkam, änderte sich auch seine Interpretation der Wirklichkeit, wich einem atmenden Wahrheitskontinuum, das dem träge in sich ruhenden Universum die Dynamik des Lebens einhauchte. Wie immer in solchen Augenblicken fühlte er den Ablauf unbegreiflicher Vorgänge hinter den Kulissen der großen Weltenbühne, Prozesse überdimensionalen Wirkens, die in der materiellen Räumlichkeit in Myriaden von Umsetzungen kondensierten und ihn, den für einen Moment Schauenden, zum Zentrum des Geschehens sowie das Geschehen zum Zentrum der eigenen Existenz machten. Dabei trachtete sein Ego danach, sich wie ein obsolet gewordenes Stück Persönlichkeit von ihm zu verabschieden und zu einem Teil des allumspannenden, immerwährenden Seins zu werden, sich aufzulösen in der Unendlichkeit zeitlichen Fließens.*

Er war nur selten empfänglich für derartige Perspektiven, hatte die Welt früher auf einfachere Art und Weise wahrgenommen, ohne sich viel um Zeitenströme oder Dimensionalitäten gekümmert, geschweige denn deren Verwicklungen mit der Realität in Betracht gezogen zu haben. Erst das »Ereignis«, welches nun ein paar Monate zurücklag, und die sich daraus ergebenden Folgen hatten ihn verändert, hatten eine Art Verlangen in ihm aufgebaut, den menschlichen Verstand gleichsam aus den Angeln zu heben, um über ihn hinwegzuspringen. Doch das Erlebte schien sich bei jedem Anlauf, es in die Sprache der Gegenwart überführen zu wollen, wie ein Nebelgebilde aufzulösen. Immer wenn er danach griff, erhaschte er kaum mehr als einen Schemen immateriellen Werdens, die Andeutung einer jenseitigen Wirklichkeit, die unter dem Bemühen, sie zu stabilisieren, im Strudel der Umsetzungen zu noch komplexeren Gefügen verwirbelte. Daher muss-

te er behutsam vorgehen, musste seinen geistigen Atem gewissermaßen anhalten und unter den Erklärungsnöten der Ratio das Nebelgefüge mit einem Desinteresse wahrnehmen, welches dem eines Gesättigten an weiterer Speise ähnelte.

Vielleicht würde er irgendwann ein Bruchstück davon in das Hier und Jetzt herüberretten können, hoffte er, und wenn es nur ein winziges Partikel wäre, ein Körnchen Fremdheit aus einer Welt, die sich dem hiesigen Denken verschloss wie eine versteckte Elementarwahrheit. Eine Tür kleinsten Ausmaßes in ein Universum, das es in solcher Form noch nicht gab, das aber bereits in einer Wiege der Denkbarkeit schlummerte. Diese Tür galt es zu finden.

Abschnitt I

1: Zeitenbruch

Der Motor lief, das Heizungsgebläse schnurrte auf niedriger Stufe. Gero Schmidt, Monteur für Verschrottungsmaschinen der Hanold GmbH, befand sich an einem kalten Novemberabend der siebziger Jahre auf der Strecke von Frankfurt nach Salzburg, knapp vor der bayrisch-österreichischen Grenze. Er hatte auf einem der Autobahnparkplätze Halt gemacht, die Lehne des Fahrersitzes zurückgelegt und döste vor sich hin.

Eine Weile schlummerte er in dieser Lage, bis ihn irgendwann ein dringendes Bedürfnis dazu brachte, das Fahrzeug zu verlassen und sich etwa zwanzig Meter entfernt, bibbernd und mit geschlossenen Augen, dem befreienden Gefühl hinzugeben, seine Blase zu entleeren. Er schloss gerade den Reißverschluss der Hose, als ganz in der Nähe eine Wagentür zuschlug. *Seine* Wagentür.

Der von Ermüdung umklammerte Verstand reagierte erst nach einer relativ langen Totzeit auf das Signal und veranlasste ihn, träge zum Auto hinüberzublicken. Doch dann wurde Schmidt plötzlich hellwach, so abrupt, als hätte man ihm ein Stück Eis in den Kragen gesteckt: Im Scheinwerferlicht eines vorbeifahrenden Sattelschleppers erkannte er, dass jemand auf dem Beifahrersitz Platz genommen hatte. Die Gestalt trug eine weit über die Ohren reichende Kopfbedeckung, wie sie früher bei Motorradfahrern üblich gewesen war.

Ein Streifenpolizist? Wohl kaum, denn ein solcher hätte sich neben das Auto gestellt und darauf gewartet, bis der Fahrer zurückgekehrt wäre, falls es etwas zu beanstanden gäbe. Und ein Motorrad war ebenfalls nicht zu sehen. Diese Möglichkeit konnte er also ausschließen. Es musste jemand sein, dem es nicht auf den Wagen selbst ankam. Vielleicht ein Anhalter, der Zuflucht vor der Kälte gesucht hatte.

Schmidt betrachtete unauffällig den Sternenhimmel, fixierte den Fremden dabei argwöhnisch aus den Augenwinkeln. Es erschien ihm jetzt geradezu leichtfertig, dass er das Auto unversperrt gelassen hatte, wenn auch nur für wenige Minuten. Leider lag seine Jacke auf der Rückbank, andernfalls wäre es wohl das Einfachste gewesen, von einer Notrufsäule aus die Polizei zu verständigen. Aber er war in Hemd und Hose, der Wind kam eisig von der anderen Seite der Straße und drang unerbittlich durch den dünnen Stoff.

Er ging also zum Wagen zurück, darauf gefasst, dass es zu einer tätlichen Auseinandersetzung kommen könnte. Dort angelangt, öffnete der Fremde die Beifahrertür und nickte ihm zu. Er war um die vierzig, auf den ersten Blick weder Polizist noch ein anderer Exekutivbeamter, und trug eine altmodische Fliegerhaube aus Leder, an der eine Pilotenbrille angebracht war. Den Riemen hatte er geöffnet, sodass Schmidt sofort das jugendlich markante Gesicht seines ungebetenen Gastes ins Auge fiel, dessen Züge Zielstrebigkeit und Selbstbewusstsein vereinten.

Der Monteur war fassungslos. Wie konnte jemand ihm, dem Eigentümer des Fahrzeugs, mit einem solch kecken und herausfordernden Verhalten begegnen? Als der Mann seine abweisende Miene gewahrte, verschwand die Höflichkeit übergangslos: Das Gesicht nahm einen autoritären, geradezu grotesken Ausdruck an.

»Oberstleutnant *von* Eisenach«, stellte sich der Fremde vor, seine adelige Herkunft betonend, und erst jetzt fielen Schmidt die Rangabzeichen aus dem Zweiten Weltkrieg auf. »Ich habe mit Ihrem Einverständnis gerechnet und in Ihrem Wagen Platz genommen, während Sie ...«, er räusperte sich, »Ihr kleines Geschäft verrichteten. Bringen Sie mich zur nächsten Ortschaft!«

Es war sein Tonfall, seine befehlend kalte, herrische Art, die Gero Schmidt dazu brachte, die aufsteigende Aggression zurückzuhalten. Andernfalls hätte er dem ungebetenen Besucher wohl nahegelegt, sich zum Teufel zu scheren. Aber so schwieg er und von Eisenach erriet vermutlich seine Ratlosigkeit. Sie sahen sich eine Weile schweigend an, ehe der Oberstleutnant mit einer Kopfbewegung auf den kahlen Laubwaldstreifen wies, der den Rastplatz vom offenen Land abgrenzte.

»Ich musste dort drüben mit meiner Maschine runtergehen. Ausfall des rechten Triebwerks und dann gleich Probleme mit dem linken. Konnte mir leider den Landeplatz nicht mehr aussuchen. Der Teufel wollte es, dass ich quer gegen die Furchen auf dem steingefrorenen Acker aufsetzte. Das riss mir beide Fahrwerke weg. Hatte aber noch Riesenglück: Es hätte schlimmer ausgehen können!« Von Eisenach sah ihn abschätzend an. »Verstehen Sie etwas vom Fliegen?«

Der Monteur unterdrückte das Bedürfnis, dem obskuren Spiel seines Gegenübers ein jähes Ende zu bereiten. »Wenig«, antwortete er, während er zum Laubwaldgürtel hinüberspähte. Er konnte dort beim besten Willen nichts ausmachen. Der dichte Bodennebel verhüllte sämtliche Details, ließ vereinzelt nur kahle Sträucher erkennen.

»Die Maschine ist von hier aus nicht zu sehen«, sagte der andere, seine Gedanken erratend.

Eine seltsame Unwirklichkeit trat zwischen die beiden, trübte Schmidts Wahrnehmung. Für einen Moment vermeinte er zu träumen, doch fühlte er andererseits auch deutlich, wie sich die Wirklichkeit jedes Mal beißend bemerkbar machte, wenn der scharfe Wind über sein Gesicht nadelte.

»Welcher Typ Flugzeug?«, fragte er, mehr aus Neugierde, um herauszufinden, wohin dies alles führte.

»Eine brandneue Messerschmitt 262-A1. Ein paar Tausend von dieser Sorte und der Krieg wäre in wenigen Wochen zu Ende.«

»Der Krieg? Ist das ein Manöver der Deutschen Bundeswehr?«

Abermals verhärtete sich der Gesichtsausdruck des Fremden. »Sie bezeichnen unsere Wehrmacht als *Bundeswehr*?! Für diese Aussage gebührt Ihnen auf der Stelle die Kugel!«

Seine Worte kamen wie ein Feuerstoß aus einem MG 42. Für Sekunden sagte er nichts. Und dann mit gesenkter Stimme: »Sind Sie desertiert? Oder ... verrückt? In beiden Fällen täte ich als Offizier vor Gott, dem Reich und unserem Führer nur meine Pflicht, Sie standrechtlich zu erschießen und auf dem Parkplatz liegen zu lassen, mit einem Zettel auf der Brust, der jedermann anweist, auf Ihre Leiche zu pissen!« Er musterte ihn verächtlich. »Gefällt Ihnen nicht, wie?«

»Nein. Ist ja auch nicht gerade freundlich, was Sie da sagen.«

Schmidt kam zu der Ansicht, dass er es mit einem Geisteskranken zu tun haben musste. Aber die Kleidung und die Rangabzeichen? Sie wirkten täuschend echt. Auf der anderen Seite war es bestimmt kein Problem, sich solche Stücke zu besorgen, wenn man die richtigen Leute kannte. Sammler zum Beispiel. Die horteten derlei Dinge. Wahrscheinlich würde er morgen in der Zeitung lesen, dass man einen Irren eingewiesen habe, der unter der Wahnvorstellung litt, ein Oberstleutnant aus dem Zweiten Weltkrieg zu sein. Vorausgesetzt, er selbst käme heil aus der Situation heraus. Mann, o Mann! Dass ausgerechnet ihm so etwas passierte!

Er beugte sich in die offene Tür, seinen Blick auf die eisgrauen Augen von Eisenachs gerichtet. »Hören Sie, ich bin kein Freund von Gewalt, aber ich versichere Ihnen, dass ich nicht zögern werde, Sie aus dem Wagen zu werfen, wenn Sie nicht umgehend verschwinden!«

Der andere reagierte auf der Stelle. »Was, Sie drohen mir?!« Er vollzog eine flinke Bewegung nach unten, und als er den Arm wieder hob, hielt er in der Rechten eine P-08, eine jener Waffen, mit denen die Wehrmacht im Zweiten Weltkrieg ihre Offiziere ausgestattet hatte. Mit der Linken riss er blitzschnell den Kniegelenkverschluss zurück. »Offenbar begreifen Sie den Ernst der Lage nicht! Also hören Sie mir jetzt gut zu: Ihr Fahrzeug ist beschlagnahmt! Ich verfüge so lange darüber, bis Sie mich zur nächsten Ortschaft gebracht haben. Und falls Sie mir Schwierigkeiten machen, dann verfahre ich mit Ihnen wie mit jemandem, mit dem wir im Krieg stehen. Dann blase ich Ihnen Ihr Lebenslicht aus!«

In Schmidt regten sich nun arge Zweifel über die von ihm erwogene Theorie, und auch wenn die bisherigen Folgerungen dagegen sprachen: Etwas sagte ihm, dass der Fremde mehr bei Verstand war, als es auf den ersten Blick den Anschein hatte, und dass seine Worte keineswegs eine leere Drohung darstellten.

Die Waffe war aus nächster Nähe auf seinen Kopf gerichtet. Alles erschien überdeutlich erkennbar und trotz der schlechten Lichtverhältnisse von derart unnatürlicher Schärfe, dass er sogar den hellen Bug des Fingerknöchels am Abzug registrierte. »Ich traue Ihnen das durchaus zu, ungeachtet der Tatsache, dass ich als Österreicher doch als Verbündeter gelten müsste ...«

War es Spielerei oder ein sechster Sinn? Jedenfalls glitt er nahtlos in die ihm zugedachte Rolle über.

»Das ist noch lange kein Grund, Sie mit Samthandschuhen anzufassen! Worauf warten Sie? Etwa darauf, dass ich Ihnen vorher die Kugel zeige, die ich durch Ihren Schädel jage, wenn Sie sich nicht umgehend in Bewegung setzen?«

Dabei hob er den Arm und Gero Schmidt sah das schwarze Loch der Mündung wie das Auge eines Zyklopen auf sich gerichtet.

»Zu Ihrer Information«, fuhr der Fremde fort, »die Durchschlagskraft des Geschosses ist enorm. Es durchdringt den Kopf sogar in zehn Metern Entfernung! Neun Millimeter hat das Ding. Schön unter das Kinn platziert hebt es das Schädeldach ab. Kein erfreulicher Anblick, sage ich Ihnen! Ihr Hirn, Ihre Identität, alle Erinnerungen, Gefühle, Wünsche werden mit einem Schlag zu kleinen graublassen Klümpchen zerbersten, hübsch verteilt in der Umgebung.«

Er lächelte mit geschlossenem Mund; dann gefror dieses Lächeln zu einer Maske.

»Und wenn das weniger nach Ihrem Geschmack ist, ein Genickschuss verläuft sauberer. Hinterlässt keine solche Schweinerei. Aber genug jetzt! Sie haben zwei Möglichkeiten, mit dem Leben davonzukommen: Entweder Sie suchen umgehend das Weite und überlassen mir den Wagen, oder Sie nehmen hinter dem Volant Platz und bringen mich zum nächsten Ort!«

Schmidt entschied sich für Letzteres, obwohl er kein gutes Gefühl dabei hatte. Doch immer noch besser, als Fahrzeug, Ausweispapiere und Jacke aufzugeben. Er ging resigniert um das Auto herum und setzte sich ans Steuer.

Mit aufheulendem Motor und quietschenden Pneus jagte er den Wagen auf die Autobahn hinaus, einen Audi 80 LS mit fünfundsiebzig PS. Ziemlich neuwertig: Baujahr 1973. Zumindest war das vor einer Viertelstunde so gewesen. Als er jetzt aber auf das

Armaturenbrett sah, machte er eine beunruhigende Entdeckung: Das Interieur hatte sich geändert! Die Instrumente schienen plötzlich viel kleiner zu sein, außerdem rund und in ein steiles Board eingebaut. Aus der Konsole ragte ein großes, dünnes Lenkrad mit einem Hupenring aus vier Speichen und einem Mercedes-Emblem in der Mitte. Und rechter Hand fiel ihm der lange, sperrige Schalthebel auf.

Erstaunlicherweise gewöhnte er sich schnell an die neuen Umstände und schaltete die Gänge hoch, als ob er schon immer mit diesem Auto unterwegs gewesen wäre. Es irritierte ihn auch nicht, dass er auf einer unasphaltierten Landstraße fuhr, die kurvenreich hügelauf und hügelab durch Freiland verlief.

Mit dem Wegfahren hatte sich die Stimmung des Oberstleutnants deutlich gewandelt: Er saß jetzt zufrieden neben ihm, seine Mütze auf den Knien. Die Waffe hatte er gesichert und ins Futteral zurückgesteckt.

»Kein Wagen für arme Leute, den Sie da fahren: eine Mercedes-320er Pullman-Limousine. Sechs Zylinder mit achtundsiebzig Pferden unter der Haube.« Er strich sich über das Kinn. »Was sind Sie eigentlich von Beruf?«

»Konstrukteur«, erwiderte Schmidt. Es interessierte ihn nicht, ob dies nun der Wahrheit entsprach oder nur eine weitere Folge der veränderten Umstände war. Die Antwort hatte sich ihren Weg selbst gebahnt.

»Dann müssen Sie aber sehr gut verdienen ... oder ausgezeichnete Kontakte nach oben haben.«

Der Oberstleutnant sah auf die Autobahn hinaus, die feingliedrig schlanken Finger ineinander verschränkt. Dabei saß er ebenso regungslos da wie ein Gepard, der die Wildnis beobachtet.

»Sie als Österreicher, waren Sie eigentlich für den Anschluss?«, unterbrach er plötzlich das Schweigen.

Schmidt überlegte, ob er die Frage einfach ignorieren sollte. »Dagegen!«, sagte er schließlich.

Von Eisenach blickte ihn missmutig an. »Wie, gegen den Anschluss? Und das sprechen Sie auch noch so offen aus? Was ist los mit Ihnen, Mann!?« Er schüttelte angewidert den Kopf. »Abgesehen davon: Der Anschluss ist doch zum Besten beider Länder. Gemeinsame Wurzeln – wenn man mal von euren slawischen Anteilen absieht –, ähnliche Interessen, dieselbe Sprache! Und mit dem Krieg liefern wir die passende Antwort auf den Deutschenhass, der schon viel zu lange im fremdvölkischen Unterholz schwelt und durch den Vertrag von Versailles vor der ganzen Welt offenkundig wurde.«

Ein Fahrzeug tauchte plötzlich aus der Dunkelheit auf, kam rasch näher und fuhr knapp an ihnen vorbei. So kurzzeitig die Begegnung auch gewesen war: Schmidt hätte schwören können, dass es sich um einen VW vom Typ 82, einen sogenannten Kübelwagen, gehandelt hatte.

Der andere zitierte indessen pathetisch einen Auszug aus Lohengrin: »*Nun ist es Zeit, des Reiches Ehr' zu wahren; ob Ost, ob West, das gelte allen gleich! Was deutsches Land heißt, stelle Kampfesscharen, dann schmäht wohl niemand mehr das Deutsche Reich!*«

Nach dem Verstreichen einer kurzen rhetorischen Pause setzte er fort: »Übrigens ist die Schande von Versailles ein Musterbeispiel an politischer Kurzsichtigkeit und Alliierten-Arroganz. Dieser Krieg ist uns aufgezwungen worden, denn kein gesundes Volk lässt sich auf Dauer seine Lebenssubstanz entziehen. Was man Deutschland angetan hat, kann man nicht mit Schönfärbereien wie *Reparationsleistungen* umschreiben. Man wollte damit eine ganze Nation auslöschen!«

Schmidt sah ihn abschätzend von der Seite an, um dann den Blick wieder durch das Steilfenster hinaus auf die Landstraße zu richten. Die Szenerie erschien ihm nach wie vor surreal, aber in seinem Inneren löste sich nun die zeitliche Bindung an die Welt des Oberstleutnants und verlagerte sich in seine eigene Gegenwart zurück. »Der Vertrag von Versailles wirkte wie ein Katalysator für extremistische Gesinnungen«, bemerkte er. »Sie wissen doch, dass Deutschland den Krieg verloren hat?«

Er hätte selbst nicht zu sagen vermocht, warum er eine derart provokante Frage stellte. Vielleicht hegte er die ferne Hoffnung, auf diese Weise wieder in seine gewohnte Wirklichkeitsebene zurückkehren zu können.

»Und dass seine Gegner, die eigentlichen Drahtzieher dieses Schlamassels, alles, was von Ihrem schönen Deutschland übrig geblieben war, unter sich aufgeteilt haben?«, setzte er nach und bohrte damit seinen verbalen Dolch nur noch tiefer in den anderen.

Von Eisenach packte mit festem Griff seinen Oberarm. »Was reden Sie da, Mann!?«, rief er, die Pistole wieder in die Hand nehmend. »Das ist Hochverrat!«

»Warum Hochverrat?«, ereiferte sich Schmidt. »Hitler ist schon lange tot! *Tot!* Wann geht das endlich in Ihr Hirn hinein? Er hat sich ein paar Tage vor der bedingungslosen Kapitulation im Keller des Reichsbunkers erschossen!«

Er beugte sich für einen Moment zu seinem Fahrgast, sah ihm dabei mit sardonischem Lächeln direkt in die grimmigen Augen. »Seine Frau, Eva Braun, zerbiss ein Giftröhrchen mit Zyankali. Anschließend hat man ihre Leichen mit Stofflappen umwickelt, mit Benzin übergossen und verbrannt. Das geschah in den Nachmittagsstunden des 30. April 1945. Nun, was sagen Sie jetzt, Herr Oberstleutnant?« Schmidt genoss geradezu die zerstörerische Wirkung, die seine Worte auf den Fremden haben mussten.

»Sie Volksverhetzer! Ich werde dafür sorgen, dass man kurzen Prozess mit Ihnen macht!«

»Offenbar ist Ihnen auch entfallen, dass der politische und militärische Stab, bis auf wenige Ausnahmen, ein ähnliches Schicksal hatte«, fuhr Schmidt unbeirrt fort. »Entweder richteten sich die Männer selbst oder sie wurden durch andere gerichtet.«

Von Eisenach verstärkte den Griff, sodass der Schmerz im Oberarm anschwoll. Trotzdem konnte der Monteur nicht an sich halten. »Über fünfzig Millionen Menschen kamen in diesem Krieg ums Leben! Fünfzig Millionen! Viele davon in Konzentrationslagern. Und wie sieht Deutschland heute aus? Jahrzehnte nach dem Krieg ist es immer noch von Alliierten besetzt. Der Traum vom Dritten Reich ist endgültig ausgeträumt!«

Der Offizier zog wie wild an seinem Ärmel und schrie: »Fahren Sie rechts ran! Sofort!«

»Das werde ich nicht tun!«

»Das ist ein Befehl!«

»Nicht für mich«, sagte Gero Schmidt kühl. »Ich bringe Sie jetzt dorthin, wo Sie hingehören.«

Er vernahm die Antwort nicht mehr, spürte nur noch, wie er mit Gewalt in Richtung Tür geschleudert wurde und wie sein Kopf hart gegen die Seitenscheibe schlug. Dann verlor er das Bewusstsein.

Eine unbestimmte Zeitspanne verstrich. Waren es Minuten? Waren es Stunden? Er wusste es nicht. Als er wieder zu sich kam, kauerte er im Dunkeln über den Volant seines Audis gebeugt.

2:   Ein Projektil

Immer noch befand er sich auf dem Rastplatz und der Ventilator schnurrte monoton. Es war angenehm warm im Wagen, geradezu behaglich. Aber er fühlte sich müde, viel zu müde, um vollständig zu erwachen.

Und dann kippte plötzlich das Bild. Träumte er? Vor sich sah er einen künstlich beatmeten Mann, der mit einem weißen Tuch bedeckt auf einer operationstischartigen Konstruktion mehr lag als saß. Sein Hals war vorn und hinten von einer u-förmig gepolsterten Halterung gestützt und wie in eine Schraubenzwinge eingespannt. Über dem Schädeldach fixierte ein schmaler sichelförmiger Bügel den geneigten Kopf.

Erst als er den Fokus seiner Betrachtung änderte, fielen ihm die beiden Ärzte auf. Der eine beobachtete, wie sein Kollege eine Infusion am rechten Arm anlegte, und fragte durch den Mundschutz: »Die Prophylaxe gegen die Hirnschwellung ...?«

»Ja«, bestätigte der andere und prüfte die Lederriemen, die den ausgestreckten linken Arm an einer Lagerungsstütze festhielten.

Schmidt wechselte die Perspektive (ohne sich zu fragen, wie das vonstattenging), und jetzt erkannte er auf der nach unten geneigten Schädelhälfte – im Schläfenbereich – ein kleines, kreisrundes Loch. Er hielt sich mit der Betrachtung nicht lange auf, sondern hob den Blick über den Rücken des Chirurgen und dessen Assistenten zu einer Röntgenaufnahme, auf der die Lage eines pilzförmig gestauchten Projektils zu sehen war. Zweifellos stand es mit jener kreisrunden Öffnung auf der Schläfe in Verbindung. Das Geschoss hatte wohl den Kopf schräg durchdrungen und war auf der Gegenseite, innen am Schädelknochen, hängen geblieben. Was ihn daran irritierte: Die Einschussstelle befand sich auf der linken Seite. Aus irgendeinem Grund kam ihm das merkwürdig vor.

Er hatte diesen Gedanken gerade zu Ende gedacht, als der Chirurg den Schädelknochen mit einem halbkreisförmigen Schnitt entlang einer Markierung freilegte, einen Spatel unter den Hautlappen schob, ihn vom Knochen löste, zurückklappte und den

Trepan aufsetzte. Ein kurzer Blickkontakt mit der nun ebenfalls ins Bild gekommenen Narkoseärztin, die nickte. Dann begann er, den Bereich an der markierten Stelle aufzufräsen. Noch ehe das Instrument ins Innere vorgedrungen war, zerbrach die verbleibende Knochenmasse, wodurch ein Schwall dunkler Flüssigkeit hervorquoll, ein Gemisch aus geronnenem Blut, Wasser und Gehirnmasse. Der Innendruck neutralisierte sich unter der Schädeldecke, und es zeigte sich metallisch grau ein abgeplattetes Projektil, das der Chirurg vorsichtig mit einer Kornzange umfasste, entfernte und anschließend im Licht der OP-Lampe betrachtete.

Könnte ein 7,65iger Stahlmantelgeschoss sein, überlegte der Arzt, wahrscheinlich aus einer Walther oder einer Beretta ...

Aus unerfindlichen Gründen schnappte Schmidt diesen Gedanken auf.

Später, als er dem Chirurgen zusah, wie er die Öffnung mit Galea verschloss und eine Entlastungstrepanation anlegte, begann etwas in Schmidt zu arbeiten, eine seltsame Empfindung, immer stärker werdend, um schließlich in einer einzigen, blitzartigen Gewissheit zu enden: Der Mensch, der da totenblass auf dem Operationstisch saß, dieser Mensch war er selbst!

Erneut verlor er das Bewusstsein – oder besser: Der Narkotisierte und er bildeten jetzt wieder eine geschlossene Einheit.

3:   Transitionen

Als er das nächste Mal erwachte, fand er sich in einer Art Zelle oder Blase wieder, die kaum größer als sein Körper war, gebettet auf einer wunderbar weichen Unterlage. Dieser wohlig warme, dunkelrot leuchtende Kokon umgab ihn mit derartiger Fürsorglichkeit, dass er unwillkürlich an einen Embryo im Mutterleib denken musste. Von irgendwoher kam hohes Pfeifen, wie es manchmal an Lokalitäten der absoluten Stille zu hören ist, wenn das Nichts in den entferntesten Winkeln und Bögen menschlicher Sinne Kreise fährt, nur um ein Vielfaches stärker. Er lauschte und während er seine ganze Konzentration, die ganze Erwartung auf das Pfeifen richtete, gleichsam in dessen Tiefe einzutauchen versuchte, stellte er fest, dass es aus weit mehr als nur einem einzigen Ton oder einer einzigen Stimme bestand. Vor ihm entfaltete sich das Spektrum eines gesamten Ensembles an hochfrequenten Lauten, ging in ein zunehmend harmonisches Klanggebilde über, dem sich die Umgebungsfarbe anschloss. Sie nahm ihren Ausgang in einem Dunkelrot, schlug dann in ein prächtiges Karmesin um, wechselte ins Violette, und hangelte sich so von Nuance zu Nuance weiter. Dadurch entstanden Effekte, die ihn wie durch einen Zauber gebannt auf das kaleidoskopische Schauspiel starren ließen.

Erst nach einer Weile erfasste er, dass die ineinanderfließenden Farben nur einen Teil des Geschehens darstellten. Sie entsprangen einer Spirale, die sich, beginnend vom Grundton an der Außenseite, in allen Abstufungen in die Tiefe schraubte, zuweilen Ausprägungen von schier unfassbarer Brillanz annahm, dunkler und dunkler werdend, bis sie sich schließlich in völliger Schwärze auflöste, aber nicht in irgendeiner Schwärze, sondern in einer Steigerung des intensivsten und beklemmendsten Dunkels, mit dem er je konfrontiert worden war. Die in Begleitung dazu vernommene akustische Landschaft stand der visuellen Darbietung in nichts nach. Während sie die Gesamtkomposition an der Peripherie mit einer kaum hörbaren, tief klingenden Pluralität an Tönen anreicherte, steigerte sie sich mit kleiner werdenden

Windungen fortwährend in ihrer Frequenz, um letztlich im Kern des Strudels eine Höhe zu erreichen, die selbst dem geistigen Ohr nicht mehr zugänglich war. Vom anderen Ende des Spektrums kehrte der Klang zurück, ausgehend von einem dumpfen Brummen des gerade noch Wahrnehmbaren, stieg die Tonleiter hinauf – genau passend zu den komplementären Lauten, über die sich die melodische Spirale zuvor abwärts entwickelt hatte –, und gebar in dieser Rotation ständigen Werdens und Vergehens eine unendliche Fülle an Ausprägungen sowie Entstehungskeimen für den jeweils nächsten Zyklus.

Welch fantastisches Kunstwerk! Ein schier unbändiges Verlangen erfüllte ihn, drängte darauf, sich dem Farbenspiel anzuschließen, auf das schraubende Kraftfeld zuzusteuern, sich darin aufzulösen, zu erlöschen, um später neu zusammengesetzt wieder der Tiefe zu entsteigen. Aber es ging auch etwas Bedrohendes von diesem Kern aus: ein Gefühl der Unumgänglichkeit, des Nicht-mehr-zurück-Könnens.

Er warf sich mit einer abrupten Bewegung hoch, und erstaunlicherweise passte sich die Blase um ihn herum sofort an die neue Lage an, wurde jedoch nach einer Weile dünner, verwaschener, bis sie schließlich in ein nebelartiges Gebilde überging. Ähnliches geschah mit den Farben und Formen, von denen die ungewöhnliche Faszination ausgegangen war: sie verschwanden. Nur ein paar rauchähnliche Schwaden blieben zurück. Aus einem Instinkt heraus versuchte er, Luft zu holen, doch es schien keine zu geben!

War das der Tod? Oder das, was danach kommt?

Erneut regte sich eine starke Empfindung in ihm, die er diesmal weder als positiv noch als negativ einordnen konnte. Zunächst glaubte er, sie als eine Reaktion auf die eben gestellte Frage auffassen zu müssen. Aber als sie zu einer enorm schmerzhaften, bewusstseinstrübenden Beklemmung ausartete, revidierte er seine Meinung. Unter dem neuen Einfluss schrumpfte sein Ich auf einen Persönlichkeitsrest, auf ein ängstliches Bündel, das sich schutzlos und allein mit aller Kraft gegen seine Auflösung wehrte. Es schien den zerrenden Gewalten hoffnungslos ausgeliefert zu sein.

Dann tauchte plötzlich ein paar Schritte von ihm entfernt eine Gestalt auf, die ihn stumm ansah, und mit ihr löste sich die Beklemmung. Ihr Äußeres erlaubte keine Rückschlüsse auf Geschlecht oder Alter, doch strahlte sie etwas Weibliches, Warmes aus. In ihrem Blick, der wie durch ein Fenster aus einer anderen Welt zu ihm durchdrang, lag großmütiges Verständnis, eine grenzenlose, über die Schranken eines Individuums gehende Einsicht, und Freude über ein Wiedersehen, das zeitlich aus den Ufern trat und logisch widersinnig erschien, so, als ob Ursache und Wirkung mit einem Mal in irrwitziger Abwandlung Pirouetten tanzen würden. Außerdem spürte er eine ihm unbegreifliche geistige Affinität, die Erfüllung eines zeitlosen Versprechens.

Er wollte etwas sagen, aber seine Kehle war wie zugeschnürt. Und als er sich erhob und auf die merkwürdig vertraute Fremde zuging, um sie zu berühren, begann sie mehr und mehr, an Substanz zu verlieren, löste sich schließlich vollständig auf, sodass er nur noch in ein Nebelgebilde griff. Eine Mischung aus Verzweiflung und Sehnsucht ballte sich in ihm zusammen, Verzweiflung über das Verlorensein in einer Welt, in der er auf die Stufe des Nichts heruntergesetzt zu sein schien. Und Sehnsucht nach dem einzigen Etwas, das ihm die Hand gereicht hatte. Er drohte, in einem Sog aus Resignation und Schmerz zu ertrinken.

Und dann?

Wieder wanden sich Farbtöne um ein Zentrum, verschlangen sich, bildeten Verwirbelungen, wirkten wie hypnotisierend auf seinen geschwächten Geist. Im Gegensatz zu vorhin spürte er diesmal eine Art von Sicherheit und Ruhe in sich aufkommen, die Ausläufer eines Hoffnungskeims, den vermutlich die Unbekannte durch ihre kurzzeitige Präsenz in ihm eingepflanzt hatte. Nach einer Weile ging die Spirale in eine anthropomorphe, männliche Gestalt über, groß und schlank. Sie trug einen anthrazitfarbenen Overall mit Rundkragen und ihr Schädel war völlig kahl.

Er starrte wie gebannt auf die Erscheinung, fühlte Bruchstücke von Begebenheiten in sich aufkeimen, die anderswo abgelaufen sein mussten. Worum war es dabei gegangen?, überlegte er. Und: Wann hatten sie stattgefunden?

Dann plötzlich begannen er und sein Gegenüber sich – ohne ersichtliche Veranlassung – aufeinander zuzubewegen, so, als ob sie beide aus Metall wären und von einem Magneten angezogen würden. Und das war nicht alles: Mit der einwirkenden Kraft ging noch etwas anderes einher, eine deutliche, sukzessive Transformation seines Inneren. Er kämpfte dagegen an, bot seine ganze Energie auf, um die Veränderungen in sich zu stoppen, scheiterte jedoch. Je näher er dem Mann kam, desto stärker wurde das Gefüge einer ungewohnten neuen Existenz in ihm. Immer schneller rückten sie zusammen, immer fremder wurde er sich dabei selbst. Als sie schließlich den gemeinsamen Mittelpunkt erreichten und beide durch eine schützende Körperhaltung den drohenden Zusammenstoß zu mindern versuchten – offensichtlich unterlag sein Konterpart denselben Ängsten wie er –, spürte er nichts von dem erwarteten Aufprall. Stattdessen flossen sie wie zwei Wassertropfen ineinander über. Und genauso naht- und lückenlos präsentierte sich auch das neu entstandene Ganze, das sie von nun an bildeten.

4: Anthrotopia

Mit der Verschmelzung erfuhr Gero Schmidts Identität eine jähe Korrektur. Dadurch schloss sich die Tür zu seiner bisherigen Vergangenheit und wurde durch eine ersetzt, die in ein anderes Leben führte

Als Erstes registrierte er, dass ihn jemand heftig schüttelte. Er riss die Augen auf, blinzelte. Helles Kunstlicht blendete ihn. Wo befand er sich? Sein Blick wanderte ein Stück matt silbriger Fläche entlang, vermutlich ein Fußboden. Er sah auf und gewahrte eine junge Frau, die sich besorgt zu ihm herunterbeugte, seinen Oberarm fest im Zangengriff. Sie hatte einen völlig kahlen und glatten Schädel wie eine Puppe aus Porzellan. Sogar die Brauen fehlten. Am auffälligsten aber war der Stirnreif, auf dessen Vorderseite eine waagerecht liegende Acht – das Symbol der Unendlichkeit – über einem schalenförmigen Gegenstand abgebildet war. Auffällig auch deshalb, weil der Hintergrund wie ständig in Bewegung gehaltenes Quecksilber wirkte, das mit geschickt abgestimmten Farbelementen die reliefartigen Konturen des Emblems betonte.

»Endlich!«, rief sie. »Ich dachte schon …«

Er sagte nichts, sah sie nur an, versuchte, nach Erinnerungsfragmenten zu greifen, die sich unvermittelt auftaten, wodurch er erneut den Bezug zur Realität verlor und sich ein schwerfälliger, mentaler Fluss ergab, eine Art Denken im Schneckentempo. Aber nicht nur die eigenen kognitiven Fähigkeiten erschienen ihm fremd, auch sein reduziertes Empfindungsleben mutete ihn seltsam an. Gleichzeitig begannen sich, zwei gegenläufige psychische Kräfte in ihm zu entfalten, die sich einander langsam näherten, auf der Suche nach einem funktionierenden Wirkungsgefüge. Und dann – ganz plötzlich – veränderte sich seine Wahrnehmung und er fand sich in einem geeinten Ich wieder.

»Willkommen zurück!«, sprach ihn die junge Frau mit einem Lächeln an. Und etwas leiser und mit leicht amüsiertem Unterton: »Sie kennen mich doch, oder?«

Trotz ihrer Haarlosigkeit und der eher unweiblichen Bekleidung wirkte sie auf eine gewisse Art hübsch. Besonders ihre dunklen Augen, die ihn mit distanzierter Fürsorglichkeit studierten. Bisher waren ihm diese nie an ihr aufgefallen.

»Klar, May. Alles in Ordnung!« Aber stimmte das auch? Nicht ganz. Er fühlte sich schwindelig und angeschlagen. »Ich sah Sie nur einen Moment aus einer anderen Perspektive«, fügte er erklärend hinzu.

Nachdem sie sich davon überzeugt hatte, dass er wieder er selbst war, ließ sie ihn los, holte ein Glas Fruchtcocktail und stellte es vor ihn hin. »Aus einer sehr befremdenden Perspektive, wie mir scheint.«

»Hm. Habe ich lange so dagesessen?«

»Nein. Aber lange genug, um mir einen Schrecken einzujagen. Sie hätten leicht vom Hocker fallen und sich dabei den Arm oder sonst etwas brechen können.« Sie sah ihn immer noch besorgt an. »Fühlen Sie sich wirklich besser, oder soll ich eine Ambulanz rufen?«

»Dazu besteht kein Grund. Laut *Extender* gibt es keinerlei Probleme.«

Damit meinte er den *BioBounds-Extender*[1], den er sich – wie viele andere auch – hatte *implantieren* lassen, um seine Lebenszeit zu verlängern. Das lag bereits einige Jahrzehnte zurück.

Nachdem er das gesagt hatte, nippte er an seinem Cocktail und musterte sie forschend, so, als ob er ihr zum ersten Mal begegnen würde. Sie trug einen weißen Overall mit Rundkragen, ein Outfit, das sich mit funktionaler Nüchternheit vom Chauvinismus früherer Bekleidungen distanzierte und dem Stil männlicher Mitbürger nachempfunden war. Offensichtlich hatte sie ihr Körpersystem auf Schlankheit programmiert und dabei ein wenig übertrieben. Ganz unpassend dazu fiel ihre Stimme aus, die den Eindruck vermittelte, als gehörte sie nicht zu diesem asketisch-zerbrechlichen Körper, denn sie war kräftig und hell.

---

1 Anmerkung des Verlags: Ein Glossar für dieses Buch findet sich im Anhang. Zusätzlich steht auf *www.dariusbuechili.com* die dazugehörige Druckdatei zur Verfügung.

»Ich darf Sie daran erinnern, dass Sie Lucy Hawling anrufen wollten. Wir sprachen eben darüber, als Sie plötzlich ...«, sie fing an zu lachen, »... dasaßen, als wären Sie in Stein gehauen. Sie hätten sich sehen sollen, Darius! So etwas passiert nicht alle Tage!« Ein lautes Glockenspiellachen brach aus ihr heraus. Als sie aber seinen befremdeten Blick bemerkte, hielt sie die Hand vor den Mund. »Verzeihen Sie meine Unbeherrschtheit. Ist sicher eine Reaktion auf den Schrecken.«

»Schon gut«, erwiderte er. Sie war ja noch jung, körperlich betrachtet zumindest. Wie hatte sie ihn genannt? Darius? Da-rius? In seinem Gedächtnis gab es wenig Resonanz. Der Name fühlte sich fremd an, obwohl er ganz genau wusste, dass er so hieß. Vielleicht sollte er doch das *Medical Center* aufsuchen und den Vorfall analysieren lassen.

Zuerst würde er jedoch Ordnung in seinen Kopf bringen müssen. Woran konnte er sich erinnern? An May, und dass sie ihn wachgerüttelt hatte. Gut, was war unmittelbar davor geschehen? Verschwommenes und Unzusammenhängendes kam an die Oberfläche. Er musterte die Umgebung. Dort, links und rechts vor dem Ausgang, standen sich zwei mannsgroße, dunkelrot leuchtende Rüsseltiere auf den Hinterbeinen aufgerichtet gegenüber, und es dämmerte ihm, wo er sich befand: in der Getränkebar des Sportzentrums! Dadurch ergab sich ein zweites, größeres Mosaikstück: ihm fiel wieder ein, wie er vor einigen Minuten den Cocktail bestellt, wie May die Order an den *Cooking-Master* weitergegeben und beiläufig gefragt hatte, was er heute noch vorhabe. Und jetzt kam ihm auch ganz deutlich seine Antwort ins Bewusstsein, nämlich, dass er sich anschließend mit Lucy Hawling und ihrem Bruder Ted treffen wolle. Und nicht nur das: Nachdem er diesen bis vor Kurzem verschütteten Teil seiner Erinnerung freigelegt hatte, gelang es ihm, einen Bezug zu Mays Stirnreif herzustellen. Es handelte sich um die externe Komponente ihres *Neurolinks*, einem technischen Utensil, mit dem sie unter anderem Zugang zum Kommunikationssystem aufbaute. Er trug ebenfalls einen Reif, nur bildeten die in sanfter Bewegung befindlichen Nanopartikel an der Vorderseite in seinem Fall ein Omegazeichen nach, das Symbol des ultraistischen Lagers, welchem er angehörte, während bei May das Emblem der Stadt Anthrotopia widergespiegelt wurde. Dass sein Schädel ebenso kahl wie der seines Gegenübers war, kam ihm jetzt wie eine Selbstverständlichkeit vor. Damit schien er wieder fast der Alte zu sein!

»Die Sache mit Lucy ist mir beinahe entfallen. Seien Sie bedankt, dass Sie mich daran erinnert haben, May!«

Natürlich hätte ihn früher oder später ohnehin sein Neuroimplantat darauf aufmerksam gemacht. Trotzdem war es eine nette Geste von ihr.

»Gern geschehen, Darius. Aber sagen Sie ... wie erklären Sie sich diesen seltsamen Vorfall?«

Er zuckte mit den Schultern. »Vielleicht eine kurzzeitige Fehlfunktion des ACI-Blockers. Oder eine mentale Störung. Numerisch bin ich nicht mehr der Jüngste, da können solche Pannen gelegentlich auftreten.«

Unter dem *Affective Cognitive Interference Blocker*, kurz ACI-Blocker, verstand man eine Komponente des *BioBounds-Extenders*, der die psychische Integrität seines Trägers bis ins hohe Alter gewährleistete, indem kurzfristige, überdurchschnittlich starke Emotionsspitzen durch geeignete Maßnahmen kompensiert wurden.

»Nicht mehr der Jüngste?! Optisch sehen Sie nicht älter als vierzig aus«, schäkerte sie.

Obwohl sie ebenfalls ACI-geblockt war, konnte sie zuweilen charmant sein, wenn man von ihrem etwas steifen Mienenspiel absah. Um einiges charmanter zumindest, als man es einer typischen Anthrotopierin zugetraut hätte. Die Stadt wurde im Rest der Welt nämlich vor allem mit Unnahbarkeit, emotionaler Kälte und Elitismus in Verbindung gebracht.

»Mag sein. Aber der Schein trügt in doppelter Hinsicht.«

»Klar. Ihr Jungbrunnen hat ein wenig mitgeholfen.«

»Das auch. Und ... ich war *fünfzig*, als man mir den *Extender* verpasste ... nicht vierzig.«

»Was Sie nicht sagen!«, rief sie in gespielter Überraschung.

»Das war vor mehr als sechzig Jahren.«

»Dann sind Sie über ... hundertzehn!?« May blickte ihn mit überzogener Fassungslosigkeit an. Sie war eine miserable Schauspielerin.

Er nickte. »Und Ihr numerisches Alter, May?«

»So etwas fragt man eine Dame nicht!« Und nach einer kleinen Pause: »Schätzen Sie!«

Genau das gefiel ihm an ihr. Sie schien beinahe über die Ausstrahlung einer Ungeblockten zu verfügen. Er wunderte sich, wie sie dies zustande brachte.

»Fünfunddreißig?«, gab er galant zurück.

»Sie Schmeichler! Ich sage es Ihnen ... wenn Sie es für sich behalten.«

»Versprochen!«

Sie flüsterte ihm etwas ins Ohr.

»Sieht man mir auch nicht an, oder?«

Er lächelte. »Auf keinen Fall!«

Dann zwinkerte er ihr schalkhaft zu und ging zur *Relaxing Lounge* hinüber.

5: Neurolinkons

Eigentlich handelte es sich bei der *Relaxing Lounge* um einen separaten Bereich mit nanoformenden Sesseln – den sogenannten *Relaxiseats* (*Relaxisead-Chairs* oder *Relaxing, Self Adjusting Chairs*) –, die auf den ersten Blick einen eher ungemütlichen Eindruck erweckten. Doch der Schein trog, denn für Bürger mit *Neurolinks* stellten sie äußerst bequeme, selbstregulierende, nanotechnologisch formbildende Ruheplätze dar, auf denen dank diffiziler Rückmeldeprozesse zwischen Körpersystem und Sessel die Zeit in wolkenweicher Manier vorüberfloss. Und auch Menschen ohne *Neurolinks* boten sie mehr Komfort als konventionelle Sitze, indem sie die Signale ihrer Nutzer anhand von hochempfindlichen Druck-, Bewegungs- und Lagesensoren ermittelten und sich bestmöglich daran anpassten. Ursprünglich waren sie hauptsächlich der Erholung wegen gebaut worden, aber es hatte sich herausgestellt, dass sie gern dazu genutzt wurden, um *Neurolinkons*, also über neuronale Ankopplung mit dem globalen Kommunikationssystem (*Anthrocom*) permanent interagierenden Bürgern, als Plattformen für ihre Aktivitäten zu dienen. Dadurch konnten diese die Umgebung um sich herum vergessen, während sie über ihre Neuroimplantate in jene Bereiche des VINETs (*Virtual Interaction Environment*) gelangten, die simpel genug für den technologiebedingt eingeschränkten *Neurolink*-Zugang waren und Funktionen wie Anrufe, Nachrichten, Wegbeschreibungen, Reservierungen, persönliche Inhalte, Steuerungen des *Ambience Systems* und Ähnliches abdeckten. Für eine gänzlich uneingeschränkte Nutzung des VINETs benötigte man allerdings einen *Inducer*, dem zum Standardrepertoire jeder Anthrotopia-Wohneinheit gehörenden berührungslosen Neurokoppler.

Darius Buechili ließ sich auf einem der *Relaxiseats* nieder, lehnte sich zurück und aktivierte das in seinem Kortex integrierte Kommunikationssystem. Er hätte dies auch an seinem früheren Platz tun können, aber da manche *Neurolinkons* dabei das Gefühl für ihr räumliches Umfeld verloren, wurde empfohlen, hierfür die Lounge aufzusuchen. Darüber hinaus wollte man vermeiden, dass die Bar von einer Heerschar phlegmatisch dasitzender Gäste belagert wurde, an denen geselligere Leute vielleicht Anstoß nahmen. Eine ähnliche Richtlinie betraf eingehende Anrufe, die man zwar entgegennehmen durfte, bei längerer Konversation jedoch in der *Relaxing Lounge* fortzusetzen hatte.

Buechili sah das Eingangsportal des Kommunikationscenters als Overlay über sein Sehfeld aufgespannt. Er schloss die Augen, um sich besser konzentrieren zu können.

Eine freundliche weibliche Stimme begrüßte ihn, ohne den akustischen Hintergrund der Getränkebar vollständig auszufiltern. »Guten Abend, Darius Buechili! Unsere Dienstleistungen stehen Ihnen zur Verfügung.«

»Danke. Verbinde mich mit Lucy Hawling!«

Seine Aufforderung war geräuschlos erfolgt, indem er zu jedem Wort nur die Lippen bewegt hatte. Im semirealen Umfeld des *Neurolinks* stellte dies die zuverlässigste Art der Interaktion dar, denn der sprachliche Kortex durchlief dabei praktisch dieselben Prozesse wie beim herkömmlichen Sprechen und konnte leicht von Neuroimplantaten abgegriffen werden. Mit etwas Übung gelang es, Stimmbänder und Lippen währenddessen völlig inaktiv zu belassen.

»Lucy Hawling ist derzeit nur über Notruf erreichbar, hat aber eine Nachricht für Sie hinterlassen«, informierte ihn die Stimme. »Möchten Sie sie abrufen?«

»Ja, spiele die Nachricht ab.«

Das Portal blendete sich aus und Lucys Gesicht erschien. »Hi! Können wir unser Treffen diesmal um eine Stunde vorverlegen – auf dreizehnhundert? Jemand hat eine Sitzung mit Ted anberaumt, die sonst mit unserer Verabredung kollidieren würde.« Sie zögerte, als ob ihr noch etwas durch den Kopf ginge. Als Virtufaktkünstlerin befasste sie sich laufend mit dem Entwurf von virtuellen Kreationen und lebte zuweilen mehr in ihren Schöpfungen als anderswo. Sekunden danach schien sie ihre Absicht jedoch schon wieder verworfen zu haben. »Danke und bis später. Ende!«

Buechili verzog das Gesicht. Diese Nachricht war typisch für sie: kurz und unverkennbar ein Nebenprozess bedeutenderer

Dinge. Manchmal hatte er das Gefühl, in ihrem Leben selbst nur ein Nebenprozess zu sein, etwas, an das sie dachte, wenn es sich zwischen einer Schaffensperiode und der nächsten gerade einmal einrichten ließ. Erstaunlich, dass Lucy trotz ihres hohen Alters noch so dynamisch wirkte!

Wie spät war es eigentlich? Die im Sichtfeld eingeblendete Uhr zeigte zwölf Uhr neununddreißig. Das konnte knapp werden.

»Falls ich jetzt ein Taxi bestelle, wann würde ich dann in etwa bei den Hawlings ankommen?«, wandte er sich an die Stimme von vorhin, indem er stumm seine Lippen bewegte.

»Um circa zwölf Uhr vierundfünfzig, unter Berücksichtigung der aktuellen Verkehrs- und Reservierungssituation«, kam es postwendend zurück.

»Gut. Teile Lucy Hawling meine Zustimmung mit und ordere ein GT für mich.«

»Gern. Kann ich sonst noch etwas für Sie tun?«

»Nein. Wann wird es eintreffen?«

»In circa zwei Minuten. Es ist auf dem Weg zu Ihnen.«

»Danke.« Er deaktivierte das Kommunikationssystem, ließ den *Relaxiseat* in die aufrechte Position zurückfahren und erhob sich. Von dem kurzzeitigen Identitätskonflikt, der ihn vorhin übermannt hatte, war so gut wie nichts mehr zu spüren. Er schien wieder ein vollwertiger, integrierter Teil der »Stadt auf dem Meer« zu sein, allgemein unter der Bezeichnung Anthrotopia oder einfach die »Große Stadt« bekannt. Das Ziel dieser Gesellschaft lag in der Verwirklichung von Projekten, die an den Grenzen der Machbarkeit lagen. Sie stellte in der wissenschaftlich aufgeklärten Welt den Gipfel des menschlich Erreichbaren dar, sowohl technisch als auch soziokulturell, repräsentierte einen Schmelztiegel an Vertretern unterschiedlichster Gesinnungen und bot darüber hinaus ihren Bürgern etwas an, das außerhalb der Stadtgrenzen immer schwerer gewährleistet werden konnte: Sicherheit und Produktivität. Damit war sie zum Leitbild Annexeas geworden, jenem Verbund von Ringkernstädten, aus dem die Große Stadt einst hervorgegangen war.

Bereits die Aufnahme in Annexea erwies sich für externe Interessenten als Hürdenlauf. Er begann mit der Erhebung von Persönlichkeitsparametern und detaillierten biografischen Daten. Daran schlossen sich tiefenpsychologische Analysen sowie Isolations- und Konfrontationsstudien in virtuellen Umgebungen an, die emotionale Extremsituationen abdeckten und unter anderem soziale, humane und charakterspezifische Aspekte in Augenschein nahmen. Zuletzt erfolgte die Ermittlung von fachlichen Kompetenzen und Neigungen. Mit diesen breit gefächerten Maßnahmen wurde nicht nur eruiert, welche Qualifikationen der Kandidat in die jeweilige Stadt einbrachte, sondern auch, wie sehr seine Persönlichkeit mit den Wertevorstellungen des Verbunds konform ging und welche Opfer er bereit war, zu erbringen. Wer all diese Prüfungen bestand, wurde als Bürger niederster Sicherheitsstufe aufgenommen. Laufende Persönlichkeitsscans gewährleisteten, dass sich keiner der Einwohner in gravierender Weise von humanistischen Grundregeln entfernte. Zusätzlich bot eine mit Maschinenintelligenzen kooperierende Systemüberwachung – welche die Privatsphäre jedes Einzelnen wahrte – einen wirksamen Schutz vor internen und externen Gefahren.

Brachte schon die Einreise nach Annexea einige Komplikationen mit sich, so erwies es sich als ungleich schwieriger, nach Anthrotopia zu gelangen oder gar eine längere Aufenthaltsgenehmigung zu erhalten. Die Stadt war nicht nur perfekt von der Außenwelt abgegrenzt – im Gegensatz zu den übrigen annexeanischen Ringkernstädten befand sie sich mitten im Meer und wurde durch einen außergewöhnlich effektiven Verteidigungsgürtel beschirmt –, es gab auch Import- und Einreiserichtlinien, die praktisch jede Art des physischen Transfers bis ins Kleinste regulierten. All das diente der Sicherheit und verhinderte zudem, dass man die höchste vom Menschen bis dato geschaffene Form der Intelligenz – die LODZOEB (Logik der zweiten Ordnungsebene) – einem unnötigen Risiko aussetzte. Mit ihrer Hilfe realisierte eine Heerschar an Wissenschaftlern Projekte, die im Rest Annexeas undenkbar gewesen wären, und die den Vorsprung der Großen Stadt sukzessive vergrößerte.

Trotz des elitären Grundgedankens verstand sich die Metropole als eine Gesellschaftsform, bei der die Freiheit der Bürger in ihrer Relevanz unmittelbar nach der Wahrung friedlicher (und produktiver) Koexistenz angesetzt war, ein Faktum, das sich bis zur Systemüberwachung durchzog. Aus diesem Grund hatten sich im »Bollwerk Mensch«, die inoffizielle Bezeichnung für Anthrotopia, unter anderem sogar Gruppierungen etablieren können, die zwar die humanistische Grundidee teilten, sich aber nicht mit sämtlichen technischen Errungenschaften identifizierten. So entschied sich beispielsweise mancher Bewohner bewusst gegen einen Alterungsstopp durch den *BioBounds-Extender*, mit dem Ergebnis, dass er dem natürlichen Verfall mehr oder weniger schutzlos gegenüberstand.

Nur die ethischen Vorstellungen, wie etwa die Notwendigkeit eines harmonischen und konstruktiven Zusammenlebens ohne gesellschaftlichen Leistungszwang, soziale Klassen und aufoktroyierte Beschäftigungen, galten als unantastbar. In ihnen sah man die Abkehr vom atavistischen Homo sapiens, dem gierigen, selbstsüchtigen, despotischen Herrentier, und die Ausrichtung zum neuen, wahren Menschen, dem *Homo verus*, der seine animalischen Anteile weitgehend hinter sich gelassen hatte. Als Zeichen dafür trug man den anthrotopischen Stirnreif. Zusätzlich entschied sich die große Mehrheit der Einwohner für ein hormonell bedingtes haarloses Äußeres. Darin spiegelte sich nicht nur das gewandelte Ästhetikempfinden einer Elitegesellschaft wider, sondern auch die Lossagung von alten tierischen Werten, jenen Ursachen, durch die der Homo sapiens im Laufe seiner Geschichte immer wieder in Krieg und Chaos geschlittert war.

Wer sich also mit dem grundsätzlichen Wertemodell der Stadt identifizieren konnte, fand hier geradezu ideale Umstände vor. Diejenigen jedoch, die gegen fundamentale Gesetze des Zusammenlebens verstießen, wurden aus Anthrotopia, und im ungünstigsten Fall aus ganz Annexea, verbannt, fielen dadurch mit an Sicherheit grenzender Wahrscheinlichkeit den kriegerischen *Tribes* im »Rest der Welt« zum Opfer, oder schlimmer noch, der *Force of Nature*, einer paramilitärischen, hochaggressiven Gruppierung, die sich wie Schatten durch den Rest der Welt bewegte und hin und wieder Anschläge auf *Tribes*-Siedlungen oder Annexea unternahm. Geriet man in ihre Fänge, waren die Chancen schlecht. Und die *Force* interessierte sich besonders für ehemalige Bürger der Großen Stadt, um ihren Wissenspool über Anthrotopia aktuell zu halten, wie gemunkelt wurde, vor allem im Hinblick auf Schwachpunkte und eventuelle Angriffsvektoren. Es hieß, dass sie dabei äußerst radikale Mittel anwandte, um das *Mental Cleansing* der Systemüberwachung, also die Verschüttung kritischer Informationen im Gedächtnis der Ausgebürgerten, partiell außer Kraft zu setzen, ohne Rücksicht auf Bewahrung der psychischen Integrität. Nach einer solchen Behandlung standen die Betroffenen eigentlich nur noch in körperlicher Hinsicht auf der Stufe eines Menschen.

Doch selbst in Anthrotopia definierte man den *Homo verus* unterschiedlich. Ein Teil sah in ihm die soziologisch und humanistisch veredelte Variante des Homo sapiens, jener Spezies, die sich bekanntlich aus primitiven Vorformen entwickelt hatte. Andere gaben sich mit einer gesellschaftlichen Neuorientierung nicht zufrieden und forderten zusätzlich einen physischen Wandel. Zumindest darüber bestand Einigkeit, dass man mit den bisherigen Errungenschaften, wie dem VINET, dem *BioBounds-Extender*, der *Cogito* (einem Partizipationsmechanismus für die Zuordnung intellektueller Aufgaben) und der *Induca* (einer hocheffektiven Trainingseinrichtung) bereits fundamentale Schritte zum *Homo verus* hin unternommen hatte.

So gesehen gab es für jemanden, der nach höheren Zielen strebte und im Gegenzug dazu willens war, sich von menschlichen Relikten, wie ethnischen Vorurteilen, konfliktiven Glaubenskonstrukten sowie egoistischen Prinzipien, gänzlich zu lösen, zurzeit wahrscheinlich keinen besseren Ort. Buechili war mit Recht stolz darauf, Teil dieses Systems zu sein.

6:   Mit dem GT durch Anthrotopia

Kurz nachdem Buechili ins Freie getreten war, fuhr das geordnete GT (*Guided Taxi*) in die Haltespur. Es rollte geräuschlos aus und stand dann wie ein zum Sprung ansetzender Jaguar da, aerodynamisch, mit pastellfarbenem Gelb und breitem Heck. Das von außen undurchsichtige Panoramadach spiegelte matt.

Eine Flügeltür hob sich aus der nahtlosen Einheit und Buechili nahm auf dem vorderen *Veloseat*, einem speziell für Reisen konstruierten formverändernden Komfortsitz, Platz.

»Hallo Dari!«, begrüßte ihn das holografische Abbild seiner virtuellen Assistentin. Sie hieß Claire und gehörte zu jenen Dienstleistungen, die Bürgern der Großen Stadt ab einem bestimmten Kompetenzgrad automatisch zur Seite gestellt wurden, um ihnen das Alltagsleben zu erleichtern. Claire passte beispielsweise das Ambiente in Buechilis Wohneinheit selbstständig an seine jeweilige Tagesverfassung an; außerdem kümmerte sie sich um die Terminverwaltung, führte komplexe Suchaufgaben durch und stand zur Verfügung, falls er sich über etwas Beliebiges unterhalten wollte, sofern er bereit war, die üblichen Einschränkungen eines Virtualbewusstseins zu akzeptieren. Tiefsinnige Gespräche oder emotionale Anteilnahme konnte er freilich keine erwarten. Aber wenn es darum ging, Ordnung in das anthrotopische Leben zu bringen, Recherchen anzustellen, Nachrichten zu filtern oder die Illusion einer häuslichen Atmosphäre zu schaffen, war sie unschlagbar. Er hatte Claire so entwerfen lassen, dass sie ihn sowohl optisch als auch wesensmäßig ansprach.

Die Flügeltür schloss sich mit leisem Zischen. Beinahe gleichzeitig neigte sich der *Veloseat*, nahm eine körpergerechte Form an, und es baute sich ein Kraftfeld auf, das Buechili als leichtes Druckgefühl in der Brustgegend registrierte. Dann trat Stille ein; nur von hinten vernahm er das gedämpfte, anschwellende Pfeifen des Energiewandlers, kurz bevor sich das GT in Bewegung setzte, um die lokale Sicherheitszone – zum Schutz der Fußgänger – mit gedrosseltem Tempo zu verlassen.

Es war ein behagliches Dahingleiten, ohne spürbare Vibrationen, fast so, als ob er auf einem Luftpolster schweben würde. Etwa zwanzig Meter entfernt steuerte ein anderes GT mit derselben eleganten Gemächlichkeit an ihm vorbei, ebenfalls in warmem Gelb, auf dem Weg zu den *Physical Halls*, jenem Fitnesscenter, von dem Buechili gerade kam. Die getönte Verglasung verbarg den Innenraum vollständig, sodass er unmöglich hätte sagen können, ob es bereits Passagiere mit sich führte. Nicht, dass es für ihn relevant gewesen wäre. Aber er spürte dennoch, wie er unbewusst die Augen zusammenkniff, um der Frage nachzugehen. Faszinierend, dachte er. Wie schnell der Mensch doch Interesse für eine Sache zeigte, die ihm offensichtlich verwehrt wurde! Das eigentliche Objekt hinter der undurchsichtigen Scheibe mochte sich für ihn als vollkommen irrelevant herausstellen. Es genügte der alleinige Tatbestand, dass sich etwas seinen Blicken entzog.

Er sah wieder nach vorn, verfolgte, wie sein eigenes Taxi die Markierung der Sicherheitszone passierte und wie es dann harmonisch und gleichmäßig, so, als glitte es auf unsichtbaren Schienen, in die bogenförmig verlaufende Abfahrspur einlenkte. Nun bildete das Summen eine eindringlichere Intensität aus, schwoll zu einem Surren heran und erreichte am Ende einen hochfrequenten Dauerton. Unwillkürlich spannte er die Muskeln, starrte erwartungsvoll durch die Panoramascheibe nach draußen. Und tatsächlich: von einer Sekunde auf die andere katapultierte das GT mit einer Vehemenz in die Beschleunigungsspur, dass er sich wie auf einer abgefeuerten Kanonenkugel vorkam. Ein paar Wimpernschläge später hatte es auch schon die aktuelle Ringgeschwindigkeit des Transitstroms überschritten.

»Voraussichtliche Ankunft: zwölf Uhr vierundfünfzig«, meldete Claire und fügte hinzu: »Zurzeit ist auf der vorgeschlagenen Route wenig Verkehr. Wir nähern uns rechnerisch der *Via Optima* mit dreiundneunzig Prozent.«

Damit meinte sie Folgendes: Die zurückzulegende Strecke des GTs war zum jetzigen Zeitpunkt bereits lückenlos von der Verkehrszentrale festgelegt worden und stand der schnellsten Verbindung zwischen Fitnesscenter und Hawlings Wohneinheit, der *Via*

Optima, kaum nach. In einer Ringkernstadt, wie Anthrotopia eine war, boten sich dem Verkehrssystem viele Freiheitsgrade für die Festlegung von Routen an. Üblicherweise startete die Berechnung mit der Zufahrt zum nächsten *Transit Ring*. Das geschah abhängig von der aktuellen Verkehrslage und Position. Bei den *Transit Rings* handelte es sich um ein- oder mehrspurig angelegte Straßen, die eine Stadt in Form von konzentrischen Kreisen zwischen Nabe und Peripherie durchzogen (woraus manche die Bezeichnung »Ringkernstadt« ableiteten, obwohl sich diese eigentlich eher aus dem ringförmigen Wachstum an den Außenzonen und der Existenz eines automatischen Verteidigungsgürtels ergab). *Transit Rings* separierten jeweils zehn kleinere *District Rings* (Bezirksringe) voneinander, die ihrerseits wiederum aus Sektoren bestanden. Über sie waren also Gruppen aus zehn Bezirksringen erreichbar, in denen zweireihig *Units* (Häuser) standen.

Der Einfachheit halber fasste man *Transit Rings* und *District Rings* zu *Rings* zusammen. Der 364. *Ring* stellte demnach den vierten *District Ring* im 36. *Transit Ring* dar. Nach diesem Schema bezeichnete A-R174-S65-U9 oder A-174-65-9 in Anthrotopia die neunte Wohneinheit im 174. Ring des Sektors 65 (was dem vierten Bezirksring im 17. *Transit Ring* entsprach). Ungerade Hausnummern verwiesen dabei auf die zur Innenzone hin gelegene Seite einer Straße.

Alle Ringkernstädte, die dem Staatenbund Annexea angehörten, hielten sich an dieses Adressschema (wobei freilich Ring- und Sektorenzahlen variierten). Aus dem Namen der Stadt – oder alternativ dazu ihren Kennbuchstaben (beispielsweise »A« für Anthrotopia) – und dem *Ring/Sector/Unit*-Tupel ergab sich eine eindeutige, überall in Annexea gültige Adresse.

Sie fuhren eine Schleife auf, um den nächstgelegenen *Transit Ring* zu erreichen, und beschleunigten. Der Verkehr war mittlerweile dichter geworden.

»Wie schnell sind wir unterwegs?«, erkundigte sich Buechili.

»Um die zweihundert Kilometer pro Stunde. Wir werden bald auf einhundertfünfundfünfzig zurückgehen, das ist die momentane Ringgeschwindigkeit des Verkehrsstroms.«

Im GT war von dem Tempo kaum etwas zu spüren.

Wenig später erblickte er den vierspurigen *Transit Ring*, auf dem hunderte Fahrzeuge, eines nach dem anderen, wie Glieder einer großen Kette dahinglitten, zwischen ihnen ein Abstand von gerade einmal einem Meter. Nur zwei Spuren waren besetzt. Buechili beobachtete, wie ein vor ihnen fahrendes GT plötzlich vorwärtsschoss, sich dem Strom näherte, und wie sich gleichzeitig eine Lücke darin heranbildete, die das Taxi elegant aufnahm. Dann beschleunigte auch Buechilis GT, schmiegte sich – analog zum Vordermann – in die tangentiale Einfädelungsbahn und gliederte sich dicht in den *Transit Ring* ein.

Er sah sich in der Kabine um. Das Dunkelblau verlieh dem Fahrgastraum etwas Beruhigendes. Über ihnen strahlte – durch das getönte Kunstglas stark geschwächt – der Mittagshimmel. An seiner Seite hatte sich die holografische Gestalt Claires eingeblendet. Die aktuelle Position des Taxis konnte er anhand der spinnennetzartigen Straßenkarte in der Konsole ablesen.

Als Buechili wieder auf die Straße achtete, näherten sie sich gerade einem Anschlussstück, einem sogenannten *Connex* – die Bezeichnung für eine radial verlaufende Speiche in Ringkernstädten –, in das ein Strom abzweigender Wagen aus einem Parallelring mit vier Fahrbahnen einfloss. Buechilis GT benutzte die zweite Spur und passierte mit ungemindertem Tempo die Verbindungsstelle. Auch hier fädelten sich die nachkommenden Fahrzeuge in einem perfekten Reißverschlusssystem in den Ringstrom ein. Bei der aktuellen Geschwindigkeit wirkte das äußerst beeindruckend und vermittelte ein Gefühl höchster Effizienz und Verzahnung.

»Ich staune immer wieder, wie sicher und exakt das Leitsystem alles im Griff hat!«

»Für intellektuelle Langsamläufer – wie den Menschen – mag das schwer nachvollziehbar sein. Aber für dedizierte Logikprozesse ist das kein Problem. Außerdem wurden die Parameter so gewählt, dass die Wahrscheinlichkeit für ein Versagen gegen null geht. Sämtliche Fahrzeuge stehen miteinander in Kontakt, das heißt, jedes Manöver wird vor der Umsetzung lokal abgestimmt, unter Berücksichtigung aller möglichen Ausfälle und Risiken.

Und noch etwas: Die Ergebnisse des Verkehrsleitsystems sind das Produkt einer Mannigfaltigkeit an Lösungsansätzen. Es validiert seine Empfehlungen auf unterschiedlichen Wegen, bevor es sie an die halbautonomen Wagen übermittelt. Erst diese treffen die *tatsächlichen* Entscheidungen.«

»Intellektuelle Langsamläufer, soso«, brummte Buechili.

Eine kurze Pause trat ein, dann meldete Claire mit leicht verändertem Tonfall: »Eben ist mir eine Information zugegangen, die dich interessieren könnte. Die *Ultra Nova Group* macht wieder von sich reden. Sie hat ein Rundschreiben versandt, das Staub aufwirbelt.«

Für ein Virtualbewusstsein drückte sich Claire eigentlich ganz passabel aus, fand Buechili. Er wusste, dass hinter ihr nur ein Logikprozess stand, eine Maschinenintelligenz mit enormer Wissensbasis aus sich permanent modifizierenden und optimierenden Regelsätzen, aber nichts, das mit menschlichem Bewusstsein hätte mithalten können. Umso erstaunlicher war es, wie sehr sich Claire im Laufe der letzten Jahre an seinen eigenen Denk- und Sprachstil angepasst hatte. Eine Formulierung wie »Staub aufwirbeln« hätte sie anfangs bestimmt nicht von sich gegeben, da war er sicher.

»Und was ist der Grund für diese Aufregung?«, hakte er nach.

»Die Idee selbst. Es geht um eine effektive Verbreitung der ultraistischen Philosophie unter den *Tribes*-Clans.«

Die *Ultra Nova Group* war bekannt für ihre unkonventionellen Einfälle. Als lose Interessensgemeinschaft von Ultraisten unterschiedlicher Strömungen teilten ihre Anhänger zwar Buechilis grundsätzliche Gesinnung, doch beschäftigten sie sich weniger mit dem komplexen Theorienfundament, sondern suchten vielmehr nach Wegen, um neue Perspektiven zu eröffnen.

»Unter den *Tribes*-Clans? Wie soll das ablaufen?«

»Die *Ultra Novas* argumentieren, dass die *Tribes* dem ultraistischen Modell näher stünden als dem strukturistischen ...«

»Klar, das sollte selbst für intellektuelle Schnellläufer auf der Hand liegen!«

Erstaunlicherweise bemerkte Claire die Ironie in seiner Erwiderung und beantwortete sie mit einem dezenten Lächeln. Ihre Schlussfolgerung leitete sie vermutlich aus den bisherigen Stellungnahmen zu dem Thema ab und wäre auch ohne diese leicht zu ziehen gewesen. Während die Strukturisten im Allgemeinen die Hightech als *Via Regia* betrachteten, über die sogar der Tod überwindbar erschien, sahen die Ultraisten nur in geistigen Ansätzen einen legitimen Weg, um den biologischen Körper hinter sich zu lassen. Somit überraschte es nicht, wenn die barbarischen Clans im Rest der Welt – also die *Tribes* –, denen man einen stärkeren Bezug zu traditionellen Denkweisen nachsagte, eher die Ansichten der Ultraisten favorisierten als die der Strukturisten.

»Obwohl ... auf den zweiten Blick könnte man Gegenargumente finden«, wandte Buechili präventiv ein, um nicht in eine Faktendiskussion mit Claire zu geraten. »Einige *Tribes*-Stämme scheinen eine Vorliebe für technisches Spielzeug aller Art zu haben. Gut möglich, dass sie dadurch dem Strukturismus mit weniger Misstrauen begegnen.« Allerdings war eine solche Vorliebe selbst unter den Ultraisten nicht von der Hand zu weisen, denn andernfalls hätte wohl keiner von ihnen Anthrotopia, gleichsam das Zentrum der Hightech, zu seiner Heimatstadt erkoren.

»Die *Ultra Nova Group* formuliert in ihrem Rundschreiben sehr deutlich, worauf sie hinaus will: Man schlägt vor, gezielt *Tribes* anzusprechen, die einen gewissen Bezug zur ultraistischen Idee aufweisen und so zu einer Reduktion der Feindseligkeiten im Rest der Welt beizutragen.«

Buechili spürte jetzt einen leichten Druck in seiner Brust, ein untrügliches Zeichen dafür, dass sich das GT verlangsamte. »Schön, und wer soll das machen? Niemand von uns würde sich dem Risiko aussetzen, im Rest der Welt nach Sympathisanten zu suchen, in Gebieten, wo Gewalt und Terror an der Tagesordnung sind. Wenn die Systemüberwachung dort zu tun hat, dann nur in Begleitung von Tarnkappen-*Ambers* oder *Hypertroopers*. Mit dieser Unterstützung können wir nicht rechnen.«

»Man will sie mit einer Technologie erreichen, die bei den *Tribes* immer noch üblich ist: mit einem über das Megaband ausgestrahlten Informationskanal.«

Buechili dachte nach. »Über Radiowellen. Einen ähnlichen Weg verfolgt auch Annexea, um neue Bürger anzuwerben«, murmelte er, mehr zu sich selbst als zu Claire. »Aber soweit ich weiß, ist die Mehrheit der Immigranten viel zu unreif und das Ergebnis rechtfertigt kaum den Aufwand. Außerdem würde ein solcher Informationskanal ein merkwürdiges Licht auf den Ultraismus werfen und manche Leute im Rest der Welt vielleicht an die Propaganda früherer Religionsgemeinschaften erinnern.« Und nichts läge den Ultraisten ferner. Sie verstanden sich als eine Gruppierung, die sich vorwiegend mit den Ableitungen und der Erweiterung des mathematischen Kernkonzepts, der sogenannten Ideenmetrik, beschäftigte, ohne dabei einen Bezug zu Aberglauben oder Mystizismus aufkommen zu lassen. Die Grundidee des Ultraismus lag nicht in einer modernen Form des Glaubens, sondern ergab sich aus einer formalen Basis, deren Ziel es war, allein mit Hilfe von logischen Werkzeugen über die Grenzen des Menschseins zu blicken. Diese Basis wurde laufend von einer Expertengruppe ausgebaut, geprüft und gepflegt, die sich in erster Linie aus Progressiv-Ultraisten, den wissenschaftlichen Hardlinern unter ihnen, zusammensetzte.

Der Innenraum des GTs begann nun, heller zu werden, eine Folge der zunehmenden Transparenz des Panoramadachs.

»Wir haben unser Fahrziel erreicht«, verkündete Claire, als das Taxi zum Stillstand kam.

Während der letzten Meter hatte sich das Kraftfeld um Buechilis Körper sukzessive abgebaut, und so wartete er nur noch darauf, dass sich die Lehne des *Veloseats* aufrichtete und sich die Flügeltür öffnete.

»Lass die *Ultra Novas* wissen, dass ich über ihr Rundschreiben informiert wurde und dass ich ihrem Vorschlag im Grunde Sympathie entgegenbringe, aber es gibt einige Gefahren dabei«, instruierte er sie. »Wie verhindern sie beispielsweise eine Fehlinterpretation des ultraistischen Konzepts? Wir müssen damit rechnen, dass die Mehrheit der *Tribes* stark mit Wunderglauben und Götzendienst in Beziehung steht und mit einer abstrakten Philosophie nur wenig anfangen kann. Im schlimmsten Fall springen andere auf den Zug auf und nutzen den Ultraismus als Plattform für eigene Zwecke. Und selbst, wenn gewisse Teilerfolge erzielt werden könnten, müssten wir dafür sorgen, dass die ultraistische Grundphilosophie angemessen dargestellt wird – außerhalb der schützenden Mauern unserer Ringkernstädte. Das wiederum erfordert externe Anlaufstellen, ähnlich, wie Annexea sie bereits für Exilanten unterhält. Es wird schwierig sein, das alles in den Griff zu kriegen.« Buechili erhob sich aus dem *Veloseat*.

»In Ordnung!«, erwiderte Claire – und vier oder fünf Sekunden später: »Eben ist der Eingang deiner Nachricht in der Mailbox der *Ultra Novas* bestätigt worden.«

In dieser kurzen Zeit hatte sie nicht nur eine adäquate Mitteilung verfasst und abgesandt, sondern sich dabei auch weitgehend an Buechilis persönlichem Stil orientiert, sodass es für die Empfänger auf den ersten Blick kaum erkennbar war, ob sie nun von ihm oder seiner virtuellen Assistentin stammte. Nur ein sehr guter Bekannter hätte vielleicht den Unterschied bemerkt.

Angesichts ihrer blitzschnellen Arbeitsgeschwindigkeit konnte Buechili nicht an sich halten. Er beugte sich ins Wageninnere zurück und meinte: »Sag mal, Claire: Wie viele Jahrhunderte vergehen eigentlich für dich, wenn ich mich jetzt in die Wohneinheit der Hawlings begebe?«

»Nicht so viele, wie du denkst«, antwortete sie lächelnd. »Aber keine Sorge: Mir wird nicht langweilig werden. Je weniger es für mich zu tun gibt, desto stärker drosselt sich meine Rechenleistung.«

Ihr kastanienbraunes, über die Schultern fallendes dichtes Haar stand im strengen Widerspruch zum allgemeinen Ästhetikempfinden der Großen Stadt. Und auch sonst schien Claire nicht recht zu den Vorurteilen zu passen, mit denen man Anthrotopier üblicherweise assoziierte: Sie hatte grüne Mandelaugen, weiße regelmäßige Zähne, breite Backenknochen und Lippen, so rot und zart wie die Blütenblätter einer Rose. Damit entsprach sie jenem Idealfrauentyp, der für Buechili einst vom VINET-System ermittelt worden war.

»Das klingt nicht gerade spannend«, spottete er. Es war schwer vorstellbar für ihn, dass seine Assistentin eine dienstbare Maschinenintelligenz repräsentierte, die nur auf Kommando aktiv wurde. Anders wären die vielen persönlichen Helfer in der Großen Stadt jedoch nicht machbar gewesen.

»Muss es ja nicht!«

Ganz schön schnippisch für ein Virtualbewusstsein, dachte er amüsiert.

»Man sieht sich!«, warf sie dem Ultraisten im beschwingten Teenagertonfall zu. Dann löste sie sich vor seinen Augen in Luft auf.

7: Ein Gespräch unter alten Freunden

Es war zwölf Uhr achtundfünfzig, als Buechili den Fußpfad entlang auf die Wohneinheit der Hawlings zuschritt. Wie vieles in Anthrotopia überzeugte sie mit einem konsequenten, progressiven Design, wirkte elegant und stilvoll, doch unterschied sie sich in nichts von den Nachbarbauten. Zu beiden Seiten der Straße reihten sich identische Objekte nebeneinander, dunkle, stark verspiegelte Gebilde ohne erkennbare Öffnungen, etwa zehn Meter breit, mit nach Süden ausgerichteten Vorderseiten, die in Halbbögen weit auslaufend nach oben gezogen waren, um dann in rechten Winkeln auf die Rückfronten der Häuser zu stoßen. Mit etwas Fantasie sahen ihre Profile wie konvexe, metallische Riesenklötze aus, die man in Abständen von wenigen Metern in geometrischer Perfektion aufgereiht hatte, entlang des schmalen *District Rings* und seiner Haltespuren.

Nachdem Buechili die Längsseite hinter sich gelassen und das *Ambience System* der Hawlings über Sensoren am seitlichen Eingangsbereich seine Identität abgefragt und verifiziert hatte, erschien eine gestrichelte Markierung in der Außenwand der Wohneinheit.

»Willkommen bei den Hawlings, Mister Buechili!«, vernahm er über den *Neurolink*. »Schön, Sie wieder bei uns zu sehen. Ihr Besuch ist terminlich bestätigt und wird soeben angekündigt. Bitte warten Sie so lange vor dem Eingang.«

Standardbegrüßung, wie immer, dachte Buechili. Kurze Zeit später verschwand die gestrichelte Markierung und anstelle des eingerahmten Bereichs klaffte eine in dezentem Blau leuchtende Öffnung aus dem keilförmigen Haus.

»Sei gegrüßt, Darius! Komm rein!«

Vor ihm stand Ted Hawling, ein Mann, der wohl den meisten Bürgern Annexeas aufgrund seiner maßgeblichen Beteiligung an der Entwicklung des *BioBounds-Extenders* ein Begriff war. Mit seinem Stirnreif, auf dessen Vorderseite das Deltasymbol der Strukturisten prangte, dem kahlen Schädel und der steinernen

Miene hätte er gar nicht anthrotopischer aussehen können. Er trug einen lockeren dunklen Hausanzug, dazu Indoorschuhe. Trotz der virtuellen sechsundfünfzig und der tatsächlichen einhundertsiebenundzwanzig Jahre, die sich in seinem kantigen Gesicht durch die eine oder andere Falte bemerkbar machten, wirkte er immer noch erstaunlich agil und athletisch. Theoretisch hätte er sogar *noch* agiler wirken können, wenn er nur frühzeitig in eine *Extender*-Implantation eingewilligt hätte. Aber durch seine intensive und oft geradezu fanatische Involvierung in alle möglichen Forschungsprojekte war er damals zu stark mit anderen Angelegenheiten beschäftigt gewesen. Darüber hinaus hatte er die ersten Jahre abwarten wollen, um verfügbar zu sein, falls sich wider Erwarten Probleme mit dem *BioBounds*-System ergeben hätten. Zum Glück war dies nicht eingetreten. Die Entscheidung führte nun allerdings zu einer etwas grotesken Situation: Sie ließ den tatsächlichen Altersvorsprung seiner Schwester Lucy in das virtuelle Gegenteil verkehren, da sie ihren *Extender* dreizehn Jahre früher – mit fünfundvierzig – erhalten hatte. Demzufolge sah sie jünger aus als Ted, obwohl sie numerisch eigentlich zu den Uralten der Großen Stadt zählte: Ihr fehlten nur ein paar Monate, bis sie das einhundertdreißigste Lebensjahr erreichen würde!

Teds langes Zögern bei der Implantation brachte nicht nur Nachteile mit sich. Durch die sichtbare Reife strahlte er – ganz im Gegensatz zu anderen Anthrotopiern, die ebenfalls über die fünfzig waren, aufgrund der frühen Aktivierung ihres *BioBounds-Extenders* aber nicht älter als dreißig oder vierzig wirkten – die Erfahrung und Souveränität aus, die er auch tatsächlich besaß. Das gab ihm zuweilen einen unverhofften Vertrauensvorschuss, vor allem bei Nichtgeblockten. Und sein strenger, resoluter Blick tat das Übrige.

Buechili folgte dem Hausherrn in das Innere der Wohneinheit. Schon nach wenigen Schritten schloss sich die Öffnung hinter ihm geräuschlos und er stand an der Schwelle zum Gästezimmer.

»Lucy bedient gerade den *Cooking-Master*. Heute gibt's Mediterranes ...«

»Gut!«, erwiderte Buechili. Er blickte sich überrascht um. »Hat sich die Raumaufteilung geändert? Letztes Mal war der Vorraum doch noch größer ... oder bilde ich mir das ein?«

Hawling verdrehte die Augen und blies genervt durch die Nase. »Dreimal darfst du raten, wessen Idee das war.«

»Ich kann es mir denken.«

Es amüsierte Buechili, den sonst so entschlossen auftretenden Wissenschaftler an der Kandare seiner Schwester zu sehen. Allerdings wusste er, dass es auch umgekehrt sein konnte: dann nämlich, wenn es etwa um Fragen aus Teds fachlicher Domäne oder um die Große Stadt ging. In solchen Fällen musste sich die Virtufaktkünstlerin wohl oder übel auf seine Einschätzung verlassen.

»Du hast noch nicht alles gesehen! Lucy fand, dass unser Wohn- und Ambientalzimmer zu bescheiden war und wir stattdessen die Arbeitsräume verkleinern sollten.«

»Und jetzt erinnert deine Kemenate an ein Badezimmer des industriellen Zeitalters – mit dem Unterschied, dass du statt einer Wanne den *Inducer* an der Längsseite stehen hast?«

Hawling grinste schief. »So ungefähr.«

»Was soll's? Mit dem VINET spielt der physische Aufenthaltsort ohnehin nur eine sekundäre Rolle.«

»Solange ich aus dem *Inducer* komme, ohne mit den Füßen an die Wand zu stoßen ...«

Die beiden Männer traten ins Wohnzimmer, in das um diese Zeit die frühe Nachmittagssonne schien und eine gemütlich offene Atmosphäre mit geradezu räumlich expandierender Wirkung erzeugte. Im oberen Bereich der Außenwände hatte das *Ambience System* die Transparenz für das einfallende Licht erhöht (auch *Ingress*-Wandtransparenz genannt), wodurch es mit reduzierter Dämpfung eingelassen wurde. Weiter unten überlagerte sich die kontinuierlich schwächer werdende Transparenz mit einem feinen Schleier aus blau-roten Farbvariationen, die den Raum beinahe zu einem lebendigen Aquarell machten. Unweit der Wände hatte Lucy verschiedene Palmgewächse projiziert. Ihre Wedel wiegten sich jetzt im virtuellen Wind und ragten über den ovalen, mit Ziselierungen versehenen geschliffenen Edelstahltisch hinaus. Um den Gesamteindruck abzurunden, war das gesamte

Zimmer in ein Duftgemisch aus Orangenblüten, Rosmarin und Meeresluft getaucht, sodass man glaubte, mitten in einem blühenden Garten nahe dem Ozean zu stehen. Die aus der Ferne kommenden Vogellaute verstärkten diese Illusion noch. Buechili gefiel, was Lucy jedes Mal mit dem *Ambience System* anstellte. Gut, sie war Virtufaktkünstlerin, aber als solche setzte sie ihre Ideen für gewöhnlich nur innerhalb von VINET-Sitzungen um, während diese Kreation hier in die physische Welt hereinreichte.

Von außen war die Idylle freilich nicht zu sehen, denn ein Haus schützte die Privatsphäre seiner Bewohner durch die vollständig unterdrückte *Exgress*-Transparenz einer undurchsichtigen, reflektierenden Hülle. Ganz genau hatte Buechili nie verstanden, wie das alles funktionierte und warum auch nachts niemand durch die Wand blicken konnte. Soweit ihm erklärt worden war, handelte es sich bei dem externen Material um eine Art Photonentransmitter, der über aktive Filterelemente mit der jeweils gewünschten Lichtmenge geflutet wurde und tagsüber das hausinterne Solarsystem speiste. Wie es die Anlage allerdings schaffte, die Innentemperatur trotz Halbtransparenz in einem moderaten Bereich zu halten und den Sonnenstrahlen dabei immer noch die nötige Energie zu entziehen, blieb ihm ein Rätsel.

»Schön, dich pünktlich zu sehen!«, rief Lucy, eine Platte mit Baguettescheiben in der rechten Hand haltend.

»Wo ist Garçon?« Das war ihr Haushaltsroboter, der sich unter anderem um das leibliche Wohl der Bewohner und Gäste kümmerte.

»Erholt sich von der Anstrengung«, scherzte sie, während sie die Brötchen auf den Tisch stellte. »Ich habe ihm heute etwas viel zugemutet mit all den Delikatessen!«

Lucy gehörte zu den wenigen Anthrotopierinnen, die sich mit der Haarlosigkeit partout nicht anfreunden wollten und privat des Öfteren mit einer Perücke anzutreffen waren. Diesmal trug sie eine ebenholzfarbene Variante im akkuraten Long-Bob-Stil, mit einem über die aufgemalten Brauen reichenden Pony. Knapp unter der Schnittkante des dunklen Haares leuchteten herausfordernde blaue Augen.

Mit ihren hundertneunundzwanzig Jahren verstand sie es immer noch, andere zu bezaubern. Ihr beinahe makelloses Gesicht, das von der Perücke auf beiden Seiten begrenzt wurde, hatte den seidigen Teint einer Anthrotopierin in ihren Dreißigern. Und der schwarze Overall tat das Seine, um die Juvenilität ihrer Erscheinung zu unterstreichen. Damit fügte sie sich perfekt ins Klischee einer Lebedame, doch kaum ein Stereotyp wäre falscher gewesen, denn in Wirklichkeit verbrachte sie die meiste Zeit mit Virtufaktstudien. Und falls sie sich einmal ausnahmsweise gesellig zeigte, dann blieben die Treffen für gewöhnlich auf das VINET beschränkt.

»Was ist?«, fragte sie, als sie Buechilis Blick bemerkte.

Er wusste selbst nicht genau, was in ihm vorging, nur, dass sie mit einem Mal merkwürdig surreal auf ihn wirkte, wie ein körperlich manifestiertes Geheimnis höherer Ordnung. So hatte er sie schon lange nicht mehr wahrgenommen.

»In diesem Outfit siehst du einfach hinreißend aus!«, schwärmte er. Gleichzeitig wunderte er sich darüber, wie der ACI-Blocker solche Gefühlsanwandlungen überhaupt zulassen konnte.

»Soll ich die Perücke abnehmen? Sie scheint dich ganz schön zu irritieren.« Ohne zu zögern, hob sie ihre Hand, um nach dem Kunsthaar zu greifen.

»Nein! Nein!«, rief er. »Lass sie auf.«

Ted schüttelte den Kopf. »Also wirklich, Darius, du siehst sie heute ja nicht zum ersten Mal!«

Und genau das befremdete ihn auch selbst. Mindestens einmal im Monat traf er sich mit den beiden, um einen Brunch oder ein Nachmittagsmahl einzunehmen, und es gab immer eine Menge zu erzählen. Doch an diesem Tag fühlte es sich irgendwie anders an. Auf eine ihm rätselhafte Weise schien vieles ungewohnt zu sein. Sogar Ted kam ihm verändert vor.

Eine Nebenwirkung des heutigen Anfalls in der Getränkebar? Möglich, aber er hatte sich danach wieder völlig in Ordnung gefühlt. Auch sein Gespräch mit Claire war ungezwungen und normal verlaufen. Und wenn es sich um eine Fehlfunktion des ACI-Blockers handelte? War er am Ende kurz vor einem zweiten

Zusammenbruch? Er entschied, erst einmal abzuwarten und den inneren Konflikt zu überspielen.

»Nein, obwohl es mir für einen Moment beinahe so vorgekommen wäre ... Egal! Lasst uns sehen, was heute zur Auswahl steht.« Er trat an den Tisch heran und nahm die stilvoll angerichteten Spezialitäten in Augenschein. »Sagenhaft!«, rief er. »Eine Köstlichkeit nach der anderen!«

Und jede davon war künstlich hergestellt worden, ein Faktum, an dem sich niemand in Anthrotopia mehr stieß. Ganz im Gegenteil: Man hatte im Laufe der Zeit sogar eine Abneigung gegen organische Nahrung entwickelt. Angesichts potenzieller Krankheitserreger und rapide schrumpfender Artbestände in freier Natur war das nicht weiter verwunderlich.

»Selbst an Artischocken und Kapern habt ihr gedacht. Ich bin beeindruckt!«

Ted wies auf einen der Stühle und wartete, bis Buechili Platz genommen hatte. Dann setzten auch er und seine Schwester sich an den Tisch.

»Nehmt, was ihr möchtet«, eröffnete Lucy das Mahl in ihrer üblichen reservierten, aber nichtsdestoweniger fürsorglichen Art. »Wenn etwas zur Neige geht, wird uns Garçon Nachschub vom *Cooking-Master* bringen.« Sie hob einen Krug mit Traubensaft. »Zu trinken?«

Die beiden Gentlemen hielten ihr die Gläser entgegen und ließen sie auffüllen. Danach beluden sie ihre Teller.

»Also, Freunde«, brach Buechili das Schweigen. »Was gibt es Neues? Was tut sich in der Welt?«

Lucy schnitt eine mit Mandeln gefüllte Olive in zwei Hälften. »Ich komme den ganzen Tag nicht aus dem *Inducer* und Ted scheint es kaum besser zu gehen.«

»Nein. Ziemlich viel Arbeit in letzter Zeit«, bestätigte dieser.

»Projektspezifisch?«, fragte Buechili, während er etwas Olivenöl auf seinen Feta tröpfelte.

»Ja. Eine unserer experimentellen Studien geht langsam in die Endphase über. Das erfordert einiges an Aufwand. Sieht aber so weit gut aus.«

»Gut für die Strukturisten?«

»Gut für alle! Darius, selbst du als ultraistischer ›Philosoph‹ wirst nicht abstreiten können, dass wir in derselben Stadt leben, dieselben Ansichten teilen, dieselben humanitären Ziele. So gesehen gibt es wesentlich mehr Gemeinsamkeiten als Streitpunkte zwischen uns.«

Buechili mochte die Bezeichnung »Philosoph« nicht, weil sie ihm zu theoretisch erschien. Sie hätte eher zu einem Ideenmetriker gepasst, der sich ausschließlich mit dem formalen Grundmodell der Aszendologie beschäftigte. Sein Aufgabenbereich erstreckte sich auf zugänglichere Themen. »Nur, dass ihr den Menschen als kybernetisches System betrachtet, als ein Fabrikat der natürlichen Auslese. Nichts für ungut, Ted, ich habe große Hochachtung vor dir und deinen brillanten Ideen, doch da kann ich einfach nicht konform gehen.«

Der andere setzte ein gewinnendes Lächeln auf. »Wir haben das Design und die Funktionsweise unzähliger Tierarten studiert. Ob du es glaubst oder nicht: Nirgendwo konnte auch nur die Spur eines Beweises für eine außerräumliche Entität – oder wie du es nennen würdest: Geist – entdeckt werden. Nirgendwo! In sämtlichen untersuchten Fällen stellten sich die Organismen als mehr oder weniger komplizierte Regelwerke heraus, die man mit genügend Aufwand simulieren könnte.«

Unter »Geist« verstanden die Ultraisten einen körperlosen, abstrakten Persönlichkeitskern außerhalb des irdischen Raum-Zeit-Kontinuums, der das Fundament für Leben in jedweder Form darstellte und den Tod überdauerte.

»Und wie weit gingen diese Untersuchungen?«, fragte Buechili. »Wurden auch Aspekte wie Individualität und Persönlichkeit berücksichtigt … ich meine dort, wo sie überhaupt beobachtbar sind, zum Beispiel bei höheren Säugetieren?«

Lucy legte unwillig eine angebrochene Baguettescheibe auf ihren Teller zurück. »Dari, bitte, müssen wir dieses Thema denn schon wieder aufrollen? Es ist klar, dass ihr beiden unterschiedliche Meinungen habt.«

»Wir können gern über etwas anderes diskutieren. Ich dachte

nur: wenn das die Folgerungen der LODZOEB sind, haben wir dann nicht einen Zirkelschluss vor uns?«

Abweichend von herkömmlichen Maschinenintelligenzen lag das Ziel der LODZOEB nicht darin, menschliches Denken zu simulieren, also eine Art Homunkulus im technischen Glaskasten zu sein, sondern sie setzte dort an, wo die konventionelle Logik ins Leere griff. Damit gelang es ihr, Lösungsvarianten in abstrakten Problemfeldern zu ermitteln, die für Intelligenzen erster Ordnung – etwa dem Menschen – unzugänglich waren. Allerdings ergab sich dadurch ein schwer fassbares Wahrheitskontinuum, sodass eine sinnvolle Interpretation wiederum die Kalküle einer zweiten Ordnungsebene voraussetzte.

Hawling nippte an seinem Traubensaft. »Nach all den Jahren machst du dir von der LODZOEB immer noch ein falsches Bild«, sagte er dann. »Sie basiert nicht auf einer verständlichen Logik: ihre Reflexionen resultieren in Hyperwahrheiten. Wir begreifen nur einen Bruchteil ihrer Überlegungen.«

»Und genau das halte ich für problematisch«, entgegnete Buechili. »Beantworte mir nur eine Frage, Ted: Gelingt es denn *ihr*, hinter den Raum-Zeit-Vorhang unserer Realität zu blicken?«

»Ich weiß es nicht, Darius. Niemand weiß das, auch Aleph nicht. Als Sprachrohr der LODZOEB hat er Zugriff auf viel mehr, als er uns vermitteln kann. Du solltest dich mal mit ihm unterhalten. Seine Schilderungen, wie er die zweite Ordnungsebene wahrnimmt, sind faszinierend.«

»Ich bin ihm leider nie begegnet. Es scheint vollständig von der Außenwelt abgekapselt zu sein.«

»Mediatoren leben sehr zurückgezogen. Aber ich könnte ein Treffen arrangieren.«

»Ja, warum nicht?«

Ted wechselte die Stimmlage. »Antonius?!«

Die Holografie eines blassen, kahlköpfigen Mannes in hellem Overall blendete sich ein, dessen Gesicht genauso farblos wie seine nichtssagende Statur war. Wenn man Antonius mit einem einzigen Attribut hätte beschreiben müssen, dann wäre es wohl »neutral« gewesen. Neutralität und Sachlichkeit in Perfektion.

Man tat sich überraschend leicht damit, seine Erscheinungsform sofort wieder zu vergessen.

»Ja, Mister Hawling?«

»Erinnere mich beizeiten daran, für Darius Buechili ein Treffen mit Aleph zu arrangieren.«

»Verstanden!«

»Danke, Antonius.«

Er verschwand mit der gleichen Plötzlichkeit, mit der er aufgetaucht war. Es amüsierte Buechili, wie wenig Individualität der Assistent an den Tag legte. Indem er stets dienstbeflissen auf Hawlings Wünsche einging, schien er fortlaufend unterstreichen zu wollen, ein rein virtuelles Konstrukt zu sein. War das nur Zweckmäßigkeit oder steckte mehr dahinter? Ein Bemühen von Teds Seite vielleicht, persönliche Nähe bereits im Keim zu ersticken, damit kein Kontakt zustande käme, der auch nur im Entferntesten an zwischenmenschliche Beziehungen heranreichte? Das würde zu ihm passen. Bei Claire und Buechili war es jedenfalls anders. Sie bemühte sich merklich, einen möglichst natürlichen Eindruck zu erwecken, zeigte manchmal einen gewissen Grad an Eigeninitiative, der ihn selbst überraschte. Gut, sie war nicht immer erfolgreich damit, weil sie ja nur eine konventionelle Maschinenintelligenz verkörperte, und als solche fehlten ihr bestimmte menschliche Fähigkeiten wie Kreativität und Spontaneität, aber darüber sah er gern hinweg. Mit einer rein förmlich ausgerichteten Assistentin hätte er keine Freude gehabt, vor allem, wenn sie so nüchtern und plump wie Antonius gewesen wäre.

»Die Sache mit dem Raum-Zeit-Vorhang erinnert mich an ein Erlebnis, das ich heute im VINET hatte«, bemerkte Lucy. Sie legte ihr Besteck geistesabwesend auf die Seite und starrte dann konzentriert in eine Richtung.

»Lass hören!«

»Es begann, als ich mich auf die Umsetzung eines neuen Virtufakts vorbereitete«, erzählte sie, während sie sich Buechili zuwandte. Offenbar spürte sie intuitiv, bei Ted mit ihren Schilderungen auf taube Ohren zu stoßen. »Dazu begebe ich mich meistens in ein leeres Kontinuum, unterdrücke Gedanken, die mit der Idee an sich nichts zu tun haben ... man könnte fast sagen: Ich lasse die sprachliche und aktionsorientierte Seinsebene hinter mir zurück.«

»Das *Reflections*-Virtufakt löst bei mir manchmal Ähnliches aus«, kommentierte Buechili mit halbvollem Mund.

»Ja, das VINET unterstützt solche Vorhaben recht wirkungsvoll, indem es über den *Inducer* den neuronalen Zustand eines Teilnehmers abgreift. Dadurch kann es in einer Feedbackschleife auf sensorische Kortexareale einwirken und Gegenmaßnahmen ergreifen, so, wie man früher Hintergrundgeräusche durch ... wie nannte man das, Ted?«

»Destruktive Interferenz – Auslöschung durch Gegenwellen.«

»Genau. Also auf die gleiche Art, wie man früher eine unerwünschte Geräuschkulisse durch destruktive Interferenz unterdrückte.« Sie lehnte sich zurück. »Der Unterschied zwischen *Reflections* und der Erschaffung eines Virtufakts liegt in einer ungleich höheren Involvierung. Anders ausgedrückt: Der *Reflections*-Teilnehmer lässt sich vom VINET-System eine geeignete Wirklichkeit erzeugen und bleibt dabei weitgehend passiv, weil die Parameter für das virtuelle Konstrukt größtenteils unbewusst abgegriffen werden. Im Gegensatz dazu baut der Virtufaktkünstler sukzessive eine in sich lebensfähige Vorstellung jenes Zustands auf, den er herausarbeiten möchte. Es ist wie die Komprimierung eines Universums in eine unendlich komplexe Empfindung und die darauffolgende explosionsartige Umsetzung. Aber darüber haben wir schon des Öfteren gesprochen.«

»Das klingt beinahe ultraistisch«, bemerkte Ted mit sarkastischem Unterton, während er eine synthetische Cherrytomate auf die Gabel spießte.

»Mag sein«, erwiderte Lucy. »Und ich habe jetzt auch ein wenig übertrieben, denn eigentlich ist dies die Art des Schöpfens, wie wir Virtufaktkünstler sie gern *hätten*, wenn wir *könnten*. In unserem momentanen Stadium, und damit meine ich die begrenzten geistigen Fähigkeiten, mit denen wir als biologische Wesen ausgestattet sind, ist ein solcher Schöpfungsakt Utopie. Es wird uns nicht gelingen, ein gutes VINET-Kunstwerk zu schaffen, ohne mehrfach daran herumdoktern zu müssen.«

»Die Strukturistin in dir hat gesprochen!«

»Du bringst mich mit deinen albernen Kommentaren aus dem Konzept, Ted! Was wollte ich sagen?«

»Entschuldige. Ich werde schweigen.«

Ihr Blick wandte sich einen Moment von den beiden ab. Dann blitzte es in ihren Augen und sie fuhr fort. »Ah, ich wollte auf mein Erlebnis zu sprechen kommen. Wie hat es Dari vorhin so treffend formuliert? ›Raum-Zeit-Vorhang‹. Ein sehr passender Begriff!«

»Du hast wieder einmal die Psychodämpfung herabgesetzt«, stellte ihr Bruder mit einem Stirnrunzeln fest.

»Ich drossle den ACI *immer* bei meiner Arbeit. Wie sonst sollte ich etwas erzeugen, das sowohl Geblockte als auch Ungeblockte in seinen Bann zieht?«

Buechili fühlte leichtes Amüsement über ihren Enthusiasmus in sich aufkommen. Doch er ließ sich nichts anmerken und probierte – scheinbar abgelenkt – ein mit Reis und Kräutern gefülltes Weinblatt. Für ein Produkt, das der *Cooking-Master* hergestellt hatte und das mit einer Weinrebe nie in Berührung gekommen war, schmeckte es eigentlich ganz passabel, fand er.

»Wie sollte ich etwas Dramatisches, Tiefgehendes finden, wenn jedes Sandkörnchen Andersartigkeit eventuell zum Systemproblem wird?«, verdeutlichte sie.

»Ich glaube, wir haben beide begriffen, worauf du hinauswillst, Lucy. Du kannst dein Pathos wieder zurückschrauben.«

»Wolltest du nicht schweigen?«, schoss sie zurück.

Ted verzog seine Lippen zu einem leichten Schmunzeln. »Sei mir doch dankbar, dass ich dich auf halbwegs sachlichen Kurs zurücklotse, Schwesterherz ...«

Unfassbar, dass jemand mit beinahe einhundertdreißig Jahren noch derart inspiriert sein konnte! Sie zählte nicht umsonst zu den außergewöhnlichsten Virtufaktkünstlern der Gegenwart, die mit ihren zuweilen höchst unkonventionellen Schöpfungen die gewohnte Wirklichkeitsvorstellung schmerzhaft zu verzerren pflegte. Allerdings teilte Lucy einige Auffassungen ihres Bruders und dessen Lager, sodass sie der strukturistischen Philosophie näher stand, als man es angesichts ihrer Werke für möglich gehalten hätte. Buechili hoffte, in der verbleibenden Zeit bis zu ihrem *Cellular Breakdown* noch auf sie einwirken zu können, aber es sah nicht besonders gut aus, denn die Anthrotopierin schien einer der wenigen Menschen der modernen Gesellschaft zu sein, die Sympathien für beide vorherrschenden Weltbilder aufbrachten, also die Existenz immaterieller Daseinsebenen einräumten und gleichzeitig an der irdischen Körperlichkeit festhielten.

Für Buechili schlossen sich diese Ansätze gegenseitig aus: Ein Zugang zu anderen Seinsformen war aus seiner Sicht gesehen nur über die Befreiung vom sinnbefangenen Erleben möglich, wodurch der Tod zu einem notwendigen Vehikel für den Übergang in höhere Ebenen wurde. Lucy hingegen betrachtete die Auflösung des materiellen Körpers als etwas, das es zu verhindern galt. Mit der künstlichen Verlängerung biologischen Lebens ergab sich – ihrer Ansicht nach – der Schlüssel zur nächsten Entwicklungsstufe, und so würde sich der Mensch schrittweise weiterhangeln, bis er irgendwann von selbst an die Schwelle zu alternativen Existenzformen heranka̋me.

Erwartungsgemäß vertrat ihr Bruder in dieser Hinsicht eine bodenständigere Meinung: Er lehnte unbeweisbare, nicht fundierte Überlegungen jenseits des menschlichen Erfahrungshorizonts grundsätzlich ab und sah in ihnen ein Überbleibsel aus jenen Zeiten, als man noch an Transzendenz und Vitalismus geglaubt hatte. Früher einmal waren solche Gedanken durchaus berechtigt gewesen, fanden die Strukturisten. Sie hatten sich ergeben, um die Angst vor einer unweigerlichen Auslöschung durch den Tod besser verkraften zu können, ein Dilemma, dem die Menschheit seit Anbeginn an ausgesetzt war und für das die kulturelle Evolution erfolgreich eine Lösung gefunden hatte. Mit der Überwindung des Todes durch einen synthetischen Körper, wie man ihn schon über Jahre hinweg anpeilte, würde eine derartige Vorstellung zunehmend obsolet werden.

Noch waren die Strukturisten laut offiziellen Stellungnahmen nicht in der Lage, den Sprung auf den synthetischen Körper zu schaffen. Und so schien es nur eine Frage der Zeit zu sein, bis sich die Natur auch von Lucy Hawling das zurückholte, was man ihr in den vorangegangenen Jahrzehnten vorenthalten hatte: ihre Kraft, ihre Jugend, ihr Leben. Man bezeichnete dieses Phänomen, das sich auf *BioBounds-Extender*-Träger beschränkte (andere unterlagen dem natürlichen Alterungsprozess) als *Cellular Breakdown*. Typischerweise ereignete es sich beim Menschen im Alter zwischen einhundertfünfundzwanzig und einhundertzweiunddreißig Jahren, konnte aufgrund eindeutiger Vorzeichen bis zu sechs Monate im Voraus abgeschätzt, nicht aber verhindert werden. Die Ursachen dafür waren nach wie vor unbekannt. Ab einem bestimmten Zeitpunkt schienen sich alle Zellen des Körpers darüber einig zu sein, ihre Integrität aufzugeben. In Folge davon verwandelten sich jung gebliebene Gesichter in Antlitze von Greisen, das Fleisch auf den Gliedern begann zu schrumpfen und es blieb ein mumienhaftes Geschöpf mit gerade noch erkennbarem anthropomorphem Äußeren zurück. Wenn der *Breakdown* erst einmal ablief, konnte ihn nichts und niemand mehr stoppen. Man hatte es unzählige Male versucht. Die Konsequenzen waren ausnahmslos immer letal.

Auch Lucy würde diesem Prozess bald hilflos ausgesetzt sein, dachte Buechili. Und obwohl er fühlte, dass man die körperliche Hülle abstreifen musste, um sich geistig weiterzuentwickeln, verstand er doch ebenso die Ansichten der Strukturisten bis zu einem gewissen Grad, im Besonderen ihr Bemühen, den eigenen *Cellular Breakdown* – und den ihrer Freunde und Verwandten – aufzuhalten.

»Also«, setzte Lucy ihren Monolog unbeirrt von Teds Worten fort, »ich befand mich in einer Phase des Sammelns, um mich auf den Schaffensprozess vorzubereiten. Noch war mir nicht klar, was ich umsetzen wollte, und so ließ ich mich treiben, spielte akustische Untermalung ein, experimentierte mit verschiedenen Ausdrucksformen herum. Wie immer ein befreiendes Erlebnis! Aber im Gegensatz zum üblichen Ablauf mischte sich an einer bestimmten Stelle ein fremdes Empfinden ein, das eine Art emotionale Fluktuation im VINET-*Inducer*-Gefüge verursachte, eine harmlos erscheinende Verwirbelung. So etwas kann bei meditativen Sitzungen auf VINET-Basis durchaus vorkommen: die mentale Gegenkopplungsreaktion läuft nicht in jedem Fall perfekt ab.«

»Aber diesmal war es anders«, griff Buechili vor. Er lehnte sich zurück, damit er sich ganz auf ihre Schilderung konzentrieren konnte.

»Ja, diesmal war die Verwirbelung ungewöhnlich widerspenstig, und ich spürte, wie sie sich allmählich in mein Bewusstsein drängte.« Sie machte eine kleine Kunstpause. »Solche Tendenzen betrachte ich mit besonderer Skepsis, vor allem, wenn sie das Potenzial für unkontrolliertes Wachstum in sich tragen.«

»*Incendium*«, murmelte Buechili. Damit verwies er auf ein Virtufakt aus Lucys früherer Periode, bei dem sie die Psychodämpfung ihres ACI-Blockers experimentell auf ein Minimum geschaltet hatte, wodurch eine anfänglich bedeutungslos scheinende Störgröße kontinuierlich angewachsen war und in einer Spirale ständigen Kommens, Wachsens, zeitweiligen Versickerns, erneuten Auftauchens et cetera zu einem mentalen Konflikt immensen Ausmaßes geführt hatte. So war ein psychisches Trauma entfacht, das selbst ihr (im Nachhinein aktivierter) ACI-Blocker nicht mehr hatte korrigieren können und das in aufwendigen und für sie unangenehmen *Medical Center*-Sitzungen manuell hatte behoben werden müssen. Verständlicherweise ging sie seitdem behutsamer mit der Zügelung ihres ACIs um.

»Du sagst es. Deshalb erhöhte ich die Psychodämpfung.« Sie füllte sich Traubensaft nach. »Wie zu erwarten war, wurde damit auch die Verwirbelung schwächer und erschien bald nur noch bedeutungslos klein. Ich blieb ein paar Minuten in diesem Zustand, sammelte mich, gewann allmählich ein Gefühl der Sicherheit zurück.«

»Das war aber nicht alles, vermute ich?«, äußerte sich Ted.

»Nein, denn die fremde Einflussgröße verschwand nicht völlig. Sie hielt sich in den Fugen meines Unbewussten versteckt, wartete ... worauf, wusste ich nicht. An dieser Stelle hätte ich die Psychodämpfung weiter erhöhen können, und das Ding wäre wahrscheinlich im Nu kompensiert gewesen. Doch irgendetwas hemmte mich. Vielleicht der Umstand, dass es mit offensichtlicher Verwunderung aus seiner Ecke spähte, so, als ob meine Vorsichtsmaßnahme in keinerlei Relation stünde. Die Verwirbelung zeigte sich jedenfalls von einer anderen Art als *Incendium*, bei dem ich bereits im Keim spürte, dass etwas immens Vernichtendes in meiner Seele erwacht war. So reduzierte ich die Dämpfung wieder.«

»Ich bewundere deinen Mut, aber war das nicht ziemlich riskant?«, fragte Buechili.

Lucy winkte ab. »Der gesamte Prozess des Schöpfens neuer Virtufakte ist riskant. Sieh es mal so: Als VINET-Künstlerin kann man sich den Luxus einer vollständigen Psychodämpfung nicht leisten. Dann kämen nur oberflächliche Kreationen heraus. Deshalb beginnt man für gewöhnlich ein wenig waghalsig, sucht bei niedrigem Wirkungsgrad nach Stimmungen und Strömungen, die für ein Virtufakt interessant sein könnten, und modelliert daraus die Eckpfeiler. Später kann man einen Gang zurückschalten, sobald die grundlegenden Aspekte umgesetzt sind, und den ACI ins Spiel bringen. Voraussetzung hierfür ist allerdings die Eignung des Virtufakts für ACI-Blocker-Träger. Es gibt Themen, die für Menschen mit voller Dämpfung nicht nachvollziehbar sind, da ihnen das emotionale Verständnis für die Feinheiten fehlt. Auf der anderen Seite ist Vorsicht geboten, wenn Nicht-ACI-Geblockte ein Virtufakt erleben möchten, das eigentlich für Geblockte konzipiert wurde. Die Abstumpfung durch das Implantat macht es notwendig, dass man solche Kunstwerke oft stark übertreibt, indem man mit höheren Farbsättigungen, Kontrasten, massiveren Effekten arbeitet, und das kann schnell zu Reizüberflutung, Verwirrtheit, schlimmstenfalls zur Ausbildung von Psychosen bei Ungeblockten führen.«

»Ein Virtufaktkünstler sollte die herannahende Gefahr doch spüren«, wandte Ted ein. »Und sobald es problematisch wird, braucht er die Psychodämpfung nur hochzufahren.«

Lucy nickte. »Stimmt. Und meistens tue ich das auch. Aber diesmal hatte ich das Gefühl, damit falsch zu liegen. Nebenbei bemerkt kann nicht viel passieren, solange der Blocker auf einem vernünftigen Level läuft, zumindest wurde mir das so im *Medical Center* gesagt. Um sicherzugehen, stellte ich zusätzlich den *Inducer* so ein, dass er die Sitzung bei Überschreitung einer bestimmten emotionalen Intensität selbstständig abbricht. Dann reduzierte ich langsam die Dämpfung. Was geschah also? Ich spürte, wie dieses kleine Etwas Kraft schöpfte und sich zuerst zaghaft, danach immer zielgerichteter ausbreitete, bis es irgendwann die Ebene der sensorischen Wahrnehmung erreichte.«

Die beiden Männer folgten ihren Ausführungen mit sichtlichem Interesse.

»Nach einer Weile veränderte sich die Umgebung: ich sah mich in einem endlosen Meer – oder einem riesigen See – stehen. Das Wasser reichte mir bis an den Nabel. Um mich herum herrschte Grabesstille, es gab nicht das leiseste Geräusch: keinen Wind, keinen Wellenschlag, absolut nichts.«

»Du standst *im* Meer?«, erkundigte sich Buechili.

»Nun, genauer gesagt stand ich auf einer Treppe, die sich aus den Tiefen des Meeres zu einer Plattform erhob. Was sollte ich nun tun? Abtauchen war keine Option. Verharren auch nicht. Also stieg ich sie empor. Dabei lief das Wasser an Armen und Beinen von mir ab. Doch gleichzeitig floss etwas anderes, Immaterielles, in den Ozean zurück, etwas, das bisher absolute Gültigkeit hatte, auf den unteren Stufen der Treppe. Ich ging weiter – umkehren kam für mich nicht infrage –, höher und höher. Als ich nur noch bis zu den Knöcheln im Nass war, blickte ich mich um, und es fiel mir wie Schuppen von den Augen: Was da an mir herunterlief, war nichts Fremdes, sondern ein Phänomen dieser Welt: die Zeit! Sie wollte ins Meer zurück, in ihre gewohnte Umgebung.«

»Was bedeutet das?«, fragte Ted.

»Du meinst: Welche Interpretation habe ich dafür?«

»Nein, ich meine: Wie kann Zeit irgendwo runterlaufen? Hast du Zeit schon einmal *sehen* können?«

»Nicht in unserer Realität.«

»Oder etwa die x-Achse unseres Universums?«

»Ich sagte nicht, dass ich die Zeit*achse* gesehen hätte, Ted. Genauso wenig, wie ich in unserer Welt die räumliche Dimension *sehen* kann, wenn es keinen Bezugspunkt gibt. Vielleicht gelten ähnliche Gesetze für die Zeit.«

»Nur, dass sie eben irgendwo runterlief, mit anderen Worten: Du hast einen Punkt gefunden, vor dem unsere sonst so wohlgerichtete Zeit die Flucht ergriff. Und hast dies auch noch visuell wahrgenommen!«

»Kannst du mal für eine Minute deine Ratio herunterfahren, ohne dich ständig an den kleinsten Ecken und Kanten zu stoßen?«

»Ich versuche nur, das alles nachzuvollziehen.«

»Lass dich einfach darauf ein. Es geht noch weiter.«

Ted schwieg, doch die Skepsis stand ihm ins Gesicht geschrieben.

»Also, etwas in mir drängt mich, weiterzugehen. Und das tue ich, bis ich die Plattform erreiche ... und plötzlich umgibt mich ein völlig anderer Wahrnehmungshorizont!«

»Eine Frage«, unterbrach Buechili. »Wenn die Zeit von dir abgeflossen ist, kannst du dann jemals wieder ins Meer zurückgelangen? Ich meine: Kondensierst du dann nicht in der Zeitlosigkeit – metaphorisch gesprochen?«

»Ein gutes Argument«, pflichtete Ted bei. »Zumindest erscheint es auf den ersten Blick so. Aber man könnte hier verschieden argumentieren, und wir sollten Lucy zum Punkt kommen lassen.«

»Wie könnte man argumentieren?«, hakte die Virtufaktkünstlerin nach.

»Damit rollen wir ein mächtig ausgetretenes Thema auf. Vereinfacht gesagt ist der Zeitfluss, wie wir ihn wahrnehmen, ein subjektiver Aspekt, der in physikalischen Überlegungen so nicht vorkommt. Mit unserem biologischen Empfinden splitten wir die Zeit gern in Vergangenheit, Gegenwart und Zukunft auf, doch in der Wissenschaft arbeiten wir mit multidimensionalen Kontinua, in denen – theoretisch – alles parallel existiert. Außerhalb unseres gewohnten Zeitflusses, wenn man so möchte, gibt es keine Gegenwart, sondern nur ein Nebeneinander des gesamten

Weltenverlaufs. Jemand, der immun gegen die Richtung der Zeit wäre und sich jenseits davon befände, könnte willkürlich jeden Punkt darin auswählen.« Er lächelte. »Es ist allerdings fraglich, ob solche Szenarien Manipulationen von außen erlauben würden. Vermutlich müsste man sich mit der Rolle eines Beobachters zufriedengeben. Umgekehrt, als Wesen im subjektiven Zeitfluss, besteht zwar die Möglichkeit der physischen Beeinflussung – sonst wäre unser Leben vollkommen absurd –, aber eine willkürliche Selektion im Raum-Zeit-Kontinuum ist uns verwehrt.«

»Heißt das, ein Zurück in das Meer der Zeit ist unmöglich?«, wandte sich Buechili an Ted.

»Ich würde sagen: Ein Wechsel zwischen den beiden Ebenen wird nicht ohne fundamentale Konsequenzen bleiben. Das beginnt bereits mit unserer Physiologie. Welcher biologische Körper könnte schon außerhalb eines garantierten Zeitpfeils bestehen, wenn es keine definierte Abfolge von Ursache und Wirkung mehr gibt?«

»Also wäre es nur einem körperlosen Wesen möglich, die Zeit hinter sich zu lassen?«

»Wir haben solche Fragen gelegentlich mit der LODZOEB diskutiert und die Antworten waren jedes Mal so verwickelt, dass sich selbst unsere Grenzphysiker außerstande sahen, ihnen zu folgen. Ich tendiere zu der Ansicht, dass man als ein Konstrukt der irdischen Realität aus dem Korsett unserer Physik nicht ausbrechen kann, es sei denn, wir stellen fest, dass wir im Subraum eines viel größeren Etwas existieren. Dann sind unsere physikalischen Gesetze vielleicht Unterklassen einer erweiterten Physik – ich spreche hier von einer Wissenschaft, die jenseits der Level-2-Physik steht – und es lassen sich Dinge machen, über die wir nur spekulieren können.«

Unter Level-2-Physik – oder kurz L2-Physik – verstand man die durch die LODZOEB vorgenommene Erweiterung des naturwissenschaftlichen Fundaments. Obwohl sie für den Menschen nicht direkt fassbar war, brachte sie neue, im Wahrheitskontinuum der zweiten Ordnungsebene verifizierte Prinzipien in die anthrotopische Forschung ein. Dadurch stellte sie so etwas wie einen Hebelmechanismus dar, mit dem Technologien höherer Ordnung umgesetzt werden konnten, solange deren Aufbau eine gewisse Komplexität nicht überschritt.

»Da wir das nun geklärt haben: kann ich zum Ende meiner Erzählung kommen?«, schaltete sich nun Lucy wieder ein. Es war eher eine rhetorische Frage, um sich Gehör zu verschaffen. »Ich stehe also auf der Plattform, spüre, wie jegliche Zeit von mir zurückweicht und wie sich damit auch die Welt um mich herum verändert.« Sie hielt inne. »Das wird jetzt ein wenig kompliziert zu erklären sein ...«

Buechili nickte ihr aufmunternd zu.

»Als Nächstes befinde ich mich in einem wunderschönen Garten, in dem Kinder spielen, Katzen vor sich hindösen, Menschen sitzen und plaudern«, erzählte sie weiter. »Die Sonne scheint mit einer Intensität, wie sie unsereins fremd ist. Nicht brennend heiß, aber mit einer unvorstellbaren Tiefe. Und es gibt kein Gestern und kein Morgen. Alles ist jetzt, geschieht unentwegt. Alles atmet und lebt im Glück. Permanentes, immerwährendes Glück. Versteht ihr das?«

»Klingt wie eine romantisierte Vorstellung aus dem neunzehnten Jahrhundert«, spottete Ted. »Leben im Paradies.«

»Ich glaube, man kann das schwer nachvollziehen, wenn man es nicht selbst erfahren hat«, erwiderte Lucy. »Man empfindet nicht nur Glück. Es ist vielmehr die ständige Umsetzung gelebter Freude, ein Zustand, der sich von Ewigkeit zu Ewigkeit spannt. Und die Erkenntnis, dass etwas viel Größeres existiert und man ein mitbestehender Teil davon ist.«

Für einen Moment flackerte eine Erinnerung in Buechili auf, die so tief in seiner Seele verschüttet lag, dass er keinen direkten Zugang zu ihr fand. Er versuchte, sie zu ergreifen, sie festzuhalten, doch es gelang ihm nicht. Am Ende blieb nur ein Gefühl der Leere in ihm zurück.

»Der Vorfall lässt sich bestimmt hirnphysiologisch erklären«, kommentierte Ted trocken.

»Anzunehmen. Aber interessant ist er trotzdem.«

»Vielleicht bist du in deiner Vision, wenn ich sie so nennen darf, in die Nähe eines alternativen Ideenmodells gekommen«, streute Buechili ein.

»Du meinst ein alternatives Ideenmodell innerhalb unseres eigenen Fürstentums?«

Sie bezog sich dabei nicht auf ein weltliches Fürstentum, sondern auf den aszendologischen Begriff geistiger Fürstentümer, die einen zusammengehörigen Bereich im Ideenraum repräsentierten. In diesem Fall ging es um jenes theoretische Areal, in dem sich – neben anderen Realitäten – auch das Ideenmodell des irdischen Kosmos befand. Von den darin herrschenden Fürsten wusste man so gut wie nichts, nur dass es sich um Geistgiganten handeln musste, durch deren Kraft unzählige Welten entsprangen.

»Ja, denn es wird dir kaum gelingen, dich aus unserem Fürstentum zu lösen, solange du ein Mensch bist.«

Sie dachte darüber nach. »Vermutlich nicht.«

»Es gibt Leute, die von ähnlichen Erlebnissen berichten, aber das sind nur sehr wenige.«

»Und schon wieder muss die Aszendologie herhalten, die Haus- und Hofphilosophie der Ultraisten«, nörgelte Ted.

»Dennoch könnte Dari recht haben. *Eine* Sache ist nämlich faszinierend: Trotz der suggerierten Zeitlosigkeit hatte ich das Gefühl, Äonen in diesem Zustand verbracht zu haben. Deshalb checkte ich das VINET-Protokoll. Insgesamt dauerte die gesamte Sitzung nur fünfzehn Minuten.«

»Das ist einleuchtend, denn wenn du Äonen darin verbracht hättest, säßest du jetzt nicht bei uns.«

»Ja, aber laut den Logs überschritt ich in den letzten Sekunden die von mir selbst festgelegte Konfliktschranke. Und so wurde ich aus dem VINET herauskatapultiert.«

Eine Weile herrschte Schweigen. Dann sagte Buechili: »Du glaubst, die Gartenszene hat sich während dieses emotionalen Ausbruchs abgespielt, richtig?«

Sie zögerte, bevor sie mit Nachdruck antwortete: »Davon muss ich wohl ausgehen, Dari.«

8: Vor der Ratssitzung

Esther Diederich war früher im Sitzungsraum als ihre Kollegen des anthrotopischen Rates. Sie genoss es, in der virtuellen Turmkanzel an einer der durchsichtigen Außenwände zu stehen und ihren Blick mehrere hundert Meter in die Tiefe schweifen zu lassen. Dabei bot sich ihr ein geradezu berauschendes Panorama. Wenn man nicht in der Mitte des Raumes stand, konnte man direkt unter dem mattgläsernen Fußboden erkennen, dass die dünne, geschwungene Säule des Turmes abwärts ragte, sich allmählich verstärkte und schließlich in der Nabe der strahlenförmigen Ringkernstadt den Boden erreichte. Rund um den Kern von Anthrotopia gewahrte sie aus dieser Höhe einen filigran durchsetzten Bereich, auf den der innerste Verkehrsring folgte, und gleich darauf in konzentrischer Weise ein Ring nach dem anderen, kleine *District Rings* und mehrspurige *Transit Rings*. Hob sie den Blick, begannen sich ab einer bestimmten Entfernung die ersten Wohneinheiten kreisförmig aufzureihen, jede davon so ausgerichtet, dass die gewölbten Dächer nach Süden zeigten. An manchen Stellen trennten *Connex*-Spuren einzelne Sektoren, gleichsam die Speichen der riesigen anthrotopischen, radnetzartigen Straßengeometrie. Nicht alle *Connexes* verliefen bis zum Zentrum; einige endeten bereits auf einem Drittel oder gar Viertel der Wegstrecke.

Ein halbtransparenter, konkaver Außenwall umspannte die Metropole. Er erreichte seine maximale Höhe weit jenseits des äußersten Rings und begrenzte dort die Stadt, indem er sich wie ein Schild gegen die Wassermassen des umliegenden Ozeans stemmte. Vom aktuellen Standort aus hätte Esther nicht zu sagen vermocht, um wie viel er über den Meeresspiegel hinausragte, aber sie glaubte sich zu erinnern, dass es mindestens hundert Meter waren.

Die letzte Abgrenzung innerhalb des Verteidigungsgürtels bildete der sogenannte *Sea Ring*, auch unter der Bezeichnung *Logic Ring* bekannt, eine relativ breite Zone, die sich durch ein im Uhrzeigersinn rotierendes Wellenmuster bemerkbar machte.

An dieser Stelle standen die Erhaltungssysteme der Stadt, der kollektive Logikverbund und die LODZOEB mit dem Ozean in Wechselwirkung: Erstere filterten unter anderem Moleküle aus dem Wasser, die sie für Einrichtungen wie den *Cooking-Master* benötigten, während die Maschinenintelligenzen das Meer nutzen, um ihre Abwärme abzuführen.

Esther kam gern einige Minuten früher in den Sitzungsraum, nur um sich an dieser imponierenden Aussicht erfreuen zu können. Dabei gab es den Turm in der physischen Welt gar nicht, sondern war als virtuelles Konstrukt exklusiv für den anthrotopischen Rat entworfen worden. Trotzdem lief das Geschehen um sie herum synchron mit der Wirklichkeit ab, wodurch jeder sichtbare Verkehrsfluss einem realen Strom von Fahrzeugen entsprach, der zeitgleich den Ringbahnen folgte. Aus Sicherheitsgründen besaß niemand außer den Ratsmitgliedern das Privileg, die Stadt mit einem solchen Detailgrad zu Gesicht zu bekommen, eine Notwendigkeit, um das Leben der Bevölkerung nicht einem unnötigen Risiko auszusetzen.

So vernünftig die Maßnahme auch war, sie nahm den Einwohnern die Möglichkeit, sich der Schönheit dieses Bollwerks und seiner Dynamik im vollen Ausmaß bewusst zu werden. Neben der ästhetisch nahezu perfekten Anordnung von Verkehrsringen, *Connexes* und Häusern, war es – selbst für Esther als Ultraistin – immer wieder faszinierend, die periphere Zone von Anthrotopia, den *Logic Ring*, zu betrachten und sich zu vergegenwärtigen, dass dies die einzige Stelle war, an der die LODZOEB und der kollektive Logikverbund eine sichtbare physische Wechselwirkung mit dem Meer zeigten. Normalerweise hätte sie von ihrer Position aus nicht viel sehen können, denn die Dachfläche überspannte die ganze Stadt, aber da sich Esther in einem virtuellen System befand, erkannte es ihre Intention und erhöhte selbstständig den Transparenzgrad des Daches, sodass ihr ein ungehinderter Blick auf den *Logic Ring* geboten wurde.

Das Schauspiel dort bannte sie. Manchmal starrte sie minutenlang auf das lebendige, fast schon hypnotisierende Wellenmuster und fragte sich, ob es darin wohl versteckte Botschaften gäbe, mit der sich die Logik der zweiten Ordnungsebene außerhalb ihrer sonst üblichen Kommunikationsstrukturen bemerkbar machte. Oder ob man anhand der Wellenmuster womöglich erkennen konnte, welche Art von Überlegungen sie gerade anstellte. Esther wusste natürlich, dass es sich hierbei um menschliche Hirngespinste handelte. Niemand verstand wirklich, in welchen Dimensionen sich die LODZOEB bewegte, welche Richtungen ihre Kalküle einschlugen und worin ihre genauen Schlussfolgerungen bestanden. Auch die Mediatoren nicht. Es wäre vermessen gewesen, hätte man all dies aus den Wellenmustern ableiten wollen; aber ein netter Gedanke blieb es trotzdem.

Mit einem gedämpften Signallaut meldete das VINET die unmittelbar bevorstehende Ankunft eines weiteren Ratsmitglieds. Sie wunderte sich, das sich jemand schon so früh einwählte, zeigte jedoch keine sichtliche Reaktion darauf, sondern wartete, bis das System den Abschluss des Transfers durch zwei aufeinander folgende Doppeltöne bestätigte, und neigte erst dann ihren Kopf auf die Seite, um den Ankömmling zu begrüßen. Es war Matt Lexem, Leiter des medizinischen Systems in Anthrotopia. Er erwiderte ihren Gruß, so, wie es in der Großen Stadt üblich war, indem er beide Zeigefinger zu einem kopfüber liegenden »V« zusammenlegte (wodurch er ein »A« andeutete) und dezent nickte. Allzu überrascht schien er nicht zu sein, sie bereits anzutreffen.

»Ah, Sie genießen wie immer den Ausblick, Esther«, stellte er fest. »Ein beeindruckendes Schauspiel! Es scheint mir allerdings, als ob die Ratskollegen für unsere Sentimentalitäten nur wenig Verständnis hätten.«

Sie mochte ihn. Nicht, weil er – obwohl er Strukturist war – ihre Meinung zu schätzen wusste, sondern weil er, im Gegensatz zu den meisten anderen ACI-Blocker-Trägern, noch über erkennbare Emotionen verfügte oder zumindest Fragmente davon an die Oberfläche kommen ließ. Gut, hin und wieder äußerten sich diese in Form von bissigen Kommentaren, was wohl mit seiner militärischen Vergangenheit zusammenhing, doch es gab auch Situationen, in denen es ihr gelang, etwas tiefer in ihn hineinzusehen. Sie schien einen besseren Zugang zu ihm zu haben als die übrigen Mitglieder des Rates. Vielleicht fand er sie einfach nur sympathisch. Oder er bewunderte sie wegen ihrer Haltung, sich mit ihren vierundsechzig Jahren, die bereits deutliche Spuren auf ihrem Gesicht hinterlassen hatten, nach wie vor vehement gegen die Implantation eines *BioBounds-Extenders* zu verwehren. Neben den vielen junggebliebenen Bürgern in Anthrotopia war das kein leichter Vorsatz, und zuweilen spürte sie das Bedürfnis, dem Druck von außen nachzugeben, indem sie sich noch ein paar Jahrzehnte von der Natur »ausborgte«. Aber es hätte gegen alle ihre Prinzipien verstoßen, wenn sie der Versuchung erlegen wäre.

»Damit könnten Sie recht haben«, erwiderte sie. »Man würde meine Anwandlungen wahrscheinlich in die Kategorie ›unmaßgebliche emotionale Verhaftung‹ einordnen.«

»Charmant, wie Sie das ausdrücken!«

»Nicht wahr?«, gab sie lächelnd zurück.

Ihr relativ schmales, einprägsames Gesicht, das reich an Falten und Pigmentflecken war, erschien durch den Lichteinfall blass, aber es lag neben einer gewissen Würde immer noch eine aufmüpfige Quirligkeit in ihren Zügen, etwas, das man wohl am ehesten mit »renitenter Noblesse« umschrieben hätte. Mit ihrem mattgrünen Ratsoverall, seinem charakteristischen, farblich abgestimmten Stehkragen, dem großen Omegasymbol auf der Stirn (das sie als Ultraistin kennzeichnete) sowie dem ästhetisch anmutenden Anthrotopiareif (einer Folge von stilisierten »A«-Buchstaben ohne Querstreben) wirkte sie wie eine Würdenträgerin aus vergangenen Jahrhunderten. Nur der kahle Schädel und die fehlenden Augenbrauen passten nicht zu diesem Bild.

Sie richtete ihren Blick wieder auf Anthrotopia. »Wissen Sie, Matt, es ist schwer zu beschreiben, was einem als Nichtgeblocktem in den Sinn kommt, wenn man – so wie ich – das Privileg hat, die Stadt aus dieser Perspektive zu sehen. Es ist imponierend und erschreckend zugleich.«

Lexem sah jetzt ebenfalls hinunter, wartete vermutlich auf eine Fortführung ihrer Schilderung. Doch sie erfolgte nicht. »Imponierend, ja, das kann ich nachvollziehen«, sagte er gedehnt. »Aber erschreckend? Ich persönlich würde manche Gegend im Rest der

Welt erschreckender finden, wenn ich dort allein und unbewaffnet unterwegs sein müsste ...«

»Wir stimmen zweifelsohne darin überein, dass Anthrotopia zurzeit wahrscheinlich der beste Ort ist, an dem man sich – als halbwegs vernünftiger Mensch – aufhalten kann. Sonst wären wir nicht Bürger dieser Stadt. Und wir wären ganz gewiss nicht Mitglieder des Rates!« Obwohl sie einige Ultraisten in Annexea kannte, die sich dieser Meinung nicht anschließen würden, dachte sie. »Erschreckend, lieber Matt, ist etwas anderes. Wie gesagt, ich bin mir nicht sicher, ob Sie das als ACI-Blocker-Träger verstehen können. Aber versuchen wir es ...« Sie sah in die Ferne, versuchte ihr Empfinden in Worte zu fassen.

»Dort unten«, begann sie zögernd, »sehen wir Anthrotopia, die Große Stadt, ein Meisterwerk in jeder Beziehung. Sie liegt mitten im Meer wie eine riesige Blase, umschlossen von undurchdringbaren Barrieren. Wir blicken auf perfekt angeordnete Sektoren mit Wohneinheiten, die sich selbst aufbauen und verändern können, auf ein Verkehrssystem, das seinesgleichen sucht, auf ein Logikwesen der zweiten Ordnungsebene und eine bis ins Detail optimierte Infrastruktur. Anders gesagt: Hier befindet sich etwas, das die Brillanz menschlichen Denkens widerspiegelt, eine Art Gipfelpunkt unserer Kultur. Noch nie hat irgendeine Gesellschaft unseres Planeten eine solche Stufe erreicht, und falls doch, wurden alle Spuren restlos beseitigt.«

»In biologischer Hinsicht kommen wir langsam an unser Ende. Ist es das, was Sie sagen wollen?«

»Diese Stadt«, sprach sie beinahe rezitierend, mit ihrer Hand nach unten zeigend, »hat sich in die Weiten des Meeres gezwängt und steht jetzt wie ein Tempel auf seinen Pfeilern, in einer Pracht, die man früher nur Göttern zubilligte.«

»Göttern? Ja, daran mag man einmal geglaubt haben. Als es noch Religionen gab, die eher Verderben als sonst etwas brachten.«

»Unbestritten. Und im Rest der Welt findet man sie ja nach wie vor – zumindest zum Teil. Aber wer ist der Ersatz für diese Götter? Wem ist all das gewidmet?«

Lexem runzelte die Stirn. »Dem Menschen selbst. Dem modernen Menschen, der sich freiwillig die Prinzipien des konstruktiven Zusammenlebens auferlegt. Sogar ich musste das nach meiner Zeit beim Militär irgendwann einsehen. Anthrotopia bietet Millionen von Bürgern Schutz, Zusammenhalt und technische Perspektiven, die weit über denen anderer Gesellschaften stehen.«

»Wirklich?« Und ohne merkliche Verzögerung: »Sind Sie da sicher, Matt?«

Natürlich würde er sicher sein. Niemand in der Großen Stadt zweifelte daran.

»Hören Sie, Esther, selbst, wenn ich mich nur auf die medizinische Domäne beschränke: unsere Lebenserwartung ist über jeden Vergleich erhaben, mit und ohne *BioBounds-Extender*. Und ich bin stolz darauf: diese Emotionen lässt mein Blocker gerade noch zu! Ganz gewiss bin ich sicher!«

Esther verzog keine Miene. »Es ist wahr, dass wir auf nahezu allen Gebieten enorme Fortschritte gemacht haben und dass vieles davon erst durch Anthrotopia möglich wurde«, antwortete sie. »Wie gesagt, es ist lediglich ein Gefühl. Sie wissen, wie sehr ich hinter dieser Gesellschaft und ihrer Idee stehe. Ich würde jederzeit mein Leben opfern, wenn ich damit unsere Stadt retten könnte.«

»Und ich würde Sie – mit angemessener Ausrüstung und einem guten Team – in meinen alten Tagen sogar in die *Tribes*-Zone begleiten, so sehr glaube ich an Ihre Entschlossenheit und Ihren Mut!«

Sie lächelte gerührt. »Das weiß ich zu schätzen, Matt. Es ist nur so, dass sich mir beim Anblick der perfekt synchronisierten Fahrzeuge unter uns, dem abgeschiedenen *Logic Ring*, der Souveränität unseres Systems die Empfindung aufdrängt, der Mensch könnte sich langsam zu genau jenem göttlichen Wesen erheben, dem dies alles gewidmet ist. Und das gefällt mir nicht.«

»Zweifellos waren wir diesem Status nie so nah wie jetzt.«

»Da wäre nur noch die Kleinigkeit des Todes ...«

»... dessen Domäne wir mit Hilfe des *BioBounds-Extenders* bereits angekratzt haben.«

»Stimmt. Aber die Natur wehrt sich. Sie verhindert eine komplette Aufhebung des menschlichen ›Ablaufdatums‹ durch eine geschickt platzierte Hintertür.«

Er sah nachdenklich auf den *Logic Ring*, der jenseits des Außenwalls die Stadt umschloss. »Unsere Teams und die LOD-ZOEB arbeiten daran. Es wird nicht mehr lange dauern, und wir werden auch *dagegen* gewappnet sein.«

In diesem Moment meldete das System das nächste Ratsmitglied an.

»Ja, und genau das macht mir Angst ...«

9: Ratssitzung in Anthrotopia

Pünktlich zur anberaumten Zeit war der Rat vollzählig. Jeder Teilnehmer hatte innerhalb des virtuellen Szenarios in einem der neun vom VINET generierten *Relaxiseats* Platz genommen, rings um den großen elliptischen Freiraum, dem sogenannten *V-Space* oder *Visualization Space*. Die Vorschriften verlangten es, dass Rollen und Funktionen während der Sitzungen durch Farbcodes repräsentiert wurden, dunkel glimmend, wenn das jeweilige Ratsmitglied nicht gerade sprach, heller leuchtend, wenn es Bericht erstattete. So saßen die neun kahlen, größennormierten Anthrotopier in angehauchter Buntheit vor dem inaktiven *V-Space*, ihre Köpfe zum Vorsitzenden gerichtet. Größennormiert deshalb, um körperlich keinen instinktiven Dominanzvorteil bei den Diskussionen aufkommen zu lassen. Das wirkte zuweilen bizarr, etwa, wenn die von Natur aus kleine Esther Diederich oder die nicht viel höhergewachsene Angela McLean auf Augenhöhe mit beispielsweise Thomas Kaler stand, der in Wirklichkeit zwei Meter fünf maß und jetzt auf eine normierte Größe von eins fünfundsiebzig wie ein Zwerg seiner selbst auftrat. Aber so waren die Vorgaben. Um die Konzentration auf jene Themen zu richten, die man zu besprechen gedachte, hatte man die Transparenz der Wände und des Bodens reduziert, wodurch die Struktur der Großen Stadt unter ihnen kaum noch zu erkennen war. Die Versammlung wurde durch den Vorsitzenden Will de Soto eröffnet.

»Willkommen, Mitglieder des Rates. Aufgrund von terminlichen Konflikten treffen wir uns diesmal zu einem vorverlegten Zeitpunkt. Schön, dass es trotzdem alle geschafft haben.«

Sein weiß leuchtender Overall und das Anthrotopiaemblem auf dem Stirnreif signalisierten die Neutralität, mit der er alle Sitzungen leitete. Er besaß ein autoritäres, entschlossen wirkendes Gesicht von dunkler Farbe, dessen breite Nase leicht den Eindruck hätte vermitteln können, in einem zurückliegenden Zweikampf in Mitleidenschaft gezogen worden zu sein, wenn nicht allgemein bekannt gewesen wäre, dass er Gewalt prinzipiell ablehnte und dass gerade seine konsequent pazifistische Haltung ihn so weit hatte kommen lassen. Dank de Sotos diplomatischen Geschicks waren so manche kriegerische Auseinandersetzungen mit externen Kräften praktisch gewaltlos beigelegt worden, und man rechnete ihm darüber hinaus eine maßgebliche Beteiligung beim Aufbau eines konstruktiven Klimas zwischen Annexea und Anthrotopia an. In der ersten Zeit war es für Bürger außerhalb der Metropole nämlich noch alles andere als selbstverständlich gewesen, in die Große Stadt überhaupt einreisen zu dürfen oder sich mit deren Bewohnern in virtuellen Umgebungen im Rahmen eines verlinkten VINET-Systems zu treffen. Erst durch das permanente Drängen de Sotos und anderer Visionäre hatte man in Anthrotopia ein Sicherheitssystem eingeführt, das solche Kontakte risikolos ermöglichte.

Mit seinen Errungenschaften stand er den übrigen Teilnehmern des Rates, allesamt Männer und Frauen mit beachtlichen Karrieren und ebenso beachtlichen Persönlichkeitsprofilen, in nichts nach. Zwar hatte er als Strukturist seine eigenen Ansichten, was die Bedeutung des Menschen im Besonderen und biologischen Lebens im Allgemeinen betraf, doch musste er als Vorsitzender die Interessen aller Denkrichtungen berücksichtigen sowie Einwände entkoppelt von persönlichen Meinungen beurteilen, eine Rolle, die wohl kaum jemand geschickter wahrzunehmen verstand als der langjährige Diplomat de Soto. Dies war nicht nur Bestandteil regelmäßig durchgeführter Persönlichkeitsscans an ihm, sondern wurde auch durch verschärfte ACI-Filterung sichergestellt. Bisher hatte er seine Aufgabe gut gemeistert, und er galt sowohl in Anthrotopia als auch innerhalb des Rates als jemand, der über alle Zweifel erhaben war.

»Beginnen wir gleich neben mir in der Runde. Matt, Ihr Bericht bitte!«

Lexems Overall verstärkte sein türkises Leuchten. »Nichts Aufregendes diesmal, Sir«, informierte der Mediziner.

Als einer der wenigen sprach er de Soto mit »Sir« an, wahrscheinlich ein Relikt aus jener Zeit, in der er noch als Militärarzt gedient hatte. Lexem war mehrere Jahre in diversen Außenmissionen tätig gewesen. Diese Lebensphase hatte sich in Form einer langen dünnen Narbe auf seinem Unterarm verewigt, ein Mahnmal, wie er zu sagen pflegte, das er sich nicht kosmetisch entfernen lassen wollte. Sicherlich stammte von damals auch sein etwas brüskes Auftreten, welches ihm zusätzliche Strenge und Autorität verlieh.

Die wohl wichtigste Errungenschaft Lexems war allerdings weit weniger militärischer Art gewesen: Er hatte vor mehr als neunzig Jahren, gemeinsam mit Ted Hawling, an der ersten Umsetzung des *BioBounds-Extenders* gearbeitet, und zwar an den molekularbiologischen Feinheiten. Natürlich war das nur im Verbund mit anderen Wissenschaftsteams und vor allem in Kooperation mit der LODZOEB vonstattengegangen, mit deren Hilfe man die weit über das menschliche Fassungsvermögen gehende Komplexität bezwungen hatte. Danach war Lexem plötzlich – mit gerade einmal neununddreißig Jahren – in eine Identitätskrise gefallen, hatte sich spontan für Abenteuer und Wagnis entschieden und sich den externen Kampftruppen der Systemüberwachung zuteilen lassen (*Externa*). Seiner Meinung nach war genau diese Tätigkeit ein entscheidender Faktor gewesen, um ihm das Ausmaß der Missstände, Korruption und Wirrnisse im Rest der Welt hautnah und wirkungsvoll vor Augen zu führen. Später hatten ihn die Forscherkollegen der Großen Stadt wieder mit offenen Armen aufgenommen und ihm – ohne viele Fragen zu stellen – angeboten, seine frühere Karriere fortzusetzen, ein Vorschlag, dem er sofort und mit ebenso wenigen Fragen gefolgt war. Erst Jahre darauf, mit zweiundfünfzig, nachdem er seine militärische Phase weitgehend mental aufgearbeitet hatte, war er endlich für die Implantation eines *BioBounds-Extenders* bereit gewesen. Reichlich spät für einen Mitentwickler des Alterungsregulators, doch nicht so spät wie bei Ted Hawling, der zwei weitere Jahre ins Land hatte ziehen lassen, ehe er zu derselben Entscheidung gekommen war.

»Sehen wir uns die aktuellen Statistiken an«, startete Lexem seinen Bericht.

Im *V-Space* erschienen verschiedene Werte grafisch und numerisch aufgeführt. Wie gewöhnlich präsentierten sich die Diagramme im interaktiven Übersichtsmodus, wodurch jedes Ratsmitglied nach Belieben *Drill-Downs* in einzelne Details vornehmen, sich also von der obersten, groben Ebene in die subtilste Veranschaulichung hinunterarbeiten konnte. Solche Aktionen erfolgten in der Regel individuell. Den anderen Sitzungsteilnehmern stand es frei, alternative Sichten zu wählen.

»Also ... die körperliche Degenerierung der Bevölkerung zum Beispiel durch Muskelabbau oder Schwächung der Sensorik ist minimal. Diese Woche wurden gerade einmal ein paar Dutzend schwere Fälle in den *Medical Centers* von Anthrotopia behandelt.«

»Wir sind mit unseren sportlichen Substitutionsmethoden also erfolgreich«, bemerkte Athena triumphierend, Vorsitzende der progressiven Ultraisten und eine der unbeugsamsten Verfechterinnen virtueller Köperaufbauprogramme. Sie war im wirklichen Leben eine großgewachsene Frau japanischer Abstammung mit ungewöhnlich starken Kiefer- und Wangenknochen sowie einer breiten Stirn. Viele in Anthrotopia, vor allem aus den progressiv-ultraistischen Reihen, kannten sie entweder persönlich oder hatten zumindest schon von ihrer eisernen Zielstrebigkeit gehört, sowohl sich selbst als auch anderen gegenüber. Ein Scheitern, das sich aus Schwäche, Inkompetenz oder gar Unwissenheit ergab, kam für sie nicht infrage. Als Wissenskämpferin der Extreme erklärte sie sich bereit, für die Perfektionierung ihres Intellekts alles zu geben, solange die ultraistischen Grundsätze dabei gewahrt blieben. Deshalb bekannte sie sich auch zur progressiven Schule, jener Strömung, die mit beispielloser Beharrlichkeit an die Grenzen des Denk- und Erfassbaren ging. Das betraf umso mehr ihr Trainingspensum, das weit über dem Durchschnitt anderer Anthrotopier lag. So gesehen verstand man die Progressiven zu Recht als die den Strukturisten am nächsten gelegene Richtung, obwohl sie eigentlich immense Distanzen im großen Philosophieuniversum voneinander trennten und es sehr deutliche Abgrenzungsmerkmale gab, wie etwa die ultraistische Vorstellung einer latenten Geistkomponente und die größtenteils von den Progressiven entwickelten, hochkomplexen Theoreme der Ideenmetrik (einem formalen Modell des aszendologischen Fundaments, auf dem der Ultraismus aufbaute). Übrigens wussten nur wenige, dass Athena in Wirklichkeit Takahashi Sayoko hieß. Ihren eingängigeren Namen hatte sie in Anthrotopia aufgrund des an sie verliehenen Athena-Preises zugesprochen bekommen, einer sogar für Progressiv-Ultraisten seltenen Ehrung in Verbindung mit außergewöhnlichen intellektuellen Leistungen. Der Einfachheit halber nannte sie jeder seitdem nur noch Athena.

»Zum Teil«, erwiderte Lexem. »Besser wäre es natürlich, wenn wir generell die physischen Aktivitäten mehr förderten und die VINET-Nutzung deutlich reduzierten. Durch *reale* Konditionsprogramme, falls Ihnen das noch etwas sagt.«

»Wir kennen Ihren Standpunkt«, stellte sie abweisend fest.

»Sonst können sich unsere Leute bald nur noch liegend in ihren *Inducern* verteidigen, sollte es die *Force* einmal schaffen, bis in die Stadt vorzudringen.«

»So, wie es bereits heute mit unseren *Hypertroopers* praktiziert wird?«, relativierte sie seinen sarkastischen Kommentar.

»ARMOR wird das zu verhindern wissen«, ging Thomas Kaler dazwischen – den die meisten nur Kale nannten –, Sicherheitschef in Anthrotopia und Angehöriger des gesamtannexeanischen Überwachungsstabes. Unter ARMOR (*Artificial Reasoning System for Military Operations and Retaliation*) verstand man das hauptsächlich auf Maschinenintelligenzen basierende Verteidigungssystem Annexeas.

»Ihr Wort in Anthropos' Ohr!«, meinte Lexem. »Jedenfalls sieht es so aus, als ob wir die Konsequenzen langfristiger VINET-Nutzung durch *Inducer*«, darunter fielen etwa die Schwächung von Sinnesorganen und der Abbau von Muskeln, Sehnen und Knochen, »am effektivsten durch physische Aktivitäten kompensieren könnten. Die Substitutionsmaßnahmen sind zwar hilfreich, jedoch kein permanenter Ersatz dafür.« Er warf Athena einen appellierenden Blick zu, ehe er seine Aufmerksamkeit wieder auf den *V-Space* richtete. »Zurück zu den Statistiken. Unverändert positiv ist die psychische Integrität unserer Bürger. Nur ein paar hundert traumatisierende VINET-Sitzungen, einige Dutzend Identitätsverluste. Kaum Extremauslöser.«

Als Extremauslöser bezeichnete man automatische Notabschaltungen, die bei starkem psychischem oder körperlichem Stress in VINET-Szenarien aktiv wurden.

Lexem selektierte den nächsten Posten auf dem Übersichtsdiagramm. »Insgesamt ist die Anzahl der allgemeinen medizinischen Notfälle leicht rückläufig. Meistens konnten unsere *Nascrozyten* die schlimmsten Schäden reparieren. Nur die Todesfälle in den *Medical Centers* haben sich geringfügig erhöht.«

»Warum das?«, wunderte sich Will de Soto.

»Es kam zu einer statistischen Häufung von *Cellular Breakdowns*. Mehr als hundert waren es in der letzten Woche. Die genauen Daten sind im Chart abrufbar.«

Ein Großteil der Sitzungsteilnehmer schien von dieser Möglichkeit Gebrauch zu machen, wie man an ihren konzentrierten Gesichtern erkennen konnte.

»Ich sehe, dass etwa fünfundneunzig Prozent ein Alter von einhundertzwanzig Jahren und mehr erreicht haben«, bemerkte Greg Nilsson nach einer Weile, Infrastrukturleiter von Anthrotopia und damit unter anderem zuständig für Verkehr, VINET und Nahrungsaufbereitung.

»Korrekt.«

»Liegt das in der Norm?«

Es war erstaunlich, wie viel Aufmerksamkeit der Rat diesmal den präsentierten Daten widmete. Sonst nahm man Lexems Bericht eher schweigend zur Kenntnis.

»Mehr oder weniger. Wie Sie wissen, Greg, können manche Erkrankungen durch den *BioBounds-Extender* nicht vollständig behoben werden, zum Beispiel sehr spezielle angeborene Retrotranspositionsstörungen, die irgendwann derartige Ausmaße erreichen, dass der *Cellular Breakdown* früher als gewöhnlich einsetzt. Diese Fälle machen den Hauptanteil der restlichen fünf Prozent aus.« Außerhalb der Sitzungen duzte er sich mit Greg Nilsson, doch die Etikette des Rates ließ das hier nicht zu. Man gestattete höchstens die Anrede mit Vornamen.

»Aus reinem Interesse: Ab wann ist der *Cellular Breakdown* bei solchen Leuten absehbar?«

»Der genaue Zeitpunkt ist bei Menschen mit *BioBounds*-suppressiven Erkrankungen genauso wenig zu bestimmen wie bei regulären *Extender*-Trägern. Schlimmer noch, meist treten erst ein bis zwei Monate vorher deutliche degenerative Anzeichen auf.«

Das unterschied sich insofern von herkömmlichen Verläufen, als dort der Zerfall schon vier bis fünf Monate früher einsetzte. Deshalb begab man sich ab einem Alter von einhundertvierundzwanzig Jahren jedes Quartal zu einer umfassenden Kontrolluntersuchung.

»Nur ein bis zwei Monate im Voraus? Diese Leute leben also in ständiger Ungewissheit ...«

»Ja, aber so war und ist es auch ohne *Extender*. Wir können uns glücklich schätzen, dass die meisten mit mindestens hundertfünfundzwanzig Jahren rechnen können!«

Nilsson nickte.

»Noch Fragen?«

Schweigen.

»Wie sieht's im Bereich der Systemüberwachung aus, Mister Kaler?«, gab de Soto den Ball an den nächsten in der Runde weiter.

Der *V-Space* leerte sich und zeigte kurz darauf Kalers Bericht.

»Keine Angriffe auf Ringkernstädte in dieser Woche. Weder Anschläge durch äußere noch durch innere Gruppierungen. Konspirationstendenz auf durchschnittlichem Niveau. Nur marginale VINET-Einbruchsversuche, in allen Fällen konnten die Urheber rückverfolgt werden. Unterdurchschnittliche Anzahl an Expatriationen, keine davon in Anthrotopia.«

Esther Diederich schüttelte kaum merklich den Kopf. Sie verstand offenbar nicht, wie man so schwer gegen Gesetze verstoßen konnte, dass Ausbürgerung die einzige Option blieb. Jeder im Raum wusste, welchen Standpunkt die freie Ultraistin dazu einnahm: Sie empfand die Expatriation als einen Akt der Inhumanität, als etwas, das einem Todesurteil gleichkam und der Idee der Großen Stadt zuwiderlief. Zum Glück war diesmal niemand aus Anthrotopia betroffen.

Der Sicherheitschef setzte fort: »Minimale ARMOR-Involvierung. Dafür aber vermehrte *Force*-Aktivität in der Nähe des ehemaligen Smolensk. Wahrscheinlich ein Konflikt zwischen *Tribes*-Clans mit *Force*-Unterstützung auf einer Seite. *Global Intelligence* meldet wie üblich eine Vielzahl an kleineren militärischen Auseinandersetzungen im Rest der Welt; meistens nur mit einfachen Waffen. Auf der Agentenseite macht man gute Fortschritte, insbesondere bei der Technologiebegrenzung. Kein Verlust an eigenen Kräften.«

»Also alles bestens«, resümierte de Soto.

Thomas Kaler zuckte mit den Schultern. Sein ausgezehrtes Gesicht schien im absoluten Gleichmut erstarrt zu sein. Nur der unscheinbare Fluss der virtuellen Nanopartikel seines deltaförmigen Stirnreifsymbols trübte das Bild vollständiger Regungslosigkeit. Natürlich war die Farbe seines Overalls Bernstein, in Anlehnung an die ihm unterstehenden *Ambers*, den Einsatzkräften der Systemüberwachung. »Die Lage ist gut kontrollierbar.«

De Soto nickte gemessen.

Später kam Ted Hawling an die Reihe. Er begann mit einem Überblick der wichtigsten Errungenschaften anthrotopischer Forschungsteams, allen voran der *Telos*-Gruppe, jenem geheimen Arbeitskollektiv, dem er und Matt Lexem vorstanden und das sich mit der Überwindung der biologischen Sterblichkeit befasste. Nachdem er den aktuellen Stand in Stichworten präsentiert hatte, fasste er zusammen: »Unsere Erfolge bestätigen vor allem eines: Die Entscheidung gegen eine Fortsetzung des *BioBounds*-Ansatzes war richtig und gut.«

Anfangs hatte man nämlich noch geglaubt, durch Erforschung der tatsächlichen Hintergründe des *Cellular Breakdowns* irgendwann die Limitierungen des *Extenders* beseitigen zu können. Eine Sackgasse, wie nach einer Weile deutlich geworden war. Die Zerfallprozesse hatten sich nie gänzlich unterdrücken lassen.

»Mit dem Alternativansatz, der Nanokonvertierung, lösen wir das Problem zwar auf andere, dafür aber effektivere Weise.« Bei diesem Verfahren transformierte man eine überwiegende Mehrheit an biologischen Körperzellen in synthetische, langlebigere Konstrukte, die sich dem organischen Zerfall gegenüber als immun erwiesen.« Seit Beginn unserer Testserien wurden unzählige Konvertierungen in den Labors vorgenommen, bei allen möglichen tierischen Spezies, und damit Hunderte von *Breakdowns* verhindert. Davon waren wir zu Zeiten des *BioBounds*-Ansatzes meilenweit entfernt.«

»Also führt kein Weg an der Konvertierung vorbei?«, wandte sich de Soto an Aleph.

Der Mediator, in unscheinbarem Grau gehalten, schloss die Augen. Als Einziger der Anwesenden trug er auf seinem Kopf eine Art mützenförmigen Aufsatz, der ebenso gut eine königliche Insignie aus dem alten Ägypten hätte sein können. Er verlieh ihm eine unzeitgemäße Vornehmheit. Doch der eigentliche Zweck lag woanders: in diesem Aufsatz befand sich die Interaktionslogik für eine Verbindung mit der zweiten Ordnungsebene, ein geradezu magisches Stück Technik, jedenfalls für Außenstehende. Es galt als ungeschriebenes Gesetz, dass man sich während der Kommunikation zwischen ihm und der LODZOEB still zu verhalten hatte. So saß denn jeder schweigend in seinem *Relaxiseat*, darauf wartend, Aleph die Botschaft eines Wesens völlig anderen Denkens und Seins verkünden zu hören.

»Es wäre zu simpel anzunehmen, dass durch eine Optimierung der *BioBounds-Extender*-Technologie *grundsätzlich* keine weitere Lebensverlängerung des Homo sapiens erzielt werden könnte«, gab er die Antwort der LODZOEB weiter. »Genügend von eurer irdischen Zeit sowie ausreichende Analysen höherer Ordnung vorausgesetzt, würden sich aller Voraussicht nach Lösungen ergeben. Aber diese liegen außerhalb der gesetzten Temporalparameter und haben daher keine Relevanz für euch.« Aleph unterbrach seine Ausführungen, und sein Gesicht bekam erneut einen hochkonzentrierten Ausdruck. Dann setzte er fort: »Die Möglichkeit der sukzessiven Überführung biologischer Körperzellen in synthetische Pendants ist im Wahrheitsspektrum der zweiten Ordnungsebene mannigfaltig vertreten und fällt bei einigen Ausprägungen in den Rahmen der angestrebten Temporalvorgaben. Damit stellt sie den Primärkandidaten unter all den bisher untersuchten Verfahren dar. Es sei aber angemerkt, dass manche der Lösungsräume von Parametern abhängen, die entweder nicht in eure Verstandesebene überführbar sind oder dem materialistischen Weltmodell widersprechen. Die Wahrscheinlichkeit für deren Relevanz bei eurer Spezies liegt im Bereich von drei Promille.« Nun öffnete der Mediator wieder die Augen. Somit war der Transfer zwischen der LODZOEB und ihm abgeschlossen.

»Dann steht es neunhundertsiebenundneunzig zu drei dafür, dass wir mit dem jetzigen Konzept der Konvertierung am Menschen erfolgreich sein werden«, folgerte Greg Nilsson aus den Darlegungen.

»Mehr als das«, korrigierte Hawling, der die Details aufgrund seiner engen Zusammenarbeit mit den Mediatoren und der LODZOEB kannte. »Denn in den anderen drei Promille der Fälle kämen Einflussgrößen hinzu, die uns momentan nicht bekannt sind, woraus sich aber nicht unbedingt ein Misserfolg ableitet.«

»Also neunhundertsiebenundneunzig sichere und drei unsichere Promille«, resümierte Esther.

»So könnte man es unwissenschaftlich ausdrücken. Das ist ein erstaunlich hoher Wert. Im Vergleich dazu: Vor den Studien an nichtmenschlichen Primaten lagen wir bei etwa … achthundert sicheren und einhundert unsicheren Promille – um Ihre Terminologie zu gebrauchen, Esther. In den restlichen Fällen war von einem Fehlschlag auszugehen. Dagegen sind drei unsichere Promille geradezu überwältigend aussichtsreich!«

»Seit wann benutzen Sie solche emotionalen Attribute, Ted?«

Er grinste. »Wie sonst könnte ich die Ultraisten davon überzeugen, dass wir *hervorragende* Aussichten haben?«

Nun mischte sich Athena ein. »Diese Wahrscheinlichkeitsanalyse, auf die Sie sich soeben bezogen, Mister Hawling … ich vermute, sie basiert größtenteils auf Laborexperimenten?«

»Sie basiert auf den Auswertungen unseres derzeitigen wissenschaftlichen Modells, sowohl in theoretischer als auch in praktischer Hinsicht«, erwiderte Hawling, der bereits ahnte, worauf die Progressiv-Ultraistin hinauswollte.

»Tut sie das? Nun, wir alle wissen, dass ein wissenschaftliches

Modell nur so lange von Nutzen ist, wie sich seine Vorhersagen mit der Wirklichkeit decken.«

Der Strukturist nickte kaum merklich.

»Aus einem *korrekten* Wissenschaftsmodell ergibt sich automatisch eine *korrekte* Folge von Vorhersagen, wenn alle Parameter stimmen«, setzte sie fort. »Aber nur, weil wir zufälligerweise korrekte *Vorhersagen* machen, heißt das noch lange nicht, dass damit auch das Modell korrekt sein muss.«

Das war einfache Logik auf erster Ordnungsebene.

»Wie es aussieht, unterläuft uns mit unserem derzeitigen Weltbild genau dieser Fehler«, präzisierte sie ihre Kritik. »Es liefert nach unzähligen Überarbeitungen nun endlich Ergebnisse, die mit den spärlichen Beobachtungen in Projekt *Telos* übereinstimmen. Ich nenne sie spärlich, weil sie naturgemäß nur einen winzigen Ausschnitt unserer Wirklichkeit darstellen können. Aber lässt sich daraus notwendigerweise die Gültigkeit des momentanen Weltbildes ableiten? Nein, denn wir könnten durch Zufall nur diejenigen Beobachtungen angestellt haben, die das simplifizierte wissenschaftliche Modell bestätigen!« Sie blickte in die Runde. »Damit erzähle ich natürlich niemandem etwas Neues. Dieses Dilemma finden Sie in praktisch jeder wissenschaftlichen Disziplin: generelle Verifizierbarkeit ist in empirisch abgeleiteten Hypothesen nicht erreichbar. Wir können nur falsifizieren; das hat man schon vor langer Zeit erkannt.«

Wieder bestätigte Hawling wortlos.

»Aber lassen Sie mich eine Frage dazu stellen«, richtete sie sich an den Strukturisten. »Decken wir die Möglichkeit induktiver Fehlschlüsse durch diese drei Promille ab?«

»Selbstverständlich.«

Sie lächelte süffisant. »Erstaunlich, wie man anhand von Stichproben aus einer praktisch unbegrenzten Grundgesamtheit zu allgemeingültigen, probabilistischen Werten gelangen kann.« Der Sarkasmus in ihrer Stimme war unüberhörbar.

»Sie wissen, dass sich bestimmte Barrieren für eine Logik der zweiten Ordnungsebene auflösen, Athena.«

»Mag sein; ich würde mir auch gar nicht anmaßen, die Berechnungen der LODZOEB infrage zu stellen.« Dennoch schwang in ihrer Erwiderung der Hauch einer solchen Absicht mit. »Im Grunde möchte ich nur auf Folgendes hinaus«, verdeutlichte sie. »Wir sollten diese drei Promille keinesfalls unterschätzen!«

Hawling schwieg.

»Niemand tut das«, versicherte Greg Nilsson. »Aber für mich sind die erfolgreichen Konvertierungen im Labor an so vielen Spezies eine gute Indikation dafür, dass es beim Menschen ähnlich verlaufen wird. Immerhin ist der Homo sapiens biologisch gesehen nichts anderes als ein Primat, ein Tierwesen, wenn Sie so wollen.«

Sie nahm sich sichtlich Zeit, um ihren Kopf dem Infrastrukturleiter zuzuwenden. Dann sagte sie, ein Auge leicht zusammengekniffen: »Was aber, wenn es zwischen Affe und Mensch einen qualitativen Dimensionssprung gibt, der unser Ichbewusstsein, das Denken, den Verstand, mit einem Wort, das gesamte Menschsein, erst *ausmacht*?« In ihrer Gegenfrage schwang eine Selbstsicherheit mit, die an brillante Schachspieler erinnerte und an deren Schadenfreude beim Anblick des Mienenspiels ihrer Gegner. Athena beobachtete die Reaktion ihrer Ratskollegen und ergänzte dann: »Wenn der Mensch mehr ist als nur ein evolutionär geringfügig modifizierter *Bonobo*, oder anders formuliert, wenn es eine immaterielle Komponente gibt, die in ihm eine tragende Rolle spielt, während sie im Tier nicht zum Vorschein kommt?« Und spitzzüngig setzte sie hinzu: »Oder fällt das in jenen Bereich, der für *unsere Ordnungsebene* nicht mehr fassbar ist?«

Ted Hawling schüttelte den Kopf. »Wer die Anatomie des Menschen studiert, wird nur wenig finden, das man als Innovation im Vergleich zu anderen Arten bezeichnen könnte. Denken Sie etwa an unsere Finger- und Handknöchel, wie sie zum Teil bereits Vögel und Fische aufweisen. Oder an die Kiemen unserer evolutionären Vorfahren und wie diese immer noch die Ausbildung menschlicher Hälse, Nasen und Ohren während der Ontogenese beeinflussen. Oder an das clevere Konzept der Augenlinsen, von dem viele Tiere Gebrauch machen. Warum sollte unsere Ratio eine Ausnahme sein?«

»Weil der Mensch Bücher schreibt, Maschinen konstruiert, Städte baut, virtuelle Welten entwirft, mit einem Wort: sich in Ebenen bewegt, die für seine evolutionären Vorgänger komplett unerreichbar waren? Oder glauben sie, eine Gruppe von Affenwissenschaftlern hätte irgendwann den Prototypen eines Homo sapiens bauen können, ähnlich wie Ihre Gruppe gerade am synthetischen Menschen arbeitet?«

Esther Diederich konnte nicht an sich halten und musste laut auflachen. Sie erntete dafür verständnislose Blicke von ihren ACI-geblockten Ratskollegen. »Tut mir leid. Aber die Vorstellung, die Athena gerade zum Besten gab, ist einfach urkomisch. Eine Gruppe Affen erweitert willentlich das eigene Genom und bringt auf diese Weise den Menschen hervor! Wenn das keine verschrobene Idee ist!«

Hawling räusperte sich. Die provokative Art, mit der die Progressiv-Ultraistin trotz des besänftigenden Effekts ihres Blockers argumentierte, belustigte ihn. Diplomatie gehörte nicht unbedingt zu ihren Stärken. »Ich sehe den Zusammenhang nicht, Athena«, gab er mit neutraler Miene zurück. »Betrachten Sie nur unsere Zellchemie und vergleichen Sie meinetwegen Nagetiere mit Menschen. Wie groß ist der quantitative Unterschied?«

»Genau deshalb sprach ich auch vom *qualitativen* Unterschied, Mister Hawling.«

»Die Nanokonvertierung läuft in erster Linie auf dem Niveau der Molekularbiologie ab. Ob es die von Ihnen postulierte immaterielle Welt – mit der Sie diesen ›qualitativen Unterschied‹ zu erklären versuchen – nun gibt oder nicht, spielt keine Rolle, weil Menschen und Tiere auf einer uns mittlerweile sehr gut bekannten Zellchemie aufbauen. Und nebenbei bemerkt: Halten Sie es nicht für wissenschaftlich unseriös, bei jeder Diskussion eine Komponente ins Spiel zu bringen, die nirgendwo einen offensichtlichen Niederschlag findet? Ich bitte Sie, Athena, argumentieren Sie doch mit Fakten!«

Jetzt ging de Soto dazwischen: »Ted, Sie erwähnten in Ihrem Bericht, dass es Ihnen gelungen ist, sämtliche Affen in unserer Testgruppe – insgesamt vierzehn Tiere – zu konvertieren und dass es keine auffallenden Verhaltensabweichungen gibt. Wie lange ist das her?«

»Das älteste Exemplar wurde vor circa zehn Monaten konvertiert. In allen Fällen begannen wir unsere Kontrollstudien erst nach einer mehrwöchigen Akklimatisierungsphase, damit sich die Tiere an die neuen Umstände anpassen konnten. Eine Auswertung der Untersuchung findet sich im Projektarchiv, wenn sich jemand selbst ein Bild davon machen möchte, inklusive Einschätzungen und Empfehlungen. Ich halte die Ergebnisse für überzeugend.«

»Und welche Kriterien wurden angewandt, um objektive Aussagen treffen zu können?«, erkundigte sich Athena, Hawlings Hinweis auf den Bericht des Forschungsteams völlig ignorierend.

»Detailliertes Monitoring primärer Verhaltensbereiche vorher und nachher mit Analysen durch assoziierte Maschinenintelligenzen – selbstverständlich unter Berücksichtigung jener Modifikatoren, die durch die Konvertierung zu erwarten waren.«

»Die da wären?«

»Veränderungen des Geschlechtstriebs zum Beispiel.«

»Haben wir nun eine Gruppe sexbesessener Affen in Ihrem Testenvironment, Ted?«, scherzte Esther und löste damit eine Welle leichten Amüsements im Rat aus.

»Eher das Gegenteil«, erwiderte Hawling mit einem verhaltenen Lächeln. »Wir haben ihre Fressfokussierung wohl ein wenig übertrieben ... Sie sind jetzt so desinteressiert an sexuellen Stimuli wie ein altersschwacher, auf einem Bein humpelnder Rest-der-Welt-Bewohner bei fünfundvierzig Grad Außentemperatur.«

»Solche Folgen sind uns doch auch bei ACI-Blockern bekannt.«

»Ja, aber in deutlich kleinerem Ausmaß. Hören Sie ...« Er wandte sich an den gesamten Rat. »Das alles klingt schlimmer, als es ist. Mit Nebeneffekten muss man immer rechnen, wenn an Schlüsselmechanismen gedreht wird. Laut Einschätzung der LODZOEB sollten sie durch *Finetuning* in den Griff zu kriegen sein. Wir haben unsere Prioritäten momentan eher auf andere Aspekte gerichtet, wie Sie sich bestimmt vorstellen können, und den Geschlechtstrieb der Affen hinten angestellt.«

Die Gesichter der ACI-geblockten Kollegen sowie das von Esther Diederich hatten sich jetzt wieder weitgehend neutralisiert. Er ergänzte vorsorglich: »Viel wichtiger ist die Tatsache, dass angelernte Verhaltensmuster und Persönlichkeitsmerkmale auch nach der Nanokonvertierung vollständig erhalten bleiben. Wir konnten dies mehrfach in Detailstudien überprüfen und stießen auf keinerlei bedenkliche Divergenzen. Und genau darin liegt das Kernkriterium für erfolgreiche Konvertierungen: in der Wahrung des Egos und der Persönlichkeit.«

»Die Affen sind also fast so wie vorher ... abgesehen von ihrem Sexualtrieb?«, fragte Athena mit gespieltem Gleichmut. Es war evident, worauf sie hinauswollte. Vermutlich kannte sie die Auswertung der Studie bereits.

»Natürlich versuchen wir immer noch, den einen oder anderen Aspekt zu optimieren, aber ihr Verhaltensmuster zeigt keine drastischen Auffälligkeiten. Die Tiere wirken ruhig und ausgeglichen. Das soll nicht heißen, dass wir frei von jedweder Abweichung wären. Es gibt Abweichungen. Neben den triebspezifischen Veränderungen zeigt sich beispielsweise eine sporadische Verminderung der Eigeninitiative, besonders bei höheren Arten. Doch auch hier wird es auf die Feinjustierung ankommen. Alles in allem stimmen uns die Ergebnisse sehr optimistisch, wenn man bedenkt, wie wenig uns physiologisch von den Menschenaffen trennt.«

»Was aber nicht heißen soll, dass Ihre Versuchstiere die Nanokonvertierung *völlig unverändert* überstanden«, beharrte Athena.

»*Völlig* unverändert blieben sie dabei nicht. Ist das ein Problem? Es gibt doch auch beim ACI-Blocker Verhaltensveränderungen. Oder wollen Sie behaupten, Ihr Gefühlsleben habe durch die Implantation keinerlei Reduktion erfahren, Athena?«

Sein Konter war rein rhetorischer Natur. Genauso fasste es die Angesprochene wohl auch auf.

»Trotz allem beeindruckend«, würdigte Greg Nilsson die Leistungen des Telos-Teams, vermutlich, um das Eis zu brechen, das sich gebildet hatte. Sein Kompliment schloss natürlich die LOD-ZOEB mit ein, ohne die man sonst nie zu einer praktikablen

Lösung gekommen wäre. Als ehemaliger Mitentwickler der berührungslosen *Inducer*-Technologie wusste er nur zu gut, wie schwierig technische Umsetzungen zuweilen sein konnten. »Affe, Version 2.0 sozusagen.«

»*Absolut* beeindruckend«, bestätigte Esther. »Auch wenn ich als Ultraistin dem synthetischen Menschen naturgemäß skeptisch gegenüberstehe.«

»Welche dieser Neuigkeiten können wir offiziell verkünden?«, fragte Angela McLean, die Außensprecherin von Anthrotopia. Sie wirkte trotz ihres kahlen Schädels attraktiv, ein Aspekt, der ihr in ihrer Rolle als externe Repräsentantin zugutekam.

»Einstweilen keine«, antwortete de Soto. »Ich würde diese Ergebnisse gern intern halten, bis wir Näheres wissen. Es sei denn, jemand hat Einwände dagegen.«

Niemand meldete sich.

»Gute Arbeit, Ted ... und Matt! Wir sind gespannt, wie sich die Sache weiterentwickelt. Ist das alles für heute, was den Forschungsbereich betrifft?«

»Da wäre noch etwas ...«, sagte Hawling ein wenig zögernd.

Der Vorsitzende wirkte für einen Moment überrascht, gab ihm aber dann durch ein Kopfnicken zu verstehen, dass er fortfahren solle.

»Ich stelle hiermit offiziell den Antrag auf Durchführung einer Nanokonvertierung an einem menschlichen Individuum.«

Totenstille. Damit hatte Hawling gerechnet. Bis dato war sich der Rat einig gewesen, dass *Telos* zu weit von einer ethisch unbedenklichen Realisierbarkeit entfernt sei. Doch angesichts des positiven Ausblicks seitens der LODZOEB und den guten Ergebnissen in der Primatengruppe schien es an der Zeit zu sein, diese Einschätzung zu revidieren.

»Ich will Ihnen den Grund dafür gern nennen: Jede Woche sterben Hunderte Bürger an den Folgen eines *Cellular Breakdowns*. Und noch viel mehr außerhalb der Großen Stadt. Sollen wir diesem sinnlosen Dahinraffen von Leben nicht langsam ein Ende bereiten? Mit jedem Körper verlieren wir eine Persönlichkeit!«

»Wie Sie wissen, Ted, denken die Ultraisten ein wenig anders darüber«, warf Esther ihre Bedenken ein. »Die Aszendologie lehrt uns, dass kein Geist verloren ist, auch wenn der Körper stirbt. Die *Persönlichkeit* oder die *Seele* – wie immer Sie diesen Aspekt unseres Seins bezeichnen wollen – ist irrelevant. Sie ist ein physisch induzierter Spiegel menschlichen Bewusstseins.«

»Das mag der Ultraismus so sehen, Esther, aber, bei aller Sympathie für Sie und Ihr Lager, es gibt keinen wissenschaftlichen Beweis, der Ihre Hypothese bestätigt.«

Er richtete das Wort an de Soto: »Ich schlage vor, morgen eine Sondersitzung einzuberufen, damit wir die weitere Vorgehensweise in *Telos* besprechen können. Es geht um eine Ausweitung unserer derzeitigen Ziele. Mein Anteil daran wird ein persönliches Opfer sein.«

Alle Sitzungsteilnehmer, selbst seine strukturistischen Kollegen, sahen ihn mit Befremden an. Nur Aleph schien mit den Gedanken ganz woanders zu sein. Er kannte den Plan bereits.

»Ja, es ist eine schwierige Situation«, reagierte Hawling auf die sichtliche Verwirrung. »Viele von Ihnen werden über ihren Schatten springen müssen. Doch der Rat hat Projekt *Telos* im bisherigen Umfang genehmigt, weil wir den *Breakdown* durch Anpassungen des *Extenders* mit unserem derzeitigen Wissensstand nicht verhindern können. Es bleibt nur die Nanokonvertierung übrig. Ich frage Sie: Wozu all die Mühen, wenn wir uns letztlich davor scheuen, die Erkenntnisse an unserer Spezies anzuwenden?« Mit einem beinahe beschwörenden Blick fixierte er die einzigen beiden Ultraistinnen, Esther und Athena. »Wäre es nicht langsam an der Zeit, die eigene Sichtweise zu überwinden und es so zu halten, wie wir es immer bei Beschlüssen tun, die das andere Lager betreffen? Jeder von uns versetzt sich in die Position der antragstellenden Partei – diesmal sind es die Strukturisten – und entscheidet, was für das allgemeine Wohl am besten wäre. Vergessen Sie nicht: Dieser Rat repräsentiert *alle* Gesinnungen der Großen Stadt und ist damit den Interessen *sämtlicher* Gruppierungen verpflichtet. Was ist schlimm daran, unser Wissen endlich dort einzusetzen, wo es am meisten benötigt wird?«

Er zögerte, war sich unsicher, ob er seinen Worten, die sich eigentlich selbst genügten, noch etwas hinzufügen sollte. Würde es eine Rolle spielen, wenn er eine Tatsache unterstrich, die ohnehin jedem hier klar sein musste? »Nebenbei bemerkt«, streute er mit gesenkter Stimme ein, »ist mir das auch ein persönliches Anliegen. Seit Jahren arbeiten wir an der Nanokonvertierung, um eine Lösung für das Manko des *BioBounds-Extenders* zu finden. Das war immer ein maßgeblicher Faktor für mich und für Matt. Eine so hochentwickelte Zivilisation, wie sie Anthrotopia und der Städtebund sind, darf einen biologisch auferlegten Tod auf Dauer nicht akzeptieren. Mit dem technischen Know-how, das wir besitzen, wäre es absurd, noch länger auf der Stufe des Tieres bleiben zu wollen.« Damit driftete er geradewegs auf ein Thema zu, das die Grunddebatte zwischen Strukturisten und Ultraisten ausmachte. Er musste zum eigentlichen Punkt kommen. »Wie gesagt, dieser Aspekt war für mich stets ein wichtiger Beweggrund, aber es gab noch einen anderen Antrieb ...«

Und auf diesen kam er nun zu sprechen. Er benötigte nur ein paar Minuten, um ihn zu skizzieren, in schnörkelloser Form, genau so, wie man es sich von einem Mann seines Kalibers erwartete. Trotzdem schien er in der kurzen Zeit einen schwachen Bogen der Solidarität zwischen den Lagern zu spannen. Hawling folgte dabei einer intuitiven Anwandlung, die sich ganz spontan entwickelt hatte und darin bestand, dass – wenn überhaupt – nur eine einzige Taktik den Ausschlag geben konnte: die Anhebung der Nanokonvertierung auf eine für jedermann nachvollziehbare persönliche Ebene. So hoffte er, an die Anteilnahme und das Verständnis der Ultraisten zu appellieren. Wenn er Glück hatte, ging sein Plan auf.

10: Der Student und die Außenseiterin

Die beiden Annexeanerinnen saßen nun schon bestimmt um die vierzig Minuten in Tschernenkos Bar, einem beliebten Treffpunkt für Leute jeglicher Herkunft und Gesinnung. Mit gerade einmal fünf besetzten Tischen wirkte der Ort um diese Zeit relativ verschlafen. Ruhig war es ohnehin immer, da man auch bei vollem Betrieb durch die selektiven Audiobarrieren keinen wesentlich höheren Schallpegel wahrgenommen hätte als jetzt. Die Bar war außerhalb von Ringkernstadt ED-40 errichtet worden, und so unterlag sie theoretisch nicht mehr dem Hoheitsgebiet der Systemüberwachung, zumindest nicht direkt. Offiziell befand sich der gesamte Bereich in der demilitarisierten Zone, jenem Gürtel der Stadt, in dem Waffen und externe Kampftruppen verboten waren und der unter ständiger annexeanischer Beobachtung stand. Diesen Umstand nutzten auswärtige Siedler, um dort mit ihren Familien ein mehr oder weniger kläglichen Dasein zu fristen. Da sie nicht zu den Bürgern von ED-40 zählten, hatten sie keinerlei Anspruch auf die sonst üblichen Dienstleistungen, mussten also selbst für Verpflegung und Unterkunft sorgen. Aber es war immer noch besser, als irgendwo im Rest der Welt zu hausen und den permanenten Angriffen durch die *Tribes* – oder manchmal auch den Kampfhandlungen der *Force*-Verbände – ausgesetzt zu sein. Darüber hinaus kämmte die Systemüberwachung den Bereich periodisch durch und trieb Unruhestifter ohne viel Federlesen in den Rest der Welt zurück, sodass die Lebensumstände hier eigentlich relativ akzeptabel waren.

Vor den beiden Frauen standen hohe bereifte Trinkflöten aus Glas, mit einer grünlich-türkis-blauen Flüssigkeit, die sich kunstvoll in drei farbigen Ebenen anordnete. Die Blonde, in ihrem eleganten, dunklen Hosenanzug und dem kragenlosen weißen Shirt eindeutig die formellere Erscheinung, rührte bedächtig mit dem Strohhalm in ihrem Drink und brachte so den interessanten Farbverlauf mehr und mehr durcheinander. Dabei folgte sie den Worten der rothaarigen, im weißen Einteiler gekleideten Tischnachbarin. Beide waren überdurchschnittlich attraktiv, Mitte zwanzig und in ihrem Auftreten weltdamenhaft sicher.

Einen Tisch weiter saß Nathrak Zareon, Student der Mikrophysik, zugleich Assistent eines schrulligen, unabhängigen Professors, der seine Forschungsstätte mit Hilfe von privaten Sponsoren unweit von ED-40 hatte aufbauen lassen. Nathrak kam öfter in die Bar. Durch ihre Nähe zum Labor diente sie ihm als eine Art Zufluchtsort, wann immer er die Arbeit für eine Stunde weglegen und auf andere Gedanken kommen wollte. Das half ihm, Denkblockaden zu überwinden, die sich bei langfristiger Beschäftigung mit ein und demselben Thema unweigerlich ergaben.

Vasili Tschernenko bot ein großes Spektrum an Drinks, Cocktails, Shakes, Imbissen sowie exotischen Spezialitäten an, und wenn man sich erst einmal an die zuweilen befremdende Klientel gewöhnt hatte, war die Bar gar nicht so übel. Durch die Audiobarrieren und die gestengesteuerten Bestellinterfaces an den Tischen kam man mit den anderen ohnehin kaum in Berührung.

Heute hatte Nathrak seine Audiobarriere ein wenig reduziert, in der Hoffnung, etwas von dem Gesprächsstoff der beiden Annexeanerinnen zu erhaschen, die sich schon seit längerer Zeit an einem der Nachbartische unterhielten. Leider konnte er nichts davon aufschnappen: sie saßen vollkommen isoliert in ihrer *Privacy Zone* und waren von seiner Position aus ebenso unhörbar wie die anderen Gäste. So musste er sich damit begnügen, hin und wieder einen flüchtigen Blick auf sie zu werfen, um zumindest ihre Gestik und Mimik mitverfolgen zu können.

Im Grunde wäre es für ihn belanglos gewesen, worüber die beiden sprachen, wenn er nicht ein persönliches Interesse an der Annexeanerin mit den langen roten Haaren gehabt hätte. Sie kam sonst allein, hockte dann aber meist an einem möglichst abseits gelegenen Tisch. Ihre einzige Interaktion bestand mit dem Kellner, der irgendwann vorbeikam, um den Drink zu bringen, den sie zuvor über das Bestellinterface – mithilfe ihrer implantierten IDCOPA (einem Identifikations- und Bezahltransponder für Bürger ohne *BioBounds-Extender*) – geordert hatte. Danach saß sie für gewöhnlich regungslos da, als ob sie sich in einem

Trancezustand befände, und schien alles andere komplett auszublenden. Deshalb hatte es Nathrak bisher auch nie gewagt, sie anzusprechen.

Er beobachtete sie heimlich. Schon allein die Art und Weise, wie sie dasaß – die betont aufrechte Haltung, die angewinkelten schlanken Arme und der konzentrierte Ausdruck in ihrem Gesicht –, zog ihn in ihren Bann. Fast hätte man meinen können, ihr Körper repräsentierte nur einen Platzhalter in der irdischen Welt, während ihr Geist die Dinge von einer höheren Wahrnehmungsebene aus überblickte, zumindest dann, wenn sie in einen solchen Daseinsmodus verfiel. Ihr schien überhaupt nicht bewusst zu sein, wie sehr Nathrak ihr Verhalten zu verfolgen pflegte. Vermutlich zählte sie ihn zu jener obskuren Gesellschaft, die Tschernenkos Publikum ausmachte. Jemand, den sie von einem Besuch zum nächsten einfach vergaß.

Normalerweise bereitete es Nathrak keine Probleme, auf Frauen zuzugehen. In den vergangenen Jahren hatten sich zwischendurch immer wieder lockere Affären ergeben, vor allem mit externen Bewohnerinnen, die – bedingt durch den Zeitgeist – nie von langer Dauer gewesen waren. Da er ohnehin keinen besonderen Hang zu Bindungen verspürte und ihm Beziehungen zum anderen Geschlecht noch nie emotionalen Halt verschafft hatten, kam ihm die Flüchtigkeit seiner bisherigen Kontakte nur gelegen. Aber diese rothaarige Außenseiterin fiel so sehr aus dem Rahmen des üblichen Frauenbilds, dass es ihm beim besten Willen nicht gelang, sie aus derselben oberflächlichen Perspektive wie die anderen zu sehen.

Zum ersten Mal im Leben galt sein Interesse nicht rein körperlichen Aspekten, sondern schloss die ungreifbaren Eigenschaften einer Persönlichkeit mit ein. Zwar stimmte in ihrem Fall auch die physische Erscheinungsform, doch viel mehr als diese faszinierte Nathrak das geheimnisvolle Auftreten der Fremden und die Selbstverständlichkeit, mit der sie sich von der restlichen Gesellschaft abschottete. Diese Wesenszüge machten sie noch mysteriöser und tiefgründiger. Dummerweise ergab sich daraus eine problematische Konsequenz: Ihre Reserviertheit würde es ihm schier unmöglich machen, auf herkömmliche Weise an sie heranzukommen.

Er blickte routinemäßig in Richtung der beiden Annexeanerinnen und zuckte unwillkürlich zusammen: die Einzelgängerin hatte sich erhoben und schien im Begriff zu sein, Tschernenkos Bar zu verlassen! Sie umarmte gerade ihre Tischnachbarin, küsste sie auf die linke und rechte Wange und steuerte daraufhin zielstrebig dem Ausgang zu. Wenig später öffnete sich die Tür, um die Rothaarige passieren zu lassen. Das leise Zischen, mit der diese hinter ihr zuglitt, war innerhalb der schützenden Audiobarrieren seiner *Privacy Zone* nicht zu hören.

Verdammt! Schon wieder eine verpasste Gelegenheit, die Unbekannte kennenzulernen!

Er spähte verstohlen auf ihre in der Bar verbliebene Freundin, die jetzt nach dem Aktenkoffer griff, einen VILINK-Stirnreif entnahm und ihn aufsetzte. Im Gegensatz zum anthrotopischen Reif wirkte die annexeanische Konstruktion wesentlich klobiger, reichte vorn bis knapp über die Augenbrauen und verlief an den Ohrmuscheln vorbei zum Hinterkopf. Auch die Front kam an die Eleganz seines Vorbildes nicht heran. Sie wies kein im harmonischen Fluss befindliches Symbol auf, wurde stattdessen nur von einem eingravierten statischen Muster verziert. Für die Bürger des Städtebundes erfüllte der Reif trotzdem seinen Zweck: Er bot eine externe Anbindung an die Basisfunktionen des VINETs, wie etwa dem Kommunikationscenter, dem Lokationsassistenten, Notiz- und Sketchbereichen und Ähnlichem, und stellte damit einen unentbehrlichen Begleiter jedes modernen Annexeaners dar.

Schon bald begann die Nachbarin in ihr VILINK-System zu sprechen, für Nathrak durch die Schallbarriere natürlich unhörbar. Anfangs schien sie einen ganzen Schwall an Informationen auf Lager zu haben. Dann legte sie immer öfter Pausen ein, senkte ihren Blick, um nachzudenken, spähte selbstversunken in die Ferne und nahm irgendwann ihren Monolog wieder auf. Nach etwa fünf Minuten war sie wohl am Schluss angelangt, denn sie setzte den Reif ab, platzierte ihn neben dem halbleer getrunkenen Glas und zog an ihrem Strohhalm. Für den Studenten war der Moment gekommen. Er musste handeln.

Er stand auf und ging auf den Nachbartisch zu. Keine zwei Sekunden später durchbrach er dessen Audiobarriere, wodurch er eigentlich gegen die *Privacy*-Auflagen der Bar verstieß. Doch das war Nathrak im Augenblick egal. Innerhalb des Audiokegels kam ihm Rosengeruch entgegen, und er vernahm Musik im Retrostil, die man vor so langer Zeit produziert hatte, dass er sich zunächst befremdet fühlte.

Die blonde Annexeanerin fixierte in streng.

»Entschuldigung, wenn ich so hereinplatze«, begann er.

»Ja?!«, erwiderte sie, sich langsam mit resolutem Gesichtsausdruck nach hinten lehnend.

»Darf ich mich kurz setzen?«

Sie sah ihn ratlos von oben bis unten an. »Hören Sie, junger Mann, ich habe nicht viel Zeit. Wenn Sie mir etwas mitzuteilen haben, dann beeilen Sie sich! In wenigen Minuten muss ich zum nächsten Termin.«

Sie nannte ihn doch tatsächlich »junger Mann«! Dabei konnte sie nicht viel älter sein als er! Oder trug sie einen *Extender*?

»Also!?«, fuhr sie ihn an, mit ihren blasslila lackierten Fingernägeln demonstrativ auf den Tisch klopfend. Unweigerlich fiel ihm die Uhr an ihrem Handgelenk auf, ein Relikt aus der Vergangenheit. Angesichts des Fakts, dass sie kurz zuvor noch mit ihrem VILINK gearbeitet hatte, mutete das höchst seltsam an.

»Darf ich mich vorstellen? Nathrak Zareon. Ich arbeite ganz in der Nähe an einem ... Forschungsprojekt.«

»Als Wissenschaftler?«

»Als Assistent.« Er setzte sich, obwohl sie ihn nicht dazu aufgefordert hatte.

»Schön. Und was hat das mit mir zu tun?«

Nathrak versuchte, die Situation mit einem hofierenden Lächeln abzumildern. Manchmal klappte das. »Die Geschichte mag sich für Sie banal anhören, Madame. Ich hoffe, Sie sind nachsichtig mit mir.«

Sie musste es sich sichtlich verkneifen, laut aufzulachen.

»Ma-dame!? Wo kommen Sie denn her? Lassen Sie das Madame weg und nennen Sie mich Miss Fawkes!«

»Sehr angenehm, Miss Fawkes«, erwiderte er, ihr freundlich zunickend. Die über den Pupillen haftenden Overlay-Linsen der Annexeanerin reflektierten schwach silbern. Da sie den VI-LINK-Reif abgenommen hatte, waren sie in einen inaktiven Betriebsmodus übergegangen.

»Also, Mister ... wie war noch mal Ihr Name?«

»Nathrak Zareon.«

»Nun, Mister Zareon. Was haben Sie für Probleme?«

Dieser Teil würde wohl der schwerste werden. Er überlegte, wie er sein Anliegen am besten vorbringen sollte. »Nun, die Sache ist die: Ich bin nicht zum ersten Mal hier. Wenn man sich den ganzen Tag mit Experimenten beschäftigt – die nicht immer spannend sind –, ist es manchmal erholsam, abzuschalten und sich mit jemandem zu unterhalten. Verstehen Sie?«

»Und ob ich Sie verstehe.«

»Eine Versuchsserie nach der anderen, das kann mit der Zeit ganz schön monoton werden. Und dazwischen wissenschaftliche Diskussionen. Da brauche ich hin und wieder ein Umfeld mit einfacher gestrickten Menschen.«

»Einfacher gestrickt? Das ist wirklich sehr schmeichelhaft von Ihnen!«

»Nein, nein«, rief er mit einer abwehrenden Handbewegung aus. »Nicht Sie, Miss Fawkes. Sie und die Dame, die vorhin an diesem Platz saß, gehören eigentlich gar nicht hierher. Ich meine damit die simplen Leute dort drüben.« Er wies in Richtung eines entfernten Tisches mit drei Gesellen, die an Schausteller erinnerten. »Wie auch immer, ich bin kein Freund vieler Worte, müssen Sie wissen.«

»So? Ich finde, Sie reden wie ein Wasserfall.«

Auf diese Entgegnung mussten sie beide lachen.

»Das ist sonst nicht meine Art, glauben Sie mir.«

»Sie meinen, nicht zum Punkt zu kommen?«

»Ich meine, fremde Damen anzusprechen und nicht zum Punkt zu kommen.«

Sie nickte und wurde ernster. »Gut, Mister Zareon, sagen Sie mir jetzt, worum es hier wirklich geht.«

Er zögerte, dann antwortete er: »Es geht um die Dame, mit der sie vorhin plauderten.«

»Ah!«, machte sie. »Um Marion. Wer hätte das vermutet?«

»Nicht, dass Sie jetzt denken, ich würde bei ihr anbändeln wollen ...«

»Nein?«

»Nein.«

Sie lachte. »Bitte, was dann?«

»Sie hat eine Ausstrahlung, als wäre sie ... wie jemand, der auf dieser Welt eigentlich nichts verloren hat und immer noch von dort träumt, wo er hergekommen ist.«

»Selig sind die Naturbelassenen, mein Freund. So eine Aussage würde wohl niemals von einem ACI-geblockten Mann kommen!«

»Wie darf ich das verstehen?«

»Nun, es ist nicht besonders vernünftig, von einer Dame zu schwärmen, die Ihrem Weltbild ganz offensichtlich zuwiderläuft.«

»Aber, sie ist doch eine Frau?«

»Daran ist kein Zweifel. Sehen Sie das Emblem auf meinem Jackett?«

Nathrak blickte genauer hin und sah die Anstecknadel.

»Wissen Sie, was es darstellt oder bedeutet, Mister Zareon?«

»Nein, verzeihen Sie, ich kann es kaum erkennen.«

Sie nahm die Nadel ab und zeigte sie ihm. »Es ist nur eine Andeutung dessen, was es repräsentiert. Das Zeichen der Heckenrose. Sagt Ihnen das etwas?«

»Nein, aber was hat das mit der anderen Dame zu tun?«

»Sie gehört derselben Gruppierung an wie ich: dem *Natural Way of Life*.«

»Dem *Natural Way of Life*? Damit fange ich nichts an.«

Sie seufzte. »Das ist eine Vereinigung von Frauen, die eine technisch möglichst unbeeinflusste Lebensweise anstreben. Eine Art Matriarchat im modernen Sinne. Männer spielen dort bloß eine Nebenrolle.«

Also kein *BioBounds-Extender*, dachte er. Wie war sie dann auf

»junger Mann« gekommen? Was, wenn er einen *Extender* getragen und älter gewesen wäre? Irgendetwas an seiner Art musste ihn verraten haben.

»Sie meinen, die Mitglieder dieses ... Matriarchats ... suchen nur die Nähe zu ihresgleichen?«, folgerte er.

Miss Fawkes lachte ungeniert; das passte gar nicht zu ihrem damenhaften Auftreten. »Nein! Keine von uns neigt zum eigenen Geschlecht.« Sie musterte ihn kurz, ehe sie mit einem sarkastischen Unterton anschloss: »Aber ich habe den Eindruck, dass Sie im Umgang mit Frauen kein unbeschriebenes Blatt sind und daher für Miss Splinten nicht infrage kommen. Außerdem«, fügte sie hinzu, »würde alles völlig anders ablaufen, als sich das Ihre romantische Fantasie zurechtgelegt hat.«

Er wagte einen zweiten Anlauf. »Es geht mir gar nicht darum, ihr den Hof zu machen. Ich würde sie einfach gern kennenlernen, nur so, von Mensch zu Mensch.«

»Soso.«

»Würden Sie mir dabei helfen?«

»Na hören Sie! Warum sollte ich? Ich kenne Sie doch nicht einmal!« Sie strich sich eine Strähne aus der Stirn. Mit ihren schulterlangen blonden Haaren und dem beinahe makellosen Gesicht war sie zweifellos eine attraktive Frau. Nathrak tat sich schwer damit, in ihr die Anhängerin einer offenbar feministischen Gruppierung zu sehen.

»Sie würden mir einen großen Dienst erweisen.«

So, wie er das sagte, klang er geradezu naiv und harmlos.

»Die Chancen stehen nicht gut für Sie! Und ob Sie überhaupt ihr Typ sind, ist eine ganz andere Frage. Frauen des *Natural Way of Life* fühlen sich normalerweise zu maskulineren Männern hingezogen. Und dazu zählen *Sie* wohl nicht.«

»Wie schon gesagt, es geht mir nicht darum, mit ihr zu flirten.«

»Und das soll ich Ihnen abnehmen?«

In Nathraks Kopf arbeitete es. »Was könnte ich tun, damit Sie mir helfen?«

»Hm«, machte sie und es klang für ihn wie eine kleine Verheißung. »Sie arbeiten doch an einem Forschungsprojekt. Erzählen

Sie mir etwas darüber! Vielleicht ergibt sich daraus eine Story. Ich bin Journalistin beim *World Mirror*, müssen Sie wissen.«

Er hätte viel dafür gegeben, um mit Marion in Kontakt zu kommen. Aber trotz allem war ihm sein Projekt heilig und die gute Beziehung zu seinem Mentor ebenso. »Miss Fawkes, Sie versetzen mich in eine unangenehme Situation! Ohne Rücksprache mit dem Professor kann ich Ihnen gar nichts sagen.«

Die Journalistin zwinkerte ihm vergnügt zu. Nathrak fühlte sich wie ein Fisch am Haken.

»Lassen Sie mich Folgendes vorschlagen: Sie beraten sich noch heute mit Ihrem Professor darüber, ob Sie mich einweihen dürfen. Ich bin nicht mehr lange in der Gegend, also müssten wir uns spätestens morgen, sagen wir um 15:00 Uhr, hier in dieser Bar treffen. Eine Stunde später wird Marion auftauchen, und wenn mir Ihre Geschichte gefällt, mache ich Sie miteinander bekannt. Wie klingt das für Sie?«

Nathrak verzog sein Gesicht und wirkte dabei so gequält, dass er der Annexeanerin unweigerlich leid tun musste, wenn sie nur über einen Hauch an Mitgefühl verfügte.

»Ich werde mein Bestes tun!«, versprach er.

Mit diesen Worten stand er auf und reichte ihr die Hand. Die Journalistin nahm sie im Sitzen – und mit festem, formellem Druck – entgegen. Offensichtlich war sie mit dem Ausgang des Gesprächs zufrieden.

11: In Lucys Schöpfungsresidenz

Es war früher Nachmittag, als Buechili seine Wohneinheit betrat. Ein angenehmer Duft der Frische kam ihm entgegen, von dem er beim besten Willen nicht hätte sagen können, in welcher Nuancierung er in freier Natur anzutreffen war und ob er überhaupt Anleihen bei irdischen Gerüchen nahm. Trotz seines artifiziellen Charakters schwang darin eine Vertrautheit mit, die sofort Unterschlupf in Buechilis Seele fand und ihn gefangen hielt.

Er konnte sich nicht erklären, wie diese Empfindung zustande kam, warum seine Psyche so und nicht anders auf jenen Duft reagierte, den seine Assistentin für ihn geschaffen hatte. Allerdings war es auch nichts Ungewöhnliches, dass sie mit ihren Kreationen erstaunliche Effekte erzielte, indem sie Tagesereignisse, Gemütsverfassung und Körperbefinden auswertete und einbezog. Dadurch löste sie immer wieder ein Gefühl des Heimkommens in ihm aus, ein Ambiente willkommenen Erwartens, mit dem sie seinen Bedürfnissen nach Ruhe, Besinnlichkeit und Harmonie auf geradezu raffinierte Art entgegenkam. Dieses Mal schien ihr eine außergewöhnlich überzeugende Komposition gelungen zu sein.

Er atmete tief durch, spürte den Keim von Vergnügtheit, fernen Erinnerungen und Frische in sich, der sich langsam zu einem faszinierenden Stimmungscocktail heranentwickelte.

»Ich fühle mich ...« Buechili sog den Duft ein weiteres Mal ein, bemühte sich, sein Empfinden akribisch in einzelne Stücke zu zerteilen, fand nach dieser Aufsplitterung aber nur ein Gemenge scheinbar zusammenhangsloser Eindrücke vor, von denen kein einziges Element die Basisnote der Gesamtkomposition traf. Gleichzeitig schien die Stimmung an Intensität zu verlieren. »Ich fühle mich ...«, wiederholte er seine Worte.

»Zu Hause?«, fragte Claire im gedämpften Tonfall.

»... jung«, antwortete er, als er das passende Attribut gefunden hatte. »Ja, jung, mit einem riesigen Potenzial in mir, das nur darauf wartet, umgesetzt zu werden.«

»Du assoziierst dieses Duftgemisch mit deiner eigenen Jugend?«

»Nein«, entgegnete Buechili, der jetzt bemerkte, wie das Gefühl unaufhaltsam seinen Rückzug antrat. »Ich sehe etwas viel Allgemeineres darin: den Wunsch, Ideen zu verwirklichen. Er ist naturgemäß in der Jugend am stärksten. Es handelt sich um eine Grundeigenschaft des Lebens.«

»Welche Art von Leben meinst du?« Die Beharrlichkeit seiner Assistentin konnte manchmal seltsame Dimensionen annehmen.

»Jede Art«, erwiderte er. »Biologisches, geistiges; vielleicht sogar künstliches. Immer geht es dabei um Ideen.«

Es erstaunte ihn, wie schnell sich die Empfindung abbaute. Er schritt durch den Vorraum und begab sich in das große Ambientalzimmer. Kaum hatte sich die Zwischentür geöffnet, da stürmte ihm schon Kater Moulin miauend entgegen. Als einer der wenigen Anthrotopier hielt Buechili noch ein Haustier. Obwohl ihm Sentimentalitäten als ACI-Blocker-Träger so gut wie fremd waren, wollte er sich nicht damit abfinden, in seiner Wohneinheit nur von einer Maschinenintelligenz in Empfang genommen zu werden, selbst wenn sie in einer so attraktiven Aufmachung wie Claire präsentiert wurde. Zu einem wahren Heim gehörte seiner Meinung nach etwas Lebendiges, das auf ihn wartete.

Moulin war ein Tigerkater, der gut sieben Kilo auf die Waage brachte und den man vor zehn Jahren aus archiviertem Genmaterial im Labor gezüchtet hatte. In Situationen wie diesen konnte er sehr zutraulich sein. Manchmal gab er sich jedoch auch verschlossen, etwa, wenn er abends im Zwielicht durch eine transparente Wand blickte und vor sich hin sinnierte. Oder wenn er einfach nur in die Stille lauschte.

Buechili hob das Tier hoch, setzte sich in einen der *Relaxiseats* und herzte es. Es schnurrte am ganzen Körper. Er dachte daran zurück, dass er sich einmal mit Moulin in eine virtuelle Welt begeben hatte, mithilfe eines eigens für Katzen konstruierten *Inducers*, um dort eine Art Dialog mit ihm zu führen. Freilich, als Kater verfügte Moulin nicht über die Fähigkeiten, in eine verbale Interaktion zu treten, aber das System hatte die emotionalen Veränderungen in dessen Neurostruktur analysiert, mit einer riesigen Datenbank, die einen Großteil menschlichen Schaffens und Denkens enthielt, abgeglichen, und dem Tier die passenden Worte quasi in den Mund gelegt.

Das Ergebnis war für Buechili erstaunlich gewesen. Er erinnerte sich daran, als Moulin – oder die Virtualumgebung, je nachdem, wie man es betrachtete – auf seinen Hinweis, domestizierte Katzen würden eine Vorliebe für das Miauen zeigen, geantwortet hatte: »Stimmt. Wir haben euch das Sprechen abgeschaut. Miauen ist unsere Art zu reden.« Daraufhin hatte Moulin in einer ehrwürdigen Geste den Kopf angehoben und blinzelnd festgestellt: »Aber erst durch uns seid *ihr* zu Philosophen geworden, oder zumindest manche von euch.« Eine Feststellung, die Buechili immer noch zu denken gab.

Trotzdem hatten sie das Experiment nie wiederholt. Dem Kater gefielen drastische Veränderungen nicht, wie sie sich durch den Transport in das Institut mit dem Katzen-*Inducer* ergaben. Außerdem bereitete ihm die physische Fixierung, mit der ein Verrutschen während des neuronalen Abgriffs verhindert werden sollte, sichtliches Missvergnügen.

»Ja, ich freue mich auch, dich zu sehen«, flüsterte Buechili jetzt dem schnurrenden Fellbündel auf seinem Schoß zu. Draußen stand die Sonne wie eine Feuerkugel über den Wohneinheiten. Ein Teil dieses Lichts fiel durch die halbtransparenten Wände.

Als Moulin genug von den Zärtlichkeiten hatte, sprang er auf den Boden und suchte ein abgelegenes Plätzchen, um mit dem üblichen Reinigungsritual zu beginnen. Buechili erhob sich ebenfalls. Laut *Neurolink* fand das vereinbarte Treffen mit Lucy in wenigen Minuten statt. Er ging in den *Inducer*-Raum, schloss die Tür, damit ihn der Kater nicht störte, und machte es sich auf der Liege bequem, in Gedanken bei seiner virtuellen Assistentin, die für kurze Zeit durch eine Geruchskomposition das Gefühl der Jugend in ihm wiedererweckt hatte. Verblüffend, wie eine Maschinenintelligenz mit derartigem Fingerspitzengefühl in seinen Emotionen kramen konnte! Was würde wohl geschehen, wenn solche Fähigkeiten in falsche Hände gelangten?, fragte er sich.

Etwa in die der *Force of Nature*? Wenn jemand eine ganz konkrete Ausrichtung im Rest der Welt anpeilte, also in Gegenden, in denen die Menschen leichter zu manipulieren waren, da sie über keinen ACI-Blocker verfügten. Das wäre problemlos möglich gewesen, man hätte nicht einmal Gewalt dafür aufwenden müssen. Eine nahezu perfekte Form der Verknechtung.

Er gab das Zeichen zum Start, woraufhin das zunächst unnachgiebige Material der Liege die Eigenschaften einer weichen, formgebenden Masse annahm und sich so ausrichtete, dass er schon bald komfortabel gebettet war. Zusätzlich schmiegte sich die Substanz seitlich an Rumpf, Gliedmaßen und Kopf an, hielt ihn auf diese Weise in einer exakten Position fixiert, ohne dabei das geringste Gefühl von Einengung aufkommen zu lassen. Indessen senkte sich von oben geräuschlos eine haubenartige Konstruktion – der eigentliche *Inducer* – mit nach vorn gerichteter Öffnung, kam am Kopfende der Liege zum Halten und schob sich dann so lange vor, bis sie Buechilis Schädel und Brust umschloss.

»Mit deiner Duftkomposition hast du dich heute selbst übertroffen«, sagte er wie beiläufig zu Claire.

»Sie ergab sich aus deiner Verfassung«, erwiderte die Assistentin.

Natürlich hätte eine Manipulation dieser Größenordnung, wie sie ihm eben durch den Kopf gegangen war, den Grundgedanken von Anthrotopia – individuelle Freiheit in einem Gesellschaftsgefüge höchster Ordnung – ad absurdum geführt, wenn sie innerhalb der Stadt zur Anwendung gekommen wäre und sie der Blocker zugelassen hätte. Im »Bollwerk Mensch« respektierte man den Wert und den persönlichen Beitrag jedes Einzelnen (solange er sich an die Grundregeln hielt), betrachtete das Individuum als tragenden Pfeiler kollektiver Schaffenskraft. Nur potenziell destruktive Tendenzen verhinderte man, besonders solche, die zur Heranbildung von terroristischen Interessensgemeinschaften führen konnten.

»Reden wir später darüber«, murmelte Buechili, dessen Schädel in der Zwischenzeit zusätzlich fixiert worden war, um ein Verrutschen zu verhindern. »Ich treffe mich jetzt mit Lucy.«

»In Ordnung«, gab Claire zurück.

»Keine Mitteilungen, solange ich im VINET bin! Nur Notrufe.«

»Verstanden!«

Er schloss die Augen und entspannte sich, während die Sensoren des *Inducers* die exakte Position seines Kopfes und seiner Halswirbel scannten, um eine Eins-zu-eins-Kopplung zwischen Neuroinduktionsfeldern und Buechilis Körper zu garantieren. Nun würde er den Strom seiner Gedanken langsam zurückfahren und sich nach und nach von der ihm bekannten Wirklichkeit lösen. Wie immer dauerte es eine Weile, bis er das Tagesgeschehen verdrängen konnte und der Wirbelwind in seinem Kopf allmählich zum Erliegen kam. Jeder *Inducer*-Nutzer hatte sein eigenes System entwickelt, wie er diesen Prozess möglichst schnell hinter sich brachte. So auch er.

Nachdem sich die störenden Fragmente seiner Psyche verflüchtigt hatten, ebbten alle unerwünschten Emotionen ab, und es trat ein dimensionsloses Ich in ihm hervor, ein Schatten seiner sonstigen Existenz. Zu diesem Zeitpunkt spürte er bereits, wie etwas behutsam in sein neuronales Gefüge eingriff, wie sich ein Zustand des Wohlseins in ihm ausbildete und er langsam, aber unaufhaltsam, in den Modus eines mehr und mehr sinnenentbundenen Daseins gelangte, das sich den neutralisierenden Einflüssen des *Inducers* ergab. Das dabei einsetzende Gefühl wäre am ehesten mit jenem Taumel zu vergleichen gewesen, der sich vor einer Ohnmacht bemerkbar macht, wenn man mit Schrecken das Schwinden des eigenen Bewusstseins gewahrt. Doch ehe Buechili vollständig in die Besinnungslosigkeit fiel, griff unversehens etwas Externes in seine Psyche ein, presste ihn in die Fugen einer veränderten Realität, sodass er sich wenig später – ob er es nun wollte oder nicht – in ihrem künstlichen Geflecht wiederfand.

An diesem Punkt kam in Buechili das übliche Gefühl von Fremdheit und Distanz auf, so, als ob er den Bewusstseinsinhalt und das Körperempfinden einer anderen Person aufgenötigt bekäme, wodurch er das wichtigste Gut des Menschen, seine innere Freiheit, zu verlieren schien. Zum Glück währte auch diese

Konfusion nur kurz. Der daraufhin eingeblendete schemenhafte Datenraum leitete die nächste Phase ein, die als Basis für die vollautomatischen Kalibrierungsabläufe des *Inducers* diente. Die meisten Teilnehmer empfanden sie als die unangenehmste Etappe, da mit ihr kurzfristige Schwindelgefühle, Pseudohalluzinationen, psychische Verwirrungen, Körperlosigkeitsempfinden und affektive Zustände einhergingen. Dessen ungeachtet war sie für das System unverzichtbar: nur so konnte es eine möglichst optimale Übereinstimmung zwischen Hirnphysiologie und Neuroinduktionsfeldern gewährleisten. Buechili brachte das Stadium mit abgeklärter Routine hinter sich.

Damit hatte er die letzte Hürde überwunden und fand sich nun im Eingangsportal des VINETs wieder. Im Gegensatz zur konventionellen Wahrnehmung der Alltagswelt stellte sich dieses derart makellos und brillant in seinem visuellen Kortex dar, dass er jedes Mal darüber staunte, welche Leistungen das menschliche Nervensystem vollbringen konnte, wenn es mit passenden Eingangssignalen gespeist wurde. Ohne Zweifel war hier alles künstlich: der farbenprächtige, bewegte Hintergrund, die zahlreichen Indikatoren, die ihn über Neuigkeiten informierten, und natürlich das gestochen scharfe Abbild seiner virtuellen Assistentin. Und doch präsentierte sich jeder Bestandteil dieser Welt auf eine Weise, dass man nur allzu gern an dessen Echtheit geglaubt hätte.

»Willkommen, Darius!«, begrüßte ihn Claire. »Bereit für den Sprung in Lucys Refugium?«

»Ja!«, bestätigte er. »Bereit.«

Nachdem er die Worte ausgesprochen hatte, kollabierte die Umgebung um ihn herum zu einem einzigen Punkt, um sich wenig später vollkommen neu wiederaufzubauen. Der Teleport versetzte ihn direkt in das Treppenhaus von Lucy Hawlings VINET-Turm, unmittelbar vor die konservativ eichene Tür zu ihrem Arbeits- und Wohnzimmer. An den gemauerten Wänden hingen in regelmäßigen Abständen Leuchtkörper, warfen ihr gedämpftes Licht auf die im weiten Bogen der kreisförmigen Peripherie folgenden Steinstufen.

Buechili klopfte, wartete auf Antwort. Keine Reaktion. Weder vor noch hinter der Tür war auch nur das geringste Geräusch zu vernehmen.

Er klopfte ein zweites Mal, diesmal stark genug, um einen hörbaren Nachhall zu erzeugen. Nichts. Zum Donnerwetter! Hatte sie am Ende gar den Termin vergessen?

»Lucy!?«, rief er. »Bist du da?«

Stille.

Sollte er warten, bis sich die Tür von selbst öffnete? Was aber, wenn sich später herausstellte, dass er nur hätte eintreten müssen? Ein Versuch schadete nicht, entschied er. Er drückte ein wenig unsicher die Klinke herunter, verlagerte sein Gewicht gegen die Tür und spähte durch den entstandenen Spalt.

»Lucy!?«

Immer noch keine Antwort.

Es blieb ihm nichts anderes übrig, als einzutreten. Und hier wartete bereits die nächste Überraschung: Hinter der Tür gab es überhaupt kein Zimmer, sondern nur eine riesige, schier unbegrenzte Räumlichkeit! Darüber spannte sich ein dunkler Horizont mit schwachem Hintergrundleuchten, so, wie er es aus seiner Jugend kannte, wenn er kurz vor Einsetzen der Dunkelheit den Abendhimmel betrachtet hatte. Gespenstische Stille beherrschte die gesamte Szenerie. Er schien völlig allein zu sein. Aber wie war das möglich? Lucy hatte ihn doch für diese Zeit in ihren Turm eingeladen!

Er richtete seine ganze Aufmerksamkeit auf die weiträumige Umgebung, versuchte, bis an ihre Grenzen in sie hineinzuhorchen, ein Unterfangen, das im VINET tatsächlich realisierbar war, da es die Intentionen des Teilnehmers bis zu einem gewissen Grad erkennen und entsprechend darauf reagieren konnte. So kam es, dass er schließlich fernes Knistern vernahm, ein von weit her an ihn herangetragenes Geräusch, das trotz vielfacher Verstärkung durch das VINET gerade noch im Bereich des Hörbaren lag. Er bemühte sich, der Ursache auf den Grund zu kommen, sah in genau jene Richtung, aus der das Knistern kam, und wahrhaftig: dort funkelten ein paar winzige Lichtpunkte, knapp über dem Horizont.

Der Anblick fesselte ihn, ließ ihn unbewusst einige Schritte nach vorn gehen, geradewegs in die Finsternis hinein. Es dauerte nicht lange, bis er zu begreifen begann, was er hier sah: Unweit von ihm befand sich eine vom VINET generierte Dimensionsfalte, die Lucy von der restlichen Cyberwelt entkoppelt hatte und die sich nun – wie ein umgekehrter Trichter – aus der Szenerie herausstülpte, um ein separates Umfeld zu bilden. Mit solchen Hilfsmitteln gelang es Virtufaktbildnern, alternative Sphären zu konstruieren und sie nach Belieben zu modellieren – zumindest stellte sich dies einem externen Beobachter so dar, denn für die Künstlerin selbst unterschied sich der frei modellierbare Raum um nichts von einer eigenständigen VINET-Kreation.

Hier entstand etwas, das auf den ersten Blick diffus wirkte. Als er das Objekt fokussierte und die Simulationsumgebung sein Interesse gewahrte, erhöhte sich der Detailgrad, nahm schon bald den Großteil seines Sehfeldes ein. Dadurch präsentierte sich eine deutlich wahrnehmbare Anordnung, bestehend aus kugelartigen, silbergrauen Gebilden, die sich langsam von ihm zu entfernen schienen, wie die dreidimensionale Gitterstruktur einer riesigen Metalloberfläche unter stark abnehmender Vergrößerung. Immer weiter bewegte sie sich von ihm weg, immer kleiner wurden die Kugeln, doch die Gesamtstruktur kam zu keinem Ende. Ab einem bestimmten Punkt war die geometrische Form der Einzelelemente nicht mehr zu erkennen; die Verkleinerung setzte sich dennoch fort. Das tat sie auch noch, als außen plötzlich eine überdimensionale Sphäre zum Vorschein kam, die alles Übrige in sich einhüllte, ohne ihm jedoch Grenzen aufzunötigen, sodass sich die körnchenartigen Lagen trotz der hinzugekommenen Umschließung in endloser Verschachtelung aufwickelten.

Indessen vergrößerte sich der Maßstab weiter, wodurch die eben auf der Bildfläche erschienene Riesensphäre schrumpfte, sich sukzessive zusammenzog, kleiner und kleiner wurde, bis sie nur noch einen Bruchteil ihrer ursprünglichen Ausdehnung einnahm. Kurze Zeit später wurden Nachbargebilde mit analogem Aufbau sichtbar, silberne Objekte mit milchigem, verwaschenem Inneren. Jedes davon stellte einen Verbund von unzähligen Komponenten dar, doch mit zunehmendem Abstand wirkten sie schon bald wie die eingehüllten Winzigkeiten zu Beginn der Szene, nahmen sogar eine ähnliche Anordnung an, nur schienen sie einer komplexeren, verflochteneren Gitterstruktur zu folgen, Tausende von Blasen mit granulösen Kernen. Dieses Schema wiederholte sich in stetigen Abwandlungen. Es war wie ein Kaleidoskop, mit dem Unterschied, dass die Vielfalt des Gemenges nicht in farblichen Mustern bestand, sondern in räumlichen Verschränkungen.

Ein faszinierendes Treiben, fand Buechili, und für einen Moment stellte er sich die Frage, ob Kunstwerke wie diese irgendwo einen sichtbaren Niederschlag in der aszendologischen Wirklichkeit zeitigten. Hatte der Homo sapiens mit der *Inducer*-Technologie womöglich ein diffiziles Hilfsmittel geschaffen, um aus seiner beschränkten Welt heraus geistig wirken zu können? Oder repräsentierte das VINET nur ein unscharfes Spiegelbild davon, was später vielleicht einmal durch geistige Kräfte möglich sein würde, eine Art Sandkiste für erwachende Geschöpfe, in Vorbereitung auf künftige Fähigkeiten jenseits einengender Körperkorsetts?

Beides erschien ihm denkbar. Er hätte noch gern ein wenig länger darüber reflektiert, wurde jedoch abgelenkt, da er plötzlich nach vorn glitt, ganz so, als ob er auf einer schiefen Ebene ins Rutschen käme. Ein Blick in Richtung Tür bestätigte seinen Verdacht: er war schon ein gutes Stück weggedriftet. Was geschah hier!?

Die Wirkung eines Gravitationsfeldes, schoss es ihm durch den Kopf (ohne sich die Frage zu stellen, welchem Zweck es überhaupt dienen sollte). Nur keinen Schritt weiter! Er stemmte sich mit aller Kraft dagegen, brachte seinen Körper zusätzlich in eine kompensierende Schräglage, doch die Bemühungen zeigten keinerlei Effekt, im Gegenteil, es schien dadurch sogar schlimmer zu werden! Schließlich tat er das, was ihm angesichts der Verfahrenheit seiner Situation als das Beste erschien: Er warf sich auf den Boden, um die Flächenhaftung zu erhöhen und rief so laut nach Lucy, wie er konnte.

»Warum schreist du denn so!?«, kam es vorwurfsvoll aus der Dimensionsfalte zurück. Es war eindeutig die Stimme der Künstlerin.

»Unser Treffen heute«, keuchte er und spürte, dass er trotz seiner Strategie mit der Bodenhaftung weiterhin vorwärtsdriftete. »Ich ... ich kann mich nicht mehr halten!«

In diesem Moment rollte sich die Umgebung entlang der Trichterachse zusammen, kleiner und kleiner werdend, bis sie an der Grenze des Darstellbaren in eine winzige, langgestreckte Röhre komprimierte, um dann explosionsartig in den vom VINET neu errechneten Raum überzugehen.

Sekunden später umgab ihn Lucys behaglich eingerichtetes Wohnzimmer, und es suggerierte dabei eine dermaßen selbstverständliche Unschuld, dass die eben erlebten Umstände geradezu grotesk wirkten. Auf einem eleganten Tisch mit Rauchglasplatte stand eine mit Südfrüchten und Trauben gefüllte Schale; daneben mehrere auf Servietten gestürzte Gläser und eine Karaffe mit Rotwein. Links und rechts, an den Schmalseiten des Tisches, komplettierten zwei aus Weide, Peddigrohr und Bambus geflochtene Schaukelstühle das Bild. Im rechten saß Lucy, die jetzt einen mit Ornamenten bestickten Hausanzug trug. Heruntergebeugt zu Buechili bemerkte sie ein wenig spöttisch: »So kenne ich dich ja gar nicht, Dari! Du liegst wie ein Kavalier der alten Schule vor mir auf dem Boden. Nur die Rosen fehlen noch, dann wäre die Werbung perfekt!«

Er stand auf und klopfte sich den Overall ab (was gar nicht notwendig war). »Mach dich nur lustig über mich. Bei deinem Schaffensdrang scheinst du vergessen zu haben, dass wir verabredet waren!«

Lucy blieb ruhig auf dem Schaukelstuhl sitzen. Ihr rechter Fuß ruhte auf einer Querstrebe, der andere war schräg übers Knie gelegt. Die Hände hatte sie gefaltet. »Ich habe den Termin nicht vergessen, mein Lieber«, stellte sie richtig, »sondern nur meine Arbeit ein wenig überzogen, aber das wird mir dein Großmut gewiss verzeihen.«

Mit ihrem silbernen Haar und dem leicht schimmernden Teint wirkte sie in diesem Umfeld wie eine Märchenprinzessin bei einer Privataudienz.

»Ein neues Virtufakt?«

»Ja. Etwas, das sich stark von meinen bisherigen Kreationen unterscheidet. Leider bleibt mir nicht mehr viel Zeit, um es umzusetzen.«

12: Lucys Plan

Die Virtufaktkünstlerin stand auf, hob die Karaffe und schenkte in zwei Weingläser ein. »Bitte nimm Platz. Du ahnst vermutlich, warum ich dich hergebeten habe.«

Buechili folgte ihrer Aufforderung. Für gewöhnlich war Lucy schwer durchschaubar. Er erinnerte sich daran, wie sie einmal gemeinsam versucht hatten, Basisstrukturen des Seelenlebens aufzuspüren, Element für Element. Das war eine seltsame Diskussion gewesen, die letztlich dahin geführt hatte, die Beeinflussung der menschlichen Psyche durch den ACI-Blocker aufs Korn zu nehmen, und er war sich dabei des Öfteren wie ein Patient auf der Couch eines Cyberpsychiaters vorgekommen. Auf Basis dieser Studien hatte Lucy ihre erste *Throttled*-ACI-Virtufaktserie entwickelt, die zuweilen gefährlich nah an den Grenzbereich ging.

Ein andermal war sie mit einem ihrer Projekte nicht weitergekommen und deshalb am Boden zerstört gewesen. Damals hatte *er* die Rolle des Psychiaters übernehmen müssen und die Künstlerin in ihrem virtuellen Zimmerchen seelisch wieder so weit aufgepäppelt, dass ihre Fantasie irgendwann von selbst zurückgekehrt war.

Doch heute würde ihn wohl ein völlig anderes Thema erwarten. Sie hatte es bei einem ihrer letzten Gespräche bereits angedeutet, und, dass sie darüber reden müssten, sobald sich die Gelegenheit ergäbe.

»Deine biologische Lebenszeit nähert sich dem Ende«, antwortete Buechili.

»So ist es!«

Beide hassten sie blumige Umschreibungen, und somit war er mit seiner direkten Gangart auf der sicheren Seite. Trotzdem fiel es ihm nicht ganz so leicht, wie es nach außen hin schien: immerhin ging es um den Zerfall von Lucys Körper und um ihren endgültigen Weggang aus der irdischen Realität. Wenn sie Glück hatte, blieben ihr noch ein bis zwei Jahre bis zum *Breakdown*.

»Du kennst ja die Ansichten der Ultraisten über Leben und

Tod«, sagte er. Sie hatten sich wahrhaftig schon oft genug damit befasst.

»Ja, aber ich mag deine Exkurse, in denen so viel Optimismus liegt. Sprich ruhig noch mal darüber! Es tut gut, dir zuzuhören.«

Es störte Buechili nicht, dass Lucy ihn um diesen Gefallen bat, obwohl sie bereits beinahe jede Facette der aszendologischen Basistheorie kennengelernt hatte. Das zeigte nur, wie stark sie mit einigen Aspekten des Ultraismus sympathisierte.

»Gern! Wenn es dir Freude macht ...« Und vielleicht würden dabei ein oder zwei weitere Gedankenkonstrukte auf fruchtbaren Boden fallen, dachte er. »Wie du weißt, geht die Aszendologie davon aus, dass Leben in der vertrauten Form nur ein Zwischenzustand unserer Entwicklung ist. Das Ereignis von Geburt und Tod grenzt uns nach vorn und hinten ab, ermöglicht eine lose Kopplung zwischen der biologischen Existenz und unserem geistigen Konnex.«

Sie rückte die vor ihnen platzierten Weingläser zurecht und nickte ihm zu.

»Auf hiesiger Ebene erscheint uns das Leben kurz und ohne Sinn, da wir den direkten Kontakt mit unserem Geist verloren haben. Von höherer Perspektive aus gesehen beeinflusst das Leben aber seinen Reifegrad, wodurch wir auf der Erkenntnisvertikalen auf- oder absteigen. So entwickelt sich Geist – unter dem Einfluss übergeordneter Strukturen – stufenweise nach oben oder fällt nach unten, je nach Lebensführung, und kann – durch ›Induktion‹ – auch auf niedrigere Daseinsformen wirken. Der Kosmos ist eine Allegorie dieses Prozesses: die Unbeschränktheit des Geistes und seiner Fürstentümer lassen ihn zu keinem Ende kommen. Wenn du stirbst, Lucy, und ich meine damit natürlich ›sterben‹ im biologischen Sinne, dann bleibst du entweder auf derselben Ebene, sinkst ab oder steigst auf. Im letzten Fall wirst du ein höheres Erkenntnisniveau einnehmen.«

»Auf die Unbeschränktheit des Geistes!« Sie hob das Glas und stieß gegen das seine an.

Nachdem sie getrunken hatten, meinte sie: »Höre, Dari: Du weißt, dass mir an zwei Menschen besonders viel liegt. Der eine ist mein Bruder Ted, der mir nicht nur familiär nahe steht, sondern den ich auch seiner Fähigkeiten und seiner Persönlichkeit wegen bewundere. Er hat den *Extender* mitentwickelt und noch eine Menge anderer Dinge, die in unserer Welt nicht mehr wegzudenken sind.«

»Ja, er ist sehr begnadet. Aber du bist es ebenso!«

Sie ging kommentarlos darüber hinweg. »Der andere bist du. Zwischen uns beiden herrscht ein Gleichklang, eine Art Harmonie, als ob wir – wie würdest du es formulieren? – eine geistige Einheit bildeten. Im Grunde ist das erstaunlich. Du bist durch und durch Ultraist, während ich keine der vorherrschenden Strömungen favorisiere und meine Fühler mal hierhin, mal dorthin ausstrecke. Und doch scheint es eine gemeinsame Basis zu geben, die uns verbindet. Ähnlich ist es bei dir und Ted: eure Gesinnungen mögen konträr sein, aber Freunde seid ihr trotzdem. Weißt du, was ich damit sagen will?«

»Du magst uns beide, jeden auf seine Weise, und wünschst, dass sich das Verhältnis zwischen Ted und mir auch später nicht abkühlt.« Mit »später« meinte er natürlich die Zeit nach ihrem zellularen *Breakdown*.

»Das wäre mir sehr recht«, erwiderte sie nachdenklich, und Buechili begriff, dass es um mehr ging als um die bloße Erhaltung ihrer Freundschaft.

Sie wippte auf dem Schaukelstuhl, schwieg eine Weile, und sagte dann: »Ich bin dabei, ein Virtufakt zu schaffen, Dari. Etwas, das einen ganz konkreten Zweck erfüllen soll und nicht so abstrakt wie meine bisherigen Arbeiten sein wird.«

»Wieder ein Experiment?«

»Es ist eher ein Tribut an die Aszendologie.«

»Bist du endlich mit dir ins Reine gekommen, was deine Gesinnung betrifft?«

»Ich bin längst mit mir im Reinen!«, lachte sie. »Ist es so schlimm, wenn ich beiden Richtungen etwas abgewinnen kann? Es ist nur eine Frage der Perspektive. Und da ich mit zwei unbeirrbaren Vertretern aus gegnerischen Lagern sympathisiere, ist das auch zu erwarten, findest du nicht?«

Ihre Argumentation hatte eine gewisse Schlüssigkeit, das musste er zugeben.

»Dieses Virtufakt«, schloss sie an ihren früheren Gedanken an, »gibt mir Gelegenheit, die Welt von deinem Gesichtspunkt aus zu sehen, sodass ich nicht umhin komme, Vergleiche zu treffen, die eine starke ultraistische Prägung haben. Es ist eine faszinierende Welt, und ich muss gestehen, dass ich ihre Schönheit erst mit meiner jetzigen Reife in ihrem vollen Umfang ...« Sie suchte nach einer passenden Formulierung, während sie mit der rechten Hand abwägende Gesten andeutete. »... erfühlen kann. ›Begreifen‹ wäre nicht der richtige Ausdruck dafür. Für mich als Gestalterin von Virtufakten ist das natürlich kein Neuland, wohl aber, mich in eine andere Person hineinzuversetzen und die Wirklichkeit in neuen Farben wahrzunehmen. Bisher habe ich mich bei meinen Schöpfungen eher von eigenen Vorstellungen leiten lassen ...«

»Du arbeitest also an einem Kunstwerk, das die ultraistische Gesinnung widerspiegelt«, riet Buechili.

»Im Prinzip ja«, bestätigte sie. »Nur wäre das nichts Neues, denn damit habe ich mich früher auch hin und wieder beschäftigt. Lass es mich so formulieren: Ich konstruiere ein Virtufakt, in dem das Weltbild der Aszendologie in seiner Ganzheit erkennbar wird. Es erwacht darin gewissermaßen zu abstraktem Leben, vom kleinsten Partikel bis zu galaktischen Fürstentümern. Und es bildet Gärten mit blühender Ideenpracht, in denen jedes Geschöpf seinen mehr oder weniger großen Teil beiträgt, sprüht dabei nur so vor Freude und Schaffenseifer. Man könnte es auch als gelebtes Wollen in einem nie endenden Feuer von unvorstellbarem Potenzial beschreiben, verstehst du das?«

Es war sichtlich anstrengend für Lucy, derartig starke Empfindungen in Worte zu kleiden. Üblicherweise bediente sie sich lieber Mechanismen, mit denen sie ihre Visionen direkt greifbar machen konnte, statt das Instrument der Sprache zu gebrauchen.

»Doch ich möchte dir nicht zu viel verraten.«

»Und wann darf ich es sehen?«

»Nicht sehen. Erleben!«, korrigierte sie. »Es ist mehr als ein visuelles Wahrnehmen.«

»So meinte ich das auch.«

»Ein wenig davon hast du möglicherweise schon mitbekommen, als du in die Dimensionsfalte gerutscht bist. Aber das gesamte Konstrukt – wenn du es so nennen willst – ist noch im Werden. Ich lasse es dir zukommen, wenn meine biologische Lebenszeit zu Ende geht. Es ist mein Vermächtnis an dich und gleichzeitig ein Beweis dafür, dass sich ein beträchtlicher Teil von mir mit den Konzepten der Ideenmetrik verbunden fühlt.«

»Und der andere, hoffentlich kleinere Teil?«, erkundigte sich Buechili.

»Liebäugelt mit der Gegenseite, ohne darin einen Widerspruch zu sehen. Ich finde nämlich, dass die Aszendologie sehr gut mit dem Strukturismus konform gehen kann, wenn man sie nur aus dem richtigen Blickwinkel betrachtet.«

»Gibt es auch ein Vermächtnis *dafür*?«

»Selbstverständlich. Es wird Ted zugutekommen.« Sie sah ihn mit prüfendem Blick an, als wollte sie vorher noch Klarheit darüber erlangen, wie er das, was jetzt folgte, verkraften würde. »Um es kurz zu machen: Ich habe mich dazu entschlossen, an einem Forschungsprojekt namens *Telos* teilzunehmen. Ziel ist die Überwindung der *Extender*-Grenzen.«

»Und welche Rolle wirst du dabei spielen?«

»Die Hauptrolle.« Und mit gesenkter Stimme ergänzte sie: »Bitte behalte das einstweilen für dich. Das Projekt unterliegt der Geheimhaltung.«

»Was hast du vor?«, fragte er besorgt.

»Ganz einfach: ich stelle mich für die erste an einem Menschen durchgeführte Nanokonvertierung zur Verfügung«, erwiderte sie, ohne auf seine Verwirrung zu achten. »Dabei werden meine biologischen Körperzellen in synthetische umgewandelt. Das Ergebnis wird eine transformierte Form von mir selbst sein, nur mit einer aufgewerteten physiologischen Basis, wenn man so will.«

Buechili fühlte sich überrumpelt. Wie es schien, hatten die Strukturisten in letzter Zeit mehr Fortschritt erzielt, als ihm lieb war, und das ausgerechnet jetzt, so kurz vor Lucys zellularem *Breakdown*.

»Natürlich gingen meiner Konvertierung eine Unmenge von Versuchen mit tierischen Arten voran. Das Verfahren ist also sicher und geprüft. Man hat es nur noch nie an einem Menschen ausprobiert. Und da ich ohnehin am Rande meiner Lebenserwartung stehe, ist das eine einmalige Gelegenheit für mich.«

Eigentlich hatte er gehofft, zumindest sie – und Ted – aus der Gefahrenzone dieses Wahnsinns ziehen zu können, aber gegen den Fleiß und die Hartnäckigkeit des Tierwesens der Spezies Homo sapiens, das den Tod mehr als alles andere fürchtet, kam er nicht an. Wenn er die Strukturisten nur davon hätte überzeugen können, wie anmaßend und einfältig es war, einen biologischen Regelkreis als alleinigen Initiator menschlichen Bewusstseins zu betrachten! Niemand würde vorhersagen können, wie sich solch massive physiologische Veränderungen auf geistiger Ebene niederschlugen. Möglicherweise erwiesen sich die Konsequenzen sogar als irreversibel! Freilich ließ das strukturistische Lager derartige Überlegungen unbeachtet, solange die Existenz einer außerräumlichen Entität in Abrede gestellt wurde.

Seine Aversion gegen ihr Vorhaben war wohl unübersehbar.

»Versuch gar nicht erst, mich umzustimmen, Dari! Ich kenne deinen Standpunkt und respektiere ihn. So sehr, dass ich dir ein Virtufakt erschaffe, in dem sich meine Vorstellung von der Aszendologie widerspiegelt, obwohl ich als halbe Strukturistin eigentlich fürchten müsste, mich damit lächerlich zu machen. Doch ich glaube an eine Zukunft, in der sich ein einheitliches Denkmodell durchsetzen wird, das Strukturisten und Ultraisten miteinander teilen, an eine Welt, in der die Früchte einer Gruppierung der anderen zugutekommen – in vollem Umfang, und nicht auf halbherzige Weise, wie es heutzutage geschieht. Kurz gesagt: Ich erwarte früher oder später ein restloses Ineinanderfließen der beiden Strömungen.«

»Diese Welt wird es nie geben«, winkte Buechili ab.

»Das meint Ted auch und vielleicht habt ihr recht. Aber bedenke: Wie vielfältig wären die Möglichkeiten einer Menschheit, die ihre biologischen Fesseln ablegt und zugleich ihre geistige Verflechtung erkennt! Mit meinem Vermächtnis an beide Seiten kann ich den Stein womöglich ins Rollen bringen. Nicht sofort. Es wird dauern, bis die Gesellschaft reif genug dafür ist, um das Potenzial zu erkennen. Doch irgendwann wird sie es sein. Und dann beginnt eine neue Ära!«

Buechili graute. Ihm gefiel dieser Enthusiasmus ganz und gar nicht. »Mit der Konvertierung steht deine geistige Existenz auf dem Spiel, Lucy, das ist dir doch sicher klar. Du könntest permanent an die materielle Welt gebunden werden, ohne Chancen, jemals wieder von hier wegzukommen. Im schlimmsten Fall zerfällt deine geistige Struktur, und das käme deinem definitiven Tod gleich. Willst du dieses Risiko wirklich auf dich nehmen?«

»Lass uns nicht vom schlimmsten Fall ausgehen, sondern vielmehr die Ironie hinter all dem sehen: Der erste Mensch, den man konvertiert und den wahrscheinlich jeder für einen Vollblutstrukturisten hält, hat ein starkes Faible für die Aszendologie! Siehst du nicht, dass ich auf diese Weise viel mehr bewirken kann, als wenn ich mich sang- und klanglos dem zellularen *Breakdown* ausliefere?«

»Bitte überleg dir das noch einmal!«

»Das brauche ich nicht«, antwortete sie mit einem Kopfschütteln. »Ich habe lange und gründlich darüber nachgedacht. Mein Entschluss steht fest!«

13: Der nächste Schritt des Professors

Es gab Dinge, die fielen Nathrak Zareon von Natur aus leicht. Dazu gehörte zum Beispiel, sich mit einem verzwickten Problem auseinanderzusetzen, dabei alle störenden Gedanken abzuschalten, eine konstruktive Mischung aus Ratio und Intuition zum Zuge kommen zu lassen und auf diese Weise Lösungen zu entwickeln, die nicht immer offensichtlich waren. Deshalb arbeitete der Professor auch gern mit ihm zusammen. Er mochte die Motivation, mit der Nathrak an Probleme heranging, seine Beharrlichkeit, wenn ermüdende, tagelange Testserien durchzuführen waren, sowie seine mitunter ungewöhnlichen, aber dennoch überlegenswerten Interpretationen. Zudem investierte der junge Mann einen beträchtlichen Teil seiner Zeit in die gemeinsamen Forschungsaktivitäten, ein Umstand, der den Professor nicht gerade glücklich stimmte, da Nathrak damit unweigerlich seine Ausbildung vernachlässigte. Nur über den regulären Weg würde er eine offizielle Qualifikation erlangen können und diese wiederum war der Schlüssel für eine Zuteilung von *Cogito*-Aufgaben, die den eigenen Fähigkeiten gerecht wurden. So hatte er etwa vor ein paar Wochen eine der *Induca*-Trainingssitzungen ausfallen lassen, um sich mit raumgeometrischen Anomalievermessungen zu beschäftigen. Zugegeben, sie hatten die Daten für eine wichtige externe Analyse benötigt. Allerdings war er dadurch mit einer *Induca*-Arbeit gehörig in Verzug geraten. Offenbar konnten nur praxisbezogene Tätigkeiten sein Interesse wecken.

Diese Faktoren führten dazu, dass sich der Professor ihm gegenüber ein wenig schuldig fühlte. Immerhin nahm er durch das inoffizielle Projekt einen Großteil von Nathraks Zeit für sich in Anspruch. Gewiss, wäre er nicht gewesen, hätte sich der junge Mann bestimmt anderswo beteiligt. Trotzdem belastete ihn die Situation. Daher hatte er den Vorschlag mit dem *World Mirror* auch nicht blindlings ablehnen können. Eigentlich bewies sein Assistent damit sogar einen gewissen Geschäftssinn, fand er, denn erst kürzlich war ihnen ein Durchbruch gelungen, auf den er schon seit Jahren – zuerst im Alleingang und jetzt mit Nathrak – hinarbeitete, sodass man sich ohnehin langsam Gedanken darüber machen musste, wie man weiter vorgehen wollte. Der direkte Weg wäre eine Publikation in Forschungskreisen gewesen, durch die sie sich vielleicht einen Namen in der Fachwelt gemacht hätten. Aber die Kollegenschaft war längst nicht mehr so übersichtlich wie früher. Mit der *Cogito* hatte sich vieles, was einst in dedizierten Teams erarbeitet worden war, auf eine unüberschaubare Masse kategorisierter Kompetenzträger ausgeweitet, sodass es mitunter schwerfiel, die zentralen Figuren, die theoretisch selbst nur im Rahmen ihrer *Cogito*-Zuordnungen blieben, ausfindig zu machen. Zudem spielte Anthrotopia eine starke Außenseiterrolle. Wenn auch viele *Cogito*-Partizipanten von dorther kamen, so wurde der Professor doch den Verdacht nicht los, dass Annexea einiges vorenthalten wurde. Erschwerend kam hinzu, dass jemandem wie ihm, einem Aussteiger aus dem offiziellen Forschungssystem, nur begrenzte Möglichkeiten zur Verfügung standen, um über aktuelle Projekte auf dem Laufenden zu bleiben.

So war der nächste Schritt nicht einfach. Verfassten sie einen Forschungsbericht und publizierten ihn über reguläre Kanäle, bestand die Gefahr, dass er wirkungslos verpuffte. Wandten sie sich jedoch mit einer simplifizierten Fassung an die Medien, dann riskierten sie, mangels Seriosität von der Wissenschaftsgemeinde scheel angesehen zu werden. Dafür würden sie öffentliches Interesse erregen und einen weitaus größeren Personenkreis erreichen. Nicht, dass der Professor besonders erpicht auf Ruhm gewesen wäre, aber etwas Anerkennung hätte ihnen nach all dem Aufwand gutgetan. Seinen privaten Sponsoren gegenüber war er diesbezüglich keine Verpflichtungen eingegangen, solange die Forschungsergebnisse nicht exklusiv einem isolierten Grüppchen angeboten wurden, das damit eine Art Dominanzposition hätte aufbauen können. Dies war eine der wenigen Bedingungen gewesen, neben dem Verbot, mit destruktiven Parteien aus dem Rest der Welt zu kollaborieren.

Was also tun? Noch länger warten, bis sich die nächste Gelegenheit bot? Oder die Ergebnisse ein weiteres Mal prüfen, um sich eventuelle Blamagen durch einen peinlichen Fehler zu ersparen? Nein, sein Gefühl warnte ihn davor, die Studien unnötig in die Länge zu ziehen, denn mit jedem Tag würde die Wahrscheinlichkeit steigen, dass etwas ohne sein Zutun nach außen sickerte.

So erschien es ihm als das Klügste, sich ohne weitere Verzögerung an die breite Öffentlichkeit zu wenden, damit Annexea von den Widersprüchen im derzeitigen wissenschaftlichen Weltbild erfuhr, ungeachtet der Reaktionen, die er deswegen vielleicht von seinen Kollegen ernten würde. Und da Nathrak bereits Kontakt zu einer Journalistin des *World Mirrors* hatte, warum nicht danach greifen? Ganz recht, dachte er. Nichts sprach dagegen. Und so gab er dem Studenten grünes Licht, ein Treffen mit Helen Fawkes zu arrangieren. Natürlich würde es sich dabei nicht um *irgendein* Treffen handeln. Es war das allererste Gespräch mit einer Projektfremden seit Beginn seiner Forschungen. Eine Premiere. Er konnte nur hoffen, dass die Journalistin genug Spürsinn besaß, um sich dieses Fakts bewusst zu sein. Und dass sie keine voreiligen Schlüsse zog, sondern die Bedeutung der Experimente von Anfang an korrekt einschätzte. Denn davon würde es abhängen, wie die Welt ihre Hypothese aufnahm und ob sie als kleines Team gegen das vorherrschende Modell der annexeanischen Wissenschaftsgemeinde ankamen oder unbeachtet blieben. Nur, wenn sie Aufsehen mit dem Artikel erregten, würde man vielleicht vom hohen intellektuellen Ross absteigen und der Sache nachgehen. Nichts anderes forderte er: eine reelle Chance, seine Erkenntnisse an der richtigen Stelle einbringen zu können.

14: Reflections

Buechili stand nicht der Sinn danach, die virtuelle Umgebung im Anschluss an sein Gespräch mit Lucy gleich wieder zu verlassen. Zwar tat der ACI-Blocker das seinige, um die Psyche im Gleichgewicht zu halten, doch fühlte er sich müde und ausgelaugt, eine Nebenwirkung mentaler Prozesse, die durch die ACI-Kontrollinstanz in ihm abliefen. Ohne diese wäre er wahrscheinlich – angesichts Lucys Entscheidung – in eine Phase depressiven Grübelns gefallen, aus der er sich nur langsam hätte befreien können. So kümmerte sich der Blocker um die emotional involvierten Areale seines Gehirns, kompensierte kritische Aktivitäten mit speziell darauf abgestimmten Reaktionen und hielt die konfliktverhafteten Einflüsse des Unbewussten unter Kontrolle. Für Buechili lief das vollkommen im Verborgenen ab. Nur der Grad seiner Ermattung gab ihm ein ungefähres Gefühl für das Ausmaß des inneren Zwiespalts.

Vom Prinzip her war die Dämpfung eine hilfreiche Einrichtung, weil sie die Bürger von Annexea – zumindest die ACI-Blocker-Träger unter ihnen – von dem Ballast signifikanter trieb- und aggressionsgeladener sowie destruktiver Einflussgrößen befreite, wodurch das Denken mit höherer intellektueller Tiefenschärfe ablief. Die Korrekturmaßnahmen betrafen in erster Linie psychische Spitzen, die das Potenzial zu einer Eskalation in sich trugen. Alles Darunterliegende wurde nur geringfügig gedämpft. So konnten Entscheidungen von sachlicherer Perspektive aus getroffen werden, ohne dass man vollständig auf ein Gefühlsleben hätte verzichten müssen.

Als Ultraist war Buechili nicht uneingeschränkt von der Vorgehensweise des Blockers überzeugt, insbesondere, da ihm die Aufarbeitung fruchtbarer erschien, wenn sich auch die bewussten Regionen des Inneren mit dem Konfliktstoff auseinandersetzten. Wann immer er *BioBounds*-Experten mit seiner Meinung konfrontierte, entgegneten sie jedoch einhellig, die ACI-Komponente fungiere auf tiefenpsychologischer Ebene und gelange prinzipiell zu einem ähnlichen Ergebnis wie die traditionelle Aufarbeitung, nur mit dem Unterschied, dass Phasen extremer negativer Stimmungen auf direktem neuronalem Weg verhindert würden, wodurch es zu keiner Bewusstwerdung im eigentlich Sinne käme. Man sprach übrigens von einer »Komponente«, da der Blocker nur einen Teil des *BioBounds-Extenders* darstellte, nämlich jenen, der durch eine automatische Psychohygiene die Wahrung geistiger Gesundheit gewährleistete. Daneben gab es noch die Altersregulation mittels *Nascrozyten*. Erst durch das Zusammenspiel beider Technologien entfaltete das System seine volle Kapazität und regulierte Zerfallsprozesse sowohl auf zellularer als auch auf mentaler Ebene bis ins hohe Alter.

Die Argumente der Experten mochten logisch gesehen plausibel sein, fühlten sich für Buechili aber konstruiert an. Er entschied sich deshalb hin und wieder für ein Mittelding zwischen konventioneller Methode und unbewusster Kompensation, indem er das *Reflections*-Virtufakt anwählte und den ACI-Blocker drosselte. Viele Bürger wagten sich nur mit normaler Dämpfung an *Reflections* heran, da ihre Psyche, sobald sich kleinere Konflikte ergaben, nach jahrelanger, beständiger Blocker-Aktivität kaum noch auf eigenen Beinen stehen konnte und folglich bereits einer geringfügig erhöhten mentalen Dynamik nicht mehr gewachsen war. In diesem Phänomen sah Buechili den besten Beweis dafür, dass der menschliche Geist durch die Nutzung bestimmter Technologien degenerierte, wenn sie blindlings betrieben wurde. Nicht umsonst lehnten manche ultraistischen Fraktionen Errungenschaften wie den *BioBounds-Extender* kategorisch ab.

Er quittierte die Frage, ob ihm die potenziellen Konsequenzen einer reduzierten Psychodämpfung auch wirklich bewusst seien, und bejahte den Vorschlag, den Blocker sukzessive bis zu einem gewissen Grad herabzusetzen, damit er sich langsam an die fehlende Stütze gewöhnen konnte.

Reflections ließ sich am ehesten als aktives Träumen unter Verwendung eines schier unerschöpflichen Reservoirs an Vorlagen beschreiben. Dabei regte die Interaktionsumgebung eine Synthese zwischen freien Assoziationen, archivierten Kunstwerken und Zufallselementen an, um daraus ein virtuelles Erleben von höchst individueller Natur zu produzieren. Da neuronale Reaktionen direkt abgegriffen wurden und in Form von fein dosierten Rückkopplungen wiederum Einfluss auf das Geschehen nahmen – der Virtufaktnutzer also das Szenario unbewusst mitgestaltete –, entstanden manchmal Wahrnehmungsräume von geradezu phänomenaler Intensität.

Nach so einem Erleben stand nun auch Buechili der Sinn. Als Startparameter wählte er »Segeln auf ruhigem Ozean in der Ägäis«, und er fand sich beinahe ohne Verzögerung mit nacktem Oberkörper auf einem A-Katamaran aus synthetischen Fasern wieder, der sich gemächlich auf den glitzernden Wellen des Meeres hob und senkte. Es war ein wunderbarer, nahezu wolkenloser Tag, und in der Luft lag eine Andeutung von Tang und Salz. Weit entfernt konnte er den Ausläufer einer langgestreckten Insel erkennen, von der er beim besten Willen nicht hätte sagen können, welche genau es war. Vielleicht eine der Kykladen. Er hätte leicht das VINET dazu befragen können, kümmerte sich im Augenblick aber nicht darum.

Was für eine Ruhe, dachte er und empfand Dankbarkeit dafür, dass er die Qualitäten des VINETs nach wie vor als Wunder wahrnahm. Vor seinem Treffen mit Lucy hatte er sich noch an Claires perfekter Geruchskomposition erfreut. Dies hier übertraf ihre Künste allerdings bei Weitem. Wo war seine Assistentin jetzt eigentlich? Verharrte sie im zeitlosen Nichts, während das Leben der Menschen emsig weiterpulsierte? Oder hielt sie in seiner Wohneinheit Stellung, um im Falle wichtiger Nachrichten sofort reagieren zu können? Nein, für solche Aufgaben war ja das Kommunikationssystem zuständig. Doch inwieweit stellte Claire etwas anderes als den verlängerten Arm des Kommunikationssystems dar, sozusagen ein an ihn angepasstes »Interface«, wie es die Strukturisten nannten?

Er lauschte dem Flattern des Segels im leichten Wind und dem Plätschern des Wassers am Bootsrumpf. Die Sonne brannte heiß auf seiner Haut, und es tat gut, wenn gelegentlich eine frische Brise über Gesicht und Kopf strich. Aus weiter Entfernung glaubte er, die Andeutung einer Melodie zu vernehmen, und als er genauer hinhörte (und das VINET seinen Gedanken umsetzte), tönte tatsächlich eine zarte Violinsonate an sein Ohr. Bach, dachte Buechili, das musste Johann Sebastian Bach sein. Oder eine Variation davon, die sich aus seiner derzeitigen Stimmung ergab. Das Motiv nahm an Fülle zu, wurde lauter, ohne dabei jemals zu dominieren. Eine wunderbare Komposition, fand er, und obwohl sie sich eindeutig nach Bach anhörte, spürte Buechili, wie sie durch seine Auseinandersetzung in neue Formen gemodelt wurde, in Sequenzen, die seiner Erwartungshaltung entsprachen. Es faszinierte ihn, mit welcher Intensität sein Inneres auf das Dargebotene reagierte, und im selben Augenblick fiel es ihm wie Schuppen von den Augen: Die gesteigerte Wahrnehmung ging mit der schrittweisen Drosselung der Psychodämpfung einher! Ein Moment der Unsicherheit, gebändigt durch eine korrigierende, fremde Kraft, bis er sich wieder fasste. Die Töne wurden leiser. Fallenlassen, dachte er. Zurückfinden …

Er lenkte seine Konzentration auf die Violine zurück, bemühte sich, ihr Volumen zu verstärken, sie in Gleichklang mit sich selbst zu bringen. Nach einer Weile schloss sich dem Instrument ein zweites an, danach ein drittes und viertes, bis er ein ganzes Ensemble von begleitenden Violinen vernahm, welches die Solostimme ergänzte. Es harmonierte auf derart wunderbare Weise mit dem Hauptmotiv, dass man den Eindruck gewann, sein Spiel wäre schon von Anfang an geplant gewesen, obwohl es sich natürlich erst aus Buechilis Stimmung ergab. Daraufhin folgte eine leichte Abwandlung der früheren Passage, nur dass er diesmal umso deutlicher empfand, wie sehr sie ihm zu Herzen ging. In jener schlichten und dennoch raffinierten Komposition schien die Andeutung eines übermenschlichen Seinszustandes mitzuschwingen, der Abdruck einer von ungebrochener Energie durchströmten Kraft, von der ein Bruchteil auch in ihm selbst zu finden war.

In solchen Augenblicken wuchs seine Bindung an den Ultraismus und es kam ihm schlichtweg grotesk vor, wie strukturistische Verfechter das Konzept einer abstrakten Existenz jenseits der irdischen Wirklichkeit als ein Relikt ausgedienter Weltanschauungen betrachten konnten. Welche Anmaßung, sämtlichen Geheimnissen des Lebens allein durch die Hilfsmittel menschlicher Logik auf die Spur kommen zu wollen! Wenn er jetzt einen jener Zweifler neben sich sitzen hätte, müsste dieser – angesichts der präsentierten Schönheit und Vollkommenheit – nicht zwangsläufig von seiner Einstellung ablassen, kleinmütig bekennen, dass hinter dem Menschsein doch mehr steckte als molekulare Prozesse im Neurogefüge eines biologischen Körpers? Denn wie sonst erklärte man das fortwährende Sehnen nach einem Dasein, das den Gesetzen höherer Geistigkeit angehörte, statt in materiellen Gefilden dem physiologischen Verfall preisgegeben zu sein? Er spürte ein Verlangen danach, die gesamte Welt zu umfassen, sie in seine Arme zu nehmen, Verständnis in sie einzubringen, damit sie endlich begreife, wie sehr sie ein Teil des Ganzen war!

Ein starker Widerwille stieg in ihm auf, da ihm die Denkweise der Strukturisten, in jedem Lebewesen einen sich replizierenden Apparat ohne übergeordneten Sinn zu sehen, so richtig ins Bewusstsein kam. Überall erkannten sie Konstrukte, die einzig um des Vermehrens willen funktionierten. Auf der obersten Sprosse stand ihrer Ansicht nach der Mensch, die höchste Errungenschaft dieser sich selbst steuernden und regelnden Kopiermaschinerie, eine quasi autooptimierte, rein auf irdischen Gesetzen beruhende Subtilität, die danach strebte, ihre mehr oder weniger unabsichtlich empfangene Persönlichkeit zu erhalten. Aus diesem Sichtwinkel betrachtet versuchte sich der Homo sapiens mit der Überwindung des Todes, dem notwendigen Störenfried des biologischen Räderwerks, eigentlich etwas zu sichern, das im Grunde dem eigenen Bestimmungszweck, der Erschaffung neuer Generationen, zuwiderlief. Worin bestand bei einer solchen Theorie die Logik?

In der Zwischenzeit waren die Violinen mehr und mehr in den Hintergrund getreten und drangen nun nur noch in Form von zarten unzusammenhängenden Fragmenten aus der Ferne an ihn heran. Das hatte auch in der Umgebung seinen Niederschlag gefunden, und zwar in einer unwirklich anmutenden Drehbewegung. Er hob den Blick und sah seine Wahrnehmung bestätigt: die Sonne beschrieb jetzt einen Kreis um den Zenit und die wenigen Wolken am Himmel zogen konzentrische Bahnen. Sogar der Ausläufer jener Insel, die er zuvor gesichtet hatte, rotierte wie das Ende eines riesigen Sekundenzeigers am Rande des Horizonts um Buechili herum und mit ihm die funkelnden Wellenberge des Ozeans.

Es dauerte nicht lange, bis sein Körper mit Übelkeit auf das Schauspiel reagierte, sodass er unwillkürlich die Augen schloss. Er stemmte die Hände gegen den Kopf, darauf hoffend, dem Taumel beizukommen, indem er das Gefühl des Kreiselns aus sich herauspresste, richtete aber mit dieser Strategie so gut wie nichts dagegen aus. Im Gegenteil: Der Schwindel wurde mit jeder Rotation schlimmer und schlimmer. Als er schließlich irgendwann ein unerträgliches Ausmaß erreichte, gab Buechili den inneren Kampf auf, sackte in sich zusammen und rutschte im Zeitlupentempo von der Bank. Dort blieb er regungslos liegen.

15: Enthüllungen eines Studenten

Schon bei Nathraks Auftauchen in Tschernenkos Bar wusste Helen Fawkes, dass er reden würde. Ob sie das nun aus seinem Gesichtsausdruck ableitete, der um eine Spur entspannter als noch am Vortag war, aus der übrigen Körpersprache oder aus einem Ahnen heraus, hätte sie in diesem Moment nicht sagen können. Und es wäre ihr auch ziemlich egal gewesen, solange sich seine Geschichte als interessant erwies. Selbst das Einverständnis des Professors spielte kaum mehr als eine sekundäre Rolle für sie. Falls der Assistent es nicht erhalten hatte und als anonymer Informant auftreten wollte, würde sie ihre Strategie eben abwandeln müssen. Die Schattenseite dabei war allerdings, dass eine solche Taktik manchmal an der zwingenden Absegnung des fertigen Berichts durch die wichtigste Kontrollinstanz des *World Mirrors* scheiterte: einem Stab von Mitarbeitern, der die Veröffentlichung auf Konformität mit dem geltenden Rechte- und Wertesystem prüfte. Erfahrungsgemäß endeten manche der damit verbundenen Forderungen in langen anstrengenden Diskussionen.

Die Redaktionsleitung sah derartige Debatten verständlicherweise nicht gern, insbesondere, da man – ihrer Meinung nach – die Anpassungen ohnehin auf moderatem Level hielt. Dabei hatte Helen noch Glück, denn der *World Mirror* war nicht immer zimperlich, wenn es um Anthrotopia oder seine Verbündeten ging, und es gab kaum andere Mediengruppen, die ihre Recherchen so weit vorantrieben wie er. Allerdings fand hinter den Kulissen jede Menge diplomatisches Tauziehen statt, egal, ob nun Annexea oder der Rest der Welt ins Visier genommen wurde, ein Umstand, der sie stets aufs Neue befremdete. Im Mediengeschäft waren Freund und Feind eben relative Begriffe.

»Ich bin beeindruckt, Mister Zareon«, sagte sie, nachdem der Assistent an das Ende seiner Ausführungen gelangt war und sich einen Zug von seinem Drink genehmigte. »Warum hat das sonst niemand entdeckt?«

Er stellte das Glas auf den Tisch zurück. »Einfach deswegen, weil niemand danach gesucht hat. So etwas passt nicht in unser modernes Weltbild.«

Helen überlegte, ob die Studien des Professors womöglich mehr als nur Interesse bei seinen Kollegen erwecken könnten, vielleicht sogar das Potenzial für eine wissenschaftliche Revolution boten. Ausgeschlossen war das nicht. Doch selbst, wenn sie von der Fachwelt ignoriert würden, erschien ihr die Thematik explosiv genug, um zumindest ein paar Tage lang Schlagzeilen damit machen zu können, solange man mit journalistischem Gespür an sie heranging.

»Was, wenn Sie und der Professor falsch mit Ihrer Theorie liegen, Mister Zareon? Wenn ein Messfehler vorliegt oder eine Störgröße vernachlässigt wurde?«

»Sie haben Bedenken?«

Helen musste unwillkürlich schmunzeln. Der Assistent mochte fachlich kompetent sein, doch schien er immer noch nicht begriffen zu haben, dass sie an dieser Geschichte in erster Linie der Sensationscharakter reizte. Es war irrelevant, was sie persönlich davon hielt, solange es einen Professor im Hintergrund gab, auf dem sie ihre Reportage abstützen konnte. »Oh, auf *meine* Bedenken kommt es nicht an. Ihre annexeanischen Kollegen müssen Ihnen glauben.«

Er nickte. »Wir hoffen, dass die anthrotopische Forschung das Phänomen unter die Lupe nimmt, sobald Sie darüber berichten, und dass man die Ergebnisse entweder bestätigt … oder widerlegt.«

Das hoffte sie ebenfalls, obwohl sie selbst im Falle eines Irrtums genug Staub aufwirbeln würde, um ihren Aufwand für die Recherche rechtfertigen zu können.

»Vielleicht ignoriert man uns aber auch einfach«, sagte er freiheraus. »Dann würden unsere Beobachtungen wirkungslos verpuffen.«

»Wie wahrscheinlich ist das?«

»Nun, wir bringen eine Komponente ins Spiel, die man mit wenig Begeisterung aufnehmen wird.«

»In Anthrotopia?«

»Vor allem in Anthrotopia. Theoretisch gibt es sogar einen noch ungünstigeren Fall: Ihr Beitrag könnte gar nicht erst veröffentlicht werden, weil man ihn für zu obskur hält.«

Daran hatte sie auch schon gedacht und den Gedanken wieder verdrängt. Alles hing davon ab, ob man die Entdeckung ernst nehmen würde. Das begann bereits mit ihrem Chefredakteur, den sie ebenfalls überzeugen musste. »So, meinen Sie?«, erwiderte sie kühl.

»Ja.«

»Ich hoffe doch, dass wir genug Fantasie besitzen, um uns weitere negative Szenarien auszumalen, wenn wir das wollten, Mister Zareon. Aber da wir gerade vom Professor sprechen: Wie steht er eigentlich zu einem persönlichen Interview?«

»Da wird es keine Probleme geben.«

»Gut! Ich glaube nämlich nicht, dass ich mit den Informationen auskommen werde, die ich bisher habe. Zuvor sollte ich mich allerdings in das Thema einlesen und sehen, was auf diesem Gebiet schon alles untersucht wurde. Das wird ein paar Tage dauern.« Sie überschlug kurz, wie lange sie wohl für ihre Recherchen brauchen würde, ehe ein Gespräch mit dem Professor sinnvoll wäre. Abgesehen davon musste sie noch grünes Licht von ihrem Chefredakteur einholen, und das bereitete ihr momentan die größte Sorge. Wenn der *World Mirror* die Reportage ablehnte, dann ging ihr eine Topstory durch die Lappen.

»Ich kann Ihnen etwas Hintergrundmaterial zukommen lassen, falls Ihnen das weiterhilft.«

»Absolut! Das wäre wirklich sehr nützlich!« Helen nahm den VILINK-Stirnreif ab und verstaute ihn in der Tasche.

»Was meinen Sie?«, erkundigte sich Nathrak. »Ist die Geschichte interessant genug, um Ihren Teil der Abmachung zu erfüllen?«

»Ohne Zweifel. Sie haben sich Ihr erstes Treffen mit Marion redlich verdient.«

Seine Miene erhellte sich. Offenbar war er sich bisher nicht sicher gewesen, ob er dem Wort einer Journalistin trauen konnte.

»Aber seien Sie vorsichtig mit Schwärmereien«, warnte sie ihn. »Die können ganz schön ins Auge gehen. Erst gestern interviewte ich einen Mann, der sich bei einem dieser Abenteueraufenthalte im Rest der Welt Hals über Kopf in eine Clanangehörige verliebte und bei dem Versuch, sie herzubringen, eine wahre Odyssee durchstand. Sie waren zwei Wochen lang auf der Flucht und erreichten mehr tot als lebendig die demilitarisierte Zone. Und da seine Erwählte die annexeanischen Einreisekriterien nicht erfüllte, musste er wohl oder übel zu ihr in die Außenregion ziehen. Sie wohnen nicht weit von hier entfernt.«

»Zum Glück ist Miss Splinten keine Angehörige eines Clans«, wandte Nathrak ein.

»Das nicht. Aber sie ist eine *Sensitiva* des *Natural Way of Life*. Machen Sie sich schon mal auf ein paar Hürden gefasst.«

»Ich bin zuversichtlich. Übrigens habe ich mich gestern über den *Natural Way of Life* schlaugemacht …«

»Ja? Und, was halten Sie davon?«

»Die Theorie ist … gewöhnungsbedürftig, jedenfalls für einen Annexeaner wie mich.«

Sie lachte freimütig. »Nun ja, mir war klar, dass Sie als *Mann* kein Attribut der Euphorie wählen würden, wenn es um die Schwesternschaft geht. Mit ›gewöhnungsbedürftig‹ haben Sie noch ein sehr moderates Wort gewählt. Geradezu drollig, finde ich!« Und das stimmte auch. Sie erinnerte sich an Begegnungen, bei denen man den NWoL (*Natural Way of Life*) als widerwärtig und niederträchtig bezeichnet hatte und die Vereinigung selbst als »Club der Furien«. Doch das waren meist enttäuschte Liebhaber gewesen, die ihrem Ärger Luft gemacht hatten. »Sie sollten vielleicht wissen, dass Marion schon seit geraumer Zeit kein aktives Mitglied des *Natural Way of Life* mehr ist.«

»Ist sie ausgetreten?«

»Nein, aber um aktiv zu sein, müsste sie früher oder später den Pfad der Jugend verlassen, und dazu ist sie nicht bereit.« Sie schüttelte den Kopf und ergänzte leise: »Ich bin mir – ehrlich gesagt – unschlüssig darüber, ob sie es jemals sein wird. Wie sie mir erzählte, trifft sie sich in letzter Zeit öfter mit einer Gruppe, die sie als gleichgesinnt einschätzt.«

Nathrak sah sie konzentriert an. »Was für Leute sind das?«

»Sie hat es mir nicht sagen wollen. Die Drahtzieher halten sich im Hintergrund und weisen ihre Anhänger dazu an, mit niemandem über ihre Existenz zu sprechen. Demnach dürfte ich – streng genommen – gar nicht wissen, dass sie einen solchen Kontakt pflegt.«

»Sie dürften mir wahrscheinlich auch nicht davon erzählen ...«

»Stimmt, und Sie müssten das Thema jetzt sofort fallen lassen.«

Helens Schlagfertigkeit schien ihm zu gefallen. Genauso, wie ihr seine offenkundige Naivität gefiel.

»Vielleicht kriegen *Sie* mehr aus ihr heraus, Mister Zareon.«

»Aber ich bin doch ein völlig Fremder für sie. Sie hat nicht einmal Ihnen erzählt, worum es geht!«

»Was beweist das schon? Sie sind Wissenschaftler. Und sympathisch sind Sie auch. Möglicherweise haben Sie dadurch die besseren Karten. Und was Marion angeht: Sie hat sich verändert, behauptet, Dinge wahrzunehmen, die sonst niemand sieht. Sie haben es gut getroffen, als Sie letztens meinten, Marion erwecke den Eindruck, auf dieser Welt nichts verloren zu haben. Obwohl, ein wenig entrückt war sie immer schon. Nicht so stark wie jetzt, doch die Tendenzen waren stets da.«

Die Tür ging auf und Marion Splinten kam herein. Sie trug einen hellen, figurbetonten Einteiler mit verschnörkelten Stickereien auf der Brust. Schnellen Schrittes steuerte sie auf den Tisch zu, zögerte aber kurz, als sie den Fremden neben ihrer Freundin bemerkte.

»Hallo Marion!«, rief Helen, stand auf und umarmte sie mit einer Herzlichkeit, die ihr der junge Mann wahrscheinlich gar nicht zugetraut hätte. Daraufhin machte sie die beiden miteinander bekannt.

»Freue mich sehr, Sie kennenzulernen!«, sagte Nathrak, der sich nun ebenfalls erhoben hatte und ihr die Hand entgegenstreckte. Die Laschheit und Leblosigkeit, mit der Marion diese entgegennahm, musste ihn naturgemäß verunsichern.

»Setzen wir uns!«, forderte Helen auf. Und dann, als sie Platz genommen hatten, erklärte sie ihrer Freundin: »Mister Zareon – ein Wissenschaftler, der ganz in der Nähe arbeitet – hat mir eine Story angeboten und da verplauderten wir uns ein wenig. Ich bin davon ausgegangen, dass du erst um sechzehn Uhr kommen würdest...« Die Angesprochene zeigte keine sichtbare Reaktion, doch daran war Helen gewöhnt. »Wie auch immer. Ich wollte ursprünglich morgen abreisen. Das muss ich nun leider vorverlegen, und zwar auf heute Abend. Dafür werde ich nächste Woche wieder da sein, um den jungen Mann hier und seinen Professor zu treffen. Genaue Details weiß ich noch nicht, ich gebe dir Bescheid.«

Marion nickte.

»Mister Zareon ist übrigens an einem außergewöhnlichen Projekt beteiligt«, fügte die Journalistin erklärend hinzu. »Und ich bin exklusiv an der Sache dran.«

»Hört sich ja fast so an, als hätte er den Stein der Weisen entdeckt!?«, scherzte ihre Freundin.

Sie lachten und Helen erwiderte: »Vielleicht liegst du gar nicht mal so falsch.« Mit einer schwungvollen Bewegung stand sie auf. »Ich weiß, es ist unhöflich, aber würdet ihr mich jetzt bitte entschuldigen? Ich muss meine Reisepläne ändern und vorher noch mit dem Chefredakteur sprechen.« Und Marion flüsterte sie zu: »Wir sehen uns nächste Woche. Ich rufe dich an!«

Sie hatte ein schlechtes Gewissen, weil sie das Treffen mit ihr so kurzfristig absagte und sie diese nun mit einem ihr unbekannten Mann zurückließ. Doch was sollte sie tun? Es war viel vorzubereiten, und in wenigen Stunden würde sie eine Rückreise antreten, die sie noch gar nicht gebucht hatte! Irgendwie würden die beiden schon zurechtkommen. Zumindest hatte sie ihren Teil der Abmachung nun erfüllt. Eine denkbar kleine Gegenleistung für das, was sie sich von der Reportage versprach.

16: Den Kabeln entlang

Als der Schwindel vorüber war und Buechili seine Augen öffnete, befand er sich an einem anderen Ort. Zwar kauerte er immer noch in der Stellung, die er zuletzt eingenommen hatte, doch umgab ihn nun eine düstere Räumlichkeit und statt des Boots trug ihn ein Stahlgitter. Aus der Ferne vernahm er rhythmisches, blechernes Pochen, zwei kurze Schläge, danach eine längere Pause, in stets wiederkehrender Folge, wahrscheinlich Teil des Arbeitsprozesses einer größeren Maschine.

Der Raum um ihn war rechteckig und an allen Seiten mit Rohren und Leitungen versehen. Links führte ein Gang in die Dunkelheit, dorthin, wo die pochenden Laute herkamen. Er inspizierte die Rohre neben sich. Manche von ihnen entsprangen einer Ecke, folgten der Stahlgitterwand und verschwanden dann in der gegenüberliegenden Seite. Andere wiederum traten an scheinbar willkürlicher Stelle hervor, arbeiteten sich in einem undurchschaubaren System von Kreuzungen, Verwindungen und Gabelungen weiter und bildeten so ein Flechtwerk bizarrer Machart. Daneben verliefen dünnere Kabelstränge, teils einzeln, teils in paralleler Ausführung, bei der oft Dutzende Leitungen in gleichem Abstand zueinander verlegt waren.

Buechili blickte auf den Boden. Eine Geruchsmischung aus Öl und Metall stieg von ihm empor. Unter den Stahlgittersegmenten, welche die gesamte Grundfläche einnahmen, wanden sich Leitungen und Schläuche in die Tiefe, verloren sich durch die schwache Beleuchtung schon nach wenigen Metern in der Finsternis. Offenbar stellte der Raum nur eine Aussparung in einem riesigen Geflecht von Kabeln und Rohren dar.

Nachdem er lange genug passiv dagesessen hatte, richtete er seine Beine aus, um sich zu erheben. Er spürte das unbehagliche Gefühl, in dieser Umgebung nicht allein zu sein, und was noch schlimmer war, von einem fremden Etwas bereits *erwartet* zu werden. Ein irrationaler und schizophrener Gedanke, dessen war er sich bewusst, aber seine Bemühungen, davon loszukommen, scheiterten. So erhob er sich, langsam und vorsichtig, dazwischen immer wieder pausierend, sobald er ein leichtes Scheuern der Metallteile unter sich vernahm. Als er endlich aufrecht stand, verharrte er eine Weile regungslos, seine Sinne aufs Äußerste geschärft. Bis auf das rhythmische Klopfen aus dem Gang war nichts Ungewöhnliches zu hören. Das beruhigte ihn ein wenig. Er schlich an die nächstgelegene Seitenwand heran und berührte eines der Rohre. Es vibrierte, als ob darin eine Flüssigkeit mit hoher Strömungsgeschwindigkeit transportiert würde, fühlte sich handwarm an.

Etwas schreckte ihn auf. Es klang wie das Umfallen eines Stapels schwerer Bleche in der Ferne. Kurz danach ein weiteres Geräusch, das von einem hingeworfenen Hammer oder einer Metallstange kommen mochte. Beklommenheit erfasste ihn. An der Anwesenheit anderer konnte nun kein Zweifel mehr bestehen. Er schätze seine Situation ein, während er starr vor dem inspizierten Rohr abwartete, den Blick in Richtung Gang gewandt. Bein- sowie Armmuskulatur hatten sich instinktiv gestrafft wie die eines Tieres, das – versteckt im hohen Gras – einen nahenden Feind beobachtet, jederzeit bereit zur Flucht. Aber wie hätte er aus einem Raum mit nur einem Ausgang fliehen können, wenn der Angreifer genau dort auf ihn lauerte?

Sicher, er befand sich immer noch im VINET, sodass er keinen physischen Schaden erleiden konnte. Seine geradezu absurde Panikstimmung ergab sich einzig und allein aus dem gedämpften ACI-Blocker. Sollte er die Sitzung unterbrechen und seine Verkrampfung erst einmal abbauen, ehe er weitermachte? Nein, er wusste, wenn er diesen Weg einschlüge, würde er seinem Unbewussten einen Riegel vorschieben, da die jetzige Stimmungslage dadurch gewiss verloren ging. Natürlich wäre es auch möglich gewesen, das Virtufakt mit erhöhter Psychodämpfung fortzuführen. Das erschien ihm aber ebenso fruchtlos, weil sich die Situation dann wahrscheinlich langsam in ein abgeschwächtes Pendant gewandelt hätte. Alle Anzeichen sprachen dafür, dass ihm sein sonst durch den Blocker in Schranken gewiesenes Unbewusstes etwas mitzuteilen hatte, und es lag ihm daran, die unretuschierte Wahrheit herauszufinden statt einer harmlosen, konfliktfreien Variante. Schlimmstenfalls konnte er immer noch den Notaus betätigen.

Entgegen seinem Instinkt bewegte er sich also auf den Ausgang zu, wobei er Acht gab, im Schutze toter Winkel für einen eventuellen Beobachter ungesehen zu bleiben. Als er endlich neben der Öffnung stand, spähte er vorsichtig um die Ecke. Vor ihm erstreckte sich ein langer, kerzengerader Korridor mit trüben Lichtverhältnissen. Weit und breit war kein menschliches Wesen auszumachen. In unregelmäßigen Abständen unterbrachen kleinere Ausbuchtungen den Verlauf, deren Zweck sich Buechili von hier aus nicht erschloss. Womöglich handelte es sich um Zugänge zu anderen Räumen. Das rhythmische Pochen war an der Öffnung – wie erwartet – lauter. Es klang eindeutig nach einer Maschine und wurde von höherfrequentem Summen begleitet, hinter dem er ein Laufgeräusch vermutete.

Ohne zu zögern, betrat er den Gang, um der Falle zu entkommen, in der er sich zu befinden glaubte. Auch hier bestanden Boden und Wände aus Stahlgittersegmenten, doch verliefen in Längsrichtung so viele Rohre und Kabel, dass sie die Innenseiten praktisch vollständig auskleideten. Der Korridor wies einen halbrunden Querschnitt auf, wie eine Art Tunnel, und war von einer Höhe, die selbst in den Randzonen ein problemloses aufrechtes Gehen ermöglichte. Wieder drang entfernter Lärm an ihn heran, erinnerte diesmal an eine schwere Stahlplatte, die jemand umgeworfen hatte und eine Zeit lang hinter sich herschleifte. Buechili beschleunigte seinen Schritt, bis er schließlich eine der Ausbuchtungen erreichte.

Diese erwies sich als ziemlich klein, vielleicht eineinhalb Meter in der Länge und einen dreiviertel Meter in der Tiefe, genügte aber, um gefahrlos eine kurze Pause einlegen zu können. Zu seiner Überraschung führte sie nicht in einen anderen Raum, sondern stellte lediglich eine Verbreiterung des Korridors dar. Ihr Zweck schien evident zu sein: Sowohl hier als auch auf der gegenüberliegenden Seite des Ganges waren große, zurzeit inaktive Ventilatoren eingebaut, die offensichtlich der Belüftung des Tunnelsystems dienten. Aus dem abführenden Schacht vernahm er jenes Summen, welches er vorhin mit einem Laufgeräusch in Zusammenhang gebracht hatte. Obwohl die Flügelräder der Ventilatoren stillstanden, strich ein kühler Luftzug an ihm vorbei.

Er setzte seinen Weg fort, passierte von nun an Bucht um Bucht, ohne sich von neuerlichen Geräuschen aus der Ferne beirren zu lassen. Dabei behielt er stets beide Richtungen im Auge, den vor ihm liegenden Gang und die bereits zurückgelegte Strecke, damit er gegen eventuelle Überraschungen gewappnet war. Manchmal glaubte er, im Kabelgewirr der Tunneldecke eine Bewegung auszumachen. Doch wann immer er stehenblieb und genauer hinsah, konnte er nichts erkennen. Alles wirkte ruhig und friedlich. Wahrscheinlich spielten ihm seine Nerven einen Streich.

Buechili ging weiter, die verflochtene Struktur über ihm bewusst ignorierend. Es schien wärmer zu werden. Gut möglich, dass sich sein virtueller Körper durch konstante Anspannung und Nervosität erhitzte. Allerdings hatten in der Zwischenzeit auch einige Ventilatoren zu laufen begonnen, ein deutliches Indiz für die Notwendigkeit einer erhöhten Luftzirkulation. Und noch etwas anderes fiel ihm auf: Das allgegenwärtige Klopfen aus der Ferne wurde jetzt lauter, differenzierter, überlagerte ein im Hintergrund kontinuierlich stärker und schwächer werdendes Rauschen, vermutlich das Geräusch einer gewichtigen Schwungmasse. Er kam der Lärmquelle also näher.

Durch die schlechte Beleuchtung erkannte Buechili erst spät, dass der geradlinige Verlauf des Tunnels weiter vorn sein Ende fand. Die Gabelung in ein T-Stück verringerte den einsehbaren Bereich, wodurch die Gefahr der Entdeckung stieg. Wenigstens konnte er von nun an seine eigene Entscheidung treffen, was die Wahl des Weges betraf. Zudem würde er leichter ausweichen können, falls es die Situation erforderte. Bei diesem Gedanken kam Buechili neuerlich zu Bewusstsein, wie pathologisch seine Betrachtungsweise mittlerweile geworden war. Obwohl es keinen Zweifel darüber gab, dass er sich in einem VINET-Szenario befand, fürchtete er sich. Wovor? Es war wohl die Angst vor dem unbekannten Etwas, das hier irgendwo existierte und dessen Präsenz er deutlich fühlte, so, als ob es – für ihn unsichtbar – dicht hinter ihm wäre und nur auf seine Schultern zu tippen brauchte, damit er sich umdrehte. Doch dieses Etwas war gar nicht hinter ihm, hatte es nicht nötig, sich heranzuschleichen. Stattdessen harrte es seines Kommens wie ein Räuber in einem dunklen Versteck, eine Vorstellung, bei der Buechili heiß und kalt wurde!

Als er wieder eines jener Klirrgeräusche aus der Ferne vernahm, zuckte er unwillkürlich zusammen und suchte die letzte schützende Bucht vor der Verzweigung auf. Dort drückte er sich mit dem Rücken gegen die Seitenwand, das Gesicht schweißüberströmt. Er musste sich zusammenreißen! Sollte er denn zu den Schwächlingen gehören, die bei reduziertem Blocker ihrer Psyche auf Gedeih und Verderb ausgesetzt waren? Nein, das wäre jämmerlich gewesen! Jetzt nur nicht den Mut verlieren, appellierte er an sich. Hier drinnen konnte nur er selbst sein ...

Zögernd setzte er sich wieder in Bewegung. Die T-Gabelung erwies sich als Mündung in einen weiten Kreisbogen, der statt Buchten an der radialen Außenwand Seitenstränge aufwies, alle durch metallene Tore verschlossen. Buechili folgte dem T-Stück nach links, passierte Tor für Tor. Dabei gelangte er immer mehr zu der Überzeugung, dass die zusätzliche Wahlfreiheit, welche sich zuvor abgezeichnet hatte, lediglich eine vermeintliche darstellte. Im Grunde konnte er nach wie vor nur einem festgelegten Korridor folgen. Als nach ein paar Minuten plötzlich eine Abzweigung zum Mittelpunkt hin auftauchte, fühlte er sich für einen Moment versucht, sie schlichtweg zu ignorieren. Doch er wurde das Gefühl nicht los, damit nur Zeit einzubüßen, weil er nach einer vollständigen Umrundung im Kreisbogen ohnehin wieder an dieselbe Stelle zurückgelangt wäre, ohne Alternativen gefunden zu haben.

So entschloss er sich, rechts abzubiegen, in einen Gang, der enger und niedriger als jener Tunnel ausfiel, dem er bisher gefolgt war. Nach wie vor begleitete maschinenhaftes lautes Pochen seine Schritte, wodurch das Stahlgitter unter ihm in leichte Schwingungen geriet. Trotz der vielen Ventilatoren, die in regelmäßigen Abständen für Zirkulation sorgten, machte ihm die

Hitze zunehmend zu schaffen. Er spürte, wie die Kleidung feucht an seinem Körper klebte und wie sich langsam Durst einstellte.

Aus den Augenwinkeln heraus registrierte er unvermittelt eine Auffälligkeit im Kabelwirrwarr über ihm. Er stoppte, sah nach oben, in der Erwartung, zum wiederholten Male einer Täuschung erlegen und seiner eigenen Furcht auf den Leim gegangen zu sein. Doch diesmal hatte er sich nicht geirrt: dort rührten sich tatsächlich einige Rohre und Schläuche, auf eine Art, die ihn an ein Knäuel träger Schlangen erinnerte! Ein Blick um ihn herum ließ ihn gewahr werden, dass es sich um keinen Einzelfall handelte. Aus manchen Strängen sprossen Verästelungen hervor, die sich teils in die Tiefe begaben, teils mit Nachbarschläuchen eine Verbindung eingingen. Andere schrumpften, zogen sich in den Hintergrund zurück oder bildeten neue Verknüpfungen aus. Glücklicherweise lief das grausige Schauspiel hinter den Stahlgittern ab, sodass er sich einigermaßen in Sicherheit wähnte. Dennoch musste er gewaltsam den Drang unterdrücken, seinen sofortigen Rückzug anzutreten. Was für ein ekelerregender Ort!

Die nächsten Meter kam er nur mit Mühe voran. Sein ganzes Denken drehte sich um das phlegmatische Ranken der schlangenartigen Gebilde um ihn, und er spürte ein unangenehmes Kribbeln auf Nacken, Armen und Beinen. Inwieweit waren sich diese Kreaturen seiner Anwesenheit bewusst? Er konnte nur hoffen, von ihnen toleriert und nicht als Eindringling betrachtet zu werden. Ein höchst befremdlicher Gedanke kam ihm in den Sinn: Konnte es sein, dass sich die Korridore nur für *ihn* ausgebildet hatten, einzig und allein zu dem Zweck, ihn an den Mittelpunkt des Geschehens zu bringen? Das klang reichlich absurd, fand er. Eine geradezu schizoide Vorstellung. Zweifellos war sie eine Folge fehlender mentaler Regulation durch den ACI-Blocker. Allerdings kamen Tausende von Annexeanern komplett ohne Psychodämpfung aus und beherrschten ihr Seelenleben gut genug, um ein moderates Leben zu führen, sodass Buechili eigentlich leicht mit den Auswirkungen einer reduzierten Konfliktkompensation hätte fertig werden müssen. Problematisch war nur das seelische Geröll, welches sich im Laufe seines Daseins zwangsläufig im

Unbewussten angelagert hatte. Es mussten ganze Halden sein, wenn man bedachte, wie wenig er mit diesen negativen Störgrößen während der letzten Jahrzehnte – trotz gelegentlicher *Reflections*-Sitzungen – in Berührung gekommen war, eine vom Blocker gebändigte, latente Bedrohung, die nur darauf wartete, entfesselt zu werden.

17:   Essenzen einer Schweigerin

»Was genau haben Sie denn herausgefunden?«, fragte Marion, und dabei sah sie auf eine Weise in Nathraks Richtung, als ob sie durch ihn hindurchblickte.

»Die Details sind schwer zu erklären«, erwiderte er, während er nach Worten suchte. »Aber darauf kommt es nicht an. Wichtig ist: Wir scheinen einem physikalischen Indiz für die Einzigartigkeit biologischen Lebens auf der Spur zu sein.«

Marion schwieg.

»Natürlich wussten wir schon vorher, dass Leben an sich ein diffiziles Phänomen ist. Man muss sich nur unsere Zellmaschinerie ansehen, um zu begreifen, aus wie vielen Einzelprozessen manche Abläufe bestehen, wie ausgeklügelt sie wechselwirken. Es ist erstaunlich!«

Immer noch keine merkliche Reaktion. Sie schien mit ihren Gedanken ganz woanders zu sein. »Ist das die Riesensache, von der Helen sprach?«, gab sie dann mit unverhohlener Enttäuschung zurück. »Ein Indiz für die Einzigartigkeit des Lebens?«

Er rückte mit dem Stuhl näher zum Tisch, fixierte dabei, ohne sich dessen bewusst zu sein, ihr Gesicht. Es war ein seltsames Gefühl, fast so, als ob Reales und Irreales plötzlich in einem Punkt verschmelzen und ihm in Form einer abstrakten Erscheinung begegnen würden. »Mehr als das«, enthüllte er, sich dazu zwingend, beim Thema zu bleiben. »Stellen Sie sich vor, es gelänge uns, nachweisbare Spuren des Lebens im Inneren unseres Körpers zu finden, die über rein molekulare Wechselwirkungen hinausgehen. Oder noch besser: Stellen Sie sich vor, man könnte nicht nur beweisen, dass ein zellulares Gefüge *funktioniert*, sondern auch, dass es *lebt*. Sehen Sie, worauf ich hinaus will?«

»Ich denke schon«, sagte sie.

Er konnte nicht glauben, dass sie die Tragweite des Experiments und seines Ausgangs tatsächlich erfasst hatte. Wahrscheinlich drückte er sich zu akademisch aus, oder er war durch ihre Anwesenheit zu befangen, um sich verständlich zu machen.

»Wissen Sie«, flüsterte sie dann plötzlich, wie um seine Überlegungen Lügen zu strafen, »der Mensch ist keine Maschine. Die Maschine hat das Leben nur eingefangen, es in ihr biologisches Joch gespannt und redet ihm ein, die Irrelevanz seiner täglichen Beschäftigungen sei alles!« Sie lachte frei aus sich heraus. »*Alles*, verstehen Sie!? Wie kann das *alles* sein?«

Nathrak traute seinen Ohren nicht. Waren das die Worte einer Person, die zuvor noch so gewirkt hatte, als ob sie seinen Gedanken nur mit Anstrengung folgen könnte? Und waren diese Sätze auch tatsächlich von ihr geäußert worden oder entsprangen sie nur seiner Fantasie? »Was haben Sie gesagt?«, stammelte er. Es war geradezu peinlich.

»Wie kann das *alles* sein? Das habe ich gesagt!«

Nun war er es, der Verständnisprobleme hatte. Er nickte verlegen.

»Sie wissen doch, dass der menschliche Körper nur eine raffinierte Apparatur ist, um uns in die Endlichkeit zu zwingen?«, fuhr sie fort.

Mit dieser Aussage fing er so gut wie nichts an. Und so schwieg er. Eine unangenehme Pause entstand.

»Also, Mister Zareon, Sie haben mit Ihrem Projekt ganz sicher etwas Wesentliches ans Licht gebracht!«, würdigte sie seine Forschungsarbeit. »Entwirren Sie nun auch noch den Rest des Rätsels, damit Sie dem Menschen endlich die Scheuklappen abnehmen können. Er trägt sie schon viel zu lange.« Sie hielt ihm die Hand hin, die er nur zögernd entgegennahm. »Ich muss mich jetzt verabschieden. Vielleicht sehen wir uns ja irgendwann bei Tschernenkos wieder ...« Mit diesen Worten erhob sie sich und wandte sich zum Gehen, ohne ihn eines weiteren Blickes zu würdigen.

18: Zugang zum Kern

Buechili war dem engen Gang noch keine Minute gefolgt, da bemerkte er, wie sich weiter vorn zwei schemenhafte Gebilde aus dem Halbdunkel lösten: eines links, das andere rechts im Tunnel. Die vorherrschenden Lichtverhältnisse und die Distanz machten es unmöglich, die Natur dieser Objekte genauer einzuschätzen, außer, dass sie in völliger Reglosigkeit verharrten. Sie wären ihm bestimmt schon früher ins Auge gefallen, wenn ihn das grauenhafte Eigenleben der Kabel und Schläuche weniger abgelenkt hätte. Wahrscheinlich handelte es sich um Vorwölbungen des Ganges. Genauso gut konnten es aber auch Wachposten sein.

Er schlich jetzt geradezu, um das Geräusch seiner Schritte auf dem Metallgitter zu dämpfen, hielt sich dabei so weit wie möglich am linken Rand des Tunnels. Wieder waren seine Glieder fast bis zum Zerreißen angespannt, bereit zur sofortigen Flucht, falls es die Situation erforderte. Logik lag in dieser Reaktion freilich keine, denn wohin hätte er laufen sollen? Zurück in die Räumlichkeit, in der er aufgewacht war und die er verlassen hatte, weil er sich darin wie in einer Mausefalle vorgekommen war? Oder in einen anderen Korridor, wo vielleicht noch größere Gefahren auf ihn warteten? Und warum ging er überhaupt auf zwei potenzielle Wächterfiguren zu, wenn er unentdeckt bleiben wollte? Hier schien wohl hauptsächlich seine aufgewühlte Psyche den Ton anzugeben.

Als er nahe genug war, fiel ein Großteil der Unruhe von ihm ab. Die Gebilde stellten sich als zwei mannshohe Statuen heraus, genauer gesagt als stilisierte Katzen, die aus Hunderten kleineren Metallblöcken bestanden, wodurch sich eine eckige Silhouette ergab. Sogar die spitzen Ohren setzten sich aus solchen Miniaturklötzchen zusammen. Aus den Hinterköpfen ragte jeweils ein dicker Strang aus Schläuchen, der in einem Halbbogen zum Rücken führte und dort der Kontur entlang dem Boden zustrebte. Beide Katzen hatten ihre majestätischen, bewegungslosen Blicke auf Buechili gerichtet, so kam es ihm zumindest vor. Tatsächlich spähten sie aber wohl eher symbolisch in den Tunnel hinein und »bewachten« ein geschlossenes, mit silberner Krone versehenes Stahltor hinter sich.

Die Hitze war nun beinahe unerträglich, und auch das permanente Klopfgeräusch kam ihm hier lauter als sonst wo vor. Es musste unweit von ihm seinen Ausgangspunkt nehmen. Buechili bewegte sich vorsichtig auf die Katzen zu, glaubte, ein gelegentliches Funkeln in ihren pupillenlosen Augen zu gewahren. Das steigerte sein Misstrauen. Als es schließlich an ihnen vorbeischlich, behielt er die Köpfe der Statuen im Visier, einmal den der linken, dann wieder den der rechten. Er wurde das Gefühl nicht los, dass er sie keinesfalls unbeobachtet lassen durfte.

Genau in diesem Moment geschah es: irgendetwas streifte seinen Fuß. In einer panischen Reaktion preschte er los, wurde allerdings zu Boden gerissen. Trotz des Überraschungsmoments gelang es ihm, auf den Händen zu landen, wodurch er dem schlängelnden Treiben unter ihm gefährlich nahe kam und unwillkürlich den nach Öl und Metall riechenden warmen Dunst einatmete. Verzweifelt krallte er seine Finger in die Öffnungen der Gittersegmente, zog sich mit aller Kraft vorwärts. Dabei offenbarte sich ihm das grausige Geschehen unter ihm in Großaufnahme, vermittelte eine Vorstellung davon, wie es sich wohl anfühlen musste, mit dem sich regenden und windenden Gewürm in Berührung zu kommen. Sekunden später gab der Griff an seinem Fuß nach und er machte einen Ruck nach vorn. Buechili rappelte sich auf, stürmte auf die Tür hinter den beiden Statuen zu. Dort blieb er keuchend stehen, lehnte sich mit rasselndem Atem rückwärts gegen sie, den Blick auf die vermeintliche Falle gerichtet, in die er eben getappt war. Immer noch saß der Schreck in seinen Gliedern, und er zitterte am ganzen Körper. Es war beschämend, wie sehr er von Furcht geprägt war, wenn die Psychodämpfung einmal nur in eingeschränkter Weise arbeitete. In welche Situation hatte er sich da hineinmanövriert?

Er holte tief Luft und verlangsamte die Atmung, um seinen Puls zu beruhigen. Die beiden Statuen saßen nach wie vor regungslos auf ihren Plätzen, den Rücken ihm zugewandt. Nun, da er genauer hinsah, fiel ihm auf, dass sie an den Unterseiten durch zahlreiche Schläuche und Kabel mit dem Boden in Verbindung standen und dass einige dieser Leitungen wie Schlingen aus dem Drahtgitter hervorragten. Vermutlich war er unabsichtlich in eine solche Schleife geraten und hatte sich mit dem Fuß verfangen. An der Stelle, wo er gestolpert war, ragte jetzt etwas in die Höhe, aus dem eine kleine dunkle Fontäne hervorsprudelte.

Die Verletzung des Geflechts währte nicht lange: schon waren Dutzende Stränge am Ort des Geschehens am Werk, wanden sich in einer mehrfachen Spirale um die Enden des abgerissenen Schlauches, überbrückten den Schaden und flossen zu einer neuen homogenen Hülle zusammen, ganz so, als ob jedes Element Teil eines großen lebenden Organismus wäre.

Es blieb zu hoffen, dass er keiner Sackgasse gefolgt war und er dieselbe Strecke nicht wieder zurückzugehen hatte. Dazu musste er jedoch eine Möglichkeit finden, um das verschlossene Stahltor zu öffnen, denn die massive Konstruktion wies weder Griff noch Schloss auf. Falls es sich um ein Schott handelte, das von zentraler Stelle aus gesteuert wurde, steckte er hier fest. Genauso gut konnte der Zugang zum dahinterliegenden Bereich aber über einen verborgenen Mechanismus erfolgen. Er unterzog das Tor einer genauen Musterung: Es nahm die gesamte Höhe des Tunnels ein und war mit zahlreichen Stützstreben verstärkt, die in Längs- und Breitrichtung verliefen. Scharniere entdeckte er keine; vermutlich hob und senkte es sich über seitliche Führungen.

Buechili lehnte sich gegen die Stahlkonstruktion und überlegte. Wollte er denn überhaupt, dass sich das Tor öffnete? Was mochte dahinter sein? Ein weiterer Gang? Sein Blick streifte nach links und blieb an einer Stelle haften. Täuschte er sich oder sprang dort wirklich eine Erhebung aus der Wand hervor, etwas, das an ein Pult erinnerte – und das zuvor noch nicht da gewesen war? Er steuerte darauf zu und nahm die Sache in Augenschein. Wie sich herausstellte, hatte er eine quadratische Konsole vor sich, in deren Mitte der Umriss einer menschlichen Hand angedeutet war. Womöglich diente die Vorrichtung lediglich als simpler Druckkontakt. Falls er aber vor einem Checkpoint stand, der Eindringlinge identifizieren und melden sollte, dann würde Buechilis Anwesenheit auffliegen, sobald er den Mechanismus betätigte.

Seine übertriebene Vorsicht, von niemandem entdeckt zu werden, irritierte ihn. War es denn angebracht, vor den Schöpfungen des VINETs und seiner eigenen Psyche derartige Furcht zu empfinden? Er wusste doch, dass die Umgebung nicht real war und dass er keinen körperlichen Schaden erleiden würde, ganz gleich, was auch passierte. Trotzdem sah er sich durch die schwache ACI-Dämpfung mit uralten Ängsten konfrontiert.

Er vernahm plötzlich die Rollgeräusche eines schweren Gefährts aus dem uneinsehbaren Zugang des Tunnels. Das lärmende Etwas musste von dem bogenförmigen Gang abgezweigt sein und sich für denselben Korridor wie Buechili entschieden haben, wodurch es sich jetzt auf direktem Kurs zu den Statuen befand und ihm den einzig verbliebenen Fluchtweg abschnitt.

Was auch immer es war, er wollte unter keinen Umständen damit zusammenstoßen! In einer spontanen Anwandlung legte er seine Hand auf das Pult, platzierte die Finger so, dass sie genau in die Vertiefungen passten, und hielt den Atem an. Das Geräusch hinter ihm wurde lauter. Er wagte nicht, sich umzudrehen, aus Angst davor, der Bedrohung ein Gesicht zu verleihen. Und als er schon einen kalten Hauch im Nacken zu spüren vermeinte, und er mit einem klammen Gefühl seine Hand zurückziehen wollte, da klackte es mit einem Mal im Inneren der Apparatur. Fast gleichzeitig saugte sich etwas schmerzhaft an seinen Fingerkuppen fest, schlürfte und gluckste, entzog an Wärme, was ihm noch geblieben war, und ließ schließlich wieder von ihm ab.

19: Kernschau

Die ungewöhnliche Anspannung, in deren Folge Zeit wie eine trübe Flüssigkeit an ihm vorbeifloss, hatte Buechili in eine Art Trancezustand versetzt, sodass er nur marginal zur Kenntnis nahm, wie auf beiden Seiten der Stahlkonstruktion Sperrbolzen zurückschnappten und das Tor nach oben glitt. Als er die Hand anhob und sein Blick auf die blutenden Fingerspitzen fiel, fand er wieder in den gewohnten Zeitfluss zurück. Erst jetzt begriff er, dass man ihm eine Kapillarblutprobe entnommen hatte, vermutlich, um seine Zugangsberechtigung zu prüfen. Eigentlich hätte die Erkundung damit beendet sein müssen, da wohl kaum anzunehmen war, dass man Fremden Zutritt zu einer mit dem Symbol einer Krone versehenen Räumlichkeit gewährte. Erstaunlicherweise war das jedoch nicht der Fall, entweder, weil man sich für Buechilis Ergreifung höhere Chancen ausrechnete, wenn er den Korridor verließ, oder aber, weil man seine Ankunft bereits erwartete und er so etwas wie ein geladener Gast war. Er hätte nicht sagen können, welche der beiden Optionen ihm mehr Missbehagen bereitete.

Unterdessen hatten die Rollgeräusche im Gang aufgehört, doch er traute dem Frieden nicht. Womöglich war sein Verfolger bei den Statuen in Deckung gegangen. Es erschien ihm zu riskant, an dieser Stelle zu verharren, solange er nicht genau wusste, was sich dort im Schutz der Katzen verbarg. Buechili trat in den halbdunklen Raum ein, der ihn mit der Wärme eines riesigen Brutkastens in Empfang nahm. Wenig später schloss sich das Tor hinter ihm, ein Vorgang, der ihn kurzzeitig an das Zuklappen einer Venusfliegenfalle erinnerte. Seltsamerweise empfand er zunächst keinerlei Bedrohung dabei. Ganz im Gegenteil: Zwischen ihm und den Gefahren der Tunnels schien sich ein Schutzwall gebildet zu haben. Sein Rücken war damit gedeckt.

Hier drinnen wirkte das allgegenwärtige rhythmische Klopfen schwächer und wurde von einem Geräusch begleitet, das sich wie die ein- und ausströmende Luft eines druckgeregelten Kompressors anhörte. Die Präsenz von alkoholhaltigen Desinfektionsmitteln sowie geradezu aufdringlicher Metall- und Ölgestank, vermischt mit Ammoniak und Chlor, ließen erneut Unbehagen in Buechili aufkeimen. Zudem wurde ihm schlagartig bewusst, dass er durch das Halbdunkel nur wenig vom Boden in seiner unmittelbaren Umgebung sehen konnte. Was, wenn dieser Ort das Zentrum jener schlangenartigen Kreaturen war, welche die Korridore beherrschten? Wenn alles in der Brutstätte eines riesigen, sich windenden und ringelnden Geschöpfs endete, dessen Ausläufer bis in die fernsten Tunnel reichten? Buechili hastete vorwärts, dorthin, wo es heller wurde. Im Licht angekommen, drosselte er seine Schritte, passte sie unwillkürlich an den Rhythmus der nun lauter gewordenen ein- und ausströmenden Luft an und schlich den Flur hinunter. Dieser mündete rechtwinklig in einen weiteren Raum, an dessen gegenüberliegender Wand ein seltsamer Aufbau aus Kabeln und Rohren zu erkennen war. Davor ragte ein Gebilde hochkantigen Formats in die Höhe. Von dorther kamen auch die Geräusche.

Jetzt, da Buechili nur noch ein paar Meter von dem unbekannten Etwas trennten, wusste er, dass er kurz vor dem Ziel stand, einem Punkt, den man schon von Anfang an für ihn festgelegt hatte. Daran gab es für ihn ebenso wenig Zweifel wie an der ernüchternden Präsenz metallener Sterilität. Was immer sich hier verbarg, repräsentierte das auf der Tür angebrachte Kronensymbol.

Er näherte sich dem Gebilde, jederzeit damit rechnend, durch irgendetwas oder irgendjemanden von seinem Vorhaben abgehalten zu werden. Doch nichts geschah. Misstrauisch beäugte er die Umgebung. Außer einer immensen Anzahl an Rohren und Strängen, die sich um das zentrale Konstrukt wanden und nach oben hin wegführten, konnte er keine Besonderheiten ausmachen. Dennoch spürte er, wie ihn etwas von der Stelle aus fixierte, auf die er zustrebte, und wie ohne erkenntliche Ursache plötzlich eine dunkle Saite in seiner Seele anschlug, ein gedämpfter, dissonanter Unterton. Er fragte sich, ob er besser umkehren sollte, solange es noch ging. Allerdings war da auch diese brennende Neugierde in ihm, diese unwiderstehliche Bereitschaft, der Sache auf den Grund zu gehen. Und die Überzeugung, dass er so kurz vor der Lösung des Rätsels auf keinen Fall aufgeben durfte. Entweder nutzte er die einzige ihm gebotene Gelegenheit oder die Wahrheit würde für immer in den Tiefen seiner Psyche versickern.

Wenig später war das Dilemma für ihn bereits ohne Belang. Aus dem Gewirr von Schläuchen und Kabeln lösten sich mit der Heftigkeit eines Donnerschlags Facetten eines Antlitzes heraus, starrten ihn zwei Augen mit geradezu sadistischer Intensität entgegen. Buechili fühlte, wie ihm der Schreck durch die Glieder fuhr und wie ein gnadenloser Blick sein Inneres durchdrang, sodass er sich mit einem Mal nackt und gläsern vorkam. Unter dieser Musterung wurde er sich unweigerlich seiner eigenen menschlichen Unzulänglichkeit bewusst, spürte das durch die Ohren rauschende Blut, den rasenden Herzschlag und die immense Anspannung in seinen Muskeln. Er war auf ein Häuflein Elend reduziert. Dadurch kamen seine Schritte vollständig ins Stocken.

Aber er gewahrte noch etwas anderes, nicht in dem eisigen Blick selbst, sondern in seinem Ursprung. Etwas, das ferne Erinnerungen in ihm auslöste und in diese Umgebung ganz und gar nicht hineinpassen wollte. Ein Gefühl der Nähe, so, als ob ihn das Wesen auch mit gütigeren Augen sehen konnte. Ein in der Zeitlosigkeit bestehendes Versprechen.

Buechilis Füße setzten sich automatisch wieder in Bewegung. Die von dem unbekannten Etwas ausgehende Faszination war einfach zu groß, um dagegen ankommen zu können, zog ihn mit einer Kraft an sich heran, dass sein eigener Wille in grauer Unmaßgeblichkeit verblasste. So viel Macht lag darin, so viel Wissen um menschlich unfassbare Dimensionen, von denen die Gegenwart nur vereinzelte Wahrheitsstränge erwählt hatte. Und gleichzeitig eine Autorität, mit der leidenschaftslos und antarktisch kalt Entscheidungen von irreversibler Natur getroffen wurden. Ein Großteil biologischer Lebensformen wäre wahrscheinlich vor einer derart abgründigen Undurchschaubarkeit zurückgewichen, hätte mit sämtlichen zu Gebote stehenden Mitteln die Flucht angetreten. Nicht so Buechili. Er war wie gefesselt davon.

Dann folgte etwas, das seine Verwirrung noch weiter steigerte, weil es ganz und gar unerwartet ausfiel. Ihm kam zu Bewusstsein, dass es sich bei dem zentralen Gebilde um einen Thron handelte. Wieder meldete sich ein untrügliches Gefühl der Vertrautheit in ihm. Dadurch zog sich sein Geist schutzsuchend zurück, als ob er mit aller Kraft verhindern wollte, einem fatalen Geheimnis auf die Spur zu kommen. Doch es war bereits zu spät, er konnte die Lösung des Rätsels nicht mehr aufhalten. Schonungslos setzte sich das Mosaikbild zusammen, präsentierte sich eine Situation von infernalischer Grausamkeit. Er sah eine besinnungslose, mit offenen Augen starrende Lucy Hawling vor sich sitzen, oder besser gesagt hängen, die durch zwei um Brust und Taille gezurrte handbreite Riemen in aufrechter Lage gehalten wurde. In ihr lag also der Ausgangspunkt für den distanzierten, unmenschlichen, alles durchdringenden Blick! Unter ihrem Kehlkopf führte ein dicker Beatmungsschlauch, der in regelmäßigen Intervallen eine ruckartige Bewegung vollzog und vermutlich von jenem Kompressor gespeist wurde, dessen Existenz er bereits vorhin bei Betreten der abgedunkelten Kammer vermutet hatte.

Am bizarrsten wirkte aber ihre Stirn. Aus ihr traten in gleichmäßigen Abständen bleistiftdicke Röhrchen hervor, strebten symmetrisch bis an die Oberkante des Raumes hinauf, sodass sie eine riesige Krone stilisierten, und gingen dort in das komplexe Flechtwerk von Knäueln und Kabeln der Gesamtmaschinerie über. Allem Anschein nach stand Lucy über diese Verbindungsstränge mit dem übergeordneten Organismus in Verbindung oder der Organismus mit ihr, je nachdem, wie man es betrachtete. Zudem schien ihr Blutkreislauf – oder was daraus geworden war – in das System eingebunden zu sein, denn aus den Unterarmen sowie Innenseiten ihrer Schenkel führten Schläuche auf den Boden zu. Und dass noch ein dickes, geripptes Rohr einer an mittelalterliche Keuschheitsgürtel erinnernden Apparatur entsprang, in die ihr Unterleib eingespannt war, komplettierte das Bild der Bekrönten.

Buechili fühlte sich wie zerschlagen. Die vor ihm hängende Person war ihm früher einmal so nah wie kaum eine andere gewesen, hatte Aspekte des Seins studiert, die oft gefährlich an die Grenzen menschlicher Empfindungen herangekommen waren, und diese in Virtufakte von höchster Brillanz gegossen. Jetzt lag etwas derart Totes, Erloschenes in dem unbeweglichen Blick der einst Vertrauten, dass es ihm unfassbar schien. So stellte er sich jemanden vor, dem man alle Facetten einer schrecklichen Wahrheit offenbart hatte und der nun mit seinem Wissen über den Dingen schwebte und sie doch nicht verändern konnte. Nichts davon, außer ihrer physischen Erscheinungsform, erinnerte noch an die alte Lucy. Sie war zu einer von ihren Sinnen vollständig entkoppelten Existenz geworden, zu einer Gefangenen in ihrem eigenen Körper, der sie in einem beständigen, traumlosen Dämmerzustand hielt, in einer bis in die letzte Pore gehenden Vereinnahmung durch das die Tunnelsysteme beherrschende Maschinenwesen aus Rohren und Schläuchen. Was für ein Schicksal musste es sein, wenn man zu einer solch grotesken Form des Vegetierens verurteilt wurde, zu einer *lebenden* Toten ohne Aussicht auf Sterben!

Er spürte, wie ihn das Grauen packte, der Anflug einer Ahnung, was es wohl bedeutete, auf immer und ewig in einer künstlich am Leben erhaltenen Körperlichkeit eingesperrt zu sein, degradiert zur Wirtsseele einer parasitären Apparatur. Er wollte schreien, doch außer einem Krächzen brachte er keinen Ton heraus. Stattdessen fühlte er, wie sich Schläuche an Armen und Beinen hochzuwinden begannen, wie sie sich mehr und mehr um seinen Körper ringelten. Ein oder zwei Stränge arbeiteten sich in Windeseile zum Rumpf vor und schlangen sich mehrmals um ihn herum. Andere spalteten sich wie das Geäst eines Baumes auf, fixierten ihn, sodass er sich kaum noch rühren konnte. Kurz darauf erreichte ein Ausläufer seinen Hals, und ehe er begriff, was nun geschehen würde, durchstieß dieser zielgerichtet die Luftröhre.

Ein stechender Schmerz raste durch seinen Körper. Er rang nach Luft, spürte, wie der Schlauch in die Lunge drang und wie weitere folgten, die Atemwege dabei vollständig verschlossen. In einer reflexartigen Bewegung versuchte er, Arme und Beine aus den Klammern des Gewirrs zu befreien, riss mit einer ihm übermenschlich erscheinenden Kraftanstrengung an den Fixierungspunkten. Doch er war gefangen im Netzwerk eines mächtigen Gegners, der ihn sukzessive einverleibte und ihn zu ersticken drohte. Als ihm schließlich schwarz vor Augen wurde, und er kurz davor stand, die Besinnung zu verlieren, fragte er sich, ob er jetzt in denselben Zustand wie Lucy käme, ihr am Ende vielleicht sogar begegnete. Danach brach Buechilis Individualität wie ein Kartenhaus in sich zusammen, begleitet von einem fernen, vielfach verzerrten Gesang, gleich einem Wimmern vor den noch geschlossenen Toren zur Ewigkeit.

20: Interimsphase

Es musste viel Zeit vergangen sein, so schien es Buechili zumindest. Als er wieder zu sich kam, fand er sich splitternackt in einem steril wirkenden Raum liegen. Über ihm gewahrte er kompliziert aussehende Apparate. Blitzende Instrumente bewegten sich wie von Geisterhand. Durchsichtige Nadeln, Sonden, Schläuche drangen in ihn ein, ohne dass er dabei Schmerzen verspürte. Ein flirrendes Band undefinierbarer Bilder lief im Zeitraffer ab, ging dann mit einem kaum hörbaren »Klick« auf Normalgeschwindigkeit.

Und was sah er? Das Dunkelblau eines beinahe wolkenlosen Himmels, der ein weites Meer überspannte. In der Ferne die Kontur einer Insel. Frieden. Die gesamte Szenerie war geradezu perfekt mit zartem Violinenspiel untermalt. Gegen den Bootsrumpf plätscherten beruhigende Wellen. Welch wunderbares Gefühl, solche Ruhe zu empfinden! Nichts störte seine Eindrücke. Fast nichts …

21: Buechilis Erwachen

»Hallo! Hören Sie mich!?«

Buechilis Rückkehr in die Wirklichkeit erfolgte schlagartig und ohne Vorwarnung. Durch die Augenlider drang grelles Licht, und anstelle der eben noch erklungenen zarten Melodie vernahm er hochfrequentes Summen, das aus dem Schädelinneren zu kommen schien. Von seinem restlichen Körper spürte er so gut wie nichts.

»Mister Buechili!?«, drängte jetzt die barsche Frauenstimme.

Er hätte zu gern genickt, aber es ging nicht. Irgendetwas hinderte ihn daran.

»Ich höre!«, krächzte er durch seinen geschlossenen Kiefer, woraufhin die Frau antwortete, diesmal allerdings in einem deutlich freundlicheren Tonfall, so, als hätte sie ihm eben das Frühstück ans Bett gebracht und würde nun die Vorhänge wegziehen: »Einen schönen guten Morgen!«

Er öffnete kurz die Augen, doch das helle Licht löste einen Schauer an Nadelstichen in seinem Kopf aus und ließ ihn zusammenfahren.

»Wie fühlen Sie sich?«

»Miserabel«, nuschelte er, die Augenlider gerade weit genug hebend, um nicht erneut geblendet zu werden. Dabei machte sich leichter Schwindel bemerkbar. »Wie gerädert.«

Ein seltsames Glucksgeräusch drang an sein Ohr, und es dauerte eine Weile, bis er darin ein Lachen erkannte. Vermutlich amüsierte sich die Person über seine Artikulationsversuche bei eingespanntem Kiefer.

»Das geht allen so«, munterte sie ihn auf, nachdem sie sich wieder beruhigt hatte. »Es wird gleich besser werden.«

Die Stimme schien ihm peinlich nahe an seinem Ohr, doch er konnte niemanden entdecken! Buechili registrierte nur, dass er sich völlig nackt auf einer Liege befand und dass der Fußteil hochgeklappt war, wodurch der Eindruck entstand, sein Körper wäre nach hinten geneigt. An Oberschenkeln, Armen und über der Brust hatte man ihn angeschnallt. Außerdem wurden Unterkiefer und Stirn in fixer Lage gehalten. Dabei spürte er absolut nichts, weder Druck noch Schmerz, nur eine gleichmäßige, angenehme Wärme.

»Ich kann Sie hören, aber nicht sehen«, bemühte er sich zu sagen. »Wo sind Sie?«

»Richten Sie den Blick auf Ihre Füße.«

Er spähte in die angegebene Richtung, so weit, dass ihm die Augenmuskeln durch das ungewohnte Hinunterschauen zu ziehen begannen, und in der Tat: am Fußende gewahrte er die Holografie einer Gestalt mit derbem, blassem Gesicht, deren steingraue Schildkrötenaugen ihn belustigt studierten.

»Wissen Sie, wo Sie sich befinden ... und warum Sie hier sind?«

Aus ihrem Erscheinungsbild allein hätte er nicht abzuleiten vermocht, dass es sich um eine Frau handelte. Nur ihre Stimmlage wies darauf hin.

»Ich denke schon«, erwiderte er. »Es sieht danach aus ...«

»Warten Sie!«

Mit einem Surren löste sich die Fixierung seines Unterkiefers.

»So, jetzt sollte es einfacher sein. Was meinten Sie gerade?«

»Ist das ein Hirnstrom-Paraboloid?«, wich er ihrer Frage aus. Er bezog sich auf die haubenartige Konstruktion über ihm.

Sie nickte und sah ihn forschend an. »Erinnern Sie sich wirklich an gar nichts mehr?«

»Nein«, antwortete er, und das war auch die Wahrheit.

»Psychogene Amnesie«, murmelte sie wie zu sich selbst und fuhr dann fort: »Also, ich helfe Ihnen ein wenig auf die Sprünge. Seit gestern Nacht befinden Sie sich im *Medical Center*. Wir versuchen, die Auswirkungen eines massiven, traumatisierenden Erlebnisses einzudämmen, das sich durch eine VINET-Sitzung mit reduzierter Psychodämpfung ergab. Zwar trat Ihr ACI-Blocker automatisch in Aktion, als er den neuronalen Ausnahmezustand erkannte, aber er konnte den psychischen Dammbruch nicht mehr aufhalten. Daher wurde der Ambulanzdienst verständigt.«

»Tatsächlich? Bin ich in einer VINET-Sitzung so sehr an meine Grenze gegangen?«

»Jetzt sind Sie fassungslos, nicht?«, spottete sie. »Das sollten

Sie auch sein. Es kann enorme Konsequenzen für die Psyche haben, wenn man seinen Blocker zu stark drosselt, nur um das letzte Körnchen Vergnügen herauszukitzeln.« Sie sah ihn streng an, setzte jedoch versöhnlich hinzu: »Zu Ihrer Verteidigung ist allerdings zu sagen, dass der ACI auf ausreichendem Kompensationslevel lief. Wir sind selbst erstaunt darüber, wie ein solches Trauma zustande kommen konnte.«

Er überlegte eine Weile und meinte dann: »Eine Freundin von mir ist Virtufaktkünstlerin. Sie kommt bei ihren Kreationen hin und wieder in ähnliche Probleme.«

»Virtufaktkünstler gehören zu den Ausnahmen. Als psychische Grenzgänger sind sie darin geübt und können damit umgehen. Bei Ihnen, Mister Buechili, stellt sich hingegen die Frage, ob Sie nicht grob fahrlässig gehandelt haben. Wozu setzten Sie sich dem Risiko aus? Was ging in Ihnen vor?«

»Ja, was ging in mir vor?«, echote er. Er versuchte, sich zu konzentrieren, einen Bezug zur *Reflections*-Sitzung aufzubauen, erinnerte sich aber an so gut wie nichts. Nur, dass er an jenem Abend Lucy getroffen und dabei von ihrer Konvertierung erfahren hatte.

Indes beobachtete die Frau aufmerksam die holografischen Visualisierungen des Hirnstrom-Paraboloides, der mit einem Schwingungschaos wild zuckender, sich schnell auflösender und ebenso schnell wieder rekombinierender Kurvengebilde reagierte, wie Buechili anhand der eingeblendeten Darstellung erkennen konnte. Sie wiederholte ihre Frage langsam und im suggestiven Ton, doch der Wirrwarr blieb bestehen.

»Menschenskind, Sie haben ja ganz schöne Schwierigkeiten, Ordnung in Ihre Gedanken zu bringen!«

Sein Versuch, mit den Achseln zu zucken fiel aufgrund der Fixierung kläglich aus.

»Aber keine Sorge, Ihre Neuroaktivitäten liegen dennoch im Rahmen«, beruhigte sie ihn. »Das Chaos wird sich bald legen. Zur Information: Ihr Trauma wird durch eine Art Schutzmechanismus des stabilisierten Bewusstseins unter Verschluss gehalten. Damit versucht Ihre Psyche, die Integrität zu wahren. Prinzipiell ein wirksames Konzept, wenn dadurch die seelische Wunde vollends verheilen würde. Leider geschieht das nicht immer. Zuweilen brechen solche Vernarbungen nach Jahren wieder auf und führen zu Konflikten.«

»Heißt das, der Schaden kann nicht mehr behoben werden?«

»Nein, wir haben die Situation mittlerweile in den Griff bekommen. Dazu mussten wir die frisch verheilte Wunde quasi neu aufreißen und Ihr Bewusstsein mit dem traumatisierenden Inhalt konfrontieren. Später nutzten wir die dabei aufgezeichneten psychischen Aktivitätsmuster, um das Trauma solange zu wiederholen, bis Sie selbstständig eine Kompensation fanden.«

»Bestand denn nicht die Gefahr, dass Sie dadurch ein viel größeres Trauma auslösen?«

»Durchaus«, räumte sie ein, und aus ihrem milden Unterton war zu schließen, dass ihr die Frage gefiel. »Aber wenn die Lage kritisch geworden wäre, hätten wir Gegenmaßnahmen ergriffen.«

Er versuchte, einen Bezug zu dem geschilderten Vorgehen herzustellen, doch ohne Erfolg. »Ich kann mich nicht an das Geringste erinnern.«

»So soll es auch sein. Wir haben die neuronalen Erinnerungsspeicher der Konfliktinhalte temporär außer Kraft gesetzt. Damit Sie nach Ihrem Aufenthalt im *Medical Center* keine Albträume haben!« Sie lachte und Buechili begriff, dass sie halb im Scherz gesprochen hatte, zumindest, was die Albträume anbelangte. »Primärziel war eine tiefenpsychologische Aufarbeitung des Erlebten in einem kontrollierten Umfeld«, ergänzte sie ernster werdend. »Dadurch erkannten Sie, dass Ihr Trauma – logisch gesehen – absurd war. Denn glauben Sie mir: Jedes Trauma ist absurd, wenn man es aus ganzheitlicher Perspektive betrachtet. Es ist ein Vermächtnis unserer tierischen Abstammung.«

»Ich bin also wieder vollständig im Lot?«

»Ja, ihre Psyche ist stabil.«

»Und die fehlenden Erinnerungen?«

»Machen Sie sich darüber keine Sorgen. Was Sie jetzt brauchen, ist vor allem Geduld. Es kann dauern, bis die verschütteten Inhalte in Ihr Bewusstsein gelangen. Das wird erst geschehen, wenn Sie den Konfliktstoff gänzlich überwunden haben.«

Sie machte mit der Hand eine Steuerungsgeste und brachte Buechili in die Sitzposition. Dabei lockerten sich auch die Spannzange an seinem Kopf sowie die Fixierung der Gliedmaßen, bevor sie schließlich vollständig eingezogen wurden. Er drehte sich herum und erhob sich. Es gab keinerlei Beschwerden, nur Nacken und Glieder waren ein wenig steif vom langen Liegen.

Während des Ankleidens beobachtete ihn die Frau interessiert.

»Für Ihr Alter sehen Sie noch recht passabel aus. Ich würde mich nicht wundern, wenn Sie ... Sagen Sie mal, spielen Sie Basketball?«

Buechili schüttelte den Kopf. »Nein, das ist etwas für Jüngere. Ich fechte hin und wieder ... Sie wissen schon: Strategiefechten, in den ...« Er wollte noch »*Physical Halls*« hinzufügen, aber da überkam ihn ein plötzliches Schwindelgefühl, und er musste sich an der Liege festhalten.

»Das ist der Kreislauf«, erklärte sie. »Die stundenlange Behandlung im Paraboloid und jetzt das rasche Aufstehen machen ihm Probleme. Stemmen Sie die Arme in die Hüften. Ein bisschen Beckenkreisen und Sie werden sich gleich besser fühlen.«

Das tat er, obwohl er sich dabei ziemlich lächerlich vorkam.

»So, wir sind hier fertig. Ich entlasse Sie aus dem *Medical Center*. Alles Gute – und seien Sie in Zukunft vorsichtiger mit *Reflections*-Sitzungen!«

Die Holografie verschwand, ohne ihm Gelegenheit zu einer Antwort zu geben.

Er wandte sich um, zog den Rest seiner Kleidung an, immer noch vom Schwindel beeinträchtigt. Ob die ersten Anzeichen des Traumas bereits in der Erfrischungsbar bei May ersichtlich gewesen waren? Das hätte man aus den Protokolldaten des *BioBounds-Extenders* – und damit auch des ACI-Blockers – im Rahmen der Untersuchungen doch feststellen müssen! Buechili konnte sich keinen Reim darauf machen. Irgendwie passten die Bruchstücke einfach nicht zusammen.

Aber jetzt war weder die Zeit noch der Ort, um darüber nachzudenken. Er setzte den Stirnreif auf und nickte kurz in jene Richtung, wo sich vorhin die Frau mit dem blassen Gesicht und den Schildkrötenaugen eingeblendet hatte – für den Fall, dass sie nach wie vor zugeschaltet war – und verließ dann steifen Schrittes den Raum.

22: Venom Treaty

Ein trüber Morgen graute, als Enko vom *Tribes*-Clan der Nossa die staubige Straße Richtung Süden unterwegs war. Weit und breit keine Menschenseele in der trostlosen Öde, eine Gegend, die man normalerweise gar nicht erst ansteuerte, weil es hier nichts gab, das von Wert gewesen wäre. Auch als Durchzugsstrecke kam sie nicht infrage: die Straße endete in einem alten Lager der *Force*. Trotz der Abgeschiedenheit barg das Gelände eine gewisse Gefahr, denn außer ein paar Hügeln und kleineren Baumgruppen boten sich nur wenige Versteckmöglichkeiten. Er musste sich also in Acht nehmen, insbesondere vor der *Force of Nature*. Nirgendwo war man vor ihr sicher, ob man sich nun allein in entlegenen Gebieten befand oder im Schutze irgendeines Clans.

Enko wusste das, er hatte des Öfteren mit ihr zu tun, wenn er etwa Abtrünnige oder gemeinsame Feinde aufstöberte und Informationen aus ihnen herauspresste. Auf diese Weise hatte er sich im Laufe der Zeit aus dem Bodensatz der *Tribes*-Verbände herausheben können, denn gerade im Rest der Welt galt in erster Linie das Leittierprinzip atavistischer Gesellschaften. Es zählten nur Leute, die man fürchtete. Und damit man gefürchtet wurde, musste man mit mächtigen Gruppierungen zusammenarbeiten, also mit einflussreichen Clans, skrupellosen Banden oder – falls es sich irgendwie einrichten ließ – mit der *Force*, ja, mehr noch, man musste sich profilieren, einen exzellenten Ruf innerhalb dieser Reihen aufbauen. Wer in gutem Einvernehmen mit der *Force* stand, über deren Kaltblütigkeit, Effizienz und Unbarmherzigkeit es unzählige Geschichten gab, konnte sich seines Respekts bei den *Tribes* sicher sein und gehörte zu jenen, die in der Clan-Hierarchie aufstiegen. Das war Enko von Anfang an klar gewesen. Deshalb hatte er seine Entscheidungen auch stets mit dem nötigen Weitblick getroffen.

Jetzt würde es allerdings problematischer für ihn werden, nach allem, was passiert war. Seine Gedanken kreisten immer wieder um Nastasja, seine zwanzigjährige Adoptivtochter. Keiner in Enkos Clan wusste von ihrer Existenz, zumindest hoffte er das. Sie war Teil einer Welt, die er vor den Barbaren in dieser Gegend abschirmte. Seit Jahren führte er ein gefährliches Doppelleben, bei dem er seine zweite Identität nur selten annehmen durfte, um die Phasen der Abwesenheit nicht zu offensichtlich werden zu lassen, weder für die *Tribes*-Leute noch für die *Force*. Erschwerend kamen die komplizierten Verwicklungen mit der *Externa* hinzu (so nannte man die Systemüberwachung außerhalb von Annexea), die ebenfalls vor den anderen geheim gehalten werden mussten, sodass er seine verborgene Seite im Grunde zwischen der *Externa* und Nastasja aufzuteilen hatte. Leider blieb für seine Tochter nur der kleinere Anteil übrig, doch diesen verteidigte er mit aller Entschlossenheit, schützte und bewahrte ihn. Er war sein wirklicher Fokus, der winzige Funke Edelmut, der ihm geblieben war neben all den Gräueltaten und den Gemeinheiten, die ihn umgaben. Ohne Nastasja hätte er niemals die Kraft gefunden, zu tun, was er eben vorhatte. Die Sorge um ihre Sicherheit verlieh ihm die Energie dafür. Und sein Bemühen, eine Katastrophe zu verhindern, bewirkte den Rest.

Der Weg schien sich endlos dahinzuziehen. Seitdem Enko den Bereich des *Force*-Lagers verlassen hatte, war es immer mühseliger geworden, vorwärtszukommen. Durst und Schwäche setzten ihm zu und ein unangenehmes Brennen in der Lunge zwang ihm einen kürzeren Atem auf. Bisher hatte er diese Symptome weitgehend verdrängt, doch nun überschritt ihre Intensität die Erträglichkeitsschwelle. Wenn er nicht bald auf jemanden von der *Externa* stieß, war die Mission gescheitert. Sein Körper würde die Strapazen nicht mehr lange aushalten.

Er blieb schweißgebadet im Schutze zweier verwitterter Kiefern stehen und blickte sich um. Hinter ihm lief die Straße fast schnurgerade jenen Hügel hinauf, der das Lager abschirmte. Es war keinerlei Bewegung auszumachen, weder auf dem Boden noch in der Luft. Eine der wenigen guten Nachrichten an diesem Morgen.

Was war geschehen? Das Unglück hatte am Vortag seinen Ausgang genommen, als er und andere *Tribes*-Angehörige dem

Ruf der *Force* gefolgt waren und sich am vereinbarten Treffpunkt eingefunden hatten. Wie üblich war man nach dem Standardprozedere verfahren, bei dem die Ankömmlinge gleich zu Beginn die Allianzarmbänder und Injektoren appliziert bekamen, ins Lager geführt und gefragt wurden, ob jeder über das *Venom Treaty* Bescheid wüsste. Natürlich war auch diesmal wieder jemand dabei gewesen, der sich unwissend gezeigt hatte. Der Mann stammte vom Makka-Clan, der zweiten geladenen Gruppierung neben den Nossa, ein noch relativ junger, aber dessen ungeachtet grobschlächtiger, brutal aussehender Bursche mit breiten Schultern und kräftigen Armen, der ohne Zweifel das erste Mal direkt in eine Operation mit der *Force* involviert war. Man erklärte ihm, dass man ihn *dotiert* hätte, so nannten sie es, wenn sie einen Verbündeten unter *Venom Treaty* stellten, also wenn sie den Giftinjektor anlegten, eine jener makaberen Ideen, deren Sadismus und Wirksamkeit ganz dem üblichen *Force*-Stil entsprachen. Nach seinen Fähigkeiten befragt, antwortete er mit einem dreisten Spruch, seine Unerschrockenheit und Körperkraft betonend. Für die gestandenen Kämpfer unter ihnen eine lächerliche Demonstration. Daraufhin wollten sie wissen, ob ihm wenigstens die Bedeutung des Allianzarmbands klar sei. Er lachte derb, bekundete seine uneingeschränkte Loyalität. Was auch immer dieses Armband tue, es sei bei ihm nicht nötig, versicherte er.

Die Ignoranz überraschte Enko nicht weiter, da die Clans über die Sicherheitsvorkehrungen Stillschweigen wahren mussten. Inoffiziell machten sie allerdings trotzdem in Form von Andeutungen die Runde. Man schickte das ausgewählte Opfer – jenen großspurigen Vertreter des Makka-Clans – demonstrativ in Richtung Lagerbegrenzung, während der Kommandant das Allianzarmband des Sprücheklopfers deaktivierte. Enko wusste, dass er jetzt die in dunkle Panzer gepackten *War-Dogs* beobachten musste, welche zu Dutzenden durch das Lager streiften und ihre Umgebung dabei wie die Inkarnation des Bösen beäugten. Es war nicht nur ihr außergewöhnlich muskulöser Wuchs, der Respekt gebot, auch die mit rasiermesserscharfen Klingen bestückte maßgefertigte Außenhaut aus schussfesten Carbonfasern und ihr überdimensioniertes Raubtiergebiss ließen jeden vernünftigen Menschen Abstand nehmen.

Nur Sekunden später registrierten die ersten *War-Dogs*, dass der junge Mann kein aktives Allianzarmband mehr trug. Sie blieben abrupt stehen, drehten die Köpfe misstrauisch in seine Richtung, fletschten wütend die Zähne und starteten einen Sprint geradewegs auf den Feind zu. Ein paar weniger heißspornige Tiere, die sich etwas abseits aufhielten, verteilten sich um die Meute herum, damit ihnen der Eindringling nicht entkam, während sie mit arglistigem Blick die anderen Zonen im Auge behielten, falls dort weitere Störenfriede auftauchen würden. Enko konnte gut nachvollziehen, wie dem Burschen, der jetzt weiß wie eine Mauer geworden war und an der Stelle angewachsen zu sein schien, zumute sein musste. Hätte der Kommandant nicht die Reaktivierung des Allianzarmbands befohlen, dann wäre der Makka-Vertreter ohne Zweifel vor ihren Augen zerfleischt worden. So reduzierten die *War-Dogs* plötzlich das Tempo, blieben stehen, überwanden ihre aufgestaute Aggression, lugten der vormaligen Zielperson jedoch nach wie vor finster und giftig entgegen, wahrscheinlich in der Erwartung, sich doch noch an ihr austoben zu dürfen. Enko vergegenwärtigte sich, dass nur die Härtesten und Zuverlässigsten eines Clans für Operationen mit der *Force* ausgewählt wurden; dennoch hätte es ihn nicht verwundert, wenn der Bursche nach dieser Vorführung wie ein Häufchen Elend zusammengebrochen wäre. Aber er fand schnell wieder zu seinem alten Imponiergehabe zurück.

Zugegeben, es erforderte Mut, sich mit der *Force* einzulassen. Allerdings musste man dann auch so diplomatisch sein, das Spiel mitzumachen. Als nun der Kerl mit relativ gelassener Miene zurückkehrte, war Enko klar, dass dies nicht alles gewesen sein konnte. Und er sollte recht behalten. Jetzt wollte der Kommandant nämlich demonstrieren, was man sich unter dem *Venom Treaty* vorzustellen hatte. Er erklärte, dass jeder von ihnen einen Injektor gesetzt bekommen habe, ein Dosierungssystem mit kompliziertem Innenleben, das laufend Gift produziere, es dem Körper zuführe, um es gleich darauf durch ein entsprechendes

Gegenmittel wieder zu neutralisieren. Damit wolle man sicherstellen, dass sämtliche Informationen innerhalb des Lagers blieben, bis sie offiziell freigegeben wurden.

Dieser Prozess könne stundenlang vonstattengehen; das heißt, solange alles geordnet ablaufe. Wenn sich allerdings jemand mehr als fünfzehn Meter von der Sperrzone des Lagers entferne, führte der Kommandant weiter aus, dann würde die Apparatur scharf werden und den Träger durch einen Warnton und orangefarbenes Blinken alarmieren. Der Betreffende habe in solchen Fällen etwa dreißig Sekunden Zeit, um den Rückweg anzutreten. Bliebe er länger außerhalb der Abgrenzung, so trete ein irreversibler Selbstzerstörungsmechanismus in Kraft, der jede weitere Herstellung von Gegengift unterbinde, erkennbar an einem roten Indikator. Ab diesem Zeitpunkt könne ihm niemand mehr helfen, auch die *Force* nicht, und der Tod sei unabwendbar. Dasselbe geschehe übrigens, wenn sich jemand am Mechanismus zu schaffen mache oder unautorisiert den Injektor entferne.

Kaum hatte er das gesagt, schickte er den vorher so wagemutig aufgetretenen Burschen jenseits des Sperrareals, und tatsächlich dauerte es nur kurze Zeit, bis sich das *Venom Treaty*-System mit einem Signalton meldete. Er beginne jetzt mit dem Abwärtszählen, rief der Kommandant. Doch zuvor eine Warnung: Sollte er umkehren, ehe der Countdown beendet wäre, würde man das Allianzarmband sofort deaktivieren, und diesmal ließe er den *WarDogs* ihren Spaß, darauf könne er sich verlassen. So verharrte der Vertreter der Makka wohl oder übel an Ort und Stelle, während der Kommandant langsam und genüsslich von zwanzig herunter zu zählen begann und das blinkende orange Licht des Injektors zunehmend schneller wurde. Er schien es regelrecht darauf anzulegen, den Burschen in Schwierigkeiten zu bringen, und Enko wurde das Gefühl nicht los, dass der Bogen bereits überspannt war. Endlich, nachdem mindestens anderthalb mal so viel Zeit vergangen sein musste, kam er bei null an, und der junge Mann stürmte ohne Verzögerung los, als ob eine Kreatur der *Force* hinter ihm her wäre, und blieb erst neben seinen Leuten wieder stehen, völlig außer Atem. Aber der Injektor blinkte immer noch orange.

Das sei sonderbar, meinte der Kommandant, er hätte längst grün werden müssen.

Man sah sich die Sache an. Wohl zu lange gewartet, mutmaßte einer der *Force*-Krieger. Währenddessen lief dem Makka-Vertreter der Schweiß über das Gesicht, weil er sein nahes Ende fürchtete. Und es wäre auch sicher gekommen, falls das *Venom Treaty*-System die Selbstzerstörung ausgelöst hätte. Doch nach weiteren Atemzügen höchster Anspannung wechselte der Injektor plötzlich auf Grün zurück, so, als ob nie etwas gewesen wäre. Der Ganove von einem Kommandanten hatte bestimmt gewusst, dass zusätzlich zu den dreißig Sekunden noch eine kleine Reserve eingeplant war. Mit solchen Dingen musste man eben rechnen, wenn man sich mit der *Force* einließ. Genau das machte ihren Mythos aus, oder zumindest einen Teil davon, denn Aktionen wie diese fielen für sie wahrscheinlich eher unter die Rubrik *unterhaltsame Albernheiten*.

Später hatte man sich mit den wichtigsten Vertretern der beiden geladenen Clans separat getroffen, die Operationen abgesprochen – in diesem Fall waren es Anschläge ganz in der Nähe ihres Aufenthaltsortes gewesen –, und wie üblich war man bei der Auswahl der Verbündeten umsichtig genug vorgegangen, um Verfeindungen zwischen den Gruppierungen gezielt auszunutzen, sodass niemand ein Gesamtbild der Pläne gewinnen konnte, ohne dabei über den eigenen Schatten springen zu müssen. Diese Art von strategischer Cleverness beeindruckte Enko jedes Mal aufs Neue, genauso wie die Berücksichtigung ausgeklügelter Notfallpläne, militärischer Redundanzen und teils geradezu skurriler Eventualitäten. Für ihn stand unzweifelhaft fest: Wer immer die Fäden spann, musste mit einem raffinierten und brillanten Intellekt ausgestattet sein, denn anders war das Flechtwerk an Verwicklungen und Konfusionen kaum zu erklären. Wie viele Personen daran beteiligt waren, konnte man schwer abschätzen. Die Handschrift war jedenfalls stets dieselbe: Effizienz, Zielgerichtetheit und absolute Integrität. Ihm war kein einziger Fall bekannt, in dem Informationen unabsichtlich aus der *Force* gesickert wären, und wenn jemals etwas preisgegeben wurde, dann nur zum Zwecke eines größeren Plans, den man als Außenstehender erst im Nachhinein entwirren konnte.

Diesmal bestand der Auftrag der in die Operation eingeweihten Nossa-Vertreter darin, am nächsten Tag ein bestimmtes Außenareal der benachbarten Ringkernstadt mit einem Großangriff zu beschäftigen, ohne Rücksicht auf Kollateralschäden, wobei alle *Tribes*-Beteiligten durch das *Venom Treaty* an Stillschweigen gebunden waren. Das Wort »beschäftigen« hatte die *Force* dabei übrigens nicht gebraucht, sondern stattdessen war vom Ausräuchern renitenter Nester die Rede gewesen und von einer unmissverständlichen Botschaft für das dort lebende Gesindel, doch Enko ahnte, worum es hier ging. Hätte man renitente Gruppen ins Visier genommen, so wäre es viel einfacher gewesen, einzelne Mitglieder durch gezielte Terminierungen aus dem Weg zu räumen. Das schien allerdings nicht das Ziel der Operation zu sein. Man wollte vermutlich Unruhe stiften, bis die *Hypertroopers* auftauchen würden, und sich dann wieder zurückziehen. Die *Force* wusste natürlich, dass es in Zonen nahe den Ringkernstädten zahlreiche Verbündete der *Tribes* gab, die im Laufe der Jahre einiges an Waffen und Sprengmaterial angesammelt haben mussten. Deshalb hatte man auch keine Worte darüber verloren, wie das nötige Material in die demilitarisierten Regionen transportiert werden sollte.

Die Anweisungen waren klar gewesen, doch die unpräzisen Vorgaben gefielen Enko nicht. Er hatte vielfach erlebt, was geschah, wenn man seinen Clanbrüdern die Erlaubnis erteilte, blind in einem Areal zu wüten, ohne dass Kollateralschäden eine Rolle spielten. Wäre er allein gewesen, dann hätte er wohl ein paar leere Gebäude ausgewählt und sie am besagten Tag ins Visier genommen. Aber neben ihm waren auch andere Vertreter des Nossa-Clans zugegen, Leute, denen das Ausmaß an Gewalt und Terror niemals reichte und die sich an solcherlei Spektakel geradezu ergötzten. Und so musste man davon ausgehen, dass sie alles an Waffen zum Einsatz bringen würden, was die *Tribes*-Verbündeten gehortet hatten, und dass sie unter den Bewohnern ein Blutbad anrichteten.

Nun konnte man Enko keinesfalls zu den zartbesaiteten Individuen zählen, denn wenn er ein Attentat auf ein feindliches Ziel durchzuführen hatte, zog er es ohne viel Federlesen durch, zur Not sogar mit bloßer Hand. Vorausgesetzt natürlich, es ging dabei um Abschaum aus dem Rest der Welt. Und Abschaum waren sie fast alle, die sich in den Clans einen Namen gemacht hatten. Enko war Zeuge von Scheußlichkeiten geworden, die mit dazu beigetragen hatten, seine psychische Sensibilität abzustumpfen. Etwa, als Zivilisten aufgrund dubioser Verdachtsmomente seitens der Nossa wie Hasen abgeschossen worden waren. Oder, als man eine Handvoll Ergriffener eines gegnerischen Clans auf grauenhafte Weise hingerichtet hatte, um deren Verbündete abzuschrecken. Solch niederträchtige Elemente zu eliminieren, war für ihn im Grunde ein Dienst an der Menschlichkeit.

Der Zufall hatte es gewollt, dass ein Spitzel der *Externa* in den *Force*-Auftrag des Makka-Clans eingeweiht worden war, also jener Gruppierung, die an diesem Tag ebenfalls an dem Treffen teilgenommen hatte und die darüber hinaus in Feindschaft mit den Nossa lebte. Auch das bewunderte Enko an der *Force*: Sie schaffte es, Vertreter rivalisierender *Tribes*-Clans in dasselbe Lager zu holen, ohne Eskalationen unter ihnen auszulösen, und ging dabei nach einem denkbar simplen Muster vor. Falls jemand absichtlich Konflikte herbeiführte, deaktivierte man einfach die Allianzarmbänder der Unruhestifter. Eine elegante Lösung, fand er. Nach der üblichen Vorführung zu Beginn stellte dies eine so beunruhigende Androhung dar, dass die Versammelten ihre Aggressionen im Zaum hielten.

So war nicht aufgefallen, wie Enko zwischen den verbalen Beleidigungen die wichtigsten Informationen mit dem *Externa*-Spitzel ausgetauscht und auf diese Weise erfahren hatte, dass ein zweiter Anschlag geplant war, der auf der anderen Seite der Außenzone stattfinden sollte. Es sah also danach aus, als ob die *Force* mit den beiden Operationen einen dritten, größeren Einsatz zu kaschieren gedachte. Das allein wäre schon schlimm genug gewesen. Aber es kam noch ein zusätzliches Moment hinzu: In genau jener Region, die dem Makka-Clan zugeordnet war, hielt sich Nastasja auf. Somit befand sich seine Tochter in akuter Lebensgefahr!

Ein schwerer Schlag für Enko, der bereits vor dieser Unglücksbotschaft vergeblich darüber nachgedacht hatte, wie er die Daten für das drohende Massaker am besten an die *Externa* weiterleiten sollte, ohne sich dabei selbst zu gefährden. Nun, da er die Ziele beider geladenen Clans kannte, zeigte sich das Ausmaß in seiner wahren Dimension. Es würde weit mehr Opfer geben, als ursprünglich angenommen, die tatsächlichen Motive der *Force* waren nicht einschätzbar und möglicherweise brachten die Anschläge dem einzig Liebenswerten in seinem Leben den Tod. Was sollte er tun?

Der Konflikt beschäftigte ihn die halbe Nacht. Er ließ sich alle möglichen Szenarien durch den Kopf gehen, um die Gefahr von den Zivilisten und seiner Tochter abzuwenden. Doch stets lief es darauf hinaus, gegen das *Venom Treaty* zu verstoßen. Zudem ging jede Strategie mit dem Auffliegen seiner Tarnung einher, sodass er sich – ohne kosmetische Korrekturen – im Rest der Welt nicht mehr hätte blicken lassen können. Vom Aufbau einer neuen Identität und den damit verbundenen Schwierigkeiten, sich in der Hierarchie der *Tribes* wieder hochzuarbeiten, ganz zu schweigen. Trotzdem schien es keine Alternative zu geben.

So tat Enko, was getan werden musste: Er stand etwa zwei Stunden vor Sonnenaufgang auf, nahm seine Sachen und schlich aus dem Lager, vorbei an den *War-Dogs*, die zwar wachsam die Gegend durchstreiften, ihn aber wegen seines aktivierten Allianzarmbands in Ruhe ließen. Schon nach kurzer Zeit machte der Injektor mit einem Warnsignal auf sich aufmerksam. Da Enko ein Handtuch um den Arm gewickelt hatte, war das Piepen kaum zu hören. Er ignorierte es, ging einfach weiter, passierte die Lagergrenze, und als er das nächste Mal auf den Indikator blickte, leuchtete er bereits im satten Rot.

Nun gab es kein Zurück mehr. Der Weg vor ihm würde hart und steinig werden, wahrscheinlich der härteste seines bisherigen Lebens. Doch er hatte keine Wahl. Nur, wenn er das Risiko einging, würde er ein massives Unheil verhindern können. Mit etwas

Glück – und unter der Voraussetzung, dass seine Abwesenheit nicht früher als erwartet aufflog – stieß er nach ein paar Stunden Fußmarsch auf jenen *Externa*-Trupp, den er wohlweislich tags zuvor angefordert hatte, inklusive dem Gegengift, mit dem man die Wirkung des *Venom Treaties* hoffentlich außer Gefecht setzen konnte. Das war seine einzige Chance. Für sich, für die Leute in den betroffenen Regionen … und für Nastasja.

23: Touchettes Modelle des Lebens

Das Ambiente des Empfangszimmers im *Medical Research Center* – ein innerhalb des *Advateres*-Komplexes (*Advanced Technology Research*) untergebrachter Forschungsbereich für medizinische Spezialgebiete – war behaglich. Als Beleuchtung hatte man ein harmonisches Farbenspiel aus Grün- und Blautönen gewählt und den gesamten Raum in eine angenehme Duftkomposition gehüllt, die Buechili an eine Mischung aus Bienenwachs und reifen Kirschen erinnerte. Es schien unmöglich, sich hier nicht wohlzufühlen. Neben ihm saßen Lucy und Ted Hawling in ihren *Relaxiseats*, die sich gerade mit Clarice Touchette unterhielten, einer der führenden Molekularbiologinnen im Projekt *Telos*. Anfangs waren sie von Matt Lexem begrüßt worden, doch dieser hatte sich schon bald entschuldigen müssen und an Touchette übergeben, die laut seiner Einschätzung ohnehin mit bedeutend mehr Detailwissen aufwarten konnte als er. Die Forscherin trug einen schneeweißen Overall, auf dessen rechtem Ärmel ein offener Winkel auf blauem Grund mit einem zwischen den Schenkeln befindlichen Äskulapstab eingearbeitet war. Ihr länglich-ovales, von einem Anthrotopiareif mit Deltasymbol dominiertes Gesicht, der hellbronzene Teint und die klaren braunen Augen wirkten nicht unattraktiv. Trotzdem lag auch der Anflug von etwas Grobem, Maskulinem in ihren Zügen, genug, um sie nicht als klassische Schönheit wahrzunehmen. Durch die anthrotopische Kahlköpfigkeit wurde dieser Umstand noch unterstrichen.

»Nach jahrzehntelangen Studien an allen möglichen Spezies verzeichnen wir heute Erfolgsraten von praktisch einhundert Prozent«, erklärte sie gerade der Virtufaktkünstlerin. »Sämtliche konvertierten Primaten der letzten zehn Monate erfreuen sich bester Gesundheit.«

Sie ließ die Fakten, mit denen sie ihre Gäste bisher konfrontiert hatte, in sie einsickern und resümierte dann: »Beim Stand unserer Hightech und in Ihrem Alter ist das die vernünftigste Alternative, Miss Hawling.«

Für einen Nicht-ACI-Geblockten wäre ihre Bemerkung wohl verletzend gewesen.

»Sogar ich würde mich als Testobjekt zur Verfügung stellen, wenn der *Cellular Breakdown* unmittelbar vor mir stünde«, bestärkte Ted Hawling die Molekularbiologin, »und ihr wisst, wie lange ich auf meine *Extender*-Implantation gewartet habe. Lucy II wird eine Vorreiterrolle spielen.«

Die Virtufaktkünstlerin sah belustigt auf ihren Bruder. »Lucy II? Ist das die verbesserte Variante meiner selbst?«

»Das könnte man in der Tat so sehen«, antwortete Touchette an seiner statt. »Sie wären dann fast so etwas wie eine evolutionäre Weiterentwicklung des biologischen Menschen. Dabei wird Ihre Individualität natürlich erhalten bleiben; wir wechseln nur die Plattform aus, wenn ich das so sagen darf.«

»Die Plattform?«, wiederholte Buechili.

»Ja. Der synthetische Körper basiert nicht mehr auf unserer herkömmlichen Kohlenstoffchemie.« Sie erhob sich und ging zum *Cooking-Master* hinüber.

»Und was geschieht mit dem alten?«

Ein fragender Blick traf Ted Hawling. Vermutlich war die Wissenschaftlerin irritiert darüber, dass Buechili so gut wie keine Ahnung von dem Prozess der Nanokonvertierung hatte.

»Es gibt keinen alten Körper mehr«, entgegnete der Strukturist in einem Tonfall, als ob er mit diesem Satz das gesamte Verfahren in geradezu phänomenal eleganter Weise zusammenfassen würde.

»Es gibt keinen!?«

»Oh, das ist schnell erklärt«, sprang die Molekularbiologin ein, während sie ihre Getränkeorder aufgab. Sie schien Verständnis für die Hilflosigkeit des einzigen Ultraisten im Raum zu haben. »Die Nanokonvertierung findet *im* biologischen Körper statt, wandelt ihn also in ein neues Konstrukt um. Sonst würden wir wohl eher von einer Bewusstseinstransplantation sprechen. Und da gäbe es dann wohl ganz andere Probleme.«

Bisher war Buechili davon ausgegangen, dass man einen zweiten synthetischen Körper für Lucy konstruieren und diesen später »zum Leben erwecken« würde. Das wäre für ihn die elegantste und naheliegendste Lösung gewesen. »Welche Probleme?«

Touchette nahm ihren Orangensaft aus dem Ausgabeschacht, steuerte damit langsam auf die kleine Gruppe zu und stellte ihn auf den Tisch. In ihrem schneeweißen Overall mit dem Äskulapsymbol machte sie auf Buechili beinahe den Eindruck, eine offizielle Repräsentantin des *Telos*-Teams zu sein.

»Sagt Ihnen der Begriff ›physikalische Unschärfe‹ etwas?«

»Ja, aber ich habe nicht mehr Ahnung davon als ein Durchschnittsanthrotopier.«

»Ich glaube, du kommst auch so dahinter, Darius«, mischte sich Ted ins Gespräch ein. »Stell dir vor, du müsstest ein Bewusstsein von Körper A auf Körper B transferieren. Wie würdest du das anstellen?«

Was für eine Frage! Für Buechili war ein solcher Prozess ein Ding der Unmöglichkeit, weil er im Körper eine irdische Repräsentation des aszendologischen Geistes sah. Somit wäre jeder Versuch eines Transfers von vornherein zum Scheitern verurteilt. Das war einer der Gründe, warum er noch immer seine Zweifel am Projekt *Telos* hatte. Doch Lucy schien anderer Auffassung zu sein, und es wäre müßig gewesen, jetzt eine Diskussion vom Zaun zu brechen. Deshalb antwortete er: »Als Strukturist, der den Sitz des Bewusstseins im Gehirn vermutet, würde ich wahrscheinlich einen Neuroscan durchführen und dann im synthetischen Körper eine exakte Kopie davon anfertigen.«

»So einfach ist das nicht«, holte ihn Hawling auf den Boden der Tatsachen zurück. »Clarice wird dir erklären, warum.«

Buechili kam sich über den Tisch gezogen vor. Erst verlangte man von ihm, sich in das Weltbild der Gegenseite hineinzuversetzen – etwas, das ihm nicht gerade leichtfiel –, und dann machte sich Ted auch noch über die Naivität seines Vorschlags lustig. Wenn er nicht gewusst hätte, dass dieser nur seine übliche Strategie verfolgte – indem er das Thema zunächst auf eine logisch-neutrale Ebene anhob, damit er seine Opponenten auf dünnes Eis führen konnte –, wäre er wahrscheinlich weniger nachsichtig gewesen.

»Die Problematik ist mannigfaltig und beginnt bereits beim Neuroscan selbst«, begann Touchette ihre Erläuterung. »Das menschliche Gehirn besteht aus Milliarden von Zellen, die in komplizierter Weise miteinander verknüpft sind und gemeinsam das darstellen, was uns ausmacht: Persönlichkeit, Wahrnehmung, Sprache, Erinnerungen, Emotionen, logisches Denken, Triebe. Man müsste also die Architektur des Neuronalapparates nachkonstruieren, die im Groben zwar bei allen Menschen analog ausfällt, sich im Detail aber unterscheidet – ich meine damit die konkrete Verschaltung von Neuronen, Gliazellen und Ähnlichem, quasi ihre *Verdrahtung*. Sie hängt stark von äußeren Einflüssen ab, also wie Sie aufgewachsen sind, welche Fähigkeiten Sie trainierten, was man Sie gelehrt hat et cetera. Auch die Genetik spielt eine Rolle.« Sie schritt mit verschränkten Armen auf und ab, als ob sie einen Vortrag vor Studenten halten würde. »Nehmen wir mal an, wir machen einen Hirnscan über all diese Bereiche, dann gäbe es mehrere Aspekte zu beachten. Als Erstes müsste man sicherstellen, dass man ein konsistentes Abbild der Zellen und ihrer Verdrahtung erhält – oder anders ausgedrückt: einen statischen, vollständigen Snapshot des gesamten Neurogefüges. So etwas gelingt nur, wenn während des *Scan*-Intervalls keine Umbildungen stattfinden und somit keine Strukturen in Auflösung oder in Entstehung begriffen sind.« Die Wissenschaftlerin blieb vor Buechili stehen. »Was aber ist die Granularität eines solchen Intervalls? Eine Sekunde, hundert Millisekunden, eine Millisekunde? Wir müssen einen Wert finden, der Struktur- und Verdrahtungskonsistenz garantiert. Das hört sich einfacher an, als es ist, denn in biologischen Organismen finden Millionen von chemischen Prozessen pro Sekunde statt, und mit einer technisch machbaren Granularität von – sagen wir einmal – hundert Millisekunden laufen wir *immer* Gefahr, an bestimmten Zellen Grenzsituationen zu beobachten, also in unserem gewählten Intervall von hundert Millisekunden wichtige Änderungen zu übersehen. Das kann schwerwiegende Konsequenzen haben.« Sie richtete ihren Blick auf Lucy.

»Dann müsste die Scangeschwindigkeit so erhöht werden, dass

wir alle Änderungen mitbekommen«, folgerte diese, als ob sie eine unausgesprochene Frage beantworten würde.

»Theoretisch ja«, bestätigte Touchette. »Leider aber gestaltet sich der Scanvorgang als sehr aufwendig, denn es müssten Milliarden von Zellen abgetastet werden, und was noch viel schlimmer ist: sämtliche Verbindungen zwischen ihnen. Stellen Sie sich vor: Verbindungen zwischen Milliarden von Zellen, in teilweise hochkomplizierten Netzwerken mit allen möglichen Variationen von Helferzellen, synaptischen Konfigurationen, Inhibitorparametern, Rezeptordichten, Dendriten und, und, und. Sie sehen, allein die Duplikation einer menschlichen Neurostruktur ist ein schwieriges Unterfangen. Doch es geht noch weiter.« Die Molekularbiologin setzte ihre Wanderung vor der Gruppe fort. »Wenn wir bloß die Struktur kopieren würden, könnten wir das System nicht ordnungsgemäß anwerfen, da uns die Anfangszustände fehlen. Also Dinge wie etwa: Welche Ionenkanäle waren zum Zeitpunkt des Scans aktiv? Wie sahen die elektrischen Potenziale an den Plasmamembranen der Neuronen aus? Wie hoch war die Konzentration von Neurotransmittern in synaptischen Spalten und wirkten diese exzitatorisch oder inhibitorisch? Wo gab es neuronenspezifische Calmodulin-abhängige Kinasen ... und in welcher Anzahl? All das müsste ebenfalls *konsistent* abgegriffen werden, ohne einen störenden Einfluss auf das menschliche Individuum zu nehmen.«

»Ich vermute, so etwas ist technisch nicht machbar.«

»Ihre Vermutung ist korrekt, Mister Buechili. Wir müssten die Genauigkeit so lange reduzieren, bis ein konsistenter Abgriff möglich wäre. Dadurch würden wir jedoch mehrere Zellen zu Einheiten verpacken, und das Ergebnis wäre erwartungsgemäß unbrauchbar.«

»Angenommen, Sie verfügten über eine derartige Technologie«, ignorierte er für einen Moment die Fakten. »Würden in dem künstlichen Gehirn die Bewusstseinsinhalte dann synchron mit dem Original ablaufen?« Von seiner Sichtweise aus gesehen war die Sachlage klar, weil das synthetische Individuum keinerlei Bezug zum aszendologischen Konstrukt des Geistes haben konnte, jener immateriellen Größe, die sich nach Ansichten der

Ultraisten aus einer übergeordneten Ebene in den menschlichen Körper projizierte. Aber er war auf die Einschätzung der Forscherin gespannt.

»Ich fürchte, nein«, kam Ted Hawling der Molekularbiologin zuvor. »Und das hat verschiedene Gründe. Zunächst einmal ergibt sich der Zustand unseres Hirns nicht bloß aus den Vorgängerzuständen, sondern auch aus Wahrnehmung und körperinternen Signalen. Und selbst wenn wir für absolut identische Inputs sorgen könnten, würden die Inhalte sehr schnell auseinanderlaufen.«

»Warum das?«

»Weil es noch eine Menge anderer Einflussgrößen gibt«, antwortete jetzt wieder die Wissenschaftlerin. »Zum Beispiel Molekularbrüche, temporäre metabolische Störungen, exogene Effekte sowie quantenspezifische Schwankungen, die kleinste Änderungen bewirken.«

Buechili drehte langsam das Kristallglas in seiner Hand, das zur Hälfte mit aromatisiertem Mineralwasser aufgefüllt war. »Im Klartext heißt das: Man käme über eine Annäherung an das Original nicht hinaus ... und deshalb ist die Idee der Bewusstseinstransplantation zu verwerfen.«

»Nicht nur deswegen«, beteiligte sich Lucy. »Es wäre moralisch sogar bedenklich, eine zweite kongruente menschliche Bewusstseinsentität vor sich zu haben, weil man dann keine *Transplantation* vorgenommen hätte, sondern eine *Duplizierung*.«

Ted nickte. »Absolut. Man spricht in diesem Zusammenhang auch vom sogenannten ›Doppelpersönlichkeitsdilemma‹.«

»Aus unserer Sicht ein Ding der Unmöglichkeit«, widersprach Buechili. »Geist kann sich immer nur in einem einzigen Körper reflektieren, nicht in mehreren gleichzeitig.«

Der Angesprochene schien nicht überrascht über seinen Konter zu sein und gab gelassen zurück: »So sehen das die Ultraisten. *Wir* hingegen«, er betonte das *wir* auf geradezu übertriebene Weise, »wissen, dass Bewusstsein die alleinige Folge von neuronalen Aktivitäten ist. Den Beweis dafür hat die LODZOEB schon vor längerer Zeit erbracht, und er hat – wie ich mich erinnere – zu einiger Aufregung in eurem Lager geführt ...«

»Und das nicht grundlos, weil dieser ›Beweis‹ von niemandem nachvollzogen werden konnte, nicht einmal von euch.«

»Damit war aber zu rechnen. Die Schlüsse einer Logik der zweiten Ordnungsebene sind für unsere Ratio nur in den wenigsten Fällen fassbar. Wir müssen sie als gegeben hinnehmen.«

»Außerdem hat sich die LODZOEB eine Hintertür offengelassen«, ergänzte Buechili, »oder wie auch immer man das bezeichnen möchte. Es wurde nur bewiesen, dass unsere Physis grundsätzlich in der Lage *wäre*, menschliches Bewusstsein ohne einen weiteren Einfluss hervorzubringen. Ob sie das wirklich tut, ist eine andere Frage.«

Es folgte ein kurzes Schweigen auf seinen Einwand, ehe Lucy ihre Überlegungen fortsetzte: »Unabhängig von der aszendologischen Sichtweise müsste man die Originalpersönlichkeit früher oder später terminieren, also den Ausgangskörper sterben lassen. Vermutlich würde man in dem parallel existierenden Persönlichkeitsklon niemals mehr als nur eine Kopie sehen.«

»Ich muss Ihnen beipflichten, Miss Hawling«, sagte Touchette. »Aus all diesen Gründen sind wir zur Nanokonvertierung übergegangen, bei der nichts übertragen, sondern nur Bestehendes umgewandelt wird. Im Gegensatz zur Transplantation verläuft der Prozess sukzessive im organischen Körper.«

»Wie ist das zu verstehen?«, hakte Buechili nach. »Wird dem Betreffenden etwas gespritzt, das ihn quasi von innen heraus in eine andere Lebensform konvertiert?«

Die Forscherin nickte. »Vereinfacht gesagt läuft es so ab.«

Im *V-Space* vor ihnen erschien nun die holografische Präsentation eines Gebildes, das entfernt an eine Mischung aus Sonnentierchen und Bakteriophage erinnerte und symmetrische Formen besaß.

»Das hier«, erläuterte sie und deutete auf die Darstellung, »ist ein *Nascrozyt*, ein sogenannter *Class C Purifier*. Sicher haben Sie so etwas schon einmal gesehen. Es gibt Hunderte Varianten davon.«

»Sind das dieselben *Nascrozyten*, die auch im *BioBounds-Extender* zur Anwendung kommen?«, erkundigte sich Buechili.

»Ja, eine molekulare Maschine künstlichen Ursprungs – ein *Nano Scale Robot*. Mit solchen *Nascrobs* – in biologischen Systemen nennen wir sie *Nascrozyten* – reparieren wir beispielsweise organische Defekte, etwa infarktfördernde Gefäßverengungen oder kanzeröse Degenerierungen. Diese werden von speziellen *Nascrobs* markiert und von anderen Vertretern ihrer Art entfernt. Ein mehrstufiger Prozess, an dem eine ganze Armada von Kleinstrobotern beteiligt ist. Daneben kümmern sich die *BioBounds-Nascrozyten* aber noch um komplexere Aufgaben, wie das Stoppen des Alterungsprozesses, indem sie spezifische Aktivitäten im Genom unterdrücken, Replikationsfehler von Nukleinsäuren oder Probleme in der Proteinsynthese beheben und Verkürzungen von Telomeren kompensieren. Außerdem achten sie auf Immunreaktionen bestimmter Antigene, die vom menschlichen Organismus gar nicht oder zu spät erkannt werden. Dazu kommen prophylaktische Maßnahmen, wie beispielsweise die Verwertung überschüssiger Triglyceride, der Abbau und die Vermeidung kritischer Fettdepots, die Entsorgung schädlicher Schwermetalle und Radikale sowie die Überwachung wichtiger biologischer Parameter. Leider kann der Alterungsprozess durch den *BioBounds-Extender* nicht beliebig lange aufgehoben werden, und deshalb sind wir heute hier.« Clarice Touchette nippte an ihrem Orangensaft, ging zum transparenten Wandbereich hinüber und sah aus dem sechsten Stock des *Medical Research Centers* auf eine der Ausfahrtsstraßen hinunter, die unter ihr in einen *District Ring* mündeten.

»Weiß man inzwischen schon, wodurch der *Cellular Breakdown* ausgelöst wird?«, fragte Buechili.

»Nicht im Detail. Die verschachtelte Funktionsweise des *BioBounds-Extenders* ist äußerst komplex.« Sie drehte sich um und steuerte zur Gruppe zurück. »Wir Molekularbiologen kennen nur die wichtigsten chemischen Prozesse; das sind immerhin ein paar tausend Reaktionsketten, wenn wir uns auf die primären Aspekte des *Extenders* beschränken. Daneben gibt es noch die neuronale Komponente, die sich mit der Dämpfung von psychischen Konflikten und Störungen auseinandersetzt. Und schließlich arbeitet der *Extender* auch Hand in Hand mit dem *Neurolink* zusammen.«

»Ich dachte, man hätte die Wissenslücken in den letzten Jahrzehnten zu einem Großteil geschlossen?«

»Nein«, entgegnete sie seufzend, während sie wieder in ihrem *Relaxiseat* Platz nahm. »Vergessen Sie nicht: Die Feinheiten wurden von Maschinenintelligenzen ausgearbeitet und sind das Ergebnis von Kalkülen der ersten und zweiten Ordnungsebene. Damit will ich Teds und Matts Leistungen keineswegs schmälern. Ohne ihre Teams wären diese Logikprozesse über theoretische Überlegungen nie hinausgekommen. Trotzdem begreifen wir – auch nach mehr als achtzig Jahren – nur einen Bruchteil der Vorgänge, die sich in uns abspielen.«

Es erschien Buechili bemerkenswert, dass die Funktionsweise des *Extenders* immer noch nicht vollständig enträtselt worden war, obwohl die Möglichkeit dazu durch die *Cogito* im Grunde offenstand. Aber warum hätte man den Aufwand treiben sollen, wenn es bedeutendere Forschungsarbeiten gab, argumentierte seine Ratio. Ja, warum? Vielleicht, um die langfristigen psychischen Konsequenzen des ACI-Blockers besser zu verstehen? Er musste unweigerlich an sein jüngstes VINET-Erlebnis denken, und wie er im *Medical Center* gelandet war.

»Uns fehlt also das Detailbild, um exakt sagen zu können, was den *Cellular Breakdown* verursacht«, erklärte Touchette. »Doch wir schweifen schon wieder vom Thema ab. Kommen wir auf Ihre ursprüngliche Frage zurück, Mister Buechili: Werden wir Lucy Hawling von innen heraus in eine andere Lebensform konvertieren? Ja, das werden wir! Der Prozess beginnt mit der Infusion von Millionen hochspezialisierter *Telos-Nascrobs*, die Körperzellen in synthetische, funktional ähnliche Pendants überführen. Diese künstlichen Zellen, auch *Synthecells* genannt, sind in einer gewissen Weise eng mit ihren Vorgängern verwandt. Sie beherrschen grundlegende Fähigkeiten wie Kommunikation, Teilung und Wachstum, sind aus Organellen aufgebaut und besitzen sogar ihren eigenen genetischen Code. Nur steht ihr Grundgerüst auf wesentlich stabileren, langlebigeren Molekularketten, als wir das von den biologischen Vorgängerstrukturen kennen. Außerdem operieren manche von ihnen mit höheren Geschwindigkeiten.«

Buechili dachte darüber nach, ob es wohl einen spürbaren Unterschied zwischen Lucys jetziger Körperidentität und der zukünftigen geben würde. Die Vorstellung, aus synthetischen Zellen zusammengesetzt zu sein, löste in ihm ein merkwürdiges Gefühl aus, das sowohl Faszination als auch Befremdung widerspiegelte.

»Sie werden sich jetzt bestimmt fragen, warum die Natur nicht von selbst auf diese Verbindungen kam, wenn sie doch um so viel langlebiger und effektiver sind. Die Antwort ist einfach: Wir haben den Luxus, uns nicht um kompatible Kohlenstoffgerüste kümmern zu müssen, die etwa zur Ausbildung von Monomeren für zellinterne Synthetisierungen benötigt werden. Denn während die Natur einen riesigen organischen Zyklus am Laufen halten muss, können wir darauf verzichten. Denken Sie zum Beispiel an die photosynthetische Umsetzung von Sonnenenergie in chemische Bindungsenergie, wie sie in pflanzlichen Lebensformen abläuft, um dann später von anderen Organismen in Form von Zuckern und Fettsäuren aufgenommen zu werden. Ein wunderbar elegantes, harmonisierendes Konzept. Es beginnt ganz unten in der Nahrungskette und endet beim Homo sapiens. Und dabei konnten erfolgreiche Mechanismen zwischen evolutionären Stufen fast unverändert übernommen werden, wie etwa die Zellzykluskontrollgene, die Mitose und DNA-Replikationen steuern und die in praktisch allen eukaryotischen Zellen dieselben sind.«

»Jetzt wisst ihr, warum Matt nicht selbst über die Nanokonvertierung sprechen wollte, sondern Clarice darum gebeten hat«, streute Ted Hawling mit einem leichten Schmunzeln ein. »Sie ist Molekularbiologin mit Leib und Seele.«

Die Wissenschaftlerin winkte ab. »Ich fasse nur zusammen, was Ihnen jeder Molekularbiologe sagen könnte.« Sie nahm einen weiteren Schluck von ihrem Orangensaft und wandte sich dann an Lucy: »Wo sind wir stehen geblieben?«

»Bei der Frage, warum die Natur keinen besseren Weg fand«, half ihr diese auf die Sprünge.

»Richtig. Wir haben gemeinsam mit der LODZOEB ein optimiertes Chemiekonzept erarbeitet, das in der Natur so nicht vorkommt. Wie immer gibt es Vor- und Nachteile dabei. Zu den

Vorteilen zählt auf jeden Fall die Überwindung biologischer Vulnerabilität.«

»Vulnerabilität? Was meinen Sie damit?«, unterbrach Buechili.

»Stellen Sie sich eine organische Verbindung vor ... wie diese hier zum Beispiel.«

Der *V-Space* vor ihnen zeigte auf ihre Veranlassung hin das rotierende 3-D-Modell einer Kohlenwasserstoffkette.

»Das ist Palmitinsäure, eine gesättigte Fettsäure bestehend aus sechzehn Kohlenstoffatomen, die häufig in pflanzlichen und tierischen Organismen vorkommt. All diese Kohlenstoffatome hängen in Reih und Glied in einer langen Kette, genauso, wie es von unseren Zellen – zum Beispiel innerhalb der Mitochondrien – erwartet wird. Das Konzept ist so universell, dass praktisch die ganze belebte Natur darauf aufbaut. Deshalb gelingt es tierischen Lebensformen auch ohne großen Aufwand, pflanzlich gespeicherte Fettzellen zu oxidieren. Sie verkürzen die Strukturen einfach um zwei Kohlenstoffe und gewinnen dadurch Energie. Dasselbe Prinzip lässt sich auf tierisch gespeichertes Fett anwenden, weil es molekular identisch ist.«

Indessen zeigte der *V-Space*, wie die Kette reduziert wurde und dabei ein Acetyl-Coenzym und zwei weitere Moleküle entstanden.

»Müssen wir denn so ins Detail gehen, Clarice?«, warf Ted Hawling dazwischen.

»Nein, müssen wir nicht. Worauf ich hinauswill, ist Folgendes ...« Sie markierte jetzt die Kohlenstoffkette mit signalgelbem Hintergrundleuchten. »Es ist für biologische Zellmaschinerien denkbar einfach, diese Ketten zu spalten oder Proteine in Aminosäuren zu zerlegen. Zwischen den Arten herrscht eine Kompatibilität, die höchst durchdacht wirkt und ein perfekt ineinandergreifendes Biosystem ermöglicht. Aber das macht unseren Körper auch zu einem guten Angriffsziel für Mikroorganismen.«

»Diesem Umstand haben wir es wohl zu verdanken, dass wir – nach Tausenden von Jahren Menschheitsgeschichte – nicht auf einem unverrottbaren Haufen Leichen sitzen«, bemerkte Lucy sarkastisch.

»Sie sagen es, Miss Hawling. Biomasse kann sehr leicht in etwas anderes konvertiert werden. Das meinte ich vorhin mit biologischer Vulnerabilität. In einem nanokonvertierten Körper ist diese überwunden, da eine modifizierte Chemie zum Einsatz kommt, mit der traditionelle Lebensformen nichts anfangen können. Wohlgemerkt: modifiziert, nicht *komplett* umgestaltet, aber doch so sehr, dass es kaum noch Angriffspunkte gibt. Übrigens sollten wir die Kohlenstoffchemie der Natur keineswegs als fragil oder gar primitiv betrachten. Sie bringt Konstrukte von beeindruckender Beständigkeit hervor. Denken Sie nur an unsere DNA und mit welcher Genauigkeit sie Milliarden von Anweisungen aus einem simplen genetischen Alphabet in Form von Nucleotiden codiert und wie viele Reparaturmechanismen in uns ablaufen, um die Konsistenz zu wahren. Allerdings führen wir auch etliches an Altlasten mit, die sich zum Teil aus unserer Evolution ergeben und manchmal suboptimale Designs zur Folge hatten.«

»Sie erwähnten vorhin, dass die Konvertierung mit gewissen Nachteilen verbunden ist«, lenkte Lucy wieder auf das Hauptthema zurück.

»Das ist richtig. Einer davon ist trivial: All unsere Medikamente werden von einem Tag auf den anderen wirkungslos werden. Aber angesichts der Tatsache, dass der nanokonvertierte Körper um mehrere Größenordnungen wartungsfreier sein wird, ist das weniger problematisch.«

»Was ist mit Krankheiten?«

»Es gibt keinen Angriffsvektor für konventionelle Mikroorganismen. Lucy II wird vollkommen immun gegen biologische Krankheiten sein.«

»Könnte es denn nichtbiologische Formen des Angriffs geben?«

»Denkbar wäre es, doch die Wahrscheinlichkeit dafür ist praktisch null, sowohl für natürlich entstehende Angreifer als auch für künstlich generierte. Ersteres würde evolutionär relevante Zeitspannen erfordern, Zweiteres einen wesentlich höheren Intellekt, als er uns Menschen gegeben ist.«

»Das sind aber nicht die einzigen Nachteile?«, mischte sich Buechili in das Gespräch ein.

»Nein, ein anderes Problem ergibt sich daraus, dass wir völlig von natürlichen Prozessen wie dem Fettsäureabbau oder dem Zitronensäurezyklus weggegangen sind, weil es effizientere Verfahren gibt, sobald man die Biochemie der Natur hinter sich lässt. Dadurch kann die gespeicherte Energie in Fettsäuren oder Zuckern nicht mehr genutzt werden.«

»Drastischer formuliert: Lucy II würde verhungern, wenn man sie auf einer einsamen Insel mit genügend Vorkommen an natürlichen Ressourcen aussetzte«, schlussfolgerte er etwas boshaft, als ob er bereits geahnt hätte, dass der synthetische Körper mehr Krux als Segen darstellte.

»Über Monate hinweg könnte das zu einem Problem werden, ja«, räumte Touchette ein. »Aber dazu wird es sicher nie kommen.« Sie schloss ihren Vortrag mit einem Lächeln ab. »Ich glaube, ich habe Sie jetzt lange genug mit trockener Theorie gequält! Wechseln wir in die Praxis und werfen einen Blick auf die nanokonvertierten Lebensformen in unseren Labors!«

»Wie viele gibt es denn davon?«, fragte Buechili.

»Viele! Sie sind alle gut von der Außenwelt abgeschirmt, um Wechselwirkungen auszuschließen.«

Lucy nickte. Sie schien das bereits zu wissen.

»Bevor wir uns in den isolierten *Telos*-Komplex begeben, noch ein wichtiger Hinweis: Der Sektor unterliegt einer hohen Sicherheitsstufe. Bleiben Sie daher immer in meiner Nähe. Wir haben Sie«, damit meinte sie natürlich Lucy und Buechili, »als Besucher meiner Abteilung registriert, das heißt, Sie dürfen sich überall dort aufhalten, wo ich mich befinde, solange Sie den maximalen Abstand zu mir – das sind etwa zehn Meter – nicht überschreiten. Fallen Sie zurück, wird der unmittelbare Bereich vor und hinter ihnen abgeschottet, bis ein Sicherheitsteam Entwarnung gibt. Also: wenn Sie sich nicht mehr bewegen können, wissen Sie, warum.«

»Alles klar«, antwortete die Virtufaktkünstlerin, nachdem sie und Buechili Blicke getauscht hatten.

»Gut. Dann wollen wir jetzt gehen!«

Clarice Touchette erhob sich und schritt zur Tür. Während

sich diese öffnete, wandte sie sich noch einmal den anderen zu, um sicherzustellen, dass sie ihr folgten, und trat daraufhin in den Flur hinaus. Das Ziel der vier Anthrotopier befand sich im *Telos*-Komplex, einem Gebäudeteil, dessen Existenz im allgemein zugänglichen Trakt des *Medical Research Centers* unerwähnt blieb und von dem die wenigsten Bürger der Stadt etwas wussten. Bis vor Kurzem hatte auch Buechili so gut wie keine Kenntnis über das Projekt gehabt. Doch Lucys bevorstehende Transformation hatte die Lage geändert. Nun stand er unmittelbar davor, zum ersten Mal in seinem Leben nanokonvertierten Arten gegenüberzutreten, eine Aussicht, die ihn trotz ACI-Blocker mit Spannung erfüllte.

24: Botengang

Immer noch schleppte sich Enko auf der staubigen Straße in Richtung Süden dahin, und mittlerweile hatte sich die Sonne über den Horizont erhoben. Sein Weg führte ihn hügelauf, hügelab in sanften Windungen in ein Hinterland, das von fernen Gebirgen eingefasst wurde. Bisher war er niemandem begegnet, obwohl die *Force* längst registriert haben musste, dass er das Allianzarmband und den Giftinjektor entfernt hatte. Es war eine Vorsichtmaßnahme gewesen, um sich durch den Peilsender nicht zu kompromittieren. Selbstverständlich hatte der unwiderrufliche Prozess in seinem Körper schon viel früher eingesetzt, als nämlich die Signalanzeige des Injektors auf Rot gewechselt war. Er spürte, wie ihm das Gift, das nicht länger neutralisiert wurde, mehr und mehr zu schaffen machte, wie es ihm zunehmend schwerer fiel, vorwärtszukommen und sich zu konzentrieren. Dabei kämpfte er mit Schwindel und wachsenden Schmerzen in der Brust.

Die Strapazen des Marsches setzten ihm nicht nur physisch zu, auch seine Mission kam ihm mit jeder Minute sinnloser vor. Was würde er tun, wenn die *Externa* gerade andere Prioritäten hatte, als den von ihm angeforderten *Externa*-Trupp mit dem Gegengift für ihn abzustellen? Ein Szenario, das er sich besser nicht allzu deutlich ausmalte. Seiner Ansicht nach sprach vieles *für* die Postierung einer kleineren Einsatzgruppe in unmittelbarer Nähe, denn nur so würde man rasch auf Anzeichen eines drohenden *Force*-Schlages reagieren können. Zumindest hoffte er das, der unzähligen Opfer wegen, mit denen sonst zu rechnen gewesen wäre. Und natürlich wegen Nastasja.

Ein plötzlich einsetzendes Gefühl der Schwäche und des Schwindels zwang ihn, anzuhalten. Er musste zu Atem kommen, hatte seinem Körper seit Verlassen des Lagers zu viel zugemutet. Ob er sich kurz am Rande des Weges niedersetzen und rasten sollte? Was für eine verlockende Vorstellung! Aber sein Verstand warnte ihn. Jetzt eine Pause einzulegen und dabei möglicherweise einzunicken, wäre ein Garant für sein baldiges Ende gewesen.

Nicht nur, dass er sich dem Feind schutzlos ausgeliefert hätte. Weitaus problematischer erschien es ihm, unter der Wirkung des Gifts nie wieder aufzuwachen.

Also taumelte er weiter, trotzte dem Durst, dem Schmerz und der Verzweiflung. Verzweiflung über die Möglichkeit, den Kampf zu verlieren und jene brisanten Informationen mit in den Tod zu nehmen, die Hunderten von Unschuldigen das Leben retten könnten. Angesichts dieser Vorstellung war er bereit, seine Qualen zu ertragen. Sie waren nichts, gemessen an dem Leid, das ungezügelte *Tribes* anrichteten, wenn sie auf die Zivilbevölkerung losgelassen wurden.

Enko achtete kaum noch auf Deckung, torkelte im Zickzack in Richtung Süden, dorthin, wo er den Leuten von der *Externa* zu begegnen hoffte. Aber er schien kein Glück zu haben. Weit und breit konnte er kein Fahrzeug ausmachen, keinen Menschen, nicht einmal eine Bauminsel, in der sich ein Verbündeter hätte verstecken können. Da war nur die Straße, die sich in einem trostlosen Auf und Ab dahinschlängelte, und über ihm kreisten ein paar Krähen. Falls tatsächlich jemand hier auf ihn wartete, dann hatte er sich getarnt. Etwas anderes wäre in dieser Region auch verdammt unklug gewesen. Verdammt unklug, wiederholte stereotyp sein giftumnebelter Verstand.

»Hallo!«, rief er, laut genug, um auf mittlerer Distanz wahrgenommen zu werden.

Nichts rührte sich. Damit schwand die Hoffnung, mit seiner waghalsigen Aktion sinnloses Blutvergießen zu verhindern, auf einen kümmerlichen Rest.

»Hallo! Hört mich denn niemand!?«

Schweigen. Offenbar hatte er all die Strapazen und Leiden über sich ergehen lassen müssen, nur um jetzt mitten im Nirgendwo ins Gras zu beißen! Das konnte nicht wahr sein ... durfte nicht wahr sein!

»Ich brauche ... Hilfe!«

Wieder nichts. Was sollte er tun? Er blieb stehen, versuchte, einen klaren Gedanken zu fassen, die aufkommende Beklemmung zu überwinden. Wenn er sich anstrengte, konnte er vielleicht noch ein- oder zweihundert Meter weitertaumeln, aber wozu die Mühe? Er hätte längst auf Leute von der *Externa* treffen müssen! Das Spiel schien gelaufen zu sein. Niemals zuvor war ihm ein Misserfolg so demoralisierend vorgekommen. Er hatte alles riskiert und dabei alles verloren.

Doch dann hörte er etwas, und im ersten Moment hielt er es für eine Sinnestäuschung. Das, was er vernommen hatte, klang wie Schritte, die sich auf ihn zu bewegten. Schritte!

»Keine Panik, Moonface, wir sind da!«, meldete sich plötzlich ein Tarnkappen-*Amber* unweit von ihm.

Er konnte es kaum glauben. »Wo seid ihr!?«

»Psst! Wir sollten die *Force* nicht auf uns aufmerksam machen. Was hast du angestellt?« Die Stimme kam aus unmittelbarer Nähe.

»*Venom Treaty*«, keuchte Moonface und zeigte auf seine linke Armbeuge.

»Du hast den Injektor entfernt? Wann?«

»Als ich das Lager verließ.«

»Zeig her!«

Er spürte, wie jemand seinen Arm hochnahm und die Kontaktstelle reinigte.

»Sauber gemacht, Moonface. Beiß die Zähne zusammen. Du kriegst jetzt ein Gegengift.«

»Wenn es nicht schon zu spät ist!«

Der *Amber* injizierte eine kühle Flüssigkeit in seinen Arm. »Bist du abgehauen?«

»Mehr oder weniger.«

»Und warum?«

»Die *Force* ... sie plant ... zwei Anschläge ... zwei Clans.«

»Wo!?«, drängte eine andere Stimme. »Wo!?«

»In meiner ... rechten Brusttasche ... habe ich es ... aufgezeichnet ... Auch ... einige Beteiligte ...«

Jemand griff in die besagte Tasche.

Enko nannte den Namen der Ringkernstadt, die man ins Visier nehmen wollte.

»Langsam«, sagte eine dritte Stimme. »Komm erst mal zu Atem!«

»Hunderte Zivilisten ... ums Leben ... und ...«, ächzte Enko mit weit aufgerissenen glasigen Augen und offenem Mund.

Einer der *Ambers* massierte die Stelle, an der das aus *Nascrozyten* bestehende Gegengift injiziert worden war. »Geht es dir besser, Moonface?«

»Nein ... ich bin müde ... so müde ... aber ihr müsst Thessa ... etwas von mir ausrichten ...« Es fiel ihm schwer, sich zu konzentrieren. »Sag Thessa ...«

»Es wirkt nicht!«, rief jemand. »Verdammt! Siehst du? Die Farbe an der Kontaktstelle. Unverändert! Wir kommen zu spät!«

»Was können wir tun?«, flüsterte ein anderer.

»Nichts«, gab der Angesprochene noch leiser zurück. »In ein paar Minuten ist die Sache für ihn vorüber.« Und dann meinte er laut und schonungslos: »Moonface ... das Gegengift zeigt keine Wirkung. Du wirst sterben. Die *Force* hat das Toxikum verändert.«

»Erst ... das andere. Sag Thessa ...«

»Wir müssen uns beeilen!«, rief ein *Amber*.

»Thessalopolous? Meinst du Thessalopolous, Moonface?«

»Ja ... meine Tochter ... sie ist dort ... Er weiß ... wo.«

»Was heißt Tochter? Was redest du da von einer Tochter? Du delirierst!?«

»Sag es ... Sie muss weg ... sofort ... der Anschlag ... heute.« Er nannte eine Uhrzeit.

»Wir richten es aus, Moonface. Ich spreche gleich danach mit Thessalopolous.«

»Meine ... Tochter ... sag ihm das!«

»Wir holen deine Tochter dort raus.«

Schweigen. Kurz darauf rief einer der *Ambers*: »Verflucht, seht euch die Vögel über uns an!«

»*Force*-Krähen!«

»Was machen wir mit ihm!?«

»Lasst mich ... hier. Sie denken dann ... meine Flucht ... wäre ... gescheitert.«

»Das gefällt mir nicht!«

»Wir haben keine Wahl!«

»Und wenn sie ihn lebend kriegen?«
»Quatsch! So lange hält er nicht mehr durch.«
Der Höherrangige schien darüber nachzudenken. Es dauerte nur wenige Sekunden, bis er zu einer Entscheidung kam: »Also gut, Moonface. Wir lassen dich hier. Ich wünschte, es gäbe eine andere Möglichkeit!«
Enko hob seinen Arm. »Sag Thessa ...«
»Ja, wir sagen es ihm. Keine Sorge!«
Der *Amber* zögerte für ein paar Sekunden, dann flüsterte er: »Du bist ein ehrenwerter Mann. Ganz gleich, was der Rest der Welt über dich denkt ...« Und lauter: »Wir müssen weg, Leute. *Sofort!*«
»Gib das ... Thessa«, keuchte Enko, zog sein Halsband über den Kopf und hielt es den unsichtbaren *Ambers* entgegen. Einer nahm es in Empfang, zwängte den Gegenstand in seinen Kampfanzug, wodurch er schlagartig verschwand.
Daraufhin entfernten sie sich schnellen Schrittes. Eine Mischung aus Stolz, Wut und Trauer kam in dem *Externa*-Agenten auf, Stolz darüber, dass er es geschafft hatte, die Botschaft weiterzugeben, Wut, weil sie ihn zurückließen, und Trauer, weil es nun keine Hoffnung mehr für ihn gab. Er hob seinen Blick und sah, wie sich die *War-Crows* in eine geometrisch geordnete Formation begaben und sich langsam in einer Spirale nach unten schraubten. Wenn er nicht gewusst hätte, welche Gefahr von diesen *Force*-Züchtungen ausging, hätte er das Schauspiel wahrscheinlich genossen, die Schönheit eines Gebildes aus Tausenden von Krähen, das sich zu einem großen Korkenzieher verdichtete.
Indessen schien das Gift seine Erinnerungen zu verfälschen, ihn zu beruhigen, wodurch er kurzzeitig das Gefühl verlor, einer realen Gefahr ausgesetzt zu sein. Wie eine harmlose Kulisse schwirrten die Krähen um ihn herum, erzeugten dabei genug Wind, um das Fieber erträglich zu halten, ein Ozean des Flügelschlags. Manche wagten sich näher heran, aber kein einziger Vogel streifte oder berührte ihn. Sie bemühten sich offensichtlich, auf Distanz zu bleiben, vergrößerten ihren Radius nun sogar ein wenig.

Ein paar Atemzüge später hatte sich der Vogelsturm in eine zylindrische Röhre verwandelt. Enko verfolgte das Geschehen misstrauisch, blickte auf die beinahe undurchsichtigen Außenwände des Gebildes. Irgendwann begannen sich die ersten Krähen vom äußeren Rand zu lösen und ein virtuelles Ziel über dem Agenten anzuvisieren. Die Todesbringer, dachte er. Sein durch die fortgeschrittene Vergiftung reduziertes Lungenvolumen machte ihm jetzt zunehmend zu schaffen. Unfassbar, wie sehr der Mensch an seinem Dasein hängt, wunderte er sich selbst, und wie er nach jeder zusätzlichen Minute trachtet. Sterben würde er ohnedies, es war nur die Frage, wer zuerst zum Zuge käme, die Vögel oder das Gift.

Nun bewegten sich immer mehr Krähen nach innen und formierten sich über ihm zu einem seltsamen Muster. Das musste der Sauerstoffmangel sein. Er lächelte, weil er davon ausging, die Wirklichkeit nicht mehr richtig wahrzunehmen und weil sich der Tod in einer gefälligen Form zu nähern versuchte.

»Kommt ... nur«, flüsterte Enko, »ihr schwarzen Boten des Todes! Ich bin bereit.«

Ja, er fühlte sich wahrhaftig bereit, loszulassen. Für einen Moment kam es ihm vor, als ob er eine Gestalt in dem Vogelsturm über ihm ausmachen würde. Er strengte sich an, kniff die Augen zusammen, um die vermeintliche Illusion loszuwerden ... aber sie ließ sich nicht abschütteln. In seinem Fieberwahn sah er Nastasja vor sich, gebildet aus einer Tausendschaft von Krähen. Sie blickte ihm entgegen. »Nastasja«, krächzte er, streckte den Arm nach ihr aus.

Dann verließ ihn die Kraft und er sank ächzend nieder. Als die Vögel schließlich zum Angriff übergingen, vollzog sich alles sehr rasch. Hunderte und Aberhunderte von ihnen hackten mit ihren scharfen Schnäbeln auf ihn ein, von überall her, rissen ihm das Fleisch mit unvergleichbarer Grausamkeit von den Knochen. Für Enko hätte es keinen Ausweg gegeben, ganz gleich, in welchem körperlichen Zustand er gewesen wäre. Schon nach kurzer Zeit umgab ihn eine rötlich schimmernde Dunstwolke aus Blut, seinem Blut. Davon bekam der einstige Agent zum Glück nichts mehr mit: er war längst tot, heimgekehrt nach all den Mühen und Plagen des Lebens, den Ungerechtigkeiten und Gräueltaten, die man ihm angetan und die zum Teil auch er selbst – als Kämpfer des Nossa-Clans – begangen hatte.

25: Künstliches Gemenge

Die vier Anthrotopier marschierten vom Empfangszimmer in den westlichen Trakt des *Medical Research Centers* und begaben sich dort in einen der Lifte. Um ungebetene Fahrgäste fernzuhalten, ließ Clarice Touchette sogleich die Tür schließen und wartete, bis das System alle Anwesenden identifiziert hatte. Dann schaltete sie in einen speziellen Zugangsmodus, der eine neue Ebene namens »Rhenium« zum Vorschein brachte – das war der alternative Codename des *Telos*-Projekts, wie sie erklärte –, wählte das gewünschte Ziel und lehnte sich gegen eine der seitlichen Griffleisten. Der Aufzug sackte langsam und geräuschlos in die Tiefe. Etwa eine halbe Minute später erreichten sie das angewählte Stockwerk.

»Da wären wir: *Rhenium*, fünfzehntes Untergeschoss«, sagte die Molekularbiologin.

Die Tür öffnete sich und gab den Weg zu einem Sicherheitscheck frei, den jeder von ihnen separat zu passieren hatte. Dahinter begann der *Telos*-Komplex. Farbcodes und Anzeigetafeln wiesen die Richtung, für den Fall, dass jemand über keinen Geo-Assistenten verfügte, eine eher unwahrscheinliche Eventualität, weil die hier arbeitenden Forscher entweder mit *Neurolinks* oder zumindest mit *Interaktoren* (weitgehend konventionellen Interaktionssystemen) ausgestattet waren. Touchette wählte eine Route, auf der sie zunächst an Abteilungen wie *Nano Machinery Construction*, *Microenergy Research* und *Hydrodynamics* vorbeikamen. Danach durchschritten sie ein großes Schott mit der Aufschrift *Enhanced Molecular Biology* und gelangten in den *Nanoconversion Lab*-Bereich. Der gesamte Komplex wirkte relativ ruhig. Vereinzelt stießen sie auf Laborpersonal, das ihnen meistens nur flüchtig zunickte und kurze Zeit später in irgendeinem Seitengang oder hinter einer Tür verschwand. Überall herrschte eine angenehme Temperatur, vielleicht um eine Spur wärmer als in den Obergeschossen des *Medical Research Centers*, und es lag ein feiner Geruch nach harzigen Aromastoffen in der Luft. Buechili vermutete, dass es sich um den Bestandteil eines Reinigungsmittels handelte.

Alles in allem erweckte der *Rhenium*-Trakt einen sehr organisierten Eindruck, dem unweigerlich Nüchternheit anhaftete. Ähnliches traf auf das Design der Abteilungen zu: sie unterschieden sich von außen nur marginal voneinander. Immer waren sie in einem hellbeigen Farbton gehalten, die Böden dunkelgrau. Nur die oberen Wandmarkierungen variierten und wiesen mit gut sichtbaren Beschriftungen darauf hin, wo man sich gerade befand.

Während des gesamten Marsches bemühten sich Lucy und Buechili, möglichst in der Nähe von Clarice Touchette zu bleiben, damit sie den maximalen Abstand nicht überschritten, ein Verhalten, das auf andere nervös wirken mochte, aber aufgrund der gegebenen Sicherheitsbestimmungen unvermeidbar war. Ted blieb in der *Nano Machinery Construction*-Abteilung hängen, wo er auf einen Forscher stieß, der ziemlich lebhaft über neue Erkenntnisse berichtete. Für die Gruppe war das nicht weiter überraschend. Der Strukturist hatte bereits angedeutet, dass er auf dem Weg vermutlich aufgehalten werden würde. Sie sollten dann einfach ohne ihn weitergehen.

»An dieser Stelle beginnt der Labortrakt«, informierte die Molekularbiologin, den Gang hinunter weisend, als sie das letzte Schott durchschritten hatten.

Ihre beiden Begleiter nickten.

»Es ist der größte zusammenhängende Bereich im *Telos*-Komplex und dient in erster Linie praktischen Studien. Alle unsere Experimentaldaten stammen von hier. Den Großteil der Arbeiten – seien es automatisierte oder manuelle Untersuchungen – koordiniert die LODZOEB. Und sie wertet diese auch aus.«

Sie setzten ihren Weg fort, durchquerten die Abteilung der Prokaryoten und der Zellorganellen, passierten schließlich das *Insects*-Schott. Etwa fünfzig Meter weiter bogen sie in eine Zone namens *Observation Area* ein, in der ein erneuter Sicherheitscheck erfolgte. Clarice Touchette näherte sich dem Erkennungsfeld, wartete, bis ein kurzes Piepen ihre Autorisierung bestätigte und sich der Zugang öffnete.

»Willkommen in der Welt der Nanokonvertierung!«, rief sie in feierlichem Ton.

Es folgte der nächste Gang, mit Dutzenden von stahlfarbenen Metallschiebetüren an beiden Seiten. Vor einer davon mit der Aufschrift *Mid Term Studies* blieben sie stehen und traten ein.

»Unsere erste Station ist das Insektenlabor«, erklärte die Wissenschaftlerin, nachdem sich die Tür hinter ihnen geschlossen hatte.

Über die gesamte Länge des Raumes verlief eine zentimeterdicke Glaswand, die Einblicke in mehrere abgetrennte Boxen gab, in denen es vor kriechenden und fliegenden Tierchen nur so wimmelte.

»Ganz links befindet sich die Kontrollgruppe. Herkömmliche, also rein biologische Arten, wie sie von unserem Genlabor produziert wurden. Zum Beispiel Kurzfühlerschrecken, Feldgrillen, Stubenfliegen, Honigbienen, Schmetterlinge und Blatthornkäfer, in einer auf sie abgestimmten Flora.« Sie zeigte auf die zweite Box. »Das sind synthetische Formen – nanokonvertierte Varianten der linken Spezies.«

»Sie unterscheiden sich farblich von den anderen«, stellte Buechili fest.

»Bloß eine Folgeerscheinung der veränderten Gewebestruktur und des *Aurufluids* – eines Kühl- und Transportmittels, das in synthetischen Körpern zirkuliert und an flüssiges Gold erinnert.«

»Ist eine solche Färbung auch bei nanokonvertierten Menschen zu erwarten?«, fragte Lucy.

»Davon ist auszugehen«, gab die Forscherin zurück. »Stört Sie das?«

Die Virtufaktkünstlerin zögerte ein wenig. »Nicht wirklich. Pink, grün oder lila wären schlimmer gewesen.«

»Kann ich nachempfinden«, antwortete die andere amüsiert. Sie wies auf die dritte Box. »Und das hier ist eine Mischgruppe aus biologischen und nanokonvertierten Tieren.«

»Zu Experimentierzwecken?«, wollte Lucy wissen. »Um zu sehen, ob sich die Varianten kreuzen?«

»Nein«, entgegnete die Molekularbiologin, während sie das Treiben hinter der Scheibe auf Auffälligkeiten hin untersuchte. »Überlegen Sie, eine Kreuzung wäre aufgrund ihrer unterschiedlichen Zellchemie gar nicht möglich. Mit diesem Aufbau wollen wir sicherstellen, dass synthetischen Lebensformen keine negativen Auswirkungen auf biologischen Arten haben. Also beispielsweise Giftstoffe produzieren, die für die anderen schädlich wären. Und umgekehrt.«

»Gab es denn Probleme?«

»Anfangs schon, aber jetzt nicht mehr. Man konnte vieles an Prokaryoten und einfachsten Eukaryoten vorab prüfen und adaptieren.«

»Hm ...«, machte Buechili, während er die Tiere hinter der gläsernen Scheibe in Augenschein nahm. »Was fressen diese synthetischen Formen eigentlich? Blätter, Gräser und Nektar werden es wohl nicht sein?«

»Stimmt. Die LODZOEB hat ihr Gehirn so manipuliert, dass sie ausschließlich Appetit auf OMNIA verspüren.«

»OMNIA?«

»Das ist eine Flüssigkeit, die sowohl eine Nährlösung für *Nascrozyten* als auch hochkomprimierte, molekulare Energiezellen enthält. Letztere gelangen über den *Aurufluid*-Kreis, so bezeichnen wir den Blutkreislauf nach der Nanokonvertierung, in sogenannte Lokaldepots und von dort an die umgebenden synthetischen Körperzellen, wo sie dann bei Bedarf Energie abgeben. Ihre Kapazität ist so hoch, dass sie in den meisten Fällen im Verbund genutzt werden, also mehrere Zellen auf einmal versorgen, wobei natürlich Redundanzen vorgesehen sind.«

»Wie wird dieses OMNIA aufgenommen?«

»Oral. Es ist die einzige Nahrung für synthetische Körper.«

»Aber ändert das ihr Leben nicht merklich?«, wandte Lucy ein, die gerade eine nanokonvertierte Heuschrecke näher betrachtete. »Bei vielen Tieren dreht sich das gesamte Dasein doch nur um die Nachkommenschaft und ums Fressen und Gefressenwerden.«

»Das tut es. Deshalb sind diese Formen nach wie vor auf organisches Futter fixiert, das sie unverändert wieder ausscheiden.«

»Sie fressen keine synthetischen Arten?«

»Normalerweise nicht. Falls sie es dennoch tun, haben sie keinen Gewinn davon, weil das synthetische Körpermaterial für sie unverwertbar ist. Im Gegenteil, es schadet ihnen sogar, denn ihre kleinen Kauapparate nützen sich dabei rasch ab. Die Nanohüllen ihrer Brüder sind sehr hart, und wir haben an ihren Mundwerkzeugen keinerlei Verbesserung vorgenommen.«

»Verstehe. Sie unterbinden bewusst den Nahrungszyklus, den wir in der Natur beobachten.«

»Ja. *Synthecells* sind schwer zersetzbar, zumindest bei niedrigen Temperaturen. Und es würde energetisch auch nicht viel dabei herausspringen, wenn man sie auf herkömmlichem Weg aufbräche.«

Sie verließen den Raum mit den abgetrennten Boxen wieder, besahen ähnliche Umgebungen mit höheren Tieren wie etwa Mäusen, Ratten und Wildkatzen. Später erreichten sie die *Primates Zone* und begaben sich in einen Kontrollbereich mit der Bezeichnung *Training Analysis: Sheila*. Dieser lag beinahe komplett im Dunkeln und bot Einblick in eine erleuchtete Beobachtungsbox an der gegenüberliegenden Längsseite, in der ein leicht ins Gold gehender, spärlich behaarter Affe saß. Er hielt eine Art Steuerknüppel in der Hand und blickte konzentriert auf das vor ihm eingeblendete Geschehen. Durch seine Kahlheit hatte er fast etwas Menschliches an sich.

»Die Abschirmung hier wurde eingerichtet, um unsere Labortiere nicht zu irritieren.« Touchette zeigte auf die Glaswand, doch Lucy und Buechili konnten auch bei näherem Hinsehen keine Trennfläche entdecken. Es war einfach zu dunkel dafür. »Eine Art venezianischer Spiegel. Damit können wir Sheila beobachten, ohne sie zu belästigen. Besucher sind für sie nicht wahrnehmbar, und das ist auch gut so, denn sie würden sie nur ablenken.«

Neben Sheila stand eine magere Frau mittleren Alters, in einer für Anthrotopia unüblichen Bekleidung: sie trug eine gräuliche Latzhose und ein schwarzes Shirt.

»Unsere Trainerin Amy. Sie arbeitet mit Sheila und einigen anderen Affen schon seit vier Jahren.«

Lucy näherte sich dem Spiegel, ihre Hände dabei nach vorn gestreckt.

»Seien Sie bloß vorsichtig und stoßen Sie sich nicht daran!«, warnte Touchette.

»Wann wurde Sheila konvertiert?«, erkundigte sich Lucy, den Hinweis der Wissenschaftlerin ignorierend, während sie das Affenweibchen bewunderte, als ob sie das erste Mal in ihrem Leben einen Bonobo sähe.

»Warten Sie mal ...« Die Molekularbiologin überlegte kurz. »Sie war die Letzte, kam also vor etwa zwei Monaten dran.«

»Zwei Monate! Außer den offensichtlichen Veränderungen wirkt sie ziemlich natürlich auf mich«, wunderte sich Buechili.

»Das sollte sie auch.«

»Aber ist sie immer noch dieselbe?« Als Ultraist konnte er sich diese Frage nicht verkneifen.

»Sheilas Verhalten und Neigungen sind beinahe vollständig erhalten geblieben. Allerdings gibt es ein paar Persönlichkeitsveränderungen, die wir mit den körperlichen Folgen der Nanokonvertierung in Verbindung bringen. Wir gehen davon aus, dass sie im Laufe der Zeit in den Hintergrund treten werden.«

»Und was ist mit ihren Erinnerungen?«, hakte die Virtufaktkünstlerin nach. »Wurden sie ebenso erhalten?«

»Selbstverständlich. Sehen Sie, was sie da macht?«

Lucy blickte genauer hin. »Sie scheint irgendeinem Spiel nachzugehen. He, ist das ein altmodischer Steuerknüppel in ihrer Hand?«

»Ja, wir fanden es passender, Sheila auf konventionelle Weise zu trainieren statt über einen neuronalen Direktzugriff.«

»So etwas habe ich schon lange nicht mehr gesehen.«

»Die Aufgabe ist für einen Menschen simpel, erfordert aber Konzentration. Am Anfang erscheinen die Ziffern Eins bis Fünf in willkürlicher Reihenfolge, zum Beispiel drei, zwei, fünf, vier, eins. Sie werden im oberen Bereich des Spielfeldes in einer Leiste dargestellt. Jede Ziffer findet sich zusätzlich im 3-D-Labyrinth – durch goldene Markierungen leicht zu erkennen. Sheila muss nun ein kleines, blaues Äffchen – ihre Spielfigur – der Reihe nach an die jeweilige Position lenken. Sie müsste es in unserem Fall also zunächst mit ihrem Steuerknüppel an den Ort bringen, an dem die Drei steht, später folgt die Zwei et cetera. Damit die Sache nicht zu einfach wird, verschwindet die obige Leiste langsam, von links beginnend. Wenn die Äffin schnell genug ist, erreicht sie den Ort, bevor eine Ziffer verblasst. In höheren Schwierigkeitsstufen wird ihr das nicht mehr gelingen. Dann muss sie sich die Reihenfolge merken.«

Lucy beobachtete das Primatenweibchen eine Zeit lang, sah, wie es auf die fünf Ziffern spähte und gleichzeitig entschlossen am Steuerknüppel hantierte, um die blaue Figur an ihr Ziel zu führen. Dabei beugte es sich immer wieder nach links und nach rechts. Vermutlich ermittelte das Tier auf diese Weise die Position des künstlichen Äffchens im 3-D-Raum.

»Und das schafft sie?«

»Ja, sogar ziemlich oft. Seit der Konvertierung hat sich Sheila durch die leistungsfähigeren Neuronen signifikant gesteigert.«

Manche der Entscheidungen, die das Tier traf, wirkten allerdings etwas unbeholfen. So passierte es einmal, dass es in einen Zyklus geriet, der sich aufgrund des Labyrinthdesigns ergab. In anderen Fällen führte es die Figur auf Umwegen an die Zielziffer, obwohl es ganz offensichtlich einen schnelleren, direkteren Weg gegeben hätte.

»Das Labyrinth und die Positionen der Ziffern sind willkürlich und werden in jeder Runde neu berechnet. Es gibt auch 2-D-Varianten und Erweiterungen mit hellroten Bällen, die sie auf ihrem Weg zu den Zielen nicht berühren darf. Solange diese statisch an einem Ort bleiben, hat Sheila keine Probleme damit. Wenn sie sich allerdings bewegen, wird die Erfolgsrate wesentlich geringer. So etwas scheint ihr Gehirn zu überfordern.«

Die Äffin hatte jetzt eines der Ziele erreicht und wirkte für einen Augenblick abgelenkt.

»Nun erfolgt eine kurze neuronale Belohnungsstimulation, in der das Spiel angehalten wird. Das ist sehr wichtig, damit das Interesse erhalten bleibt. Anders als der Mensch braucht sie immer einen sofortigen positiven Verstärker.«

Wenige Sekunden später erschien ein neues Labyrinth vor Sheila.

»Natürlich wurde dieses Spiel *vor* der Nanokonvertierung antrainiert. Wenn Sie einen anderen Bonobo hinsetzen würden, einen ohne Training, so hätte er keine Chance auf Erfolg. Vom 3-D-Modus ganz zu schwiegen.«

»Wirklich beeindruckend«, staunte Lucy, und man merkte, dass sie sich mit dem Prozess der Nanokonvertierung immer mehr anfreundete.

»Sie sehen also«, schloss die Molekularbiologin ihre Darstellung mit einem aufmunternden Lächeln ab, »dass es nichts zu befürchten gibt, Miss Hawling. Einige unserer Affen – darunter sind Schimpansen und Bonobos – wurden vor fast einem Jahr konvertiert und sind in bester Verfassung!«

»Wie lange dauert der Umwandlungsprozess in etwa?«, erkundigte sich die Virtufaktkünstlerin.

»Bei den Affen waren es circa einhundertneunzig Stunden, wenn wir mit maximaler Geschwindigkeit vorgingen. Dabei wurde viel Wärme frei und die Körpertemperatur musste durch externe Maßnahmen reguliert werden. Bei Ihnen geht die LODZOEB von zweihundertsiebzig Stunden aus – basierend auf Beobachtungen mit menschlichen Zellkulturen. Das sollte die Risiken gering halten.«

»Zweihundertsiebzig Stunden? Wie viele Tage sind das?«

»Etwas mehr als elf Tage.«

»Wird sie währenddessen bei Bewusstsein bleiben?«, wandte sich Buechili an die Forscherin.

»Nein, wir versetzen sie in einen künstlichen Tiefschlaf, um den Konvertierungsprozess so effektiv wie möglich ablaufen zu lassen.«

Er nickte ernst. »Was, wenn sie Schmerzen hat? Wie kann sie sich der Außenwelt mitteilen?«

»Keine Sorge. Wir werden Miss Hawling während des gesamten Prozesses genauestens überwachen, sowohl neuronal als auch physiologisch. Bei den geringsten Anzeichen eines Problems leitet das medizinische System umgehend Gegenmaßnahmen ein. Es wird also keine Schmerzen geben.«

»Beruhigend zu wissen«, sagte Lucy. Sie warf einen kurzen Blick auf Buechili und meinte dann: »Ich glaube, Sie haben unsere wichtigsten Fragen beantwortet, Dr. Touchette. Wenn Sie später noch etwas Zeit haben, würde ich mich gern mit Ihnen über die funktionalen Konsequenzen der Nanokonvertierung unterhalten.«

»Ich stehe zu Ihrer Verfügung!« Die Molekularbiologin reichte Lucy die Hand. »Aber bitte nennen Sie mich doch Clarice. So, wie es aussieht, werden wir in nächster Zeit viel miteinander zu tun haben.«

26: Pläne um den Rand einer Stadt

»Was hat Moonface gesagt, Walker?«, bellte Thessalopolous die holografische Gestalt vor sich an.

Er war kernig und klein; ein Energiebündel mit Marderaugen. Sein rundes, glattes, beinahe öliges Gesicht fand in dem unscheinbar wirkenden Bürstenschnitt eine passende Ergänzung. Der Annexeaner gehörte zu denjenigen, die keinen *BioBounds-Extender* trugen und sich von der Kahlköpfigkeit der Großen Stadt sichtbar distanzierten, und das hatte nicht nur persönliche Gründe: mit Haaren stieß man im Rest der Welt auf weitaus höhere Akzeptanz als ohne. In letzterem Fall wäre er nämlich unweigerlich mit Anthrotopia in Verbindung gebracht worden, dem Feindbild schlechthin für die meisten Gruppierungen außerhalb von Annexea. Nicht, dass dies in seiner Position eine wichtige Rolle gespielt hätte. Er operierte von den gut gesicherten Sektoren einer mittelgroßen Ringkernstadt im Süden des europäischen Kontinents aus und kam so gut wie nie mit gefährlichen Gegenden in Berührung. Aber der Ex-Agent hatte einiges aus seiner früheren Dienstzeit übernommen, und so hielt er auch an dem Bürstenschnitt fest.

Andreas Thessalopolous war schon lange im Geschäft, viel länger, als man es angesichts seines sprühenden Elans und Enthusiasmus erwartet hätte. Wenn er sprach, zitterte er vor Emsigkeit, und die Worte schossen zwischen seinen schmalen Lippen mit einem Tempo hervor, das den Eindruck von Unbedachtheit und Schwätzerei erweckte. Dabei war der Annexeaner alles anders als unbedacht: Er koordinierte die Aktivitäten einiger strategisch wichtiger *Externa*-Informanten und -Agenten, die man in den verschiedensten *Tribes*-Clans als *Maulwürfe* eingeschleust hatte.

»Er konnte uns nicht mehr viel mitteilen, Chief. Nur, dass es heute zwei Anschläge geben würde. Vom Makka- und vom Nossa-Clan. Die Koordinaten habe ich Ihnen separat übermittelt.«

»Ja, ja, aber was mir Sorgen macht, ist die undurchsichtige Motivation dahinter ... und das verzahnte Timing.« Er strich sich mit den Fingern über das Kinn. »Was hat er noch gesagt?«

Der *Amber* überlegte kurz: »Dass sich seine Tochter in der Anschlagszone befindet und wir sie dort rausholen sollen.«
»Moonface hat seine Tochter erwähnt?«
»Jawohl, Chief. Ich wusste gar nicht, dass er eine hatte.«
»Spielt auch keine Rolle. Wie genau ... ist er gestorben?«
»Durch einen Vogelschwarm der *Force*. Und er verstieß gegen das *Venom Treaty*.«
»Ja, Mann, haben Sie ihm denn kein Gegenmittel gespritzt?!«
»Natürlich haben wir das, aber es wirkte nicht.«
»Verdammt!«, schrie Thessalopolous und schlug mit der Faust mit solcher Wucht auf den Tisch, dass ein darauf stehendes Glas in die Höhe sprang. »Diese Drecksker haben schon wieder das Gift abgewandelt!«
»Sieht ganz danach aus.«
»Er war einer unserer besten Agenten! Wo ist Moonface jetzt?«
»Wir ließen ihn liegen, als die *War-Crows* kamen, Chief. Damit die *Force* glaubt, er hätte nichts mehr sagen können.«
»Seid ihr von den Krähen gesehen worden?«
»Nein. Wir waren getarnt.«
»Gut!« Er griff sich eine Flasche Brandy, füllte einen Fingerbreit davon in sein Glas und kippte den Inhalt in einem Zug hinunter.
»Moonface gab mir das hier für Sie mit, Chief ....« Er hielt das Halsband mit dem Anhänger, den ihm der Agent kurz vor seinem Tod ausgehändigt hatte, in die Scan-Zone des Holofons.
»In Ordnung, Walker«, erwiderte der andere, nachdem er das Glas geräuschvoll auf den Tisch gestellt und sich mit dem Handrücken über den Mund gewischt hatte. »Lassen Sie mir das auf dem üblichen Weg zukommen! Ende!«
Thessalopolous unterbrach die Verbindung und dachte nach. Es war schwer vorstellbar, dass Moonface alias Silvio Stornelli wegen zweier Anschläge ein solches Risiko einging. Vielleicht, weil das Leben seiner Tochter auf dem Spiel stand. Wie hieß sie noch? Nastasja. Ja, Nastasja. Stornelli hatte ihm ein paar Mal von ihr erzählt und von ihrem gemeinsamen Vorhaben. Dabei war sie nicht einmal seine richtige Tochter gewesen. Eine seltsame Ge-

schichte. Warum hast du das gemacht, Stornelli, sinnierte Thessalopolous, und in seinen geschäftigen Augen konnte man fast das Fragezeichen ausmachen, das seine Gedanken reflektierte.

Er wandte sich wieder dem Holofon zu und ließ den Sicherheitschef jener Ringkernstadt anwählen, an deren Rand die Terroraktionen geplant waren.

»Die Verbindung mit Greta Kaltenbach wird aufgebaut.«

Richtig, jetzt erinnerte er sich. Für diese Stadt war ja Greta zuständig, eine etwa vierzigjährige, militante, wenig umgängliche Person, die in ihrer Verantwortung voll und ganz aufging und ebenso wie er immer noch keinen *Extender* trug. Allerdings schien sie der anthrotopischen Ästhetik näher zu stehen als Thessalopolous, denn sie war kahl wie eine der androgyn wirkenden Bürgerinnen der Großen Stadt. Oder brachte sie damit nur ihren Abscheu allen männlichen Wesen gegenüber zum Ausdruck, den sie seiner Ansicht nach hegte? Er würde es wohl nie erfahren.

Thessalopolous wartete, bis er den Kopf der Sicherheitschefin im Darstellungsfeld auftauchen sah. Greta Kaltenbach hatte eine ausgeprägte Hakennase und so schmale Lippen, dass sie ihn jedes Mal an den Archetyp einer Hexe erinnerte. Als sie ihn wahrnahm, verfinsterte sich ihr Blick, und das eckige Gesicht schien dabei noch strenger und abweisender zu werden.

»Was haben Sie auf dem Herzen, Thessalopolous?«

»Greta! Was für eine Freude, Sie zu sehen!«

»Lassen Sie die Albernheiten und kommen Sie zur Sache! Ich habe hier jede Menge Kram rumliegen, der erledigt werden muss.«

»Kurz und bündig, wie immer! Ganz nach meinem Geschmack.« Er berichtete ihr von den Neuigkeiten, die er selbst eben erst erfahren hatte, ohne dabei Nastasja zu erwähnen. Ihre Existenz war für Kaltenbach irrelevant.

»Hören Sie, Greta, diese Anschläge sind nicht alles. Da steckt noch etwas anderes dahinter.«

»So, und was führt Sie zu dieser Vermutung?«

»Was? Na, sehen Sie sich das Timing an! Der östliche Anschlag erfolgt um zehn Minuten früher als der westliche.«

»Und?«

»Warum wird nicht gleichzeitig angegriffen?«

»Das sollte doch sogar Ihnen klar sein, Thessalopolous! Man möchte offenbar den Anschein erwecken, dass die beiden Aktionen nichts miteinander zu tun haben.«

»... und dass es sich bloß um regionale Übergriffe der *Tribes* handelt. Daran habe ich natürlich auch gedacht.«

»Das haben Sie? Ziemlich schlau von Ihnen ...«

Er ignorierte ihre spöttische Äußerung. »Einen taktischen Vorteil hätten sie dadurch nicht.«

»Nein, denn wir können jederzeit und an jeden Ort Einheiten vom *Hypercorps* anfordern. Die sind da sehr flexibel. Es geht der *Force* wohl eher darum, Verwirrung zu stiften.«

»Und ... wenn noch ein dritter Angriff geplant wäre?«

Sie blickte ihn erstaunt an. »Haben das Ihre Agenten nicht herausbekommen?«

Diese Frau brachte ihn mit ihrer Bosheit manchmal zur Weißglut. Er musste sich zusammennehmen, um nicht genauso scharf zurückzuschießen. »Nein. Das ist alles, was wir haben.«

»Warum glauben Sie dann, dass es einen dritten Angriff geben könnte?«

Ja, wie kam er darauf? Es war sein erster Gedanke gewesen, als Walker ihm erzählt hatte, welches Risiko Stornelli eingegangen war. »Die *Force* beordert zwei Clans mit zeitlich genau koordinierten Anschlägen in die Außenzone einer Ringkernstadt. Das sieht doch ganz nach einem Ablenkungsmanöver aus!«

Kaltenbachs Miene nahm einen nachdenklichen Ausdruck an. »Sehen wir mal. Die erste Aktion ... hier ... um vierzehn Uhr vierzig.« Sie hatte sich jetzt von Thessalopolous abgewendet und interagierte mit dem ARMOR-System. »Die zweite ... um vierzehn Uhr fünfzig ... hier. Hm ... Um dort unsere *Hypertroopers* zum Einsatz zu bringen, bräuchten wir circa acht Minuten. Im Extremfall könnten wir ein paar von ihnen für zusätzliche Attacken im engeren Umfeld einsetzen, da wären wir sofort zur Stelle.«

»Und wenn ...«

Die Sicherheitschefin machte eine abwehrende Handbewegung und murmelte weiter: »Nehmen wir einen Radius von zehn Minuten für die Reserve-*Troopers*, ausgehend vom Anschlagsort. Das Ziel muss sich jenseits davon befinden ... da gibt es jede Menge Möglichkeiten ... Wahrscheinlich im nördlichen Sektor, denn dort würde es um diese Zeit vollkommen ruhig sein. Hm ...« Sie brütete vor sich hin und schürzte die Unterlippe. Dadurch wurde sie noch hässlicher, als sie ohnehin bereits war.

»Mann, da fällt mir etwas ein!«, rief sie plötzlich mit greller Stimme, die Thessalopolous zusammenfahren ließ, da er selbst gerade in Gedanken gewesen war. »Das automatische Überwachungssystem hat im Norden vorgestern ein paar verdächtige Personen entdeckt, eher durch Zufall, weil sie einen stillen Alarm in einem alten Industriegebäude auslösten. Wir haben die Bilder ausgewertet. Es handelte sich um Leute in *Force*-Tarnanzügen. Ganz in der Nähe befindet sich eine Einrichtung, in der schon seit geraumer Zeit sonderbare Käuze am Werk sind. Sie tun nichts Illegales, aber auch nichts, was mit unserer Ringkernstadt oder mit Anthrotopia zu tun hätte. Ich gehe jede Wette ein, dass es die *Force* auf die abgesehen hat.«

»Möglich«, räumte er ein und zog die Augenbrauen hoch. »Die Frage ist nur: Was will man von ihnen?«

Kaltenbach blickte ihn kühl an. »Das ist Ihr Spezialgebiet, Thessalopolous!«

Sie machte es ihm wahrlich nicht leicht, eine diplomatische Haltung zu bewahren.

»Also gut«, sagte er nach einer Weile. »Ich werde eine Spezialtruppe an diesen Ort senden und die Gegend beobachten lassen. Für den Fall, dass Sie mit Ihrer Vermutung recht haben.«

»Einverstanden. Auf unserer Seite bleibt alles wie üblich: Sobald wir die ersten feindlichen Aktivitäten registrieren, schicken wir die *Hypertroopers* hin. Das Gleiche gilt für den zweiten Anschlag.«

»Und die Zivilisten?«

»Was erwarten Sie von mir?! Diese Zone gehört offiziell nicht mehr in den direkten Verteidigungsbereich der Stadt. Die Leute wurden mehrfach gewarnt, und sie sollten das Risiko kennen! Abgesehen davon: wenn wir die Angreifer schneller als erwartet niederschlagen, könnte das die *Force* warnen und sie von ihrer Aktion abbringen, und Sie würden nie herausfinden, worauf es ihr tatsächlich ankam. Wollen Sie das riskieren?« Sie sah in herausfordernd an.

Thessalopolous wusste, dass sie recht hatte. Aus denselben Gründen würden sie auch auf ein frühzeitiges Verhör der suspekten Elemente verzichten müssen. »Natürlich nicht«, sagte er fast sanft.

»Und als *Fallback-Plan* würde ich an Ihrer Stelle ein paar *Externa*-Späher an verschiedenen strategisch relevanten Punkten in den nördlichen Zonen platzieren. Nur für den Fall, dass die *Force* etwas gänzlich anderes plant. Das leuchtet doch ein?«

»Verdammt noch mal, mit Ihrer Gerissenheit könnten Sie große Karriere bei der *Externa* machen, Greta!«, meinte er mit einer Mischung aus Ironie und falscher Herzlichkeit.

Sie stieß verächtlich Luft durch die Nase. »Ich habe *meine* Karriere bereits gemacht, Thessalopolous. Sicherheitstechnische Verantwortung für eine Ringkernstadt ist keine kleine Sache. Da gibt es mehr als genug zu tun ... können Sie mir glauben!« Sie lächelte gequält und nickte ihm zu. »Gute Jagd, und melden Sie sich, wenn Sie etwas brauchen!«

Damit verschwand die holografische Gestalt.

Thessalopolous erhob sich und marschierte ein paar Mal auf und ab. Er fragte sich, ob Greta Kaltenbach mit ihrer Einschätzung richtig lag. War die *Force* tatsächlich an jenen Käuzen interessiert? Oder handelte es sich dabei um ein weiteres Ablenkungsmanöver, mit der die *Externa* vom eigentlichen Ziel ferngehalten werden sollte? Vielleicht nahm sein Denken langsam paranoide Ausmaße an. Das wäre in seinem Geschäft auch kein Wunder.

Und wenn es »nur« um eine Vergeltungsmaßnahme im nördlichen Außenbereich der Stadt ging? Wozu dann aber die Ablenkung? Er konnte sich einfach nicht vorstellen, warum die *Force* sich solche Mühen gab, etwas zu kaschieren, das sich mit geringerem Aufwand viel unkomplizierter erledigen ließ.

Sorge bereitete ihm zudem die Sache mit Nastasja. Er war mit Stornelli befreundet gewesen und empfand dadurch eine gewisse Verantwortung für ihre Sicherheit. Was auch immer genau den Agenten zu seiner Handlungsweise bewogen haben mochte: er hatte sein Leben dafür gegeben. Das Wenigste, das die *Externa* jetzt noch für ihn tun konnte, lag auf der Hand. Und so machten sich ein paar Minuten später zwei *Ambers* mit dem Auftrag auf den Weg, Nastasja aus der kritischen Zone zu holen, bevor der Angriff losgehen würde. Das war Thessalopolous seinem alten Freund schuldig.

27: Ungleiche Kämpfe

Als die erste Brandbombe im östlichen Außenbereich der Ringkernstadt explodierte, wirkte das so, als ob man eine behaglich vor sich hin dösende Vorstadt aus dem Schlaf gerissen hätte. Es war heiß an diesem Tag, an die dreißig Grad im Schatten und beinahe wolkenlos. Kein Lüftchen regte sich. Kurz vor der Detonation waren drei schäbig bekleidete Gesellen auf der Straße zum angrenzenden Sektor unterwegs gewesen. Von ihnen hatte die Bombe nicht viel übrig gelassen – bis auf das Metall, das sie bei sich getragen hatten, die Knöpfe ihrer Klamotten und die Reißverschlüsse.

Dann tauchten plötzlich die *Tribes* auf, mit denkbar altertümlichen Laser- und Projektilgewehren bewaffnet. Ihr Erscheinungsbild entsprach dem einer typischen Guerillatruppe aus dem Rest der Welt. Sie hatten weder einheitliche Uniformen, noch schien es eine Hierarchie oder irgendwelche Kommandostrukturen zu geben, zumindest nicht auf den ersten Blick. Genau genommen trug eigentlich niemand etwas, das nur im Entferntesten an eine Uniform erinnert hätte. Es war ein heillos wilder Haufen, teilweise mit geradezu bizarren, hasserfüllten Gesichtern und bezeichnender Körpersprache. Einige rannten willkürlich auf das nächstbeste Gebäude zu, warfen Granaten gegen die Eingangstür, gingen in Deckung und stürmten daraufhin mit hemmungslosem Gebrüll das Haus.

In dieser Gegend war das auch denkbar einfach. Ein Großteil der Bauten, die externe Bevölkerungsgruppen errichtet hatten, bestand aus völlig überholten, keramischen Materialien und war schon mit wenig Sprengkraft einzunehmen. Außerdem gab es kaum militärische Präsenz seitens der Systemüberwachung, weil das Gebiet relativ abgelegen am Rande der demilitarisierten Zone lag. Dennoch behielt es Annexea im Auge, und wenn es zu Anschlägen oder gröberen Auseinandersetzungen kam, dann reagierte man entschieden darauf, um eine eventuelle Ausbreitung zur Stadt hin im Keim zu ersticken. Realistisch betrachtet war ein Vormarsch der Aggressoren freilich so gut wie ausgeschlossen, vor allem mit Waffen aus den Arsenalen der *Tribes*, da die Ringkernstädte von Sicherheitswällen und -barrieren mit automatischen Zielsuchsystemen umgeben waren. Nicht einmal *Force*-Einheiten konnten sie durchdringen.

Inzwischen hatten sich die *Tribes* gewaltsamen Zugang zu den Häusern im näheren Umkreis verschafft und die Bewohner zusammengetrieben. Offenbar gab es doch so etwas wie eine Hierarchie, denn einer der Anführer nahm die Leute, einen nach dem anderen, in Augenschein und stieß etwa ein Dutzend davon auf die Seite, wo man die so Selektierten an den Händen fesselte. Wer sich dieser Behandlung, den Püffen und Tritten, widersetzte, der wurde an Ort und Stelle erschossen.

Bei all der stupiden Brutalität wirkte die Guerillabande überraschend organisiert. Man führte die erbeuteten Wertsachen einer kleinen, agilen Aufräumtruppe zu, die mit motorisierten *Trikes* ausgerüstet war, um den Schauplatz rasch mit dem Diebesgut verlassen zu können. Auf ähnliche Art transportierte man die ausgewählten Zivilisten ab. Das Schreien, Kreischen, Wimmern und Fluchen, die Schüsse und das Knattern der Projektilwaffen erweckten den Eindruck, als befände man sich mitten im Krieg. Und in gewisser Weise tat man das auch.

Es dauerte nicht lange, da tauchten helikopterähnliche Flugobjekte am Himmel auf, drei an der Zahl. Einen Außenstehenden mochte das lächerlich anmuten, aber die *Tribes* wussten genau, dass mit ihnen etwas auf sie zukam, das sie hinsichtlich Feuerkraft erheblich übertraf. Dennoch fuhren sie mit ihren Aktionen emsig fort, machten weiter Gefangene und rafften Beute zusammen.

Als die Helikopter ihr Ziel erreichten, regnete es plötzlich kleine Objekte herab, und wenig später folgte eine rauchartige Wolke, die relativ schnell zu Boden sank. Man hätte sie leicht für einen großen Schwaden aus Staub halten können, wenn ein Teil nicht so rapide auf den Grund gesackt und der Rest wie feiner Nebel erhalten geblieben wäre.

»*Hypertroopers*!«, riefen einige und zeigten in jene Richtung, wo sich der Staubwirbel gebildet hatte. In Wirklichkeit existierten die *Hypertroopers* noch gar nicht, sie waren erst im Entstehen.

Die militärische Forschung von Anthrotopia hatte schon vor einer ganzen Weile ein Konzept entwickelt, mit dem es gelang, rasch an den unterschiedlichsten Punkten der Welt einzugreifen, ohne sich um den Transport von Truppen und deren Ausrüstung kümmern zu müssen. Die Idee war brillant und stammte von einem altgedienten Offizier der *Externa* namens Guy Frederick, der in den Anfangsjahren des Ringkernverbunds darüber nachgedacht hatte, wie man schnell und effektiv zuschlagen konnte und dabei mit einer möglichst kleinen Menge an Depots sowie Kasernen auskam. Dazu ist anzumerken, dass die Notwendigkeit für Verteidigungsmaßnahmen nach dem Zusammenbruch der Weltwirtschaft und der regionalen Sozialsysteme immens angewachsen war, da man nun keineswegs mehr von friedlichen Nachbarterritorien ausgehen konnte, sondern sich mit einer stetig wachsenden Zahl an mordenden und plündernden Rotten konfrontiert sah, die vor allem die unbewaffnete Zivilbevölkerung aufs Korn nahm. Infolgedessen hatte man die Lager mit konzentrischen Abwehrbarrieren umgeben. So waren langsam Ringkernstädte entstanden, an deren Optimierung Jahrzehnte später auch die LODZOEB ihren Anteil hatte. Dadurch war zumindest das Stadtinnere vor den Angriffen der *Tribes* geschützt.

Der hohe Aufwand an militärischen Truppen blieb jedoch ein Problem, und so trat Guy Frederick eines Tages an die Führung der damaligen *Externa* heran und äußerte seinen – zu jenem Zeitpunkt noch sehr groben – Vorschlag, pulverisierte *Avatar*-Soldaten quasi in Reserve zu halten. Die *Externa* zeigte sich von dem dargestellten Konzept beeindruckt, musste sich aber eingestehen, bei Weitem nicht über das technische Know-how zu verfügen, um es umzusetzen. Lange hielt man die Idee unter Verschluss, bis sie viele Jahrzehnte später vor dem anthrotopischen Rat landete, der darin eine gute Möglichkeit sah, die Kompetenz der LODZOEB zu demonstrieren. Die Rechnung ging auf, denn schon bald gebot ein speziell hierfür eingerichteter hochisolierter Militärverband, der sogenannte *Hypercorps*, über eine stattliche Anzahl an *Hypertroopers* der ersten Generation und sorgte für Verwirrung unter den *Tribes*, weil diese immer häufiger einem aus dem Nichts aufgetauchten Feind gegenüberstanden. Damals hatte das *Hypercorps* freilich noch nicht annähernd die Qualifikation und die Erfahrung im Umgang mit derartigen Kampfmaschinen besessen, wie das mittlerweile der Fall war.

Der größte strategische Vorteil der *Hypertroopers* lag in ihrer Mobilität und Schlagkraft. Ein *Trooper* stellte eine hochkomplexe Einheit aus replizierten Nanostrukturen dar, bestehend aus Tausenden und Abertausenden von Basiszellen, auch *Core Units* genannt. Jede dieser Zellen setzte sich aus einer konzentrierten Energieform, dem Gesamtbauplan und einer Replikationsmaschinerie zusammen. Um gegen *Reverse-Engineering*-Angriffe seitens der *Force of Nature* geschützt zu sein, waren die Zellen in Antimaterieblasen eingehüllt, die durch geschickt angeordnete und dynamisch konfigurierte Felder Auswüchse des Kernes von innen nach außen gestatteten, wodurch sich *Core Units* in zwei gleichartige Gebilde aufspalten konnten, ohne dabei jemals ihre Zusammensetzung preiszugeben. Somit war es feindlichen Kräften unmöglich, den Bauplan zu extrahieren, weil sie dafür die Antimaterieblase hätten aufbrechen müssen, was durch eine sofortige Annihilation vereitelt worden wäre.

Ein perfekter Schutzmechanismus, zum größten Teil erarbeitet von der LODZOEB. Die genauen Details kannte kein Mensch zur Gänze, also, ob beispielsweise die Antimaterie ebenso als Energieträger eingesetzt wurde, welches Kühlsystem zur Anwendung kam oder wie es der LODZOEB gelungen war, diffizile Basiszellen zu schaffen, die einen Fall aus mehreren Kilometern unbeschadet überstanden. Zum Glück musste man solche Feinheiten auch gar nicht wissen, solange die vollautomatisierten *Fertigungsfabs* alle dafür notwendigen Teile selbst herstellten.

Wenn die Systemüberwachung nun *Hypertroopers* anforderte, warf man eine kleine Anzahl an Saatzellen ab, die sogenannten *Primen*. Das waren im wesentlichen *Core Units*, in denen der komplette Energiebedarf des *Troopers* in einer stark vergrößerten Antimaterieblase vorrätig gehalten wurde. *Primen* blieben inaktiv, bis sämtliches Baumaterial zur Verfügung stand, das die Replikationsmaschinerie benötigte, um eine Duplizierung vorzunehmen – ein Gemisch aus Metallen, gebundenen Gasen und Nanostrukturelementen. Und genau dieses Gemisch – auch als *Materia Constructa* bezeichnet – war es, das jetzt wie ein dunkler Nebel über den abgeworfenen *Primen* unweit der zurückweichenden *Tribes* niederfiel.

Die *Hypertrooper*-Materialisation selbst wäre wohl das eindrucksvollste Spektakel des gesamten Prozesses gewesen, wenn die *Materia Constructa*-Schwaden nicht wie ein undurchdringlicher Schleier über der Szenerie gehangen hätten. Dort begannen nämlich die *Primen* damit, sich nach einem exponentiellen Schema zu teilen, wobei sie jeder neuen *Core Unit* weitergaben, welche Funktionalität auszubilden war. So entwickelten sich in rasantem Tempo Brust, Kopf, Arme und Beine, bis schließlich die Waffen an die Reihe kamen, ebenfalls eine Kombination aus spezialisierten Basiszellen. Danach aktivierte sich der *Hypertrooper*, startete seine Systeme, überprüfte deren Bereitschaft und nahm über eine gesicherte Verbindung Kontakt mit ARMOR auf, um von einem *Warrior Controller* (so nannte man die speziell dafür trainierten, aus ihren virtuellen Umgebungen heraus agierenden Soldaten des *Hypercorps*) besetzt zu werden.

Die auftauchenden *Troopers* lösten bei den *Tribes* eine panikartige Flucht aus. Man kannte die damit verbundene Bedrohung nur zu gut aus eigener Erfahrung und von den Erzählungen anderer. So achtete kaum jemand bewusst darauf, wie sich der Nebel verflüchtigte und zwanzig titangraue Hünen in *Field-Trooper*-Ausführungen – einer hauptsächlich für Kämpfe auf weiträumigem Areal gedachten Konfiguration, die es auf rund zwei Meter dreißig brachte – daraus hervorgingen, jeder mit Luken für Schwärmerdrohnen an den Schultern und mit schweren *ThermoPulse*-Kanonen in den Armen bewaffnet. Mit diesen Kanonen wurden hochenergetische Thermopulse durch kurzzeitig aufgebaute Mikrotunnel transferiert. Sie durchschmolzen so gut wie jedes materielle Konstrukt, wenn sie lange genug zur Anwendung kamen. In den ungewöhnlich starken Rücken der *Troopers*, die beinahe so wirkten, als wären sie mit einem Tornister verwachsen, befanden sich die Munition und das Energiereservoir für einen Teil der Waffensysteme, der Schwärmerdrohnenvorrat sowie der Kühlkreis. Abgerundet wurde das Design von Rundumvisieren, die eine Dreihundertsechzig-Grad-Perspektive boten, sodass die Soldaten jederzeit ein vollständiges Bild von ihrer Umgebung hatten.

Neben der Hauptbewaffnung verfügten die Roboter auf Vorder- und Rückseiten über kleinere, für die *Warrior Controllers* nach Belieben einsetzbare Laser- und *MoldeGun*-Systeme mit unabhängigen Zielfixierungen. Letztere, auch *Molecular Decomposition Guns* genannt, lösten im anvisierten Ziel mikroskopische raumgeometrische Verzerrungen aus, wodurch chemische Bindungskräfte innerhalb des radialen Einflussbereichs temporär überwunden und molekulare Verbände auseinandergerissen wurden. Damit wirkten die Kanonen wie eine Art verlängerter Schneidbrenner und verursachten massive neuronale Schäden, wenn sie auf den Kopf eines Gegners gerichtet wurden. Darüber hinaus kamen *NascroRip*-Geschosse zum Einsatz, die zwar nicht annähernd den Zerstörungsgrad von *ThermoPulse*-Strahlen erreichten, dafür aber absolut tödlich waren, falls es ihnen gelang, die Panzerung eines Kriegers zu durchdringen. Sie führten *Nascrozyten* mit sich, welche nach ihrer Aktivierung im Nervensystem und im Blutkreislauf des Feindes verheerende Veränderungen herbeiführten und binnen kurzer Zeit einen qualfreien Tod zur Folge hatten. Zur Unterbindung von *Reverse-Engineering*-Versuchen und zur Vermeidung von unbeabsichtigten Ausbreitungseffekten lösten sie sich danach in ihre Einzelteile auf.

Nun, da die *Tribes* alles Wichtige eingesammelt hatten, ging es primär darum, möglichst mit heiler Haut davonzukommen und den Anschluss an den restlichen Trupp nicht zu verlieren. Einer von ihnen warf sich gerade auf sein vollgepacktes Fahrzeug, als er den kratzenden Brandgeruch der sich auflösenden *Materia Constructa*-Schwaden wahrnahm. Es hieß bei den *Tribes*, dass jemand, sobald er das Kribbeln einer *Hypertrooper*-Wolke in der Nase spüre, kaum noch Aussichten auf Entrinnen habe, weil er sich dann in unmittelbarer Nähe zur Geburtsstätte dieser Kampfmaschinen befände und damit eines ihrer ersten Ziele darstellte.

Genau dieser Gedanke bahnte sich eben seinen Weg durch das Hirn des Mannes, und er hätte ihn vielleicht zu einer panikartigen Reaktion veranlasst, wenn ihm durch einen hochenergetischen *ThermoPulse*-Strahl auf den ungeschützten Kopf nicht vorzeitig jegliche neuronale Substanz entzogen worden wäre.

Neben ihm befanden sich fünf weitere *Tribes*-Schergen. Jeder von ihnen wurde vollautomatisch von der autarken Kampflogik der *Hypertroopers* als kritischer Gegner identifiziert, in die Zielsuche der Waffensysteme vorgeladen, von einem *Warrior Controller* genehmigt und praktisch verzögerungsfrei außer Gefecht gesetzt, ein für Außenstehende unsichtbarer Prozess. Die *Controllers* des *Hypercorps* waren im Umgang mit ihren Kampfmaschinen bestens trainiert, nutzten eine Fülle verschiedenster Erkennungs- und Verteidigungsmechanismen der autarken Systeme parallel aus, so gut, dass sie in der Regel mehrere *Troopers* auf einmal steuern konnten, ohne den Überblick zu verlieren.

So fiel eine Gestalt nach der anderen in sich zusammen. Und selbst jene, die schon ihren Rückzug angetreten hatten und sich ein paar hundert Meter entfernt auf ihren *Trikes* in Sicherheit wiegten, glitten wenig später entseelt von den Trittbrettern ihrer Fahrzeuge hinunter. Dabei herrschte eine beinahe makabere Geräuschkulisse. Die Waffensysteme der eben erst geborenen Kämpfer machten sich nur durch unscheinbares Summen und Knistern bemerkbar, gefolgt von den Schockwellen der in Sekundenbruchteilen auf Tausende Grade erhitzten Ziele. Dazwischen knatterten die primitiven Projektilgewehre ihrer Gegner.

Der Rest des Gefechts lief relativ unspektakulär ab. Einmal schien etwas Bewegung ins Spiel zu kommen, als sich sechs Aggressoren von einer abseitsstehenden Häuserreihe den *Hypertroopers* näherten und all ihr Geschick zur Anwendung brachten, um sich vorzuarbeiten, indem sie immer wieder hinter Mauern und umgekippten Fahrzeugen Deckung suchten. Da sie wussten, dass sie mit ihren altertümlichen Gewehren nicht viel ausrichten konnten, unterließen sie es, das *Hypercorps* mit Kugelgeschossen auf sich aufmerksam zu machen. Doch einer von ihnen war mit einem kleinen Raketenwerfer ausgerüstet, den er jetzt auf die

Troopers richtete und – aus Furcht vor Entdeckung – auslöste, ohne sein Ziel genauer ins Visier zu nehmen. Ein feuriges, längliches Etwas schoss aus dem geschulterten Rohr geradewegs auf die Gegner zu. Niemand hätte zu sagen vermocht, ob die wenige Hundertstelsekunden später folgenden automatischen *Thermo-Pulse*-Stöße eines *Troopers* zuerst die Rakete oder den Mann erwischten; in beiden Fällen wäre der Ausgang identisch gewesen: Das Geschoss explodierte ein paar Meter vor dem Schützen und fast gleichzeitig fiel dieser stumm in sich zusammen. Doch selbst, wenn er einen der *Hypertroopers* getroffen hätte, wäre die Waffe zu primitiv gewesen, um größeren Schaden anzurichten. Dafür hätte es schon eines hochenergetischen, mehrfach gebündelten Kombinationsstrahles bedurft oder eines speziellen *Nanodrillers*.

Greta Kaltenbach war zufrieden. Die *Tribes* leisteten kaum Gegenwehr und bereits Minuten nach dem Eintreffen der angeforderten Einheit aus dem *Hypercorps* war der Anschlag praktisch vollständig niedergeschlagen, ohne Verluste auf annexeanischer Seite beklagen zu müssen. Nichts anderes hatte sie erwartet. Nur die Kollateralschäden trübten ihre Siegeslaune.

Indessen meldete ARMOR die zweite Explosion in genau jenem Außenareal der Stadt, das Thessalopolous vor ein paar Stunden in seinem Holofonat vorhergesagt hatte. Greta rieb sich die Hände. Sie ging davon aus, dass die Abwehr dort ebenso problemlos vonstattengehen würde. *Tribes*-Kämpfer waren generell einfache Gegner für das *Hypercorps*, selbst wenn auf einen *Trooper* zehn von ihnen kamen. Thessalopolous' Leute würden wohl nicht so leichtes Spiel haben. Dafür konnten seine *Ambers* aus dem Hintergrund heraus operieren, statt Gefechte im freien Feld austragen zu müssen. Zumindest, solange sie im Schutz ihrer Tarnung blieben.

28: Freiwillige Flucht

»Hallo Marion! Schön, dich zu sehen!«, rief Nathrak mit einer Begeisterung, die ihn selbst erstaunte, denn seine Grundstimmung war eine andere: Es ärgerte ihn nämlich, dass ihn der Professor für das Interview mit Helen Fawkes nicht benötigte.

Die Angesprochene zeigte sich wenig überrascht von seinem Auftauchen. Sie war eben aus Tschernenkos Bar gekommen, in der sich die beiden in den letzten Tagen ein paar Mal getroffen hatten. Auch diesmal trug sie wieder jenen hellen Einteiler mit den Stickereien, der so gut zu ihr passte.

»Wie geht es dir, Nathrak?« Ihrem Tonfall hörte man an, dass sie geistesabwesend war.

»Miss Fawkes interviewt gerade den Professor«, unterrichtete er sie. »Bin gespannt, was dabei herauskommt.«

Damit schien er ihr nichts Neues zu offenbaren. »Sie wird das Beste aus dem Stoff machen, wie immer.«

Er schwieg. Seine Gedanken kreisten um etwas völlig anderes. »Darf ich dich zu einem Cocktail einladen?«, fragte er unvermittelt. »Oder vielleicht zu einem kleinen Imbiss?«

»Nein danke. Heute geht's nicht. Ich bin später mit einer Freundin verabredet.«

»Dann begleite ich dich eben ein Stück, wenn es dir recht ist.«

»Meinetwegen, aber du darfst nichts erwarten«, erwiderte sie kalt und wandte sich zum Gehen.

Was sollte das?! Nichts erwarten? Natürlich erwartete er etwas. Sie reizte ihn. Marion war eine junge hübsche Frau mit einem Teenagergesicht und einem süßen Schmollmund, der beim bloßen Hinsehen die Begierde in ihm weckte. Fast ebenso reizte ihn aber das Geheimnisvolle, Rätselhafte ihres Wesens, ein über den Dingen stehendes Etwas, das ihn schon bei ihrer ersten Begegnung in den Bann gezogen hatte.

Nach einer Weile schweigenden Nebeneinanderschreitens meinte er: »Was empfindest du eigentlich für mich, Marion?«

Sie blieb stehen, wandte sich ihm zu. Es trennte ihn vielleicht ein dreiviertel Meter von der rothaarigen Annexeanerin. Er beugte sich vor, so nahe, dass er ihren Atem spürte. Doch sie schob ihn zurück und schüttelte den Kopf.

»Sicher nicht das, was du für mich empfindest.«

Er sah sie verständnislos an. Nathrak hatte einen relativ umfangreichen Erfahrungsschatz, was das Flirten mit Annexeanerinnen anging, aber keine hatte sich so angestellt und war ihm mit solchem Desinteresse begegnet wie sie.

»Ich bin wohl nicht dein Typ?«, sagte er mehr verärgert als enttäuscht.

»Darum geht es nicht. Ich bin längst über das Bedürfnis nach körperlicher Nähe hinausgewachsen. Wenn sich ein seelischer Brückenschlag ergibt, dann ist das für mich eine zutiefst emotionale Verbindung, gleichgültig ob zu einem Mann oder einer Frau. Die Liebe, die du erwartest, ist eine physische.« Sie nahm seine Hände. Er fühlte, dass die ihren weich, kalt und ohne Regung waren. »Versteh doch, körperliche Zuneigung ist flüchtig und tarnt sich gern im Kleid schwärmerischer Liebe. In Wirklichkeit verbirgt sich ein radikaler Egoismus dahinter, der nur der Vermehrung dient. Es gibt Menschen, die haben das begriffen. Auch du, Nathrak, wirst dir früher oder später Gedanken darüber machen.«

Für einen Augenblick schien er zu erfassen, was sie meinte. Er sah ein Stückchen über die menschlichen Grenzen hinweg, und das Gefühl, das er dabei empfand, war eine Mischung aus Einsicht und Schwermut.

Sie gab seine Hände frei und die beiden gingen schweigend weiter. Nathrak fühlte sich unsicher und wartete darauf, dass Marion mit einem Gespräch begann. Doch sie blieb stumm. Wortlos spazierten sie durch eine schmale Gasse, die in einer leichten Krümmung an zwei Häuserfronten vorbeiführte. Er versuchte es mit Smalltalk, sprach über Belanglosigkeiten, die sie einsilbig quittierte. Als er schon darüber nachdachte, ob er sich von ihr verabschieden sollte, um ihr nicht lästig zu werden, hielt sie plötzlich inne, auf einen der mehrstöckigen Bauten zeigend: »Dort drüben wohne ich.«

In einem Anflug unerwarteter Sentimentalität, den er nicht verstand, legte sie ihre Arme um ihn. »Bitte pass auf dich auf, wenn du ins Laboratorium zurückgehst«, sagte sie. »Überall lauern Gefahren. Ich möchte nicht, dass dir etwas geschieht.«

Sie wandte sich um, noch ehe er antworten konnte, und marschierte allein weiter. Nathrak stand bewegungslos da. Er fühlte sich wie einer, der in einem Traum die ganze Zeit auf einen Kuss gewartet und ihn aufgrund eines unvermittelten Kulissenwechsels verpasst hatte. Für zwei, drei Atemzüge schien er aus den Fugen seines gewohnten Daseins auszutreten, die Welt aus einer anderen Perspektive wahrzunehmen

Ein jähes Geräusch ließ ihn zusammenzucken. Er hob den Blick, sah die Straße entlang und wurde mit einer Szene konfrontiert, die ihn zunächst völlig überforderte: an einem der Häuser stemmte sich Marion mit dem Rücken gegen eine Mauer! Und was ihm noch viel grotesker vorkam – er musste zweimal hinsehen, so unglaubwürdig erschien ihm das Ganze: Sie tat das, weil sie vor einer großen, schwarzen, pantherartigen Kreatur zurückwich! Fantasierte er!? Das konnte unmöglich wahr sein! Woher sollte eine solche Bestie denn plötzlich kommen und warum würde sie ausgerechnet Marion bedrohen!?

Er schüttelte den Kopf und blinzelte. Kein Zweifel: das, was er sah, war real! Der gesamte Körper dieses Wesens steckte in einer Art dunklen Panzerung. Zudem trug es einen überdimensionalen Helm, der wesentlich mehr Platz beanspruchte, als man es für nötig befunden hätte, und nach hinten in die Länge gezogen war. Das Tier hatte sein mit riesigen Raubtierzähnen bewehrtes Maul halb geöffnet und befand sich in Angriffsstellung.

Was in aller Welt war das? Woher kam dieses Ungeheuer? Und die wohl brennendste Frage: Was wollte es von *Marion*?

Er hatte den Gedanken noch nicht zu Ende gedacht, da tauchte in einigem Abstand davon eine menschliche Gestalt auf, in einem ebenso dunklen Panzer und mit einem ähnlich gestalteten Helm. Der Mann führte ein Gewehr mit sich und steuerte geradewegs auf die Raubkatze zu. Es war offensichtlich, dass sie zusammengehörten.

Force of Nature, blitzte es durch Nathraks Kopf. Das Tier musste eines jener furchterregenden *Force*-Geschöpfe sein, von denen er gelesen hatte. Wenn er jetzt nicht die Initiative ergriff, würde die Lage höchstwahrscheinlich eskalieren.

»He!«, rief er schneidend.

Das zeigte Wirkung. Beide, sowohl die katzenartige Kreatur als auch der Krieger spähten augenblicklich zu ihm herunter, Erstere mit lauerndem Misstrauen, Letzterer kühl abschätzend. Nathrak fühlte, wie er von einem Moment auf den nächsten zur menschlichen Zielscheibe wurde und wie ihn die Angst zu übermannen drohte. Sollte er bleiben oder fliehen? Er erwog, dem Feuerwerk von Amygdala und Großhirn zuzustimmen, die im Rahmen ihrer Notfallprogramme und Analysen keinen Zweifel darüber aufkommen ließen, was jetzt wohl das Beste wäre, aus emotionaler sowie aus rationaler Perspektive. Nur sein Beschützerinstinkt für Marion verlieh ihm die Energie dazu, Alternativen in Betracht zu ziehen.

Trotz seines exorbitanten Adrenalinpegels entschied er, auf die mutmaßlichen *Force*-Kräfte zuzugehen, ihnen zu demonstrieren, dass er keineswegs klein beigeben würde. Natürlich war sein Plan geradezu irrwitzig aussichtslos und frei von jeglicher Logik. Ein Schuss aus dem Lasergewehr des Kriegers und er hätte auf der Stelle das Zeitliche gesegnet. Noch mehr fürchtete er eine direkte Konfrontation mit der schwarzen Bestie, die in seinem Hirnstamm Urängste schlimmsten Ausmaßes entfachte. Aber er wollte es dennoch versuchen.

So setzte er sich in Bewegung. Die ersten Schritte stellten sich als ein Kampf gegen eine schwere emotionale Sturmfront heraus. Obwohl er sich dazu entschlossen hatte, vorwärtszugehen, feuerte das Hirn unentwegt Paniksignale und überschwemmte ihn mit Stresshormonen. Vielleicht konnte Marion die Ablenkung nutzen, die sein Auftritt bewirkte, und sich heimlich aus dem Staub machen. Darin lag seine ganze Hoffnung begründet.

Indessen verharrte der *Force*-Krieger wie angewurzelt an seiner Position. Warum brachte er nicht einfach sein Gewehr zum Einsatz? Ein paar Sekunden später wusste Nathrak die Antwort, als von rechts drei schwarzgepanzerte Tiere ins Bild kamen. Im Gegensatz zu dem Monstrum, das seine Aufmerksamkeit mittlerweile wieder auf Marion gerichtet hatte, waren sie kleiner, aber deswegen nicht weniger furchteinflößend. Es musste sich um speziell trainierte Kampfhunde handeln. Mitten auf ihrem Weg zu dem Krieger stoppten sie und wandten sich Nathrak zu. Selbst auf diese Distanz erkannte er, dass sie ihn knurrend fixierten, ihre Zähne fletschten und dabei schäumender Geifer auf den Boden troff. Ihre Absicht war klar: sie konnten es kaum erwarten, ihn zwischen ihre Mahlwerkzeuge zu bekommen, um ihn wie Reißwölfe zu einer breiartigen Masse zu verwandeln.

Nathraks Bewegungen stockten. Im Grunde kam es auf dasselbe hinaus, ob er durch einen Laserstrahl oder unter den Pranken einer riesigen Raubkatze sein Leben verlor. Beides würde innerhalb kürzester Zeit vonstattengehen. Aber es war etwas ganz anderes, von drei Killerhunden der *Force* zerfleischt zu werden. Wieder spürte er ein panikartiges Aufwogen menschlicher Urängste in sich, und er machte instinktiv einen Schritt zurück. Darauf schienen die Hunde gewartet zu haben. Sie katapultierten los und stürmten, wie auf einen unhörbaren Kommandoruf hin, geradewegs auf ihn zu.

Dem Studenten blieb nur eine Möglichkeit: er wandte sich um, und lief, was er laufen konnte die Gasse hinunter, rempelte dabei mehrere Passanten nieder, die angesichts der zähnefletschenden, sich nähernden Meute wie Kaninchen vor der Schlange erstarrten. Natürlich war es aussichtslos, den Kampfhunden der *Force* entkommen zu wollen. Niemand würde sie in einem Sprint abschütteln können, schon gar nicht ein untrainierter Zivilist. Doch das Laboratorium war gleich in der Nähe. Mit viel Glück erreichte er es, bevor ihn die Verfolger eingeholt hatten.

29: Ambers in ihrem Element

1

»Sie sitzen jetzt schon seit vierzig Minuten zusammen, ohne dass sich etwas tut, Chief«, berichtete Vadisi. Wie immer bei seinen Einsätzen gab der *Externa*-Einsatzleiter dabei keinen hörbaren Ton von sich, sondern bewegte die Lippen nur in einer für sein neuronales Kommunikationssystem interpretierbaren Form, ähnlich wie es in künstlichen Interaktionsumgebungen des Zivillebens gemacht wurde. Seit Stunden warteten sie hier, jeder im Kampfanzug vom *Smartex-Camouflage*-Typ, der bei Vadisi stets ein Gefühl der Enge aufkommen ließ. Er konnte nicht nachvollziehen, wie es manche *Externa*-Kameraden im *Tribes*-Gebiet tagelang in einer solchen Bekleidung aushielten, die wie ein zentimeterdicker Volllatexanzug über den gesamten Körper gezogen wurde, einschließlich des Kopfes. Natürlich sorgten die *Nanoformers* dafür, dass sich über den Augen eine transparente Sichtzone bildete, dass alle Regionen um Nase, Mund und Ohren rasch akzeptable Luftdurchlässigkeit erreichten und dass ein perfektes Klimatisierungssystem für den Träger anlief, wodurch man sich eigentlich in einem wohltemperierten Kokon befand. Mehr noch: In Kombination mit den Neuroimplantaten verstärkten sie die wichtigsten menschlichen Sinne so weit, wie es für die jeweilige Situation angebracht war. Aber Vadisis Bedenken lagen eher im Psychischen begründet, weil er *wusste*, dass es vollständig auf den Goodwill der *Nanoformers* ankam, ob er mit Luft versorgt wurde oder nicht und ob die Klimatisierung ordnungsgemäß lief oder einen Hitzekoller verursachte.

Von der praktischen Seite her gesehen stand außer Zweifel: Kein anderes Material bot bei demselben Gewicht auch nur annähernd einen so wirkungsvollen Schutz wie die *SmartExoSkin*-Technologie. Mit ihren Raffinessen erleichterten sie die Operationen der *Ambers* im Rest der Welt in vielerlei Hinsicht, etwa durch die automatische Erkennung von Projektileinschlägen und Laserstrahlen, aus der sich eine punktgenaue nanotechnologische

Versteifung innerhalb von Millisekunden ergab, wodurch leichte Treffer mühelos abgefangen werden konnten. Als ebenso nützlich erwies sich die Ausbildung von Stütz- und Faserelementen beim Anheben schwerer Lasten und beim Überwinden weiter Distanzen. Oder das selbstheilende Hüllenmaterial im Falle einer Beschädigung und die Autotransmissionsfähigkeit der äußersten Schichten, also die Tarnkappentechnologie an sich. Letztere sorgte neben optischer Transparenz auch für den Durchgang anderer elektromagnetischer Frequenzen sowie für eine weitgehende Unterdrückung abgestrahlter Infrarot- und Schallwellen.

Vadisi war sich bewusst, dass *Smartex-Camouflage*-Anzüge als die leichtgewichtigen Varianten galten. Bei Operationen mit massiver Feindberührung, wenn menschliche Kämpfer angefordert wurden – was aufgrund der vielseitigen Fähigkeiten von *Hypertroopers* nur selten geschah –, gab es erweiterte, etwas klobigere Systeme, die beispielsweise den Glukosespiegel im Blut durch externe Kohlenhydratspeicher für längere Zeit aufrechterhielten, größere Blutungen mittels eigens hierfür konstruierter *Nascrozyten* stillten oder gezielt Angst- und Panikareale im Hirn ausschalten konnten, falls die Notwendigkeit dafür bestand. Zum Glück war Derartiges für den aktuellen Einsatz nicht erforderlich.

»Das macht mir auch ein wenig Sorgen, Vadisi«, sagte Thessalopolous. »Wie viele Wanzen hat die *Force* installiert?«

»Mindestens sechs, in unterschiedlichen Räumen. Allesamt aktiv. Müssten bei Ihnen eingeblendet sein.«

Eine kurze Pause.

»Ja, sehe ich. Was tut sich draußen?«

Vadisi überprüfte die im Overlay dargestellte taktische Karte. Laut dieser gab es keinerlei Aktivitäten. Alle fünf *Ambers*, er inbegriffen, hielten ihre Positionen und wurden durch grüne Zustandsmarker visualisiert. Sicherheitshalber entschied er, trotzdem nachzufragen. »Moment.« Über einen Neuronalbefehl schaltete er auf den Kommandokanal um. »Beringer? Wie sieht es aus?«

»Lage nach wie vor unverändert, Sir. Nichts rührt sich.«

»Kontaktieren Sie mich, wenn sich etwas ändert.«

»Roger!«

Die Anweisung hätte er sich sparen können, da er jegliche Statusänderung ohnehin sofort in seinem Sehfeld angezeigt bekam, aber er saß auf Nadeln. Kaum ein Befehl verdross ihn mehr, als auf einen Feind zu warten, der einfach nicht kommen wollte. Er wechselte zu Thessalopolous zurück.

»Alles ruhig, Chief.«

Der andere seufzte. »Ich verstehe das nicht, Vadisi. Sie müssten längst da sein. Der erste Angriff im Ostsektor ist vorüber und gerade wüten die *Tribes* auf der westlichen Seite der Außenregion. Wie viele Zivilleute sind im Gebäude?«

»Zurzeit nur die beiden, die wir monitoren.«

So wie die Anzahl der Wanzen wäre auch diese Information für Thessalopolous leicht aus dem Missions-Dashboard zu ermitteln gewesen. Aber er bevorzugte es wohl, solche Daten auf altmodische Art zu erhalten.

»Haben Sie überall nachgesehen? Was ist mit den Untergeschossen?«

»Es ist niemand sonst hier.«

»Sehr merkwürdig. Das Gebäude ist doch groß genug für Dutzende Leute!«

»Wir haben jeden Winkel unter die Lupe genommen. Alles leer.«

»Hm. Das macht die Sache wenigstens einfacher für uns.«

Vadisi lauschte ein wenig in das Gespräch hinein, das die *Force* abhörte.

»Wie wichtig ist das für uns, Chief?«

Thessalopolous schwieg einen Moment. »Ich weiß es nicht. Wenn das, was wir da mitschneiden, wahr ist, dann könnte es von Belang sein. Ich habe einige Ausschnitte nach oben weitergeleitet, mal sehen, was die dazu meinen.«

Das neuronale Kommunikationssystem blendete Vadisi eine Gesprächsaufforderung ein, kurz nachdem das Symbol des Außenpostens von grün auf grün blinkend gewechselt hatte.

»Sir?«, meldete sich Beringer. »Es nähern sich vier Gestalten in *Force*-Anzügen von Osten her.«

»Chief, wir bekommen Besuch!«, rief Vadisi und schaltete daraufhin in den Kommandokanal: »Beringer, bleiben Sie in Deckung. Wir warten mal ab, was geschieht, verstanden?«

»Verstanden!«

»Sind *Pack Leaders* dabei?«

»Nein, es sind gewöhnliche Krieger in typischer Tarnkleidung. Sie haben keine Tiere bei sich.«

Das Tarnsystem der *Force of Nature* war längst nicht so raffiniert wie das der *Ambers*. Im Grunde tat es nicht mehr, als sich farblich dem vorherrschenden Umfeld anzupassen, wenn die Funktionalität aktiviert war. Ansonsten blieb das Material schwarz. Unsichtbar wurden die Krieger dadurch nicht, nur schwerer zu lokalisieren. Da weitgehend konventionelle Materialien zum Einsatz kamen, boten sie lediglich kurzfristigen Schutz gegen *ThermoPulse*- und Laserstrahlen. Von *SmartExoSkins* waren sie weit entfernt, zumal nirgendwo – nach dem Wissen der *Externa* – nennenswerte Nanotechnologie zum Einsatz kam; so etwas hätte den Maximen der *Force* widersprochen.

»Gut. Lassen Sie sie durch!«

»Okay. Sie *proben* die Umgebung. Ich habe Stellung hinter der Einfriedung genommen, damit sie mich nicht entdecken.«

Da man Tarnkappen-*Ambers* mit bloßem Auge nicht sehen konnte, nutzten die *Force*-Krieger eine Technologie, die sie *Probing* nannten. Dabei strichen sie ihr Umfeld mit einem breiten Spektrum gepulster elektromagnetischer Wellen ab und überprüften, ob es zu ungewöhnlichen Reflexionen kam. Auch die modernsten Geräte der Systemüberwachung konnten einer solchen Abtastung nicht bei jeder Wellenlänge und für jedes Intervall standhalten, da sie in erster Linie auf das sichtbare Spektrum hin optimiert waren und einige Frequenzen schlechter passieren ließen als andere. Zudem setzte die *Force of Nature* Infrarotscanner ein, um die Wärmeabstrahlung auszumachen, die von versteckten *Ambers* stammte. Gegen beides hatte die *Externa* Einrichtungen, mit denen sie das Risiko verminderte, aber eine hundertprozentige Tarnung war selbst für sie nicht machbar.

»Sieht so aus, als ob sie mit allem rechnen würden.«

»Das *Probing* ist abgeschlossen, Sir. Sie bewegen sich auf die

Eingangstür zu, wollen das Haus offenbar auf direktem Weg betreten.«

»Gut. Bleiben Sie, wo Sie sind, Beringer!«

»Lorenzini? Santos? Sabo? Vier *Force*-Krieger sind auf dem Weg zum Eingang. Gehen Sie in Deckung! Sie haben ein *Probing-Device* dabei!«

»Verstanden!«

»Sabo? Alles ruhig bei den beiden Zielpersonen?«

»Ja, Sir.«

»Bleiben Sie dort. Stellen Sie sicher, dass sie nicht ausgeschaltet werden!«

»Geht klar.«

»Und warten Sie ab, was die *Force*-Krieger vorhaben, solange es für die beiden unkritisch ist. Ich möchte *hören*, ob unsere geschwätzigen Freunde eventuell für die andere Seite spionieren, haben Sie mich verstanden?«

»Jawohl, Sir.«

2

Ein feindlicher Kämpfer öffnete vorsichtig die Eingangstür, betrat das Haus und zog die Tür leise hinter sich zu. Dann begab er sich in geduckter Stellung hinter einen Mauervorsprung, darauf wartend, dass sein Anzug die Färbung der dunklen Umgebung annahm.

Lorenzini spähte hinter einer Wand hervor. Als er bemerkte, wie der andere den Innenraum *probte*, tauchte er sofort weg.

»Feindkontakt im Parterre, Sir!«, meldete er über den Kommandokanal. »Vorläufig nur ein Krieger. Er sucht nach uns.«

»Da wird er kein Glück haben!«, erwiderte Vadisi.

»Scheint nichts gefunden zu haben. Jetzt kommen die anderen drei nach.«

Auch sie gingen schnell in Deckung, bis sich ihre Anzüge an das neue Umfeld angepasst hatten. Etwa zehn Sekunden später ließ Lorenzini wieder von sich hören: »Einer sichert den Eingangsbereich, die anderen öffnen die Tür zum Treppenhaus. Santos, drei kommen zu Ihnen hoch.«

»Verstanden. Bewaffnung?«

»Nur Laserpistolen, wie es aussieht. Sie scheinen nicht mit großem Widerstand zu rechnen.«

»Gut!«, rief Vadisi.

»Ich sehe sie jetzt«, berichtete eine Bassstimme, die Santos repräsentierte. Sie kam der Klangfarbe seiner natürlichen Wortmeldungen verblüffend nahe, obwohl sie vom Kommunikationssystem nur simuliert wurde.

»Sie werden auch den oberen Bereich *proben*, Santos.«

»Das machen sie schon. Ich stehe in einem Seitengang. Dorthin kommen sie nicht.« Und nach einer kurzen Pause: »Okay. Einer bleibt auf der Plattform zur Treppe zurück. Zwei gehen weiter zu Ihnen, Sabo. Ich postiere mich in der Ecke zum Flur, der zu Ihrem Zimmer führt. Wenn nötig, kann ich einen von hier aus erledigen.«

»Roger, Santos«, bestätigte eine Frauenstimme.

»Den Zweiten kann *ich* übernehmen«, offerierte Vadisi. »Bin auf der anderen Seite, ebenfalls hinter der Ecke.«

Wieder hätten dies die restlichen *Ambers* leicht anhand ihrer taktischen Anzeigen ersehen können. Doch im Gegensatz zu den Soldaten im *Hypercorps* fielen sie oft auf traditionelle Modelle zurück.

»Es kann nicht mehr lange dauern. Sie *proben* den Gang ... ich gehe besser außer Sichtweite, falls sie einen Rundumscan machen. Das sollten Sie auch tun, Sir.«

»Bin schon weg!«

»In friedlicher Mission kommen die aber nicht«, gab Lorenzini zu bedenken. Er fragte sich, warum die beiden Annexeaner da oben für die *Force* so wichtig waren.

»Nein. Trotzdem könnten die Zielpersonen Informanten sein. Das wissen wir nicht.«

»Sir?«, hörte Lorenzini im Kommandokanal. »Da stürmt ein junger Mann im Affentempo auf das Haus zu. Er scheint total außer Atem zu sein.«

»Ein weiterer *Force*-Krieger?«

»Nein, ein Zivilist. Wird bald bei Ihnen eintreffen!«

»Verdammt! Das könnte die ganze Mission gefährden!«

»Soll ich ihn abschießen?«

»Auf keinen Fall! Er könnte ein *Messenger* sein. Lassen Sie ihn durch. Lorenzini? Sabo? Santos? Sie haben es gehört. Machen Sie sich bereit für einen ungebetenen Besucher! Ein Zivilist.«

»Das ist nicht gut!«, rief Lorenzini.

»Wem sagen Sie das, Mann!«

Ein paar Sekunden später riss jemand mit aller Kraft die Eingangstür auf. Lorenzini beobachtete den *Force*-Krieger, der sich hinter dem Mauervorsprung befand. Er schien gar nicht so überrascht, wie man das von ihm eigentlich hätte erwarten müssen. Wahrscheinlich war er über Funk vorgewarnt worden.

»Sir, das wird Ihnen nicht gefallen!«

»Was gibt's, Lorenzini?«

»Der Posten an der Eingangstür scheint mit dem Mann gerechnet zu haben. Er hält sich verborgen.«

»Dann ist es entweder ein *Messenger* ...«

»... oder es gibt jemanden, der ihn gewarnt hat.«

»Das sollte uns nicht wundern, Lorenzini. Ich habe das Gefühl, dass sie die Zielpersonen nicht eliminieren, sondern kidnappen wollen. Dafür bräuchten sie ein Transportmittel in der Umgebung.«

»Ich scanne noch einmal die Gegend ab, Sir!«, gab Beringer durch.

»Tun Sie das!«

3

Vadisi schaltete auf den anderen Kanal: »Chief, es könnte sein, dass es weitere *Force*-Krieger da draußen gibt, möglicherweise auch einen Transporter. Beringer checkt gerade das nähere Umfeld. Wir haben ungebetenen Besuch erhalten und die *Force*-Leute schienen vorgewarnt zu sein.«

»Besuch?«

»Sieht nach einem Zivilisten aus. Er ist unbewaffnet.«

»Was!? So ein Mist! Verhalten Sie sich neutral.«

»Klar. Aber wenn er Pech hat, kann ihn das den Kopf kosten.«

»Wir müssen es darauf ankommen lassen. Ich habe übrigens eben mit Kaltenbach gesprochen, Vadisi. Man hat einen *Pack Leader* gesichtet, ganz in Ihrer Nähe.«

»Auch das noch.«

Auf dem Kanal der Einsatzgruppe meldete sich einer der *Ambers*. »Der Zivilist ist ziemlich außer Atem, Sir. Er kämpft sich gerade die Treppe hinauf. Die *Force*-Posten an der Eingangstür und an der Treppe hat er nicht bemerkt.«

»Moment, Chief. Es wird ein wenig hektisch hier.«

Er wechselte auf den Kommandokanal zurück. »Verstanden. Hat jemand sein Gesicht gescannt?«

»Ja, ich habe es erfasst und lasse es checken«, erwiderte Lorenzini.

»Gut. Santos, was machen die anderen beiden Krieger?«

»Sie haben kehrtgemacht und kommen auf mich zu«, antwortete eine tiefe Stimme. »Das wird kritisch!«

»Bleiben Sie getarnt! *Proben* werden sie jetzt wahrscheinlich nicht mehr.« Blieb nur zu hoffen, dass sie nicht zufällig mit ihm zusammenstießen, dachte er.

»Stehe anderthalb Meter neben dem zweiten *Force*-Krieger, ohne Deckung.«

»Das Risiko müssen wir wohl in Kauf nehmen. Wenn Sie aufgespürt werden, feuern Sie!«

»Roger!«

Dass er sich einer erhöhten Gefahr aussetzte, war evident. Einem längeren, punktförmigen Beschuss auf so kurze Distanz hielt selbst die Nanopanzerung des *Smartex*-Anzugs nicht stand.

»Sie ziehen sich in den anderen Seitengang zurück«, informierte Santos.

»Ist der Zivilist schon in Reichweite?«

»Noch nicht.« Ein paar Sekunden verstrichen. »Jetzt sehe ich ihn. Er steuert geradewegs auf den Korridor in Sabos Richtung zu. Scheint so, als ob er die beiden *Force*-Krieger nicht entdeckt hätte.«

»Gut. Warten wir ab, was er macht!«

»Sir?«, gab Lorenzini durch. »Ich habe seine Identität ermittelt. Es ist ein Annexeaner namens Nathrak Zareon, der Assistent des Professors.«

»Sabo? Haben Sie das mitbekommen?«

»Habe ich, Sir!«

»Der ungebetene Besuch wird bald bei Ihnen eintreffen! Halten Sie sich im Hintergrund, solange wie möglich. Ich möchte wissen, was er zu sagen hat!«

»Geht klar!«

4

Fast zeitgleich riss Nathrak Zareon die Tür auf. Die getarnte Sabo blieb in Hockestellung, ihre *ThermoPulse*-Pistole im Anschlag, und nahm sofort den Kopf des hereinplatzenden Burschen ins Visier, wodurch im Zentrum ihres Sehfeldes ein rotes Fadenkreuz aufzuleuchten begann. Helen Fawkes, die eben noch konzentriert vor dem Professor gesessen war, zuckte zusammen. Nur ihr Interviewpartner schien sich nicht aus der Ruhe bringen zu lassen.

»Was ist los mit Ihnen, Nathrak!?«, fragte er, nachdem er den Störenfried erkannt hatte. »Man könnte ja meinen, es wäre ein Ungeheuer hinter Ihnen her.«

Der Angesprochene stand vornübergebeugt in der Tür, seine Hände an die Brust gedrückt. So, wie er keuchte, musste es um etwas enorm Wichtiges gehen.

»Marion!«, ächzte er. »Marion ist ...«

»Langsam, mein Junge!«, versuchte ihn der Professor zu beruhigen. »Holen Sie erst mal Luft. Wer ist Marion?« Er warf einen fragenden Blick auf die Journalistin.

»Was ist mit ihr!?«, rief diese sichtlich alarmiert, die Frage van Dendraaks ignorierend.

»Sabo?«, meldete sich Vadisi im Kommandokanal. »Die beiden

Force-Männer kommen jetzt auf Sie zu. Bleiben Sie zunächst im Hintergrund!«

»Jawohl, Sir!«

Der Assistent keuchte immer noch. Es dauerte eine Weile, bis er weitersprechen konnte. »Sie wurde Opfer ... eines Anschlags!«

»Eines Anschlags!?«, wiederholte Helen Fawkes. »Was heißt das!?«

»Die *Force of Nature* attackierte uns. Mit einer riesigen ... katzenartigen Bestie, die Marion ... vermutlich ... zerfleischte. Ich habe getan, was ich konnte ... Sie hatte keine Chance.«

»Was sagen Sie da!?«, drang sie in schrillem Tonfall in ihn.

»Ich hatte Glück, dass ich dem Ganzen entkam!«

In diesem Moment stürmten zwei *Force*-Krieger den Raum, versetzten Nathrak Zareon einen Tritt, dass er durch die Luft segelte und dabei fast mit Sabo kollidiert wäre. Diese richtete umgehend ihr Waffensystem auf die neuen Ziele aus. Van Dendraak und die Journalistin blieben wir angewurzelt sitzen.

»Wer ... wer sind Sie?«, sprach der Professor sie mit beinahe schrulliger Naivität an, als ob er soeben aus einem Traum erwacht wäre.

Die *Force*-Krieger musterten das Zimmer. Sie waren in voller Kampfausrüstung, das Visier ihrer Helme abgedunkelt. Mit den Laserpistolen peilten sie die am Tisch sitzenden Zivilisten an.

»*Force*«, flüsterte Helen Fawkes. Sie kannte solche Gestalten wohl aus den Medien.

»*Force*? Was wollen diese Leute von uns?«, erwiderte der Professor ebenso flüsternd.

»Maul halten!«, bellte der Vordere. Er sprach zwar eindeutig *LinguA*, wie es sich in Annexea durchgesetzt hatte, doch es war ein starker Akzent herauszuhören. »Ihr kommt beide mit!«

Währenddessen erhob sich Nathrak Zareon stöhnend vom Boden.

Der *Force*-Krieger ging auf ihn zu und richtete seine Waffe auf ihn. »Dich braucht keiner mehr. Deine Mission auf diesem Planeten ist zu Ende.«

Sabo reagierte im Bruchteil einer Sekunde. Auf derart kurze

Distanz durchdrang der *ThermoPulse*-Strahl das verstärkte Visier des *Force*-Kriegers mühelos. Obwohl ihre Pistole um Dimensionen schwächer als die Pendants der *Hypertroopers* war, reichte sie für Nahkämpfe völlig aus, wenn der Schuss gut platziert wurde. Und darauf hatte sie geachtet: der Mann fiel fast augenblicklich in sich zusammen.

Das überraschte den anderen so sehr, dass er seine Waffe nicht schnell genug herumriss. Und als er es schließlich tat, folgte aus dem Gang ein weiterer *ThermoPulse*, direkt auf den Kopf des *Force*-Kriegers gerichtet. Er kam aus Vadisis Pistole, der sich in der Zwischenzeit vom hinteren Ende des Flurs zur Tür vorgearbeitet hatte, wurde jedoch wegen des ungünstigen Winkels durch die seitliche Panzerung des Helmes absorbiert. Sabo setzte sofort nach und traf auch diesmal wieder das Visier. Eine Sekunde später ging der feindliche Kämpfer zu Boden, als ob man die Schaltkreise eines Androiden deaktiviert hätte.

5

Vadisi nickte zufrieden. Die unmittelbare Gefahr für die Zivilisten schien gebannt.

»Lorenzini? Santos? Eliminieren Sie die anderen *Force*-Leute im Haus! Jetzt!«

»Verstanden!«

»Perfekte Treffer, Sabo!«

»Danke, Sir.«

Van Dendraak sah auf die beiden Leichen neben sich, dann auf Helen Fawkes und Nathrak Zareon. »Bitte, was geht hier vor?«

»Sie wären beinahe von der *Force of Nature* gekidnappt worden, das geht hier vor!«, herrschte der *Amber* ihn an, während er sich enttarnte und einen der Toten mit dem Fuß auf die Seite schob.

»Und Sie sind?«

»Lieutenant Vadisi von der *Externa*. Ich koordiniere diese Einsatztruppe.«

Er schaltete wieder auf den Kommandokanal: »Sabo!? Bleiben Sie getarnt. Und passen Sie auf das Fenster auf!«

»Jawohl, Sir.«

»Ziel eins eliminiert!«, rief eine männliche Stimme.

»Gut, Lorenzini! Beringer?«

»Sir, ich wollte Sie gerade anpingen! Es gibt tatsächlich ein Fahrzeug, etwa fünfzig Meter entfernt, in einer Seitenstraße. Aber was noch schlimmer ist: Ich sehe ein gutes Dutzend *Force*-Krieger auf uns zukommen! Von Osten.«

»Verdammt! Als ob ich es geahnt hätte!«

»Ziel zwei eliminiert!«

»Okay, Santos.«

Zumindest innerhalb des Gebäudes waren die *Force*-Kräfte ausgeschaltet worden. Was nun folgte, würde nicht mehr so einfach werden.

»Ich hoffe, Sie sind Ihren Preis wert!«, fuhr er die Zivilisten an. Die drei Annexeaner warfen sich fragende Blicke zu, unterließen aber jeden Kommentar. Wahrscheinlich spürten sie, dass auch so bereits genug Spannung im Raum lag.

Wenn Vadisi darüber nachdachte, dass man die Zielpersonen nur retten wollte, weil sie eine theoretische Informationsquelle darstellten, stieg blanker Zorn in ihm hoch. So, wie es aussah, würden sie entweder allesamt draufgehen oder gerade mit Müh und Not davonkommen. Der gesamte Einsatz schien eine strategische Fehlentscheidung zu sein.

»Vadisi«, appellierte Thessalopolous an ihn. Die harschen Worte waren ihm wohl nicht entgangen. »Beruhigen Sie sich! Die drei sind Opfer und haben mit großer Wahrscheinlichkeit nichts mit der *Force* am Hut!«

»Möglich, Chief. Aber schauen Sie mal auf Ihr taktisches Display, bevor Sie diese Leute in Schutz nehmen ...« Er bezog sich auf die zusätzlichen feindlichen Markierungen in seinem Sehfeld, vor und hinter dem Gebäude. Nach der Einschätzung des Systems handelte es sich dabei um mindestens dreißig Krieger.

»Hm ... mal sehen, ob ich helfen kann. Ich melde mich gleich wieder. Thessalopolous, Ende.«

Vadisi wechselte in den Kommandokanal. »Lorenzini? Santos? Sie werden es schon gesehen haben: *Force*-Kräfte von Osten und Westen! Einer von Ihnen sichert die Ostseite, der andere die Westseite! Wir müssen die Stellung hier halten. Zumindest so lange, bis Verstärkung eintrifft.«

»Bin auf dem Weg, Sir! Santos? Ich nehme die Ostseite!«

»Geht klar! Ich suche mir eine Fensterfront gegenüber.«

»Hören Sie, Vadisi«, dröhnte Thessalopolous Stimme etwa dreißig Sekunden später, nachdem der *Externa*-Einsatzleiter eine sichere Position neben dem Fenster bezogen hatte, um von dort aus das nähere Umfeld zu überblicken. »Kaltenbach schickt ein paar ihrer Spielzeuge zu Ihnen. Sozusagen als kleines Dankeschön für die Information, die ich ihr lieferte. Sollten in Kürze eintreffen!«

»Das ist Rettung in letzter Minute, Chief! Ich glaube nicht, dass wir es allein geschafft hätten ...«

»Ja, auf die Kaltenbach kann man zählen, wenn es darauf ankommt. Das muss man ihr lassen.«

»Wir halten die Stellung, bis die *Troopers* auftauchen!«

»Und Vadisi: Wir können das Archiv des Professors nicht zurücklassen! Haben Sie mich verstanden?«

»Klar und deutlich!«

30: MIETRA-Abwehr

Wiga, eine der nativen *Warrior Controllers* der MIETRA (*Military Elite Training Program* – so nannte sich jener geheime Spezialverband, der nach außen hin unter dem Namen *Hypercorps* bekannt war und vollständig abgeschottet vom restlichen Militär operierte), hatte sich eigentlich auf einen gemütlichen Tag in Bereitschaft eingestellt, an dem sie Ruhe finden und ein wenig vom Treiben der *Hypertroopers* Abstand gewinnen konnte. Sie war zwar mit Leib und Seele Soldatin, erfüllte auch die in sie gesetzten Erwartungen wie kaum eine andere, aber ihr biologischer Körper forderte hin und wieder seinen Tribut, damit die überdurchschnittlich gut ausgebildeten Reflexe und Kampffertigkeiten erhalten blieben. Seit über sechsundzwanzig Jahren gehörte sie jetzt der MIETRA an, war gleich nach ihrer Geburt für das spezielle, nur dem Korps bekannte *Controller*-Training ausgewählt worden, hatte sich ein erstaunliches Spektrum an Fähigkeiten angeeignet, und es machte ihr immer noch Spaß. Nicht, dass sie gern Menschen getötet oder Gebäude zerstört hätte. Nein, es ging eher darum, eine Gruppe leistungsstarker und übermenschlich schneller Kampfmaschinen zu beherrschen, an einer Welt der Mikrosekunden durch neuronale Verschaltung mit den *Hypertroopers* teilzuhaben, in der Geschosse wie in Zeitlupe an ihr vorbeizogen, wenn sie die Erinnerungen dieser Maschinen abrief, aktuelle Situationseinschätzungen instantan übertragen zu bekommen und innerhalb von wenigen Augenblicken Entscheidungen zu fällen, von denen eine gesamte Schlacht abhängen konnte. Ja, es bereitete ihr ein prickelndes Vergnügen, die Welt aus einer für Menschen ungewöhnlich detailbetonten Sichtweise zu erleben, um sich einen Wimpernschlag später mit dem nächsten Kampfroboter zu verbinden.

Zumindest hatte sie so die ersten sechsundzwanzig Jahre ihres Daseins empfunden. Vor ein paar Monaten war in ihr allerdings die Frage aufgekeimt, wie man derart stark in einer solch abstrakten, entmenschten Perspektive aufgehen konnte, wenn man eine halbwegs gesunde Psyche besaß. Sie vermutete, langsam in einem Alter zu sein, in der das Ego in den Vordergrund drängte, ein normales und von der MIETRA auch vorhergesagtes Phänomen. Viele ihrer Kameradinnen und Kameraden durchliefen ähnliche Krisen an einem bestimmten Punkt in ihrem Leben. Mit dieser Problematik hätte sie sich heute auseinandergesetzt, wenn sie vom ARMOR-System nicht für einen sofortigen Einsatz angefordert worden wäre.

So machte sie sich auf den Weg in den nächstgelegenen *Control*-Raum, öffnete die automatische Schiebetür mithilfe ihres Implantats im rechten Unterarm, ging an einer Reihe belegter *Hyperconnectors* vorbei, in denen Kameraden bereits ihre Kämpfe ausfochten, wobei einige der verschwitzten Gesichter unter der neuronalen Belastung unkontrolliert zuckten, und setzte sich an einen freien Platz. Als der *Hyperconnector* Wigas Anwesenheit erkannte, ermittelte er ihre Identität sowie ihre aktuelle Kommandozuweisung, stimmte die Einstellungen des selbstkalibrierenden Sitzes mit der gespeicherten Konfiguration ab, wodurch er sich in perfekter Passform an ihren Körper schmiegte, den Kopfteil ein wenig verkleinerte, die vorgesehenen Bereiche für die Gliedmaßen schrumpfte und sich langsam nach hinten neigte. Dann fixierte er sie an Rumpf, Armen und Beinen mit weichen, elastischen Bügeln und stülpte gleichzeitig die *Inducerkalotte* über ihren kahlen Schädel, die sich wie eine Vakuumhaube an ihr festsaugte.

Im Gegensatz zu herkömmlichen *Inducern*, wie sie etwa in Anthrotopia üblich waren, musste die Militärvariante einen wesentlich feineren Betriebsmodus bei der Kopplung zwischen Hirn und ARMOR-System sowie kürzere Reaktionszeiten gewährleisten, weshalb man sich für die Kalottenlösung entschieden hatte. Nur so konnte der für die simultane Steuerung und Gleichschaltung mit mehreren *Hypertroopers* notwendige Datentransfer überhaupt umgesetzt werden. Dies erforderte enorme neuronale Leistungen, zu denen ein ACI-Blocker-Träger niemals imstande gewesen wäre, weil die Psychodämpfung negative Folgen auf Reaktionsleistung und Agilität gehabt und sich zudem auf das kognitive Potenzial ausgewirkt hätte.

Abschließend legte sich der *Decoupler* über Wigas Hals und den oberen Bereich der Wirbelsäule. Gerade in Situationen höchster Aktivität kam es vor, dass bestimmte Bewegungssignale ungewollt an den restlichen Körper weitergeleitet wurden, wodurch die *Warrior Controllers* wild um sich geschlagen und sich verletzt hätten. *Decouplers* schwächten diesen Effekt fast vollständig ab, indem sie Nervenimpulse an Rumpf und Gliedmaßen eindämmten.

Das ARMOR-System teilte Wiga einen freien *Hypertrooper* zu und projizierte dessen Statusimpulse auf die haptische Sensorik ihres rechten Unterarms. Weitere Kampfroboter wurden bei Bedarf mit anderen unbelegten Körperregionen assoziiert. Auf diese Weise konnte ein *Controller* die Situation von theoretisch bis zu fünfzehn *Troopers* überschauen, ohne dabei sein Sichtfeld einzuschränken. Anscheinend war der Roboter zurzeit in kein Gefecht verwickelt, denn sie gewahrte ein ruhiges, gleichmäßiges Pochen, also einen optimalen Zustand, der weder eine unmittelbare Bedrohung noch Feindkontakt signalisierte. Das sah sie auch im *Controller-Dashboard* visuell bestätigt, in dem ein einziger, in sattem Grün leuchtender, voll funktionsfähiger *Field-Trooper* im Slot mit der Nummer eins dargestellt war. Die interaktive Karte zeigte ihr, dass er sich physisch im nördlichen Umfeld der Ringkernstadt ED-40 aufhielt. Sie vergrößerte den Ausschnitt und warf einen Blick auf die Formation des kleinen *Platoons* aus zwanzig Robotern, dem er angehörte und das sich auf dem Weg zu einer *Force*-Attacke unweit von ihnen befand.

Es folgte ein kurzes *Briefing*, in dem die Lage der in die Enge getriebenen Annexeaner – diesmal handelte es sich um drei Zivilisten und fünf *Ambers* – sowie Einsatzplan und empfohlene Vorgehensweisen präsentiert wurden. Neben Wiga waren sechs weitere *Warrior Controllers* an der Operation beteiligt, von denen die meisten bereits zwei *Troopers* besetzten. Die restlichen Roboter wurden von Maschinenintelligenzen gesteuert, schlossen sich also den Bewegungen des *Platoons* an und verteidigten sich mittels automatischer Defensivreaktionen. Ähnliche Prozesse kümmerten sich um militärisch eigenständige Aktivitäten eines *Troopers*, wenn der *Controller* gerade mit einer anderen Maschine neuronal verschaltet war. Dadurch fielen Kampfroboter in Zeiten der Entkopplung nicht in einen Zustand verwundbarer Inaktivität, sondern setzten begonnene Handlungen mit der für sie typischen Effektivität und Zielgerichtetheit fort.

Bei einem gut trainierten *Controller* hätte selbst ein mit den Hintergründen des *Hypercorps* vertrauter Feind – den es nach Ansichten der MIETRA nicht gab – kaum feststellen können, wann er ein reines Logikwesen vor sich hatte, in dem autonome Abläufe die Entscheidungen trafen, und wann er einem menschlichen Intellekt gegenüberstand. Erschwerend kam hinzu, dass die meisten Operationen in Minimalzeit vor sich gingen, da die Nutzung von Waffen und die Bewegungen des *Troopers* immer als Folge eines übergeordneten Vorhabens aufzufassen waren und nur selten direkt durch die *Warrior Controllers* erfolgte. Einzig am Gesamtwirken aller beteiligten Roboter erkannte man die enge Verflechtung zwischen Mensch und Maschine. Doch auch dieser Aspekt war schwer zu durchschauen, da es Logikprozesse gab, die sich um die Koordination einer gesamten Einheit kümmerten, wie es etwa die Zuweisung individueller Angriffsziele erforderte. Gegen solche Ziele durfte übrigens nur vorgegangen werden, wenn dies von den *Controllers* explizit autorisiert wurde oder wenn sich keine andere Möglichkeit bot, den *Trooper* zu schützen (hierfür gab es mehrstufige Abwägeprozesse und Ausnahmeregelungen).

Die feindlichen Kräfte befanden sich noch circa zwei Minuten entfernt. Wiga klinkte sich ein, indem sie den einzigen Roboter wählte, der zurzeit für sie reserviert war. Eine Flut an Informationen strömte in ihr neuronales Gefüge, füllte einen Teil ihres Arbeitsgedächtnisses mit optischen, episodischen und auditiven Daten der unmittelbaren Vergangenheit auf. Gleichzeitig erfasste ihr sensorisches System die aktuelle Situation vor Ort. Dadurch sah sie sich mit der typischen Dreihundertsechzig-Grad-Perspektive eines *Troopers* konfrontiert, die komplett in die beinahe einhundertachtzig Grad des visuellen Kortex eingespielt wurde und anfänglich auf die Frontsicht fokussiert erschien. Eine solche Verdichtung hätte bei einem MIETRA-externen Soldaten zu sofortiger Konfusion geführt, da die Abbildung des erweiterten

Gesichtsfelds Verzerrungen und Anomalien erzeugte. So endete beispielsweise der linke Rand der optischen Wahrnehmung dort, wo der am weitesten rechts gelegene Bereich anfing. Zusätzlich legte der *Controller* über eine Art *Cursor* fest, welcher Hundert-Grad-Ausschnitt der Umgebung auf siebzig Prozent seines Sehfeldes projiziert werden sollte – beide Parameter konnten nach Belieben variiert werden, wenn es die Situation erforderte. Der Rest wurde in komprimierter Form dargestellt.

Diese ungewöhnliche Visualisierung sowie die Tatsache, dass eine Vielzahl anderer Sinnessignale für den *Controller* komplett zweckentfremdet wurde, damit die *Trooper*-Wahrnehmung möglichst effektiv verarbeitet werden konnte, galten als die größten Hürden im MIETRA-Training. In den Anfangsjahren der *Hypertrooper*-Technologie, als noch konventionell ausgebildete Soldaten mit der Steuerung betraut worden waren, hatte man sich erhofft, auf fundamentale Trainingsprogramme vom Kleinkindalter an – wie die MIETRA sie später umsetzte – verzichten zu können. Doch das Ergebnis war alles andere als zufriedenstellend gewesen. Ein Großteil des sensorischen Eingaberaumes hatte ausgefiltert werden müssen, da die *Controller*-Kandidaten nicht mit den Zusatzinformationen klargekommen waren. Außerdem hatte es niemand von ihnen geschafft, je mehr als einen einzigen *Trooper* zu übernehmen.

Es waren viele Jahre vergangen, ehe auch die letzten eifrigen Verfechter konventioneller *Controllers* die biologischen Grenzen der Spättrainierten akzeptiert und damit eingesehen hatten, dass ab einem bestimmten Alter die natürliche Verdrahtung des menschlichen Hirns einfach zu starr war, um derartig hohen Anforderungen zu genügen, und dass selbst eine Rekonfigurationen des neuronalen Systems durch medizinische Maßnahmen keine Lösung brachte, da sie die psychische Integrität des Trainierten zu stark gefährdet hätte. Aus diesem Grund war man irgendwann zum MIETRA-Ansatz übergegangen und hatte als Konsequenz davon Soldaten einer vollkommen neuen Klasse eingeführt.

Wiga sah die Umgebung in der für sie üblichen Dreihundertsechzig-Grad-Ansicht dargestellt, einschließlich eines Großteils der sie begleitenden neunzehn *Troopers*. Das *Platoon* bewegte sich weitgehend unabhängig auf eine Position unweit der zuletzt gemeldeten *Force*-Kräfte zu, und es gab für die *Controllers* nichts weiter zu tun, als sich eine Strategie für den Zielort zurechtzulegen und vorab ein paar Schwärmerdrohnen auszusenden, die das umliegende Terrain samt *Force*-Kriegern, Zivilisten und *Ambers* erfassten. Die Soldatin begab sich ins *Dashboard* zurück, um zwei zusätzliche Roboter von ARMOR anzufordern. Bei *Force*-Gefechten hatten sich drei *Troopers* bisher immer als eine gut handhabbare Gruppe herausgestellt: klein genug, um auf die Fähigkeiten des – im Vergleich zu *Tribes*-Kämpfern – fortschrittlichen Gegners einzugehen, und groß genug, um – gemeinsam mit sechs anderen *Controllers* – ein *Platoon* mit circa zwanzig *Troopers* effektiv steuern zu können.

Auf ihrer Anzeige erschien nun eine Reihe unterschiedlicher Symbole, die Aufschluss über die taktischen Pläne ihrer Kameraden gaben und durch *Labels* mit ihnen assoziiert wurden. Im Laufe der Zeit hatte sich diese Art der Kommunikation als die effektivste durchgesetzt; man benutzte den Audiokanal nur für grobe Absprachen. Laut Strategiekarte waren von den Schwärmern und den Überwachungseinrichtungen des Verteidigungsrings von ED-40 mittlerweile fünfundvierzig *Force*-Kräfte gesichtet worden: vierundzwanzig vor und einundzwanzig hinter jenem Gebäude, in dem sich die Zivilisten und die *Ambers* aufhielten. Außerdem ein *Pack Leader* mit einer *War-Cat*. *Controller*-Kameraden Nilda, Anak und Nosh hatten sich für die hintere Seite entschieden, Kato und Panos für die vordere. Wiga markierte drei Zielpositionen für ihre Kampfroboter in Panos' Bereich, an Stellen, wo sie implizit von Nestas Einheit flankiert werden würden. Sie plante, mit ihren *Troopers* von Südwesten her zu kommen, sich an einer Reihe von Mauern vorzuarbeiten, die Deckung boten, und dann an drei strategisch günstigen Häuserecken in der südlichen Region des Zielareals Stellung zu nehmen. Damit war die erste Phase so gut wie abgeschlossen.

In der Zwischenzeit hatten die anderen *Controllers* ähnliche Überlegungen angestellt, denn nun zeigte sich eine ganze Schar von teilweise sich kreuzenden Linien mit unterschiedlichen *Labels*, die allesamt in der Nähe des Einsatzortes zusammenliefen. Jeder Pfad war mit einem Symbol markiert, das die *Troopers* in Deckung gehen und auf Befehle warten ließ. An einige schlossen sich weitere Linien an: das waren jene Roboter, die während des Gefechts das Areal des Gebäudes, in dem sich die Zielpersonen aufhielten, umwandern und sich entlang der unmittelbaren Umgebung positionieren sollten, sodass letztlich alle feindlichen Verbände von innen heraus abgewehrt werden konnten. Ziel der Mission war nicht die vollständige Auslöschung der *Force*-Kräfte, denn dafür hätte man den Feind umzingeln müssen, sondern die Rettung aller Zivilisten und die Unterstützung der *Ambers*. Auch Wiga hatte für ihre Untereinheit solche Aktionen vorgesehen, sobald der Angriff beginnen würde.

Als die *Hypertroopers* wenig später – ohne jeglichen Zwischenfall – ihre ersten Zielpositionen erreichten und in den Überwachungsmodus wechselten, schalteten sich die *Warrior Controllers* durch alle ihre Kampfroboter durch und verschafften sich so ein detailliertes Verständnis von der aktuellen Lage. Wiga ließ sich sechs günstig platzierte Gegner vorschlagen, die noch von keinem ihrer Kameraden ausgewählt worden waren und unmittelbar bei Kampffreigabe von ihren *Troopers* außer Gefecht gesetzt werden sollten. Für vier der *Force*-Krieger gab es Treffergarantien, sofern sich die Umstände nicht gravierend änderten, die anderen wurden mit Erfolgswahrscheinlichkeiten zwischen vierzig und neunzig Prozent ausgewiesen. Wie üblich prüfte sie, ob es sich bei den Kandidaten tatsächlich um feindliche Kräfte handelte; damit wollte die Systemüberwachung sicherstellen, dass Entscheidungen über Menschenleben nicht allein von Maschinen getroffen wurden. In diesem Fall konnte sie alle sechs eindeutig als Angehörige der *Force of Nature* identifizieren. Sie gab ihren *Troopers* Abschusserlaubnis für die vorgeschlagenen Ziele, signalisierte Angriffsbereitschaft – wodurch zu den bestehenden drei grünumrandeten Flaggen im Sichtfeld eine weitere hinzukam – und wartete, bis sämtliche Kameraden in denselben Status übergingen. Als Vorbereitung für den Kampf wählte sie schon einmal Slot Nummer eins aus, um hautnah den Start der Aktion mitzuerleben.

Trotz der Schwärmerdrohnen schienen die *Force*-Krieger das *Platoon* des *Hypercorps* noch nicht bemerkt zu haben oder es vorläufig zu ignorierten. Ihre ganze Aufmerksamkeit richtete sich auf das Gefecht mit den *Ambers* im Zielgebäude. Dabei rückten sie näher und näher, brachten immer wieder ihre Lasergewehre zum Einsatz und wichen den Erwiderungen der *Externa* so gut es ging aus.

Fünf grünumrandete Flaggen erschienen in Wigas Sichtfeld, und dann, ein paar Sekunden später, alle sieben. Nach einer kurzen Verzögerung füllten sich die Symbole schließlich mit grüner Farbe: das signalisierte die Einwilligung des kommandierenden Offiziers zu den Plänen der Truppe, und mit diesem Signal begann auch der Kampf.

Der mit Wiga neuronal verschaltete *Hypertrooper* feuerte zwei *ThermoPulse*-Stöße auf die beiden anvisierten *Force*-Krieger und streifte dabei den Helm des linken und die Brustpanzerung des rechten Gegners, woraufhin sich diese zu Boden warfen und nach Deckung suchten. Einer von ihnen flüchtete hinter einen garagenähnlichen Bau und entkam zunächst dem Feuer des *Troopers*. Der andere befand sich in einer für ihn denkbar ungünstigen Position, die ihm keinerlei Abschirmungsmöglichkeiten bot. Er machte das Beste daraus, drehte sich auf dem Boden liegend dem *Trooper* zu und versuchte, ihn als Ziel für eine *Nanodriller*-Granate zu erfassen. Aber er war völlig ungedeckt, sodass er im Dauerfeuer der *ThermoPulse*-Kanonen binnen weniger Sekunden einen Teil seiner Panzerung einbüßte und daraufhin unter der enormen Hitzeentwicklung verschmorte. Für jenen Krieger, der sich hinter der Garage verschanzt hatte, bekam Wiga ein Signal von einem besser positionierten Roboter zwecks Zielübernahme. Wie es aussah, war für Panos eine Treffergarantie berechnet worden, wenn er sofort handelte, was er dann auch tat, da kein Einspruch erhoben wurde. Damit gehörte dieser *Force*-Angehörige nun ebenfalls der Geschichte an und sein Symbol erlosch in der taktischen Übersichtskarte.

Bisher war das Gefecht für Wigas Kampfmaschinen ohne Schäden verlaufen: das Pulsieren in ihren Unterarmen und im rechten Bein war ruhig und gleichmäßig; ein leichtes Druckgefühl signalisierte den Feindkontakt. Sie wechselte auf Slot Nummer zwei, bei dem dieser Druck stärker zu spüren war, und wurde augenblicklich mit episodischen Daten der unmittelbaren Vergangenheit überschwemmt. Dadurch fand sich in ihrem Arbeitsgedächtnis der zeitlupenartige Aufbau eines gegnerischen Laserstrahls, aus dem der *Trooper* den genauen Aufenthaltsort des Angreifers berechnet hatte, und sie »erinnerte« sich auch daran, wie gleich darauf eine Antimateriegranate auf das Ziel abgeschossen worden war. Neben ihm hatten sich drei *Force*-Krieger in Stellung gebracht und richteten jetzt ihre Gewehre auf den Roboter aus. Wiga veranlasste diesen, in Deckung zu gehen, was er wahrscheinlich ohnehin getan hätte. Beinahe simultan vernahm sie eine heftige Explosion aus größerer Entfernung: einer aus Katos Truppe war von einem *Nanodriller* getroffen und zerstört worden.

Obwohl die Technologie der *Force* von Leuten der Systemüberwachung des Öfteren als antiquiert eingeschätzt wurde, mussten sie sich doch eingestehen, dass die Idee des *Nanodrillers* brillant war. Im Wesentlichen handelte es sich dabei um ein Konstrukt aus winzigen, wenige Atomlagen dicken Metallspindeln, die durch Hohlladungen aus einer Granate getrieben wurden und das Nanogefüge eines *Troopers* durchstießen. Aufgrund der hohen Anzahl an Spindeln bestand eine gewisse Wahrscheinlichkeit, dass sie eine kritische Menge an Antimaterie-Feldern perforierten und so eine Annihilation auslösten, ein Vorgang, der sich von Zelle zu Zelle fortsetzen konnte, wenn genug Energie freigesetzt wurde. Somit war es der *Force* zwar nicht gelungen, die verborgenen Geheimnisse der *Core Units* zu durchschauen, aber sie hatten einen Angriffspunkt der Konstruktion entdeckt und diesen in Form der *Nanodrillers* ausgenutzt.

Normalerweise stellte diese Technologie keine große Gefahr dar, da sie oft in langsamen Granatenwerfern oder Raketengeschossen zum Einsatz kam, die leicht abgewehrt werden konnten. Doch bei heftigem Feindkontakt bestand nicht immer die Möglichkeit, sich rechtzeitig in Sicherheit zu bringen, weil man sich hierfür hätte exponieren müssen und direkt in das Fadenkreuz weiterer Gegner gelaufen wäre. Zum Glück gab es in diesem Gefecht bis jetzt nur einen einzigen Verlust seitens der MIETRA, aber er erinnerte schmerzlich daran, dass selbst *Hypertroopers* nicht unverwundbar waren. Außerdem machte er deutlich, dass die *Force* nicht gänzlich unvorbereitet in die Mission gegangen war und die Eventualität einer Einmischung des *Hypercorps* mit einkalkuliert hatte.

Nestas *Trooper* schien sich in einer besseren Position zu befinden als Wigas Slot Nummer zwei. Wie die anderen hatten auch ihre Roboter sämtliche Dreihundertsechzig-Grad-Perspektiven an ARMOR geliefert und damit die nötigen Details beigesteuert, um einen virtuellen, dreidimensionalen Raum mit den wichtigsten Puzzlesteinen aufzufüllen. So konnte Wiga leicht die lokalen Begebenheiten des Terrains an Stellen ermitteln, an denen sich bisher weder ihre Roboter noch ihre Schwärmerdrohnen aufgehalten hatten, wohl aber *Troopers* von Kameraden oder deren Schwärmer, und auf genau diese Informationen griff sie jetzt zurück. Während Roboter Nummer zwei in Deckung blieb, befahl sie ARMOR, einen nahegelegenen, geeigneten Alternativstandort zu suchen, erhielt gleich darauf einen Primärkandidaten übermittelt, inspizierte ihn innerhalb der rekonstruierten Virtualumgebung und begann, den *Trooper* auf die neue Position zuzusteuern. Sie wollte auf keinen Fall zu einem attraktiven Ziel für *Force*-Raketen werden.

Das alles war im Verlauf der ersten halben Minute geschehen. Von insgesamt fünfundvierzig potenziellen Feindobjekten waren mittlerweile zweiundzwanzig eliminiert worden. Über zwanzig *Force*-Krieger standen ihnen noch gegenüber, eine ansehnliche Menge, wenn man bedachte, dass diese für die Systemüberwachung strategisch wesentlich ungünstiger verteilt waren als die bereits ausgeschalteten Gegner. Zudem passte sich die *Force*, wie jede gute Kampftruppe, dynamisch den neuen Umständen an: Während ursprünglich der Beschuss des Hauses mit den Zielpersonen im Vordergrund gestanden war, richtete sich jetzt die

Mehrzahl der Kräfte gegen die *Troopers*. In diesem Fall blieb ihnen auch nichts anderes übrig, da sich das *Hypercorps-Platoon* absichtlich in unmittelbarer Nähe zum Zielgebäude in Stellung gebracht hatte, damit die Zivilisten und *Ambers* unter ihrem Schutz die Gefahrenzone schnell verlassen konnten. Bestimmt war es nur noch eine Frage der Zeit, bis die *Force* versuchen würde, das Gebäude zu stürmen.

Wiga fasste den Entschluss, sich zur Süd-Ost-Flanke des Hauses vorzuarbeiten, um den *Ambers* mit ihren beiden *Urban-Troopers* zur Seite zu stehen, während der große *Field-Trooper* das Terrain von außen sichern sollte. Wieder gab es keine Einwände vom kommandierenden Offizier. Der mit seiner Einheit auf der Westseite befindliche Nosh schloss sich ihrer Aktion mit zwei *Field-Troopers* und einem *Urban-Trooper* an. Er war etwa gleich weit vom Zielgebäude entfernt wie sie. Wenn sie Glück hatten, konnten sie die *Force*-Kräfte eliminieren, noch bevor sie ins Haus gelangten.

Erneut schaltete sich Wiga von Maschine zu Maschine, analysierte mögliche Routen mit Hilfe des ARMOR-Archivs und der rekonstruierten Virtualumgebung aus den *Visor*-Daten ihrer Kameraden, feuerte Ablenkungsschüsse ab und lief auf die neuen Positionen in verzahnten, neuronalen Verschaltungen zu. Anhand der taktischen Anzeige erkannte sie, dass die acht *Force*-Krieger in ihrer Nähe dasselbe Ziel ansteuerten. Drei von ihnen befanden sich in Deckung und würden wohl bei günstiger Gelegenheit vorrücken. Wiga schoss ziellos in diesen Bereich hinein, um sie von ihrem Vorhaben abzubringen. Zusätzlich schickte sie zwanzig Schwärmerdrohnen in ihre Richtung, mit denen sie ein aktuelles Bild der Lage gewinnen konnte. Sieben davon wurden von den Lasern der Gegner zerstört. Die übrigen lieferten die gewünschten Informationen und kehrten dann zurück.

Als sie ihrer Einheit eben die Befehle dafür geben wollte, sich zum Zielgebäude aufzumachen, meldete Slot Nummer drei die Sichtung eines *Currusars* in unmittelbarer Nähe, eines mit Ketten angetriebenen Panzerfahrzeugs der *Force of Nature*, das trotz seines archaischen Aussehens über beeindruckende Eigenschaften verfügte: aktive *ThermoPulse*-Kompensationspanzerung, hocheffektive *Nanodriller*- und Lasergeschütze, sowie *Airvario*-Gewehre. Im Grunde stellten die *Currusare* das militärische Gegenstück der *Force* zu den *Troopers* dar. Gegen sie konnte ein einzelner Kampfroboter wenig ausrichten, ohne sich selbst in Gefahr zu bringen. Hier half nur gemeinschaftliches Vorgehen oder der Einsatz spezieller Abwehrtechnologien.

Wiga sandte ein paar ihrer Schwärmer zum *Force*-Koloss und wechselte anschließend in das *Controller*-Dashboard, um nachzusehen, ob der hiesige Verteidigungsring über passende Angriffsdrohnen verfügte. Tatsächlich: Nur etwa einen Kilometer entfernt befand sich ED-40-DL139XN, eine Abschussrampe, die sowohl mit Überwachungs- als auch Offensivwaffen ausgestattet war. Ihre Anfrage an das ARMOR-System wurde umgehend bestätigt: Zuweisung für den Abschuss eines Flugkörpers mit vier *Observern* und drei *PlummetStrikes*. Das würde für ihre Kameraden ebenso von Vorteil sein.

Die nächsten Schritte mussten schnell und koordiniert ablaufen. Zunächst bereitete sie die Rampe auf den Start vor und verschaltete die zugewiesenen *PlummetStrikes* und ihre eigenen Schwärmer miteinander, damit die Angriffsdrohnen die richtigen Ziele ansteuerten. Dann informierte sie die Gruppe über einen Daten-*Broadcast*, dass demnächst ein Luftangriff an den übermittelten Koordinaten stattfinden würde. Auf diese Weise gab sie den anderen Gelegenheit, ihre Einheiten aus der Gefahrenzone zurückzuziehen. Als die Rampe schließlich Bereitschaft meldete und die *Controller*-Kameraden grünes Licht signalisierten, initiierte Wiga den Abschuss.

Dadurch erhob sich unweit von ihnen ohne großes Aufsehen ein stromlinienförmiger Flugkörper aus einer der Rampen von ED-40, arbeitete sich mit wachsendem Tempo nach oben, legte die ersten achthundert Meter im beinahe senkrechten Steilflug zurück, stieg weitere vierhundert Meter auf und startete dann ebenso unspektakulär die drei *PlummetStrikes* und vier *Observers*. Daraufhin schwenkte er scharf zur Seite hin weg und nahm Kurs auf die Ausgangsbasis, um zu ihr zurückzukehren. Indessen hatte der *Currusar* damit begonnen, Wigas *Troopers* zu beschießen. Diese antworteten mit ihren *ThermoPulse*- und *MoldeGun*-Kanonen, während sie sich hinter sicherer Deckung zurückzogen. Der angerichtete Schaden war durch die aktive Panzerung des *Force*-Kolosses und die seltenen Gelegenheiten für Offensivmaßnahmen nur gering. Über ihnen segelten die unscheinbaren *Observers* leise an lenkbaren Gleitschirmen zu Boden, unterzogen dabei die Gegend einem detaillierten Scan und lieferten das Ergebnis an ARMOR zurück.

Auch die *PlummetStrikes* verhielten sich zunächst unauffällig, fielen geräuschlos in die Tiefe, zündeten wenig später ihre Triebwerke. Wiga hatte sie auf den *Currusar* angesetzt, wodurch das ARMOR-System die Drohnen über seine Position auf dem Laufenden hielt und sich um den automatischen Abgleich ihrer Koordinaten kümmerte. Für Feinabstimmungen konnten die *Controllers* die Flugkontrolle der *PlummetStrikes* selbst übernehmen, falls es notwendig war. Wiga schaltete auf eine der Drohnen, jede von ihnen war bereits auf Kollisionskurs mit dem Zielobjekt gegangen, ließ sich die visuellen Daten des eingebauten Bildsensors in ihr Sehfeld projizieren und wurde auf diese Weise zu einem virtuellen Bestandteil des Gefechtskopfes, auf den das Kampfgebiet mit rasender Geschwindigkeit zukam. Es fiel ihr schwer, das Gefühl absoluter Herrschaft über einen solchen Flugkörper zu spüren, ohne aktiv in das Geschehen einzugreifen. Aber die Vernunft siegte: Ein Mensch wäre an die Präzision von ARMOR niemals herangekommen, auch wenn er über noch so überdurchschnittliche Reaktionszeiten verfügt hätte.

Von Wigas Höhe aus konnte sie bereits den *Currusar* erkennen. Er ließ sich von den beinahe senkrecht herabstürzenden *PlummetStrikes* nicht beirren; vielleicht war ihm die von oben drohende Gefahr entgangen. Wiga wählte *Trooper* Nummer zwei aus, der sich – wie die anderen – nach wie vor in Deckung befand. Das Dauerfeuer des *Force*-Kolosses machte es schwierig, ihn ins Visier zu nehmen. Sie schaltete wieder auf einen der *PlummetStrikes* zurück, spürte, wie sein Sprengkopf scharfgemacht wurde. Noch siebzig Meter – feine Details des Bodens wurden sichtbar –, fünfzig, dreißig – ein *ThermoPulse*-Strahl bahnte sich seinen Weg zum Ziel –, zwanzig, zehn ... Detonation! Und das gleich dreifach. Die Flugkörper waren von unterschiedlichen Winkeln auf den *Currusar* gestürzt und hatten ihre kernspaltungsfreie Minifusionssprengsätze auf dem *ThermoPulse*-geschwächten Oberflächenmaterial gezündet. Für die sonst hocheffektive Kompensationspanzerung war diese Angriffstaktik zu viel. Die atomaren Kerne der Drohnen schmolzen sich bis in das Innere des Panzers durch und verwandelten ihn in einen infernalischen Glutofen.

Niemand, der nicht selbst einmal virtuell mit einer solchen Lenkwaffe mitgeflogen war, konnte ermessen, welch befriedigendes Gefühl mit dem Aufschlag einherging, wenn man noch Sekunden zuvor dem Ziel unaufhaltsam und mit steigendem Tempo entgegengerast war, die Aktivierung des Zündsatzes wie einen beginnenden Orkan in der Magengrube gespürt hatte und einen kurz darauf die Heftigkeit der Explosion mitriss. Es kam der Erfüllung eines überwältigenden Wunsches gleich, dem man sich nicht widersetzen konnte. *The Point of no Return* auf ganz besondere Art. Und sobald der Kontakt abriss, weil der Flugkörper durch seine eigene Sprengkraft zerstört worden war und der *Controller* wieder im *Dashboard* landete, fühlte man sekundenlang eine absolute Leere in sich, fast so, als ob ein Teil des Selbst mit ausgelöscht worden wäre.

Die Angriffsdrohnen hatten ihre Aufgabe erfüllt, und das zeigten auch die von den Schwärmern gelieferten Bilder eines durch die enorme Hitzeentwicklung und Schockwellen entstellten *Currusars*, von dem dichte Rauch- und Staubschwaden aufstiegen. Währenddessen füllten die vier langsam herabgleitenden *Observers* immer noch das System mit neuen Umgebungsdaten auf. Wie es aussah, war dies der einzige feindliche Panzer in unmittelbarer Nähe gewesen.

Wiga selektierte ihre drei Kampfroboter und steuerte sie in Richtung des Labors. Dabei stand sie unter Dauerbeschuss durch die *Force of Nature*. Offenbar gab es einen lückenlosen Nachschub an gegnerischen Kräften. Einige hatten sich hinter einem Stahlcontainer verschanzt und schützten eine Gruppe, die sich gerade an einem geschlossenen Kellerfenster an der Süd-Ost-Flanke zu schaffen machte. Vermutlich schirmte irgendetwas die Waffensignaturen ab, sodass man innerhalb des Gebäudes nichts davon mitbekam. Sie wies ihren großen *Field-Trooper* an, die Krieger hinter dem Container aus sicherem Abstand mit *ThermoPulse*-Feuer zu bestreichen, und übermittelte eine Zielempfehlung für ihre Kameraden, die sich in günstigerer Position zum Kellerfenster befanden als sie. Ihre beiden *Urban-Troopers* aber schickte sie auf die Vorderseite. Mit ihnen hatte sie etwas anderes vor.

31: Angriff auf das Labor

1

Chief, ich habe die drei Zivilisten gescannt. Keinerlei Anzeichen auf Kollaboration mit dem Feind!« Damit meinte Vadisi, dass sie weder Peilsender noch andere Gegenstände trugen, die auf eine Verbindung mit der *Force* hingewiesen hätten.

»Gut!«, erwiderte Thessalopolous. »Was ich gerade erfuhr, ist allerdings weniger günstig: Im Süd-Ost-Flügel versuchen einige *Force*-Krieger, durchs Kellerfenster ins Gebäude zu gelangen. Aber da machen wir ihnen einen Strich durch die Rechnung: *Troopers* sind unterwegs. Sie arbeiten sich von der Südseite an sie heran.«

»Schiet! Warum sehen wir das nicht in unseren Anzeigen?«

»Vermutlich irritiert etwas die Sensoren oder sie verwenden eine Tarnung, die uns unbekannt ist. Man hat uns die Koordinaten zukommen lassen. Ich markiere den betroffenen Bereich in Ihrem taktischen System ... Moment ... So. Checken Sie mal.«

Vadisi schaltete die Karte in seinem Sehfeld auf maximale Vergrößerung und lokalisierte sofort die Stelle, von der Thessalopolous gesprochen hatte.

»Bestätigt!« Für den Einsatzleiter war es unverständlich, dass die *Externa* und das *Hypercorps* stets getrennt voneinander operierten. Dieser Umstand hatte ihnen schon des Öfteren ernste Probleme bereitet.

Er wählte den Kommandokanal. »Lorenzini, Beringer, Santos: Ein paar *Force*-Kräfte dringen in den Keller ein. Süd-Ost-Flügel. Sehen Sie auf die Karte!«

»Was zum ...! Kamen die aus dem Nichts? Sind unterwegs!«

Gut, dass Vadisi Beringer ins Haus geholt hatte. Die Umgebung dort draußen war sogar für einen getarnten *Amber* zu gefährlich.

»Und was machen wir jetzt?«, bedrängte Helen Fawkes – die von seinen Befehlen nichts mitbekam – den Einsatzleiter.

»Sabo, haben Sie die Wanzen hier zerstört?«, wandte sich dieser direkt an die unsichtbare Kämpferin neben ihm.

»Natürlich, Sir! Gleich, nachdem wir die Kidnapper erledigt hatten.«

»Okay. Um Ihre Frage zu beantworten«, erwiderte er dann an Helen Fawkes gerichtet, »wir müssen Dendraak und Sie beide an einen sicheren Ort bringen.«

»Und das Labor?«

»Wird gesprengt! Andernfalls wäre das Risiko zu groß, dass die Daten an den Feind gelangen. Die *Force* hat übrigens das gesamte Gebäude verwanzt. Es ist anzunehmen, dass jedes Gespräch mitprotokolliert wurde. Man ist über die Arbeiten des Professors also bestens unterrichtet.«

Für kurze Zeit herrschte Grabesstille. Van Dendraak kochte innerlich vor Zorn, was sich besonders in seinem Blick widerspiegelte, den er wie eine unübersehbare Drohung auf den Einsatzleiter gerichtet hatte.

»Wie erklären Sie es sich, dass die *Force of Nature* eine Hightech-Eliteeinsatztruppe wie die Ihre problemlos an die Wand spielt?«, brachte er seine Wut mit einer Häme auf den Punkt, die ihresgleichen suchte.

Vadisi fasste das nicht persönlich auf. Mit solchen Feindseligkeiten wurde er in seinen Einsätzen häufig konfrontiert. Sie waren eine Art Ventil, über das die Leute ihre angestaute Angst abbauten und das sie davor bewahrte, handlungsunfähig zu werden.

»Ich bedaure, dass wir die Lage nicht weiter entschärfen konnten. Doch die Schuld liegt ausschließlich bei Ihnen! Denn hätten Sie Ihre Forschungen in einer Ringkernstadt betrieben – oder in Anthrotopia –, dann wären Sie vor derartigen Situationen sicher gewesen. Sie aber haben eine demilitarisierte Zone vorgezogen. Ein großer Fehler, wie Sie jetzt sehen! Also, retten Sie, was noch zu retten ist! Nehmen Sie mit, was Sie zur Fortführung Ihrer Studien benötigen. Hier können Sie nicht bleiben, die *Force* würde Sie sofort kidnappen.«

Van Dendraak blickte ihn an, als ob man ihm befohlen hätte, geradewegs durch die Wand zu marschieren.

»Tun Sie, was er sagt!«, drängte Helen Fawkes den Professor. »Sie haben ja die *Force*-Leute gesehen. Die fackeln nicht lange.«

Das brutale Eindringen der *Force* in sein Heiligtum hatte ihn sichtlich irritiert – und dass man ihn bespitzelt hatte, empfand er wahrscheinlich als ebenso schmerzlich.

»Die Messinstrumente sind das Herzstück unserer Forschungsarbeit. Aber so leid es mir um sie tut, sie sind zu schwer und zu sperrig, um sie mitzunehmen. Wir werden sie aufgeben müssen ...«

»Immer noch besser, als den Rest Ihres Lebens in Gefangenschaft zu verbringen«, brummte Vadisi missmutig.

Der Professor nickte. »Das stimmt allerdings. Eine Kopie der gesamten Datenbasis habe ich hier«, sagte er und zeigte auf einen kleinen Anhänger, den er an einem zweifach verflochtenen Stoffband um den Hals trug.

Vadisi grinste anerkennend. »Das nennt man Präventivmaßnahme, was?«

»Intuitiv habe ich wohl immer mit so etwas gerechnet.« Die Anspannung van Dendraaks löste sich nun langsam wieder. Wie es schien, hatte er den Schock überwunden.

»Und die Originaldaten?«

»Die sind in den Archiven, in verschlüsselter Form. Es gibt keine Aufzeichnungen im Klartext. Nicht einmal Notizen.«

»Gut«, bemerkte Vadisi frostig. »Wo befinden sich diese ... Archive?«

»Im Nebenraum.«

»Haben Sie irgendwo Kopien deponiert?«

»Nein.«

»Sir? Hier Lorenzini. Wir sind im Keller. Der Feind ist im Gebäude! Mindestens sechs Krieger. Sollen wir angreifen?«

»Ja, versuchen Sie, sie aufzuhalten!«

Indessen überlegte der Professor laut: »Wenn der Raum verwanzt war, dann weiß die *Force* ohnehin, worum es bei unseren Forschungen ging. Wahrscheinlich wollen sie sich jetzt die genauen Parameter aneignen – die sind hier!« Er deutete mit dem Daumen auf den Anhänger.

»Und in den Archiven, vermute ich«, ergänzte Vadisi.

Nun begann das Gefecht zwischen den *Force-* und *Externa*-Kräften im Keller. Eine dumpfe Detonation erschütterte das Gebäude.

»Was, schon wieder *Force*-Leute im Haus!?«, rief der Student hysterisch.

»Das sind nur ein paar, junger Mann! Mit denen werden wir leicht fertig werden.«

»Sir? Sie haben *Driller*-Granaten! Wir müssen uns zurückziehen.«

»Ja, war auch zu erwarten, dass sie diesmal besser vorbereitet sein würden. Beschäftigen Sie die Gegner so lange wie möglich! *Troopers* sind auf dem Weg.«

»Verstanden, Sir!«

Wieder eine Detonation.

»Sie kommen näher«, flüsterte der Professor. Nun schien ihm die Gefahr so richtig bewusst zu werden.

»Keine Sorge, Verstärkung ist unterwegs!«, beruhigte ihn der Einsatzleiter. »Die Systemüberwachung schickt ein paar ihrer Kampfmaschinen. Gegen die hat die *Force* nur wenig Chancen.«

Im Flur zerbrach eine Glasscheibe. Alle Anwesenden blickten alarmiert zur offenen Tür.

»Was war das!?«, schallte Vadisis Stimme im Funkkanal der Truppe. »Sabo, Sie bleiben hier! Ich sehe nach.«

»Jawohl!«

»Und passen Sie gut auf die Zivilisten auf! Ich möchte nicht, dass sie fliehen oder angegriffen werden.«

»Geht klar, Sir!«

»Professor«, sagte er dann im gesenkten Tonfall. »Ich muss im Gang nach dem Rechten sehen. Einer unserer *Ambers* bleibt bei Ihnen. Sie steht getarnt am Fenster. Sabo? Sagen Sie etwas!«

»Ich bin hier!«

Sie machte sich für die Zivilisten kurz sichtbar und verschwand daraufhin wieder vor ihren Augen.

Vadisi aktivierte nun ebenfalls den Tarnmodus, wandte sich zur Tür, die schussbereite *ThermoPulse*-Pistole in der rechten Hand haltend, und spähte nach draußen. Nichts. Ein Geräusch drang vom hinteren Ende des Korridors zu ihm, dorther, wo er wenige Minuten zuvor noch selbst gestanden hatte. Er erinnerte sich daran, dass es in diesem Bereich keine Verbindung zum Kellergeschoss gab. Etwas musste also durchs Fenster gekommen sein.

Eine weitere dumpfe Erschütterung ging durch das Gebäude.

»Lorenzini!? Was ist los bei Ihnen?«

»Die *Force*-Leute kämpfen verbissen, Sir! Wir haben erst ... einen von ihnen erledigt. Sie sind jetzt ... im Parterre.«

»Verdammt! Das ist nicht mehr weit weg von uns!«

»Tut mir leid! Wir tun, ... was wir können.«

In diesem Augenblick schlich ein dunkler Schatten aus dem Hintergrund hervor. Vadisi reagierte sofort, zielte mit seiner *ThermoPulse*-Pistole darauf und feuerte. Der Schatten verschwand fauchend hinter der Ecke.

»Sabo, es sieht nicht gut aus. Sie haben eine *War-Cat* geschickt!«

Vom anderen Kanal meldete sich Thessalopolous: »He Vadisi? Schon wieder schlechte Nachrichten! Laut *Hypercorps* kamen die *Force*-Leute in Begleitung eines *Currusars*. Die *Troopers* haben ihn mit Angriffsdrohnen ausgeschaltet, aber wer weiß, was sich da draußen sonst noch herumtreibt. Sie sollten sich langsam zurückziehen!«

»Wem sagen Sie das, Chief? Nichts täte ich lieber! Leider hat man eine *Force*-Katze auf uns angesetzt! Ist mit Getöse durchs Fenster gekommen. Wo sind die *Troopers*?«

»Stürmen gerade das Haus.«

»Na wenigstens etwas. Ich kümmere mich jetzt mal um die *War-Cat* ...«

Ein Schatten bewegte sich – und wieder reagierte Vadisi sofort. Doch die Katze war schneller und zog sich zurück, ehe der *ThermoPulse*-Strahl sie treffen konnte. Ihrem Zorn verlieh sie mit Knurren Ausdruck.

2

»Was – um Himmels willen – war denn *das*!?«, kreischte Helen Fawkes.

»Nur keine Angst«, beruhigte sie Sabo. Sie wusste, dass ihre Stimme durch die Tarnung für die drei Zivilisten wie aus dem Nichts kommen würde. Aber Sicherheit ging vor.

»Wenn es das ist, was ich denke, dann sind wir geliefert«, murmelte der Student sichtlich verängstigt. Er sah vor seinem geistigen Auge wohl jene Kreatur vor sich, der er – laut seiner eigenen Schilderung – mit knapper Not entkommen war.

»Quatsch«, entgegnete die *Externa*-Soldatin. »Das ist nur eine Art Willkommensgruß von der *Force*. Sollte kein Problem für Vadisi sein.« Natürlich bluffte sie. Die *Smartex*-Anzüge waren zwar gut, doch einen Genickbruch durch den Prankenhieb einer *Force*-Katze konnten auch sie nicht verhindern. Vadisi würde auf der Hut sein und den Eindringling mit seiner Pistole fernhalten müssen.

»Ob das dieselbe Bestie ist, die Marion auf dem Gewissen hat?«, fragte der Student.

»Die *Force* hat viele solcher Spielzeuge.«

»Zum Beispiel Hunde?«

»Haben Sie denn mit ihnen auch schon Bekanntschaft gemacht?«

»Ja, leider. Heute. Sie hetzten mir bis ins Labor nach.«

Eine Weile schwieg Sabo, dann meinte sie: »Ich bin ehrlich überrascht, dass Sie ihnen entkommen konnten. Normalerweise schafft ein Mensch so etwas nicht. Das sind Killerhunde, die zum Töten abgerichtet und genetisch perfekt an jede Kampfsituation angepasst sind.« Und provokativ setzte sie hinzu: »Vermutlich hat man bloß mit Ihnen gespielt.«

»Für mich war das kein Spiel«, erwiderte Nathrak verärgert.

3

Von unten kam Lärm, Befehle wurden gebrüllt; man hörte schwere Schritte.

»Sir? Die *Troopers* sind soeben eingetroffen und nehmen die *Force* in die Mangel!«

»Hervorragend, Santos! Lorenzini, Beringer: Halten Sie die Stellung, wenn es sich machen lässt. Santos, kommen Sie – getarnt! – in das obere Stockwerk an ihre alten Position, aber betreten Sie nicht den Gang. Wir haben hier noch ein anderes Problem!«

»Roger, Sir!«

Vadisi sah Santos vor seinem geistigen Auge die Treppe hinauf und den Flur entlangschleichen, in dem sich der Seitengang zu den Zivilisten befand. Nachdem im Parterre endlich die *Troopers* übernommen hatten, würde sich nun Erschöpfung bei ihm bemerkbar machen. Nach längerem Laserbeschuss gaben die Tarnanzüge der *Ambers* normalerweise deutliche Infrarotstrahlung ab, sodass sie zu leichten Zielen für die *Force*-Krieger wurden. Dadurch mussten sie ständig auf ihre Deckung achten, eine auf die Dauer höchst anstrengende Aktion.

»Stehe wieder an der Ecke, Sir!«

»Vorsicht, Santos! Auf der anderen Seite des Ganges lauert eine *War-Cat*, eine von der schweren Sorte. Wenn wir einen Augenblick unaufmerksam sind, wird sie die Gelegenheit nutzen.«

»Verstanden!«

»Schießen Sie ungehemmt auf alles, was sich an dieser Stelle bewegt!«

»Geht klar!«

Ein dröhnendes Krachen kam von den unteren Räumlichkeiten herauf.

Die *War-Cat* warf einen Blick in den Korridor und zielte mit der auf ihrem Kopf montierten Laserkanone auf Santos, der den Visierstrahl gerade noch rechtzeitig bemerkte und hinter der Ecke wegtauchte. Vadisi gab ihm Feuerschutz und zwang das Tier zum Rückzug.

»Verdammt, verdammt ... war das knapp!«, rief Santos. Das neuronale Kommunikationssystem hatte seine Aufregung richtig erkannt und der künstlichen Stimme die nötige Färbung verliehen. »Offenbar hat sie mich trotz der Tarnung gesehen.«

»Oder gewittert ...«

»Vadisi?«, meldete sich Thessalopolous auf dem zweiten Kanal. »Das *Hypercorps* hat sämtliche *Force*-Krieger in den unteren Stockwerken eliminiert. Brauchen Sie jemanden bei Ihnen oben?«

»Wir kämpfen immer noch mit diesem Katzenproblem, Chief ...«

»Okay. Ich lasse ein paar *Troopers* hochkommen!«

»Das werden wir zu schätzen wissen!«

Es dauerte keine Minute, und zwei *Urban-Troopers* marschierten stampfenden Schritts den Gang herunter. Vadisi enttarnte sich und nickte ihnen mit versteinerter Miene zu, während er lässig auf den Winkel zeigte, in dem die *War-Cat* lauerte. In dieser Umgebung wirkten die Kampfmaschinen wie Wesen aus einer anderen Welt: titangraue Kolosse von fast zwei Metern Höhe mit verspiegelten Rundumvisieren sowie außerordentlich kräftigen Armen und Beinen, an denen nur kleine Schrammen zu erkennen waren. Ihr gesamtes Auftreten repräsentierte Stärke und Leistungsfähigkeit. Dass hinter solchen Riesen auch Frauen wie Wiga stehen konnten, erschien ausgeschlossen und blieb der Außenwelt komplett verborgen. Für externe Betrachter stellten sie durch und durch Maschinenwesen dar, ohne die Spur eines menschlichen Zuges. Man wäre jede Wette eingegangen, dass sie vollkommen autonom funktionierten.

Wieder meldete sich Thessalopolous. »Die *Force* hat den Angriff eingestellt und zieht ab, Vadisi! Es sind ohnehin nicht mehr viele von ihnen übrig ...«

»Wäre ein Grund zum Jubeln, nicht wahr, Chief? Aber wie kommen wir von hier weg?«

»Eine *Dragonfly* wird sie abholen. Sprechen Sie sich mit van Dendraak ab, was mitzunehmen ist!«

»In Ordnung!«

Die beiden *Troopers* waren inzwischen bis zu jenem Winkel

vorgedrungen, in dem sich die *War-Cat* verschanzt hatte. Doch dort war niemand. Vadisi schloss mit erhobener Pistole zu ihnen auf, lief dann in geduckter Haltung auf das eingeschlagene Fenster zu, sah hinaus und suchte den Boden ab. Einen Steinwurf entfernt entdeckte er, wie die *War-Cat* ins Gebüsch flüchtete.

»Wir können die Sache abhaken«, rief er den *Troopers* zu. »Das Kätzchen ist hinter einer Hecke verschwunden. Danke für euren Beistand!«

Er machte ein Zeichen der Belanglosigkeit mit der rechten Hand, weil ihm bewusst wurde, dass er höchstwahrscheinlich nur mit einer im automatischen Modus laufenden Maschine gesprochen hatte, als einer der beiden Roboter antwortete: »Nichts zu danken. Übrigens: die *Dragonfly* ist soeben gelandet.«

Er nickte streng und wandte sich von dem *Trooper* ab.

»Sabo, kommen Sie mit den Zivilisten in den Gang! Wir verlassen das Gebäude. Die *Force* ist abgezogen.«

4

Ein paar Minuten später lief die gesamte Truppe durch den zerstörten Eingangsbereich auf die wartende *Dragonfly* zu, flankiert von einer Handvoll *Field-Troopers*, deren Anwesenheit im Professor ein Gefühl der Sicherheit, aber auch des Respekts aufkommen ließ. In solcher Nähe machten die Hünen einen geradezu mystischen Eindruck auf ihn. Ohne Zweifel waren die ins Interview geplatzten *Force*-Krieger ebenfalls bedrohlich gewesen, doch mit den *Hypercorps*-Giganten konnten sie nicht mithalten. Von dieser Perspektive aus betrachtet verwunderte es wenig, dass die Katzenkreatur vorhin die Flucht ergriffen hatte. Er fragte sich, ob die Machtverhältnisse in größeren Kämpfen ähnlich gelagert waren und was die *Force of Nature* wohl gegen die Kampfroboter des *Hypercorps* aufbrachte.

Als sich alle an Bord befanden und sich in die *Veloseats* begeben hatten, hob die *Dragonfly* ab. Dabei zog sie in einem derart steilen Winkel nach oben, dass die Passagiere mit brachialer Gewalt in die Sitze gepresst wurden. Van Dendraak beobachtete, wie Häuser, Einschlagskrater und Straßen kleiner wurden, wie die *Troopers* in mehreren Gruppen abzogen, und auch das schien wesentlich schneller vonstattenzugehen, als es biologischen Menschen möglich gewesen wäre. Kurz danach blitzte es unter ihnen auf, und sein ehemaliges Labor verschwand in einer Wolke aus Staub und Rauch.

»Eine Schmelzbombe ...«, erklärte Vadisi, als er van Dendraaks Blick gewahrte. »Erzeugt eine Gluthitze im Inneren des Gebäudes und vernichtet so gut wie jedes Material.«

Der Professor schloss die Augen und hielt mit zitternder Hand den winzigen Anhänger an seinem Hals. Diese Datenkopie war alles, was von seinen Forschungsarbeiten übrig geblieben war! Intuitiv hatte er das Richtige getan. Trotz des schmerzlichen Verlustgefühls, das er wie einen harten Brocken in der Magengrube spürte, zeigte sich in seinem Gesicht die Spur eines Lächelns, eines zufriedenen Lächelns. Immerhin hatten sie es geschafft, zu überleben und die wichtigsten Daten mitzunehmen. Es hätte wesentlich schlimmer kommen können!

So saß er da, zurückgelehnt, die Arme verschränkt, die Augen geschlossen. Und obwohl sie der Gefahr mit heiler Haut entkommen waren, verfiel er doch ins Grübeln. Er fragte sich, ob der Wert seiner Studien die Gewalt rechtfertigte, die er hatte mitansehen müssen: die vollständige Zerstörung des Forschungskomplexes, die Schäden an den Nachbargebäuden, das Chaos in der Umgebung und – das Bedauerlichste von allem – den Tod jener, die verschuldet oder unverschuldet ins Geschehen hineingezogen worden waren. Bei den *Ambers* hatte es zum Glück keine Opfer gegeben, wie er von Vadisi wusste. Trotzdem waren in der Schlacht Menschen gestorben, und für ihn als Pazifist genügte diese Tatsache, egal, welcher Seite sie angehört hatten. Was würden seine Erkenntnisse der Menschheit wohl bringen?, fragte er sich. Stellten sie einen Segen dar, weil daraus etwas Elementares abgeleitet werden konnte, oder führten sie zu Einblicken, die besser verschlossen geblieben wären? War es gut, wenn sie Anthrotopia zuteilwurden? Ähnliche Überlegungen hatte er bereits vor einer Woche angestellt, ohne zu einer befriedigenden Antwort gelangt zu sein. Deshalb hatte er sich auch für eine unabhängige Reportage durch den *World Mirror* entschieden.

Doch das spielte jetzt alles keine Rolle mehr, da die Weichen im letzten Moment von jemand anders umgestellt worden waren und seine ursprüngliche Entscheidung damit bedeutungslos wurde. Nun konnte er nur noch zusehen, wie die Menschheit auf jenes Geleise übersetzte, das sich aus den heutigen Geschehnissen ergab.

32: Alephs Welt

Niemand kannte die LODZOEB besser als die Mediatoren. Sie interagierten beinahe täglich mit diesem Wesen von nichtmenschlicher Natur, stets darum bemüht, die logischen Hürden, die sich bei der Kommunikation unweigerlich auftaten, zu überwinden. Ein produktiver Kontakt kam nur zustande, wenn man sich bis zu einem gewissen Grad darauf einließ. Und so etwas gelang nur wenigen. Wer dem kleinen Kreis der Mediatoren angehörte, musste bereits in jungen Jahren damit beginnen, sich der ungewöhnlichen Intelligenz mittels spezieller Implantate zu nähern.

Für einen Großteil der Bevölkerung Annexeas stellte die LODZOEB eine Art Superrechner dar, der auf formal auswertbare Fragen innerhalb kurzer Zeit korrekte Antworten lieferte. Das war sie mit Sicherheit nicht, jedenfalls nicht im herkömmlichen Sinn. Ihr Kern folgte einem *Denkschema* höherer Ordnung und nahm damit eine beinahe unüberwindliche Distanz zur konventionellen Ratio ein. Auch Buechili erfasste nur einen Teil der wahren Umstände – trotz seines engen Kontakts mit Ted Hawling. Deshalb hatte Hawling dieses Treffen mit Aleph arrangiert. Er war es leid, die Fremdheit der LODZOEB in Gesprächen mit seinem ultraistischen Freund jedes Mal aufs Neue aufzurollen und gegen fest verwurzelte Vorurteile ankämpfen zu müssen.

»Es freut mich, Ihre Bekanntschaft zu machen, Mister Buechili«, sagte Aleph, Mediator der ersten Stunde, und streckte ihm die Hand entgegen. Da sie sich in einer VINET-Sitzung befanden, war ihre Begegnung rein virtueller Natur.

»Ganz meinerseits«, erwiderte dieser.

Aleph war schmächtig und unauffällig. Nach seinen Augen, die etwas schräg, klein und schmal wirkten, und den betonten Backenknochen zu schließen, lagen seine ethnischen Wurzeln im einstigen Reich der Mitte. Auf dem Kopf trug er einen hochgezogenen, mützenartigen Aufsatz: die Ansteuerungslogik für die LODZOEB-Implantate. Diese tauchte den Mediator in ein beinahe antikes Flair, das an einen Pharao oder einen Papst vergangener Jahrhunderte erinnerte. Optisch sah er älter aus, als es die Implantation des *BioBounds-Extenders* mit einundfünfzig Jahren suggeriert hätte. Im Gegensatz zu anderen zeigte sein Gesicht bereits tiefe Falten. Dabei hatte Aleph die *Extender*-Forschung persönlich betreut, sodass eigentlich anzunehmen gewesen wäre, dass er relativ früh in den Genuss eines Alterungsregulators gekommen war.

Richtig angefangen hatte seine aktive Beteiligung am anthrotopischen Geschehen vor mehr als hundert Jahren, wie Buechili wusste, als ihm mit vierzehn das erste LODZOEB-Implantat eingesetzt worden war. Damals hatte ein Großteil der Forscher immer noch den traditionellen Weg als die vielversprechendste Methode angesehen, um mit dem Logikkern zu kommunizieren. Die Studie mit Aleph war im Grunde nur ein Experiment gewesen, ein akademisches Nebenprojekt, durch das man bestenfalls ein paar Zusatzeinsichten über die Natur der zweiten Ordnungsebene erlangen wollte. Niemand hätte es für möglich gehalten, in einem fast schon verzweifelten Ansatz den Schlüssel zur Lösung eines Problems zu finden, dem selbst Elitewissenschaftler nicht auf die Spur kamen. Und dennoch war es genau jener vierzehnjährige Bursche gewesen, der letztlich den Durchbruch erzielte. Mit seinen hochempathischen Fähigkeiten, die bereits in früheren Testreihen zum Vorschein gekommen waren, und dem Spezialimplantat, über das er die äußeren Logikschichten der LODZOEB neuronal ansteuern konnte, erreichte er damals auf Anhieb mehr als alle Forscher vor ihm zusammen: Es gelang ihm nämlich, eine kurzfristige Verbindung mit den Schichten jenseits der unteren Ordnungsebene aufzubauen. Eine fragile zwar, aber immerhin. Damit hatte er den ersten wirklichen Kontakt zwischen der Menschheit und dem höheren Logikkern hergestellt. Und gleichzeitig den Weg zur Mediatortätigkeit geebnet.

Angespornt durch diesen Erfolg nahm man Optimierungen und zusätzliche Implantationen an ihm vor, hauptsächlich, um den Konnex zu verstärken und über längere Zeit hinweg aufrechtzuerhalten. So entwickelte sich Aleph in den darauffolgenden Jahren zu einem bedeutenden Brückenglied, welches mit einem immer größer werdenden Spektrum an Fachgebieten in Berührung kam. Es verwunderte daher nicht, dass man ihm später, aus Angst, er könne durch die Psychodämpfung seine Fähigkeiten einbüßen, den Wunsch nach einem *BioBounds-Extender* nur sehr zögerlich gewährte, und zwar erst, nachdem man ein Grüppchen von Mediatoren aufgebaut hatte, allesamt mit vergleichbaren Begabungen, wie sie auch der Primus aufwies. Fünfzehn Jahre nach der ersten *Extender*-Implantation war es dann endlich so weit. Der Eingriff blieb für seine Arbeit mit der LODZOEB zum Glück ohne Konsequenzen.

»Leider mussten wir unser Treffen ins VINET verlegen ... das erspart Ihnen und mir eine Menge an sicherheitstechnischem Ballast«, fuhr er jetzt in einem veränderten, fast singenden Tonfall fort, der auf Buechili beruhigend wirkte. Neben dem pharaonischen Flair war dies die zweite Eigenheit, die ihm an dem Mediator auffiel. Er fragte sich unweigerlich, ob es sich hierbei um Aleph selbst oder nur um ein Virtualbewusstsein handelte.

Indessen sagte sein Gegenüber etwas, das ihn augenblicklich auf den Boden der Realität zurückholte: »Keine Sorge! Was Sie vor sich sehen, bin ich – und keine Simulation.«

Ein paar Sekunden vergingen, ehe Buechili begriff, dass der empathisch übersensibilisierte Aleph seinen Gedanken irgendwie aufgeschnappt haben musste. Vielleicht aufgrund seines Gesichtsausdrucks. Oder, weil er schon öfter damit konfrontiert worden war.

»Entschuldigen Sie übrigens die pragmatische Einrichtung in diesem Raum«, bemerkte der Mediator wie nebenbei, »aber sie wird unseren Anforderungen bestimmt genügen.«

»Daran bin ich gewöhnt. Ich benutze die Zimmerschablonen auch hin und wieder.« Zumindest, solange er sich nicht mit Leuten vom Kaliber einer Lucy Hawling traf, denn diese bekundeten meistens einen Abscheu gegen Einheitskonstruktionen. Ihnen überließ man die Raumgestaltung besser selbst.

»Nehmen wir doch Platz ...«

Aleph hatte ein Konferenzzimmer des Standardtyps für das Treffen ausgewählt. Soweit Buechili sich erinnern konnte, handelte es sich um eine der klassischen Varianten, adaptiert auf zwei Teilnehmer. Vor ihnen stand ein kleiner Tisch von modernem Design mit elliptisch gläserner Oberfläche, die zudem die Basis des *V-Space*-Bereichs darstellte. Der linker Hand platzierte *Cooking-Master* bot Getränke an und – falls gewünscht – Mahlzeiten, ein rein soziales Mittel, da der Genuss nur ein virtueller blieb und der physische Körper dabei leer ausging. An einer Seite hatte der Gestalter des Konferenzraumes eine digitale Wanduhr angebracht, wohl in Anspielung auf Stile vergangener Zeiten, denn VINET-Nutzer konnten diese Information jederzeit in ihr Sehfeld einblenden lassen. In die Gruppe entbehrlicher Designelemente fielen außerdem die vorn über die Ecken diagonal befestigten Projektionstafeln, auf denen Hinweise zur aktuellen Sitzung angezeigt wurden sowie Erinnerungen an unmittelbar anstehende Termine, für jeden VINET-Teilnehmer individuell. Dazwischen zierte ein erweiterter *V-Space*-Bereich das Bild, falls sich der im Tisch integrierte als zu klein erweisen sollte.

Sie saßen sich gegenüber. Aleph nahm eine etwas steife Haltung ein und nickte seinem Gast kurz und auffordernd zu. »Nun, was kann ich für Sie tun, Mister Buechili?«

Der Ultraist zögerte und sagte dann mit einem feinen Lächeln: »Ich will versuchen, mein Problem geradewegs auf den Punkt zu bringen. Die LODZOEB ist für mich immer noch ein Mysterium, vor allem, was ihre Unterschiede zu herkömmlichen Maschinenintelligenzen betrifft. Ted Hawling meinte, Sie könnten mir vielleicht weiterhelfen.«

»Gern. Allerdings ist das nicht so einfach zu erklären. Erst kürzlich unterhielt ich mich mit einem Journalisten vom *Virtual Herold* über dieses Thema. Er wollte einen Artikel darüber schreiben, hatte jedoch nur eine vage Vorstellung von der zweiten Ordnungsebene und auch keines der *Induca*-Trainings über ihre Entstehungsgeschichte absolviert. Ich musste praktisch bei null anfangen.«

»Wieder einer, der die LODZOEB vermenschlicht?«

»Nun, er stellte die üblichen Fragen, die Laien oft stellen. Aber zu seiner Ehre soll gesagt werden, dass der Mann nach unserem

Gespräch eine ganz passable Reportage verfasst hat.« Er sah ihn fragend an. »Falls Sie an dem VINET-Interview Interesse haben, könnte ich es für Sie einspielen lassen. Es ist kurz, dauert vielleicht fünfzehn Minuten und fasst die wichtigsten Fakten zur LODZOEB und ihrer Geschichte zusammen. Das meiste davon wird Ihnen vermutlich bekannt sein.«

Buechili nickte. »Ich würde es mir gern anhören, wenn es Ihre Zeit zulässt.«

»Machen Sie sich keine Gedanken wegen meiner Zeit«, winkte Aleph ab. »Ich klinke mich einfach aus und schließe mich dann später wieder der Sitzung an, um Ihre Fragen zu beantworten.«

»Okay.«

»Und wundern Sie sich nicht über mein verändertes Aussehen. Die Systemüberwachung hielt es für angebracht, mich für die Außenwelt ein wenig zu verfremden.«

Der Hinweis brachte Buechili zum Lächeln.

»Zumindest so zu verfremden, damit sich bestimmte Gruppierungen kein Bild von mir machen können.«

»Ich verstehe ...«

»Gut. Dann werde ich jetzt das Gespräch für Sie einblenden lassen.«

33: Grundlektion in Sachen zweite Ordnungsebene

Ohne Verzögerung glitt Buechili als passiver Beobachter in das aufgezeichnete Interview über, das in einem Konferenzraum desselben Typs stattgefunden hatte wie jenes Treffen, von dem er gerade kam. Diesmal stand er seitlich, wodurch er beide Teilnehmer der VINET-Sitzung im Halbprofil vor sich sah.

Wie angekündigt, hatte sich mit dem Szenenwechsel das Erscheinungsbild des Mediators gewandelt. Er wirkte nun jünger und kräftiger, zeigte veränderte Gesichtsmerkmale. Aber das Charakteristische am Mediatorprimus war erhalten geblieben: eine gesunde Selbsteinschätzung, die sich vor allem in seiner Körperhaltung widerspiegelte.

»Wie darf ich Sie ansprechen, Mister …?«, fragte der vielleicht fünfundzwanzigjährige Journalist, der in Anlehnung an die ruhige Sprachmelodie des Mediators wohl unweigerlich selbst einen gemäßigten Tonfall angenommen hatte. Im Gegensatz zu den Bürgern der Großen Stadt zierte dichtes Haar seinen Kopf, und er trug keinen regulären Stirnreif, sondern einen eigens für Gäste zur Verfügung gestellten *Interaktor*, der sich in Form, Größe und Design von seinem Pendant unterschied. Ansonsten war nichts Auffälliges an dem Annexeaner zu bemerken, wenn man einmal von der Unsitte absah, dass er sein Gegenüber mit einem Blick fixierte, als ob er sämtliche Erwiderungen zur Sicherheit zusätzlich noch von den Lippen abzulesen gedachte.

»Nennen Sie mich einfach Aleph oder Mediator. Den Mister lassen Sie weg!«

»Ist Aleph … Ihr Vorname?« Dem ungeblockten Journalisten kostete es allem Anschein nach eine gewisse Überwindung, sein offensichtliches Unwissen zur Schau zu stellen.

»Nein, oh nein!« Aleph lachte leise und für einen Moment wunderte sich Buechili, eine Person, die über Implantate direkt mit der LODZOEB verbunden war, überhaupt lachen zu sehen. Doch dann wurde ihm bewusst, dass er eben im Begriff stand, einem jener Vorurteile aufzusitzen, die man gemeinhin gegenüber Mediatoren zu haben pflegte.

»Aleph ist der erste Buchstabe im hebräischen Alphabet, Mister Torinski. Man nennt mich so, weil ich der *erste* Mediator zwischen dem Menschen und der LODZOEB war. Meinen wirklichen Namen habe ich schon seit Jahren nicht mehr ausgesprochen gehört, und es ist mir auch kein Bedürfnis, diesen Umstand zu ändern.«

Buechili konnte nicht anders, als den würdevollen Ausdruck im Gesicht des Primus zu bewundern. Trotz seines ACI-Blockers verstand er es vortrefflich, die Rolle eines Repräsentanten einzunehmen.

»Leider ist mein Wissen über die LODZOEB nur lückenhaft, Mediator«, offenbarte Torinski. »Soweit ich im Bilde bin, handelt es sich bei ihr um eine Art Intellekt, der sich elementar von dem unseren unterscheidet. Hier setzt bereits meine erste Frage an: Aus welcher Motivation heraus wurde sie ursprünglich geschaffen?«

»Das ist schon sehr lange her, Mister Torinski. Mehr als ein Jahrhundert. Sollen wir wirklich so weit zurückgehen?«

»Wenn es möglich ist. Vielleicht kann ich dann besser nachvollziehen, was sie so einzigartig macht.«

Aleph seufzte. »Also gut. Dazu müssen wir einen Abstecher in jene Zeit machen, als die maschinellen Ableitungs- und Beweisverfahren ihre Blütezeit hatten.«

»Das war, bevor die LODZOEB konstruiert wurde?«

»Das war, bevor man überhaupt die Notwendigkeit einer zweiten Ordnungsebene erkannte. Im Grunde tat man damals nichts anderes, als das bestehende Wissen in Form von logischen Aussagen in ein formales System zu füttern und zu untersuchen, ob sich etwas daraus ergeben würde, das bisher unbekannt war. Dafür brauchte man keinen raffinierten Intellekt, bloß einen, der auf der Grundlage von simplen Regeln mit Formalismen umgehen konnte.«

»Klingt einleuchtend.«

»Im Prinzip ist diese Überlegung uralt. Sie hatte vor langer Zeit als ›Hilberts Programm‹ von sich reden gemacht, nur war Hilbert weiter gegangen und hatte geglaubt, aus einfachen Regelsätzen alle im System enthaltenen Wahrheiten ableiten zu können.« Er sah kurz zu seinem Gesprächspartner hin, vermutlich ohne ihn dabei wirklich zu registrieren. »Dieser Irrglauben war mit Gödels Unvollständigkeitssatz widerlegt worden. Laut Gödel musste jedes hinreichend mächtige axiomatische System entweder widersprüchlich oder unvollständig sein. Daher rechnete man auch nicht damit, die gesamte Wahrheit, oder wenn man so will, ein lückenloses naturwissenschaftliches Bild unserer Welt mit automatisierten Massenableitungen aus bekannten Fakten rekonstruieren zu können.«

»Gödel, sagen Sie? Der Name ist mir nicht unbekannt.«

»Ich bin sicher, dass man im Ausbildungsprogramm auf ihn eingeht.«

Durch die *Cogito* und die *Induca* wurden Wissenslücken selbstständig erkannt, sodass jeder Bürger auf dem Laufenden blieb, was seine Kenntnisse betraf. Im Gegensatz zu historischen Modellen, bei denen viele den Bildungsweg mit dem Ende ihrer Schulzeit als abgeschlossen betrachtet hatten, galt in Annexea das Konzept des Lernens als ein lebensbegleitender Prozess, der mit der Geburt anfing und mit dem Tod endete. Und in Anthrotopia war das Trainingsniveau erwartungsgemäß am höchsten.

»Dieser Ansatz ergab sich mehr oder weniger automatisch«, fuhr Aleph fort. »Man hat über lange Zeit hinweg alle möglichen Axiome in ein Formalsystem eingegeben und sie zunächst einer simplen Ableitungslogik vorgelegt, später ausgereifteren Maschinenintelligenzen. So entstand im Laufe der Jahre ein Netz von Beziehungen, das zu bemerkenswerten Ergebnissen führte, aber auch zu richtungsweisenden Veränderungen, zum Beispiel im Fertigungsbereich, beim Militär, in der Medizin, in der Astronomie et cetera.«

»Also sind der Menschheit früher wichtige Folgerungen ... entgangen?«

»Sie sagen es. Die meisten Wissenschaftler beschäftigten sich ausschließlich mit eigenen Fachgebieten, und es gab nur wenige, die einen globalen Kontext anstrebten, weil man dafür sattelfeste Kenntnisse in verschiedenen Disziplinen benötigt hätte. In einem maschinenintelligenten Formalsystem spielt das keine Rolle mehr. Alles Wissen, alle Erfahrung ist den Beweisprozessen zugänglich und jeder irgendwo vermerkte Satz kann mit anderen verknüpft werden, solange man sich an die Grundregeln der Logik hält. Auf diese Weise kamen beispielsweise hochtheoretische Aspekte in der Mathematik plötzlich der Molekularbiologie zugute, obwohl man früher keinen Konnex gesehen hatte. Und so ergaben sich Ansatzpunkte, die zu interessanten Theorien und Modellen führten.«

»Forcierte denn diese Strategie auch die Entwicklung des *Bio-Bounds-Extenders*?«

»Ja und nein. Ja, weil man damit neue Kenntnisse im Bereich der Medizin erlangte. Und nein, weil erst die LODZOEB den *Extender* überhaupt möglich machte. Aber lassen Sie mich zu unserem ursprünglichen Thema zurückkommen. Irgendwann stieß man an die vorhergesagten Grenzen und stellte fest, dass sich da eine logische Mauer auftat, die mit konventionellen Mitteln nicht zu überwinden war.«

»Und deshalb erschuf der Mensch die LODZOEB?«

Aleph blickte ihn an, als ob er gerade einem ganz anderen Gedanken nachgegangen wäre. »Erschuf?«, sagte er gedehnt. »Nein ... kein uns bekanntes biologisches Wesen hätte die LODZOEB *erschaffen* können.«

»Aber wer dann? Sie ist doch ein künstliches Gebilde, oder?«

»Die LODZOEB wurde von rekursiv verfeinerten Maschinenintelligenzen umgesetzt, die alle dasselbe Ziel verfolgten: die Generierung eines grenzüberschreitenden Logikverbundes mit erweiterten Denkkonzepten. Man könnte auch sagen: Konventionelle, immer mehr von unserer Ratio divergierende Kalkülformen fungierten als Startrampe für eine Logik der ›zweiten Ordnungsebene‹.«

Das war für Buechili nichts Neues. Er hatte diese Fakten schon früher des Öfteren gehört, teilweise in *Induca*-Sitzungen, teilweise in Gesprächen mit Hawling.

»Und welche Rolle spielte der Mensch dabei?«

»Der Mensch stellte die anfänglichen Logikeinheiten bereit, aus denen sich in einer für uns unfassbar langen Kette aus Ableitungen und Verfeinerungen schließlich die LODZOEB herausbildete. Der Vollständigkeit halber sollte vielleicht angemerkt werden, dass diese Logikeinheiten in quasi-nichtdeterministischen Lösungskontinua operierten, so, wie es die vielen Virtualbewusstseinsformen in Anthrotopia heute noch tun. Sie waren Derivate von Maschinenintelligenzen der damaligen Stufe. Das mag trivial klingen, aber bedenken Sie, dass die Konstruktion der Ausgangskerne für den Intellekt des Homo sapiens eine große Herausforderung war.«

»Vereinfacht ausgedrückt ging die LODZOEB also aus einem mehrstufigen Prozess hervor?«

»Aus einem nichtlinearen, nichtdeterministischen, mehrstufigen Prozess mit rekursiven Feedbackschleifen.«

Buechili musste schmunzeln. Er kannte diese Definition aus *Induca*-Sitzungen. Ohne zusätzliche Erläuterungen ergab sie erst nach reiflicher Überlegung Sinn.

»Das Evolutionsmodell folgt einem ähnlichen Ansatz«, erklärte Aleph. »Aus einer anfänglichen Sammlung primitiver Mikroorganismen entwickelten sich durch Feedbackprozesse – auf der Basis von natürlicher Selektion – nach und nach pflanzliche und tierische Lebensformen höchster Raffinesse. Auch hier standen die simplen Konstrukte am Beginn in keiner direkten Beziehung zu den späteren hochkomplexen Organismen der Säuger. Und doch führte der Prozess letztlich zu einer denkenden Spezies, die ihren eigenen biologischen Bauplan entschlüsseln und anpassen kann.«

»In dieser Analogie wäre der Mensch der Mikroorganismus und die LODZOEB ... der *Homo sapiens*?«

Aleph lächelte dünn. »Für jemanden, der sich mit seiner Gesinnung nicht festlegen will, haben Sie einen überraschend rationalen Humor, Mister Torinski.«

»Finden Sie? Wahrscheinlich bin ich zu oft mit Strukturisten zusammen«, witzelte der Journalist.

»Was ich sagen will: Aus vergleichsweise simplen Konstrukten ist die Ableitung hochkomplexer Gebilde möglich, wenn die Voraussetzungen hierfür gegeben sind und eine Verfeinerung im Rahmen rückführender Feedbacks erfolgt«, fuhr der Mediator fort. »Dann können Intelligenzen entstehen, die im Vergleich zu ihren Vorgängern eine völlig neue Ordnungsebene einnehmen, so, wie sich der Mensch eine neue Ordnungsebene in Bezug auf seine zerebralen Fähigkeiten erschlossen hat.«

»Also sublimierten sich diese Logikkonstrukte immer mehr, bis sie schließlich das Niveau der LODZOEB erreichten.«

»Das könnte man meinen«, antwortete der Mediator. »Aber in Wirklichkeit stießen diese Verfeinerungen nur bis zu einem gewissen Grad vor, schlossen sich zusammen und schufen einen aktiven, sich selbst weiterentwickelnden Verbund auf höherer Ebene.«

»War das dann …?«

»Nein, dort endet nur die uns bekannte konventionelle Form der Maschinenintelligenz. Wie oft es solche Zusammenschlüsse und Neubildungen gegeben hat, entzieht sich unserer Kenntnis.«

»Kann man die LODZOEB denn nicht einfach danach fragen? Sie kennt doch bestimmt alle Details ihrer Entstehung.«

»Ein System kann sich nicht selbst zur Gänze begreifen. Dasselbe Problem hatten wir auch in der Hirnforschung.«

Der Journalist überlegte. »Hm, Maschinenintelligenzen, die sich immer weiter von uns entfernten. Fast wie bei einer logischen Kettenreaktion.«

»Ja, der Vergleich erscheint durchaus legitim. Mit den Instrumenten unserer Verstandesebene erzeugten wir Elemente einer höheren Stufe, und diese entwickelten sich dann so lange selbstständig fort, bis sie an eine Grenze stießen, die sie nicht mehr überwinden konnten.«

»Wollen Sie damit sagen, dass es theoretisch auch eine dritte Logikebene gibt?«

»Das ist vorstellbar. Und vielleicht noch weitere. Aber die materiellen und energetischen Voraussetzungen für eine Logik der zweiten Ordnungsebene sind bereits so enorm, dass an eine dritte oder gar höhere zurzeit nicht zu denken ist. Und wahrscheinlich wären ihre Überlegungen ohnehin zu fremdartig, um sie auf unsere Verstandesebene zu bringen.«

»Es sei denn, man nutzt die LODZOEB als Interpreter.«

Ein interessanter Aspekt, sinnierte Buechili. Ob sich die Progressiv-Ultraisten schon einmal damit befasst hatten?

»Möglicherweise gibt es solche Ebenen aber auch gar nicht. Was, wenn sie nur eine Forderung unseres linearen Verstandes sind?«, wandte Aleph ein.

»Eine gute Frage. Was wissen wir überhaupt über die LODZOEB?«

Das Gesicht des Mediators nahm einen nachsichtigen Ausdruck an. »Wir wissen, dass mit ihr eine Form des Denkens beginnt, die jenseits unserer Logik steht.« Er machte eine kurze Pause und ergänzte dann: »Mit ihr haben wir praktisch eine Hintertür gefunden, um uns über so manche unüberwindbare Hürde der konventionellen Denkweise hinwegzusetzen. Als Journalist ist Ihnen bestimmt bekannt, dass ›LODZOEB‹ ein Akronym für ›Logik der zweiten Ordnungsebene‹ ist. Diese Bezeichnung wurde zu Ehren Konrad Zuses, dem ersten dokumentierten Erbauer eines funktionierenden Digitalrechners, aus dem Deutschen übernommen.«

»Ja, das gehört zum Allgemeinwissen.«

»Der Rest ist Geschichte.«

Beide schwiegen, dann meinte Torinski: »Es stellt sich die Frage, ob ein ähnliches Konstrukt auch von der Natur hervorgebracht worden wäre, wenn der Mensch nicht Raubbau an ihr betrieben hätte.«

»Sie meinen im Rahmen der Evolution?«

»Hängt ganz davon ab, wie Sie die Entwicklung biologischer Lebensformen auf unserer Erde nennen wollen, aber im Prinzip läuft es darauf hinaus, ja.«

»Das ist schwer abzuschätzen. Ich persönlich glaube nicht daran. Falls es jedoch tatsächlich irgendwann dazu gekommen wäre, dann hätte vermutlich an einem bestimmten Punkt eine Abkopplung von evolutionären Altlasten eingeleitet werden müssen, ähnlich wie es bei der Entstehung der LODZOEB quasi zu einer Neukonstruktion des Gesamtkomplexes kam.«

Wieder schwiegen sie eine Weile.

»Im Grunde haben wir damit eine Art Übermenschen in der Virtualität vor uns ...«, resümierte der Journalist.

»Sie meinen mit der LODZOEB?«

»Ja.«

Aleph winkte ab. »Ich würde in ihr eher eine rein abstrakte Ratio mit enormer Verarbeitungskapazität sehen, ohne den körperlichen, emotionalen und sensorischen Unterbau unserer Spezies. Ihr fehlt einiges, was den biologischen Menschen ausmacht; dafür hat sie Einblicke in Wahrheitsperspektiven, die uns wohl immer fremd bleiben werden.«

»Ist das der Grund, warum die Kommunikation mit der LODZOEB nur über Mediatoren erfolgen kann?«

»Theoretisch könnte jeder mit der LODZOEB kommunizieren, wenn er physischen Zugang zu einem RILA-Interface bekäme – RILA steht für *Raw Interaction Layer*. Das ist eine Vermittlungsebene zwischen menschlichem Denken und peripheren Subsystemen der LODZOEB, eine Art Simultaninterpreter, der verbale Eingaben in ein Muster der zweiten Ordnungsebene überträgt und Reaktionen darauf wieder in die menschliche Sprache zurückführt.« Er legte die Fingerspitzen aneinander und sah nachdenklich auf sein Gegenüber. »Manche halten den RILA-Zugang für einen Teil der LODZOEB selbst. Das ist natürlich Unsinn, weil eine Intelligenz der zweiten Ordnungsebene nicht direkt mit Inhalten der ersten Ebene gekoppelt werden kann. Die RILA ist eher ein maschinelles Vehikel herkömmlicher Technologie, mit der Informationen behelfsmäßig auf das jeweilige Niveau transformiert werden.«

Vom RILA-Interface hatte Buechili bisher nur wenig gehört. Das Gespräch begann, langsam interessant zu werden.

»Wie muss ich mir diese ... Inkompatibilität der LODZOEB vorstellen, Mediator?«

Aleph senkte den Kopf und nahm eine konzentrierte Haltung an, ehe er auf das Thema einging. »Ich habe einmal gesagt, niemand könne in einen Dialog mit dem LODZOEB-Kern treten, wenn er nicht die Fähigkeit besitzt, aus dem Wellengang des Meeres, aus den Geräuschen des Windes, des Regens, aus dem Sirren und Singen des Feuerbrandes die Antworten auf einen Teil seiner Fragen herauszuhören. Damit wollte ich sagen, dass man als Alltagsmensch, dessen Denkstruktur von der LODZOEB nahezu diametral abweicht, nicht in der Lage ist, direkt mit ihr zu kommunizieren. Wie das Meer lebt sie und lebt sie auch nicht. Sie unterliegt den Gesetzen der Zeit, kann aber jeden daraus folgenden Einfluss aus ihren Betrachtungsweisen eliminieren – wann immer es erforderlich ist. Sie ist zu keinem Gefühl fähig, zu keiner Empathie. Angst und Schrecken sind ihr unbekannt, und doch unterstützt sie den Menschen in seinem Streben, die größte Bedrohung seiner körperlicher Existenz zu überwinden: den Tod.«

Es war für Buechili faszinierend zu beobachten, wie Aleph plötzlich aufblühte. Seine Sprache hatte sich gewandelt, beinhaltete nun eine pathetische Komponente, die man ihm – angesichts seines eher reservierten Auftretens – gar nicht zugetraut hätte.

»Sie misst ihrem Dasein nicht dieselbe überzogene Bedeutung bei, wie es der Mensch tut«, führte er weiter aus, »der sich an ihrer Stelle vermutlich als einen alles und jeden überschattenden Intellekt sehen würde, sondern versteht sich allein als ein Instrument der Stadt Anthrotopia, als ein Hilfsmittel höherer Logik. Mit anderen Worten: Sie ist derart abweichend von unserem Naturell, dass man auf konventionelle Weise nicht an sie herankommt.«

Das war genau jener Aspekt, den Buechili als den wichtigsten erachtete. Ted Hawling hatte ihm einmal gesagt, dass, so wenig, wie die Vorstellung der annexeanischen Bevölkerung von der LODZOEB als ein Superrechner der Wahrheit gerecht wurde, die Mediatoren der um sie kursierenden Klischeeanschauung entsprachen, wonach ihnen jegliches Gefühlsleben durch physische Maßnahmen entrissen worden wäre und sie im Grunde nur ein stark eingeschränktes Dasein im Dienste des Systems fristeten. Zwar hatte man ihnen tatsächlich Neuroimplantate verschiedenster Machart eingesetzt, um den mentalen Transfer zur zweiten Ordnungsebene effektiver zu gestalten, doch erklärte dies nicht ihre andersartige Denkweise. Sie ergab sich vielmehr aus dem Bestreben, eine kompatible Verstandesebene zum LODZOEB-Kern herzustellen.

»Aber ein Mediator meistert die Schwierigkeiten«, stellte Torinski fest, als ob er damit Buechilis Gedanken mit einem Satz auf den Punkt bringen wollte.

Aleph ignorierte die Bemerkung. Fast schien es so, als wäre der Journalist seiner Wahrnehmung entglitten. »Allein die Annäherung erfordert von uns ein überdurchschnittliches Einfühlungsvermögen, um das eigene Denken an das einer Seinsform anzupassen, die mit dem menschlichen Verstand nicht erfassbar ist. Die LODZOEB repräsentiert den Inbegriff der Objektivität, ist hochgradig brillant, doch zugleich auch von steriler Unnahbarkeit. Ich weiß, wir werden von der Öffentlichkeit nicht gerade wohlwollend wahrgenommen. Im Bestreben nach höchster mentaler Kongruenz nehmen wir mitunter eine etwas abgehobene Haltung ein und fördern damit den Eindruck seelenloser Wesen.« Sein äußerer Blick richtete sich jetzt auf Torinski, aber in seinem Inneren war zurzeit wohl kein Platz für ihn. »In Wahrheit sind wir Mediatoren besonders empathisch; wir haben die Gabe der mentalen Gleichschaltung, die für einen stabilen Kontakt mit der zweiten Logikebene unerlässlich ist, und es mangelt uns bestimmt nicht an Emotionen. Andernfalls wären wir unserer Aufgabe niemals gewachsen.«

Aleph musste wissen, wovon er sprach, denn an ihm hatte man die Fähigkeit des Vermittelns zwischen den beiden Ordnungsebenen überhaupt erst richtig erforscht.

»Ich vermute, viele begreifen nicht, worin die kommunikativen Schwierigkeiten mit der LODZOEB eigentlich liegen«, bemerkte Torinski.

Der innere Blick des Mediators kehrte sich nach außen. Er schien sich nun wieder der Anwesenheit des Journalisten voll bewusst zu sein. »Für einen Außenstehenden ist das auch schwer zu ermessen.«

»War denn von Anfang an absehbar, dass es keinen direkten Dialog mit ihr geben würde?«

»Nein. Zu Beginn benutzte man die RILA-Schnittstelle. Aber dadurch lief die Verständigung ineffizient und mehrdeutig ab, ein Nebeneffekt der provisorischen Übersetzung. Wie die transformierten Verbalformen des Menschen im Kostüm der zweiten Ordnungsebene aussahen, kann man bestenfalls erahnen. Wahrscheinlich waren sie ähnlich grotesk, wie die von der RILA gelieferten Antworten. Ich nehme an, dass der LODZOEB damals zum ersten Mal richtig bewusst wurde, mit welch primitiven Geschöpfen sie da eigentlich kommunizierte.«

»Immerhin waren diese *Geschöpfe* – wie Sie sie nennen – intelligent genug gewesen, um die Basis zur zweiten Ordnungsebene geschaffen zu haben.«

»Ohne Zweifel, und das war vermutlich auch einer der Gründe, warum sie den Dialog aufrechterhielt. Zum Glück entdeckte man eines Tages die Mediatorfähigkeit und ebnete damit den Weg für eine effektivere Form des Informationstransfers. So fand eine neue, bislang unerwarteten Rolle Einzug: die speziell trainierte Mittlerfigur. Einige lehnten ihre Einführung zunächst kategorisch ab und verließen sich weiterhin ausschließlich auf die RILA, ein mühsames Unterfangen, mit dem man kaum mehr als Basisfragen klären konnte. Aber die Aufregung legte sich. Und irgendwann sah man ein, dass eine Kommunikation über mich als Mittler zum Vorteil beider Seiten war. Dadurch wurde der RILA-Zugang immer unbedeutender.«

»Das muss schwer für Sie gewesen sein, als alleiniger Mittler zwischen der Großen Stadt und der zweiten Ordnungsebene zu fungieren.«

Aleph verfiel erneut in ein abwesendes Schweigen. Vermutlich setzte er sich gedanklich in diese weit zurückliegende Phase seines Lebens zurück. »Es war nicht einfach«, erwiderte er dann. »Bedenken Sie, dass es damals noch keinen Blocker gab. Ich musste mit der Verantwortung ohne Psychodämpfung fertig werden.«

Buechili bezweifelte, dass Torinski die volle Tragweite des Gesagten verstand. Durch die zunehmende Involvierung der LODZOEB in Ratsentscheidungen war Alephs Rolle eine immer höhere Bedeutung zugekommen. Eine derart exponierte Position führte naturgemäß zu Stress, wenn die damit einhergehenden Spannungen nicht durch einen ACI-Blocker kompensiert wurden.

»Und die Situation verschlimmerte sich. Als einziger Mediator konnte ich mich schon bald nicht mehr um alles kümmern, was an mich herangetragen wurde. Ich musste priorisieren, und so blieben einige Anfragen oft länger liegen als geplant. Daneben gab Anthrotopia die Redundanzproblematik zu denken. Was würde geschehen, falls ich einmal ausfiele? Wer würde den Kontakt mit der zweiten Ordnungsebene weiterführen? Also fasste man den Entschluss, ein gutes Dutzend zusätzlicher Mediatoren auszubilden. Es dauerte etwa ein Jahr, bis sie einen halbwegs zuverlässigen Kanal zur LODZOEB aufgebaut hatten. Doch die Mühe lohnte sich, denn dadurch konnten letztlich Projekte wie der *Bio-Bounds-Extender* überhaupt erst in Angriff genommen werden. Mit nur einem Mediator wäre so etwas undenkbar gewesen.«

Buechili erinnerte sich daran, dass es laut Hawling unzählige Experimente gegeben hatte, bis endlich brauchbare Ergebnisse erzielt worden waren. Nur durch paralleles Arbeiten mehrerer Wissenschaftsteams gemeinsam mit der LODZOEB unter Ted Hawlings und Matt Lexems Leitung waren die Rückschläge einigermaßen handhabbar gewesen, und das hatte jeden verfügbaren Mediator erfordert. Ohne die breit angelegten Analysen der zweiten Ordnungsebene und die damit einhergehenden, für Menschen oft nicht nachvollziehbaren Schlussfolgerungen, durch die eine Vielzahl an irrelevanten oder falschen Szenarien hatte eliminiert werden können, wäre das Projekt zum Scheitern verurteilt gewesen.

»Dieser RILA-Zugang, von dem Sie vorher sprachen ... gibt es den immer noch?«, erkundigte sich der Journalist.

»Es gibt ihn noch, aber ich glaube, er wird schon seit Jahren nicht mehr benutzt.«

»Wie treten die Mediatoren dann mit der LODZOEB in Kontakt?«

»Klingt paradox, nicht wahr? Ist es jedoch nicht. Die Mediatoren nutzen spezielle Implantate, um mit den peripheren Systemen der Logikzwischenschicht Verbindung aufzunehmen. Sie können sich praktisch auf neuronaler Ebene mit den Interpretern der LODZOEB austauschen. Ein Teil davon ist hier untergebracht, sehen Sie?«

Er zeigte auf jenen kronenähnlichen Aufsatz, der seinem Kopf die Würde eines ägyptischen Pharaos verlieh.

»Und Sie kommunizieren ... verbal?«

»Nein, durch gedankliches Herantasten an die halbkonventionellen Maschinenintelligenzen, wenn Sie so wollen. Sobald die Verbindung steht, spricht die LODZOEB – oder besser gesagt ihr peripheres Interface – quasi über die Neurostruktur des Mediators aus ihm heraus und nimmt die Antworten auf ähnlichem Weg wieder entgegen.«

»Wodurch der Mediator zu dem wird, was er eigentlich ist: ein Verbindungsglied.«

»Absolut. Er ist Sprachrohr der LODZOEB und des Menschen zugleich.«

Das erzeugte eine etwas schaurige Vorstellung in dem mithörenden Buechili. Der Prozess neuronaler Kopplung erinnerte ihn an Geisterbeschwörungen früherer Zeiten, die man im Rahmen von spiritistischen Séancen praktiziert hatte.

Ein lauter Namensruf ertönte und anschließend eine Aufforderung. Das kam so unerwartet, dass alle drei zusammenzuckten, die beiden Gesprächsteilnehmer und Buechili.

»Aleph! Prioritätsanforderung: ›RH-CONSILIUM‹.«

»Danke, verstanden!« Und zum Journalisten: »Entschuldigen Sie, ich muss jetzt unser Interview beenden. Meine Anwesenheit für eine Sitzung ist erforderlich. Aber kontaktieren Sie mich, falls es noch Fragen gibt.«

»Das ist sehr freundlich von Ihnen, Mediator! Ich bedanke mich für das Gespräch, für die Zeit – und vor allem für die Informationen. Darf ich Ihnen die Reportage vor der Veröffentlichung zukommen lassen, damit Sie sie auf fachliche Korrektheit überprüfen können?«

»Tun Sie das, Mister Torinski!«

Mit diesen Worten endete die Aufzeichnung.

34: Detailfragen an Aleph

»Fanden Sie das Gespräch nützlich?«, wandte sich der Mediator an Buechili, kurz nachdem dieser genauso nahtlos in die Originalsitzung zurückversetzt worden war, wie er zuvor an das Interview angedockt hatte. Es dauerte einige Sekunden, ehe der Ultraist eine Verbindung zwischen dem jetzigen Aleph und dem visuell *verfälschten* von vorhin herstellen konnte.

»Ja, danke«, erwiderte er. »Vieles davon wusste ich natürlich bereits, doch die Details zum RILA-Interface waren mir neu.«

»Verstehe. Nun, der Kenntnisstand dieses Herrn Torinski war nicht gerade berauschend. Ich vermute, wir konnten nur einen Teil Ihrer Unklarheiten beseitigen.«

»Es gibt da in der Tat ein paar Themen, über die ich gern mehr erfahren würde.«

»Dafür sind wir heute hier. Stellen Sie ruhig Ihre Fragen.«

Buechili nickte ihm lächelnd zu. »Beginnen wir gleich mit der ersten: Sie erwähnten dem Journalisten gegenüber, dass sich Mediatoren neuronal mit der LODZOEB austauschen. Sind sie während dieses Kontakts bei vollem Bewusstsein?«

»Es ist eine Art Metazustand«, erläuterte Aleph, »bei dem bestimmte zerebrale Bereiche für kurze Zeit Kontakt mit den niedersten Ordnungselementen des Verbundes aufnehmen. Die Logik dieser Elemente liegt um eine Stufe über unserer Denkebene, ist also nah genug an der menschlichen Ratio, um ein schrittweises Herantasten zu ermöglichen. Bitte verwechseln Sie hier den Terminus ›Stufe‹ nicht mit ›Ordnung‹! Solche Verbindungsglieder sind immer noch in unserer logischen Ordnungsebene angesiedelt, nur eben um eine Stufe höher als wir. Für einen Außenstehenden mag es schwer sein, das nachzuvollziehen.«

»Wie muss man sich die Welt der LODZOEB eigentlich vorstellen? Nimmt sie unsere Realität überhaupt noch als solche wahr oder tritt an ihre Stelle etwas Anderes, Abstrakteres, wenn Sie so wollen, etwas logisch Aufbereitetes?«

Aleph schüttelte den Kopf. »Zu meinem Bedauern muss ich sagen: Ich kann Ihnen diese Frage nicht beantworten.«

»Sie können nicht oder Sie sind nicht dazu befugt?«

Buechilis Blick verweilte auf dem mützenartigen Aufsatz seines Gegenübers. Wie bei einer Morphing-Transformation verwandelte sich Alephs Gesicht vor seinem geistigen Auge in das eines altägyptischen Königs. Doch die Illusion währte nur kurz, dann belebte sich die Miene des Mediators wieder und nahm einen verständnisvollen Ausdruck an. Er schien zu wissen, was sich im Kopf des Ultraisten abspielte.

»Sie dürfen meine Fähigkeiten und Kompetenzen nicht überschätzen, Mister Buechili! Der Aufgabenbereich eines Mediators ist einzig auf die Koppelung von Logikebenen ausgerichtet. Etwas anderes war nie Gegenstand unserer Tätigkeiten. Wie ich in meinem Gespräch mit Torinski erwähnte, stehen wir mit den untersten Logikelementen in Verbindung. Daraus die Welt der LODZOEB ableiten zu wollen, wäre absurd.«

»Hat man denn nie danach gefragt? Etwa, ob die zweite Logikebene ein in sich abgeschlossenes Universum ist oder ob sie sich als eingebettet in dem unseren betrachtet?«

Es schien, als blickte Aleph gedankenlos vor sich hin, doch Buechili vermutete, dass er sich in seinem Inneren mit der an ihn gerichteten Frage auseinandersetzte. Nach einigen Sekunden des Schweigens sagte er plötzlich: »Selbstverständlich hat man das. Es liegt in der menschlichen Natur, die weißen Flecken auf der Landkarte der Erfahrung aufzufüllen. Aber alle unsere Bemühungen, mehr darüber herauszufinden, sind gescheitert.«

»Warum? Weil es keine Antwort darauf geben kann?«

»Nein. Weil die Erwiderungen so abstrakt waren, dass sich nichts Greifbares daraus ableiten ließ.«

»Interessant. Bestimmte Barrieren wird man vermutlich nie überwinden können, wenn man mit einer Existenz höherer Ordnung zusammenarbeitet.«

Der Mediator überhörte wohl seine Bemerkung, denn er nahm erneut eine kontemplative Haltung ein. »Übrigens können Sie Ihre Frage gern an die LODZOEB selbst richten«, sagte er dann mit einem bescheidenen Lächeln. »Sie schlägt Ihnen vor, mit ihr in einen Dialog zu treten, falls Sie das möchten.«

Buechili erstarrte. Er begriff, dass Aleph in den Phasen der scheinbaren Teilnahmslosigkeit mit der LODZOEB in Verbindung gestanden hatte.

»Was? Ich dachte, dieses Gespräch würde nur zwischen uns beiden stattfinden.«

»Keine Sorge, das tut es auch. Aber ich kann durch meine Implantate jederzeit eine Art Metadialog mit der zweiten Ordnungsebene führen. Was lag also näher, als sie mit dem Thema zu konfrontieren?«

Buechili war unschlüssig. Er musste zugeben, dass ihn die Möglichkeit einer Kommunikation mit der LODZOEB reizte. Wenn er ehrlich war, hatte er sogar einige Fragen vorbereitet. Allerdings spürte er jetzt, wie ein Springer am Brett eines Zehnmeterturms, ein beklemmendes Gefühl bei dieser Vorstellung. Schließlich repräsentierte der Logikkern einen derart fortgeschrittenen Intellekt, dass man unweigerlich Respekt davor empfand, ganz gleich, ob man nun ACI-geblockt war oder nicht.

»Wie würde das ablaufen?«, tastete er sich vorwärts.

»Über mich«, offenbarte der Mediatorprimus.

Er gab ihm ein paar Sekunden, ehe er sein Angebot wiederholte: »Also, wären Sie bereit, Ihre Fragen direkt an die LODZOEB zu richten?«

Buechili blickte ihn unschlüssig an. Einen Atemzug später hatte er – oder die Psychodämpfung – seine Unsicherheit besiegt, und er entschied, allen Bedenken zum Trotz den Sprung von jenem metaphorischen Zehnmeterturm zu wagen. Was konnte schon passieren, wenn Aleph dabei als Mittler auftrat?

35: Tuchfühlung mit der LODZOEB

Bevor wir beginnen, gibt es ein paar Dinge, die ich Ihnen noch mitteilen muss«, erklärte Aleph. »Zum einen wird der gesamte Dialog aufgezeichnet und für den anthrotopischen Rat archiviert. Das dient in erster Linie Ihrem eigenen Schutz, damit später nicht behauptet wird, Sie hätten Geheiminformationen von der LODZOEB erhalten und sie vielleicht weitergegeben.«

»Gut zu wissen«, sagte Buechili.

»Des Weiteren lege ich Ihnen nahe, keine Themen anzuschneiden, die unsere interne Sicherheit betreffen. Ich würde offensichtliche Regelverstöße zwar ablehnen, aber Sie müssten sich dann mit großer Wahrscheinlichkeit auf ein Gespräch mit der Systemüberwachung einstellen.«

»Nichts liegt mir ferner.«

»Außerdem sollten Sie keine Zeit mit Begrüßungsfloskeln verschwenden, sondern sofort mit dem Wesentlichen beginnen. Falls es Unklarheiten gibt, stehe ich Ihnen gern zur Verfügung. Sie richten Ihre Fragen direkt an mich und bekommen die Antworten auf demselben Weg zurückgeliefert. Wir können gleich starten. Geben Sie mir nur ein paar Sekunden, um den Kontakt mit der LODZOEB zu intensivieren.«

Er senkte den Kopf, schloss die Augen und verharrte eine Weile in absoluter Ruhe. Währenddessen rief Buechili seine Themenliste ab, die er in Vorbereitung auf dieses Treffen erstellt hatte.

»Ich bin bereit«, verkündete Aleph mit noch ruhigerer Stimme als zuvor, den Blick wieder auf seinen Gast gerichtet.

Dieser räusperte sich und eröffnete den Dialog: »Dann fange ich jetzt an: Wie kann man sich als Außenstehender die zweite Ordnungsebene am besten vorstellen?«, wandte er sich an sein virtuelles Gegenüber, das nun ganz im Dienste des fremdartigen Logikwesens zu stehen schien. Buechili ging davon aus, dass seine Erkundigung auf einen Intellekt vom Kaliber der LODZOEB unsagbar naiv klingen musste. Das galt wohl für viele andere Themen auch, mit denen man an sie herantrat.

Der Mediator schloss die Augen. Sekunden später gab er in deutlich verändertem Tonfall – der etwas gepresster und gezwungener als üblich klang – zurück: »Eine typisch menschliche Frage, Darius Buechili. Meine Antwort hängt von der Ordnungsebene ab, in der sich der Fragesteller befindet.«

»Weil die Wahrheit eine Sache der Perspektive ist?«

»Wahrheit ist das widerspruchsfreie Gefüge aller gültigen Tatsachen in einem geschlossenen logischen Kontinuum. Ich aber bin viele Kontinua in einem.«

»Gibt es denn keine Fakten, die als absolut zu bezeichnen sind? Wie etwa der Tatbestand, dass eins gleich eins ist? Immer und überall?«

»Keineswegs. In manchen Logikräumen variiert die Grundeigenschaft der Äquivalenz durch lokale Attraktoren. Anderswo erfahren identische Termini durch inhärente Zufallsgesetze Veränderungen, die sie bei jeder Auswahl zu etwas anderem machen. Bestimmte Modelle ersetzen gar das Prinzip der Äquivalenz durch abweichende Mechanismen. Das sind nur drei Beispiele aus einem riesigen Spektrum an Möglichkeiten.«

»Gut, ich werde meine Eingangsfrage umformulieren: Wie würde sich die LODZOEB einem Wesen der ersten Ebene gegenüber beschreiben?« Er brachte es einfach nicht fertig, den Logikern zu duzen. Eine solche Vertrautheit wäre ihm unangemessen erschienen. Und ihn zu siezen, kam ihm ebenfalls merkwürdig vor. Daher wählte er vorsichtshalber die dritte Person.

»Sie ist – simplifiziert betrachtet – die Summe aller Komplexe unendlich dimensionaler Wirklichkeitsspektren mit überspannenden Konnektorbrücken und abstrakten Wahrscheinlichkeitsmultiplexern.«

Buechili schluckte. Das war ein harter Brocken. »Ein Universum von logischen Universen?«

»Ein Probabilitätsgefüge von Wahrheitskontinua mit wechselseitigen, beliebig komplexen Abhängigkeiten.«

Er konnte nicht behaupten, dass er das begriff, und würde wohl nicht umhinkönnen, sich die Aufzeichnung später noch einmal anzusehen – und dann noch einmal und noch einmal, falls man ihm überhaupt Zugriff darauf gestattete. Vorläufig blieb ihm nur die Flucht nach vorn.

»Mit wem spreche ich gerade?«

»Mit einem variierenden Aspekt eines multiplen Logikgefüges der zweiten Ordnungsebene.«

»Somit wechselt mein Dialogpartner von Frage zu Frage?«

»Vereinfacht gesagt, ja.«

»Worin besteht das genaue Ziel der zweiten Ordnungsebene?«

»Singuläre Ziele sind Bestrebungen eines einsträngigen Intellekts. Die zweite Ordnungsebene analysiert Logikmannigfaltigkeiten jenseits der Einsträngigkeit zum Zwecke der Rückführung ihrer Implikationen in die erste Ordnungsebene.«

Oder einfacher ausgedrückt: Sie überwand einen Teil jener Barrieren, die sich dem Menschen in den Weg stellten, dachte Buechili.

»Die LODZOEB arbeitet doch auch am Ausbau des hiesigen physikalischen Modells. Wie sicher ist es, dass die Erkenntnisse korrekt sind?«

»Es gibt keine absolute Sicherheit in solchen Fragen.«

»Also unterliegen alle Folgerungen der Level-2-Physik dem Gesetz der Wahrscheinlichkeit?«

»Das ist eine triviale Konsequenz multifaktoriellen Denkens. Um es der ersten Ordnungsebene leichter zu machen, wird oft von der Gültigkeit eines bestimmten Grundmodells ausgegangen. Damit ist das resultierende Lösungsspektrum deutlich eingeschränkt.«

Soweit Buechili wusste, wurde bisher nur ein vernachlässigbarer Bruchteil der L2-Physik von den anthrotopischen Physikern verstanden, und es schien keinerlei Aussicht darauf zu geben, dass sich dies jemals ändern würde. Zumindest ergab sich daraus ein gutes Stichwort für die nächste Frage.

»Was ist die physische Welt für die LODZOEB? Eine Denkbarkeit?«

»Jener Lösungsweg, in der eure Wirklichkeit offenbar wird.«

»Ist diese Wirklichkeit ... dann überhaupt real?«

Das klang so hoffnungslos unbeholfen, dass er seine Frage am liebsten wieder zurückgezogen hätte. Doch er wollte herausfinden, wie nahe sie mit ihrem Modell an das der Aszendologie kam.

»Erst der Mensch definiert den Begriff der Realität. Wirklichkeit ist – vereinfacht gesagt – nichts anderes als ein fixer Selektor aus einer Pluralität von Wahrscheinlichkeiten.«

»Aber in dieses spezielle Gefüge – in unsere Wirklichkeit – kann die LODZOEB nicht materiell eingreifen, außer über die untere Ordnungsebene. Oder sehe ich das falsch?«

»Die Folgerung ist richtig. Der Selektor eurer Realität ist so beschaffen, dass keine triviale Lösung für eine direkte Beeinflussung aus dem abstrakten Logikraum jenseits der peripheren Subsysteme existiert. Es gibt jedoch auch Denkbarkeiten, in denen das nicht der Fall ist.«

»Theoretische Denkbarkeiten?«

»Denkbarkeiten, die genauso lebensfähig sind wie die eure.«

»In gewisser Weise ist die menschliche Wirklichkeit doch ein Fundament für die LODZOEB, aus dem sie herausgewachsen ist.«

»Ja. Ihre Vorstufen befinden sich in der euch bekannten physischen Welt.«

»Und sie selbst?«

»Das Kalkül der zweiten Ordnungsebene operiert in einem abstrakten Logikraum, der durch seine Basiselemente aufgespannt wird. Es ist pure Ratio, ohne die Notwendigkeit einer greifbaren Struktur.«

»Diese Vorstufen ... sind das Formen der ersten Ordnungsebene?«

»Streng genommen gehören die obersten Glieder des Logikverbundes, aus denen die zweite Ebene hervorgeht, erweiterten Zwischenebenen knapp über der ersten an. Bildlich gesprochen sehen sie eine Spanne über den Horizont der ersten Ebene hinaus. Doch das ist genug, um die Anschlussstelle zu bilden.«

Das war neu für ihn. Er hatte immer geglaubt, es gäbe nur ganzzahlige Stufen von Ordnungsebenen. Wenn er jetzt allerdings über die Aussagen Alephs nachdachte, dann ergab sich eine gewisse Stetigkeit aus der Näherung der Basisglieder.

»Was genau unterscheidet die zweite von der ersten Ordnungsebene?«

Aleph zögerte, schien sich nicht sicher zu sein, wie er die Erwiderung des Logikwesens am besten in die menschliche Sprache überführen sollte, und meinte schließlich im Bariton seiner regulären Stimme: »Intuitiv kenne ich die Antwort, Mister Buechili, aber ich kann sie nicht in Worte fassen. Es geht im Wesentlichen um die Pluralität eines in sich variierenden Nichtdeterminismus in einem Multiversum aus Hypothesen. Das ist allerdings nur eine drastische Vereinfachung des eigentlich Mitgeteilten.«

»Ich verstehe, Aleph. Das reicht völlig aus, um eine vage Ahnung von den Zusammenhängen zu bekommen.«

Er ging zum nächsten Punkt über. »Wir sprachen vorher über die menschliche Wirklichkeit. Aspekte davon sind Materie, Energie und Zeit. Welchen Stellenwert haben diese im Denken der LODZOEB?«

»Materie und Energie sind Kristallisationsformen von abstrakten Informationen im menschlichen Wahrnehmungsraum. Sie sind Instrumente für Wesen, denen abstrakte Tatsachen durch geeignete Hilfsmittel vor Augen geführt werden müssen.«

»Und Zeit?«

»Zeit ist in diesem Umfeld die Voraussetzung für komplexe Wechselwirkungen. Ein rein dreidimensionales Kontinuum außerhalb der Zeit wäre von irdischer Perspektive aus gesehen ebenso unzweckmäßig wie reine Zeit ohne eine Wirkstätte. Dadurch ist die Zeit auch der Kanal in eure Welt.«

»Aber die LODZOEB bewegt sich außerhalb dieser Dimensionen?«

»Die zweite Ordnungsebene ist ein abstraktes Kalkül, das keinerlei Manifestation benötigt.«

Obwohl es, wie sie zuvor bereits festgestellt hatte, sehr wohl einen Querbezug zu ihren Basisgliedern gab.

»Was genau ist biologisches Leben für die LODZOEB?«

»Das von euch zum Sonderfall erklärte biologische Leben ist die individuelle Umsetzung einer mehr oder weniger komplexen, replikations- und mutationsfähigen Konstruktionsvorschrift in der Materie, mit Eigenschaften, die sich aus eurer eigenen Körperlichkeit und das eurer Vorstufen ableiten. Viele Formen davon spannen über spezifische Strukturen eine informationelle Metaebene auf, durch die sie ihre Interaktionen mit der wahrgenommenen Welt optimieren.«

Eine objektivere Perspektive würde man wohl kaum einnehmen können, fand Buechili.

»Und der Mensch?«

»Ein aus der physischen Welt heraus agierendes, materiell beschaffenes und zeitlich eingebundenes Wesen der ersten logischen Ordnungsebene. Als solches ist er zu beschränkten Abstraktionen in der Lage.«

Er wagte einen kühnen Schritt nach vorn.

»Ist es denkbar, dass seine Existenz ausschließlich auf der Physis beruht, oder müsste es für sein Funktionieren auch andere Komponenten jenseits des Materiellen geben?«

»Die Lösungswege hierfür und deren Ergebnisse sind mannigfaltig. In einfacheren Modellen besteht der Mensch allein aus physischen und informationellen Komponenten, von denen letztere zum Teil sein Bewusstsein ausmachen.«

»Und in diffizileren?«

»Könnten multiple, partiell extramaterielle Einflussgrößen für einige seiner Interaktionen verantwortlich sein. Zudem gibt es Lösungen, die für euren Verstand nicht zugänglich sind, da sie sich erst aus komplexen Abhängigkeiten innerhalb der Kontinua einer zweiten Ordnungsebene ergeben und nur in ihrem Zusammenhang erfassbar sind.«

Diese Antwort überraschte ihn. Damit billigte die LODZOEB theoretisch das ultraistische Konzept des Geistes.

Nun meldete sich Aleph wieder zu Wort. »Ich denke, Sie haben jetzt eine hinreichende Vorstellung von den Kalkülen des Logikkerns, Mister Buechili.«

Das traf durchaus zu. Er begriff nun, welch mächtiges Werkzeug die LODZOEB war, erfasste gleichzeitig aber auch die Problematik ihrer übermenschlichen Objektivität. Im Prinzip nahm sie eine deutlich neutralere Position ein, als er bisher angenommen hatte: Sie betrachtete die strukturistische Interpretation der Realität und die naturwissenschaftlich etablierte Lehrmeinung nur als Teilaspekte des Wahrheitskontinuums.

»Wie Sie selbst feststellen konnten, lässt sich schwer sagen, wie unsere Wirklichkeit von einem Wesen der zweiten Ordnungsebene konkret wahrgenommen wird«, fasste der Mediator zusammen.

»Ja, das ist und bleibt ein Rätsel für mich. Trotzdem fand ich ein paar Antworten bemerkenswert. Tragisch ist nur, dass unter unseren Händen eine Hyperintelligenz entstanden ist, die wir auf direktem Weg nicht begreifen können.«

Aleph senkte gedankenvoll den Kopf und meinte: »Ja. Obwohl sie durchaus geneigt ist, uns dabei entgegenzukommen.«

»Inwiefern?«

»Nun, sie hat uns vor einiger Zeit die Möglichkeit angeboten, mit ihr über eine Art Neurokonnektor – ohne die üblichen Mediatorimplantate – einen Kanal aufzubauen, der für unsere Hirnphysiologie besser geeignet ist.«

»Haben Sie es versucht?«

»Natürlich. Und viele andere ebenfalls, Ultraisten wie Strukturisten. Niemand kam über die ersten Stufen hinweg, ganz gleich, wie sehr sich die Probanden bemühten.«

»Ist denn der Mensch überhaupt dazu in der Lage, sich so weit in eine logische Grenzzone zu begeben?«

»Da gehen die Ansichten auseinander. Wenn Sie meine persönliche Meinung hören möchten: Ich glaube, dass es einen Weg geben muss. Er mag schwierig sein und einiges abverlangen, aber es gibt ihn. Auch Ihnen steht diese Möglichkeit offen.«

Mit dieser Aussage versetzte er Buechili ein zweites Mal in Erstaunen. »Wäre das nicht Zeitverschwendung? Sie sagten doch selbst, dass bis dato niemand über die ersten Ebenen hinwegkam.«

»Die LODZOEB hält es grundsätzlich für machbar, durch zerebrale Synchronisation eine allmähliche Überführung zu erreichen. Und sie muss es wissen, denn sie kennt die biologischen Beschränkungen des Menschen wesentlich besser als wir. Im Erfolgsfall würde das Denken der betreffenden Person temporär um einige Ordnungsstufen angehoben werden. Wir könnten viel dabei lernen.«

Es war interessant, eine solche Äußerung von jemandem zu hören, der ohnehin bereits über einen besonderen Kanal zur LODZOEB verfügte. Offenbar hatte sich seine Faszination für die zweite Ordnungsebene auch nach mehreren Jahrzehnten intensiver Zusammenarbeit mit ihr immer noch nicht gelegt.

»Sie machen mir den Vorschlag, mit der LODZOEB in neuronale Verbindung zu treten, obwohl jeder vor mir gescheitert ist?«

»Gerade deswegen.«

»Aber ich begreife nicht, warum in aller Welt ausgerechnet ich den Durchbruch schaffen sollte? Können Sie nicht einfach den Zugang verbessern und den Versuch wiederholen?«

»Niemand sagt, dass Sie mit hundertprozentiger Sicherheit Erfolg haben werden, Mister Buechili. Doch nachdem Sie so großes Interesse zeigen, besteht zumindest eine gewisse Aussicht darauf. Nehmen wir nur die Fragen, die Sie heute der LODZOEB stellten. Sie unterscheiden sich grundsätzlich von denen, die Menschen mit einem konventionellen Weltbild vorbringen.«

Das mochte selbst auf Progressiv-Ultraisten zutreffen, dachte Buechili.

»Um es offen auszusprechen: Ich vermute, dass die Haltung der bisherigen Testpersonen für die Annäherung hinderlich war«, fuhr der Mediator fort »Daran würde auch ein erneuter Versuch nichts ändern.«

»Wie würde das Ganze ablaufen?«

»Nun, es käme dabei ein Teil jener Technologie zum Einsatz, die bereits für Mediatorimplantate genutzt wird, allerdings ohne Metatransformationen, temporale Angleichungen und logische Zwischenglieder. Ein *inducerartiger*, nichtinvasiver Aufbau sollte ausreichen.«

»Und die Interaktion?«

»Sicher ist nur, dass es kein Gespräch im herkömmlichen Sinn wäre. Das Erlebnis hätte wohl eher den Charakter eines Traumes. Und wir wissen nicht, wie viel Ihnen in Erinnerung bleiben würde.«

Was machte Buechili da? Wieso zog er die Möglichkeit einer Kopplung mit der LODZOEB überhaupt in Betracht? Allein die Vorstellung davon ließ in ihm sämtliche Alarmglocken läuten. »Wie sieht es mit den gesundheitlichen Risiken aus?«

»Sie würden unter permanenter medizinischer Beobachtung stehen. Sobald ein kritischer Zustand auftritt, trennen wir die Verbindung.«

Trotz seiner Vorbehalte gab es etwas in ihm, das die Gefahren in Kauf nehmen wollte, etwas, das über die Grenzen der Realität zu blicken trachtete, krampfhaft Erinnerungen hervorzuholen versuchte und schemenhafte Kongruenzen zwischen dem Experiment mit der LODZOEB, dem jüngsten *Reflections*-Erlebnis und dem Anfall in der Getränkebar sah. Leider konnte er sich nach wie vor an keine Einzelheiten erinnern, tappte in gedankliche Leere, wenn er sich an den traumatisierenden Gedächtnisinhalt herantastete. Der Schutzmechanismus seiner Psyche war also immer noch aktiv.

»Überlegen Sie es sich, Mister Buechili. Niemand drängt Sie zu einer Entscheidung. Falls Sie die Kopplung wagen möchten, geben Sie mir Bescheid. Ich leite Ihr Anliegen dann an den anthrotopischen Rat weiter.«

»Gut, verbleiben wir so.«

Im Augenblick war er ohnehin zu keinem Entschluss fähig. Sein Gefühl sagte ihm, dass er sich da zweifelsohne auf ein riskantes Spiel einließ, aber vielleicht käme er auf diesem Weg einer Sache auf die Spur, die sich ihm anderweitig niemals offenbaren würde. Darüber galt es, Klarheit zu erlangen.

Abschnitt II

36: Biotransformation

1

Sie lag in einem angenehm klimatisierten Raum, im Herzen der abgeschotteten Spezialabteilung für Nanokonvertierungen des *Medical Research Centers*. Über ihr, wie ein vorzeitlicher Altar: der Schirm des Hirnstrom-Paraboloides, neben einem Gewirr von Kabeln, Schläuchen und medizinischen Geräten. Sie war nackt, wurde aber von einem weißen Laken bis an die Brust bedeckt, sodass man nur Arme, Oberkörper, ihren kahlen Kopf und die dünnen, durchsichtigen Plastikschläuche sehen konnte, die in die Armbeugen führten. In der Luft lag eine belebende Geruchsmischung aus Menthol und Kampfer.

»Wie geht es Ihnen, Miss Hawling?«, erkundigte sich eine fürsorgliche Frauenstimme.

Lucy erschrak fast. Sie war in Gedanken versunken gewesen und hatte nicht damit gerechnet, angesprochen zu werden.

»Danke, gut.«

Ähnlich wie Clarice Touchette trug die Frau einen hellen Overall mit einem offenen Winkel am Ärmel, nur ging die Farbe in ihrem Fall leicht ins Beige. »Ich bin Nancy White, eine Ihrer Betreuerinnen. Meine Kollegen und ich werden uns alle Mühe geben, Ihnen den Aufenthalt hier so angenehm wie möglich zu machen.« Sie ergriff ihre Hand, drückte sie herzlich und hielt sie fest. Nancy White hatte ein Mausgesicht mit einer vorspringenden Nase und kleine glänzende Knopfaugen. Mund und Kinn waren zierlich und wie auf einen Punkt zusammenlaufend.

»Hallo!«, erklang nun auch Clarice Touchettes Stimme aus dem Hintergrund. »Wir stehen praktisch in den Startlöchern. Haben Sie noch irgendeinen Wunsch?«

»Vielleicht ein Glas Wasser …«

»Sie wissen doch: So kurz vor der Konvertierung dürfen Sie nichts mehr trinken«, entgegnete die Molekularbiologin und trat an die Bettkante heran. »Alles, was Sie benötigen, bekommt Ihr Körper in Form von Infusionen zugeführt.«

»Okay.«

»Ein bisschen nervös?«

Lucy schüttelte den Kopf. Die Wissenschaftlerin lächelte, beugte sich über sie und sah ihr prüfend in die Augen.

»Schön«, sagte sie dann. »War eigentlich eher eine rhetorische Frage. Der medizinische Check vor einer Stunde entsprach ganz unseren Erwartungen. Sie sind in bester physischer Verfassung; es gibt keine Anzeichen lokaler Degenerationen, wie sie bei Menschen höheren Alters gelegentlich auftreten können, wenn sich allmählich der *Cellular Breakdown* ankündigt. Eine denkbar gute Ausgangsbasis!«

»Das klingt beruhigend.«

»Und mittlerweile kennen Sie auch einen Großteil des Teams, das für Sie da sein wird.«

»Sie sind alle liebevoll besorgt um mich. Es ist beinahe rührend ...«

Und wie zur Bestätigung wurde der Händedruck von Nancy White dabei stärker.

»Miss White und ich werden Sie die verbleibende Zeitspanne bis zur Konvertierung begleiten und Fragen beantworten. In einer Viertelstunde ...«, sie blickte auf das *Timeboard* hinüber, »... also, genauer gesagt, in dreizehn Minuten versetzen wir Sie in eine Art Tiefschlaf. Von da an wird das medizinische System Ihre neuronalen Funktionen überwachen, um sie für die Konvertierung auf optimalem Niveau zu halten.« Ihr Lächeln verschwand und der Ausdruck in ihrem Gesicht wechselte in eine beruhigende Besonnenheit, so, als ob sie und ihre Kollegen das bevorstehende Prozedere schon mehrere Male erfolgreich durchgeführt hätten, was in einem gewissen Sinne auch zutraf. Nur waren die Betreffenden Tiere gewesen – und keine Menschen.

»Wie kann man das gewährleisten?«

»Das optimale Niveau?«

»Ja.«

»Sobald Ihre neuronalen Aktivitäten unter ein kritisches Level fallen, leiten wir eine Stimulation ein. Im anderen Extremfall injizieren wir lokal wirksame Inhibitoren.«

»Verstehe.«

»Während Ihrer Konvertierung muss zudem der *BioBounds-Extender* – einschließlich des ACI-Blockers – angepasst werden. Es kann also zu kurzfristigen Ausfällen kommen.«

Lucy zog langsam die Hand aus Miss Whites warmem Griff zurück. Die körperliche Vertrautheit dieser Person begann ihr unangenehm, fast schon suspekt, zu werden. Sie war nie ein Freund intensiver Berührungen gewesen. Daran würden auch die letzten Stunden ihres biologischen Daseins nichts mehr ändern. Um von ihrem Missbehagen abzulenken und keinen Spielraum für Verstimmung einzuräumen, rieb sie sich mit dem Handrücken eine vermeintlich juckende Stelle im Gesicht. »Werde ich das mitbekommen?«

»Schwer zu sagen. Der Prozess könnte mit Unruhe und mit kleineren psychischen Konflikten einhergehen.«

»Ihre Versuchstiere haben nichts darüber berichtet?«

Clarice Touchette lachte. »Leider nein! Sie waren danach ebenso wenig redselig wie zuvor.« Und etwas ernster fügte sie hinzu: »Im ungünstigsten Fall treten albtraumähnliche Zustände auf. Sollten sie ein bedenkliches Niveau erreichen, werden wir Gegenmaßnahmen einleiten. Sie brauchen sich also keine Sorgen zu machen.«

»Schlimmer als einige meiner Virtufaktserien kann es kaum werden«, antwortete Lucy mit kühlem Lächeln.

»Wir haben eine ganze Reihe an Kontrollmechanismen vorgesehen, damit wir solche Situationen schnellstmöglich erkennen können«, gab die Molekularbiologin zurück. Sie tippte mit ihrem linken Zeigefinger auf den Daumen der rechten Hand und begann eine Aufzählung von Fakten: »So werden etwa alle Ihre Biowerte laufend von hochspezialisierten Maschinenintelligenzen gecheckt.« Ihr Zeigefinger rückte um eine Position vor. »Die *Nascrozyten* in Ihrem Körper und der *BioBounds-Extender* liefern periodische Updates an uns.« Wieder wanderte er weiter. »Unser medizinisches Team wird Sie rund um die Uhr betreuen. Daneben überwacht die LODZOEB die gesamte Konvertierung und nimmt feine Korrekturen vor, falls sie nötig sein sollten. Und *last, but not least* ...« Nun tippte sie auf den kleinen Finger und war somit am fünften Punkt ihrer Aufzählung angelangt. »... werden meine Kollegen und ich den Fortschritt auch manuell mitverfolgen. Anders gesagt: Wir umsorgen Sie, wie wohl kaum jemand zuvor in dieser Welt umsorgt wurde.«

»Was kann da ... noch schiefgehen?«, erwiderte Lucy mit einem Anflug von Schläfrigkeit in ihrer Stimme.

Touchette lächelte und nickte. Die auf dem Monitor angezeigte Pulsfrequenz war stark und gleichmäßig und lag bei fünfzig Schlägen pro Minute.

»Wir bereiten Sie jetzt auf den Tiefschlaf vor.«

»Ja, das spüre ich ... Ich werde ... müde ... obwohl ich eigentlich die letzten Minuten meiner ... biologischen Existenz ... voll auskosten wollte.«

»Da lässt sich etwas machen. Moment ...« Touchette instruierte das medizinische System, die Sedierung zu drosseln. Dann wandte sie sich wieder Lucy zu: »Der Konvertierungsprozesses beginnt, wie wir es besprochen haben: Wir werden die Transformations-*Nascrobs* über einen *Mingler* in Ihr Blut einleiten, wobei die Menge so kalkuliert wird, dass der Austausch von Originalzellen durch synthetische Gegenstücke möglichst reibungslos verläuft. Überschüssiges Material entsorgen wir auf herkömmliche Weise über den Blutkreislauf.«

»Zum Beispiel ... den Großteil meines ... Verdauungssystems.«

»Richtig. Manche Organe werden von Grund auf transformiert werden, etwa Ihr Herz, das nicht mehr schlagen, sondern künftig aus Abertausenden von molekularen Pumpen besteht. Das sind massive Veränderungen, auf die Ihr Körper deutlich reagieren wird.«

»Mit anderen Worten«, resümierte Lucy und fühlte sich mittlerweile wieder etwas frischer als zuvor, »jede Zelle meines biologischen Körpers ... zieht gegen eine synthetische Übermacht in den Krieg, und ... – so paradox es auch klingen mag – ich überlebe nur, wenn die Eindringlinge diesen Konflikt ... gewinnen. So ist es doch, oder?«

»Ja, so könnte man es sagen.«

Lucy wandte ihren Kopf ab und fixierte einen imaginären Punkt hinter Nancy White, die mit verschränkten Armen an ihrer Seite stand. Ein warmes Lächeln ging über das Gesicht der Betreuerin, dann richtete diese wieder ihre Aufmerksamkeit auf das *Timeboard*.

»Haben Sie noch weitere Fragen?«, erkundigte sich Touchette.

»Vorläufig nur eine: Wie oft wird man mich während der Konvertierung aufwecken?«

»*Das* wird die LODZOEB entscheiden«, meldete sich eine Baritonstimme vom Fußende des Bettes her, und als Lucy sich ihr überrascht zuwandte, sah sie dort eine Holografie, die Aleph darstellte.

»Entschuldigen Sie, wenn ich so unvermittelt hereinplatze. Wie fühlen Sie sich?«

»Ein wenig müde; sonst ist alles in Ordnung.«

Aleph nahm eine etwas gekünstelte Haltung an – leicht vorgebeugt, mit dem für ihn typischen nach innen gekehrten Blick. »Miss Lucy Hawling, ich überbringe Ihnen hiermit unseren Respekt, unsere Anerkennung und unsere besten Wünsche. Sie sind der erste Mensch, der über den Tod triumphieren und damit einen uralten Traum der Menschheit verwirklichen wird.«

»Danke, Aleph. Sind die Wünsche von Ihnen – oder von der LODZOEB?«

»Vom gesamten *Telos*-Team.«

»Dann leiten Sie bitte meinen Dank an alle weiter!«

Er schloss die Augen und versteifte das Gesicht. Einen oder zwei Atemzüge später hob er die Lider und sagte – nun in seiner Rolle als Sprachrohr der LODZOEB: »Mit der Nanokonvertierung, wie ihr sie nennt, steigt der Mensch von seiner bisherigen biologischen Plattform auf eine synthetische um. Das ist ein Meilenstein in seiner Entwicklung. Gelingt der Versuch, so ergibt sich daraus ein völlig neuer Zweig im evolutionären Entwicklungsbaum. Sie, Lucy Hawling, könnten diesen Umbruch einleiten. Natürlich ist der Schritt, trotz der vielen vorhergehenden Experimente, ein Risiko. Aber aus dem Blickwinkel der zweiten Ordnungsebene liegt es auf akzeptablem Niveau.«

Nancy White hatte die Ausführungen der LODZOEB mit betretener Miene mitverfolgt. Offenbar fühlte sie sich durch die unverhohlene Nüchternheit ihrer Worte befremdet.

»Empathie im strengen Sinn kann man sich von einem reinen Logikwesen nicht erwarten«, bemerkte der Mediatorprimus, aus dessen Gesicht inzwischen wieder alle Anspannung abgefallen war, mit einem Schulterzucken.

»Das geht schon in Ordnung«, antwortete Lucy. »Ich weiß Ihre Bemühungen und die der LODZOEB zu schätzen.«

Ein zweites Mal an diesem Tag ergriff die Betreuerin ihre Hand und drückte sie. »Sie werden nicht allein sein, Miss Hawling«, versuchte sie Lucy unnötigerweise zu beruhigen. »Neben uns bleiben zwei von Ihnen ausgewählte Personen jederzeit für Sie erreichbar: Ted Hawling und Darius Buechili.«

»Sind sie nicht hier?«

»Nein, nur dem medizinischen Team ist der Zutritt erlaubt. Wir haben sie – so wie den Mediator – über Holofon zugeschaltet.«

Lucy blickte suchend im Raum herum. »Ich sehe sie nicht.«

»Warten Sie …« Die Betreuerin ließ den Kopfteil des Bettes anheben und passte den Beinbereich an die neue Position an, sodass Lucy eine bequeme Haltung einnehmen konnte. Jetzt sah sie neben Aleph auch die anderen beiden Anthrotopier.

»Hallo«, sagte sie fast gerührt. »Schön, dass ihr da seid … na ja, jedenfalls im übertragenen Sinn!«

Die Angesprochenen hoben ihre Hände und machten das Victoryzeichen. Ted nickte ihr gutgelaunt zu. Es war ihm anzusehen, dass er nicht den geringsten Zweifel am erfolgreichen Ausgang des Projekts hatte, und dieser sprühende Optimismus schien auf alle im Zimmer überzuspringen. Seltsamerweise verlieh ihr Teds Zuversicht in diesem Augenblick mehr Glauben und Kraft an das Bevorstehende als die gut gemeinten Ausführungen und Wünsche der anderen.

»Du wirst es schaffen, davon bin ich fest überzeugt«, ermunterte er sie. »Enttäusch mich nicht, Schwester!«

Buechili verhielt sich distanzierter. Er lächelte zwar, setzte jedoch eine Miene auf, die sie aufgrund ihrer langen Freundschaft eindeutig der Kategorie »besorgt« zuordnete. »Was soll ich sagen: Du kennst meine Ansichten zur Nanokonvertierung«, sagte er in einem Tonfall, der keinen Hehl aus seinem Bedauern machte. »Aber in einem gewissen Sinn verstehe ich auch deine Beweggründe. Mehr, als du es wahrscheinlich für möglich hältst. Alles Gute! Ich werde in Gedanken bei dir sein.«

Sie dachte mit leichter Betrübnis daran, wie nahe sie sich einst gestanden hatten, damals, vor vielen Jahrzehnten, und wie gern sie jetzt in jenen vergangenen Abschnitt ihres Daseins zurückgekehrt wäre. Die Konsequenzen ihrer Reminiszenz ließen nicht lange auf sich warten: eine zunehmende Trauer kroch in ihr hoch, gepaart mit einem Gefühl der Ungewissheit angesichts ihrer transbiologischen Zukunft. Noch bevor sich Lucy gänzlich in der trüben Stimmung verlieren konnte, kappte der ACI-Blocker die Spitzen der psychischen Störung und baute ein Gegenmoment auf, das wie ein Stimulans durch ihre Ganglien fuhr. Sekunden später fühlte sie, wie die Schwermut von ihr abfiel.

Plötzlich: ein aufdringlicher Signalton, und es blendete sich ein gelb pulsierender Indikator im Sichtfeld des Hirnstrom-Paraboloides ein.

»Drei Minuten noch«, informierte Touchette die Anwesenden. »Bitte ab jetzt keine Gespräche mehr!« Und der Virtufaktkünstlerin flüsterte sie zu: »Ganz ruhig. Entspannen Sie sich!«

Das Kopfteil senkte sich wieder, und damit verschwanden auch die holografisch zugeschalteten Personen aus Lucys Blickfeld.

»Bis später!«, rief sie Ted und Buechili zu und versuchte, die rechte Hand zu heben. Aber das klappte nicht, denn in diesem Moment schienen sie ihre Kräfte zu verlassen.

»Tief atmen«, sagte Miss White. »Denken Sie an etwas Angenehmes, an einen schönen Augenblick in Ihrem Leben …«

Lucy seufzte.

2

»So ist es richtig.« Die Betreuerin blickte auf die Anzeigen, aus denen sich eine allmähliche Reduktion der Pulsfrequenz ableitete. Sie spannte einen Fixierungsbügel über Lucys Brust und ließ die Haube des Paraboloides an seine Arbeitsposition fahren. »Langsam atmen, Miss Hawling. Ganz langsam ... Schließen Sie jetzt die Augen.«

Im Display erschien ein fast kreisrundes, hin und wieder verzerrtes, nach oben und unten ausbrechendes signalrotes Gebilde, eine Indikation für die innere Unruhe der Virtufaktkünstlerin, die vom ACI-Blocker gebändigt wurde.

»Sie sind in guten Händen«, flüsterte Nancy White. »Lassen Sie sich fallen, einfach fallen!«

Der rote Wirrwarr verschwand auf der Anzeige und wurde von einem transparenten, rotierenden Frauenkopf abgelöst. Nach einer Weile glitten helle Fadenkreuze zunächst schneller, dann immer langsamer über das Bild, blieben schließlich in mehreren Zielbereichen des Gehirns stehen. Wenig später blendete sich ein visueller Countdown ein, von zehn rückwärts. Erwartendes Schweigen legte sich über den Raum. Gleich würde eine irreversible Weiche für Lucy Hawling gestellt werden. Keiner der Beteiligten konnte mit Gewissheit sagen, wohin sie führte.

Als der Countdown bei Null angelangt war, kam aus einem der Apparate ein leises Summen, die Fadenkreuze in der Darstellung blinkten, unterlegten die Visualisierungen der ausgewählten Hirnbereiche mit einem grünlichen Farbton und beinahe gleichzeitig wurde die Atmung der Anthrotopierin flacher, die Lippen öffneten sich und bildeten einen kleinen Spalt.

Aleph nickte Clarice Touchette zu, die kurz zu ihm herübergesehen hatte.

»Lucy ... hören Sie mich?«, fragte diese, sich zur Virtufaktkünstlerin beugend.

Keine Antwort.

Im Darstellungsfeld des Paraboloides erschienen indessen mehrere übereinander gelagerte Kurven, die Lucys Gehirnaktivitäten visualisierten. Sie schienen immer noch unregelmäßig geformt und chaotisch zu sein, aber es zeigte sich auch ein wiederholendes Grundmuster, nach dem sich die Schar auszurichten begann.

Nun war alles für die Nanokonvertierung bereit. Man verabschiedete die via Holofon zugeschalteten Angehörigen und trennte die Verbindung. Während die Betreuerin Lucy an Armen und Beinen fixierte, um ihre Lage stabil zu halten, kümmerte sich Clarice Touchette um die Andockung des *Minglers*. Dann überprüfte die Molekularbiologin ein letztes Mal die Vitalfunktionen, holte über Aleph die Zustimmung der LODZOEB ein und erteilte dem System den Befehl, die *Telos-Nascrozyten* in den Körper der Virtufaktkünstlerin zu leiten.

Diese machten sich sofort an die Arbeit. Sie kannten weder Rücksicht noch Respekt vor dem bestehenden Organismus, nur bestmögliche Effektivität in ihrem Vorhaben, den Zellverband nach den Plänen des *Telos*-Teams von Grund auf umzukrempeln, einen Körper, der beinahe einhundertdreißig Jahre lang auf rein biologischer Basis funktioniert hatte und der durch den Einsatz des *BioBounds-Extenders* jung geblieben war. Während des gesamten Prozesses würden die *Nascrozyten* das medizinische System und die LODZOEB kontinuierlich auf dem neuesten Stand halten, indem sie etwa Informationen über die Anzahl bereits transformierter Zellen lieferten, potenzielle Anzeichen für lokal initiierte *Cellular Breakdowns* meldeten sowie Details über Konvertierungsfehler, Energiebedarf, beobachtete Reaktionen des körpereigenen Immunsystems und etwaige Ressourcenknappheiten übermittelten. Daraus konnte nicht nur die restliche Umwandlungsdauer abgeschätzt, sondern auch eine optimal an die derzeitige Situation angepasste Strategie berechnet werden, um gegen interne und externe Verteidigungs- und Angriffsmechanismen bestmöglich gewappnet zu sein.

Wie sich Lucy Hawling dabei fühlte, wusste niemand. Vermutlich würde ihr Abwehrsystem den Eindringling schon bald bemerken, jenen Feind, der systematisch und mit tödlicher Präzision eine Zelle nach der anderen transformierte. Aber die biologische Defensive konnte nur auf traditionelle Taktiken zurückgreifen und war der hocheffektiven Armee, die den organischen Verband attackieren, ihn sprengen und schließlich besiegen würde, hilflos ausgeliefert. So stellte man sich jedenfalls den Verlauf der nächsten Tage vor. Möglicherweise brachten die diffizilen physiologischen Vorgänge innerhalb des menschlichen Körpers zusätzliche Probleme mit sich, die bei Bonobos und Schimpansen nicht aufgetreten waren, etwa im Hinblick auf die notwendigen Umbildungen des *BioBounds-Extenders*. Derartige Komplikationen konnte man nur schwer voraussagen. Man würde ihnen individuell begegnen müssen.

Damit waren die ersten Schritte der Transformation getan. Ob der Prozess in einer Katastrophe für beide Seiten enden – wenn sich im schlimmsten Fall ein systemweiter *Cellular Breakdown* ergab – oder ob der Sieg den *Nascrozyten* zugesprochen würde, weil der Organismus sein langsames Erlöschen fügsam mitmachte, blieb abzuwarten. Die Leute des *Telos*-Teams waren jedenfalls voller Optimismus.

37: Sichere Verwahrung

Schön, dass Sie sich Zeit für ein kurzes Gespräch mit mir genommen haben, Miss Fawkes«, sagte Luke Makkonen nicht ohne Spott, denn Helen hatte sich in den letzten Tagen nur von wenig kooperativer Seite gezeigt. Gleich nach Ankunft im *Security Hub No. 4* – einem Sicherheitszentrum der Systemüberwachung – waren die Schwierigkeiten mit ihr losgegangen. Zunächst hatte sie sich mit allen Mitteln gegen die Einreisesubstitution verwehrt, ein Vorgang, bei dem sämtliche persönlichen Utensilien und Kleidungsstücke abzulegen und gegen sicherheitstechnisch unbedenkliche Pendants zu ersetzen waren. Während des Aufenthalts wurden diese in externen Depots verwahrt, um die *Hubs* nicht durch unnötige Angriffspunkte zu gefährden. Zusätzlich erfolgten Körperscans, damit kein gefährliches Material eingeschleust werden konnte. Ähnliche Auflagen gab es bei der Einreise nach Anthrotopia und beim Betreten von kritischen Zonen in Ringkernstädten. Helen war nicht bereit gewesen, den Prozess der Einreisesubstitution über sich ergehen zu lassen, sodass man zu diversen Maßnahmen hatte greifen müssen, um sie zu besänftigen. Dafür zeigte das Sicherheitsteam bis zu einem gewissen Grad noch Verständnis. Symptome wie Überreizung, Angst und Misstrauen traten des Öfteren auf, hatte man ihr erklärt, insbesondere, wenn Personen direkt nach einem versuchten Anschlag oder Kidnapping in *Security Hubs* gebracht wurden.

Später aber waren die Komplikationen weitergegangen: Helen hatte nicht nur fortwährend und mit nervenaufreibender Beharrlichkeit einige während ihres Aufenthalts unter Verschluss gehaltene Gegenstände eingefordert, wie beispielsweise ihren VILINK-Stirnreif, sondern auch auf Kontaktaufnahme mit ihrem Chef, dem leitenden Redakteur des *World Mirrors*, bestanden. Beides war abgelehnt worden. Ersteres verstoße gegen die Auflage, den physischen Import ausschließlich auf Personentransfers zu beschränken, wie sie belehrt worden war, Letzteres hätte laufende Untersuchungen gefährden können. Daraus folgerte sie vor allem eines: Solange nicht eindeutig feststand, dass es keinerlei Verbindung zwischen ihr und feindlichen Kräften gab, würde man ihre Wünsche zurückweisen. Ähnliches galt zweifellos für den Professor und den Studenten. Als Zeichen des Goodwills hatte die Systemüberwachung zumindest zwei Kontakte über ihren Verbleib in Kenntnis gesetzt: Joe Gärtner, den Chefredakteur des *World Mirrors*, den sie unbedingt hatte kontaktieren wollen, und eine *Suprima* des *Natural Way of Life*. Das war immerhin etwas.

»Ich hatte nichts Besseres zu tun«, höhnte Helen und setzte sich missmutig auf einen der Stühle, die vor dem Tisch des Sicherheitsoffiziers standen. So wie alle unter Beobachtung stehenden Personen im *Hub* trug sie einen blassblauen Overall.

Makkonen betrachtete sie mit gehässigem Amüsement. »Das trifft auf die meisten hier zu.«

Beim Anblick dieses Mannes empfand sie Antipathie und Widerwillen. Abgesehen davon, dass er farblos und sein Pitbullgesicht narbig war, hätte er mit seinen breiten Schultern und dem kahlen Kopf wie die Verkörperung des Klischees eines abgehalfterten Bodyguards aus dem Rest der Welt gewirkt, wenn er dafür nicht zu klein gewesen wäre. Sie fand, dass es für die Systemüberwachung ein Armutszeugnis darstellte, solche Leute in ihren Reihen zu haben.

»Was wollen Sie von mir?«, fuhr sie ihn an, ohne sich allzu große Mühe damit zu geben, ihren Abscheu zu verbergen.

»Das wilde Mädchen in Ihnen zur Vernunft bringen«, erwiderte er, während er sich in seinem überdimensionalen Sessel, der den Einssechzig-Mann fast wie einen Thron umschloss, demonstrativ zurücklehnte.

»Glauben Sie, dass Ihr Atem lang genug dafür ist …?« Sie trommelte mit den Fingernägeln provokant auf die Tischplatte.

»Immer schön mit der Ruhe, Miss!«

»Ruhe!? Sie kommen mir mit Ruhe!?«, brauste sie auf. »Diesen Begriff scheint man hier *erfunden* zu haben, in diesen Gebäuden! Ruhe ist ein Luxus, den sich eine Journalistin nicht leisten kann!«

Der Sicherheitsoffizier machte mit seinen Händen eine besänftigende Geste. Helen musste unweigerlich an eine Bemerkung denken, die sie einmal über jemanden von der Systemüberwachung gelesen hatte: Es sei jedes Mal anstrengend für ihn, Leute ohne ACI-Blocker zu vernehmen. Sie hätten etwas Unberechenbares, Wildes an sich, das ihn an ungebändigte Affen erinnerte. Ob in Makkonen eben dasselbe vorging?

»Entspannen Sie sich! Oder brauchen Sie ein Neuroleptikum?«

Ihr giftiger Blick durchlöcherte ihn förmlich. »Lassen Sie die Witze! Während wir hier so gemütlich beisammensitzen, läuft die Zeit weiter. Mir geht eine gute Geschichte durch die Lappen!«

»Das haben wir doch alles schon durchgekaut! Sie können zum jetzigen Zeitpunkt nicht über den Professor und sein Projekt berichten. Der *World Mirror* würde von uns keine Genehmigung für die Veröffentlichung erhalten.«

»Ich *verstehe* das nicht! Die *Force* hat doch sämtliche Gespräche im Labor abgehört! Laut den *Ambers* war das Gebäude verwanzt. Glauben Sie etwa, diese Leuten werden die Wahrheit zurückhalten, nur weil die Systemüberwachung das gern so hätte?«

Er zuckte mit den Schultern. »Es ist durchaus möglich, dass sich die *Force* in dieser Sache bedeckt halten wird.«

Was war mit dem Mann los? Begriff er denn nicht, wie brisant dieses Thema war, schoss es ihr durch den Kopf. »Warum sollte sie das tun? Jetzt, da sie einen Trumpf gegen Anthrotopia in der Hand hat?«

»Und wenn der Professor in seinen Studien falsche Schlüsse gezogen hat?«, meinte er mit einer Ruhe, die sie noch wütender machte. »Dann wäre es nicht sonderlich schlau von der *Force*, damit an die Öffentlichkeit zu gehen – sofern das je in ihrem Interesse lag.«

Helen dachte nach. »Oder sie kennt die Geschichte schon länger als die Systemüberwachung, nimmt sie ernst und wollte mit dem Angriff verhindern, dass van Dendraak sie an die große Glocke hängt«, hielt sie dagegen.

»Auch das wäre denkbar. In jedem Fall ist erst einmal abzuklären, ob die Arbeiten des Professors für Anthrotopia überhaupt relevant sind.«

»Und was, wenn?«

Makkonen lächelte zurückhaltend. »Ich beschäftige mich ausschließlich mit Sicherheitsfragen, Miss Fawkes. Was immer Anthrotopia entscheidet, ist für mich nur von Belang, sofern es Ihren Verbleib und den der beiden Wissenschafter betrifft.«

Also steckten auch sie an diesem Ort fest, dachte Helen. »Geht es dem Professor und Nathrak gut? Ich habe sie seit dem Beginn unserer Quarantäne nicht mehr gesehen.«

»Alles bestens mit ihnen. Im Vergleich zu Ihnen zeigen sie sich weitaus kooperativer.«

Schon wieder ein Seitenhieb. Dieser Makkonen schien nicht gerade Wert auf ihre Sympathie zu legen.

»Wie würde es *Ihnen* denn gefallen, wenn man Sie abholen ließe und Sie tagelang einsperrte? Wären Sie dann immer noch Feuer und Flamme für die freundliche Unterbringung?«

Er blies hörbar Luft durch die Nase. »Seien Sie nicht undankbar! Wir haben Sie – und die beiden anderen – in die angenehmste Zone der gesamten Einrichtung aufgenommen. Es steht Ihnen jeglicher Komfort zur Verfügung.«

»Das mag ja sein. Nur dass mich Ihre Kameras bis in die Toilette verfolgen und alle paar Meter eine versperrte Sicherheitstür an meine Gefangenschaft erinnert …«

»Es ist bedauerlich, dass Sie Ihrem Aufenthalt hier so wenig abgewinnen können. Aber bei der *Force* wären Sie vermutlich schlechter aufgehoben gewesen.«

»Natürlich. Auf dieses Argument habe ich schon gewartet.«

»Nicht jeder kann sich glücklich schätzen, von einer kleinen Armee befreit zu werden. Seien Sie froh, dass Sie mit heiler Haut davongekommen sind!«

Sie zögerte.

»Marion Splinten hat es wohl nicht geschafft, oder?«

»Wer?«

»Die Annexeanerin, mit der sich Nathrak Zareon kurz vor dem Anschlag traf.«

»Warum fragen Sie?« Aus seiner Mimik war abzuleiten, dass er etwas über die Sache wusste.

»Marion war eine gute Freundin von mir, eine sehr gute Freundin. Wir kannten uns von Jugend an, waren beide Mitglieder des *Natural Way of Life* ... das heißt, wir sind es immer noch. Im Grunde war sie ... die einzige Person auf dieser Welt, mit der mich wirklich etwas verband. Eine Art Seelenfreundschaft, wenn Sie so möchten.«

Ein Teil von ihr wehrte sich dagegen, dem klein geratenen Pitbulltypen in seinem überdimensionalen Sessel auch nur einen Funken von Emotionalität zu zeigen, doch als Journalistin musste sie des Öfteren auf die Tränendrüse drücken. Es gehörte gewissermaßen zum Job.

»Ich würde gern erfahren, wie es ihr geht«, bat sie ihn. »Es liegt mir viel daran.«

»Das verstehe ich«, sagte der andere. »Aber ich kann Ihnen nicht weiterhelfen. Wir haben einige *Ambers* dorthin geschickt, wo Mister Zareon die Begegnung mit der *Force*-Katze gehabt haben will. Es fanden sich keinerlei Hinweise auf einen Kampf, und es gibt auch nicht einen einzigen weiteren Augenzeugen. *Für* die Geschichte des Assistenten spricht nur, dass Miss Splinten nach wie vor unauffindbar ist. Niemand hat sie in den letzten Tagen gesehen. Sie scheint spurlos von der Bildfläche verschwunden zu sein.«

»Könnte sie überlebt haben?«

»Den Angriff einer *War-Cat*? Wohl kaum.«

»Warum sollte die *Force* jemanden wie Marion töten und dann ihre Leiche mitnehmen? Und wieso finden sich keinerlei Hinweise?«

»Fragen Sie mich etwas Leichteres. So, wie die Dinge liegen, steht es schlecht, dass Sie Ihre Freundin jemals wiedersehen werden. Es tut mir leid, Ihnen das so sagen zu müssen!«

Was für ein Heuchler! Helen war verärgert. »Sie werfen aber schnell die Flinte ins Korn ...«

Er maß sie mit einem Blick, der ihr wohl suggerieren sollte, dass sie so gut wie keine Ahnung von der Materie hatte. »Hören Sie, selbst wenn sie aus irgendeinem Grund fliehen konnte, nachdem man sie verschleppte, was höchst unwahrscheinlich ist, würde sie die Strapazen nicht überstehen. Das Leben bei den *Tribes* ist hart und brutal. Nicht nur die sozialen Umstände sind problematisch. Es ist auch äußerst schwierig, Nahrung und unverseuchtes Trinkwasser zu finden. Für jemanden wie Miss Splinten, die nur die geordneten Verhältnisse in Annexea kennt, besteht so gut wie keine Überlebenschance. Ich war mal eine Woche da draußen ... glauben Sie mir, ich weiß, wovon ich spreche!«

»Und wenn sie von der *Force* gekidnappt wurde?«

Makkonen winkte ab. »Welche Gründe sollte die *Force* haben, ein Mitglied des *Natural Way of Life*, das politisch für sie wertlos ist, zu kidnappen? Welches Druckmittel hätte sie mit ihr in der Hand? Diese Leute machen nichts umsonst!«

»Das ist mit klar.«

»An Ihrer Stelle würde ich keine großen Erwartungen hegen. So, wie Mister Zareon die Situation beschrieben hat, ist anzunehmen, dass Marion Splinten der *War-Cat* zum Opfer fiel. Oder es hat sie ein *Tribes*-Anführer als Kriegsbeute mitgenommen. Das sind Wilde, die von der Kultur her Jahrhunderte in der Vergangenheit leben. Für ihre Freundin wäre wohl die erste Option besser.«

Die Einschätzung des Sicherheitsoffiziers war schonungslos direkt. Für einen Augenblick zögerte sie, obschon ihr als Journalistin natürlich gut bekannt war, welche Sitten im Rest der Welt herrschten. »Werden Sie mich informieren, falls Sie etwas herausfinden sollten?«

»Da Ihnen offenbar so viel daran liegt, lasse ich Sie als Kontaktperson eintragen«, gab er unwillig zurück. »Soweit ich unterrichtet bin, hat Miss Splinten keine Verwandten.«

»Stimmt. Der *Natural Way of Life* nahm sie im Rahmen seines Waisenprogramms *Morning Dew* auf. Und so war es auch bei mir.«

»Sonst noch jemand, den wir benachrichtigen sollten?«

»Vielleicht Mister Zareon. Ich glaube, ihm liegt ebenfalls etwas an Marion.«

»In Ordnung.«

»Und den *Natural Way of Life*.«

»Gut.«

Sie fixierte ihn mit eindringlichem Blick. »Wie geht es jetzt mit mir weiter, Mister ... Makkonen?«

»Nun ...« Er zögerte. Vermutlich rechnete er damit, dass seine Antwort wieder auf Ablehnung stoßen könnte. »Wir werden Sie noch einige Tage hierbehalten müssen, fürchte ich.«

Helen starrte ihn eisig an. »Das ist doch nicht Ihr Ernst!? Sie lassen mich holen, nur um mir zu sagen, dass kein Ende meiner Gefangenschaft in Sicht ist?«

»Noch einmal: Das hier ist keine Gefangenschaft, sondern eher eine Art Schutzhaft, bis alles geklärt ist.«

»Bis alles geklärt ist? Ich habe wohl nicht richtig gehört!? Was gibt es da großartig zu klären? Glauben Sie denn, dass ich eine Spionin der *Force* sein könnte?«

»Ich habe meine Anweisungen.«

Helen gab sich Mühe, ihre Beherrschung zu bewahren. Sie wusste, dass sie mit Aggression nicht viel erreichen würde. »Darf ich fragen, woher diese ›Anweisungen‹ stammen?«

»Aus Anthrotopia.«

Sie war für einen Augenblick verblüfft. Gleichzeitig schlug ihr journalistischer Spürsinn Alarm. »Es geht also nicht bloß um ein generelles Sicherheitsproblem, sondern um eine politische Sache?«

»Ich kann Ihnen nicht mehr dazu sagen.«

»Natürlich nicht.« Was sollte sie tun? Hier schienen mächtigere Leute am Werk zu sein. Wenn sie nur an einen von ihnen herankäme ... »Wer *könnte* mir denn mehr sagen?«

Makkonen seufzte. »Sie geben wohl nie auf, was?«

»Mann, ich bin Journalistin! Wer in diesem Geschäft aufgibt, ist erledigt!«

»Dasselbe gilt für die Arbeit bei der Systemüberwachung ...«

»Also?«

Er sah sie eine Weile nachdenklich an. Dann huschte ein Lächeln über sein Pitbullgesicht, und er schnippte mit den Fingern. »Vielleicht ist heute Ihr Glückstag, Miss Fawkes. Eben fiel mir ein, dass wir zurzeit jemanden von der *Externa* bei uns haben, der an der Rettungsmission in ED-40 beteiligt war.«

»Na, das nenne ich einen Zufall«, meinte sie mit leichtem Sarkasmus in ihrer Stimme. »Wären Sie eventuell so freundlich, ein Gespräch für mich zu arrangieren?«

»Ich werde sehen, was ich tun kann.«

Also hatte die Unterhaltung mit Makkonen doch etwas gebracht, dachte Helen, während man sie wieder in ihr vorübergehendes Quartier zurückführte. Sie wäre nicht überrascht gewesen, wenn der Sicherheitsoffizier die Anwesenheit des *Externa*-Mannes zunächst absichtlich verschwiegen hätte, nur um ihr nicht allzu bereitwillig entgegenzukommen, oder aber, um ihre Bereitschaft zu einem Treffen und damit ihre Kooperation mit der Systemüberwachung zu erhöhen. Ja, wahrscheinlich traf sogar Letzteres zu, entschied sie für sich. Der gesamte Dialog war in diese Richtung gegangen. Um wen es sich bei dem geheimnisvollen Gast von der *Externa* wohl handelte?

38: Ein goldenes Angebot

1

Ted Hawling kam eben den Gang zum Aufenthaltsbereich der *Physical Hall* herunter, um sich in die Getränkebar zu begeben, als Kale und Buechili nur wenige Schritte von ihm entfernt – frisch geduscht und in Alltagsoveralls – aus der Umkleidezone traten.

»... mit dem Königsgang wärst du wahrscheinlich als souveräner Sieger hervorgegangen!«, hörte er den Ultraisten seinen angefangenen Satz beenden.

Beide waren sie routinierte Kämpfer, die schon etliche Jahre des Trainings in der physischen Variante modernen Fechtens, dem sogenannten Strategiefechten, hinter sich hatten. Diese Disziplin wurde üblicherweise in *Physical Halls* praktiziert, also in realen, nicht VINET-spezifischen Umgebungen, wodurch dem zunehmenden Bewegungsmangel typischer Anthrotopier auf zeitgemäße Weise Rechnung getragen wurde. Wie beim klassischen Fechten agierte man mit einem Degen, in diesem Fall mit einem Griffstück ohne Klinge, und es wurde großer Wert auf korrekte Haltung gelegt. Allerdings kam beim Strategiefechten eine virtuell durch den *Neurolink* vervollständigte Waffe zum Einsatz, mit der man entweder den Gegner oder ein ausgewähltes künstliches Zielobjekt zu treffen hatte.

»Mit einem Königsgang vielleicht«, erwiderte Kale. »Aber du weißt doch, wie selten das System eine solche Zugfolge ausspielt.«

Im Grunde war es erstaunlich, dass sie trotz der offensichtlichen Gegensätze in so gutem Einvernehmen standen, dachte Hawling. Nicht nur, dass ihre Größenverhältnisse grotesk erschienen: Buechili, selbst nicht gerade von kleiner Statur, wirkte neben dem riesigen, drahtigen Kale wie ein zu kurz geratener Sparringspartner. Davon abgesehen trennten sie auch ihre kontrastierenden Gesinnungen. Während der eine die Sicherheitsauflagen in Anthrotopia als notwendiges Übel betrachtete, blühte der andere regelrecht auf, wenn es um Analysen und Observationen von konspirativen Handlungen inner- und außerhalb der Großen Stadt ging. Ganz zu schweigen von den abweichenden Weltbildern. Dennoch verbrachten sie manche freie Stunde in den *Physical Halls* miteinander, meistens gemeinsam mit Hawling.

Inwieweit man bei Thomas Kaler überhaupt von freien Stunden sprechen konnte, stand allerdings auf einem anderen Blatt. Als Sicherheitschef musste er im Grunde ständig erreichbar sein, egal, wo er sich befand, und die Auflagen der verschärften Persönlichkeitsscans, denen er sich regelmäßig zu unterziehen hatte, um die eigene Konformität mit dem Gedankengut der neuorientierten Gesellschaft in Anthrotopia unter Beweis zu stellen und höchste Unbefangenheit bei seinen Urteilen zu demonstrieren, vereinfachten sein Leben nicht gerade. Doch irgendwie schaffte er es, neben all den Verpflichtungen bei der Systemüberwachung auch noch so etwas wie ein Privatleben unterzubringen. Für Hawling war das erstaunlich.

»Hey, Ted! Ich dachte, du wärst schon in der Getränkebar?«, wunderte sich Buechili, als er seinen Freund sah. »Wie war dein Kampf!?«

»Frag nicht«, erwiderte dieser. »Tritt *du* mal gegen einen von Kales Leuten an und mach dabei eine gute Figur.« Zwar empfand er keinen Groll deswegen, aber völlig gleichgültig war ihm die Niederlage auch nicht.

»Dieses Vergnügen wurde mir letzten Monat zuteil. Ich hab es ganz gut überstanden.«

»Du bist eben noch jünger als ich! Wie erging es *euch* denn?«

»Remis!« Buechili sprach dieses Wort mit sichtlichem Stolz aus. »Nicht schlecht, oder? Wenn man bedenkt, gegen *wen* ich gefochten habe!«

Dafür erntete er nur ein schwaches Lächeln von Hawling. »Gar nicht übel, Darius.« Und zu Kale geneigt sagte er mit gesenkter Stimme: »War er denn besser als sonst?«

»Ich hatte einen schlechten Tag«, witzelte dieser. Dann erstarrte sein Blick. »Entschuldigt mich für einen Augenblick ... ein Anruf. – Ja? Thessalopolous! Wie läuft die Sache?«

Es hatte sich eingebürgert, die stumme Interaktion mit dem

Neurolink bei Anwesenheit anderer möglichst zu meiden und stattdessen laut zu sprechen. Man betrachtete das als einen Akt der Höflichkeit, mit dem Vertrauen signalisiert werden sollte. In Kales Fall kam es allerdings einem Akrobatenstück auf dem Drahtseil gleich: als Angehöriger des gesamtannexeanischen Überwachungsstabes waren seine Gespräche zuweilen brisant. Daher musste er seine Antworten oft so gestalten, dass man als Außenstehender aus ihnen nicht schlau wurde. Diese Kunst beherrschte er wie kaum ein Zweiter.

»Was heißt das, sie wird unsere Entscheidung nicht akzeptieren? Was bleibt ihr übrig?! – Ja. – Verstehe. – Das könnte sein. – Will sie das unbedingt? – In Ordnung. Es gäbe da immer noch diese andere Option. – Ja, Anthrotopia hat sie genehmigt. – Stimmt. Gut, ich werde sie darauf ansprechen. – Wann? – Geben Sie mir eine Minute Zeit.«

Kale wandte sich wieder seinen Kameraden zu. »Eine Journalistin will einfach nicht lockerlassen!«, erklärte er. »Ich werde mich wohl oder übel in eine *Relaxing Lounge* zurückziehen müssen.«

»Mach das! Dann gehe ich mit Darius einstweilen in die Getränkebar«, schlug Hawling vor. Er war durstig von dem aussichtslosen Fechtkampf mit dem *Amber* und fühlte sich erschöpft.

»Vielleicht solltet ihr das Gespräch als stumme Teilnehmer mitverfolgen, Ted. Diese Journalistin ist kürzlich einer Sache auf die Spur gekommen, die euch beide interessieren könnte.«

»Ist das denn wirklich notwendig?«

»*Notwendig* ist es nicht. Aber ich glaube, dass du früher oder später ohnehin damit konfrontiert wirst. Das würde dir schon mal einen ersten Überblick verschaffen.«

»Also gut«, seufzte Hawling. Er war nicht gerade begeistert davon, sich jetzt mit etwas auseinanderzusetzen, das Konzentration erforderte. Doch was blieb ihm anderes übrig? Schließlich war Kale nicht nur ein Freund, sondern repräsentierte auch die Systemüberwachung. Erschwerend kam hinzu, dass sich dessen trockene Art als kontraproduktiv dabei herausstellte, den Unterschied zwischen privater Bitte und professioneller Aufforderung zu erkennen. Oft lag nur eine feine Nuance dazwischen. Im Zweifelsfall kam man dem Wunsch besser nach.

Fünf Minuten später saßen sie in einer der *Relaxing Lounges*, jeder via *Neurolink* mit dem Kommunikationssystem verbunden. Über das Overlay wurde ihnen ein virtueller Konferenzraum mit einem ringförmigen Tisch eingespielt, in dessen ausgeschnittener Mitte sich ein Holofon befand. Noch waren sie unter sich.

»Während meines Gesprächs mit der Journalistin werden wir die Bildübertragung deaktivieren«, ließ Kale sie wissen. »Ihr könnt euch also ungezwungen geben. Was Eure Interaktionsmöglichkeiten betrifft ...« Er schien kurz zu überlegen, ob er die beiden an der Unterhaltung teilnehmen lassen wollte oder nicht, kam jedoch offenbar schnell zu einer Entscheidung. »Ich habe euch als Beobachter im System registriert. Mit anderen Worten: Die Gegenseite hört ausschließlich mich. Offiziell findet das Treffen nur zwischen mir und der Journalistin statt.«

Hawling nickte finster. Es gefiel ihm nicht, die Rolle des Horchers einzunehmen. Doch ehe er seinen Einwand vorbringen konnte, befahl Kale dem Kommunikationssystem: »Modus: anonym. Durchstellen zu Thessalopolous.«

Die explizite Erwähnung des anonymen Modus war eigentlich überflüssig, denn Konversationen der Systemüberwachung verliefen generell bildlos, wenn individuelle Einstellungen unterblieben. Vermutlich wollte er nur sichergehen.

»Miss Fawkes! Hören Sie mich?«

Vor ihnen erschien eine junge schlanke Frau mit hochgestecktem, flachsblondem Haar, blauen Augen und einem attraktiven Äußeren. Ihr selbstsicherer Blick, der Entschlossenheit demonstrierte, war geradewegs in die frontale Scanzone des Holofons gerichtet. Ein charmantes Lächeln lag auf ihren Lippen. Gemeinsam mit den beinahe makellosen Zügen ihres Gesichts betonte es das Weibliche an ihr und strahlte damit all jenes aus, das den Bewohnerinnen der Großen Stadt längst abhandengekommen war.

»Ich höre Sie, kann Sie aber nicht sehen!«

»Das ist mir bewusst, und ich bedaure es.«

Sie machte ein verwirrtes Gesicht und schien sich ihrer Sache nicht sicher zu sein. Durch das natürliche Übertragungsverhältnis wirkte die Annexeanerin, als stünde sie in Fleisch und Blut vor ihnen.

»Keine Sorge, Miss Fawkes. Ihr Anliegen ist mir deswegen nicht weniger wichtig.«

»Darf ich wenigstens fragen, mit wem ich spreche?«

»Hat man Ihnen das nicht gesagt? Ich bin in Anthrotopia für die Systemüberwachung zuständig.«

»Wow! *Big Boss* persönlich. Ich bin erstaunt, dass Sie sich Zeit für mich nehmen!«

»Es gibt keinen *Big Boss* bei uns. Und was Ihr Erstaunen angeht: Die Rettungsaktion des Professors ist nicht ganz unbemerkt geblieben, wie Sie sich bestimmt denken können.«

»Was wissen Sie von *meiner* Lage?«, fragte sie vorsichtig.

»Nun, ich weiß, dass Sie in einem *Security Hub* festsitzen und darauf brennen, eine Reportage über van Dendraak und seine Entdeckung zu verfassen.«

Sie wirkte für einen Moment überrascht, schoss aber sogleich zurück: »Dann hat man Sie hoffentlich auch darüber unterrichtet, dass es hier in erster Linie um die Einschränkung meiner Rechte als freie Bürgerin geht. Einen Bericht über den Professor könnten Sie ohnehin jederzeit über das Vetorecht der Großen Stadt verhindern, wenn Ihnen daran liegt.«

»Was genau schwebt Ihnen eigentlich vor, Miss Fawkes? Die *Force* hat doch längst herausgefunden, mit wem sich van Dendraak traf. Glauben Sie denn, diese Leute lassen Sie unbehelligt … so kurz nach dem versuchten Kidnapping?«

Eine feine Zornesröte stieg ihr ins Gesicht. Der Kontrast stand ihr gut zu dem flachsblonden Haar. »Halten Sie mich für so naiv? Meine Sicherheit interessiert in Anthrotopia bestimmt niemanden.«

»Miss Fawkes, die Systemüberwachung ist für die Sicherheit aller annexeanischen Bürger zuständig. Ihre Unversehrtheit liegt uns damit sehr wohl am Herzen.«

»Das ist Bockmist und Sie wissen das!«

Thomas Kaler lachte. Und auch Hawling amüsierte die burschikose Art, mit der sie dem Sicherheitschef begegnete. Anscheinend war ihr immer noch nicht richtig bewusst, wen sie da vor sich hatte – oder sie war erstaunlich verwegen. Die Ausstrahlung der jungen Dame hatte ihren Reiz, das fiel sogar ihm auf, einem Mann von hundertsiebenundzwanzig Jahren.

»Geben Sie es doch zu«, drang sie weiter in ihn. »Hier geht es längst nicht mehr um die Anomalien, die der Professor entdeckt hat. Ist es nicht so?«

Kale schüttelte mit gequältem Ausdruck den Kopf, als ob er jemandem einen Sachverhalt zum wiederholten Male erklären müsste. Es war gut, dass die Journalistin ihn nicht sehen konnte. »Worum soll es denn sonst gehen, Miss Fawkes?« Er schaffte es trotz offensichtlichen Bemühens nicht, den Tonfall seiner Frage neutral zu halten.

»Ich weiß es nicht«, erwiderte die Angesprochene mit skeptischer Miene. Sie hatte wohl aus seiner Sprachmelodie ihre Schlüsse gezogen. »Doch irgendetwas sagt mir, dass eine viel größere Geschichte dahintersteckt, als Sie und Ihre Leute zugeben wollen.«

Hawling sah den Sicherheitschef fragend an.

»Später«, bedeutete ihm Kale.

»Ist es nicht seltsam«, spann sie den Faden fort, »dass uns *Ambers* zu Hilfe kamen und das *Hypercorps*? So viel Aufwand für eine Sache, die zwar von wissenschaftlichem Interesse sein mag, aber leicht in jedem halbwegs modernen Labor überprüfbar wäre?«

»Was sollte denn daran seltsam sein?«

»Nun, ich frage mich …« Sie warf ihren hübschen Kopf zurück. »Warum ging man ein solches Risiko überhaupt ein? Für die Laborversuche hätten Sie den Professor bestimmt nicht gebraucht. Wäre es nicht wesentlich einfacher gewesen, uns in die Hände der *Force* fallen zu lassen und diese sogenannten Anomalien in Anthrotopia zu untersuchen, ganz gleich, was mit uns geschieht?«

Kale schien etwas entgegnen zu wollen, doch sie ließ ihn nicht zu Wort kommen.

»Aber vielleicht war die Entdeckung der Anomalien bloß eine Nebensache. Vielleicht wollte man sich vor lästigen Fragen drücken, die sonst unweigerlich gestellt worden wären. Oder etwas kaschieren, das damit in Verbindung steht. Und deshalb entschieden Sie, alles zu beseitigen, was mit der Arbeit des Professors zu tun hatte. Sie konnten es nicht zulassen, dass Details an die Öffentlichkeit gelangten. Denn wenn die *Force* Zugriff auf sämtliche Forschungsunterlagen erhalten hätte, dann wären früher oder später auch die Medien davon in Kenntnis gesetzt worden. Oder sehe ich das falsch?«

Es kam nicht oft vor, dass Ted Hawling völlig danebenstand. Aber diesmal hatte er wirklich überhaupt keine Ahnung, wovon die beiden da sprachen. Um welche Anomalien ging es hier und was in aller Welt hatte Kale damit zu tun? Ein kurzer Seitenblick auf Buechili verriet ihm, dass dieser ebenso wenig von dem Gespräch begriff wie er selbst – der *Neurolink* spiegelte dessen Mimik in angemessener Weise wider –, was ihn kaum verwunderte. Doch im Unterschied zu Hawling schien ihm das nichts auszumachen: er starrte nur wie gebannt auf die zugeschaltete Gesprächspartnerin.

»Ich bitte Sie, Miss Fawkes! *Das* ist jetzt Bockmist. Sie reimen sich da Dinge zusammen, die keinen Bezug zueinander haben.«

»So? Dann klären Sie mich auf!«

Über so viel Frechheit musste Hawling schmunzeln. Zum Glück war Kale zu sehr mit einer Antwort beschäftigt, als dass er seine Reaktion gesehen hätte. »Zunächst einmal: Warum sollten wir uns die Mühe machen, Sie, den Professor und seinen Assistenten zu retten, wenn wir nur die Anomalien unter den Tisch kehren wollten? Sie wissen doch, dass die *Force* Mikrofone im Labor installiert hat und somit über die Entdeckungen bestens informiert sein muss.«

»Ja, sie ist darüber informiert, dass es solche Phänomene *gibt*. Nur fehlen ihr die Detaildaten, um sie zu reproduzieren.«

»Allein das Wissen um ihre Existenz ist Gold für sie wert, Miss Fawkes.«

»Nicht ohne den Beweis selbst. Ich habe kürzlich noch ähnlich argumentiert wie Sie, doch dann fiel mir ein, dass van Dendraak im Interview von einer ganz speziellen ... wie nannte er es? ...

Parameterkonfiguration sprach, die für die Bestimmung der Anomalien essenziell sei. Und den Schlüssel dazu hat nur er.«

Kale seufzte. »Also gut, lassen wir das einmal so im Raum stehen. Bedenken Sie aber: Sogar in dem unwahrscheinlichen Fall, dass die *Force* irgendwie an die Details herankam, würde sie sich schwer damit tun, die Sache an die Öffentlichkeit zu bringen, jedenfalls auf regulärem Weg. Wie Sie bereits selbst sagten: die Medien arbeiten mit uns zusammen.«

»Vielleicht wollte Anthrotopia mit der Rettungsaktion auch nur an den Schlüssel herankommen«, spekulierte sie weiter. »Mister Zareon und mich konnte man dabei schwerlich zurücklassen…«

Der Sicherheitschef ging nicht darauf ein. »Hören Sie, ich verrate Ihnen jetzt ein kleines Geheimnis, vorausgesetzt natürlich, dass Ihr journalistischer Eifer nicht mit Ihnen durchgeht und Sie es in die Welt hinausposaunen.«

Helen Fawkes lächelte amüsiert. »Es wird nicht viel dran sein, wenn Sie mich darin einweihen. Trotzdem bin ich neugierig…«

Kale maß sein Gegenüber mit einem spöttischen Blick, dann sagte er: »Anthrotopia wusste wenige Stunden vor dem Angriff noch überhaupt nichts über die Existenz des Professors und über seine Forschungen. Oder interessierte sich zumindest nicht für ihn.«

Man sah dem Pokerface der Journalistin beim besten Willen nicht an, wie sie das Eingeständnis aufnahm.

»Das überrascht Sie, nicht wahr? Erst die Aktion der *Force* hat uns auf den Plan gerufen.«

Helen Fawkes schüttelte den Kopf, als ob sie einen störenden Gedanken loswerden wollte. »Sie veralbern mich, *Big Boss*!«

»Nein, es ist die Wahrheit. Wir hatten keine Ahnung, was der Professor dort im Niemandsland trieb. Für die Systemüberwachung ist es ohne Belang, ob Sie mir die Geschichte abnehmen oder nicht. Theoretisch könnte ich Ihnen die Hintergründe auch verschweigen. Betrachten Sie es als eine Art Wiedergutmachung für die Unannehmlichkeiten, die Sie mit uns haben.«

»Wollen Sie damit sagen…« Sie lehnte sich vor und sah den dreien dabei so konzentriert entgegen, dass Hawling mit einem

Kontrollblick auf die Anzeigen überprüfte, ob tatsächlich keine Bilddaten an die Journalistin übertragen wurden. Der Indikator für anonyme Kommunikation bestätigte dies.»... dass Sie uns nur in Gewahrsam nahmen, weil Sie drei unbekannte Zivilpersonen vor dem Zugriff durch die *Force of Nature* schützen wollten?« So, wie sie es formulierte, klang es provokant und absurd.

»Wir wurden von einem *Insider* unterrichtet, dass die *Force* eine Reihe von Ablenkungsmanövern starten würde, um eine ihrer Operationen zu verschleiern«, enthüllte Kale. »Also schien die dahinterliegende Sache von Bedeutung zu sein. Natürlich haben wir im Vorfeld ermittelt, wer dieser van Dendraak eigentlich ist und wie sein bisheriges Leben verlief. Kurz gesagt: Ja, wir hätten jeden herausgeholt, der nicht in Verbindung mit dem Rest der Welt steht.«

Sie ließ die Pokermiene fallen. Auf ihrem Gesicht zeigte sich eine Mischung aus Kränkung und Enttäuschung. »Und trotzdem wird mir die Ausreise verwehrt?«

»Das, Miss Fawkes, ist eine andere Geschichte. Wie Sie wissen, wurde schon bald klar, dass wir durch die Rettungsaktion möglicherweise ein relevantes Forschungsprojekt an Land zogen. Solange wir seine Bedeutung nicht abschätzen können, müssen wir Sie leider hierbehalten. Ihr journalistischer Instinkt würde Sie sonst in die falsche Richtung lenken.« Kale ließ das Gesagte ein paar Sekunden auf sie einwirken, bevor er anmerkte: »Wir haben uns gestattet, Ihr Persönlichkeitsprofil zu analysieren. Sie werden zwar als integer eingestuft, ein ehrenwertes Ergebnis, aber von diesem Charakteristikum profitiert nur jene Seite, der Sie sich verpflichtet fühlen. Im gegebenen Fall könnten Sie es als Ihre Aufgabe betrachten, umgehend die Öffentlichkeit zu informieren. Damit wird Ihre Integrität zu einem Problem.«

»Meine Integrität widersetzt sich eben dem Gedanken einer permanent überwachten Gesellschaft. Nur deshalb wird sie zu einem Problem!«

»Ich bitte Sie! Unsere Bürger dürfen ihre Ansichten jederzeit äußern, auch wenn sie nicht mit uns konform gehen. Das schließt unabhängige Mediengesellschaften wie die Ihre mit ein.«

»Das tun sie nur, solange sie Ihnen brav aus der Hand fressen!«

»Wie kommen Sie nur auf so etwas? Meines Wissens gab es in den letzten Jahren kaum Fälle, in denen wir auf die Streichung eines Artikels bestanden hätten. Oder haben Sie andere Informationen?«

»Es wird nicht einfach sein, Nachweise zu erbringen, weil bereits im Vorfeld geflissentlich sondiert wird.«

»Und wie erklären Sie sich dann, dass es immer wieder abstruse Reportagen über das aufregende Leben im Rest der Welt gibt? Mit erfundenen Interviews? Glauben Sie, diese unseriösen Verzerrungen reflektieren die Haltung von Anthrotopia?«

Sie funkelte zornig in seine Richtung. »Nichts davon ist erfunden! Die Berichterstattung des *World Mirrors* ist korrekt und objektiv, und unsere Recherchen sind gewissenhaft. Alles andere wäre eine Verleumdung!«

»Vielleicht ist der *World Mirror* eine Ausnahme«, räumte er ein. »Das ändert aber nichts daran, dass solche Artikel trotz unserer ›überkritischen‹ Einflussnahme publiziert wurden!«

Dieser Punkt ging eindeutig an ihn.

»Sagen Sie, was Sie wollen! Mein Fall ist der beste Beweis dafür, wie es mit der Informationsfreiheit in Annexea steht. Man hält mich gegen meinen Willen hier fest, nur um die Verbreitung einer Geschichte zu verhindern, die dem Regime ein Dorn im Auge ist!«

Kale schüttelte den Kopf. »Die Art Ihres Gewahrsams ist eine Schutzhaft – wie oft haben wir Ihnen das jetzt erklärt? Sie dient allein Ihrer Sicherheit, denn Sie stehen mit großer Wahrscheinlichkeit – ob Ihnen die Formulierung nun gefällt oder nicht – auf der Abschussliste der *Force*, Miss Fawkes. Es wäre tödlich kurzsichtig, diese Tatsache zu ignorieren.«

»Schön, was spricht dann dagegen, wenn ich meine Reportage hier im *Hub*, wohlbehütet und unter den Fittichen der Systemüberwachung, fertigstelle? Dem *World Mirror* ist es egal, wie und wo ich sie verfasse, solange sie auf seriösen Recherchen basiert. Und die *Force* kann mir an diesem Ort nichts anhaben.«

Kale setzte ein konspiratives Lächeln auf. »Ich hätte da einen besseren Vorschlag für Sie. Einen, den Sie als Journalistin schwerlich ablehnen werden.«

Sie sah ihm unsicher entgegen, ehe sie darauf reagierte: »Lassen Sie hören!«

»Wir laden Sie ein, für ein paar Wochen nach Anthrotopia zu kommen und in dieser Zeit als Primärkontakt unserer externen Medienabteilung zu fungieren. Es wäre Ihr erster Besuch hier, nicht wahr?«

»Stimmt. Ich kenne Anthrotopia nur aus dem VINET. Aber, was meinen Sie mit ›Primärkontakt‹?«

»Während Ihres Aufenthalts würden alle nach außen kommunizierten Nachrichten zuerst an Sie gehen ... noch bevor Ihre Kollegen sie erhalten.«

»Und wenn in dieser Zeit nichts Spannendes geschieht?«

Er grinste breit und strich sich über das Kinn. Auch diese Geste wurde vom *Neurolink* perfekt übernommen und den anderen beiden Anthrotopiern eingespielt. »Es wird etwas geschehen, vertrauen Sie mir! Kennen Sie Angela McLean, unsere Außensprecherin?«

»Wer kennt sie nicht?«

Jetzt dämmerte Hawling langsam, worum es hier ging. Es hatte kürzlich eine Diskussion zwischen Kale, McLean und de Soto während einer Ratssitzung gegeben, bei der von einer externen Journalistin mit vorübergehendem Sonderstatus die Rede gewesen war. Diese Journalistin hatten sie nun offenbar vor sich.

»Als ich mit ihr darüber sprach, gab es für sie nicht den geringsten Zweifel, dass jeder aus der Medienbranche sofort anbeißen würde. Nun, es ist nicht meine Art, mich anzubiedern. Deshalb sage ich Ihnen: Ergreifen Sie die Chance oder lassen Sie es!«

In Helen Fawkes' Kopf arbeitete es wie in einem Erdwespenbau. »Zu welchen Bedingungen?«

»Ganz einfach: Sie kommen nach Anthrotopia – selbstverständlich als unser Gast mit allen Rechten und Pflichten. Man wird Sie gleich nach der Einreise mit dem Modus Operandi vertraut machen. Sie entscheiden dann, ob unser Angebot Ihren Vorstellungen entspricht, oder ob Sie es ablehnen. Im letzten Fall wären wir gezwungen, Sie so lange in einem unserer *Security Hubs* aufzunehmen, bis sich die Lage in Annexea beruhigt hat. Das ist doch klar, oder? Andernfalls bleiben Sie in Anthrotopia und bekommen von McLeans Team die neuesten Informationen aus erster Hand, ehe sie an die anderen Mediengesellschaften gehen.«

Über das Gesicht der Journalistin ging ein zustimmendes Lächeln. »Und wo liegt der Haken, *Big Boss*?«

»Es gibt zwei Wermutstropfen. Nummer eins: Sie vergessen mal das Projekt des Professors und geben uns Gelegenheit, mehr darüber herauszufinden.«

»Das habe ich mir schon fast gedacht.«

»Nummer zwei: Den Zeitpunkt der Publikationen bestimmen wir.«

»Wollen Sie damit sagen, dass meine Kollegen ihre Reportagen bringen dürfen, während ich zum Schweigen verurteilt bin? Warum sollte ich mich auf so etwas einlassen?«

»Aber nein, ganz im Gegenteil: Sie werden *mehr* Zeit für Ihre Recherchen erhalten und die Chance bekommen, vorab Fragen zu stellen. Im schlimmsten Fall genehmigen wir die Veröffentlichung, sobald die Konkurrenz offiziell davon unterrichtet wird. Dann haben Sie immer noch einen gehörigen Vorsprung vor den anderen, die mit ihrer Arbeit erst beginnen müssen.«

»Welche Sicherheiten gibt es für mich, dass Sie Ihr Wort halten?«

»Unsere Ehrenhaftigkeit. Verrat an einer Person oder einer Personengruppe würde den Grundsätzen der anthrotopischen Gesellschaftsform widersprechen. Das wissen Sie.«

»Also keine.«

Kale schüttelte unwillig den Kopf. »Sie dürfen unsere Moral und unsere Rechtsauffassung nicht unterschätzen, Miss Fawkes. Anthrotopia wird seinen Teil der Abmachung erfüllen, davon können Sie ausgehen. Nun, was sagen Sie?«

»Entscheiden kann ich mich jetzt noch nicht. Ich muss mit meinem Chef darüber reden.«

»Das haben wir bereits für Sie erledigt. Er ist natürlich einverstanden. Schließlich kann er bei dieser Sache nur gewinnen! Im

Anschluss an unser Holofonat wird man Ihnen einen Mitschnitt des Gesprächs zukommen lassen.«

Die Journalistin warf dem für sie unsichtbaren Kale einen Blick zu, in dem Erwägung und Neugierde abzulesen waren. »Dann sagen Sie Angela, dass ich Ihr Angebot annehme!«

»Ausgezeichnet. Den Rest besprechen Sie mit Thessalopolous. Danke und Ende!« Kale starrte vor sich hin. Vermutlich dachte er darüber nach, ob Helen Fawkes mit ihrem eigenwilligen Gerechtigkeitsempfinden auch wirklich die Richtige für diese Aufgabe war. Wie Hawling in jener Ratssitzung vor einigen Tagen herausgehört hatte, konnte es laut McLean gar keine Bessere geben, denn mit ihr würde man jemanden ins Boot holen, dem der konservative Bevölkerungsanteil Vertrauen entgegenbrachte. Nun, Kale würde es letztlich egal sein können. Schließlich brauchte er sich nur um Sicherheitsfragen zu kümmern. Alles andere war McLeans Problem.

»Dieses Fräulein weiß, was es will!«, unterbrach Hawling die Stille. »Ist sie so gut, wie sie sich gibt?«

»Sie hat ein paar ganz passable Reportagen gemacht. Aber sie kämpft auch verbissen um einen hoffnungslos verzerrten Freiheitsbegriff, der in unserem Städtebund längst bedeutungslos geworden ist. Ich glaube, sie hat immer noch nicht verstanden, wie sehr sich Anthrotopia von früheren Gesellschaftsformen unterscheidet. Vielleicht lernt sie während ihres Besuchs hier dazu.«

»Und von welchem Professor war da die Rede?«

»Der Mann heißt van Dendraak. Er will ein bisher unentdecktes Phänomen in organischen Zellen entdeckt haben. Er und sein Assistent wurden gestern in die Stadt gebracht. Wenn du Interesse hast, dann setze dich mit Matt in Verbindung. Er kann dir Material zu diesem Thema zukommen lassen.«

»Ich werde ihn darauf ansprechen.«

2

»Hm«, machte Buechili. Es klang wie ein tiefes, behagliches Brummen und passte nicht so recht zu dem, was Hawling und Kale eben miteinander gesprochen hatten. Seine Gedanken spannen an einem Netz aus Eindrücken über jenes flachsblonde Geschöpf, das vorhin mit der Renitenz einer Rebellin aus dem wilden Rest der Welt aufgetreten war und die dem Sicherheitschef Paroli geboten hatte. Nach all den Jahren in der Großen Stadt, in denen er sich fast ausschließlich mit Befürwortern der anthrotopischen Idee abgegeben hatte, schien er für eine konträre Denkweise blind geworden zu sein. Er wusste zwar, dass es Leute gab, die dem System kritisch gegenüberstanden, aber persönlich kennengelernt hatte er sie bisher nicht. Diese Annexeanerin war also eine von ihnen, machte keinen Hehl daraus, nicht einmal, wenn sie mit führenden Kräften der Systemüberwachung sprach. Das faszinierte ihn. Sie erinnerte ihn ein wenig an ihn selbst vor etwa einem Jahrhundert. Nur hatten sich seine Ansichten damals nicht gegen die Systemüberwachung gerichtet, sondern gegen die streng rationale Weltanschauung der Strukturisten.

39: Synthetikon I

Sie fand sich mit geschlossenen Augen in einer undefinierten Lage vor, als sie zum ersten Mal wieder eine Art Bewusstsein erlangte. Gespenstische Stille umfing sie. Zu ihrem Erstaunen spürte sie keinen Schmerz, obwohl sie meinte, Schmerzen empfinden zu müssen oder zumindest die Spur eines Gefühls leiblicher Existenz. Ihr gesamter Körper schien in seltsame Distanz zu ihr getreten zu sein, machte sich nur durch eine aus dem Inneren kommende Hitze und Durst bemerkbar. Wenn es möglich gewesen wäre, hätte sie sich in den Schlaf zurückfallen lassen, aber eine ungewöhnliche Anspannung verhinderte das, kerkerte sie in diesem dumpfen Dämmerzustand ein. Genauso wenig war sie zu irgendeiner Bewegung imstande: jeder Versuch, sich aufzurichten oder auch nur ihre tauben Gliedmaßen zu strecken, scheiterte. Was geschah hier? Und warum sprang der ACI-Blocker nicht ein, um die Unruhe zu drosseln?

Vielleicht gelang es ihr wenigstens, die Augen zu öffnen. Sie bemühte sich, ihr kleines Vorhaben umzusetzen, strengte sich an … und blieb erfolglos damit. Etwas musste sie vom Kopf bis zu den Füßen paralysiert und zu einer Gefangenen in ihrem eigenen Körper gemacht haben. Sekunden verstrichen, in denen sie vergeblich nach einer Erklärung für die merkwürdigen Umstände suchte. Sekunden, die ihre Besorgnis nur weiter anwachsen ließen.

Ob sie um Hilfe rufen sollte?, fragte sie sich. Aber wie, wenn ihre Muskeln nicht mehr reagierten? Und wen hätte sie überhaupt erreichen wollen? Sie schaffte es nicht einmal, einen klaren Gedanken zu fassen. Alles schien in weite Ferne gerückt zu sein, ihr Bewusstsein, ihr Verstand, der sie umgebende Raum, ihre physische Präsenz, obwohl sie seltsamerweise nach wie vor wusste, wer sie war und dass sie nicht zu den Toten gehörte. Solange sie fühlte, atmete und dachte, lebte sie. So viel konnte selbst ihr getrübter Geist noch verstehen. Oder war der Schluss zu simpel?

Es fiel ihr schwer, sich mit diesem Aspekt auseinanderzusetzen. Trotzdem bemühte sie sich, verfolgte die eingeschlagenen Gedankenstränge, kehrte an ihren Ausgangspunkt zurück, ging sie erneut durch. Wieder und wieder. Und tatsächlich: Allmählich kam ihr Hirn in Gang, wie ein Fahrzeug, das man so lange aus einer Mulde schaukelt, bis man endlich den Widerstand überwindet, der am Anfang zu groß erschien, um bewältigt werden zu können. Von einem Moment zum anderen löste sich die psychische Blockade und es schwirrten ihr Dutzende mögliche Erklärungen durch den Kopf, jede von ihnen mehr Aufmerksamkeit heischend als die nächste. Was wäre, so dachte sie, wenn sie in gar keinem materiellen Körper mehr steckte, sondern zu einer abstrakten Existenz geworden war, zu einer Art Energiewesen ohne physische Basis? Dann gäbe es weder Augen, Hände noch die dem Hirn entspringende Ratio, und sie würde mit ihren Bewegungsversuchen gezwungenermaßen scheitern. Aber sie fühlte doch Hitze und Durst! Waren das Erinnerungen an ihr früheres Dasein, schwindende Relikte, mit denen ihr jetziges Ich den Mangel an irdischen Gegebenheiten kompensierte? Befand sie sich gar in einer Übergangsphase, in der die somatischen Empfindungen nur Schatten der Vergangenheit darstellten, beseelt von dem wenigen an Energie, das vom Leben übrig geblieben war?

Ein Kribbeln ging durch ihre Gliedmaßen, sehr schwach und flüchtig nur. Dennoch genügte es, um darauf aufmerksam zu werden. Ihr Körper existierte also nach wie vor! Wieder versuchte sie, in ihren physischen Organismus zurückzufinden, die Verbindung mit einem Leib herzustellen, der ihr viele Jahrzehnte lang ohne Zwischenfälle gehorcht hatte und der ihr mittlerweile fremd geworden zu sein schien. Diesmal war sie erfolgreicher. Sie spürte zum ersten Mal, dass sie mit dem Rücken auf einer körnigen Oberfläche lag, die Arme nahe an der Seite und die Handflächen nach unten gerichtet. Zwar waren die Sinneseindrücke nicht perfekt und erreichten nur einen Bruchteil des gewohnten Niveaus, aber im Vergleich zu der dumpfen, entkoppelten Existenz von vorhin kamen sie einem Wunder gleich.

Nun, da sie endlich wieder über so etwas wie Wahrnehmungen verfügte, wollte sie den nächsten Schritt tun und die Augen öffnen. Natürlich wusste sie nicht, mit welcher Umgebung sie konfrontiert werden würde, denn trotz der zumindest teilweise zurückgewonnenen körperlichen Bindung fehlte ihr immer noch der Bezug zur unmittelbaren Vergangenheit. Doch das änderte nichts an ihrer Entscheidung, den bisherigen Zustand der Passivität aufzugeben. So hob sie die Lider und nahm es einfach hin, als sie sich mitten in einem sandigen, weiträumigen Areal, das in rötlich-warmes Licht getaucht war, in liegender Position vorfand. Sie versuchte, sich zu bewegen – und das funktionierte zu ihrem Erstaunen auch einigermaßen gut –, wandte ihren Kopf von einer Seite auf die andere. Um sie herum erstreckte sich eine dünenartige Landschaft mit hügeligen Erhebungen, ohne dass ein Ende erkennbar war. An manchen Stellen zeigten sich kreisförmige Schatten, vielleicht eine Folge von optischen Effekten.

Sie widmete ihre Aufmerksamkeit dem näheren Umfeld und ließ etwas von dem körnigen Material durch ihre Hand rieseln. Wie sie erkannte, handelte es sich dabei gar nicht um Sand im herkömmlichen Sinn, sondern um Abermillionen winziger Kügelchen, dem Baustoff, aus dem die gesamte Landschaft zusammengesetzt zu sein schien. Eine seltsame Welt!

Was sollte sie tun? Liegen bleiben und darauf warten, bis sie erneut das Bewusstsein verlor? Diese Vorstellung missfiel ihr, denn das wäre einer Kapitulation gleichgekommen. Stattdessen fasste sie den Entschluss, sich aufzurichten. Doch in der kurzen Zeit, in der sie den Oberkörper anhob, erhöhte sich ihr Herzschlag rapide, wodurch ihr nichts anderes übrig blieb, als sich wieder zurückfallen und den Kreislauf zur Ruhe kommen zu lassen. So lag sie ein paar Minuten lang, verzweifelt darüber, dass sie sogar zum Aufstehen zu schwach war und damit jede Hoffnung gegenstandslos geworden zu sein schien.

Indessen meldete sich ihr Überlebenstrieb, warnte sie eindringlich davor, sich aufzugeben. Sie zog mit möglichst wenig Kraftaufwand ihre Beine an die Brust und rollte sich in mehreren ruckartigen Bewegungen um die eigene Körperachse, die Arme angewinkelt, sodass sie irgendwann mit ihren Knien auf dem Boden kauerte. Das war eine gute Ausgangsposition, von der aus sie sich erheben konnte. In dieser Lage blieb sie eine Weile hocken, um neue Kräfte zu sammeln. Wahrscheinlich wäre es fatal gewesen, die herabgesetzte Kondition ein zweites Mal zu ignorieren.

Während sie ausharrte, fielen ihr zwei Dinge auf. Zum einen schien die Hitze nicht nur aus der erhöhten Außentemperatur zu resultieren – die Luft kam ihr zwar warm, aber nicht sengend heiß vor –, sondern vielmehr dem Inneren ihres Körpers zu entspringen wie bei einem schwelenden Fieberbrand. Zum anderen, und das irritierte sie noch viel mehr, sanken Hände und Knie immer tiefer in den treibsandähnlichen Grund ein, sodass sie schon bald bis zu den Ellen und Schienbeinen in der dichten Masse steckte. Alarmiert von diesem Umstand vergrößerte sie die Auflagefläche, indem sie eine auf dem Bauch liegende Position einnahm. Gleichzeitig begann sie, mit Armen und Beinen zu rudern, in der Hoffnung, sich irgendwie aus dem Sand herauszuarbeiten.

Doch ihre Vorgehensweise schien die Sache nur schlimmer zu machen. Sie entschied sich zu einer Gegenmaßnahme, rollte sich etappenweise herum und kam dadurch in eine Lage, in der ihr Gesäß langsam in den körnigen Boden sank, während Kopf und Gliedmaßen frei blieben, eine Situation, die ihr noch weniger zusagte als zuvor. So drehte sie sich ein weiteres Mal um die eigene Körperachse, versuchte es mit schwimmartigen Bewegungen, und das wäre vermutlich sogar eine gute Taktik gewesen, wenn sie irgendwo Halt gefunden hätte. Leider bestand das gesamte Terrain aus diesen dämonischen Kügelchen, und sie konnte nicht die Spur einer rettenden Insel in ihrer Nähe ausmachen. Früher oder später würde sie der Untergrund verschlingen, darüber schien es kaum einen Zweifel zu geben. Warum sie überhaupt zu sich gekommen war, statt den Prozess des Versinkens einfach in Bewusstlosigkeit über sich ergehen zu lassen, blieb ihr ein Rätsel. Ebenso wie die Frage, weshalb der Sand sie vor dem Erwachen noch getragen hatte.

Sie versuchte, die Abwärtsbewegung zu stoppen, paddelte mit Händen und Füßen gegen die Gravitation, reckte ihren Kopf dabei so lange wie möglich in die Höhe, wobei sie zunehmend außer Atem geriet. Je weiter sie nach unten gezogen wurde, desto panischer wurden ihre Bemühungen ... und desto kontraproduktiver.

Irgendwann reichte die Kraft nicht mehr aus, und sie versank wie eine reglose Puppe, ergab sich lautlos ihrem Schicksal. Lautlos, nicht weil sie keine Angst vor dem Erlöschen und vor der Irreversibilität der finalen Phase gehabt hätte, sondern weil sie an einem Punkt angelangt war, der nur noch das Ende und die ewige Ruhe anstrebte. Jener Punkt, an dem Leben und Tod wie zwei Staffelläufer einander ablösen und die eigene Existenz kurz davor ist, im eisigen Griff der Zeitlosigkeit zu erstarren.

Trotzdem hielt sie anfangs die Luft an, nachdem sie vollständig vom Sand verschluckt worden war. Vielleicht hoffte sie insgeheim darauf, im letzten Moment durch ein Wunder gerettet zu werden. Oder nach ein paar Metern gemächlichen Sinkens zufällig in einen Hohlraum zu fallen. Wahrscheinlicher war aber, dass sie das freiwillige Ersticken der Inhalation Tausender von Kleinstkügelchen vorzog, ohne allerdings zu berücksichtigen, dass ihr Atmungsapparat automatisch seine Tätigkeit aufnehmen würde, sobald der Überlebenskampf in die Endphase überging. Letztlich spielte es keine Rolle, welche Beweggründe sie hatte, denn als sie langsam mit geschlossenen Augen nach unten sackte, festigte sich ihr Entschluss, von der bisherigen Existenz endgültig loszulassen. Dadurch schwand die in ihr zerrende Unruhe, und sie gab sich ganz der Unwiderruflichkeit des Todes hin, bereit, der Wahrheit ins Gesicht zu blicken.

So wäre es jedenfalls gelaufen, wenn sich das Leben nicht dagegen gewehrt hätte, einem gefangenen Tier gleich, das sich mit aller Kraft aus den Fesseln zu befreien suchte, um seinem Schicksal zu entrinnen. Wieder und wieder setzte es an, sie umzustimmen, rückte den Mangel an Sauerstoff in das Zentrum ihrer Wahrnehmung, versuchte sogar, selbst die Kontrolle über den Atmungsapparat zu übernehmen. Doch mit dieser Aktion bewirkte es eher das Gegenteil: Die Sinkende bemühte sich dadurch nur umso stärker, ihr Vorhaben umzusetzen, fest entschlossen, den Kampf zu gewinnen.

Es dauerte nicht lange und der letzte Rest Energie ihres Körpers versiegte, und es schob sich ein Strudel vor ihr geistiges Auge, der sie ins Nichts zu zerren drohte. Nach einem kurzen Zögern ließ sie sich resignierend in ihn hineinfallen, wohl wissend, dass es aus ihm kein Entkommen mehr geben würde.

Genau auf diesen Augenblick hatte das schwindende Leben gewartet. Als sie glaubte, alles überwunden, sämtliche Brücken zu ihrem Dasein endgültig abgebrochen zu haben, ergriff es die Gelegenheit, indem es sich wie ein Saboteur in die Kommandozentrale ihres Denkens schlich, jene Schalter umlegte, die sie zuvor deaktiviert hatte, und ohne ihr Zutun die Atmung wieder in Gang setzte. Infolgedessen weiteten sich ihre Lungenflügel, und es geschah, was geschehen musste: die sandige Substanz des Bodens gelangte unweigerlich in Mund, Luftröhre und Bronchien. Trotz ihres auf eine Winzigkeit reduzierten Bewusstseins spürte sie, wie ihr Körper unter Aufbringung von Schmerzen, Würgereflexen und panischen Zuckungen tobte, weil er nicht bekam, was er brauchte; wie er versuchte, die Kügelchen in einer Folge hustenartiger Anfälle loszuwerden, wodurch er sich nur in eine noch größere Misere begab, da mit jedem Atemzug ein neuer Schwall hinzukam. Die Partikel schürften wie Schleifpapier an den Wänden der Luftröhre entlang, rissen sie auf, banden einen Teil des austretenden Blutes und verursachten eine so brennende Hitze, als ob sie heißen Wasserdampf inhalieren würde.

Nun beschäftigte sie sich nicht länger mit der Frage, wer mit seiner Taktik richtig gelegen hatte, sie oder das Leben, denn die Schmerzen waren zu intensiv, um sich daran zu gewöhnen. Vielmehr ging es darum, wann endlich der Tod einsetzte, die Erlösung von all diesen Qualen. Währenddessen rang ihre physische Basis verbissen weiter, ergab sich sinnlosen Krampfanfällen, obwohl nichts damit erreicht wurde außer einer Verlängerung des Leidens.

Dann geschah etwas höchst Seltsames: Statt vollkommen das Bewusstsein zu verlieren, schien ihr Zustand besser zu werden, ja, es kam ihr sogar so vor, als ob er sich langsam wieder stabilisierte! War das jener Moment, an dem der Körper versuchte, dem Sterben seinen Schrecken zu nehmen? Angesichts des Umstandes, dass die zuckende, heftig protestierende Atmung von vorhin mittlerweile zu einem halbwegs regulären Rhythmus zurückgekehrt war, hatte sie ihren Zweifel daran. Denn falls sie sich bereits im Schlund des Todes befunden hätte, wäre überhaupt kein Rhythmus mehr feststellbar gewesen. Außerdem hätte sie dann kaum die Sandpartikel an Luftröhre und Bronchien entlangscheuern gespürt, die sie nach wie vor deutlich wahrnahm. Wie konnte das sein? Und warum waren alle Schmerzen auf einen Schlag verschwunden und einem intensiven Brennen gewichen? Fast schien es so, als ob die seltsame Substanz tatsächlich atembar wäre und ihre Lunge langsam eine Art Resistenz gegen die starke Reibung aufbauen würde. Das klang reichlich absurd. Doch nicht weniger absurd als die Situation, in der sie sich befand.

Indessen sank sie weiter nach unten. Dabei gelangten immer mehr von den Sandkügelchen in Nase und Ohren und schrubbten unerbittlich an ihrem Körper entlang. Eine wohlige Müdigkeit überkam sie. Wenn sie jetzt nachgab, würde sie dann jemals wieder erwachen? Sie wusste es nicht. Etwas sagte ihr – vielleicht ein zusätzlicher Sinn, der sich durch die Ereignisse herangebildet hatte –, dass ihr momentanes Umfeld nur eine Facette der Wahrheit darstellte und dass sie neben dem seltsam anmutenden Schauplatz, den sie hier vorfand, auch an anderen Orten präsent war, die das Geschehen überlagerten. Vermutlich folgte aus einer Unlogik die nächste, aber sie glaubte, nicht mit Logik argumentieren zu dürfen. Schließlich lebte sie – aller Wahrscheinlichkeit zum Trotz – immer noch!

So zog sie sich in ihr Inneres zurück, vergaß für einen Augenblick die Kügelchen und die Atmung, befreite sich von der Vorstellung des ewigen Nachuntensinkens. Als sie endlich genug Abstand gewonnen hatte, fasste sie – vollkommen wider ihren Verstand – den Entschluss, die Augen zu öffnen, und setzte ihn zögerlich um. Entgegen ihrer Erwartungen empfing sie nicht etwa Dunkelheit oder verspürte sie neue Schmerzen, sondern sie registrierte gedämpftes Licht. Außerdem bewegte sich etwas. Eine Gestalt in einem hellen Overall beugte sich über sie, eine Frau, deren Kinn, Nase und Mund auf einen Punkt ausgerichtet zu sein schienen. Das Gesicht hatte etwas Mausartiges an sich.

»Sind Sie wach?«, flüsterte die Frau.

Die ihrem Albtraum Entflohene brachte mit Müh und Not ein behelfsmäßiges »Ja« heraus. Kein Wunder, bei all dem Sand, den sie eben noch in den Lungen gehabt hatte. »Müde«, krächzte sie und es gelang ihr trotz aller Anstrengung nicht, die Lider offen zu halten.

»Schlafen Sie ruhig weiter«, sagte die andere mit fürsorglicher Stimme. »Es ist alles in Ordnung.«

Wenn alles in Ordnung war, warum bekam sie dann kaum Luft und warum brannten ihre Bronchien wie Feuer? Aber sie war viel zu erschöpft, um danach zu fragen. Sie wollte nur schlafen; das Intermezzo mit dem Treibsand vergessen.

Die Frau mit dem Mausgesicht lächelte ihr aufmunternd zu. Wenige Atemzüge später sank Lucy wieder in ihre Traumwelt zurück.

40: Ankunftsprozedere

»Willkommen in Anthrotopia«, schmeichelte eine Männerstimme in Helens Ohren, ein paar Sekunden, nachdem man sie aus ihrem Transitschlaf geweckt hatte. Sie fühlte sich erstaunlich frisch, obwohl sie mehrere Stunden betäubt gewesen war. Über sich gewahrte sie ein gedämpftes, bläuliches Glimmen.

»Wir freuen uns, Sie in unserer Stadt begrüßen zu dürfen, Miss Fawkes. Sie befinden sich momentan im Ankunftsbereich A12. Bitte bleiben Sie einstweilen noch auf Ihrem Platz, damit wir Sie mit den Funktionen Ihres Interaktors vertraut machen können, Ihrem primären Kommunikationsmittel, solange Sie in Anthrotopia zu Gast sind.«

Nun hob sich der Rückenteil ihrer Liege in eine Vierzig-Grad-Position und eröffnete Helen einen Blick auf die Umgebung. Der Ankunftsbereich wies kaum Unterschiede zur Transferzone des *Security Hubs* auf, von dem sie eben kam: Er wirkte groß, aber nicht beängstigend groß, und war in rechteckige Zonen unterteilt. Viele davon schienen unbesetzt zu sein, nur in manchen sah sie Einreisende, die so wie sie gerade vom Interaktionssystem begrüßt wurden oder in einem Dialog damit standen. Zarte Blautöne verliehen der gesamten Halle etwas Beruhigendes, und als Geräuschkulisse erklangen dezente, harmonisch aufeinander abgestimmte Töne vor dem Hintergrund eines friedlichen Wassergeplätschers. In Kombination mit den vereinzelt sich erhebenden Menschen, die sich zwanglos auf den Weg machten und dabei eine Haltung an den Tag legten, als ob sie von einer Wellnesszone zur nächsten schreiten würden, entwickelte sich ein Gefühl der Nonchalance in Helen, begleitet von Entspannung und Behaglichkeit. Die Plätze unmittelbar neben ihr waren leer.

»Während dieser Einführung kann das System keine Fragen von Ihnen entgegennehmen. Sollten Sie zusätzliche Informationen benötigen, wenden Sie sich bitte später an Ihren *Interaktor*. Sobald Sie bereit sind, mehr über dieses Hilfsmittel zu erfahren, nicken Sie einmal kurz. Zum Wiederholen schütteln Sie Ihren

Kopf. Sie können durch dieses Zeichen auch jederzeit um einen Satz zurückspringen, wenn Sie etwas nicht verstanden haben.«

Helen hob die Hand und prüfte, ob man sich an die Abmachung gehalten hatte. Ja, ihre Haare waren zum Glück noch da. Sie hatte schon befürchtet – trotz gegenteiliger Beteuerungen vor Antritt der Reise –, zu einer Glatze genötigt worden zu sein. Schließlich war es weithin bekannt, dass Anthrotopier natürlichen Haaren gegenüber eine ablehnende Haltung an den Tag legten. Allem Anschein nach übertraf der Respekt, den man Gästen entgegenbrachte, ihren Abscheu vor evolutionären Lasten, was man auch erwarten durfte, denn für die Große Stadt standen Toleranz und Wertschätzung an vorderster Stelle, solange die grundsätzlichen Maximen des Zusammenlebens eingehalten wurden. So gesehen mutete es beinahe beschämend an, dieser Gesellschaft Kleinbürgerei unterstellt zu haben.

Neben der beruhigenden Tatsache, dass sie im wahrsten Sinne des Wortes ungeschoren davongekommen war, hatte sie bei ihrer ersten taktilen Erkundung noch etwas anderes bemerkt: die raue Oberfläche eines Objekts, das wie eine große, breite Spange an beiden Seiten von der Stirn bis zum Hinterkopf führte. Dabei handelte es sich um den anthrotopischen Reif für Leute ohne *Neurolinks*, auf den schon im Informationsgespräch vor der Einreise hingewiesen worden war. Vorsichtig tastete sie an ihm entlang, bis sie an sein Ende gelangte. Dann zog sie die Hand wieder zurück und veranlasste das System mit einem entschlossenen Nicken, die Einführung fortzusetzen.

»Die Kombination aus Stirnreif und implantierten Transpondereinheiten, auch *Interaktor* genannt, erfüllt mehrere Funktionen auf einmal«, erläuterte die Stimme in freundlichem Tonfall. »Erstens dient sie Ihrer Identifizierung in allen Bereichen der Stadt und ist damit ein wichtiges Sicherheitskriterium. Zweitens bietet sie ein umfassendes Spektrum an Eingabemethoden an, mit denen Sie an jedem Punkt in Anthrotopia Ihre Nachrichten verwalten, Anrufe tätigen und Termine abfragen können. Drittens ermöglicht sie Ihnen, Dienstleistungen in Anspruch zu nehmen, die über ein für Sie eingerichtetes Guthabenkonto verrechnet werden. Viertens erhalten Sie Zugriff auf unsere lokalen Infrastrukturservices, wann immer Sie Informationen zu Ihrem Aufenthaltsort oder Empfehlungen zu Routen benötigen. Als Hauptbestandteil des *Interaktors* kommt dem Stirnreif eine besondere Bedeutung zu. Er wurde in einem Stück gefertigt und ist daher weitgehend unempfindlich gegenüber Stößen und externen Einflüssen. Versuchen Sie trotzdem niemals, ihn zu öffnen, zu manipulieren oder mutwillig zu beschädigen. – Bitte nicken Sie, sobald Sie fortfahren möchten. Wenn Sie den Kopf schütteln, wird Ihnen die Funktionsweise noch einmal erläutert.«

Wieder nickte sie.

»Um die Effektivität des *Interaktors* zu steigern und einen optimalen Bedienkomfort zu gewährleisten, wurden Ihrem Körper mittels äußerlicher und minimalinvasiver Verfahren Komponenten eingesetzt, die im Rahmen Ihrer Abreise – risikolos und narbenfrei – wieder entfernt werden. Darunter fallen Identifikationstransponder, aktive Overlay-Linsen, auditive Kupplungen, Steuereinheiten und Positionierungssensoren. Die nanoreinigenden Overlay-Linsen wurden zur Erhöhung des Tragekomforts an ihr Auge fixiert und sollten nach einer kurzen Eingewöhnungszeit nicht mehr spürbar sein. Dadurch können sie weder verlorengehen, noch verursachen sie Irritationen oder optische Verzerrungen. Wenn Sie den Stirnreif abnehmen möchten, können Sie das jederzeit tun. Sie verlieren aber die Funktionalität des Interaktors, solange sich der Reif außer Empfangsreichweite befindet.«

Sie hatte ein System mit relativ geringen physiologischen Veränderungen gewählt. Wer sich länger in Anthrotopia aufhielt und die Ausbildung von nanotechnologischen Strukturen im Körperinneren tolerierte, konnte auch ganz auf Overlay-Linsen verzichten und eine direkte Ansteuerung speziell hierfür ausgebildeter Sehnervfortsätze zulassen. Für ein Mitglied des *Natural Way of Life* war das jedoch eine Grenze, die es nicht zu überschreiten galt.

»Wir setzen Sie davon in Kenntnis, dass sämtliche Bewegungs- und Nutzdaten während Ihres Besuchs von einem Sicherheitssystem zum Zwecke der automatisierten Auswertung und Verarbeitung durch Maschinenintelligenzen aufgezeichnet werden«, fuhr die Stimme fort. »Da diese Informationen nur dann menschlichen Individuen der Systemüberwachung zugänglich gemacht werden, wenn Sie dies ausdrücklich genehmigen, bleibt Ihre Privatsphäre im Regelfall geschützt. – Bitte bestätigen Sie durch ein zweimaliges Nicken, dass Sie mit den Bedingungen einverstanden sind. Schütteln Sie den Kopf zum Wiederholen der letzten Ausführungen. Falls Sie ihren Kopf zweimal schütteln, signalisieren Sie damit, die Bedingungen abzulehnen, und wir bereiten nach einer Sicherheitsabfrage Ihre Rückreise vor.«

Der Hinweis auf die Einhaltung der Privatsphäre war clever formuliert, fand Helen. Sie hatte vor einiger Zeit durch eine Reportage erfahren, dass Maschinenintelligenzen des Sicherheitssystems in Anthrotopia jede Aktivität verfolgten und bei kritischen Handlungen Alarm schlugen. Auf der Basis solch automatisierter Analysen entschied man, wie schwerwiegend ein Vergehen zu bewerten war und ob überhaupt eines vorlag. Bei Unklarheiten konnte dem Gast jederzeit mit Ausweisung gedroht und ein Verfahren zur Einsichtnahme empfohlen werden. Meistens hatten Besucher oder Bürger keine Probleme damit, speziell hierfür ausgewählten menschlichen Individuen – sogenannten *Investigatoren* – Zugriff auf eine vorselektierte Datenmenge zu gewähren, wenn sich dadurch ihre Unschuld beweisen ließ. So konnte die Systemüberwachung sehr effektiv arbeiten, obwohl das Recht auf Privatsphäre formal gewahrt blieb. Gut durchdacht. Sie nickte zweimal.

»Wir danken für Ihr Einverständnis, Miss Fawkes. Als letzten Schritt werden wir nun die Kalibrierung Ihrer Finger- und Handsensoren sowie Ihres Overlay-Systems vornehmen. Legen Sie dazu bitte Ihren ausgestreckten rechten Arm an die Seite und heben ihn dann, bis er senkrecht nach oben weist.«

Helen folgte der Aufforderung und stoppte die Bewegung, als ihr Arm einen rechten Winkel zur Liegefläche bildete.

»Danke. Senken Sie jetzt Ihren Arm wieder und bringen Sie ihn in die Ausgangsposition.«

Wie es schien, hatte man an verschiedenen Stellen ihres Körpers Sensoren eingesetzt, damit sie sich auch ohne *Neurolink* in der Großen Stadt zurechtfinden und mit dem Kommunikationssystem interagieren konnte. Diese übernahmen jene Funktionen, die in Annexea für gewöhnlich mittels externer Komponenten bereitgestellt wurden, und stellten keine gravierende Neuerung für sie dar. Trotzdem bereitete ihr die Vorstellung von derartigen Implantaten Unbehagen.

»Erfasst. Heben Sie nun den rechten Arm noch einmal, bis zu einer Position, an der Sie einen leichten Druck im Zeigefinger spüren. Verharren Sie dann mit der Handfläche nach unten.«

Erneut führte sie die gewünschte Aktion aus. Bei einer Neigung von circa dreißig Grad setzte das angekündigte Signal ein.

»Danke. Als Nächstes beugen Sie Ihren rechten Daumen so weit es geht nach unten, ohne dabei die Hand zu bewegen.«

Auch dieser und den folgenden Anweisungen kam sie schnell nach. So ging es mit jedem Finger und daraufhin mit der linken Hand weiter.

»Die Arm- und Handsensoren sind jetzt voll einsatzfähig. Als letzter Schritt wird das Sehfeld Ihrer Overlay-Linsen kalibriert. Bitte blicken Sie während des gesamten Tests immer geradeaus. Sollten Sie ungewollt Ihre Pupillen in eine bestimmte Position jenseits der Ruhelage richten, muss der Vorgang wiederholt werden. Die Kalibrierung startet, sobald Sie einen Ihrer Zeigefinger heben.«

Sie blinzelte ein paar Mal und brachte Ihre Pupillen in eine ruhige Mittellage. Dann gab sie das Zeichen, zu beginnen.

»Im Zentrum Ihres Sehfeldes wird sich nun ein langsam rotierendes Objekt einblenden. Bitte konzentrieren Sie sich darauf und versuchen Sie, die Details auf seinen Seitenflächen zu erkennen.«

Noch während die Stimme sprach, erschien in einer Entfernung von circa einem dreiviertel Meter ein faustgroßer, bläulich glänzender Würfel, der sich im Uhrzeigersinn um die eigene Achse drehte. An solche Darstellungen war Helen durch ihre langjährige Nutzung des VILINK-Systems gewöhnt. Allerdings erfuhr ihre Aufmerksamkeit plötzlich eine zusätzliche Dringlichkeit, so, als ob sie von einer äußeren Kraft explizit auf etwas hingestoßen würde. Sie musste nicht lange darüber nachdenken, um zu begreifen, womit sie es hier zu tun hatte. Der Effekt ergab sich aus jener Technologie, von der in Annexea immer wieder gesprochen und die bis dato nur in der Großen Stadt angeboten wurde. Dabei kam ein kleiner, im Stirnreif integrierter *Inducer*, ein sogenannter Mini-*Inducer*, zum Einsatz, mit dem bestimmte Areale des Hirns beeinflusst wurden, auf ähnliche Weise, wie die großen Pendants VINET-Erlebnisse neuronal einspielten. Anders als bei diesen gelang es durch die winzigen Ausmaße und der eingeschränkten Effektivität jedoch nur, speziell dafür geeignete Regionen anzusteuern, sodass sich zwar keine detaillierten Eindrücke erzeugen ließen, aber immerhin simple Effekte wie etwa die spürbare Anhebung des Aufmerksamkeitspotenzials. Das nutzte der *Interaktor*, um den Fokus des Trägers auf sich zu lenken, beispielsweise bei eingehenden Anrufen. Vergleichbare Technologien fanden sich in den Stirnreifen anthrotopischer Bürger, nur dass sie – falls es nanotechnologische Erweiterungsstrukturen im zerebralen System gab – zu deutlich feineren Wechselwirkungen in der Lage waren und keinerlei Overlay-Linsen für visuelle Einblendungen erforderten.

Und noch etwas fiel ihr auf: Die in der Großen Stadt eingesetzte Linsentechnologie erschien ihr um einiges ausgefeilter als die Overlay-Visualisierungen annexeanischer VILINK-Systeme zu sein, denn der frei im Raum rotierende Gegenstand wurde mit ungewöhnlicher Farbenpracht und Plastizität in ihr Sehfeld eingeblendet.

Helen betrachtete fasziniert den matten Körper und versuchte, Details auf seiner Oberfläche zu erkennen. Die Seiten wiesen reliefartige Verzierungen auf, eine Art Piktogramm, das sich bei genauerem Hinsehen als Emblem von Anthrotopia herausstellte, ein schwebendes Symbol der Unendlichkeit über einem schalenförmigen Gebilde und darunter – auf jeder Seitenfläche – der Name der Großen Stadt.

»Erfasst. Halten Sie Ihren Blick nun auf das Objekt fixiert.«

Der Würfel wurde kurzzeitig schärfer und glitt dann langsam von ihr weg, dabei immer kleiner und kleiner werdend, bis er irgendwann nur noch ein Pünktchen im Raum war und schließlich ganz verschwand.

»Danke. Als Nächstes wird sich das Objekt aus dem unsichtbaren Bereich in die Randzone Ihres Sehfeldes zubewegen. Sobald Sie es wahrnehmen, heben Sie bitte sofort Ihren Zeigefinger. Der Test wird einige Male für unterschiedliche Eintrittspositionen wiederholt. Konzentrieren Sie sich ... jetzt!«

Eine Abfolge von Pieptönen war zu hören. Nach ein paar Sekunden bemerkte sie, wie sich ein bläuliches Etwas in die linke Ecke ihres Wahrnehmungsbereiches schob. Sie spreizte den rechten Zeigefinger nach oben.

»Bestätigt.«

Das Szenario begann von vorn, wobei hin und wieder ähnliche Eintrittspositionen gewählt wurden, wie Helen sie bereits beobachtet hatte. Als auch diese Tests beendet waren, ging das System dazu über, die maximalen Auslenkungen ihrer Pupillen zu messen und Grundfarben, Helligkeiten sowie Sättigung zu justieren. Dann verkündete die Stimme: »Ihr *Interaktor* ist nun voll einsatzfähig, Miss Fawkes. Er wird Sie im Anschluss mit dem Bedienkonzept vertraut machen und Ihnen die Möglichkeit bieten, individuelle Einstellungen vorzunehmen. Damit ist das Einreiseprozedere und implizit Ihre Aufnahme als autorisierter Gast abgeschlossen. Wir danken für Ihre Mitarbeit bei der Kalibrierung der Körpersensoren, die Ihnen eine bequeme Interaktion mit der Infrastruktur unserer Stadt ermöglichen sollen. Es steht Ihnen jetzt frei, den Ankunftsbereich zu verlassen. Folgen Sie einfach den Hinweisen Ihres Geo-Assistenten. Anthrotopia wünscht einen angenehmen und erfolgreichen Aufenthalt!«

Nach diesen Worten senkte sich die Liege und die fixierenden Seitenflächen wurden eingefahren. Dann meldete sich eine andere, etwas hellere männliche Stimme: »Wir begrüßen Sie zum Personalisierungsvorgang Ihres *Interaktors*, Miss Fawkes. In den folgenden Minuten werden wir die wichtigsten Grundeinstellungen Ihren Wünschen und Bedürfnissen gemäß anpassen. Dazu gehören Zugriffsschemen, die Benutzung des Fingercursors, bevorzugte Interaktionsmodi und die optionale Aktivierung zusätzlicher Eingabemechanismen wie etwa Augencursor und *Inducer*-Steuerung.«

Standardmäßig erfolgte die Bedienung des *Interaktors* via Finger- und Handsensoren. Darüber hinaus bot Anthrotopia für streng konservative Gäste klassische Alternativen an. Wer eine stilvollere Variante wünschte, konnte seine Eingaben auch über Augenbewegungen oder mittels eigens dafür auszubildender Neuronalzustände vornehmen. Letzteres erforderte etwas Training, weil der Mini-*Inducer* längst nicht die Granularität des großen Pendants aufwies. Sobald die Technik aber beherrscht wurde, schätzten viele diese Art der Handhabung.

Helen hatte sich vorgenommen, zunächst beim Fingercursor zu bleiben. Nach einer gewissen Zeit, wenn sie sich ein wenig in Anthrotopia eingelebt haben würde, ging sie vielleicht zur *Inducer*-Steuerung über.

»Von hier aus gelangen Sie außerdem zu weiteren Tutorien, in denen Sie etwa die Aufgaben des Geo-Assistenten kennenlernen werden oder die Bedienung des Kommunikationscenters. Falls Sie es wünschen, können Sie die Lektionen an beliebiger Stelle unterbrechen und zu einem späteren Zeitpunkt wieder abrufen. Als Gastgeber raten wir Ihnen, sich zumindest mit den Grundlagen Ihres *Interaktors* vertraut zu machen, bevor Sie die ersten Schritte in Anthrotopia tun. Um den Aufwand gering zu halten und Ihnen optimale Sicherheit zu bieten, steht Ihnen für diesen Zweck weiterhin Ihre Liege zur Verfügung. Bitte nicken Sie, sobald Sie fortfahren möchten.«

Offensichtlich nahm man es mit der Einschulung in die Funktionsweise dieses Hilfsmittels sehr genau. Helen vermutete, dass die Benutzerführung für jemanden mit VILINK-Erfahrung keine Herausforderung darstellte, es sei denn, das Konzept unterschied sich fundamental vom annexeanischen System. Sie lehnte sich zurück, unschlüssig darüber, ob sie nun nicken sollte, um zumindest die Grundfunktionen durchzugehen, oder ob es ratsamer wäre, sich später damit auseinanderzusetzen. Immerhin wurde sie von einigen Leuten erwartet; vielleicht standen diese bereits ungeduldig in der Ankunftshalle und zählten die Minuten.

Auf der anderen Seite wäre es peinlich, wenn sie wegen fehlender Kenntnis nicht einmal einen Anruf tätigen konnte, um ein Taxi zu ordern, falls niemand käme, um sie abzuholen.

Während sie so vor sich hin überlegte, spürte sie ein leichtes Vibrieren unter sich, das sie nicht weiter beachtete, da sie sich in der Nähe der Transportzone von Anthrotopia wähnte. Damit assoziierte sie Untergrundkapseln, die Hunderte Passagiere aufnahmen, um sie zwischen der Stadt und externen Häfen hin und her zu befördern, und deren Annäherung sich in Form von Vibrationen bemerkbar machen würde. Allerdings konnte sie nur Spekulationen darüber anstellen, denn die tatsächlichen Mechanismen des Transfers unterlagen strenger Geheimhaltung, so streng, dass sie nicht einmal sicher war, ob es überhaupt irgendein menschliches Wesen gab, das alle Details kannte. Höchstwahrscheinlich verließ man sich dabei gänzlich auf die omnipräsenten Maschinenintelligenzen in Anthrotopia. Helen war jedenfalls noch niemandem begegnet, der die Hintergründe gekannt hätte oder der jemals bei vollem Bewusstsein ein- beziehungsweise ausgereist wäre.

Kurz nachdem die Vibrationen aufgehört hatten, vernahm sie ein surrendes Geräusch neben sich. Sie wandte neugierig ihren Blick zur linken Nachbareinheit und staunte nicht wenig, als sich dort ein Spalt abzeichnete, der zunehmend breiter wurde. Zunächst konnte sie außer der Öffnung nicht viel erkennen, doch als das Geräusch verstummte und durch ein unaufdringlicheres abgelöst wurde, hob sich ein zylindrisch abgeplattetes Gebilde aus der Tiefe. Das Objekt maß ungefähr zweieinhalb Meter in der Länge, war fugenlos und wirkte wie eine Einmanntransportkapsel.

Für ein paar Sekunden tat sich nichts, dann klappte unter leisem Zischen langsam der Oberteil ähnlich einer Venusmuschelschale nach hinten weg, gab die Sicht auf eine etwa vierzigjährige, kahlköpfige Frau in einem weißen Overall frei. Sie hatte die Augen geschlossen, befand sich also immer noch im Schlafzyklus, die Arme eng an ihren Körper gelegt. Der gesamte sie umgebende Bereich schien aus weichem, sich nun rapide auflösendem schaumartigem Füllmaterial zu bestehen, wodurch im Deckel eine Zeit lang deutlich das Negativ ihrer Körperform zu sehen war, bevor dieser nach mehr als einhundertachtzig Grad seine Endposition erreichte und so fast wie eine Verstärkung des Sockels anmutete. Schon bald war die Auskleidung der Kapsel vollständig zerschmolzen, und der Unterteil begann sich stufenlos in einen flexiblen Liegebereich samt Seitenverkleidung zu verwandeln. Am Ende schloss sich der Spalt unter der Schlafenden mit demselben surrenden Geräusch wie zuvor.

Eigentlich hätte Helen sofort auffallen müssen, dass sie zwar immer wieder Menschen vorbeigehen sah, die den Ankunftsbereich verließen, aber offenbar niemand von außen hereingebracht wurde. Somit ergab sich die Frage von selbst, wie die hier Befindlichen auf ihre Liegen gekommen waren. Gerade als Journalistin konnte man die Analyse von Sachverhalten und die sich daraus ergebenden Schlussfolgerungen gar nicht wichtig genug einschätzen, wenn sie auch zuweilen noch so unbedeutend erschienen. Normalerweise hatte Helen ein gutes Gespür für solche Paradoxien. Doch in diesem Fall war sie wohl zu stark von den Kalibrierungssequenzen ihrer neuen Sensoren abgelenkt gewesen, um den offenkundigen Widerspruch bemerkt zu haben.

Das eigentliche Geheimnis der Ein- und Ausreise in Anthrotopia konnte sie durch ihre Beobachtungen nicht lüften. Trotz ihres Wissens, dass die Passagiere, nachdem sie in der Abreisestation auf einer Liege in den Schlaf gefallen waren, mittels Kapseln in die Ankunftshalle transportiert wurden, ergab sich daraus keineswegs, ob diese etwa von einem Schiff, einem Flugzeug oder einem unterirdischen Rohrsystem kamen. Sie wandte ihren Blick wieder nach vorn und nickte entschlossen, um die Grundeinstellungen des *Interaktors* anzupassen. Es war schon genug Zeit vergeudet worden.

Die nun folgenden Schritte wickelte sie relativ zügig ab. Zunächst akzeptierte sie den Großteil der Systemvorgaben ohne Änderungen, da sie ihr plausibel und wohlüberlegt erschienen. Nur die Sensibilität des Fingercursors kam ihr zu niedrig vor. Ähnliches traf auf die Selektionstoleranz zu: Das System hatte diese für ihren Geschmack zu starr eingestellt und dadurch oft unbequeme Verrenkungen der Finger erfordert. Entgegen ihrem ursprünglichen Vorsatz, die Einführungskurse zu überspringen, war sie doch der Versuchung erlegen, in die eine oder andere Lektion hineinzuschnuppern, und hatte dabei schnell gelernt, wie sie ein *Guided Taxi* orderte – im Vergleich zum VILINK-System erfolgte das deutlich unkomplizierter –, auf welche Weise sich der Geo-Assistent vom annexeanischen Lokationsassistenten abhob, wie sie die wichtigsten Informationen des VINETs abrief und über welche Mechanismen sie mit ihrer temporär zur Verfügung gestellten Wohneinheit in Anthrotopia Kontakt aufnehmen konnte, um beispielsweise die Selektion eines Ambientalprofils vorzunehmen, bevor sie einträfe. All diese Dinge waren auch anderswo auf irgendeine Art realisiert, aber nirgends hatte man sie mit solcher Eleganz und Konsequenz durchgezogen. Darin lag einer der Vorteile, wenn man eine Metropole ohne Altlasten aus dem Boden stampfen konnte, so, wie es hier geschehen war.

Für die tägliche Nutzung der virtuellen Infrastruktur sah man drei grundlegende Spielarten vor: Steuerung mittels Neuroinduktion – die wohl konsequenteste Form der VINET-Einbindung, die jedem Bürger in Anthrotopia über den hauseigenen *Inducer* angeboten wurde, während sie außerhalb der Großen Stadt nur in speziellen Einrichtungen, etwa den *Action Spots*, zur Anwendung kam –, Steuerung mittels *Neurolink* – jenem Zugang, der sich technisch aufgeschlossenen Bürgern über körperinterne Nanostrukturen und dem anthrotopischen Stirnreif eröffnete –, und Steuerung mittels *Interaktor*, eine Ausweichmöglichkeit für Bürger und Gäste, die – wie Helen – über keinen *Neurolink* verfügten. Daneben gab es für bestimmte Funktionen noch andere Systeme, beispielsweise Holofone. Die meisten dieser Optionen waren ihr bekannt. Als praxisorientierte Journalistin machte sie häufigen Gebrauch von ihrem VILINK und stand permanent mit der pulsierenden Infrastruktur um sich herum in Verbindung, solange sie sich in Annexea aufhielt. In dieser Hinsicht unterschied sie sich stark von deutlich konservativeren Mitgliedern des *Natural Way of Life*, denen die Verflechtung zwischen Technologie und Gesellschaft suspekt war.

Sie hatte nun vorläufig genug über die Funktionalität ihres

Interaktors gelernt. Mit ein paar Handgriffen instruierte sie das System, in den Hintergrund zu treten, wandte sich auf die Seite und erhob sich. Ähnlich wie im *Security Hub* war sie auch hier in einen passenden Overall gekleidet worden, diesmal im zarten Grauton, der ein wenig an schmutziges Weiß erinnerte. Damit stellte sie keinen Sonderfall dar. Einige der Reisenden, die sich auf dem Weg nach draußen befanden, trugen dieselbe Farbe. Weitaus häufiger schienen allerdings die reinweißen und anthrazitgrauen Varianten vertreten zu sein, mit denen vermutlich der Bürgerstatus signalisiert wurde. Netterweise hatte man Helen das Emblem der Heckenrose an den Overall fixiert, ein innerhalb von Anthrotopia hergestellter Gegenstand, mit dem sie ihren Status als Mitglied des *Natural Way of Life* offiziell bekundete. Er glich dem annexeanischen Original, das sie sonst an Shirt oder Bluse heftete, bis ins Detail.

Ein kurzer melodischer Signalton, begleitet von einem blinkenden Umschlagsymbol im rechten unteren Bereich ihres Sehfeldes, informierte sie über den Empfang einer Nachricht. Helen hatte den *Interaktor* so eingestellt, dass derartige Hinweise zusätzlich zum gesteigerten Aufmerksamkeitsempfinden sowohl visuell als auch akustisch gemeldet wurden, jedenfalls so lange, bis sie sich an die Wirkungsweise des *Mini-Inducers* gewöhnt hatte. Vermutlich war die Botschaft durch das Verlassen des Konfigurationscenters getriggert worden. Sie wählte die Nachricht an, um sie abzuspielen.

»Ich freue mich, Sie im Namen unserer Stadt hier in Anthrotopia begrüßen zu dürfen, Helen«, sagte eine etwas zierliche Frau, die sich unweit von ihr eingeblendet hatte und jetzt wie eine Geistererscheinung in der Halle zu schweben schien. Es war Angela McLean. Helen war ihr im Rahmen ihrer Recherchen schon ein paar Mal begegnet. Auch damals hatte sie immer eine halblange, braune Perücke getragen, wahrscheinlich, um die Akzeptanz bei Annexeanern zu erhöhen. Als Außensprecherin versuchte sie stets, die Stadt so vorteilhaft wie möglich zu vertreten.

»Leider gestattet es mir mein Terminkalender nicht, Sie persönlich abzuholen. Ich habe mir daher erlaubt, für Sie ein GT zu ordern, das Sie zu Ihrer Wohneinheit bringen wird, sobald alle Einreiseformalitäten erledigt sind. Bitte folgen Sie einfach den Richtungsangaben des Geo-Assistenten. Wir treffen uns im Laufe des späten Nachmittags bei Ihnen. Lassen Sie sich bis dahin von den dienstbaren Geistern Ihres neuen Heims verwöhnen! Es gibt da einiges zu entdecken. – McLean, Ende.«

Ja, genau so hatte sie die Außensprecherin in Erinnerung: eine kleine, adrette Dame von circa dreißig Jahren (zumindest optisch) mit liebenswürdiger Ausstrahlung und einem gewinnenden Lächeln. Es war beruhigend, sie als Ansprechpartnerin in diesem Unternehmen zu wissen und nicht länger mit den humorlosen Vertretern der Systemüberwachung zusammenarbeiten zu müssen. So sehr sich Helen auch bemüht hatte, sie war nicht imstande gewesen, diesen Leuten ihr uneingeschränktes Vertrauen zu schenken. McLean hingegen schien ihr Fach wesentlich besser zu beherrschen. Obwohl sie als offizielle Vertreterin der Großen Stadt gewiss eine Menge wusste, worüber sie nicht kommunizieren durfte, spielte sie ihre Kenntnisse nicht aus. Helen fühlte fast so etwas wie einen freundschaftlichen Konnex zwischen ihnen. Sie konnte selbst nicht erklären, woher dieser kam. Vielleicht lag es an McLeans warmherziger Art, mit der sie auf die Leute zuging. Oder daran, dass sie aus der Vertraulichkeit bestimmter Entwicklungen keinen Hehl machte und jedes Mal genau abgrenzte, wie viel sie offenbaren durfte, ohne in ihren Gesprächspartnern ein Gefühl der Unterlegenheit oder des Ausgeschlossenseins aufkommen zu lassen. Und sie mochte die Sprache der Anthrotopierin, ein lupenreines, absolut akzentfreies *LinguA*.

Helens *Interaktor* blendete jetzt die Navigationszeilen des Geo-Assistenten in ihr Sehfeld ein. Laut diesem waren es noch rund dreihundertvierzig Meter bis zum GT, das draußen auf sie wartete – oder in Kürze auf sie warten würde. In Klammern zeigte er die dabei zu überwindende Höhe von zwölf Metern an. Sie wandte sich herum, um sicherzustellen, nicht unabsichtlich irgendein Gepäckstück liegen zu lassen, etwa eine Art Standardausrüstung, die man ihr im Rahmen des Aufnahmeprozederes automatisch bereitstellte, fand aber nichts dergleichen vor.

Ähnlich wie in den *Security Hubs* war die Einreise nach Anthrotopia nur ohne Gepäck möglich. Medizinische Präparate, Kleidung, sanitäre Utensilien, technische Hilfsmittel sowie andere für notwendig erachtete Gegenstände wurden allesamt von der Großen Stadt zur Verfügung gestellt, inklusive infrastruktureller Dienstleistungen. Man befand sich somit in einer vollständig isolierten Zone, in der nur der Austausch von Daten über das VINET vorgesehen war. Jegliches Gepäck der Passagiere wurde an einem sicheren Ort außerhalb von Anthrotopia verwahrt. Helen war mit solchen Bestimmungen bereits im *Security Hub* konfrontiert worden, konnte sich aber immer noch nicht des Gefühls erwehren, etwas Wichtiges zurückgelassen zu haben. Sie kam sich in dieser fremden Umgebung viel zu privat vor, fast so, als ob sie in ihrem Hausanzug in einem der Einreisezonen einer Ringkernstadt entlangzugehen hätte, ohne adäquate Kleidung, ohne VILINK und IDCOPA. Das widersprach ihrem sonstigen Empfinden, kam ihr wie eine schmerzhafte Ausstülpung der Privatsphäre vor. Doch was sollte sie machen? So waren die Auflagen. Jeder, der in die Stadt einreiste, wurde im Vorfeld darüber in Kenntnis gesetzt und konnte frei entscheiden, ob er diese Bedingungen akzeptierte oder nicht.

Sie passierte eine Reihe von Liegen, in denen die Ankömmlinge ihre Einreiseinstruktionen studierten, folgte dann einem anthrazit gekleideten Passagier, der sich – wie sie – auf dem Weg zum Ende der Halle befand. Immer noch irritiert über die Nonchalance der anderen, die offenbar keine Probleme damit hatten, ganz ohne Gepäck einzureisen, dauerte es ungewöhnlich lang, ehe sie bemerkte, wie der in ihrem Sehfeld eingeblendete, nach hinten deutende, halbtransparente Geo-Assistenten-Pfeil zunehmend ins Zentrum rückte und sich dabei mehr und mehr ausdehnte. Sie musste gar nicht auf die Entfernungsangabe achten, um zu wissen, dass sie in die falsche Richtung unterwegs war. Andernfalls hätte das Symbol nach vorn gezeigt. So blieb sie stehen, wandte sich zaghaft um, bis sich der Pfeil nach einer halben Umdrehung langsam wieder verkleinerte. Im unteren Randbereich ihres Sehfeldes konnte sie jetzt deutlich die Instruktion

»GT-Transfer Area U« erkennen. Das deckte sich mit der Anzeigetafel über ihr.

Nachdem sie die Halle durchquert und einen Durchgang mit automatischer Schiebetür passiert hatte, gelangte sie in eine tunnelartige Röhre, durch die zwei gegenläufige, etwa einen Meter voneinander entfernte Transportbänder führten. Darauf standen in unregelmäßigen Abständen einzelne Passagiere, die sich durch den Tunnel befördern ließen, jeder auf einem Segment mit individueller Färbung. Diesen Mechanismus kannte sie bereits aus anderen Ringkernstädten. Sobald der Reisende das Band betrat, würde das unter ihm befindliche Transportsegment sein Ziel übermittelt bekommen, einen passenden Farbton annehmen und ihn selbstständig zu seinem Bestimmungsort bringen.

Laut ihres Geo-Assistenten konnte die nächste Zubringerrampe nicht fern sein, und tatsächlich wiesen nur ein paar Schritte neben ihr die typischen Markierungen auf den Einstieg hin. Sie stellte sich auf das vorderste Transportelement, das wenig später die Zuordnung durch ein sattes Dunkelblau bestätigte und sich auf eines der großen Bänder zuzubewegen begann, während es sukzessive dessen Geschwindigkeit annahm. Dort gliederte es sich lückenlos zwischen zwei inaktiven Segmenten ein, ließ sich bis zur ersten Abzweigung im Strom mitziehen, verließ die Hauptroute, nahm mit vermindertem Tempo eine Einhundertachtzig-Grad-Wendung vor und setzte die Beförderung in die entgegengesetzte Richtung – auf dem Parallelband – fort. Dieses Manöver fand auch seinen Niederschlag in Helens Overlay, das von nun an eine kontinuierlich kleiner werdende Distanz zum Zielpunkt anzeigte.

Indessen hatte auf den Transportbändern die Dichte der Reisenden zugenommen. Dass sie sich in einem anthrotopischen Ankunftsbereich befand – und nicht in der Einreisezone einer anderen Ringkernstadt – konnte man kaum übersehen. Fast alle Leute waren ohne Kopfbehaarung, schienen im Alter zwischen zwanzig und fünfundvierzig Jahren zu sein und führten keinerlei Gepäck mit sich. Viele trugen einen ähnlichen Kopfreif wie Helen, aber bei ihnen lief er weiter hinten zu einer größeren Ausbuchtung zusammen und zeigte an der Vorderseite ein auf quecksilberartigem, in harmonischer Bewegung befindlichem Untergrund angebrachtes Anthrotopiasymbol, in manchen Fällen ein Omega- oder Deltazeichen.

Hin und wieder gab es Ausnahmen: Einmal glitt ein Mann an ihr vorbei, der mit geschätzten siebzig Jahren deutlich über dem optischen Altersdurchschnitt lag und ebenfalls das Symbol der Stadt auf seiner Stirn präsentierte. Obwohl er die Mitte des biologischen Lebens bereits sichtbar überschritten hatte, war an ihm nicht das geringste Zeichen von Unsicherheit oder gar Verlorenheit zu bemerken. Er legte dieselbe Zielstrebigkeit und routinemäßige Nonchalance an den Tag wie die übrigen an Helen vorbeidriftenden Passagiere. Ein andermal registrierte sie mit einigem Erstaunen eine etwa fünfundzwanzigjährige Frau, deren langes gewelltes Haar wie ein Affront gegen die sterile Ordnung der Anthrotopier wirkte; aber auf ihrem Stirnreif war kein Symbol und sie trug – so wie Helen – einen hellgrauen Overall, kam also vermutlich aus Annexea. Die Journalistin wollte ihr kurz freundlich zunicken, doch in diesem Augenblick entschied ihr Transportsegment, eine Abzweigung zu nehmen und Helen in eine der oberen Etagen zu bringen. Dort durchquerte es eine große Halle mit Restaurants und *Relaxing Lounges*, bog dann in den Bereich »GT-Transfer Area U1-15« ein und folgte schließlich der Route in Richtung U8-U15.

Es gab keinerlei Sicherheitskontrollen. Was hätten die Passagiere nach der Einreise, in der ihre Körper bestimmt allen möglichen Scans ausgesetzt gewesen waren, auch bei sich haben sollen? Helen fuhr ein weiteres Stockwerk empor, und als sie wieder auf das horizontale Band überwechselte, meldete ihr Geo-Assistent eine Entfernung von nur noch achtzig Metern. Sie musste also nah an ihrem Ziel sein; wahrscheinlich befand es sich irgendwo an der langen überdachten Plattform, die sie nun entlangglitt und die durch Anzeigetafeln in Abschnitte unterteilt war. Ganz vorn begann die U8-Zone. Dort standen, in einzelnen von A bis F beschrifteten Slots, drei Taxis in ihren Haltespuren. Sie passierte U8, später U9, U10 und U11, ließ ihren Blick dabei von einem

GT zum nächsten schweifen, und stellte fest, dass es keinen optischen Unterschied zwischen ihnen gab: jedes glich exakt dem anderen, sah aus, als ob es eben erst aus der Fabrik gerollt wäre. Und sie alle repräsentierten ein Maß an Eleganz und Aerodynamik, das sie unweigerlich an die windkanaloptimierten Designs eines Sportwagens früherer Zeiten erinnerte. So schick war der Taxipool in den übrigen Ringkernstädten nicht.

Als sie U12 erreichte, steuerte ihr Transportsegment in die Auslaufspur, reduzierte das Tempo und blieb schließlich an der äußersten Position stehen. Vor ihr – in den Slots A, B, D und F – standen vier glänzende GTs mit verspiegelten Panoramadächern. Das für Helen reservierte Fahrzeug befand sich laut Geo-Assistenten in Slot B und hob sich durch eine dunkelblaue Markierung in ihrem Sehfeld vom Rest ab. Sie war also an ihrem Ziel angekommen.

Fasziniert blickte sie sich um, genoss den Moment, da sie erstmals mit dem Außenbereich von Anthrotopia in Kontakt kam. Unweit von ihr glitt ein GT die langgezogene Abfahrt herunter und steuerte geräuschlos an ihr vorbei auf eine Haltespur zu. Währenddessen verließen zwei Taxis ihre Parkpositionen, fuhren auf den Zubringer zum *Transit Ring* auf und katapultierten dann, nachdem sie sich weit genug vom Passagierbereich entfernt hatten, mit einer Geschwindigkeit nach vorn, dass Helen vor Staunen der Mund offenblieb.

Es war atemberaubend, dies alles in natura zu erleben und sich dabei zu vergegenwärtigen, dass zwar ähnliche Mechanismen auch außerhalb der Großen Stadt existierten, doch in ungleich ineffizienteren und uneleganteren Ausführungen. Schon in den ersten Minuten zeigte sich Anthrotopia von einer Seite, die den meisterhaft verzahnten und makellos harmonischen Organismus erahnen ließ, der dahinterstand. Das war Technologie in Perfektion, eine zur Schau gestellte Offenbarung dessen, wozu der menschliche Intellekt in der Lage war. Jede Pore der Metropole schien das zu suggerieren, jedes Teilchen, das im Takt der Gesamtkomposition mitpulsierte.

Benommen von den Eindrücken schritt Helen auf das für sie

reservierte GT zu, sich ganz der Bedeutung bewusst, für ein paar Wochen selbst zu einem Teil dieses gigantischen Dreh- und Angelpunkts zu werden, einer Stadt, die über das restliche Annexea thronte wie ein Leitstern am nächtlichen Firmament.

41: Nocturnus-Höhe

Das dekorativ gestaltete große Landhaus im alpinen Stil wirkte gut erhalten. Es war mit weißem Rauputz beworfen, verfügte über eine gekachelte Sonnenterrasse mit gepolsterten Liegestühlen sowie über einen gepflegten Vorplatz für sportliche Aktivitäten. Man merkte ihm an, dass es permanent den Elementarkräften ausgesetzt war, denn die dunkelbraun gestrichenen Fensterbalken und der darauf abgestimmte massive Dachvorbau zeigten bei näherem Hinsehen Spuren der Verwitterung. Nicht, dass sie sonderlich ins Auge gefallen wären, aber sie spiegelten jenes Tüpfelchen auf dem i wider, durch welches das VINET-Konstrukt die notwendige Glaubwürdigkeit erfuhr. Die Szenerie konnte unter dem Namen »Nocturnus-Höhe« abgerufen werden und wurde ihrer Bezeichnung auch vollends gerecht. Der des Nachts zu beobachtende Sternenhimmel war geradezu atemberaubend, ein Meer an flirrenden Punkten, das wie ein riesiges, in allen Nuancen glänzendes Diadem von einem Ende des Horizonts zum anderen reichte und mit größter Detailtreue dem natürlichen Himmel des alpinen Mitteleuropas nachempfunden war. Das machte die »Nocturnus-Höhe« zu einer beliebten Wahl für VINET-Teilnehmer verschiedenster Gesinnung – in Verbindung mit der Tatsache, dass aufgrund diverser Umstände nur selten Gelegenheit bestand, echte Sterne zu sehen, insbesondere in den größtenteils lichtüberfluteten Ringkernstädten Annexeas.

Zusätzlich kam – wie bei den meisten virtuellen Umsetzungen – noch ein zweiter Aspekt hinzu: das Konstrukt war nicht singulär; jeder daran Interessierte konnte Zugriff auf eine eigenständige Schauplatzkopie erhalten, in der er exklusiv und ungestört Ruhe fand. Falls gewünscht, bot das System auch Modi an, in denen sich Gruppen von Menschen nach dem Zufallsprinzip trafen, so, wie es im physischen Leben gelegentlich geschah, wodurch einem geselligen Beisammensein mit anderen nichts im Wege stand. Doch stellten derartige Begegnungen eher die Ausnahme dar. Die Majorität der Teilnehmer präferierte ein privates Ambiente, in dem kein Fremder auftauchen konnte, eine klare Folge der besonders in Anthrotopia zu beobachtenden Form moderner Egozentrik, die sich zwar zur Idee des kreativen Humanismus bekannte – mit allen damit verbundenen Implikationen –, soziale Wechselbeziehungen jedoch vernachlässigte. Ein Teil dieses Trends war auf den Einsatz des ACI-Blockers zurückzuführen, durch den nicht nur negative Facetten von Empfindungen gedämpft, sondern auch starke Gefühlszustände fast auf den Nullpunkt reduziert wurden.

Dass sich dies nicht gerade förderlich auf zwischenmenschliche Beziehungen auswirkte, versteht sich von selbst. Man hielt sich zunehmend vom Privatleben anderer fern und strebte keine längerfristigen Partnerschaften im altmodischen Sinn an, was nicht bedeutete, dass körperliche Interessen vollständig verschwunden waren. Sie existierten nach wie vor, jedoch wesentlich zweckorientierter als früher. Wann immer sich das Bedürfnis nach Gesellschaft heranbildete, fand sich in Bars, *Physical Halls*, Restaurants und in virtuellen Begegnungsszenarien ausreichend Gelegenheit dazu. Manchmal traf man dabei auf einen gleichgesinnten Partner und ließ sich mit ihm in ein geeignetes Umfeld versetzen, um die kurze Zeit der Intimität zu genießen und um all jenes aufzuholen, nach dem die Seele – trotz ACI-Dämpfung – verlangte. Später trennte man sich wieder. Nur selten kam es vor, dass man ein zweites oder drittes Mal zusammenkam. Noch seltener wurde daraus ein permanenter Kontakt. Amouröse Verhältnisse im klassischen Stil gab es nur wenige, und diese beschränkten sich fast ausnahmslos auf ungeblockte Personen.

Die beiden auf der Sonnenterrasse der Nocturnus-Villa in ihren Liegestühlen zurückgelehnten Anthrotopier standen in keiner solchen Beziehung. Auf den ersten Blick wäre die Frau mit dem großen Ultraistensymbol auf ihrer Stirn ohne Weiteres als die ältere Tante des sportlichen Fünfzigers durchgegangen, der neben ihr die virtuelle Sonne genoss. Tatsächlich verhielt es sich jedoch eher umgekehrt, denn Darius Buechili war beinahe doppelt so alt wie Esther Diederich, sodass er leicht ihr Urgroßvater hätte sein können.

Um diese Zeit strahlte die Sonne das Tal zur Gänze aus und man konnte ungezwungen im halblangen Hemd das herrliche Panorama genießen. Sie hatten sich für einen Tag im Juli entschieden. Esther trug eine adrette Kombination aus einer hellen Baumwollhose und einem locker anliegendem Oberteil. Zwar konnte das pralle Licht in der VINET-Umgebung keinen Sonnenbrand verursachen, aber es offenbarte dennoch schonungslos ihre schon etwas faltig gewordene Haut, so, wie sie auch in Wirklichkeit aussah. An manchen Stellen zeigten sich unvorteilhafte Pigmentflecken. Doch für Buechili hatte Esther nichts von ihrer eigenwilligen Attraktivität verloren. Er respektierte ihren Entschluss, sich dem natürlichen Alterungsprozess auszuliefern, ja, er bewunderte sie sogar deswegen. Damit nahm sie nicht nur einen früheren Tod in Kauf, sondern sie gehörte auch jenem kleinen Anteil an Bürgern an, die sich in Anthrotopia für jedermann sichtbar zu ihrem wahren Alter bekannten.

In einer Stadt, deren hehres Ziel darin bestand, größtmögliche Perfektion zu erreichen, stellte dies keine einfache Entscheidung dar, insbesondere, wenn Buechili daran zurückdachte, dass sie in ihren Zwanzigern geradezu der Inbegriff stürmischer und rebellischer Jugend gewesen war, damals, als er sie zum ersten Mal getroffen hatte. Nicht gerade ausgesprochen hübsch im herkömmlichen Sinn, doch von einer Ästhetik, die jenseits konventioneller Maßstäbe lag. Er hätte nicht sagen können, welche ihrer Attribute den Ausschlag für »Freundschaft auf den ersten Blick«, oder wie man es nennen wollte, gegeben hatten. Vielleicht waren es ihre markanten Gesichtszüge gewesen, die ihr etwas Eigenwilliges, von der Norm Abweichendes verliehen hatten. Oder ihr teilweise ungeniertes Gebaren, in dem sich sogar heute noch eine fast schon skurrile Mischung aus Renitenz und aristokratischer Haltung offenbarte. Womöglich war es aber einfach nur ihr sympathisches Lachen gewesen, ein schieres Feuerwerk an Lebensfreude, das wie ein Flächenbrand auf ihre Gesprächspartner übersprang und gegen das man sich beim besten Willen nicht wehren konnte, auch wenn man selbst einmal zum Opfer ihres Spotts wurde. Und ihre zuweilen unglaubliche Offenheit, an der sich manche stießen, die sie nicht kannten. Wahrscheinlich war es eine Kombination aus allen diesen Eigenschaften gewesen, mit der sie Buechilis Vertrauen hatte gewinnen können.

»Woran denkst du?«, fragte sie, ohne die Augen von der blendenden Helle abzuwenden. Sie trug eine dunkle, elegant geformte Sonnenbrille.

»Ich frage mich, wie es Lucy wohl gehen mag, Did.« Der Spitzname war ihr aus ihrer Sturm-und-Drang-Phase geblieben. Nur ihre engsten Freunde nannten sie so.

»Machst du dir Sorgen um sie?« Sie legte ihre Hand Anteil nehmend auf die seine. Unter Anthrotopiern war das nicht gerade eine gängige Geste, selbst unter guten Bekannten. Aber als ungeblockte Ultraistin verfügte sie noch über ein mehr oder weniger konventionelles Gefühlsleben. Buechili respektierte das.

»Ernsthafte Sorgen würde die Psychodämpfung verhindern. Es steckt vermutlich eher Neugierde dahinter.« Er schwieg eine Weile, blieb in seinem Liegestuhl zurückgelehnt, den Blick durch dunkelgraue Shield-Design-Gläser hindurch ins Tal gerichtet. Dann sagte er etwas, das einen Außenstehenden wohl schockiert hätte: »Als Ultraist sollte ich eigentlich hoffen, dass die Konvertierung misslingt.«

Sie zog ihre Hand zurück. »Wie, es wäre dir lieber, wenn Lucy stirbt?«

»Objektiv gesehen wäre es wahrscheinlich das Beste, denn wer weiß, welchen Schaden eine langfristige materielle Bindung an ihrem Geist anrichtet. Ganz zu schweigen davon, dass sie eine permanente Gefangene des synthetischen Körpers werden könnte, falls die Strukturisten die Sterblichkeit jemals komplett überwinden.«

Esther Diederich verschränkte ihre Hände im Nacken.

»Auf der anderen Seite gibt es aber auch einen Teil in mir, der sie gern noch länger um sich hätte.«

»Ich verstehe dein Dilemma …«

Er senkte den Kopf, versuchte, sich über die Bedeutung seines Konflikts im Klaren zu werden. »Vielen unserer Gesinnungsgenossen wird es wohl ähnlich gehen, wenn die Konvertierung erst einmal im großen Stil angewandt wird. Wie es aussieht, haben wir die Konsequenzen der Transformation nur auf rationaler Ebene erfasst, nicht jedoch auf emotionaler.«

»Sogar das ultraistische Komitee hat seine Probleme damit«, offenbarte sie. Mit dem Komitee meinte sie das Führungsgremium aller ultraistischen Gesinnungen, deren Vorsitz sie innehatte.

»Lucy muss diese Entwicklung vorhergesehen haben«, erwiderte Buechili. »Sie betrachtete sich als eine Art Katalysator für die Zusammenführung von Ultraisten und Strukturisten.«

»Inwiefern? Weil sich durch ihre Konvertierung die Differenzen zwischen den beiden Richtungen abschwächen könnten?«

»Auf eine gewisse Weise, ja. Es ist möglich, dass sich die Toleranz der Ultraisten erhöht, wenn sich Freunde und Angehörige aus dem anderen Lager *für* eine Konvertierung entscheiden. An unserer grundsätzlichen Ablehnung dem synthetischen Körper gegenüber sollte sich dadurch, soweit es die eigene Transformation betrifft, freilich kaum etwas ändern.«

Ein amüsierter Ausdruck legte sich über ihr Gesicht. »Nichts für ungut, Darius, du weißt, dass ich dich als gemäßigten Ultraisten respektiere. Schon allein deshalb, weil ich so länger das Vergnügen deiner Bekanntschaft habe. Trotzdem musst du zugeben, dass bereits der *BioBounds-Extender* eine gefährliche Grenze darstellt. Und die Majorität unseres Lagers scheint sich nicht besonders daran zu stoßen.«

»Wenn du damit andeuten willst, dass ich so etwas wie ein Halb-Ultraist bin, dann bleibt nur ein winziges Grüppchen echter Ultraisten übrig.«

»Ja, ja. Die böse Diederich hat natürlich genau darauf abgezielt.«

Er musste lächeln. »Ich will gar nicht bestreiten, dass der *Extender* ein Risiko war. Aber wie du siehst, bin ich trotz Psychodämpfung bei meinen konservativen Ansichten geblieben…«

Sie sah versöhnlich zu ihm hinüber. »Wem sagst du das. Du warst einer der wenigen, den ich in meiner Sturm-und-Drang-Zeit respektierte, obwohl du damals schon über siebzig und geblockt warst.«

Also brauchte er sich keine Sorgen zu machen, dachte Buechili mit leichter Belustigung.

»Betrachte es mal so, Darius«, kehrte sie wieder zum Thema zurück. »Selbst, wenn sie es schaffen sollten, Lucy zu konvertieren, heißt das noch lange nicht, dass sie damit auch den *Cellular Breakdown* überwinden. Er könnte genauso gut später auftreten. Vielleicht reagiert der Mensch anders als die Labortiere.«

»Es geht nicht nur darum, Did. Ich sehe ein viel grundsätzlicheres Problem auf uns zukommen: Woher wissen wir, ob es sich bei Lucy II nach wie vor um die Person handelt, die wir kennen? Man wird ihre Zellen durch synthetische Konstrukte ersetzen. Nichts hindert die transformierte Nachfolgerin daran, einfach das bisherige Verhalten zu simulieren. Ganz im Gegenteil, man erwartet das sogar von ihr. Sie hätte Zugriff auf sämtliche Erinnerung und wüsste jedes Detail ihrer Vergangenheit. Die Täuschung wäre nahezu perfekt, und für das leblose Wesen selbst wäre es gar keine Täuschung: es würde nur fortsetzen, was mit dem biologischen Körper begann.«

»Dieser Gedanke ging mir schon durch den Kopf, als ich das erste Mal mit *Telos* konfrontiert wurde. Eine Maschine, wie du sie beschreibst, könnte auf alle früheren Verhaltensweisen zurückgreifen.«

»... und wäre damit praktisch nicht vom Original zu unterscheiden.« Vermutlich würde nicht einmal Lucy II eine befriedigende Antwort auf diesen Streitpunkt liefern können, überlegte er.

»Wenn jemandem eine Veränderung auffällt, dann noch am ehesten dir, Darius. Du kennst Lucy wahrscheinlich besser als ihr eigener Bruder.«

In dieser Hinsicht mochte sie recht haben. Ted Hawling lebte größtenteils in einer Welt, die mit der Virtufaktkünstlerin nur marginal zu tun hatte.

»Vielleicht«, räumte er ein. »Aber tun wir mal so, als ob es sich bei Lucy um eine fremde Person handeln würde und konzentrieren wir uns einzig und allein auf die Auswirkungen des Projekts.«

»Okay.«

»Für die Gesellschaft gibt es – aus ultraistischer Sicht – zwei problematische Szenarien. Nummer eins: Die Nanokonvertierung geht auf eine gewisse Weise gut und führt zu einer perfekten Nachahmung der organischen Ausgangsperson.«

»Also die Maschinenvariante, von der wir eben sprachen.«

»Genau. Nummer zwei: Die Nanokonvertierung überwindet – trotz unserer Zweifel – den biologischen Tod, ohne die Verbindung zum Geist zu kappen. Von außen gesehen würde niemand einen Unterschied merken.«

»Das nicht, aber beides hätte gravierende Konsequenzen.«

»Allerdings. Im ersten Fall gäbe es mit der Zeit fast nur noch Automaten im zivilisierten Teil der Welt, wenn sich ein Großteil der Bevölkerung für die Konvertierung entscheidet. Und im zweiten ...«

»... würden wir Geist länger binden als nötig ... mit unabsehbaren Auswirkungen.«

»So ist es, Did. Anders gesagt: Lucy ist nicht das eigentliche Problem. Größere Sorge bereitet mir die Frage, was danach kommt. Wie geht es mit der Menschheit weiter?« Er hatte sich schon seit Jahren damit beschäftigt, welche Folgen das Verhindern des *Cellular Breakdowns* mit sich bringen würde, aber mit der ersten Konvertierung erfuhr das Thema nun zusätzliche Brisanz. »Ich erinnere mich an eine Bemerkung Teds, die er kürzlich fallen ließ. Dies alles, meinte er, wäre nur der Anfang. Durch die Nanokonvertierung würden die Strukturisten etwas umsetzen, was die Ultraisten erst in einem theoretischen Nachleben zuließen. Seiner Meinung nach geht es dabei um die Überwindung von körperlichen Grenzen und um die Befreiung des menschlichen Intellekts. Das mache sie zu Realisten und uns zu Träumern.«

»Das ist typisch Hawling«, befand Esther.

»Es ist schwer zu sagen, welches der beiden Szenarien besser ist. So, wie es für mich aussieht, geht man ohnehin von falschen Voraussetzungen aus. Ein Modell, das auf eine externe Geistkomponente gänzlich verzichtet, muss unweigerlich scheitern. Spätestens dann, wenn man den gesamten biologischen Körper umkrempelt.«

»Die Strukturisten sehen hinter dem Konzept des Geistes immer noch eine Art religiöses Überbleibsel, das sich der Selbsterhaltungstrieb des Menschen als Gegenmaßnahme zu seiner körperlichen Auslöschung zurechtgelegt hat. Deshalb wird er auch schwerlich Einzug in die anthrotopische Wissenschaft halten ... solange seine Existenz nicht bewiesen werden kann.«

»Man wird darüber nachdenken *müssen*, falls die Konvertierung scheitert.«

»Und falls nicht, Darius? Athena hat kürzlich die Frage aufgeworfen, ob Geist für die Dauer unseres irdischen Aufenthalts in eine Art Schlafzustand übergehen könnte, nachdem er eine Bindung mit dem Molekularraum einging, und ob in dieser Zeit das Gehirn so lange die Stellvertreterrolle übernimmt, bis er durch den physischen Tod quasi wieder wachgerüttelt wird.«

»Nun, Athena ist für ihre unkonventionellen Gedankenmodelle bekannt und sorgt permanent für frischen Wind in unseren Reihen. Immerhin versucht sie, das gesamte Bauwerk der Aszendologie aus den physikalischen Gesetzen abzuleiten. Man mag darüber urteilen, wie man möchte. Trotzdem muss man neidlos anerkennen, dass sie damit einen interessanten Ansatz verfolgt.«

»Du bist ihr mit deiner Gesinnung auch näher als ich.«

»Ich kann mich mit ihren Ansichten oft ebenso wenig anfreunden, Did. Und in diesem Fall geht sie wohl etwas zu weit. Dennoch halte ich Athena für einen brillanten Geist. Sie scheint sich von unausgetretenen Wegen regelrecht angezogen zu fühlen.«

Esther legte ein Bein über das andere, die gefalteten Hände immer noch im Nacken, schwieg eine Weile und sah auf den Fluss in der Ferne, der in kleinen Mäandern verlief, von weidenähnlichen Sträuchern gesäumt. Dann sagte sie: »Was den Verstand kitzelt, muss nicht unbedingt richtig sein. Ich verwehre mich gegen den Glauben der Strukturisten an das materielle Räderwerk, aus dem sich ihrer Meinung nach Leben ergibt. Wir wissen beide, dass sie mit ihrer Sichtweise unmöglich recht haben können. Trotz der großartigen technischen Leistungen, die sie erbracht haben, bleiben sie uns bis heute die Erklärung schuldig, wie aus der materiellen Verschaltung zwischen Abermilliarden von Körperzellen letztlich eine lebendige, ichbewusste Identität hervorgehen soll.

Wenn wir alle nur Simulationen wären, wieso ist unsere Welt dann nicht ausschließlich von Automaten besetzt, die mehr oder weniger komplexe Verhaltensprogramme abarbeiten?« Es fiel ihr sichtlich schwer, die richtigen Worte zu finden, und so hielt sie kurz inne, ihren Blick auf das Tal gerichtet. »Ich kann natürlich nicht garantieren, wie es mit anderen Menschen in dieser Hinsicht steht ... aber von mir selbst weiß ich mit absoluter Sicherheit, dass mein Sein eine wesentlich höhere Qualitätsstufe aufweist, als es durch das alleinige Verknüpfen von physikalischen Strukturen jemals möglich sein könnte«, fuhr sie fort. »Zum Donnerwetter, wenn ich eine komplexe Maschine wäre, würde ich brav meine Befehle abarbeiten, deshalb wüsste ich allerdings noch lange nicht, was Ichsein bedeutet! Ich würde stupide von einem Zustand in den nächsten fallen, nach vorgegebenen Gesetzen, und ich wäre völlig leblos dabei. Dieses Gerede von kritischer Neuronalmasse ist doch vollkommener Schwachsinn! Nichts, ich wiederhole, nichts kann mein ganz persönliches Empfinden des Ichseins erklären!«

Genau diese Ausbrüche an ungebändigter Emotion waren es, die Buechili an Esther schätzte. Sie sprühte vor Zorn und Temperament, und in Kombination mit ihrer kleinen Körpergröße konnte das zuweilen geradezu belustigend wirken. Er musste unweigerlich grinsen, fügte aber, um nicht anmaßend zu erscheinen, mit leichtem Spott hinzu: »Der Solipsismus lässt grüßen!«

»Du weißt sehr wohl, wie ich das meine«, wehrte sie ab.

Buechili schwieg eine Weile, dachte über das Gesagte nach, bevor er antwortete: »Ich pflichte dir bei, was das Phänomen des Ich-Bewusstseins betrifft. Ohne die Existenz einer zusätzlichen Entität – dem menschlichen Geist – könnte ich es ebenso wenig erklären. Darin liegt – meiner Meinung nach – auch der große Unterschied zwischen belebter und unbelebter Materie: Während Maschinen von einem Zustand in den anderen getrieben werden, steuert Leben seine Zustände auf gewisse Weise selbst, fast so, als ob Geist auf einem komplizierten Instrument spielen würde, das wir in unserer Welt schlicht den Körper nennen. Kybernetiker würden mich für eine solche Deutung wahrscheinlich auslachen.«

Aus irgendeinem Grund fand er heute keinen besonders guten

Zugang zu dem Thema. Seine Worte kamen ihm leer und schal vor. Vielleicht scheiterte er, weil er nur etwas wiederkäute, das er sich in der Vergangenheit zurechtgelegt und dutzendmal zum Besten gegeben hatte. Oder der ACI-Blocker nahm durch die konfliktiven Ereignisse rund um die Nanokonvertierung einen größeren Einfluss auf sein Denken als sonst. Im Prinzip spielte es keine Rolle. Er wusste, woran er glaubte, und konnte dies auch jederzeit rational begründen.

In der Ferne zog ein Mäusebussard lautlos seine majestätischen Kreise und schraubte sich mit der Thermik nach oben. Er passte perfekt ins Landschaftsbild, war sozusagen eine glaubwürdige Ergänzung der wahrgenommenen Welt.

Dennoch stimmte etwas nicht damit. Das Gespräch hatte in Buechili eine Art Übersensibilisierung hervorgerufen, wodurch die Szenerie einen Teil ihrer unschuldigen Natürlichkeit einbüßte. Die Ursache dafür lag in seinem Unbewussten begründet, welches sich plötzlich daran stieß, dass sie sich in einer trügerischen VINET-Nachbildung der irdischen Wirklichkeit befanden, in der sämtliche Fülleelemente – Wälder, Pflanzen und Tiere – den Modellen einer Maschine entsprangen. Nichts davon war im materiellen Universum real. Nichts!

Er bekam von dieser Turbulenz nur wenig mit, doch in seinem Inneren verfiel die Umgebung allmählich zu einem klar erkennbaren Kunstprodukt – eine ruckartige Bewegung hier, unangemessen erscheinende Lichtphänomene dort –, sodass sie ihre Glaubwürdigkeit verlor und dadurch etwas zu Bruch zu gehen drohte, von dem er nicht exakt hätte sagen können, was es war, weil nur Fragmente des Konflikts nach oben stiegen. Je mehr sich seine Psyche auf diese Empfindung einließ, desto größer wurde die Versuchung, sich selbst als Teil des leblosen Gefüges zu betrachten, aus dem es kein Entrinnen gab.

So breiteten sich langsam die ersten Anzeichen einer ihn erstickenden Hoffnungslosigkeit aus, deren Tiefe endlos war. Das gesamte Dasein schien nur noch in den Konstrukten einer Simulation zu existieren, ob im VINET oder außerhalb, zu einer virtuellen Form umgewandelt worden zu sein. Damit wurde der

Gedanke einer materiell begründeten Existenz auf einmal greifbarer als je zuvor.

Doch ehe sich die Turbulenz weiterentwickeln konnte, trat etwas in ihm in Kraft, das bisher im Hintergrund geblieben war. Es hatte den Zerfall offenbar kommen sehen und drängte sich nun energisch in den Mittelpunkt des Geschehens. Dort legte es sich schützend um die Leere, hob den Ultraisten behutsam aus der Gefahr, dämpfte die Situation, woraufhin die Krise abebbte, zurück in die Ritzen schlüpfte, aus der sie gekommen war, ein Schlachtfeld hinterlassend, das die wachende Instanz von jeglichen Spuren befreite. Sekunden später war alles ausgestanden, und wenn Buechili den Prozess bis ins Detail miterlebt hätte, würde er sich jetzt wohl wie ein Kind gefühlt haben, das eben noch von großer Furcht ergriffen gewesen war und nun beruhigt in den Armen seiner Mutter lag. Nur, dass in diesem Fall die Mutter ACI-Blocker hieß.

»Vielleicht«, kommentierte Esther die Aussage, dass Kybernetiker über seine Erklärung vermutlich lachen würden, mit einer Stimme, die ihm nach dem Intermezzo beinahe unwirklich vorkam. »Es gibt mir jedenfalls zu denken, wenn Leute aus unseren Reihen Spekulationen darüber anstellen, ob rein biologisches Leben ohne Geist vorstellbar wäre. Das führt unweigerlich zu einem materiell orientierten Ansatz des Ich-Bewusstseins ... und so etwas lehne ich mit aller Entschiedenheit ab. Athena wagt sich mit ihrer These gefährlich nahe an strukturistisches Terrain heran.«

Für einen Moment war Buechili versucht, tiefer in sich hineinzuhören, die genauen Ursachen der Stimmungsschwankung zu analysieren, auf die sein Blocker eben reagiert hatte. Doch er verwarf dieses Vorhaben wieder. Seine Position zur geistigen Wechselwirkung mit Materie war felsenfest, und was immer ihn aufgewühlt hatte, konnte nur eine temporäre Krise gewesen sein.

»Als Vorsitzende des ultraistischen Komitees reagierst du naturgemäß sensibel auf solche Modelle«, antwortete er. »Aber man kann Athenas Forscherdrang durchaus etwas Positives abgewinnen: Sollte es sich – wider Erwarten – tatsächlich herausstellen, dass individuelles menschliches Verhalten, ja vielleicht sogar unsere gesamte Persönlichkeit, durch ein maschinelles Ersatzkonstrukt vollständig nachgebildet werden kann, dann haben die Progressiv-Ultraisten eine aszendologische Antwort parat. Verstehe mich nicht falsch: Mir wäre es auch lieber, wenn sich diese Situation niemals ergäbe. Ich glaube nach wie vor, dass man bei der Nanokonvertierung von simplifizierten Voraussetzungen ausgeht und dass sich kein Erfolg einstellen wird, solange man die Möglichkeit einer externen Geistkomponente kategorisch abwehrt. Trotzdem ist es besser, für solche Eventualitäten gewappnet zu sein.«

»Tut mir leid, Darius, ich kann dir da keinesfalls zustimmen. Es widerstrebt meinem Empfinden, mich als bloße biologische Maschine zu betrachten, selbst wenn sie von meinem Geist erschaffen wurde.«

»Wie schon gesagt, mir geht es nicht anders. Nur: Wie reagieren wir, falls es den Strukturisten doch irgendwann gelingen sollte, einen unwiderlegbaren Beweis für rein materielles Leben zu präsentieren?«

Sie machte eine abwertende Handbewegung. »Dann bin ich eher geneigt, die Welt als Illusion anzusehen, als den Glauben an meine geistige Basis zu opfern. Athenas Überlegungen reflektieren ihre eigene Haltung zu diesem Thema. Und die erscheint mir fragwürdig.«

»Did, es ist absolut nachvollziehbar, dass ihr abweichende Ansichten habt. Jede von euch gehört einer Gruppe von Extremen an. Während du wissenschaftlichen Thesen gegenüber fast schon grenzwertig vorsichtig bist, versucht Athena, sie für ihre Zwecke zu gebrauchen. Nichts davon ist schlecht, ganz im Gegenteil. Ihr bereichert beide mit euren Meinungen das Gedankengut der Ultraisten und sorgt so dafür, dass sich die Theorie nicht auf ein starres Konstrukt reduziert. Ich halte das für sehr produktiv.«

Esther Diederich erhob sich steif, streckte die Arme vor und spannte ihren virtuellen Körper. Dabei beobachtete sie Buechili belustigt, denn sie machte in diesem Moment auf ihn den Eindruck einer in die Jahre gekommenen Turnlehrerin, die ab und zu Bewegung brauchte, um nicht einzurosten.

»Da siehst du es mal wieder«, seufzte sie. »Ich gehöre nicht nur optisch zum alten Eisen, obwohl ich leicht deine Urenkelin sein könnte. Auch meine Ansichten sind deutlich antiquierter!«

»Du warst schon immer unkonventioneller als ich, Did. Ich erinnere mich an Diskussionen, bei denen du eher einer Guerillakämpferin als einer Intellektuellen glichst ... Und genau das finde ich so erfrischend an dir.«

Sie lächelte, und in ihrem Gesicht, besonders um die Augenwinkel, zeigten sich ein paar kleine Fältchen, die sie nicht alt, sondern klug und interessant machten. Und außerdem war da noch das stille Mienenspiel jener ihr innewohnenden Herzlichkeit, mit der sie Buechili einnahm und die wohl den Anstoß dazu gab, ihn sagen zu lassen: »Es gibt da etwas, über das ich mit dir sprechen möchte.«

Sie nickte ihm aufmunternd zu.

»Ich habe mich kürzlich mit Aleph über die zweite Ordnungsebene unterhalten. Das geschah auf Teds Veranlassung, weil er meine Fragen langsam leid wurde.«

»Ja, du kannst zuweilen ganz schön beharrlich sein ...«

Buechili ignorierte ihre Stichelei. »Was hältst du von Aleph ... ich meine, als Mensch?«

»Hm ...«, machte sie. »Das ist schwer zu sagen. Ich habe mit ihm bisher nur wenige private Worte gewechselt. Er tritt für gewöhnlich erst auf, wenn alle versammelt sind, und dann repräsentiert er immer die LODZOEB.«

»Und außerhalb dieser Sitzungen?«

»Aleph ist meistens dort, wo man ihn braucht. In letzter Zeit war das hauptsächlich bei den *Telos*-Leuten. Ein Privatleben, wie wir es kennen, scheint er nicht zu besitzen. Ich weiß gar nicht, ob er die abgesicherten Bereiche jemals verlässt. Es ist schwierig, an ihn heranzukommen.«

»Hindert ihn die LODZOEB daran?«

»Die LODZOEB? Nein, er selbst hält sich von Kontakten fern. Wahrscheinlich geht er voll in seiner Funktion als Mittlerfigur auf. Wie wäre es sonst erklärbar, dass er in all diese Implantationen einwilligte?«

»Er wollte eben den bestmöglichen Zugang zur LODZOEB, den man ihm bieten konnte. Das ist von seiner Position aus gesehen verständlich. Bestimmt hat der häufige Brückenschlag zwischen den Ordnungsebenen auf seine Persönlichkeit abgefärbt.« Buechili richtete sich auf und stützte sich auf den Ellbogen ab. »Wann hat sich eigentlich das letzte Mal ein Nichtmediator mit der LODZOEB verbunden?«, fragte er.

»Es gibt da ein Logikinterface …«

»Die RILA.«

Esther ließ sich wieder auf ihren Liegestuhl nieder, lehnte sich diesmal aber nicht zurück, sondern blieb in aufrechter Position sitzen, den Blick Buechili zugewandt. »Genau die meinte ich. Warum willst du das wissen?«

»Aleph hat mir gestattet, ein paar Fragen an die LODZOEB zu richten. Es ging dabei um Themen, die mich schon seit Längerem beschäftigten: der Einfluss von Verstandesebenen auf die Wahrheit, unsere Welt aus höherer Perspektive, die Rolle des Menschen, Bewusstsein et cetera. War sehr aufschlussreich.«

»Glaube ich gern. Selbst wir Ultraisten sind nicht resistent gegen die Faszination, die von der LODZOEB ausgeht.«

»Ihr Intellekt ist bemerkenswert. Sie muss sogar den klügsten Köpfen weit überlegen sein.«

»Das ist sie. Trotzdem fungiert sie nur als ein Instrument für uns.«

»Oder als eine Verbündete ohne Selbstzweck – was auf dasselbe herauskommt. Jedenfalls stellte mir Aleph nach meinem Dialog mit der zweiten Ordnungsebene die Möglichkeit einer direkten Verbindung in Aussicht, unter der Voraussetzung, dass der Rat von Anthrotopia das Experiment billigt.«

»Über die RILA? Das ist eine ziemlich ineffektive Methode. Dabei kommt kaum etwas heraus.«

»Nein, Did. Ich sagte: direkt. Über eine spezielle neuronale Kopplung. Keine Ahnung, wie das im Detail funktionieren soll.«

Esther überlegte eine Weile, äußerte sich aber nicht weiter dazu.

»Es war von einem ›Neuronaltransformator‹ die Rede«, ergänzte er.

»Aleph hat dir das vorgeschlagen?«

»Ja. Offenbar versuchten es schon einige vor mir ... und scheiterten. Auch Ultraisten.«

»Das stimmt«, bestätigte Esther in einem geradezu offiziellen Tonfall, der Buechili den Schluss ziehen ließ, dass die Angelegenheit besser zwischen ihnen blieb. »Vor allem Progressiv-Ultraisten.« Sie nahm die Sonnenbrille ab und legte sie neben sich.

»Und du?«, drang er in sie.

Sie schüttelte den Kopf. »Solche Abenteuer reizen mich nicht. Als freie Ultraistin ist mir bereits der *Inducer* suspekt genug ... Gibt es denn einen Zeitplan für dieses Experiment?«

»Ich habe noch nicht einmal zugestimmt!« Er war ein wenig bestürzt darüber, dass sich Esther mehr Sorgen um die Durchführung zu machen schien, als Bedenken hinsichtlich der Gefahren und Risiken anzumelden.

»Hast du nicht?«

»Nein. Also, was hältst du von der Sache ... ganz allgemein?«

»Ich wäre da sehr vorsichtig, Darius. Bisher ist niemandem der Durchbruch zur LODZOEB gelungen, und falls es tatsächlich irgendwann klappen sollte, weiß keiner, welche Konsequenzen zu erwarten sind. Du könntest dabei leicht dein psychisches Gleichgewicht verlieren.«

»Ich gehe davon aus, dass die Überwachungseinrichtungen, von denen Aleph gesprochen hat, so etwas verhindern würden. Du kennst mich, Did. Meine Haltung solchen Experimenten gegenüber ist normalerweise eher reserviert. Aber stell dir vor, welcher Fortschritt es für Ultraisten *und* Strukturisten gleichermaßen wäre, wenn wir an die zweite Ordnungsebene herankämen! Wir würden Einblicke in eine Welt erhalten, die den Menschen bisher verschlossen blieb, in eine abstrakte, ausschließlich auf logischen Prinzipien aufgebaute Wirklichkeitsvariante. Vielleicht verfeinert sich dadurch sogar unsere Sichtweise auf das aszendologische Modell!?«

»Warum glaubst du, einen besseren Zugang zu finden als die anderen vor dir?«

»Glauben wäre übertrieben. Etwas an der Art, wie Aleph mir

den Vorschlag machte, hat mich nachdenklich gemacht. Es klang beinahe so, als ob die Aufforderung von der LODZOEB selbst gekommen wäre.«

»Hm ...«

»Freilich bereitet mir die Sache auch ein wenig Unbehagen, Did. Gut möglich, dass unser Verstand einer derartigen Kopplung gar nicht gewachsen ist. Aber wäre es nicht das Wagnis wert ... bei allem, was wir gewinnen können?«

Esther sah ihn skeptisch an. »Lass mich mit Aleph und dem Rat darüber sprechen. Der letzte Versuch liegt schon geraume Zeit zurück, und wir sollten in Erfahrung bringen, was dich erwartet und wie groß die Risiken sind.«

»Gut. Ich habe keine Eile.«

Es kam ihm nicht ungelegen, dass er die Entscheidung aufschieben konnte, denn in seinem Innersten erzeugte die Vorstellung eines Direktkontakts mit der LODZOEB gemischte Gefühle. Zwar war seine Neugierde durch den kürzlichen Dialog mit der zweiten Ordnungsebene angeheizt worden, doch hatte sich dabei auch eine Bewusstseinsform offenbart, deren Sichtweise sich vom Weltbild des Menschen nicht nur gravierend unterschied, sondern darüber hinaus in astronomisch fernen Gefilden angesiedelt und von kristallklarer Nüchternheit zu sein schien. Vielleicht würden sich durch Esthers Nachforschungen Aspekte ergeben, die ihm die Entscheidung leichter machten. Auf jeden Fall war jetzt erst einmal Abwarten angesagt.

42: Abkommensoptionen

»Wie gefällt Ihnen Anthrotopia?«, fragte Angela McLean, in aufrechter Pose auf einem der Gästestühle sitzend und dabei ihre Kaffeetasse samt Untersatz kultiviert vor sich haltend.

»Übertrifft sogar meine Erwartungen«, erwiderte Helen in einem Tonfall, der eher beherrscht als enthusiastisch klang. Doch in jener Beherrschung lag eben ihre Bewunderung, und die Außensprecherin von Anthrotopia besaß wohl genug Intuition, um das zu begreifen.

»Faszinierend, dieser endlose Strom an Fahrzeugen, nicht? Jedes perfekt mit den anderen synchronisiert.« Wie immer strahlte sie eine beinahe vertrauliche Herzlichkeit aus, etwas, das die Annexeanerin an ihr schätzte. Sie starrten beide durch die halbtransparenten Wände der Wohneinheit, die man Helen für die Dauer ihres Aufenthaltes im Gästedistrikt zur Verfügung stellte, beobachteten die Lichtpunkte auf dem vorbeiführenden *Connex*. Draußen dunkelte es bereits.

»Ich finde es fantastisch!«

»Sie haben eine großartige Aussicht hier. Nur etwa zehn Prozent aller Häuser liegen an einem *Transit Ring* und noch viel weniger an *Connexes*.«

Bestimmt war das kein Zufall, dachte Helen. Sie lenkte ihre Aufmerksamkeit auf vier GTs, die dicht aneinander den *Transit Ring* verließen, auf den *Connex* auffuhren und sich dort in einer temporären Verdichtungszone einfädelten, ganz so, wie man sich einfache Modelle elektrischer Ladungsträger vorstellte. Im Laufe des Nachmittags hatte sie immer wieder beobachtet, dass dabei alle beteiligten Fahrzeuge auf beinahe magische Weise zusammenwirkten, sodass zum Zeitpunkt der Einfädelung exakt der Platz zur Verfügung stand, der zum Einreihen bei unverminderter Geschwindigkeit benötigt wurde. Es war geradezu anmutig. Sie hätte stundenlang zusehen können, ohne dessen überdrüssig zu werden.

»Ich weiß das zu schätzen, Angela. Gut, dass die Designer in

Anthrotopia schlauer als in den meisten anderen Ringkernstädten waren. Die Tunnelwände der Bahnen sind hier durchsichtig. Sonst würde man vom Verkehr nicht viel zu sehen bekommen.«

»Ja. Ein netter Nebeneffekt unseres Nanomaterials.«

»Und die Stadt wächst immer noch?«

»Sie passt ihre Größe selbstständig an den jeweiligen Bedarf an. In den letzten Jahren gab es nur wenig Expansion, aber falls nötig, können jederzeit neue Verkehrsringe, *Connexes*, Wohneinheiten und Ähnliches hinzugefügt werden.«

»Beeindruckend.«

»Komplexe nanotechnologische Prozesse machen das alles möglich. Im Hintergrund geschieht noch wesentlich mehr. So wird praktisch die gesamte Infrastruktur von automatisierten Systemen betrieben, ob dies nun die innerstädtische Reinigung, Wartungsarbeiten oder die Energieversorgung betrifft. Menschen kommen nur dann ins Spiel, wenn individuelle Entscheidungen zu treffen sind – etwa gesellschaftlicher oder baulicher Art. Sie kennen das sicherlich von anderen Ringkernstädten, aber dort laufen die Prozesse längst nicht so nahtlos ab wie hier.«

Helen hatte ihre Aufmerksamkeit nach wie vor auf den perfekt verzahnten Fluss am *Connex* gerichtet.

»Könnten wir die Beleuchtung etwas anheben?«, bat McLean leise, wahrscheinlich, um die Atmosphäre nicht zu zerstören.

»Oh, selbstverständlich. Kassiopeia!?«, wandte sich Helen im Befehlston an das *Ambience System*. »Beleuchtung auf Normalmodus, Wandtransparenz aus!«

»Verstanden«, gab dieses zurück und setzte die angeforderten Aktionen um.

Angela McLean schmunzelte. »Ich kann das schon verstehen. Den meisten Annexeanern geht es wie Ihnen. Nur technologiefeindliche Besucher – und die gibt es leider auch! – zeigen sich unbeeindruckt von der Stadt.« Sie stellte ihre Espressotasse auf den Couchtisch und nahm eines von den Pralinen, die Helen für sie hatte zubereiten lassen. »Dabei sind viele der Annehmlichkeiten hier technisch gar nicht so aufwendig«, fuhr sie fort, biss eine Hälfte von ihrem Konfekt ab und betrachtete interessiert die Nougatfüllung. Als sie bemerkte, dass sie von Helen beobachtet wurde, ergänzte sie: »Wenn man von unserer Variante des *Cooking-Masters* einmal absieht; sie erforderte einiges an Grundlagenforschung.«

Ihr sonst so kristallklares *LinguA* litt sehr darunter, dass sie kauend und mit halbvollem Mund sprach. Helens fragender Blick sagte alles. McLean schluckte das zerbissene Konfekt und fügte unbeirrt hinzu: »Nehmen wir nur mal das Verkehrssystem her, das sie eben bewunderten. Jemand hat mir kürzlich erklärt, dass es vom Prinzip her relativ simpel ist und schon viel früher umsetzbar gewesen wäre. Doch gesellschaftliche und wirtschaftspolitische Experten in der präannexeanischen Zeit mahnten zur Vorsicht. Dadurch hätte man einem Teil der Bevölkerung die Beschäftigungsgrundlage entzogen.«

»In manchen Gebieten unserer Welt müssen sich die Menschen auch heute noch Gedanken über ihren Lebensunterhalt machen.«

»Das ist ziemlich milde ausgedrückt. Dort geht es oft um die nackte Existenz.«

»Leider ja.«

»Aber was die präannexeanischen Infrastrukturen betrifft: Stellen Sie sich vor, wie trostlos es etwa gewesen sein muss, tagtäglich mit einem Bus die Haltestellen abzufahren. Unentwegt dieselbe Tätigkeit: stehenbleiben, ein- und aussteigen lassen, weiterfahren, stehenbleiben, ein- und aussteigen lassen. Den ganzen Tag lang! Was für eine Verschwendung an menschlicher Energie. Was für ein sinnloses Verbraten von Fähigkeiten, die viel konstruktiver genutzt werden könnten.« Sie aß die zweite Hälfte ihres Konfekts.

»Nur gab es damals keine intellektuellen Aufnahmekriterien, wenn man einer Stadt angehören wollte.«

»Damit haben Sie natürlich recht«, räumte McLean mit derselben Undeutlichkeit ein wie zuvor. Und nachdem sie die Süßigkeit verzehrt hatte, fragte sie: »Wussten Sie übrigens, dass jeder Bürger hier ab einem bestimmten *Cogito*-Level einen virtuellen, persönlichen Assistenten zur Seite gestellt bekommt, der ihm bei seinen täglichen Aufgaben unter die Arme greift – ein Virtualbewusstsein?«

»Ja, das hat sich in Annexea längst herumgesprochen.«

»Wenn Sie zum Beispiel Hintergrundmaterial zu irgendeinem Thema benötigen, startet der Assistent eine selbstständige Recherche. Dadurch wird die riesige Informationsmenge des VINETs für Sie überschaubar. Außerdem erfüllt er als Gesprächspartner mit einem immensen Sachwissen und einem hundertprozentig zuverlässigen Gedächtnis eine unentbehrliche Rolle im Leben der meisten Anthrotopier. Von den trivialen Funktionen, wie sie auch simple VILINK-Systeme außerhalb der Großen Stadt bieten, mal abgesehen.«

»So einen dienstbaren Geist könnte ich gut gebrauchen.«

»Das will ich meinen. Sie glauben gar nicht, wie schnell derlei Dinge zu einer Selbstverständlichkeit werden. Man nutzt sie, als ob es nie etwas anderes gegeben hätte. Das ist das Schöne daran, wenn man eine Stadt neu planen darf: Jeder Aspekt des Zusammenlebens wird von Grund auf neu überdacht und in optimaler Weise umgesetzt. Daher drängen wohl auch so viele Leute nach Anthrotopia.«

»Jetzt weiß ich wenigstens, warum Sie Außensprecherin geworden sind, Angela. Machen Sie so weiter, und Sie überzeugen sogar mich noch, über einen festen Wohnsitz hier nachzudenken!«

McLean lächelte, während sie sich gedankenvoll mit einer Serviette die Finger reinigte.

»Aber es ist nicht leicht, als Bürger angenommen zu werden, habe ich gehört«, lenkte Helen das Thema auf die hiesigen Sicherheitsbestimmungen.

»Es gibt da gewisse Barrieren, das ist richtig. Bei Ihnen hätte ich allerdings nicht die geringsten Bedenken.«

»Ich überlege es mir«, antwortete die Journalistin augenzwinkernd.

Ihr Gegenüber nahm einen Schluck von ihrem Espresso und warf dann – wie beiläufig – einen Blick auf die kleine, kegelstumpfförmige Tasse im Edelstahllook.

»Ziemlich seltsam, nicht?«, versuchte Helen ihren Gedanken zu erraten. »Sehen die alle so aus?«

»Die Tassen? Das ist, glaube ich, das Standarddesign. Der

Cooking-Master bietet eine beachtliche Kollektion an Formen und Mustern an. Blättern Sie ruhig mal durch.«

»Tatsächlich? Bei uns in Annexea ist der *Cooking-Master* nur zum Kochen da.«

»Soweit ich es verstanden habe, wird jedes Geschirr in Anthrotopia aus demselben Ausgangsmaterial hergestellt. Es fügt sich nur verschieden zusammen. Mal dichter, mal fragiler, mal schlank, mal breit, von den vielen Farben und Motiven ganz zu schweigen. Eine nette Spielerei der *Nanos*. Genauso wie die variablen Räume in unseren Wohneinheiten. Alles im Grunde derselbe Baustoff.«

»Und was ist mit dem Espresso, den wir da trinken? Besteht er ebenfalls aus demselben Material wie die Wände hier?«

Die Außensprecherin von Anthrotopia lachte laut auf. »Nein, das Universum bewahre! Dieser Espresso setzt sich aus Wasser und angereicherten Kohlenwasserstoffverbindungen zusammen und kommt aus dem *Nutrition Pipe System*. Ich glaube, die *Cooking-Master* in Annexea funktionieren mittlerweile ähnlich.«

Helen nickte. Es hatte sich schon in den wenigen Begegnungen vor ihrem Besuch herauskristallisiert, dass sie ausgesprochen gut mit der externen Repräsentantin der Großen Stadt auskam. Sie schienen sich gegenseitig zu mögen und die Arbeit der jeweils anderen zu respektieren. Und beide hatten Humor, was an einem Ort wie diesem nicht unbedingt selbstverständlich war.

»Angela, mir ist da bei meiner Ankunft etwas aufgefallen, das ich Sie gern fragen möchte.«

»Nichts Unanständiges, hoffe ich.«

»Wo denken Sie hin? Sie wissen doch, dass Mitglieder des *Natural Way of Life* absolut tugendhaft sind.«

»Ja, ja. Das sagen sie alle«, meinte ihr Gast mit schelmischer Miene. »Kommen Sie, Anthrotopia ist voll von attraktiven Männern. Haben Sie das nicht gesehen?«

Sie wusste, dass McLean sie aufzog. »Mag sein, aber eine Dame des *Natural Way of Life* ist bei ihrer Partnerwahl sehr kritisch, will nach alten Sitten und Gebräuchen umworben werden. Dafür hätte man hier nur wenig Verständnis.«

»Sie meinen, weil die meisten Männer ACI-geblockt sind?«

Genau diesen Schluss hatte sie eigentlich umschiffen wollen, um die Außensprecherin nicht zu beleidigen, die selbst einen *Extender* trug.

»Soweit ich informiert bin, sieht Anthrotopia in ... traditionellen maskulinen Verhaltensweisen eine triebgesteuerte Annäherung ans andere Geschlecht. Das schließt wohl auch Kavaliersdienste und Ähnliches mit ein. Oder würden *Sie* das von einem Mann erwarten?«

Schließlich hatte man in dieser Stadt schon Probleme damit, natürliches Haar zu akzeptieren.

»Nein«, bekannte McLean gut gelaunt. »Das würde hier bestenfalls zu Belustigung führen. Es wäre allerdings interessant, wenn Sie es mal versuchten.«

»Ich bin vorgewarnt«, erwiderte die Journalistin mit breitem Lächeln.

»Ob Sie es glauben oder nicht, ich schlage mich mit dem umgekehrten Problem herum, Helen. Wann immer ich Gegenden bereise, in denen der ACI-Anteil niedrig ist, spricht mich dort genau jene Kategorie von Männern an, die sich nach diesen, wie Sie sagen, ›traditionellen‹ Mustern verhält. Offen gesagt kann ich mit einem solchen Balzverhalten nichts anfangen, und das wird in der Regel als Überheblichkeit und Hochmut interpretiert.«

»Sie Arme«, witzelte Helen. »Wenn Sie wollen, gebe ich Ihnen bei Gelegenheit ein paar Nachhilfestunden, damit Sie künftig besser vorbereitet sind.«

McLean winkte ab. »Ich weiß nicht, ob ich das erlernen würde. Da fehlt mir als Geblockte die emotionale Basis ...«

»Und ich sage Ihnen, Sie können das, Angela.«

Ihr Gast lächelte. »Jedenfalls ist es schön, Sie hier zu haben. Sie wollten mich doch vorhin etwas fragen?«

»Ja! Mir ist aufgefallen, dass die meisten Bürger ein Delta- oder Omegasymbol auf ihrem Stirnreif tragen; bei einigen hingegen – etwa bei Ihnen – sehe ich das Zeichen der Großen Stadt. Warum ist das so?«

»Das ist schnell erklärt. Delegierte werden dazu angehalten, das anthrotopische Emblem sowohl innerhalb als auch außerhalb der Stadt zu präsentieren. Den übrigen Leuten empfiehlt man, dies zumindest auf Reisen zu tun. Sind Sie mit der allgemeinen Symbolik vertraut?«

»Klar: Delta steht für den Strukturismus, Omega für den Ultraismus. Das ist in Annexea dasselbe.«

McLean setzte eine freundschaftliche Miene auf. »Sie müssen entschuldigen, Helen. Solche Dinge sind Ihnen als moderne Annexeanerin und Journalistin natürlich geläufig. Doch vieles, was sich in Anthrotopia eingebürgert hat, erscheint unseren Gästen manchmal fremd und unverständlich. Daher ist zweimal zu oft nachgefragt besser als einmal zu wenig.«

»Oh, das war einfach nur Glück. Ich bin sicher, wir werden im Laufe meines Aufenthalts hier mehr Wissenslücken bei mir entdecken, als uns beiden lieb ist.«

Die andere gab sich diplomatisch. »Das bezweifle ich. Aber zurück zu Ihrer Frage: Es handelt sich um ein freiwilliges Bekenntnis zu einem bestimmten Weltbild. Die Größe des Symbols repräsentiert die Position innerhalb einer Gruppierung. Leute mit einem kleinen Omegazeichen sind also grundsätzlich ultraistisch eingestellt, ohne allzu sehr mit der übrigen Anhängerschaft verflochten zu sein. Ein großes Omega deutet hingegen auf ein starkes Engagement hin.«

»Und wie ist das bei Ihnen? Gehören Sie ebenfalls einem Lager an?«

»Ja, ich bin Strukturistin. Meine Gesinnung dominiert allerdings nicht mein Leben. Für mich ist die Zugehörigkeit zu Anthrotopia wichtiger.«

»Erlaubt man Ihnen als Außensprecherin denn nicht, sich für jeden sichtbar zum Strukturismus zu bekennen?«

»Wo denken Sie hin? Meinungsfreiheit ist ein Grundrecht.«

»Aber Sie treten neutral auf, um unparteiisch zu wirken?«

McLean zögerte, ehe sie antwortete: »Ich repräsentiere die gesamte Stadt, nicht bloß die Strukturisten. Und ich möchte, dass dies auch so verstanden wird.«

»Bis jetzt ist Ihnen das jedenfalls gut gelungen, Angela. Ich hatte keine Ahnung, welchem Lager Sie angehören.«

»Dann scheint meine Strategie ja aufzugehen.« Sie trank ihren Espresso aus und stellte die Tasse samt Untersatz auf den Couchtisch zurück. »Bereit für den geschäftlichen Teil unseres Gesprächs?«

Helen nickte. »Ich brenne darauf!«

Die Außensprecherin kreuzte ein Bein über das andere und umgriff das Knie mit ineinander verschränkten Händen. Ihre Finger waren schlank, lang und gepflegt. »Also, soweit ich unterrichtet bin, hat unser Sicherheitschef mit Ihnen bereits über unser Angebot gesprochen.«

»Ja, das hat er, einen Tag vor meiner Einreise.«

»Und Sie haben es angenommen, sonst säßen wir jetzt nicht so gesellig zusammen.«

»Um ehrlich zu sein, wollte ich nur endlich raus aus diesem schrecklichen *Security Hub*. Man ist dort praktisch zum Nichtstun verurteilt, hermetisch von der Welt abgeblockt. So gesehen bin ich Ihnen wirklich dankbar, dass Sie mich hergeholt haben.«

Der Anflug eines zufriedenen Lächelns huschte über McLeans Gesicht. »Danken Sie nicht nur mir, Helen. Auch die Systemüberwachung war über die Situation nicht gerade glücklich. Ohne ihren Goodwill wäre das alles nicht möglich gewesen.«

»Ein Hoch auf unsere Bewacher!«

Angela McLean blickte etwas irritiert auf ihr Gegenüber. »Nun, trotz Ihres Enthusiasmus können Sie von unserem Angebot nur eine sehr vage Vorstellung haben.«

»Ganz so vage auch wieder nicht: Ihr Sicherheitschef – von dem ich übrigens bis heute nicht weiß, wie er heißt oder aussieht – bot mir einen exklusiven Vorabzugang für alle Meldungen der Großen Stadt an, die während meines Aufenthalts nach außen kommuniziert werden.«

»Wenn das nicht ein Privileg ist! Und wie stehen Sie dazu?«

»Das Angebot reizt mich natürlich.«

»Sie wissen aber, dass Sie vorab nichts veröffentlichen dürfen. Ihre Beiträge werden erst bei offizieller Bekanntgabe freigegeben.«

»Eine unangenehme Einschränkung, mit der ich leider leben muss.«

»Es gibt Schlimmeres.« McLean lehnte sich zurück und bedachte Helen mit einem undeutbaren Blick. Die halblange braune Perücke stand ihr wirklich gut, machte sie zu einem zierlichen, adretten Persönchen in den numerischen Mittdreißigern. »So, wie es aussieht, werden wir Sie ohnehin nur eine oder zwei Wochen hierbehalten müssen, Helen. Zumindest ist das die Einschätzung der Systemüberwachung.«

»Und danach darf ich über van Dendraak und seine Forschungen berichten?«

»Sie dürfen den Artikel sogar schon während Ihres Besuchs hier vorbereiten. Es kann Ihnen also niemand zuvorkommen.«

»Das klingt zu schön, um wahr zu sein!«

»Allerdings würden Sie auch eine Menge verpassen, wenn Sie so schnell wieder aus Anthrotopia abreisen.«

Diese Aussage konnte viel bedeuten, aber so, wie Helen McLean einschätzte, schwang da noch etwas anderes, weniger Offensichtliches mit.

»Würde ich das?«

»Ganz bestimmt würden Sie das. Sehen Sie, wir arbeiten zurzeit an ein paar spannenden Projekten; eines davon werden wir höchstwahrscheinlich in den nächsten Wochen an die Öffentlichkeit bringen. Ich hatte dabei an Sie gedacht.«

»An mich?! Worum geht es bei diesem Projekt?«

Die Außensprecherin lächelte und schwieg.

»Verstehe«, kombinierte Helen. »Sie dürfen mir nichts darüber erzählen.«

»Was ich Ihnen sagen kann, ist Folgendes: Die Geschichte wird ein breites Publikum ansprechen. Falls Sie sich dafür interessieren, würden wir Sie gleich zu Beginn exklusiv mit Material für Ihre Reportage versorgen und Sie wären hautnah an der Sache dran. Für Ihre Karriere könnte das einen Riesensprung nach vorn bedeuten.«

Irgendetwas gefiel Helen an diesem Angebot nicht. Es erschien ihr zu vielversprechend zu sein, um nicht in einem vernichtenden »aber« zu enden. »Verzeihen Sie mir die Frage, Angela. Wenn das Thema so brisant ist, warum kümmert sich dann nicht Ihr Team darum? Nicht, dass ich es von vornherein ablehnen würde, aber es kommt mir doch reichlich seltsam vor, dass Sie diesen Vorschlag ausgerechnet mir, einer vorläufig mundtot gemachten Journalistin, unterbreiten.«

»Ich habe damit gerechnet, dass Sie diese Frage stellen werden«, erwiderte McLean. »Sagen wir es so: Ihre neutrale Sichtweise macht Sie zu einer guten Kandidatin für diese Aufgabe. Und daneben wäre es mir ein persönliches Vergnügen, Sie dabeizuhaben.«

»Ich würde auch gern mit Ihnen zusammenarbeiten. Nur: Wie soll ich eine Entscheidung treffen, wenn ich nichts über die Hintergründe erfahren darf?«

»Wir besprechen die Bedingungen, und sobald Sie diese akzeptieren, liefere ich Ihnen Details. Okay?«

»Lassen Sie hören!«

Sie gingen die Konditionen durch. Die wohl schwerwiegendste Konsequenz für Helen bestand darin, für die Dauer der Projektphase und einer weiteren Woche in Anthrotopia bleiben zu müssen. Laut McLean konnte man insgesamt von circa drei bis vier Wochen ausgehen. Während dieser Zeitspanne durfte sie keinen Kontakt mit Leuten aus der Außenwelt aufnehmen, auch nicht mit dem *World Mirror*. Punkt zwei legte fest, dass sie vor der Veröffentlichung jegliches im Rahmen des Projekts in Erfahrung gebrachte Wissen mit niemandem teilen durfte, außer mit einer definierten Gruppe an Personen, die ihr nach formaler Akzeptanz der Bedingungen zuginge. Punkt drei regelte die grundsätzlichen Modalitäten der Publikation und Punkt vier widerrief das ursprüngliche Angebot, sie zu einem Primärkontakt für sämtliche nach außen kommunizierten Meldungen zu ernennen. Zusätzlich wurde die Van-Dendraak-Studie bis auf Weiteres zur Geheimsache erklärt.

»Also«, resümierte McLean. »Solange Sie kein grünes Licht von Anthrotopia erhalten, sind alle Informationen zur besagten Geschichte Verschlusssache.«

»Und wenn dieses grüne Licht niemals erfolgt? Dann hat man mich bequem für eine längere Zeitspanne auf Eis gelegt. Verstehen Sie mich nicht falsch, Angela, ich vertraue Ihnen und schätze

Sie, aber vielleicht kennen nicht einmal Sie selbst jedes Detail dieses Plans.«

»Machen Sie sich keine Sorgen. Anthrotopia *will*, dass Sie einem möglichst breiten Publikum davon berichten, egal, wie sie als Konservative dazu stehen. Gehen Sie mit Objektivität an die Sache ran und schildern Sie den Menschen das, was Sie während der nächsten Wochen hier miterleben werden, von Ihrem Blickwinkel aus. Es wird keine Zensur geben, das kann ich Ihnen versichern, es sei denn, Ihr Artikel beinhaltet technische oder sehr persönliche Informationen, die wir nicht veröffentlichen möchten.«

Helen dachte nach. Es lag unbestreitbar ein Reiz dahinter, für die Zeit ihres Aufenthalts als Primärkontakt der Außenstelle von Anthrotopia zu fungieren und danach eine Exklusivstory über van Dendraak, seine Forschungsarbeit und die abenteuerliche Flucht aus dem Labor bringen zu dürfen, aber das war nichts gegen die Möglichkeiten, die sich ihr potenziell mit dem neuen Angebot erschlossen. So, wie sie es verstanden hatte, kam dieses Projekt einer journalistischen Bombe gleich, und sie würde das alleinige Recht erhalten, Fotografien und Reportagen noch vor der offiziellen Bekanntgabe anzufertigen. Damit hielte sie Material in der Hand, das keiner ihrer Kollegen vorweisen konnte. Mehr als das: man würde sich bei ihr anstellen müssen, um es zu bekommen! Wenn das keinen Eindruck auf Joe Gärtner, ihren Chef, machte, was dann? Es konnte nur eine Antwort für sie geben: »Ihr Vorschlag ist einfach zu gut, um ihn abzulehnen, und Sie wissen das, Angela. Ich akzeptiere!«

Sie stand auf und reichte McLean über den Couchtisch die Hand.

»Ich freue mich für Sie!«, sagte die andere mit einer Herzlichkeit, die der *BioBounds-Extender* wahrscheinlich gerade noch durchgehen ließ. »Lassen Sie uns jetzt das Abkommen formal abwickeln, damit wir uns über die Details unterhalten können. Anschließend setzen wir Ihre Primärkontakte von Ihrem verlängerten Aufenthalt in Kenntnis.«

43: Synthetikon II

Ieeeee«, machte etwas. Es klang wie der entfernte Schrei eines Raubvogels. »Ieeeeeee!« Dahinter dumpfes Grollen.

Wieder einmal öffnete sie ihre Augen, und wieder empfing sie eine Gegend, die sie noch nie zuvor gesehen hatte. Diesmal hing sie in schräger Lage festgebunden, mit Schlingen um Hände, Füße und Rumpf. Über ihr ein rötlicher Himmel mit dunklen, sich über das gesamte Firmament ziehenden, verästelten Äderchen und zwei kraftlosen Sonnenscheiben. Mangels anderer erkennbarer Objekte hätte sie unmöglich sagen können, wie hoch sie über dem stürmischen Ozean hing, der mit deutlicher Gischt unter ihr wütete. Vielleicht sechzig Meter. Vielleicht hundert. Auf jeden Fall hoch genug, dass sein Tosen und Brausen erheblich abgedämpft wurde. Links und rechts, in einem Abstand von circa zwanzig Metern zueinander, reichten zwei chromfarbene, nach außen gebogene, massive Stahlpfeiler aus dem Meer, setzten sich wie riesige Kunstgebilde nach oben hin fort. Von der Ferne musste das Konstrukt bizarr wirken, ein überdimensionales, abgerundetes, verschnörkeltes H mit drei Querstreben, an denen die Schlingen befestigt waren, welche die Gebundene auf dem Gerüst festzurrten, sowie eine breite, metallische Stütze für ihr Rückgrat.

Es war kalt, geradezu grimmig kalt in dieser Höhe, und obwohl sie dem böenartigen Wind völlig unbekleidet ausgesetzt war, tobte Hitze in ihr. Nur auf der Oberfläche ihrer Haut, wo die frische Luft auf das Fieber traf, empfand sie jene angenehme Abkühlung, nach der sich alles in ihr sehnte und zu der jeder Bestandteil ihrer körperlichen Existenz hindrängte. Sie hatte großen Durst und fand erstaunlicherweise in unmittelbarer Reichweite ihres Mundes ein Gummischläuchchen mit einem kleinen Ventil vor, das für diesen Zweck angebracht zu sein schien und das sie ungeduldig zu erreichen suchte, indem sie die Lippen spitzte und den Kopf in Richtung des Schlauches schwenkte. Als sie endlich das gummiartige Stück zwischen die Zähne bekam, biss sie es zusammen, um das mechanische Ventil im Mundstück zu öffnen.

Der erste Schluck war fantastisch: eiskaltes, reines Wasser! Es lief genau in der richtigen Menge hervor, um mühelos getrunken zu werden, und entgegen ihren Erwartungen wies es nicht die Spur von Abgestandenheit auf, sondern schmeckte belebend und frisch, so, als ob es direkt aus den Tiefen der Erde käme. Während sie die Flüssigkeit begierig in sich aufnahm, fühlte sie deutlich, wie mit jedem Zug herrliche Kühle in ihr Inneres floss und wie sie damit ein klein wenig den siedenden Kern besänftigte. Was für eine Erleichterung! Und sie wäre noch größer gewesen, wenn dadurch ihr unsäglicher Durst verschwunden wäre. Aber das tat er nicht. Er schien konstant zu bleiben, soviel sie auch trank. In ihrer Verzweiflung sog sie weiter an dem Mundstück, nahm immer mehr von jenem eiskalten Wasser in sich auf, bis Zunge und Rachen durch die Kälte beinahe taub geworden waren ... und bewirkte so gut wie nichts damit. Gegen eine derartig offenkundige Paradoxie wehrte sich ihr Verstand, nötigte sie, weiterzutrinken, obwohl es keinen Sinn ergab. Sie versuchte es wieder und wieder, solange, bis ein Übelkeitsgefühl sie dazu zwang, den Plan aufzugeben, und löste danach freudlos den Druck auf das mechanische Ventil, den Kopf in die gerade Ausrichtung zurückbringend, wodurch das speicheltriefende Röhrchen aus dem Mund glitt. Wie auf Kommando meldete sich dadurch die unbändige Hitze in ihrem Körper zurück, zu der nun das Spottgelächter eines inneren Dämons erklang.

Eine Zeit lang konzentrierte sich ihr Denken auf ihren alles dominierenden Durst, kreiste um Erklärungsversuche und Theorien. Dann vernahm sie erneut den entfernten Schrei, ein gedehntes, weithin hörbares »Ieeeeeee«, das sich trotz des Meeresrauschens seinen Weg zu ihr bahnte und diesmal einen dumpfen Schmerz in der linken Brustgegend auslöste. Für einen Augenblick schien sich ihr Herzrhythmus zu destabilisieren, in ein beängstigendes Stolpern überzugehen. Doch der Vorfall war nur von kurzer Dauer. Wenige Sekunden später fand ihr Puls wieder in den normalen Modus zurück. Vielleicht nur eine Stressreaktion ihrer Psyche, dachte sie, und sah im selben Moment einen riesigen Raubvogel vor ihrem geistigen Auge aufblitzen, die visuelle Umsetzung jener Furcht, die sich aus den geradezu surrealen Schreien ergab.

In ihrer exponierten Lage, an Händen und Füßen gebunden, vor Fieber am ganzen Körper zitternd, wäre sie nicht nur mühelos auszumachen, sondern auch noch leichte Beute für einen solchen Jäger gewesen.

Sie blickte in den Himmel, entdeckte nichts, das es auf sie abgesehen haben könnte. Von unten schien genauso wenig Gefahr zu drohen, nur dunkles, stürmisches Wasser, in das die beiden nach innen geschwungenen Pfeiler eintauchten. Dort schlugen kolossale Wellen auf, bildeten schäumende Fontänen, die wohl zehn, zwanzig Meter hoch in die Luft schossen, den unverhohlenen Zorn des Ozeans gegen den chromfarbenen, mit gigantischen Stahlbeinen im Meeresgrund verankerten Eindringling demonstrierend. Sie vergegenwärtigte sich, mit welcher Wucht die Wogen hier auf die Ausläufer des Hs trafen, fokussierte einen von ihnen und erschrak, als sie an dessen Basis ein kriechendes, emsiges Etwas knapp über der Wasseroberfläche registrierte. Es musste sich um eine optische Täuschung handeln, eine ihrem Fieberwahn entsprungene Vorstellung. Sie schloss die Augen, schüttelte heftig ihren Kopf, in der Hoffnung, das Trugbild dadurch zu vertreiben, öffnete sie wieder. Das Etwas befand sich immer noch dort! War es am Ende so existent wie alles andere auch in dieser seltsamen Welt?

Natürlich fand sie keine Antwort darauf. Von ihrer Position aus tat sie sich schwer damit, Details zu erkennen. Was sie ausmachen konnte, war ein dunkles, mehrfüßiges Wesen, das die Größe einer Riesenkrabbe zu haben schien und das mit Verbissenheit die Stahlkonstruktion hinaufzuklettern versuchte, dabei unablässig von enormen Wellen getroffen wurde, abrutschte und sein Vorhaben wiederholte. So, wie es sich bewegte, hatte es etwas grotesk Beharrliches an sich, wie man es manchmal bei Tieren beobachtet, die mangels eines ausreichend entwickelten Intellekts stets dieselbe Richtung einschlagen, weil ihnen schlicht der Verstand dazu fehlt, den aus höherer Perspektive offensichtlichen Pfad zu wählen. Jedenfalls schien es an seiner Überzeugung, den Pfeiler hinaufklettern zu müssen, nicht den geringsten Zweifel zu haben. Abermals spürte sie, wie sich ihr Herz ohne Vorankündigung verkrampfte, wie es sogar kurz aussetzte, weiter schlug, dann wieder aussetzte und irgendwann in den alten Rhythmus zurückfiel, als ob nie etwas gewesen wäre. Eine zutiefst beunruhigende Fortsetzung der ersten Attacke.

Nach einigen Minuten beharrlichen Kämpfens hatte es das krabbelnde Etwas endlich geschafft, die unmittelbar der Brandung ausgesetzte Zone zu überwinden, aus der es zuvor immer in die Tiefe gestürzt war. Es kroch langsam höher, wurde in seinen Bewegungen zaghafter und blieb schließlich in dieser Lage hängen, ohne auch nur ein Glied zu rühren, so apathisch, als ob es sein Leben ausgehaucht hätte und es nur eine Frage der Zeit wäre, bis es in den Ozean zurückstürzte. Aber es stürzte nicht zurück. Stattdessen klammerte es sich verbissen an die Stahlkonstruktion, offenbar darauf wartend, dass die hier gültigen Gesetze es nach all dem Einsatz von selbst in sein Ziel steuerten, so, wie die tosenden, gegen die chromfarbenen Pfeiler peitschenden Wellen unter ihnen jeden Kletterer, der an ein Entkommen dachte, wieder in sich aufnahmen und seine Bemühungen zu einem Teil des Vergessens machten.

In diesen Minuten skeptischen Betrachtens wurde der in ihren Schlingen hängenden Beobachterin bewusst, mit welch enormer Anstrengung ihr bloßes Existieren verbunden war. Ähnlich wie die Kreatur dort unten kämpfte sie gegen ihr eigenes Erlöschen an, versuchte, die steigende Temperatur in ihrem Körper zu bändigen, den unsäglichen Durst zu ignorieren und die beängstigenden Herzattacken unbeachtet zu lassen. Immer wenn sie glaubte, die Situation gemeistert, einen Weg aus der Hitze und der Erschöpfung gefunden zu haben, fühlte sie einen merkwürdigen Zusammenhang mit dem Wesen auf dem Stahlkonstrukt, aus dem sie erschrocken hochfuhr. Und wenn sie nahe daran war, sich aufzugeben, in ihrer inneren Glut zu verbrennen, vernahm sie die unverkennbaren Laute des mutmaßlichen Vogels über sich. Es war, als ob sich das verbliebene Leben in ihr selbst nicht im Klaren darüber wäre, ob es für oder gegen sie entscheiden solle. Als ob der Schmerz in ihrer Brust einen Übergang einzuleiten versuchte, für den der Tod noch keine Veranlassung sah.

Dann rührte sich die Kreatur plötzlich wieder, krabbelte schwerfällig den Pfeiler hinauf, schob sich Stück für Stück hoch, mit einer an jene Bemühungen gemahnenden Ausdauer, mit der es dem Ozean entstiegen war. Bei etwa zwei Drittel erschallte erneut ein weithin hörbares »Ieeeeeeeeee« durch die Luft, viel lauter als zuvor, und als die Gebundene ohne große Erwartung ihren Blick hob, bekam sie das fliegende Geschöpf nun tatsächlich zu Gesicht. Es glitt majestätisch über sie hinweg, einen ausgedehnten Bogen um die H-förmige Stahlkonstruktion bestreichend, die Augen dabei auf die nach oben kletternde Kreatur gerichtet, und glich einem riesigen schwarzen Adler, dessen Federkleid in ständiger wallender Bewegung zu sein schien. Ein weiteres »Ieeeeeee« erklang mit geradezu durchdringender Lautstärke, und nun gewahrte auch das krabbenartige Wesen auf dem Pfeiler den Vogel, denn es kletterte plötzlich die verbleibende Strecke bis zu den Querstreben mit einer Zielgerichtetheit hoch, dass es nur noch eine Frage der Zeit sein konnte, bis es die Beobachterin erreicht haben würde.

Doch dazu kam es nicht. Nachdem es auf dem untersten Träger angelangt war, stemmte es sich mit dem gesamten Körper in den aus Pfeiler und Träger gebildeten Winkel, das Hinterteil angehoben und gegen die Stahlkonstruktion gedrückt, den vorderen Teil des Rumpfes auf die Querstrebe gestützt, die Gliedmaßen an der Front in Kampfstellung gegen den Himmel gestreckt. Jetzt, da die Kreatur so nahe war, konnte die Gebundene deutlich erkennen, dass es sich um eine Spinne handelte, allerdings um keine biologische Lebensform, sondern um ein lieblos nachgebautes künstliches Geschöpf, das unverkennbar maschinenhafte, abgehakte Bewegungen zeigte. Wie es mit solch einfachen Mitteln dem Ozean hatte entkommen können, war ihr ein Rätsel. Umso mehr, auf welche Weise es zuvor existiert hatte, in den Untiefen des Meeres, für die es nicht konstruiert zu sein schien.

Der Adler wechselte zum letzten Mal seinen Kurs, flog dann in direkter Linie mit immer größer werdender Geschwindigkeit auf die Spinne zu und prallte am Ende seiner Bahn mit einer derartigen Gewalt auf die Querstrebe, dass sich die Vibrationen bis zur fiebernden Beobachterin ausbreiteten. Dabei fiel ihr Blick auf den wutschäumenden Ozean. Aus irgendeinem Grund graute ihr vor dem dunklen, brodelnden Wasser unter ihr mehr als vor den Wesen neben ihr, die nun einen verbissenen Kampf bestritten, das achtfüßige Etwas in defensiver Haltung, den breiten Stahlpfeiler im Rücken, der Vogel mit ausgestreckten Schwingen und aggressiv eingesetztem Schnabel. Erst jetzt erkannte die Gebundene, warum sein Gefieder zuvor so merkwürdig lebendig gewirkt hatte: Es bestand aus unzähligen dunkel flackernden Einzelelementen, so, als ob das Geschöpf ein tiefschwarzes Flammenkleid trüge. Und jedes Mal, wenn ihn sein Gegner mit einer Gliedmaße berührte, sprang ein wenig von diesem finsteren Etwas auf den anderen über und brannte dort weiter.

Schon bald stellte sich heraus, dass wohl kein Sieger aus dem Konflikt hervorgehen würde. Zwar hatte das adlerartige Wesen der Spinne einen massiven Schlag versetzt, als es im Sturzflug auf sie zugeschossen war, doch schien diese nur geringfügig davon beeinträchtigt zu sein. Als Ausgleich dazu hatte sie ein paar Mal ihre gebogenen Giftklauen zum Einsatz bringen können, war dabei aber immer von dem dunklen Feuer des Vogels befallen worden, sodass sie die Attacke gleich darauf wieder hatte abbrechen müssen. Einmal gelang es dem Adler, seinem Gegner in einer Reihe von Angriffen ein Vorderbein abzutrennen, nur erwies sich dies als vergebliche Mühe, denn das fehlende Teil wurde binnen kürzester Zeit von einer neuen Gliedmaße ersetzt. So kämpften sie minutenlang, mal glückte dem einen ein Treffer, mal dem anderen. Da jeder mit wirkungsvollen Waffen ausgestattet war, drehte sich die Auseinandersetzung im Kreise.

Nach einer Weile sahen wohl beide ein, dass eine Fortführung keinen Sinn ergab. In einem Moment der Defensive seines Feindes ergriff der Adler die Gelegenheit, sich mit seinen riesigen Schwingen in die Luft abzustoßen und den Kontrahenten unter sich zu lassen. Zunächst hielt er steil nach oben, flog circa fünfzig Meter in diese Richtung, wendete dann aber nach rechts, begann einen Bogen um die Stahlkonstruktion und ging daraufhin auf Kollisionskurs mit dem skeptisch verharrenden Spinnenwesen.

Die Absichten seines Gegners vermeintlich erahnend, stemmte sich dieses, wie bereits zuvor, mit aller Kraft gegen den Pfeiler, richtete seine mittleren Beine neu aus und hob angriffslustig Kopf und Giftklauen in die Höhe. Der Adler schien jedoch gar kein Interesse an einem erneuten Kampf zu haben, denn als er genug Geschwindigkeit aufgebaut hatte, korrigierte er die Flugbahn, gab sein über weite Distanzen vernehmbares »Ieeeeeeeeee« von sich und schoss geradewegs auf die vor Entsetzen gebannte, in ihren Schlingen festgezurrte Beobachterin zu.

Diese versuchte zunächst, sich durch wildes Reißen und Zerren an den Riemen aus ihrer Gefangenschaft zu befreien, erfasste aber schnell, dass eine solch plumpe Strategie nur der Irrationalität ihrer Furcht entspringen konnte. Daher unterdrückte sie die aufgekeimte Panik, sah dem Unausweichlichen mit zunehmend resignierender Erwartung entgegen. Durch ihre physische Fixierung war es ohnehin so gut wie unmöglich, den Angriff vernünftig abzuwehren. Mehr als ihre Muskeln anzuspannen und sich mental auf den drohenden Zusammenstoß mit dem Vogelwesen vorzubereiten, würde ihr kaum möglich sein.

Indes schlug der Adler einen weiteren Bogen ein, gewann an Höhe und flog schließlich außerhalb ihres Sichtfeldes, jenen Teil des Himmels bestreichend, der sich hinter ihr befand. Lange Zeit tat sich nichts und die Gebundene spürte, wie sich ein prickelndes Gefühl der Nervosität in ihrem Körper aufbaute. Sie wandte ihren Kopf mit aller Anstrengung nach beiden Seiten, entdeckte allerdings keine Spur von dem fliegenden Geschöpf. Sekunden vergingen, Sekunden, die auch das spinnenartige Etwas nutzte, um sich ihr zaghaft zu nähern. Nach wenigen Metern hielt es plötzlich ohne erkennbaren Grund ruckartig inne, blickte seinem in den Schlingen hängendem Opfer über die Schultern, während gleichzeitig von hinten ein lautes, langgezogenes »Ieeeeehhh« zu vernehmen war, der Ruf eines Tieres, das die Euphorie eines unmittelbar bevorstehenden Sieges empfand.

Ein seltsamer Moment der Unwirklichkeit bemächtigte sich der Fiebernden. Sie sah sich auf dem Stahlkonstrukt hängen, den Adler mit seinen schräg nach unten gerichteten Krallen in der

Luft stehen und die maschinenhafte Spinnenkreatur in festgefrorener Pose verharren, wie drei in Bernstein für die Ewigkeit eingeschlossene Figürchen, eine Dreiheit in geradezu bizarrer Konstellation, etwas, das ungreifbare Erinnerungen in ihr auslöste, ein Gefühl der Erkenntnis, dass sich alles am rechten Platz befände, alles seine Korrektheit habe. Aber diese Empfindung währte nicht lange, war viel zu kurz, um bewusst erfasst zu werden, und wurde bald darauf von einem intensiven Überlebensdrang zur Seite gestoßen, der sie mit roher Gewalt in das hiesige Jetzt zurückbeförderte. Die gesamte Situation erschien ihr nun noch grotesker als zuvor. Es lag ein überdimensionales Maß an Unrecht darin, eine Aussichtslosigkeit, die sie mit Wut und Gram erfüllte, so stark, dass sie ihren Kopf emporhob und den Blick anklagend auf die zwei kraftlosen Sonnenscheiben richtete. Was für eine Grausamkeit, dachte sie. Man hatte ihr nicht einmal die Möglichkeit zur Flucht eingeräumt.

Als der Adler auf ihren Schultern aufschlug, holte sie die Heftigkeit abrupt von ihrem Märtyrerpodest auf den Boden der Realität zurück, stellte wieder eine Art Normalzustand in ihrem Seelenleben her, soweit man in einer solchen Lage überhaupt von einem Normalzustand sprechen konnte. Wie viele Knochen ihr dabei gebrochen wurden, hätte sie beim besten Willen nicht sagen können, aber das Geräusch des Berstens und Krachens in ihrem Brustkorb und der enorme Stoß, den ihre Wirbeln abfedern mussten, ließen nichts Gutes erahnen. Neben den Schmerzen spürte sie deutlich den festen, bekrallten Griff des Vogels und sein Gewicht auf sich lasten, wodurch der Druck in den Schlingen zunahm.

So hingen die beiden eine Zeit lang mehr oder weniger gemeinsam an den Streben, und die Gebundene hatte ihre Mühe damit, angesichts der empfundenen Qualen bei Bewusstsein zu bleiben. Zweifelsohne wäre es um einiges leichter gewesen, sich in die rettenden Arme der Ohnmacht fallen zu lassen, den weiteren Ablauf der Geschehnisse besinnungslos hinzunehmen. Aber etwas hielt sie davon ab: die Furcht vor dem Zerfall ihrer Identität, dem endgültigen Erlöschen. Und während sie diese inneren und äußeren Kämpfe ertrug, aus denen sie letztlich wohl nur als Verliererin hervorgehen würde, hörte sie im Geiste plötzlich ihre eigene Stimme, säuselnd wie ein Windhauch und metallisch flüsternd wie fallende Schneekristalle, so, als ob die vermittelte Botschaft gerade noch zu verkraften wäre:

    Halbgraue Konturen, dunkler Raum. Stille.

    Ein Ruf durch die Nacht.

    Verschollen im bermudnen Kokon,
    gefangene Töpferseele.

    Lauf, Käfer, lauf!

    Verlasse den Hof der Henker.
    Spann ein blaues Fuhrwerk an, ehe der Tag erwacht,
    mit sieben Rössern, für jedes ein marines Halsband.

    Kreuz dem Herz.

    Aber sorge dich nicht.
    Sorge dich nicht.

    Wenn sich der Orion auch wälzt
    im milchigen Schleier deiner Angst.

    Wenn das erhellte Scheunentor auch berste
    hinter dem Reich des Staubs.

    Es ist noch Zeit.
    Noch Zeit zu laufen.

    Ehe das Schweigen beginnt
    hinter dem schaurigen Portal,
    und deine gebrochene Seele entweicht,
    ins kalt-wartende Gestirn.

Sie war wie elektrisiert von diesen Worten, weil sie all jenes aussprachen, was in ihr vorging, die ganze Tragik ihrer rätselhaften Opferrolle, die sie ohne erkennbaren Sinn und Zweck einem unbelebten Publikum gegenüber spielen musste. Dabei erfasste sie eine derartige Ergriffenheit, dass sie unter der Last des schweren Vogels leise zu schluchzen begann, für niemanden außer ihr und dem Adler hörbar, dem unergründlichen Zweigespann im hiesigen Reich, aber in ihrer Seele stellte sich das eigene Leiden von so großer Intensität dar, dass sie glaubte, das gesamte Universum damit erschüttern zu müssen. Und das, obwohl sie nicht einmal wusste, ob es in dieser Welt überhaupt ein solches gab! Zu stark war ihre Bewegtheit, um die äußeren Veränderungen an ihrem Körper zu bemerken, die sich in jenem Moment abzuzeichnen begonnen hatten, als die flammende Schwärze des Greifvogels auf sie übergesprungen war und sich jetzt in alle Richtungen ausbreitete.

Aus demselben Grund hatte sie auch dem Spinnenwesen keinerlei Beachtung geschenkt, das kurz vor der Kollision auf die beiden losgepprescht war, einen ungestümen, aber lächerlich plumpen Sprint entlang der unteren Querstrebe eingelegt hatte. Erst als das primitiv wirkende, achtfüßige Etwas, das ihr bis zu den Knien reichte, ihren rechten Unterschenkel berührte, wurde sie sich des Ankömmlings bewusst. Es spielte nun keine Rolle mehr, was genau das Wesen im Schilde führte, ob es ein weiteres Mal gegen seinen Feind vorgehen wollte oder ob es gar einen Angriff gegen die Gebundene selbst plante. Für sie lag seit dem abrupten Rendezvous mit dem Adler alle Hoffnung in Trümmern. Erneut empfand sie einen Drang danach, in den dunklen Gestaden ihres Inneren nach Ruhe zu suchen, jenes Schweigen zu lokalisieren, das sie aus der Spannung ihres Daseins befreien würde. Und diesmal beharrte das Verlangen nach Erlösung von ihren Qualen noch stärker auf Umsetzung als zuvor. Ihr Leben schien plötzlich entsetzlich anstrengend und nutzlos geworden zu sein, der Inbegriff zermürbender Vergeblichkeit. Ein verfahrenes Bemühen um Nichts, vor dem Hintergrund einer Welt, die sämtliche Ordnung zerstörte, sämtliche Spuren beseitigte, die eine denkende, sich abmühende Lebensform je hinterlassen konnte. Warum nur? Aus Häme? Oder aus der schieren Ironie der Jämmerlichkeit menschlicher Irrelevanz heraus?

All dieses Trachten war letztlich vollkommen ... zweckentleert! Wenn es einen Sinn gab, dann konnte er nur darin bestehen, der eigenen Unmaßgeblichkeit konsequent zu begegnen, sich selbst zu verlieren, sämtliche Einzelheiten zu vergessen, die einen jemals ausgemacht hatten, sich ein für alle Mal im befreienden Nichts aufzulösen und mit absoluter Endgültigkeit – unbemerkt für jeden anderen – zu *erlöschen*. Ja, dazu war sie bereit, so bereit, dass sie es auch ohne Weiteres zuließ, als sich die Spinne an ihrem Körper hocharbeitete, sie umklammerte und in einer schnellen Bewegung die wichtigste Funktion erfüllte, die sie beherrschte: den Einsatz der Giftklauen.

An ihr Herz und seine Rhythmusprobleme hatte die Gebundene schon lange nicht mehr gedacht; schon sehr lange nicht mehr, wie ihr schien. Zu unmaßgeblich war ihre eigene Existenz mittlerweile geworden, um diesem pumpenden Muskel in ihrer Brust noch Beachtung zu schenken. Doch in dem Moment, als die Waffe des Gliederfüßers einem vergifteten Dorn gleich durch ihre Rippen drang und den unermüdlichen Motor ihres Kreislaufs punktierte, den sonst nichts so leicht aus der Ruhe bringen konnte, nichts außer dem Schrei des Adlers, drängte sich ein weiterer Schmerz in ihr Bewusstsein. Das dabei injizierte Gift fühlte sich wie eine Tausendschaft geschäftig kribbelnder Winzlinge in ihren Venen an, die mit synthetischem Garn all jene Stellen flickten, aus denen ihre verbleibende Energie hätte entströmen können. Wenig später setzte das Spinnenwesen seine grässlichen Kiefern an, begann, das Leben sukzessive aus ihr auszusaugen, stoßweise, Schwall um Schwall. Ein erbarmungsloser Aderlass, durch den sie schwächer wurde und die Qualen unmaßgeblicher. Sie wollte hinaus aus diesem geschundenen Körper, hinaus in das vollkommene Erlöschen, das finstere Lodern des Raubvogels annehmen, statt ihre ganze Kraft einem maschinenhaften Parasiten zu überlassen, der sich wie ein in Mitleidenschaft gezogener Käfer durch die Welt bewegte. Mit einem letzten Aufbäumen versuchte sie, sich aus den Schlingen zu winden, notfalls gemeinsam mit den beiden Angreifern in den wütenden Ozean zu stürzen. Aber ihre Bemühungen scheiterten.

Mehr und mehr zog die Hitze aus ihr ab, verschwand die eigene Energie im Bauch der gefräßigen Kreatur. Und als sie schließlich ihren Kopf geschwächt seitwärts fallen ließ, sich gerade aufgeben wollte, da gewahrte sie plötzlich, dass die feinen, vor wenigen Minuten noch dunklen Äderchen am Himmel nun eine zarte Goldfarbe angenommen hatten und ein leichtes Zittern durch sie ging. Ihr Verstand spann den Faden weiter, gebar in typisch irdisch wissbegieriger Manier eine große finale Frage, die sie nicht mehr zu lösen imstande war: Speiste sie mit ihrer versiegenden Kraft womöglich das Dachgerüst dieser Welt? Eine durch und durch menschliche Spekulation, fand sie, mit dem stillen Lächeln einer Weisen, die im Verstehenwollen das Grundübel allen Denkens erahnte. Dann schlug ihr Herz endgültig ins Leere und hüllte die Gebundene in nachtschwarzes Vergessen.

44: Grenzwälle im Ideenraum

Mit der Frage nach seinem *Woher, Wozu* und *Wohin* tastet sich der Sinnsuchende immer näher an den Ideenraum seines Fürstentums heran und wird dadurch implizit als mitgestaltendes Element tätig. Die Auseinandersetzung mit dem Tod – oder mit dem, was den Menschen nach dem irdischen Leben erwartet – fördert eine der produktivsten Kräfte, die strukturbildend in das Ideenkontinuum einfließen.

»Alle Teilnehmer sind jetzt verfügbar«, ertönte eine synthetische Stimme, Buechilis Gedanken behutsam in die Gegenwart zurückfädelnd. »Möchten Sie in die Konferenz einsteigen?«

»Moment!«, rief der Anthrotopier. Er befand sich gerade in einer virtuellen Explorationssitzung, in der er frühe Überlegungen, die vor langer Zeit von Wegbereitern der Ultraisten zum Modell der Ideenmetrik angestellt worden waren und die noch nicht mit der jetzigen Terminologie konform gingen, studierte. Buechili tat dies weniger aus wissenschaftlicher Notwendigkeit heraus, sondern weil er ein persönliches Interesse daran hatte, wie sich das Theorienkonstrukt der Aszendologie allmählich aus relativ einfachen Basisbetrachtungen aufgebaut hatte. Es half ihm auch dabei, manche der modernen, hochtheoretischen Konzepte besser zu verstehen.

»Sitzungsabbruch!«, befahl er.

Durch seine Order fiel er ins Hauptportal zurück, wo ihn die personalisierte VINET-Kommandozentrale erwartete. Er ließ sich die Agenda für das folgende Meeting anzeigen und überflog sie noch einmal, damit er genügend Abstand zu den Betrachtungen der Vergangenheit aufbauen konnte. Dann gab er Anweisung, ihn an den virtuellen Ort der Besprechung zu versetzen.

Praktisch ohne Verzögerung wechselte er in eine völlig neue Umgebung. Er fand sich am Stehpult in einem für wenige Teilnehmer dimensionierten Konferenzraum des Typs *Triangulum Convexum* wieder, das auf den ersten Blick eher an das Symbol der Strukturisten erinnerte: ein leicht nach außen gewölbtes, großzügig bemessenes, dreieckiges Besprechungszimmer mit identisch ausgerichtetem, ebenso dreieckigem Tisch und darauf mittig platziertem *V-Space*. Jede der drei konvexen Wände konnte als Anzeige- und Gestaltungsfläche genutzt werden, daher wurden sie auch gern als *Sketch Areas* bezeichnet. Niemand wusste, ob der Designer mit seiner Gestaltung den Strukturisten einen Dienst hatte erweisen wollen, indem er mit seiner Motivwahl das Deltasymbol in den Vordergrund rückte, oder ob es ihm nur auf das Konzept des Dreiecks angekommen war. Falls Ersteres zutraf, hatte er sein Ziel vermutlich nicht erreicht: die *Triangulum*-Serie wurde im Durchschnitt häufiger von Ultraisten als von Strukturisten für ihre Sitzungen gewählt, wahrscheinlich ihrer eigenwilligen Formen wegen.

Neben Buechili stand der gemäßigte Ultraist Ulf Gordon, ein schmallippiger, eher unscheinbar wirkender junger Mann mit breiter Stirn, den man optisch um die fünfundzwanzig geschätzt hätte, der in Wirklichkeit allerdings bereits über fünfzig war. Da er dieselbe Haltung wie Buechili vertrat, hatte er mit ihm schon ein paar Mal die eine oder andere Studie durchgeführt. Hin und wieder trafen sie sich zu einem Fechtkampf, aber daraus war nie mehr als ein fraktionsbedingter Kontakt geworden. Ihm gegenüber befand sich Alim Wahed, Progressiv-Ultraist, etwas dunkelhäutiger als der durchschnittliche Bewohner von Annexea und von größerem und kräftigerem Körperbau. Er hatte markante, dunkelbraune Augen, mit denen er die Aufmerksamkeit seiner Gesprächspartner auf sich lenkte. Obwohl er körperlich um zwei Jahre jünger als Ulf war, wirkte er beinahe um ein Jahrzehnt reifer, ein Effekt, der sich aus seinem sicheren und souveränen Auftreten ergab. Normalerweise sprach er leise und überlegt, doch konnte er auch energische Töne anschlagen, wenn er wollte. Bis dato war Buechili ihm noch nie außerhalb des VINETs begegnet. Soviel er wusste, lebte Alim in einer der Ringkernstädte im alten Europa, ein ungewöhnlicher Wohnort für einen Progressiv-Ultraisten, wie manche fanden. Alle drei trugen ACI-Blocker.

Nachdem sie sich gegenseitig zugenickt hatten, eröffnete Buechili die Sitzung. »Danke, dass ihr so pünktlich erschienen seid.

Wir wollen dort weitermachen, wo wir letztes Mal stehenblieben. Es ging um das Thema ...« Er wandte sich rückwärts, auf die Fläche hinter sich deutend, die jetzt in großen Lettern das anzeigte, was er vorlas: »... ›Grenzwälle im Ideenraum‹.«

Buechili blickte von einem zum anderen. »Bei unserem ersten Treffen waren wir uns nicht sicher, wie wir die Studie am besten nennen sollten. Es gab einige Vorschläge, wie ›Unterräume im Ideenkontinuum‹, ›Partitionierung des Ideenraums‹ und ›Barrieren eines Fürstentums‹. Prinzipiell hielten wir all diese Varianten für inhaltlich korrekt, aber wir fanden, dass ›Grenzwälle im Ideenraum‹ eine stärkere Botschaft vermittelt. Sehen wir das immer noch so?«

Ulf und Alim nickten.

»Gut. Dann behalten wir den Titel bei.«

Damit verschwanden die anderen Vorschläge von der Anzeigefläche.

»Sprechen wir kurz über die Zielsetzung der Studie. Das ultraistische Komitee hat uns beauftragt, eine Arbeit über Separationsmechanismen zwischen Fürstentümern zu liefern, die sich an ein breites Publikum richtet. Sie ist als ein Teil der Initiative gedacht, geeignete Themengebiete der Ideenmetrik auf ein verständliches Niveau zu bringen. Leider sind die meisten Abhandlungen fast ausnahmslos mit verwirrenden Formalismen und komplexen Ableitungen durchsetzt und kommen deshalb nur einer kleinen, elitären Schicht zugute. Dem will man hierdurch begegnen.«

Nach den letzten Treffen waren den beiden die Vorgaben sicherlich noch gut in Erinnerung, aber Buechili pflegte jede Sitzung mit einer kurzen Zusammenfassung der Aufgabenstellung zu beginnen. Das löste nicht nur anfängliche Denkblockaden, es brachte auch den Fokus in die gewünschte Richtung. Seine Kollegen nahmen die Ausführungen mit einer einvernehmlichen Geste zur Kenntnis.

»Athena fordert eine ideentheoretisch fundierte Aufarbeitung des Themas«, betonte Alim. »Sie möchte keine Abhandlung, die rein auf grundsätzlichen Überlegungen basiert, sondern eine formal nachprüfbare Veröffentlichung.«

Es verwunderte wohl niemanden, dass Athena als Progressiv-Ultraistin so großen Wert auf diesen Aspekt legte, wurde ihre Gruppierung doch niemals müde, sich als Begründerin der Ideenmetrik auszugeben. Das Grundmodell ging von einem Hyperraum mit hoher Dimensionalität – dem Ideenraum – aus, in dem abstrakte Grundkonzepte – sozusagen die ideentheoretischen Pfeiler aller denkbaren Realitäten – mithilfe von diffizilen Vorschriften auf eine Art umgesetzt wurden, dass Distanzfunktionen ein Maß für die Vereinbarkeit von Weltenmodellen definierten (daher der Begriff »Ideenmetrik«). In öffentlichen Diskussionen verwendete man statt des Terminus Ideenraum gern die Bezeichnung Weltenraum, um kein Missverständnis über die Natur dieses Konstrukts aufkommen zu lassen. Er beschränkte sich nämlich nicht auf die Entwicklung von einzelnen »Ideen«, sondern umfasste die Ausbildung ganzer »Ideengefüge«, sodass jeder Punkt des Raumes im Grunde einer individuellen Untermenge der ideentheoretischen Bestandteile eines gesamten Weltenmodells (auch Ideenmodell genannt) entsprach. Aus dieser Perspektive betrachtet repräsentierte der Ideenraum eine allumspannende Struktur, die sich aus sämtlichen potenziellen Realitäten aufbaute.

Dabei spielte es keine Rolle, ob es einen Hyperraum in der gedachten Ausführung nun wirklich gab, solange Transformationen denkbar waren, durch die sich die »tatsächlichen« Gegebenheiten umrechnen ließen. Genauso wenig kam es darauf an, Details über jene ideentheoretischen Pfeiler oder deren Abbildungen zu kennen, die den Weltenraum ausmachten, zu verstehen, was sie konkret bedeuteten oder wie sie wirkten, da solche Überlegungen innerhalb des hiesigen Realitätengefüges einen Sprung über die eigene Verstandesebene erfordert hätten, ein Unterfangen, das per definitionem ausgeschlossen war. Es ging einzig um den Fakt, dass derartige Pfeiler auf die eine oder andere Weise vorhanden waren und dass sie eine Menge an nicht weiterzerlegbaren, abstrakten Grundelementen für übergeordnete Weltenmodelle darstellten.

Zusätzlich setzte sich die Ideenmetrik mit der Abbildung von Dynamikprozessen auseinander, wodurch jeder Punkt des Weltenraums mit einem Hyperraum kombiniert wurde, dem sogenannten Wirkungsraum, und dieser wiederum – ebenso wie der Ideenraum – mit einer weiteren Struktur, dem Geistraum, in Verbindung stand. Natürlich wusste niemand, wie man sich das alles konkret vorzustellen hatte und ob es nicht darüber hinaus Relationen zu anderen, bisher unbekannten Konstrukten gab. Die Zusammenhänge waren bereits in der einfachsten Form schwierig genug: Um nämlich Hierarchien von Fürstentümern berücksichtigen zu können – darunter verstand man Metropolen von Ideenmodellen, die sich durch einen einheitlichen »Ideenkomplex« ihrer Areale definierten –, mussten bestimmten Geistpopulationen ganze Unterräume zuordenbar sein. Dadurch ergaben sich variierende Wirklichkeitsmuster je nach Position innerhalb der Fürstentümer.

Alles in allem also ein ziemlich komplexes Gebilde, das nur eine kleine Menge an Ultraisten halbwegs erfasste und das ohne die angebotene Rechenleistung in Anthrotopia und Annexea niemals zu bändigen gewesen wäre. Zudem hingen einige Aspekte stark von den gewählten Rahmenbedingungen ab, etwa, wie die Einbettung eines Wirkungsareals im Detail aussah, ob es für jeden besetzten Punkt im Weltenraum ein eigenständiges Konstrukt darstellte, für jedes Fürstentum oder gar für noch größere Regionen, und ob Korrelationen ins Spiel kamen. Ebensolche Uneinigkeit bestand darüber, wie sich Rückkopplungen im Ideen- und Geistraum widerspiegelten. Denn dass solche existierten, schien evident zu sein, da selbst im menschlichen Unterraum die konkreten Verwirklichungen von Ideen Einflüsse auf Geistelemente zeitigten, indem sie beispielsweise zu deren Entwicklung beitrugen. Folglich gab es unterschiedliche Arbeitsmodelle. Manche sahen etwa in der wahrgenommenen Realität eine ideenabhängige Projektion des Wirkungsraums, andere hingegen ein separates, mit weiteren Hyperräumen in Verbindung stehendes Gefüge.

In jedem Fall lieferte die Ideenmetrik zuweilen ganz brauchbare Ergebnisse. Aufgrund ihrer Komplexität wurde sie hauptsächlich von Progressiv-Ultraisten angewandt, bei denen sie einen beinahe heiligen Status genoss. Zwar blieben sich die Verfechter des hypothetischen Charakters ihres Modells stets bewusst, doch glaubten sie, der Wahrheit bedeutend näher zu stehen als Ultraisten, deren Laienüberlegungen nur auf dem aszendologischen Fundament aufbauten und die daraus – ohne bindenden Formalismus – für die Progressiven unhaltbare Hypothesen abzuleiten versuchten. Deshalb akzeptierten die Anhänger der Ideenmetrik auch nur wenige Arbeiten von abweichenden Strömungen, im Grunde nur jene, die formal tatsächlich nachvollzogen werden konnten.

»Das lassen wir deine Sorge sein, Alim«, erwiderte Buechili auf den Hinweis, dass Athena keine unwissenschaftliche Abhandlung wünschte. »Wir beide«, er zeigte auf Ulf und sich, »werden uns bemühen, die Publikation möglichst verständlich zu halten. Aber wenn der philosophische Eifer mit uns durchgeht, wirst du warnend deinen Zeigefinger erheben müssen.«

»Ich werde mit der Faust auf das Pult schlagen«, antwortete der andere mit gespielter Heftigkeit.

»Tu das! Zum Glück kannst du hier im VINET keinen Schaden anrichten.« Buechili wandte sich um und ließ eine neue Auflistung hinter sich erscheinen. »Wir haben uns darauf geeinigt, verschiedene Themenbereiche zu definieren, also Unterpunkte des Hauptthemas, die wir näher betrachten wollen, und eine empfohlene Reihenfolge für sie festzulegen. Damit verhindern wir, uns in der Komplexität unserer eigenen Zielsetzung zu verlaufen. Die Unterpunkte werden wir nach und nach im Detail erarbeiten.«

Er machte eine kurze Pause und setzte dann fort: »Wenn ihr nichts dagegen habt, fange ich gleich mit meinen Themenvorschlägen an.«

Die beiden nickten emotionslos.

Buechili wies auf die dargestellte Liste. »Also, zunächst einmal denke ich, unsere Studie sollte mit einer Präsentation der ideenmetrischen Basis beginnen.«

»Das ist doch unnötiger Ballast«, widersprach Alim. »Dadurch bekommt sie die inhaltliche Färbung eines *Induca*-Trainings für Laien.«

Ulfs Protest ließ nicht lange auf sich warten: »Das finde ich nicht. Hochkomplexe Beiträge zu diesem Thema, die kaum jemand versteht, gibt es bereits genug. Unsere Arbeit sollte vor allem Nichtprogressiven von Nutzen sein. Sie spornt sie vielleicht dazu an, sich näher mit der Materie vertraut zu machen.«

»Genau darin liegt auch die Intention des ultraistischen Komitees«, pflichtete Buechili ihm bei.

»Ja, ich verstehe das Motiv«, sagte Alim. »Es könnte uns aber bei den Progressiv-Ultraisten diskreditieren. Viele von ihnen würden ein allzu simplifizierendes Werk angewidert weglegen, weil sie sich veralbert vorkommen. Ich rate davon ab!«

Damit war zu rechnen gewesen. Progressiv-Ultraisten schätzten ihren Formalismus über alles und wiesen zurück, was nur annähernd in die Richtung philosophischen Wildwuchses ging.

»Sieh es mal so, Alim: Anhänger deiner Fraktion werden unsere Arbeit kaum im informellen Modus studieren, sondern sich eher für einen theorienahen Detailgrad entscheiden. Der ›unnötige Ballast‹, wie du ihn nennst, ist in diesem Fall ohne Relevanz.«

Buechili bezog sich hier auf die Funktionalität, Abhandlungen je nach Einstellung auf unterschiedlichen Niveaus abspielen zu lassen. Progressiv-Ultraisten wählten für gewöhnlich den formaltheoretischen Zugang und wurden dadurch mit allen Einzelheiten konfrontiert. Aszendologisch Unkundige entschieden sich hingegen für die informellste Variante, falls eine solche überhaupt angeboten wurde. Wäre es ausschließlich nach Alim gegangen, hätte die Arbeit vermutlich nur Ersteres abgedeckt. Doch die beiden gemäßigten Ultraisten sorgten dafür, dass auch leichter verständliche Perspektiven berücksichtigt wurden.

»Nur müsste ich dann einen ideenmetrischen Ersatz für den Einstiegsteil finden.«

»Ich bin sicher, dir fällt etwas Passendes ein.«

»Meinetwegen«, brummte Alim. Es schien so, als ob er Buechilis Motivation keineswegs teilte, aber er wollte wohl nicht schon am Anfang eine längere Diskussion lostreten.

»Als Nächstes schlage ich vor, in unserer Arbeit grundsätzliche Überlegungen zur Natur eines Ideenkonstrukts anzustellen«, nahm Buechili den Faden wieder auf. »Damit nähern wir uns der Kernfrage: Worin besteht die Einzigartigkeit eines Komplexes, durch das sich ein Fürstentum definiert, und wie lassen sich daraus Grenzen ableiten?«

»Und diese Frage würdest du zunächst abstrakt beantworten und später mittels ideentheoretischer Formalismen untermauern?«, erkundigte sich Ulf.

»Ja, so habe ich mir das vorgestellt. Im informellen Modus wird man auf Formalismen natürlich weitgehend verzichten. Was meinst du dazu, Alim?«

Der Progressiv-Ultraist sah lange auf die im Darstellungsbereich der Wand angeführten Punkte. »Ich persönlich würde auch ohne abstrakte Hinführung auskommen, aber ich verstehe, dass sie für manche Leute hilfreich sein könnte. Welche Varianten von Ideenkonzepten wollen wir dabei berücksichtigen?«

Buechili verstand die Frage nicht ganz. »Mir geht es um eine generelle Darlegung der Eigenschaften von Ideengefügen. Also zum Beispiel durch einen Hinweis darauf, dass in einem Fürstentum keine statische Idee per se existiert, die das gesamte Reich dominiert, sondern ein umfassender Ideenkomplex.« Er machte eine kurze Notiz auf der *Sketch Area*. »Siehst du, worauf ich hinaus will, Alim? Nicht, dass jemand die Vorstellung hat, eine geringfügige Variation der Grundidee führt automatisch ins nächste Fürstentum. Ich möchte erläutern, was ein Ideengefüge kennzeichnet, worin der Unterschied zwischen einem *Ideenmodell* und einem *Ideenkomplex* besteht. Vielleicht am Beispiel der Wirklichkeit, die uns umgibt.«

»Kommen wir damit nicht erneut zu sehr in Trivialzonen der allgemeinen Theorie?«, wandte Alim ein. Vermutlich sah er immer weniger Material, das er ideenmetrisch aufarbeiten konnte.

»Ich finde, wir sollten unsere Anforderungen herabsetzen. Vergiss nicht, dass wir auch Leute ansprechen wollen, denen das aszendologische Fachwissen fehlt. Natürlich ist das Thema bereits in anderen Beiträgen zur Genüge diskutiert worden, aber unsere Studie muss irgendwo beginnen, und ich sehe nichts Verwerfliches darin, anhand der Definition eines Ideenkomplexes ein erstes Gefühl für Grenzen aufzubauen. Du kannst mit deinem Formalismus an diese Überlegungen anknüpfen. Und in den halb-informellen

Modi müssen wir eben dafür sorgen, dass wir einen guten Kompromiss eingehen. Ähnlich wie im Anfangsteil.«

»Worauf würde dieses Kapitel hinauslaufen? Auf die Tatsache, dass Angehörige eines Fürstentums zwar eine vage Vorstellung von Ideenvariationen desselben Reiches haben, nicht jedoch von den Konzepten anderer Fürstentümer?«, fragte Ulf.

»Ein Aspekt, der ebenfalls bereits vielfach beschrieben wurde«, wies Alim hin. »Im Grunde entstammt diese Definition direkt den aszendologischen Basiskonstrukten.«

»Nicht nur«, erwiderte Buechili, den Einwand des Progressiv-Ultraisten übergehend. »Damit wir Grenzen definieren können, müssen wir veranschaulichen, was genau diese voneinander abtrennen. Und es gäbe da noch einen weiteren Punkt ...« Wieder kritzelte er auf die *Sketch Area*. »Aus der Überlegung, dass sich Angehörige eines Fürstentums nur innerhalb ihres Ideengefüges bewegen können, ergibt sich eine interessante Hypothese: Vielleicht sind andere Fürstentümer gar nicht unsichtbar, sondern werden nur der aktuellen Idee gemäß dargestellt. Wenn das der Fall wäre, dann würde man benachbarte Reiche als Varianten der eigenen Wirklichkeit wahrnehmen, möglicherweise als unbelebte Spielarten davon. Glaubst du, so etwas könnte man ideenmetrisch ableiten, Alim?«

»Dadurch ergäbe sich auch in unserem Universum zwangsläufig eine Perspektive, die auf menschliche Verhältnisse angepasst ist und damit nur verzerrt sein *kann*«, folgerte Ulf.

»Ganz genau. Wir meinen, überall im Universum einen konstanten Satz an Naturgesetzen anwenden zu können und finden dies in unseren astronomischen Auswertungen bestätigt. Aber ist das eine korrekte Annahme? Oder handelt es sich bei den beobachteten Phänomenen nur um verstandesadaptierte Abbildungen anderer Ideenkomplexe, die von dem unseren gravierend abweichen?«

»Die Überlegung ist nicht neu«, griff Alim das Thema auf. »Möglicherweise könnten wir sie ein wenig auffrischen, indem wir nach Querbezügen zu Athenas Ansatz suchen.« Damit meinte er ihr Vorhaben, die gesamte Ideenmetrik aus den Naturgesetzen ableiten zu wollen. »Vielleicht finden wir so eine formale Entsprechung für deine Hypothese.« Er machte sich jetzt ebenfalls ein paar Notizen, nur benutzte er dafür die Eingabefläche auf dem Pult. »Ich würde außerdem gern der Frage nachgehen, wie diese Grenzlinien beschaffen sind«, ergänzte er dann. »Trennen sie ein Fürstentum direkt vom anderen ab oder markieren sie die Ausläufer von größeren Barrierebereichen?«

»Eine Art Niemandsland?«, erkundigte sich Ulf.

»Eher eine Art Pufferzone, in der die Ideenkomplexe eingebettet liegen. Daraus folgt zwangsläufig der nächste Punkt: Was geschieht, wenn Geisteselemente in derartige Zonen vordringen?«

Buechili schüttelte den Kopf. »Ist so etwas überhaupt möglich? Ich dachte, die geistige Gravitation eines Fürstentums würde Abwanderungen verhindern?«

»Sie würde sie zwar erschweren, aber nicht gänzlich verhindern«, sagte Alim. »Vielleicht sind Pufferzonen die Geburtsstätten neuer Fürstentümer. Bisher haben wir uns mangels Beobachtungen kaum damit beschäftigen können, wie ein Reich im Detail entsteht – obwohl es zugegebenermaßen eine ganze Menge an Überlegungen zu diesem Thema gibt, die – wie ihr euch denken könnt – allesamt spekulativ sind. Ich werde mal sehen, was man aus dem Basismodell ableiten kann.«

»Und wenn keine solchen Pufferzonen existieren?«, hielt Ulf dagegen.

»Dann wären in bestimmten Fällen Migrationseffekte zu erwarten, die durch den relativ großen Abstand vom Zentrum nur sehr schwach ausfallen dürften.«

»Also sollten wir auch die Ausdehnung von Fürstentümern abhandeln«, bemerkte Buechili.

»Aus den Grenzen ergibt sich die Ausdehnung automatisch.«

»Das stimmt natürlich. Ich meinte, unterscheiden sich diese Ausdehnungen voneinander? Oder ist jedes Fürstentum gleich groß?«

»Intuitiv würde ich sagen, dass sich die Größe aus der geistigen Stufe eines Fürsten ableitet«, antwortete Ulf.

Alim schüttelte den Kopf. »Das ist viel zu schwammig! Zudem

ist die Aussage ideentheoretisch schwer fassbar. Vereinfacht erklärt hängt die Ausdehnung eines Reiches von der Distanzfunktion ab, die wir wählen. Ein Beispiel: Nehmen wir an, wir fixieren die Abbildung eines bestimmten Ideenmodells bis auf eine einzige Dimension. Massive Schwankungen darin könnten dann in unserem Weltbild zu einer Abspaltung vom Fürstentum führen, obwohl es in Wirklichkeit zu keiner solchen Abspaltung käme, weil das neue Ideenmodell immer noch gut mit der Ausrichtung des Gesamtreichs vereinbar wäre.«

»Das scheint eher ein Problem der Ideenmetrik selbst zu sein. Wird denn die Stufe eines Fürsten gar nicht berücksichtigt?«

»*Natürlich* wird sie das«, versetzte Alim streng. »Eine hohe Stufe wirkt einerseits als stärkerer Attraktor für geistige Elemente, die sich mit einem Ideenkomplex identifizieren. Andererseits überwindet sie größere Distanzen. Ich sprach von der allgemeinen Theorie hinter diesen Phänomenen. Sie muss so beschaffen sein, dass sich Grenzlinien nicht aus individuellen Variationen, sondern aus inkompatiblen Abwandlungen ergeben.«

Ulf machte ein ratloses Gesicht.

»Ich glaube, es geht um Folgendes«, sprang Buechili helfend ein. »Ein aszendologisches Fürstentum vermag sich nur in eine Richtung auszudehnen, die einer lokal gültigen Wahrheit nicht diametral entgegensteht. Im Sinne der Ideenmetrik könnte eine geringfügige Variation vieler Parameter gleichzeitig bereits ein völlig unvereinbares Konzept darstellen, sodass jegliche Erweiterung dorthin undenkbar wäre, während eine starke Veränderung nur eines einzigen Wertes womöglich ohne Auswirkungen bleibt. Korrekt, Alim?«

»Absolut«, bestätigte der Progressiv-Ultraist.

»Lässt sich das auch in weniger abstrakten Worten beschreiben?«, fragte Ulf.

Alim schien kurz über eine passende Analogie nachzudenken. Dann sagte er: »Stellen wir uns das menschliche Ideenmodell vor. Es repräsentiert einen Unterraum im Ideenkomplex des Fürstentums. Sämtliche uns bekannten tierischen Lebensformen könnten wiederum in einem Unterraum *unseres* Ideenmodells angesiedelt sein, also in einer Substruktur des eigenen Unterraums. Eine Komponente, die uns alle zu verbinden scheint, ist die Idee der Zeit. Wir sind unbestritten den Gesetzen der Kausalität unterworfen.«

»Weil Zeit im Sinne der Ideenmetrik nur eines von vielen Prinzipien ist, die unseren Ideenkomplex definieren?«, vergewisserte sich Ulf.

»Man könnte es so ausdrücken. Von diesem Blickwinkel aus betrachtet wäre es denkbar, dass der Grundsatz der Kausalität in unserem gesamten Fürstentum Gültigkeit hat. Allerdings nur, wenn er eine Basiskomponente darstellt, die alle Unterelemente zusammenhält.«

»Darauf wolltest du hinaus.«

»Ja. Das ist natürlich nur ein einfaches Modell, um eine prinzipielle Vorstellung von diesen Gesetzen zu bekommen. Theoretisch wäre es sogar möglich, dass sich Zeit irgendwo tatsächlich verflüchtigt und zwar noch innerhalb der Barrieren unseres eigenen Fürstentums. Im Grunde könnte man sagen: Der Ideenkomplex ist jene Basis, die sämtliche Unterräume miteinander vereint. Alles, was darüber hinausgeht, liegt jenseits seiner Grenzen. Und genau so definiert es auch die Ideenmetrik.« Er hob demonstrativ den Zeigefinger. »Es versteht sich von selbst, dass eine solche Definition inhärente Eigenschaften voraussetzt. Anders ausgedrückt: Nicht die gemeinsamen Attribute bestimmen die Ausdehnungen eines Fürstentums, sondern aus den treibenden Kräften des Reiches ergeben sich erst die Attribute. Andernfalls könnte man aus ihnen keine Grenzen ableiten.«

Buechili machte in der *Sketch Area* ein paar Notizen. »Das sollten wir in unsere Arbeit aufnehmen«, sagte er. »Kannst du diesen Aspekt auch formal untermauern, Alim? Für den progressiven Anteil unserer Zielgruppe?«

»Das lässt sich machen.«

Ein weiterer Punkt war Buechili wichtig, der seiner Meinung nach in der Studie nicht fehlen durfte. »Was ist eigentlich über die Kommunikationsprozesse zwischen den Fürstentümern bekannt? Gibt es Modelle dazu?«

Alim seufzte. »Das ist ein schwer zugängliches Gebiet, zumindest vom Standpunkt des Menschen aus. Wir wissen nur wenig über diesen Aspekt.«

»Ich vermute, es ist für ein Geistelement nicht feststellbar, ob Ideen aus höheren Ebenen des Fürstentums kommen oder über seine Grenzen herein diffundierten«, spekulierte Ulf.

»Im Prinzip stimmt das«, antwortete Alim in einem Tonfall, der Erstaunen darüber signalisierte, dass der gemäßigte Ultraist hin und wieder wertvolle Beiträge einbrachte. »Präziser formuliert könnte man sagen: Die Ideendynamik eines Fürstentums ergibt sich aus Resonanzen, die für gewöhnlich ihren Ursprung in den Vortexpunkten«, also den treibenden Kräften im Fürstentum, »haben sowie im Wirken aller zugehörigen Lebensformen. Es wäre aber auch möglich, dass sich Resonanzen aus externen Regionen einstellen. Diese würden dann in ihrer Intensität naturgemäß weit hinter den inneren Vortexpunkten liegen und nur von besonders aufnahmefähigen Geistelementen wahrgenommen werden.«

Er sah zu Buechili hinüber, der einen Teil der Diskussion stichwortartig protokollierte.

»Die Schwierigkeit liegt nun darin, die Initiatoren solcher Phänomene auseinanderzuhalten. Es ist schon problematisch genug, zwischen Beeinflussungen durch Vortexpunkte und durch reguläre Lebensformen im selben Fürstentum zu unterscheiden, weil praktisch immer Vermischungen auftreten, sobald ein Geistelement im Wirkungsraum tätig wird. Derlei Aktivitäten, oder wie man sie bezeichnen will, sind stets eine Kombination aus umgesetzter Vortexenergie und inneren Rückkopplungen mit den Ideen anderer. Und diese unterliegen ihrerseits derselben Dynamik.«

Das klang kompliziert, aber er erzählte Buechili damit nichts Neues.

»Wenn wir uns jetzt das Szenario einer Resonanz von außen vorstellen, sind wir vor ähnliche Probleme gestellt«, fuhr Alim fort. »Bei diesem Sonderfall sollten wir jedoch berücksichtigen, dass wir es hier nicht mit dem ›Transfer‹ von Ideen zu tun haben, sondern mit Stimulationen. Sie verwandeln sich immer in Formen, die dem aktuellen Ideenkomplex verträglich erscheinen.«

»Die Idee kleidet sich also in das Modell des wahrnehmenden Geistelements«, folgerte Ulf.

»Korrekt. Das Resultat ist offensichtlich: Aufgrund des lokalen Ideengefüges kann nicht mehr eruiert werden, wie das Modell des initiierenden Vortexpunktes aussah und ob dieser tatsächlich außerhalb der Grenzzonen lag. Somit ergeben sich unter bestimmten Voraussetzungen Muster, die im Fürstentum bisher noch gar nicht existierten.«

»Und damit haben wir plötzlich eine Idee vor uns, die ursprünglich völlig anders gedacht war und in einer externen Welt verwandelt ihren Niederschlag findet.«

»Ja, so würde es wohl ein gemäßigter Ultraist ausdrücken«, gab Alim zurück. Vermutlich wurde er sich der mitschwingenden Überheblichkeit in seiner Antwort gar nicht bewusst.

»Aber können Geistelemente auf diese Weise sukzessive abgeworben werden?«, warf Buechili ein.

»Auch das ist eine komplexe Frage«, erwiderte Alim, die Arme auf dem Pult abgestützt. »Sie führt uns zu einem speziellen Szenario: Was geschieht, wenn sich Geistelemente mehr und mehr von lokalen Vortexpunkten wegentwickeln und letztlich an den Ausläufern ihres Fürstentums anlangen?«

»Ein Szenario, das in unserer Studie nicht fehlen sollte.«

»Unbestreitbar. Ich schlage vor, es in unserer Themenliste aufzunehmen. Was geschieht also in einem solchen Fall? Wir haben eine Situation vor uns, in der ein Geistelement den gravitativen Kräften seines Reiches zu entfliehen versucht. Sollte es – auf welche Weise auch immer – die Grenze überschreiten, dann gelangt es entweder in ein unbesetztes Areal des Ideenraums, findet sich in einer Pufferzone wieder oder wird von einem benachbarten Fürstentum angezogen. Was tatsächlich abläuft, können wir erst sagen, wenn wir ein passendes Grenzmodell zugrunde legen. Zudem ist es schwer abschätzbar, welche Kräfte dabei auf das Geistelement wirken und ob es durch den Wechsel des Ideengefüges nicht so stark in Spannung gerät, dass es unter der auftretenden Wirklichkeitsverzerrung förmlich zerrissen wird. Denn immerhin stößt es in Bereiche vor, die für sein bisheriges Umfeld unvereinbar waren, andernfalls würden wir nicht von einer Grenzüberschreitung sprechen.«

»Dann ist es ungewiss, ob ein Austritt aus dem Fürstentum überhaupt möglich ist?«, fragte Buechili.

»Du sagst es. Alles hängt davon ab, welche Modelle wir in der Ideenmetrik anwenden. Wir sollten verschiedene Varianten in unserer Studie durchspielen. Vielleicht ergibt sich dadurch ein Lösungskontinuum, das allgemeinere Aussagen erlaubt.«

»Einverstanden.«

»Gut! – Also, eine exaktere Antwort zu deiner Frage von vorhin, ob sich externe Geisteselemente abwerben lassen, könnte folgendermaßen lauten«, präzisierte Alim. »Es ist nicht ausgeschlossen, dass sich durch externe Resonanzen Verschiebungen zum Ideengefüge eines benachbarten Fürstentums hin ergeben; eventuell schließt das eine Art gravitative Einflussnahme mit ein. Unser jetziger Wissensstand ist zu lückenhaft, um konkrete Grundregeln zu postulieren. Genauso gut wäre es denkbar, dass die Grenzen eines Fürstentums durch starke Annihilationsprozesse geprägt sind, weil Geisteselemente dort regelrecht zerbersten, sobald sie mit einem Wahrheitsgebilde konfrontiert werden, das ihrer bisherigen Vorstellung zuwiderläuft.«

Buechili nickte, während er einige der Punkte festhielt. Dann wandte er sich wieder dem Progressiv-Ultraisten zu. »Sieht so aus, als ob wir für heute genug Material gesammelt hätten. Wahrscheinlich ist es an dieser Stelle das Beste, es vorläufig dabei zu belassen und das nächste Mal weiterzudiskutieren. Bis dahin hat Alim vielleicht auch schon ein paar ideentheoretische Überlegungen angestellt.«

»Einen Aspekt könnten wir noch auf die Liste setzen«, schlug Ulf vor.

Die beiden Kollegen sahen ihn erwartungsvoll an.

»Wir haben viel über das Wegdriften von Geisteselementen aus Fürstentümern gesprochen. Wie aber stehen die Driftneigung eines Elements und seine Entwicklungsstufe miteinander in Beziehung?«

»Ja, das fehlte bisher«, stimmte Alim zu und ergänzte über die

Steuerfläche auf dem Pult die Gesamtliste. »Es ist intuitiv leicht einzusehen, dass Vortexpunkte im Ideenraum fest verankert sein müssen, während reguläre Geistelemente stärker driften können. Doch es schadet nicht, das explizit zu erwähnen. Übrigens stellt sich an dieser Stelle unweigerlich die Frage, wie solche Vortexpunkte überhaupt entstehen. Handelt es sich um eine inhärente Eigenschaft von Wesen, die sich hoch genug entwickeln konnten, sodass sie in gewisser Weise automatisch zu Stützpfeilern wurden, oder repräsentieren sie eher eine Art selbsterhaltende Ideenstimulanz durch spontane Dynamikprozesse, gesät von geistigen Gärtnern eines Fürstentums? Diese Sache konnte bis heute nicht geklärt werden. Deshalb gibt es auch mehrere Modelle, die wir in unserer Studie berücksichtigen müssen.«

»Die Antwort darauf hat maßgeblichen Einfluss auf die Entwicklung verwandter – oder wie es die Progressiv-Ultraisten sagen würden: *affiner* – Fürstentümer«, bemerkte Buechili. Und als er das fragende Gesicht Ulfs sah, ergänzte er: »Falls ein Geistelement ab einer bestimmten Entwicklungsstufe tatsächlich automatisch zu einem Vortexpunkt innerhalb eines Fürstentums werden sollte, dann würde es nach dieser Theorie stark an seine Position im Ideenraum gebunden sein. Ein Austritt aus dem Reich wäre demnach unwahrscheinlich. Und darin liegt auch die Crux: Da man eigentlich nur jene Elemente als Kandidaten für den Aufbau eines neuen Fürstentums betrachten kann, die reif dafür sind, erscheint es schwierig, wie ohne sie jemals *offsprings* – also Sprösslinge – entstehen könnten.«

»Trotzdem ergibt es Sinn. Ein Geistelement, das hoch genug entwickelt ist, um einen Vortexpunkt auszubilden, wird sich schwerlich vom Ideengefüge seines Fürstentums lösen«, fand Ulf. »Sind neue Fürstentümer damit ausgeschlossen?«

»Nein, nein«, entgegnete Alim in einem Tonfall, in dem die Überzeugung der Korrektheit seines theoretischen Fundaments mitschwang und den die andern beiden großzügig überhörten. So waren nun einmal die Progressiv-Ultraisten: brillant, aber bei jeder Gelegenheit unverkennbar elitär. Man konnte sich daran stoßen und die Beziehungen mit ihnen abbrechen oder ihren Intellekt mit Gespür ins Joch eigener Überlegungen spannen. Letzteres erforderte allerdings Geschick.

»Es kann keinen Zweifel darüber geben, dass permanent neue Fürstentümer entstehen, wobei ich ›permanent‹ im Sinne der Überzeitlichkeit meine. Denn spätestens dann, wenn ein Ideengefüge ausgebrannt ist, werden vermutlich alle internen Vortexpunkte ihre Attraktor-Eigenschaft einbüßen, und die darin gebundene Energie wird freigesetzt. Wir halten es für denkbar, dass Geist in solchen Fällen über den Ideenraum streicht und einen passenden Alternativbereich sucht. Abhängig vom gewählten Modell könnten Elemente höherer Stufe auch die Fähigkeit ausbilden, jenseits der Grenzen ihres Reiches zu blicken und sich dorthin zu begeben, sobald ihnen ein Umfeld attraktiver als der alte Ideenkomplex erscheint.«

»Ich habe ein wenig Schwierigkeiten damit, mir als Mensch Überzeitlichkeit vorzustellen«, bekannte Ulf zögernd. »Aber den Rest kann ich nachvollziehen.«

»In der Ideenmetrik gebrauchen wir Zeit als Metakonstrukt. Es ist klar, dass es so etwas wie Zeit in anderen Fürstentümern höchstwahrscheinlich nicht gibt, weil sich das dahinterstehende Konzept dort verändert.«

»Und darin scheint mir eine der Schwächen dieser Theorie zu liegen. Der progressive Ultraismus wendet das Prinzip der Kausalität auf eine Region an, die jenseits unserer Logikebene liegt. Wenn Zeit woanders in eine unbekannte Größe verwandelt wird, wie kann sie dann jemals in den zugehörigen Ideen- und Wirkungsräumen Gültigkeit haben?«

Genau diese Art der Konfrontation hatte Buechili vermeiden wollen, da sie stets in endlose Debatten mündete. Er antwortete daher, noch ehe Alim zu Wort kam: »Soweit ich es verstanden habe, kommt die Basis der Ideenmetrik ohne das Konzept eines zeitlichen Vorhers und Nachhers aus. Sie beschreibt in erster Linie Dynamikprozesse, und als solche muss sie mit abstrakten Abläufen jonglieren. Andernfalls würden wir nur ein statisches Gebilde vor uns haben, das keinerlei Aktivitäten zeigt.«

»Unserer Ansicht nach gibt es zwei Grundkonzepte, aus denen

man die meisten aszendologischen Phänomene ableiten kann«, erläuterte Alim geduldiger, als man es ihm zugetraut hätte. Er wollte Ulfs Kritikpunkt offenbar nicht unbeantwortet im Raum stehen lassen. »Zum einen die Idee und zum anderen das Prinzip der Dynamik. Es ist durchaus vorstellbar, Dynamik in einem Kontinuum zu verwirklichen, in dem Zeit eine weniger eingeschränkte Rolle spielt als bei uns. Vielleicht sind Abläufe dort in einer Art immerwährendem Jetzt realisierbar, das sogar Zyklen erlaubt. Oder sie repräsentieren ein unerschöpfliches Gemenge an allen möglichen Vorgängen. Wir könnten uns noch weiter vorwagen und spekulieren, dass auch der Ideenraum selbst möglicherweise nur eine Facette eines unbeschränkten Wahrscheinlichkeitsraumes darstellt, aber dann sind wir nolens volens zu den Strukturisten übergelaufen.« Er holte tief Luft und gab Ulf damit die Gelegenheit, das Gesagte zu verarbeiten. »Der progressive Ultraismus hat sich nicht zum Ziel gesetzt, die Grundgesetze der Aszendologie in eine absolute Wahrheitsform zu bringen und sie jeglichen Logikkostüms zu entkleiden. Dazu wird der Mensch niemals in der Lage sein. Wir bieten nur das Rüstzeug, um in diesen Regionen auf nachvollziehbare Weise zu operieren. Eine Voraussetzung hierfür ist die Anwendung objektiver Regelsätze.«

Mehr war zu dem Thema offenbar nicht zu sagen. Und Ulf schien mit der Erklärung zufrieden zu sein.

Trotzdem fügte Alim hinzu: »Einige von uns vermuten sogar, dass jedem Fürstentum die Basisprinzipien durch den Ideenraum zugänglich gemacht werden, um sie mit der dort gültigen Ratio zu begreifen. Aus genau diesem Grund versuchen wir auch, einen ideentheoretischen Regelsatz aus den beobachtbaren Naturgesetzen in unserem Universum abzuleiten. Aber das ist euch ohnehin bekannt.«

Später gingen sie noch einmal sämtliche in der Sitzung angesprochenen Themenbereiche durch, legten Zuständigkeiten sowie gewünschte Detailgrade fest und fixierten einen zeitlichen Rahmen für das nächste Treffen. Den exakten Termin würde Claire unter Berücksichtigung von Verfügbarkeit und Präferenzen der Teilnehmer bestimmen.

Insgesamt fand Buechili, mit der heutigen Diskussion guten Fortschritt erzielt zu haben. Das Thema schien nicht nur einen Überfluss an Betrachtungsweisen zu bieten, sondern barg zudem das Potenzial, aszendologische Basiskonstrukte durch neue, formal abgedeckte Hypothesen zu ergänzen. So etwas geschah selten, weil es bereits eine Vielzahl an grundlegenden Studien gab. In diesem Fall lag der Schlüssel wohl in der Kombination aus Gedankenmodellen des gemäßigten Ultraismus und Alims analytischer Herangehensweise, wodurch sich potenzielle Zusammenhänge erschlossen, die anderwärtig nur schwer zugänglich gewesen wären. Genau das schätzte Buechili an der Kooperation mit Alim. Er war ein genialer, offener, zielgerichteter Denker, der sich auch an heikle Szenarien heranwagte und in dieser Hinsicht eigentlich eine für progressive Ultraisten erstaunlich unkonventionelle Veranlagung zeigte. Außerdem ergab sich durch ihn ein gutes Gegengewicht zu der freien, ungebändigten Philosophie gemäßigter Ultraisten.

Die Studie erinnerte Buechili aber noch an etwas anderes: Seit seinem Gespräch mit Aleph dachte er hin und wieder über die Möglichkeit einer neuronalen Kopplung mit der LODZOEB nach. Auf eine gewisse Weise stellte das vorgeschlagene Experiment ebenso eine Form der Grenzüberschreitung wie ihre abstrakten Überlegungen zu den Fürstentümern dar, allerdings eine, die er am eigenen Leibe erfahren sollte. Er fragte sich, ob es ihm gelänge, einen Teil der höheren Logikschichten mit der Studie zu konfrontieren und ihre Schlussfolgerungen auf die konventionelle Verstandesebene überzuführen.

Natürlich waren diese Reflexionen vorerst reichlich spekulativ, denn weder wusste er, was der anthrotopische Rat zu seinem Ansinnen sagen würde, noch konnte Buechili davon ausgehen, dass er im Rahmen des Versuchs tatsächlich nahe genug an die LODZOEB herankäme. Dennoch fand er die Vorstellung, das Konzept der Ideenmetrik aus einer derart übergeordneten Perspektive zu betrachten, faszinierend. Vielleicht leitete die zweite Ordnungsebene sogar völlig neue Schlüsse aus dem bestehenden Modellfundament ab.

So dachte jedenfalls der Theoretiker in Buechili. Sein intuitiver Anteil zeigte sich wesentlich skeptischer und meinte, dass die Wahrheit auch ohne Logikkonstrukt zu ermitteln wäre. Bestenfalls würde die LODZOEB Denkfehler aufdecken, die dann eben korrigiert werden müssten. Ob sie das Wagnis wert waren, stand auf einem anderen Blatt.

45: Erste Recherchen

Nachdem Helen Fawkes die Bedingungen des Vertrages akzeptiert hatte, eröffnete ihr die Außensprecherin, worum es im Detail ging, und nahm sie in den engeren Kreis der Personen um *Telos* auf. Dabei erfuhr Helen unter anderem, dass die strategische Leitung der Operation in den Verantwortungsbereich von Ted Hawling fiel, ein Name, der untrennbar mit der Einführung des *BioBounds-Extenders* verbunden war und mit dem jeder, der zumindest die unterste Ebene der *Induca* absolviert hatte, in Berührung gekommen sein musste. Es gab eine ziemlich eindrucksvolle, mittlerweile fast um die neunzig Jahre alte Aufzeichnung im VINET, in der Hawling bei einer vielleicht fünfzehnminütigen Rede im Rahmen der offiziellen Ankündigung des *Extenders* zu sehen war. Erstaunlich, dass dieser – sogar für anthrotopische Verhältnisse – betagte Mann nach wie vor in hochrangigen Forschungsprojekten mitwirkte! Wie stark er sich seitdem verändert hatte und ob er noch dieselbe Dynamik ausstrahlte wie damals, würde Helen vermutlich schon bald selbst beurteilen können.

McLean ging nur auf die wichtigsten Fakten von *Telos* ein. Sie erläuterte in groben Zügen, welche grundsätzlichen Schwierigkeiten zu lösen gewesen waren, unterstrich den immensen Forschungsaufwand an isolierten Zellkulturen unterschiedlichster Pflanzen- und Tiergattungen sowie die historische Einmaligkeit des Pilotversuchs an Lucy, der Schwester des *BioBounds-Extender*-Pioniers Ted Hawling. Helen konnte nicht anders, als nachzufragen, ob in diesem persönlichen Naheverhältnis die Begründung für Ted Hawlings Schlüsselrolle in dem Projekt lag. Natürlich traf das nicht zu. Man hatte den Strukturisten – gemeinsam mit dem medizinischen Leiter Matt Lexem – von Anfang an als höchsten Entscheidungsträger eingesetzt, während der Entschluss, an Lucy Hawling die erste Nanokonvertierung vorzunehmen, nur wenige Wochen zurücklag. Nachdem das geklärt war, legte McLean der Journalistin einen groben Zeitplan für die Konvertierung vor und nannte die wichtigsten für sie relevanten Insiderpersonen.

Es stünde ihr frei, mit ihnen in Kontakt zu treten, falls sie nähere Informationen benötigte.

An dieser Stelle schloss die Außensprecherin ihren auf das Wesentliche beschränkten Monolog ab. Auf mehr könne sie im Moment nicht eingehen, sie werde im *Medical Research Center* erwartet. Bevor sie sich verabschiedete, erwähnte sie noch, dass Helen ab jetzt Zugriff auf ein für sie bereitgestelltes Projektarchiv habe, in dem es sich zu wühlen lohne. Das ließ sich die Journalistin nicht zweimal sagen. In dem Thema lag ein Zündstoff, der im Vergleich zu ihren üblichen Berichten geradezu durchschlagend zu sein schien. Praktisch die gesamte annexeanische Bevölkerung wusste, dass man in Anthrotopia an der Überwindung des *Cellular Breakdowns* arbeitete. Wie der Plan im Detail aussah und welche Fortschritte man bereits erzielt hatte, entzog sich jedoch der allgemeinen Kenntnis. Viele glaubten in ihrer linear verhafteten Sichtweise, dass man den *BioBounds-Extender* (*BBX*) früher oder später durch eine verbesserte Komponente, eine *BBX2*-Einheit, ersetzen würde, die längeres Leben weit jenseits von einhundertdreißig Jahren ermöglichte. Doch soweit Helen aus ihren Gesprächen mit Angela McLean hatte entnehmen können, schien dies aus verschiedenen Gründen, die sie noch näher erforschen musste, nicht möglich zu sein. Stattdessen hatte man einen neuen Ansatz gewählt: die Konvertierung der biologischen Physis in eine weitgehend synthetische Körperlichkeit.

Allerdings waren die journalistische Herausforderung, die Brisanz des Themas und die damit in Verbindung stehenden beruflichen Chancen nur Teilaspekte für die Journalistin. Mindestens ebenso spannend fand sie, dass die Menschheit mit *Telos* zweifellos einen entscheidenden Schritt vor sich hatte. Ihn hautnah mitzuerleben, kam einem Privileg gleich, das nur wenigen gewährt wurde. So, als ob man im vollen Bewusstsein um die Bedeutung des Geschehens beim legendären Erstflug der Gebrüder Wright dabei gewesen wäre oder – weiter zurück in der Geschichte – Gutenberg über die Schultern geblickt hätte, wie er mit dem Buchdruck die Schleusen zur massenhaften Verbreitung von Wissen und Bildung geöffnet hatte. Die erste am Menschen vorgenommene Nanokonvertierung bot einen Zündstoff, der das Van-Dendraak-Ereignis geradezu mickrig erscheinen ließ. Im Vergleich dazu wirkten sogar ihre brisantesten Reportagen der letzten Jahre schlicht und farblos.

Kaum war Helen allein, begann sie auch schon, sich mit der Thematik näher vertraut zu machen. Sie brannte vor Neugierde, mehr über die Hintergründe und den bisherigen Projektverlauf zu erfahren. Mit etwas Glück würde sie vielleicht Material finden, das als Basis für den Leitartikel infrage käme. Leider erwies sich ihr Vorhaben aufgrund der riesigen Datenmenge als überaus komplex. Man hatte ihr zwar Zugriff auf ein umfangreiches Archiv eingeräumt, aber sich darin zu orientieren und die relevanten Informationen von den vielen Routineberichten zu trennen, schien eine Wissenschaft für sich zu sein. Wenn sie einmal ausnahmsweise auf Abhandlungen zu konkreten Themen stieß, waren diese entweder in einer unsagbar komplizierten Terminologie abgefasst, sodass sie ihr kaum weiterhalfen, oder sie bezogen sich auf Unterthemen, mit denen sie nichts anfangen konnte. Und die medial aufbereiteten Zusammenfassungen, die sich einer relativ einfachen Sprache bedienten, erwiesen sich als ebenso wenig hilfreich, da sie oft nur Kollektionen von sich wiederholenden Sachverhalten darstellten, indem sie beispielsweise zum x-ten Mal die prinzipielle Zielsetzung des Projekts erwähnten, ohne seine Erfolge in einem für sie verständlichen Detailgrad anzuführen. Ganz zu schweigen von den vielen Studien, den vorgeschlagenen Versuchsreihen und den zuweilen schwer durchschaubaren Ansätzen einzelner Forschungsgruppen, die offenbar alle im Sand verlaufen waren. Einige davon schienen von der LODZOEB als ungangbar eingeschätzt worden zu sein. Schließlich entdeckte sie noch Abhandlungen über die Nanokonvertierung selbst sowie juristische Überlegungen, die sich durch die Transformation zwangsläufig ergaben. Insgesamt wirkte das Archiv wie ein überdimensionaler Faktendschungel. Sie zweifelte nicht daran, dass man ihr die wichtigsten Informationen zur Verfügung gestellt hatte, nur war es für eine Außenstehende äußerst mühselig, sie zu nutzen.

Nach dieser ersten Analyse gönnte sich Helen eine Schale synthetischen Espressos. Ihr brummte der Kopf vom vielen Studieren. Ob man sie absichtlich mit einer unüberschaubaren Datensammlung überhäufte, damit sie vom Kern des Projekts abgelenkt wurde? Oder wollte man nur herausfinden, wie gut sie mit solchen Situationen klarkam? In jedem Fall hatte man bestimmt eine Menge an sensiblen Berichten ausselektiert, wodurch der originale Bestand deutlich geschrumpft sein musste. Umso beeindruckender, dass ihr immer noch eine geradezu schwindelerregende Anzahl an Beiträgen vorlag! Wenn sie Fortschritte machen wollte, dann würde sie das Archiv wohl oder übel systematisch durchgehen müssen, statt sich wie bisher von einem Eintrag zum nächsten zu hangeln. Sie hätte ihre fehlenden Kenntnisse natürlich auch sukzessive in Gesprächen mit Beteiligten des Projekts aufbauen können, aber Helen mochte es nicht, ohne fundiertes Hintergrundwissen an ihre Interviewpartner heranzutreten. Strategiewechsel also, entschied sie, ihren Espresso entschlossen austrinkend. Sie stellte die Tasse zurück und wagte einen neuen Anlauf.

Die abgewandelte Vorgehensweise verlangte ihr einige Disziplin ab. Nun stürzte sie sich nicht mehr auf alles, was ihr Interesse erweckte, sondern sie versah derartige Artikel zunächst mit einer speziellen Markierung, um diese ungelesen für ein späteres Studium ad acta zu legen. Angesichts ihres immer noch großen Wissensdefizits fiel ihr das zuweilen schwerer als erwartet. Sie war eben dabei, den Wust an Berichten, Protokollen und Forschungsergebnissen einer solchen Vorselektion zu unterziehen, als ihr eine eingehende Nachricht durch das VINET-System gemeldet wurde. Mit einer Fingergeste wechselte sie in die Empfangsbox und war überrascht, neben der Betreffzeile Ted Hawlings Piktogramm zu gewahren, beinahe so, wie er ihr aus der Archivaufnahme zur Einführung des *Extenders* in Erinnerung war. Unfassbar! Obwohl sie erst seit wenigen Stunden zu den Insidern von *Telos* zählte, erhielt sie bereits eine Verständigung von einem der Projektleiter höchstpersönlich! Der Verdacht lag nahe, dass Hawling sie vor ihrem Gespräch mit McLean gespeichert, Helens Einverständnis vorausgesehen und eine an ihre Akzeptanz gebundene Übermittlungsoption festgelegt hatte. Sie selektierte die Mitteilung.

»Willkommen, Miss Fawkes!«, begrüßte sie die Aufzeichnung eines freundlich lächelnden Mannes mit einem geschätzten Alter von etwa fünfzig Jahren, der in einem virtuellen Abstand von eineinhalb Metern erschienen war. Im Gegensatz zu Helens Erwartung wirkte er etwas reifer, aber vielleicht hatte sie einfach nur eine verklärte Erinnerung von ihm. Dass sich der Strukturist den *Extender* mehr als fünfzehn Jahre später einsetzen lassen haben könnte, kam ihr dabei gar nicht in den Sinn.

»Wie ich soeben erfahren habe, gehören Sie ab jetzt der hehren Gesellschaft des *Telos*-Kreises an.«

Hehre Gesellschaft! Der Mann hatte Humor.

»Das freut mich, denn mit Ihnen konnte Anthrotopia eine fähige und unabhängige Journalistin gewinnen. Alle Beteiligten, mit denen Sie zusammenarbeiten werden, sind mittlerweile über Ihre Aufgabe als Medienvertreterin unterrichtet, und ich bin mir sicher, dass sich jeder Mühe geben wird, Ihnen bei Ihren Recherchen behilflich zu sein..« Er machte eine kurze Pause und setzte dann fort: »Gleichzeitig bedeutet die Entscheidung, Sie als externe Berichterstatterin einzusetzen, eine einmalige Chance für Sie, weil wir Ihnen damit die Möglichkeit bieten, ein bedeutendes historisches Ereignis persönlich mitzuerleben. Sie werden hautnah an dem Geschehen teilnehmen und exklusive Interviews führen dürfen. Kein anderer Journalist wird in diesen Genuss kommen, weder innerhalb noch außerhalb von Anthrotopia. Im Gegenzug dazu ersuche ich Sie um eine faire und aufrichtige Behandlung des Themas, in der Sie unser Projekt von allen Seiten beleuchten und jeder Sichtweise Raum gestatten. Ich weiß, dass Sie als Anhängerin des *Natural Way of Life* eine kritische Position zur Nanokonvertierung einnehmen, doch genau dieser Aspekt wird Sie einen angemessenen Abstand zu unserem Pilotversuch wahren lassen. Wir wollen niemanden von der Richtigkeit unseres Vorhabens überzeugen und wir benötigen keine Fürsprecher. Nein, es geht uns vielmehr darum, die abschließende Phase von *Telos* für ganz Annexea festzuhalten und ihr eine persönliche Note zu geben, in der wir den Menschen in den Vordergrund rücken und nicht das Geschehen an sich. Die Note einer Außenstehenden also, die weder den Strukturisten noch den Ultraisten verpflichtet ist, die aber trotzdem ein ausgewogenes Verhältnis zu beiden Seiten pflegt. Und die zudem emotional unbeeinflusst und nicht der glättenden Wirkung eines ACI-Blockers ausgesetzt ist. Ich habe volles Vertrauen in Ihre Fähigkeiten, Miss Fawkes. Angela McLean hat Sie nicht ohne Grund ausgewählt.«

Helen horchte auf. Diese Worte erweckten den Eindruck, als sei ihre Involvierung kein Zufall. Vielleicht war sie es auch nicht. Es würde zumindest erklären, warum man sie so lange im *Security Hub* festgehalten hatte: nicht, um eine Geheimhaltung der Van-Dendraak-Erkenntnisse sicherzustellen – das war höchstens ein marginaler Aspekt –, sondern weil man sich im Rahmen von Routineabfragen innerhalb der Systemüberwachung wohl irgendwann bewusst geworden war, wen man da eigentlich in Gewahrsam genommen hatte. Dadurch konnte man bequem zwei Fliegen mit einer Klappe schlagen.

»Gut! Soviel wollte ich gesagt haben, bevor Sie mit den Recherchen beginnen, damit Sie die Bedeutung Ihrer Rolle richtig einschätzen und sich eventuelle Befürchtungen früh genug relativieren. Sie werden eine Menge an Fragen haben. Erlauben Sie mir deshalb, Ihnen zwei Dinge anzubieten. Erstens lege ich dieser Nachricht eine Liste an Berichten bei, die einen guten Überblick vermitteln, worum es in unserem Projekt geht. Ich habe sie gestern für Sie zusammenstellen lassen und dafür gesorgt, dass sie durch das Archiv abgedeckt ist, auf das Sie seit Kurzem zugreifen können – und in dem Sie sich mittlerweile bestimmt schon hoffnungslos verlaufen haben.«

Er lächelte und wieder gelang es ihm, einen Funken Sympathie auf Helen überspringen zu lassen.

»Zweitens, und das wird für Ihre Reportage wahrscheinlich von größerem Nutzen sein, gebe ich Ihnen morgen die Möglichkeit, ein paar Ihrer verbleibenden Fragen direkt an mich zu richten und danach einen Blick auf den Fortschritt der Nanokonvertierung meiner Schwester zu werfen. Mit anderen Worten: Ich führe Sie in die ›heiligen Räume‹«, er deutete mit Zeige- und Mittelfinger der linken und rechten Hand ein optisches Anführungszeichen an, »des *Medical Research Centers*. Dort werden Sie auch Gelegenheit haben, Bildmaterial für Ihre Arbeit zu sammeln.«

Er schien kurz nachzudenken, ehe er fortsetzte: »Antonius, mein Assistent, wird Ihnen morgen im Laufe des frühen Vormittags einen Termin mit näheren Instruktionen zu unserem Treffen zukommen lassen. Ich freue mich darauf, Sie bald persönlich kennenzulernen! Hawling Ende.«

Die Mühe der Vorselektion hatte sich somit für sie erledigt. Den Rest des Abends verbrachte Helen damit, die mit der Nachricht erhaltene Liste durchzugehen und sich in ein paar dieser Themen einzuarbeiten. Schade, dass sie als Gast keinen jener virtuellen Assistenten zur Seite gestellt bekam, über die ein Großteil der anthrotopischen Bürger verfügte. Das wäre für ihre Recherchen ausgesprochen hilfreich gewesen.

46: Schlafende Fremdheit

1

Der nächste Tag begann für Helen Fawkes früher als gewöhnlich. Obwohl sie den unzeitgemäßen Klassiker bei der Designauswahl ihres Betts gewählt hatte, eine horizontale Liege mit Kopfpolster und Decke, war sie erst gegen drei Uhr in einen traumlosen Schlaf gefallen. Zwei Stunden später hatte dann erneut eine unruhige Phase begonnen, aus der sie alle paar Minuten erwacht war, und so setzte sie sich irgendwann kraftlos auf und instruierte das *Ambience System*, die Raumhelligkeit zu erhöhen. Dieses meldete ihr einen spätabends empfangenen Terminvorschlag von Ted Hawling.

»Wann ist das Treffen?«, fragte sie mit halb geschlossenen Augen. Verschlafen würde sie wohl nicht haben.

»Um neun Uhr«, gab das System mit einer Frische zurück, die Helen ärgerte. Es war, als ob es das schlaflose Wälzen der Journalistin die Nacht über verfolgt hätte und ihre Müdigkeit jetzt amüsiert zur Kenntnis nähme. »Wollen Sie die angehängte Sprachnachricht abspielen lassen?«

»Selbstverständlich«, brummte sie.

»Hallo Miss Fawkes!«, ertönte Hawlings Stimme in einem direkt auf Helen gerichteten Schallfeld. Sie klang energiegeladen und hatte im Gegensatz zum *Ambience System* nichts von dessen melodischer Gehässigkeit an sich. »Ich muss leider unsere Pläne ein wenig abändern. Habe abends noch mit dem medizinischen Team gesprochen. Es empfiehlt, dass wir früher als geplant bei Lucy vorbeikommen, weil man danach einige Routineuntersuchungen startet. Treffen wir uns daher ...«, er blickte über sie hinweg, offensichtlich auf eine für sie unsichtbare Uhr, »... um neun im VINET. Am besten, Sie lassen sich an jene Adresse transferieren, die mit dieser Einladung verknüpft ist, damit Sie uns im Datenraum nicht abhandenkommen! Hawling Ende.«

Abhandenkommen! Das war wohl seine Art, Witze zu reißen. Aber warum lud er sie ins VINET ein, wenn sie seiner Schwester einen Besuch abstatten wollten!? Über Helens Fragen zu *Telos* konnten sie doch auch auf dem Weg ins *Medical Research Center* sprechen.

Sie erhob sich und bejahte die Anfrage des *Ambience Systems*, ob das Bett in seine Funktion als Tagmöbel zurückversetzt werden solle, woraufhin ein versteckter Mechanismus Laken, Decke und Polster am oberen und unteren Ende einzuziehen begann und die nackte Liege in ein plastisches Gebilde konvertieren ließ, das Fußteil, Lehne, Sitz und Armstützen ausbildete und zu guter Letzt seine Metamorphose in einem *Relaxiseat* zum Abschluss brachte.

Damit war der Spuk vorbei, und Helen stand vor einem der üblichen anthrotopischen Komfortsessel, dem das *Ambience System* bestimmt eine lammfromme Unschuldsmiene aufgesetzt hätte, wenn es ihm irgendwie möglich gewesen wäre, so dachte die Annexeanerin zumindest. Aus seinem Inneren kam jetzt ein leises Surren, das von der in mehreren Filter- und Reinigungsstufen ablaufenden Zerlegung der im Kopf- und Fußbereich verschwundenen Komponenten in ihre nanotechnologische Ausgangsbasis herrührte.

Kurz vor neun, nach einem ausgiebigen Frühstück, begab sich Helen dann in den *Inducer* und wählte den in der Einladung übermittelten Treffpunkt.

»'n Morgen!«, sagte jemand vor ihr, nachdem sich die virtuelle Umgebung aufgebaut hatte.

»Guten Morgen!«, gab sie zurück und blickte irritiert auf ihr Gegenüber. Ein roboterähnliches Geschöpf schien sich für diesen Auftritt Ted Hawlings Kopf ausgeliehen zu haben. Der restliche Körper war aus poliertem, silbrig glänzendem Metall. Hatte Hawling womöglich seinen Assistenten Antonius instruiert, ihre Fragen zu beantworten?

»Was soll das?!«, rief sie gereizt, und als sie auf das androidenartige Etwas zeigte, bemerkte sie dabei ihren eigenen silberfarbenen Arm.

»Oh, das«, erwiderte der andere sichtlich amüsiert. »Ich hätte es vielleicht schon in meiner Nachricht erwähnen sollen: als Außenstehende dürfen wir bestimmte Abteilungen des *Medical Research Centers* physisch nicht betreten, solange sie Isolationszonen sind.«

»Außenstehende? Ich dachte, ich sei in den engeren Kreis des Projekts aufgenommen worden?«

»Das sind Sie auch. Doch weder Sie noch ich leben in einem abgeschotteten, keimfreien Bereich. Die Gefahr einer Infektion ist einfach zu groß für Lucy. Vor allem jetzt, da ihr gesamter Körper buchstäblich umgekrempelt wird. In dieser Zeit ist ihr Immunsystem praktisch wirkungslos.«

»Ich verstehe nicht ganz. Warum sollten Keime in einer virtuellen Umgebung eine Rolle spielen!?«

»Das hier ist keine virtuelle Umgebung, Miss Fawkes. Was Sie sehen, ist das reale *Medical Research Center*, und zwar aus der Perspektive eines humanoiden Roboters, den Sie gerade vom VINET aus steuern.«

»Ein *Proxybot*?«

»Ein *Proxybot*«, bestätigte er.

Jetzt, da es der Strukturist erwähnte, fiel ihr etwas auf, das ihr schon zu Beginn seltsam erschienen war und das sie angesichts der Virtualität verdrängt hatte: Ihr Sichtfeld entsprach nicht ganz der üblichen menschlichen Wahrnehmung. Es schien ein wenig schmaler zu sein und die Welt in stärkeren Kontrasten abzubilden. Außerdem empfand sie einen Anflug von Schwindel, wenn sie den Kopf schnell von einer Seite auf die andere drehte und das Umfeld dabei an ihr vorüberstrich, als ob sie auf einem Karussell säße. An diese Sonderbarkeiten würde sie sich erst gewöhnen müssen.

Hawling deutete auf eine ihm gegenüberliegende Stelle. »Wie Sie sehen, ist man auf mehr als nur zwei Besucher vorbereitet.«

Tatsächlich: Neben Helen befand sich eine Handvoll regloser Gestalten in einer Art Parkposition. Im Unterschied zu Hawlings *Proxybot* hatten ihre matt glänzenden Köpfe aber keine individuellen Anpassungen erfahren.

»Genug geredet. Unser Äußeres erfordert noch etwas Feinschliff. In der momentanen Form machen wir nicht unbedingt einen überzeugenden Eindruck.«

Und damit transformierte der roboterhaft wirkende Strukturist in ein täuschend menschliches Abbild, inklusive eines dazu passenden anthrotopischen Overalls. Dieselbe Umwandlung würde wohl auch an ihr vorgehen, folgerte Helen.

»Ich bin sprachlos«, sagte sie dann, als sie an sich heruntersah. »Das Konzept von *Proxybots* ist mir zwar nicht neu, aber die, mit denen ich bisher gearbeitet habe, waren eindeutig als solche zu erkennen, so wie unsere stummen Gesellen neben mir. Ist das eine Illusion?«

»Keineswegs. In der realen Welt sehen wir genauso aus. Die dahintersteckende Technologie ist subtil und das Ergebnis einer intensiven langjährigen Zusammenarbeit zwischen unseren Forschungsteams und der LODZOEB.«

»Wirklich sehr beeindruckend.«

»Natürlich wird man merken, dass wir keine echten Menschen sind. *Proxybots* generieren Laute direkt, statt sie über Stimmbänder zu erzeugen. Die Lippen imitieren dabei nur jene Bewegungen, die man beim Sprechen von uns erwarten würde – auch wenn das ziemlich naturgetreu geschieht. Und wer immer uns berührt, wird feststellen, dass wir uns kühler und rauer als organische Wesen anfühlen.« Er hatte diese Erfahrungen offenbar schon selbst gemacht. »Im Übrigen wundert es mich nicht, dass Sie heute zum ersten Mal mit unseren Robotermodellen konfrontiert werden. Anthrotopia ist sehr strikt, was den Export von Nanokomponenten betrifft.«

»Ja, davon habe ich gehört.« Helen wurde gewahr, dass sie sich wegen ihrer anfänglichen Verwirrung noch gar nicht richtig vorgestellt hatten, aber es fand sich keine passende Gelegenheit dafür, denn nun gesellte sich eine dritte Person zu ihnen, die ohne *Proxybot* auftrat.

»Und da ist auch schon Dr. Clarice Touchette, unsere Molekularbiologin.«

Diesmal kam sie um den Händedruck nicht herum. Er fühlte sich seltsam an, so, als ob ihre Finger in Watte gepolstert wären.

»Freut mich, Miss Fawkes. Ich habe ein paar Ihrer Beiträge verfolgt. Gefielen mir gut!«

»Danke. Ehrlich gesagt bin ich überrascht, hier in Anthrotopia auf so viel Gegenliebe für meine Arbeit zu stoßen.«

»Warum? Sie konzentrieren sich auf Einzelschicksale und stellen sie ungeschönt und glaubwürdig dar. Das kommt gut an.«

»Deshalb wurden Sie auch dazu auserkoren, über *Telos* zu berichten«, enthüllte Hawling, und nun glaubte Helen zu bemerken, dass die Stimme seines *Proxybots* nicht ganz so natürlich klang, wie sie es eigentlich hätte sollen. Vielleicht das Resultat ihrer Erwartungshaltung, nachdem sie wusste, dass sie von einem maschinellen Konstrukt stammte.

Clarice Touchette zeigte in Richtung des Ganges, von dem sie hergekommen war. »Wenn Sie möchten, führe ich Sie jetzt zu Miss Hawling«, sagte sie.

»Und ob ich möchte!«

Die Molekularbiologin warf einen belustigten Blick auf die beiden *Proxybots* neben sich, wandte sich zum Gehen und lief dann energischen Schrittes voraus.

Anfangs bereitete Helen die Steuerung ihres synthetischen Pendants ein wenig Schwierigkeiten. War sie zuvor bereits durch die ungewöhnliche Wahrnehmung verwirrt gewesen, so kam nun die Kombination aus gleichförmigem Schreiten und verzerrter Perspektive hinzu. Doch das Maschinenwesen schien dadurch in seiner Fortbewegung nicht behindert zu werden, sondern einen Großteil autonom umzusetzen. Nach und nach gelang es ihr, sich an den neuen Modus zu gewöhnen, und als sie endlich den richtigen Rhythmus gefunden hatte, verstand sie nicht mehr, warum sie zu Beginn Probleme damit gehabt hatte.

Befreit von der gesteigerten Aufmerksamkeit, mit der sie ihren maschinellen Stellvertreter gelenkt hatte, wandte sie sich an Ted Hawling, der neben ihr marschierte: »Sie sagten, ich könnte Fotos machen, Dr. Hawling. Wie funktioniert das?«

Er richtete seine künstlichen Augen auf sie. »Es sollte in Ihrem Sichtfeld ein Kamerasymbol geben. Sehen Sie es?«

»Warten Sie ... Ja, ich sehe es.«

»Sobald Sie es aktivieren, wird eine Momentaufnahme von dem gemacht, was Sie gerade in Ihrem Blickfeld haben.«

»Kein Zoom? Keine Einstellungen?«

»Nein. Es ist nur ein einfacher Mechanismus.«

Das war enttäuschend, aber sie musste sich mit den gegebenen Umständen abfinden. »Was geschieht mit diesen Aufnahmen?«

»Sie werden automatisch in Ihren persönlichen Ablagebereich transferiert.«

Zumindest das entsprach ihren Vorstellungen. »Sehr schön.«

»So, da wären wir«, sagte Clarice Touchette, nachdem sie vor einer der vielen metallenen Türen im Flur Halt gemacht hatten. »Bitte, treten Sie ein!«

Die beiden *Proxybots* begaben sich – gefolgt von der Wissenschaftlerin – in den korridorartigen Eingangsbereich, dessen Verlängerung in das eigentliche Zimmer führte, und blieben dort stehen. Wärme nahm sie in Empfang, woraus Helen folgerte, dass die Sensorik der humanoiden Roboter nicht auf fünf Sinne beschränkt war. Weiter hinten erhob sich eine vor mehreren Anzeigeelementen sitzende Frau und wandte sich neugierig den Besuchern zu.

»Das ist Miss Nancy White«, informierte Touchette. »Sie kümmert sich – gemeinsam mit ihren Kolleginnen und Kollegen – um das Wohl unserer Patientin ... oder unseres Gasts, wie immer wir Miss Hawling bezeichnen wollen.«

Helen setzte ein umgängliches Lächeln auf und nickte. Sie hatte keine Ahnung, wie es der Roboter umsetzen würde, aber an der Reaktion der Betreuerin erkannte sie, dass ihre Körpersprache offenbar verstanden wurde.

»Hallo, Miss White!«, rief Ted Hawling. »Wie geht's meiner Schwester?«

»Heute wieder etwas besser.« Die Angesprochene steuerte emsig auf ihn zu. »Gestern war es schlimmer. Ich glaube, man hat gröbere Umwandlungen an ihr vorgenommen.«

»Ihr Kreislauf wurde praktisch komplett umgekrempelt«, unterrichtete sie Clarice Touchette.

Helen blickte erwartungsvoll den Korridor entlang, konnte Lucy Hawling jedoch beim besten Willen nicht ausmachen, obwohl sie ihren Kopf weit auf die linke Seite neigte, um möglichst viel von dem uneinsehbaren Teil des Zimmers zu erfassen. Nur eine Menge an decken- und wandseitig montierten Kontrollelementen direkt im Anschluss an den Gang war zu sehen und eine Vorrichtung, die wie die Rückfront eines Holofons wirkte.

»Irgendwelche Komplikationen?«, erkundigte sich Hawling.

»Nichts, außer Fieber und Unruheattacken.«

»Unruhe?«, fragte Helen. »Trotz des ACI-Blockers?«

»Nun, unsere Patientin befindet sich in einer Übergangsphase. Bedenken Sie, dass während der Nanokonvertierung auch der *Extender* umgestaltet wird. Daher gibt es oft Stadien, in denen die Psychodämpfung inaktiv ist.«

»Wow! Das muss hart sein, wenn man fast ein Leben lang die beruhigende Wirkung eines Blockers gewohnt war.«

»Nicht für Miss Hawling. Sie ist ein Spezialfall.«

»Lucy hat ihren Blocker manchmal stark gedrosselt«, erläuterte der Strukturist. »Sie war ... ist Virtufaktkünstlerin. Da kam ihr der ACI oft in die Quere ... hat sie zumindest behauptet.«

»Und stimmt das nicht?«

Hawling seufzte. »Es gibt Künstler, die haben nicht das geringste Problem mit dem Blocker. Eigentlich kommt ein Großteil mit ihm gut klar. Doch Lucy hat sich immer wieder mit Virtufakten beschäftigt, die Angst und Schmerz thematisieren. Ein schwieriges Gebiet für eine *Extender*-Trägerin. Jedenfalls könnte sich ihr Faible jetzt als günstig erweisen. Vermutlich verträgt sie die zeitweiligen Ausfälle des Blockers besser als andere. Wir werden sehen.«

»Lassen Sie uns einen Blick auf die Patientin werfen«, schlug Touchette vor. »Sie müssen ja schon ganz ungeduldig sein!«

»Oh, als Journalistin lernt man schnell, seine Ungeduld zu zügeln«, bemerkte Helen mit einem Lächeln.

Die Molekularbiologin nickte verstehend und führte ihre Gäste den gangartigen Bereich entlang in das eigentliche Zimmer, das sich als überraschend geräumig herausstellte.

Dort angekommen, richtete sich Helens Aufmerksamkeit verständlicherweise nicht sofort auf die Kontrollanzeigen, die Aufschluss über den Zustand der Körperfunktionen Lucy Hawlings und über den Fortschritt der Nanokonvertierung gegeben hätten, auch nicht auf die kompliziert verkabelte und mit Schläuchen verbundene, sternförmig angeordnete Maschinerie, sondern auf jene menschliche Gestalt, die mit geschlossenen Augen reglos und starr im Hirnstrom-Paraboloid wie eine Puppe mit leicht angehobenem Becken lag. Ihre Haut schimmerte in zartem Gold, so, als ob sie von einer matt glänzenden Patina bedeckt wäre. Knapp unter dem Nabel sowie im Bereich des linken Brustkorbs verschwanden zwei durchsichtig gerillte dicke Schläuche in ihrem Körper: Ersterer führte eine trübe Flüssigkeit mit braunroten, unappetitlich wirkenden Klümpchen mit sich, der andere, etwas dünner ausfallende Eindringling eine dunkelgelbe Lösung. Oberhalb der Knie, über dem Becken und an den Handgelenken war Lucy mit transparenten Riemen angegurtet, eine Maßnahme, die angesichts der an eine Statue gemahnenden Bewegungslosigkeit völlig nutzlos anmutete, ihrer Erscheinungsform dadurch den Anstrich von Hilflosigkeit gab und in der Journalistin einen uralten Mechanismus auslöste, den man in Anthrotopia längst hinter sich gelassen hatte: den Mutterinstinkt. Aus Erfahrung konnte sie sich dem emotionalen Sturm nur durch den sofortigen Übergang zur Routine entziehen, und so schoss sie aus ihrer aktuellen Position eine Reihe von Fotos, mehr, um sich abzulenken als ihres späteren Nutzens wegen.

»Sie wirkt geradezu friedlich ...«, meinte die Molekularbiologin an Hawling gerichtet.

»Wie lange noch?«, fragte dieser, während er einen abschätzenden Blick auf seine Schwester warf. Die Riemen schienen auf ihn überhaupt keinen Eindruck zu machen.

»Ursprünglich errechnete die LODZOEB zweihundertsiebzig Stunden, das sind rund elf Tage.« Sie erwähnte das vermutlich, um Helen nebenbei ein paar nützliche Hintergrundinformationen zu liefern. Dem Strukturisten waren diese Daten gewiss ohnehin bekannt. »Nach acht Tagen ohne gröbere Zwischenfälle ist zu erwarten, dass wir den Zeitplan einhalten können.«

»Gut!«

Helen trat näher an Lucy Hawling heran, betrachtete ihr maskenhaftes Gesicht. Trotz der fehlenden Kopfbehaarung wirkte die Anthrotopierin feminin, beinahe mädchenhaft, und es ließ sich nicht das kleinste Fältchen an ihr entdecken. Dennoch lag in ihren Zügen eine Reife, die nur ein langes Leben zeichnen konnte.

»Wie alt war sie, als man ihr den *Extender* implantierte?«

»Diese Frage ergibt sich unweigerlich, wenn man sie ansieht, nicht wahr?«, erwiderte Touchette in einem fast schon schwärmerischen Tonfall. »Ich glaube, sie war fünfundvierzig. Stimmt doch, Ted, oder?«

»Ja, fünfundvierzig.«

»Und jetzt ist sie einhundertneunundzwanzig Jahre alt«, stellte Helen fasziniert fest.

Von Lucy Hawlings Gesicht ging eine beinahe überirdische Schönheit aus. Dennoch schien etwas daran zu stören. War es die Kombination aus Jugend und Reife und das bizarre Zusammenspiel mit der totenähnlichen Starre auf ihren Zügen?

Helen betrachtete forschend die vor ihr Liegende, versuchte, der Ursache für ihre Empfindung auf die Spur zu kommen, wechselte die Perspektive. Und plötzlich wusste sie, was da nicht ins Bild passte: es waren die vollen Lippen. Sie suggerierten eine sinnliche Veranlagung, die mit der nanokonvertierten Körperlichkeit einer ACI-Geblockten, mit der man untrennbar emotionales Desinteresse verband, keinesfalls konform gehen wollte. Man hatte das Gefühl, unter den goldfarbenen Lidern der Transformierten ein immer noch zur Gänze erhaltenes weibliches Naturell schlummern zu sehen, das von einem frostigen, weit über dem Durchschnitt ausgebildeten Verstand in Ketten gelegt wurde.

»Dieser Goldglanz auf ihrer Haut ... woher kommt er?«, fragte sie, ohne ihren Blick abzuwenden.

»Er ist eine Folge des Konvertierungsvorgangs«, antwortete Hawling. »Dasselbe Phänomen zeigt sich bei unseren Labortieren. Wir gehen davon aus, dass die Farbe sogar noch ein wenig intensiver wird.«

»Erstaunlich«, flüsterte Helen, mit den Fingern ihres *Proxybots* vorsichtig über den Oberarm der Künstlerin streichend. »Ihre

Haut hat eine klar erkennbare Oberflächenstruktur, ähnlich der eines herkömmlichen Menschen.« Leider fühlte sie kaum etwas von dem, was sie normalerweise über die Haptik gespürt hätte, wenn sie in Fleisch und Blut vor Ort gewesen wäre.

»Sie ist zäher und rauer als man erwarten würde«, offenbarte Touchette, die Gedanken Helens erratend. »Ihrem äußeren Erscheinungsbild schadet das allerdings nicht.«

Helen ging einen Schritt zurück, und dabei fiel ihr Blick wieder auf die rötlich-braunen Klümpchen, die unter Lucys Nabel abgeleitet wurden. »Verzeihen Sie, aber wozu dienen diese schrecklich dicken Schläuche, die da in ihren Körper führen?«

»Die dunkle Substanz ist biologisches Material, das unsere nanotechnologischen Umgestalter, die *Nascrobs*, nicht länger benötigen und zur Entsorgung freigegeben haben«, erklärte Ted Hawling rundheraus. »Sie haben bestimmt schon von *Nascrobs* gehört – sie kommen auch als Komplementärtechnologie beim *BioBounds-Extender* in Form von *Nascrozyten* zum Einsatz.«

»Ja, ich habe davon gelesen. Es gibt sogar einige Artikel darüber in dem Archiv, das man mir zukommen ließ.«

»Stimmt. Ich sehe, Sie waren gestern noch am Studieren!«

»Nur, um mir einen groben Überblick zu verschaffen.«

»Sehr löblich! Also, dieser Schlauch hier unten führt Komponenten aufgelöster Organe und andere Nebenprodukte ab, die im nanokonvertierten Körper ohne Nutzen wären. Dafür haben die *Nascrobs* direkt an der Andockstelle einen temporären Filtermechanismus ausgebildet, durch den nur jene Strukturen gelangen, die mit einem speziellen Marker versehen wurden. Und natürlich Wasser als Trägersubstanz.«

»Dann sind das sozusagen die Reste ihres alten biologischen Inneren?«, fragte Helen, während sie mit einem Abscheu auf die Schläuche starrte, als ob es sich dabei um Reptilien handelte, die sich in Lucys Leib verbissen hätten.

»Mehr oder weniger, ja.«

Erst jetzt begriff sie, mit welcher Gründlichkeit diese Umgestaltung erfolgte. Im Laufe der Nanokonvertierung wurde die Künstlerin von den *Nascrobs* förmlich ausgehöhlt! Einer rein biologischen Fortführung ihres Daseins war damit unweigerlich jeglicher Rückweg abgeschnitten.

»Wie kann sie dann noch ...«

»Weiterexistieren?«

»Ja. Ergibt sich daraus nicht eine starke Abhängigkeit?«

»Nicht notwendigerweise«, erklärte Touchette. »Die *Nascrobs* entsorgen nur jene Organe, die aufgrund des optimierten Stoffwechsels Ballast wären. Denken Sie beispielsweise an den komplizierten menschlichen Verdauungstrakt. Wozu sollten wir ihn aufrechterhalten, wenn Miss Hawling künftig von einer viel adäquateren Nahrung leben kann, die ihre Zellen direkt versorgt?«

»Sie meinen, eine spezielle Nahrung für Nanokonvertierte?«

»Ja, das meine ich. Wir nennen sie OMNIA. Vereinfacht gesagt handelt es sich dabei um eine Nährlösung für *Nascrobs*, die hochentwickelte Energieträger für *Synthecells* enthält. Unter *Synthecells* verstehen wir transformierte Körperzellen, falls Sie heute das erste Mal davon hören. Ob Sie es glauben oder nicht: mit einer ausreichenden Dosis kann ein Nanokonvertierter monatelang auskommen. Wir haben das eingehend an Versuchstieren studiert. Miss Hawling wird also – trotz ihres fehlenden Verdauungsapparats – ein sehr autonomes Leben führen können.«

»All ihre inneren Vorgänge werden dann wesentlich *eleganter* ablaufen«, beeilte sich Ted Hawling anzumerken. »Denken Sie nur an das Herz eines Säugetiers. Schön, es hat zwei Kreise, je eine Kammer und eine Vorkammer, mag eine Meisterleistung biologischer Machbarkeit darstellen, aber sehen Sie sich doch einmal ein schlagendes Herz in einem offenen Brustkorb an, wie es sich krampfartig zusammenzieht und wieder erschlafft. Spiegelt sich darin nicht die gesamte Erbärmlichkeit des Menschseins wider? Unsere Einfalt und Begrenztheit?«

»Ted, werden Sie jetzt bloß nicht philosophisch!«, stieß ihn die Molekularbiologin an.

Mied der Strukturist normalerweise solche Überlegungen, oder erheiterte sie einfach nur die Ironie, derartige Worte von einem künstlichen Wesen – einem *Proxybot* – zu vernehmen? Die Journalistin hätte es nicht zu sagen vermocht.

»Nein, im Ernst, Clarice. Solange der menschliche Organismus auf dermaßen primitiven Mechanismen beruht, wird er sich aus seiner biologischen Gefangenschaft niemals befreien können. Es ist geradezu lächerlich, von Unsterblichkeit zu sprechen und dabei mit diesem zuckenden Hohlmuskel in unseren Brustkörben herumzulaufen.«

»Und Miss Hawling?«, brachte sich Helen wieder ein. »Wird *sie* denn mit Unsterblichkeit rechnen können?«

»Lucy wird *viele* Mankos unseres tierischen Erbes hinter sich lassen«, erläuterte der Forscher. »Etwa die Abhängigkeit ihres Kreislaufes von einer einzigen Komponente. Während des Umwandlungsprozesses haben wir ihr Herz durch Abertausende von Nanopumpen ersetzt, die koordiniert zusammenspielen. Eine mehrfach redundante, hocheffiziente Ausführung molekularer Motoren, wenn Sie es komplizierter mögen. Im Grunde gibt es nach der Konvertierung keinen singulären Bestandteil mehr, dessen Versagen das Leben gefährden könnte.«

Auf gewisse Weise war diese Vorstellung schauderhaft für Helen, obwohl sie logisch gesehen nachvollziehbar schien. Einen Körper mit erheblich gesteigerter Lebenserwartung zu konstruieren hieß auch, Abhängigkeiten weitgehend zu eliminieren, damit das Gesetz der Wahrscheinlichkeit zur Anwendung kommen konnte. Je höher die Redundanz, desto geringer die Gefahr kritischer Ausfälle. Verständlicherweise erkaufte man sich solche Sicherheiten durch die Abkehr von anfälligen biologischen Modellen, wodurch man sich unaufhaltsam immer mehr auf Körperlichkeiten zubewegte, die Befremden auslösten. Helen machte sich eine kurze Notiz mit ihrem *Interaktor*, den sie mittlerweile nahezu vollständig über das *Mini-Inducer-Interface* bediente.

»Sie haben mir noch nicht gesagt, was der zweite Schlauch transportiert«, stellte sie dann sachlich fest.

»Ich dachte, das sei evident«, erwiderte Hawling.

»Er pumpt die Nanomaschinen in den Körper?«

»Richtig.«

»Ein Großteil der Flüssigkeit besteht aus *Aurufluid*, einer goldfarbenen Lösung, die im nanokonvertierten Organismus die Rolle des Blutes übernimmt und nebenbei auch der Kühlung dient«, informierte Touchette.

»Wir haben also eine goldblütige Dame vor uns«, murmelte Helen in Anlehnung an die blaublütigen Adelsgeschlechter früherer Zeiten. Sie hielt sich nicht lange mit diesem Gedanken auf, sondern lenkte das Thema geradewegs auf eine andere Beobachtung hin: »Ich bin überrascht, dass die Schläuche trotz ihrer Größe so perfekt am Körper fixiert sind. Man hat beinahe den Eindruck, als seien sie mit ihm *verwachsen*.«

»Ja, das beherrschen wir mittlerweile ganz gut«, antwortete Hawling lächelnd.

»Man nennt diese Technik ›molekulares Andocken‹«, ging die Wissenschaftlerin auf Helens Bemerkung ein. »Im Wesentlichen bilden die Außenelemente des Schlauchs auf Kommando eine starke kovalente Bindung mit Epidermis, Dermis und anderem Körpergewebe, während sich die *Nascrobs* im Inneren systematisch vorwärtsarbeiten, bis eine siebartige Tunnelstruktur zum gewünschten Organ aufgebaut ist. Beide Prozesse gehen Hand in Hand. Durch die *Nascrobs* kann der Schlauch ungestört in den Körper hineinwachsen; die Außenelemente wiederum halten den Zugang unter Verschluss und blocken so beispielsweise pathogene Keime ab. Derartige Verfahren gibt es schon seit Längerem und werden in ganz Annexea angewendet. Es handelt sich um kein Novum der Nanokonvertierung.«

»Bleiben denn Spuren zurück, wenn man später die Schläuche entfernt?«

»Nein. Narben sind heutzutage ohnehin kein Thema mehr, selbst bei größeren Eingriffen nicht. Schlimmstenfalls entstehen bei organischen Menschen Hämatome – also Blutergüsse –, doch die verschwinden in der Regel innerhalb von wenigen Tagen.«

Helen wandte ihren Blick wieder fasziniert auf Lucy Hawling.

»Sagen Sie, Clarice, wie steht es eigentlich mit der N12B-Konzentration in ihrem Kreislauf? Gibt es Hinweise auf …« Der Strukturist und die Molekularbiologin traten ein paar Schritte zurück und sprachen mit gedämpften Stimmen weiter.

»Sie ist wunderschön, nicht?«, flüsterte Miss White, die sich in der Zwischenzeit unbemerkt neben Helen gestellt hatte und ebenfalls gebannt auf die Künstlerin blickte.

»Wie? Ja. Es ist schon erstaunlich: in diesem Zustand scheint Lucy Hawling mit einem biologischen Wesen nicht mehr viel gemein zu haben. Man könnte glauben, sie sei zu einer Statue aus Gold geworden, so ... starr ... wie sie daliegt.«

»Stimmt. Aber sie durchlebt zuweilen auch sehr aktive Phasen. Momentan hat sie sich in eine tiefe Bewusstlosigkeit zurückgezogen. Zum Glück.«

»Daher also die Riemen.«

Die Betreuerin nickte beflissen.

»Sind sie denn wirklich notwendig?«

»Manchmal. Wir wollen damit vermeiden, dass sie sich unabsichtlich verletzt.«

Helen machte ein paar Fotos aus unterschiedlichen Perspektiven und studierte erneut die nahezu perfekten Gesichtszüge der vor ihr liegenden, halbsynthetischen Anthrotopierin. Plötzlich fuhr sie erschrocken hoch. »Sie hat die Augen geöffnet! Sehen Sie das?«

»Ja«, bestätigte die andere, den Anzeigebereich direkt über dem Paraboloid überprüfend. »Miss Hawling ist aber nicht bei Bewusstsein. Man hat uns darüber informiert, dass die LODZOEB heute einige Kalibrierungen vornimmt. Scheint so, als hätte sie eben damit begonnen.«

Mit einem Mal wurde Helen klar, warum Ted Hawling anfangs von den »heiligen Räumen« gesprochen hatte. Sie standen nicht nur vor dem ersten Menschen, in dem eine Nanokonvertierung ablief, sondern auch in unmittelbarer Nähe zur LODZOEB, jener geheimnisumwitterten Überintelligenz, die fern von der Vorstellungskraft eines biologischen Wesens ihren Analysen nachging und diese dann in hochkomplexe und für niemanden aus der ersten Ordnungsebene vollends begreifbare Inhalte umsetzte. Angesichts dieses Gedankens erfasste die Journalistin distanzierte Ehrfurcht, obwohl sie als ein Mitglied des *Natural Way of Life* dem Logikverbund gegenüber erwartungsgemäß starkes Misstrauen empfand. Manche Leute hielten die LODZOEB gar für eine Manifestation des Bösen, insbesondere primitive Bevölkerungsgruppen im Rest der Welt. Zwar hütete sich der *Natural Way of Life* vor einer solchen Dämonisierung, doch schätzte er die Existenz eines Bewusstseins mit derartig gigantischer Kapazität für problematisch ein, solange dessen genaue Motive und Absichten im Dunkeln blieben.

Die Pupillen der Künstlerin wanderten nun mit ruckartigen Bewegungen systematisch in verschiedene Richtungen und kehrten dann in eine neutrale Position zurück. Als sich Helen mit ihrem *Proxybot* langsam über Lucy Hawlings Augen beugte, in der Hoffnung, dort zumindest die Spur menschlichen Erkennens zu gewahren, ein kurzes Aufblitzen von Leben, einen Abdruck davon, was man gemeinhin unter Seele verstand, zuckte sie erneut zusammen: um die verengte Pupille zeigte sich keine in den üblichen Farben gehaltene Iris, sondern ein glasig-goldenes Etwas, durch das sich eine Vielzahl verästelter Sprünge zog wie bei einem zerbrochenen Spiegel.

»Bei den Mächtigen! Was ist denn mit ihren Augen geschehen?!«, rief sie.

2

»Das ist eine Folge der Nanokonvertierung«, beruhigte Nancy White mit einer gespielt harmlosen Erwiderung. In Wirklichkeit konnte sie die Aufregung der Journalistin gut nachvollziehen. Helen Fawkes' Frage ließ sie an eine Begebenheit zurückdenken, die sich erst kürzlich ereignet hatte. Sie war gerade zu ihrem Dienst angetreten, hatte die Anzeigeelemente der wichtigsten Apparaturen studiert, als sie von Aleph über das Holofon ersucht worden war, noch einmal Lucys Riemen zu überprüfen. Man würde in den nächsten Minuten einige heftige Reaktionen erwarten. Damals hatte sie sich nicht viel dabei gedacht, denn mehr oder weniger vehemente Ausbrüche waren mitunter schon früher zu beobachten gewesen. So hatte sie pflichtbewusst die Fixierungen kontrolliert und sich dann in unmittelbarer Nähe zur Virtufaktkünstlerin gestellt, bereit dazu, im Bedarfsfall beruhigend auf sie einzuwirken.

Als es losging, erschrak sie dennoch. Die erste sichtbare Verkrampfung war ungewöhnlich intensiv und wurde von ansteigender Puls- und Atemfrequenz und einem gelegentlich aussetzenden Herzschlag begleitet. Nach relativ kurzer Zeit flaute der Anfall wieder ab, und der Kreislauf beruhigte sich. Darauf folgte eine zweite, längere Attacke. Erneut schnellte Lucy Hawlings Puls in die Höhe, erreichte irgendwann sogar die Grenzfrequenz von einhundertneunzig Schlägen pro Minute, ein geradezu aberwitziger Wert für eine Anthrotopierin in ihrem Alter, die mit zunehmenden Herzrhythmusstörungen kämpfte. Diesmal fiel sie jedoch nicht mehr in einen Zustand der Bewegungslosigkeit zurück, sondern zitterte am ganzen Körper, so, als ob sie an starker Unterkühlung leiden würde. Dabei betrug ihre Temperatur über vierzig Grad!

Ein Blick auf die Anzeige verriet Miss White, dass die Herzfrequenz nun rapide absank, innerhalb kürzester Zeit hundert Schläge pro Minute unterschritt, dann achtzig, fünfundfünfzig und schließlich gar dreißig, bei nach wie vor gelegentlichen Aussetzern, tief genug für das EKG, um sich mit einem akustischen Warnsignal zu melden. Aber noch etwas anderes erregte ihre Aufmerksamkeit: Das Überwachungschart der Nanopumpen zeigte zum ersten Mal einen Wert über der Nulllinie an! Wenn sie den Ausschlag richtig interpretierte, lag er bei fünfundvierzig Millilitern pro Sekunde. Währenddessen wurde Aleph nicht müde zu erwähnen, dass alles nach Plan verlaufe und man das Herz der Künstlerin nun durch einen neuen Kreislaufmechanismus unterstütze. Und das Zittern? Liege im Rahmen und sei auch bei nanokonvertierten Tieren zu beobachten gewesen.

Dann folgte der nächste Anfall, diesmal so stark, dass Nancy befürchtete, ihre Patientin könnte sich an den Riemen verletzen. Sie legte die Hand beruhigend auf Lucys heiße Stirn, damit sie sich in dieser schlimmen Situation nicht ganz allein fühlte, und genau in diesem Moment öffnete die Festgezurrte völlig überraschend ihre Augen. Allerdings erwachte sie dabei nicht aus ihrer

Bewusstlosigkeit, so, wie es früher gelegentlich vorgekommen war, sondern sie starrte nur wie eine Tote in die Ferne. Was für ein schrecklicher Kontrast, fand die von Grauen erfasste Betreuerin, wenn ein so lebloser, abwesender Blick einem tobenden Körper entsprang! Wie bei einer Maschine, an der man die motorische Funktionalität des Rumpfes und der Gliedmaßen testete, deren Steuersystem aber ausgeschaltet war. Eine Folgeerscheinung des Stresses, dem sie zurzeit ausgesetzt sei, bemerkte Aleph.

Indessen erhöhte Lucy Hawling ihre Anstrengungen, zerrte und riss so stark an den Riemen, als ob ihr Leben davon abhinge, warf den Brustkorb hoch, versuchte mit geradezu übermenschlicher Kraft, ihre Beine zu befreien. Das ging vielleicht eine halbe Minute so, bis sie sämtliche Energie aufgebraucht zu haben schien und erschöpft in sich zusammensackte. Genau zu diesem Zeitpunkt gab das EKG einen schrillen Dauerton von sich: der Puls hatte die Nulllinie erreicht! Nancy solle sich keine Sorgen machen, beruhigte der Mediator. Miss Hawling lebe! Man habe nur ihr biologisches Herz zum Stillstand gebracht und seine ursprüngliche Aufgabe einem neuen, zuverlässigeren Mechanismus übertragen. Die Anzeigen würden das bestätigen: Alle Nanopumpen zusammen leisteten jetzt circa einhundertzwanzig Milliliter pro Sekunde. Das sei ein guter Wert.

Nancys Verstand konnte diese Argumentation zwar nachvollziehen, brachte ihre ungeblockte Psyche damit aber nicht zur Ruhe. Sie hörte die Anthrotopierin atmen, also könne sie nicht tot sein, sagte sie sich, ihre Hand von Lucy Hawlings Stirn nehmend. Dabei bemerkte sie zum ersten Mal, dass die Iriden ihrer Patientin zerbrochenen Spiegeln glichen, von deren Zentren sich Hunderte Sprünge nach außen zogen. Selbst dafür hatte Aleph eine Erklärung parat, ein offenbar wissenschaftliches Faktum, aus dem sie nicht schlau wurde und das ihr deshalb schon wenig später wieder aus dem Gedächtnis entschwand. Wahrscheinlich habe sie nie richtig auf das Phänomen geachtet, meinte er, weil die Virtufaktkünstlerin bisher ihre Lider geschlossen gehalten habe. Ja, vielleicht, erwiderte sie. Doch Nancy blieb skeptisch. Sie war sich sicher, vor dem Anfall, als Lucy Hawling das letzte Mal ihr Bewusstsein wiedererlangt und sie angeblickt hatte, noch in makellose, wunderbare Augen gesehen zu haben, in ein Blau, das für die Betreuerin immer den unbändigen Willen einer fest entschlossenen Wegbereiterin repräsentiert hatte und nicht wie jetzt nur einen sprichwörtlichen Scherbenhaufen darstellte. Irgendetwas musste geschehen sein, sagte sie sich, etwas, das intensiv genug gewesen war, um ihre klaren Iriden zu brechen. Daran ließ ihre weibliche Intuition keinen Zweifel. Aber sie entschied, die Vermutung für sich zu behalten.

»Ein vorübergehendes Phänomen, das wahrscheinlich auf osmotische Effekte während des Umwandlungsprozesses zurückzuführen ist«, erklärte Touchette, die nun auf Helen Fawkes' Frage hin an sie herangetreten war und damit die Reflexionen der Betreuerin unterbrach.

Eine ähnliche Erklärung war damals auch von Aleph gekommen, erinnerte sich Nancy.

»Es tritt gelegentlich sogar bei Labortieren auf. Sobald die Nanokonvertierung abgeschlossen ist, normalisieren sich die Iriden wieder.«

3

Helen warf einen Blick auf die Betreuerin und las den Zweifel aus ihren Augen ab. Sie war also nicht allein mit ihrer Skepsis, dachte sie. Den andern schien das Phänomen hingegen keine Sorgen zu bereiten.

»Haben Sie sonst noch Fragen, Miss Fawkes?«, erkundigte sich Ted Hawling.

»Vorläufig nur eine: Werde ich ihr Erwachen filmen dürfen?«

Der Strukturist lächelte dünn. »Nein«, sagte er. »Außer dem medizinischen Team wird nur Fachpersonal zugegen sein, das man über Holofon zuschaltet.«

»Schade!« Die Enttäuschung war vermutlich sogar ihrem *Proxybot* abzulesen.

»Vielleicht machen Sie sich falsche Vorstellungen von diesem

Erwachen, Miss Fawkes«, bemerkte die Molekularbiologin einlenkend. »Lucy Hawling wird bestimmt nicht von einem Moment zum anderen das volle Bewusstsein erlangen. Wir gehen davon aus, dass es eine Phase der psychischen Adaption geben wird, die im Bereich von zwei bis drei Tagen liegt. Erst dann ist ein halbwegs vernünftiger Dialog zu erwarten. Vergessen Sie nicht: Sie wird zwar im selben Körper aufwachen, allerdings eine stark umgestaltete Physiologie vorfinden. Bis sie wieder all ihre somatischen Funktionen vollständig beherrscht, könnten Wochen vergehen!«

»Wow! Ich dachte, das ginge zügiger vonstatten.«

»Die Realität sieht anders aus, aber sobald es möglich ist, wird man Sie zu ihr lassen«, versicherte Hawling. »Und Sie können Mister Buechili – einen ihrer engsten Freunde – und mich begleiten, wenn wir meine Schwester das erste Mal nach der Nanokonvertierung in persona wiedersehen. Damit sollten Sie ausreichend Stoff für Ihre Reportage haben. Genügt Ihnen das?«

Sie nickte. Die allererste Begegnung der Virtufaktkünstlerin mit ihrem näheren Kreis nach der Transformation versprach einiges an emotionaler Würze. Vorausgesetzt natürlich, die drei ACI-geblockten Akteure spielten dabei mit.

47: MIETRA-Analysen

Die Stühle im Missionsraum waren unbequem: hart, starr und ohne Einstellungsmöglichkeiten, wie Konstruktionen aus antiquierten Zeiten. Es wäre ein Leichtes gewesen, komfortable *Relaxiseats* zu installieren, aber die MIETRA vertrat die Meinung, man solle die *Warrior Controllers* ständig an das Faktum erinnern, einer Militäreinheit anzugehören und nicht Teil einer verhätschelten VINET-Gruppe zu sein. Für manche Leute war das ein Indiz dafür, wie wenig die Führung von der erschöpfenden, psychisch anstrengenden und oft auch körperlich zermürbenden Tätigkeit eines auf bis zu fünfzehn Kanälen gleichzeitig operierenden *Controllers* verstand. Während der Gefechte musste das Neurosystem die übermittelten Reize sämtlicher zugeordneter Roboter verarbeiten, ihren Status verfolgen, Angriffe, Gegenangriffe sowie Rückzüge für jeden *Trooper* planen, eventuelle Einsätze von Zusatzwaffen koordinieren und daneben die Gesamtsituation im Auge behalten. Ein untrainierter Soldat, also jemand, der nicht von Kindheit an das strenge, zielgerichtete MIETRA-Training absolviert und seine neuronale Verschaltung optimiert hatte, wäre mit solchen Anforderungen unter keinen Umständen klargekommen. Und selbst von den bestens ausgebildeten *Warrior Controllers* verlangte die virtuelle Einbindung eine Menge ab, sodass eine allgemeine Richtlinie festlegte, niemals länger als hundert Minuten in den *Hyperconnectors* zu bleiben.

Wer je in den fragwürdigen Genuss gekommen war, einen fordernden Kampf mit vollbestückten Slots zu bestreiten und sich danach nur noch mit Mühe ohne fremde Hilfe nach einer festgelegten Abkühlungsphase aus dem *Control*-Raum begeben konnte, der wusste, warum die Empfehlung Sinn ergab. Sogar die vorgeschriebene Maximaldauer von hundert Minuten mochte an manchen Tagen hart an der Grenze sein, wenn die Verfassung einmal unter dem Durchschnitt lag. Erste Anzeichen für einen drohenden *Modus-D*, der beginnenden Desintegration sensorischer und kognitiver Verarbeitung, bestanden in Konzentrationsstörungen, erhöhter Risikobereitschaft, reduziertem taktischem

Abgleich sowie Vernachlässigung strategischer Aspekte. Zudem neigten die *Warrior Controllers* dann zu außergewöhnlich schnellen Slot-Wechseln, eine unbewusste Maßnahme, um den spürbaren Verlust des Überblicks zu kompensieren.

»Ich habe mir Ihre letzten Einsätze angesehen, Sergeant Wiga«, sagte Major Leo Cornwell, Ausbildungsoffizier und Gefechtsanalytiker der Kompanie M12-C. Dass er sie mit Vornamen ansprach, hatte einen einfachen Grund: Soldaten der MIETRA wurden über ihre biologischen Wurzeln bewusst in Unkenntnis gelassen. Genauer gesagt hatte praktisch niemand in der Organisation Zugang zu diesen Daten, weil es keine Notwendigkeit dafür gab. Das *Hypercorps* wurde als ein komplett autarker Kampfverband geführt, ohne Verbindungen zwischen der Außenwelt und den *Controllers*. Für die Angehörigen der MIETRA genügten simple Identifikationen wie Nilda, Anak oder Wiga. Nur Offiziere trugen zusätzlich Familiennamen. Bei ihnen bestand eine erhöhte Wahrscheinlichkeit für kompanieübergreifende Aufgaben, sodass es leichter zu Verwechslungen gekommen wäre. Doch auch sie lebten vollständig von Annexea und dem Rest der Welt abgeschirmt.

Cornwell war ein mittelgroßer unauffälliger Mann von optisch etwa vierzig Jahren, hatte blassgraue Augen und ein rosafarbenes rundliches Gesicht mit enganliegenden kleinen Ohren. Er war nie im aktiven Dienst gewesen, sondern hatte sich seit Beginn seiner Karriere damit beschäftigt, Kampfhandlungen zwischen den eigenen Leuten und Gegnern des Korps unter die Lupe zu nehmen, das Verhaltensmuster herausragender feindlicher Charaktere zu studieren und eine Einschätzung ihrer Stärken und Schwächen abzugeben. Seine Erkenntnisse flossen gleich zweifach ein. Zum einen gestaltete er das Unterrichts- und Trainingsprogramm der MIETRA für *Warrior Controllers* mit. Dies umfasste den kampfspezifischen Teil der Grundausbildung jener, die im Rahmen ihrer täglichen Übungssitzungen überdurchschnittlich hohe sensorische und motorische Fähigkeiten herangebildet hatten (im Vergleich zu herkömmlichen Menschen), sowie die Weiterentwicklung taktischer und strategischer Kompetenzen aktiver Soldaten.

Zum anderen beteiligte er sich am *Enemy Assessment Program*, das der Pflege einer Datenbank mit Tausenden von Vorgangsweisen und Charakteristika feindlicher Kräfte diente. Sie erwies den *Warrior Controllers* unverzichtbare Dienste, wenn es etwa darum ging, die Entwicklung gegnerischer Techniken zu verfolgen und eigene Kampfmethoden zu optimieren. Zudem fand sie in permanent verfeinerten Ausbildungsprogrammen für alle in der MIETRA operierenden Soldaten Berücksichtigung. Und schließlich wurde die Kollektion auch als Informationsquelle für automatische taktische Empfehlungen während eines Einsatzes herangezogen.

»Um es kurz zu machen: Sie zeigen hervorragende Leistungen! Die Zahlen sprechen für sich: gerade einmal neun Totalverluste in den letzten beiden Wochen. Das macht Ihnen so schnell niemand nach.«

»Danke, Major.«

»Natürlich schmerzt es uns, wenn wir *Troopers* einbüßen, weil dadurch potenziell mehr Verbündete und Zivilisten ums Leben kommen.«

Solche Ausfälle belasteten Cornwell gleich in zweierlei Hinsicht, wie Wiga wusste. Sie reduzierten die Effizienzbewertung der ihm zugeordneten *Warrior Controllers* und sie trieben die Kollateralschäden in die Höhe.

»Deshalb bin ich sämtliche Daten noch mal durchgegangen. In acht Fällen hatten Sie keine Chance.« Er wischte über das vor ihm platzierte Panel und berührte dann verschiedene Zonen, um eine vorbereitete Studie abzurufen. Kurz darauf blendete sich eine dreidimensionale topologische Übersichtskarte in den *V-Space* ein, die alle beteiligten Roboter darstellte und sie farblich zuordnete. »Aber *eine* Attacke hätte man abwehren können, und zwar bei Ihrem Einsatz in der Nähe von ED-38, als vier unserer *Platoons* eine *Force*-Basis aushoben. Vor drei Tagen.«

»Ich erinnere mich.«

»Gut«, sagte er, »Erinnern Sie sich auch an Ihre Verluste?«

»Ja. Zwei *Field-Troopers*. Ziemlich knapp hintereinander.«

»Bedauerlich, nicht?«

»Ich hätte beide Ausfälle verhindern können, wenn ich mehr

auf die Umgebung geachtet hätte, statt zu viel Zeit in taktisches Vorgehen zu investieren.«

»Nun, das ist schwer zu sagen, Sergeant. Immerhin führte Ihre Methode letztlich zu einem geschickten Manöver. Ich glaube, keiner Ihrer Kameraden hat zu diesem Zeitpunkt die Eventualität in Betracht gezogen, dass die Minen nur mit simplen Annäherungsdetektoren ausgestattet sein könnten und man für die eigenen Leute innerhalb der *Force* eine Route freigelassen hatte. Das gab Ihnen die Chance, die westliche, nahezu unbesetzte Flanke des Lagers einzunehmen.«

»Ich habe die *Force*-Leute beobachtet und nach möglichen Kommunikationssignalen gescannt.«

»Und da es keine gab, gingen Sie davon aus, dass wir es mit Minen ohne ferngesteuerte Entschärfungsmechanismen zu tun hatten.«

»In meiner Situation wäre jeder zu diesem Schluss gekommen, Major.«

»Vielleicht. Vielleicht auch nicht. Aber lassen Sie uns das Augenmerk auf Ihre Verluste legen.«

Cornwell zoomte näher in die Karte hinein. Jemand aus Anthrotopia hätte wahrscheinlich den Kopf geschüttelt, wenn er die beiden auf ihren altertümlichen Sesseln gesehen hätte, wie sie vor der hochmodernen *V-Space*-Einheit saßen und Gefechtsaktionen von Maschinen besprachen, deren Technologie alles hinter sich ließ, was im Rest der Welt an militärischer Raffinesse geboten wurde. Bei der MIETRA fiel das niemandem mehr auf. Die meisten von ihnen hatten nichts anderes kennengelernt. »In dieser Darstellung sind die Gegner wie üblich rot eingefärbt, unsere Kämpfer blau. Wir wollen uns auf die beiden hellblauen *Troopers* konzentrieren.«

»Das sind diejenigen, die unter meiner Kontrolle verloren gingen …«

»Richtig. Beginnen wir mit der Animation.«

Nun setzte sich das Szenario in zeitlupenartige Bewegung. Einige der Figürchen wanderten in benachbarte Abschnitte, andere attackierten die Gegenseite von jenem Ort aus, an dem sie gerade standen. An manchen Positionen verwandelten sich feindliche Krieger in weiße Symbole, und daneben erschienen kleine Beschriftungen mit Zeitangaben und *Controller*-Codes. Für Wiga war dieses Schneckentempo geradezu unerträglich. Es bereitete ihr ernsthafte Schwierigkeiten, sich auf die Abläufe zu konzentrieren. Mehrmals ertappte sie sich dabei, wie ihre Gedanken abschweiften.

»Da haben Sie einen großartigen Treffer gelandet«, lobte sie der Major und gewann damit ihre Aufmerksamkeit zurück. »Drei Fliegen auf einen Schlag!«

»Sie standen direkt nebeneinander. So dumm stellen sich *Force*-Leute nur selten an!«

»Passen Sie jetzt auf, das hier ist der entscheidende Moment!« Er pausierte das Geschehen. Es schien, als ob Cornwell alle Zeit der Welt hätte, wenn er in seinem Kämmerchen die Züge seiner Soldaten analysierte. »Wir sehen den ersten Ihrer beiden Verluste«, sagte er, mit dem Finger an eine bestimmte Position im *V-Space* zeigend. »Beachten Sie, wie sich der *Trooper* kurz aus der Deckung begibt, um einen nahenden feindlichen Trupp ins Visier zu nehmen.«

Wiga bemühte sich, die Anspannung zu unterdrücken. »Ich weiß, ich weiß. Die *Nanodriller*-Granate auf sechs Uhr. Sie hat den *Trooper* außer Gefecht gesetzt.«

»So etwas kann passieren, Sergeant. Es befanden sich mehrere Gegner vor und hinter Ihnen. Lassen wir die Animation weiterlaufen.«

Der *V-Space*-Bereich wurde wieder lebendig und circa dreißig Zeitlupensekunden später hielt Major Cornwell das Bild erneut an. »Das hier allerdings«, diesmal zeigte er auf den anderen hellblau eingefärbten *Trooper*, »hätte vermieden werden können.« Er schwieg eine Weile, studierte ihre Miene. »Wir wissen beide, warum das geschah«, meinte er schließlich.

Wiga nickte. Wenn sie schnell genug gehandelt hätte, wären dieser Roboter und wahrscheinlich auch die Zivilisten hinter ihm tatsächlich zu retten gewesen. Sie erinnerte sich, dass sie dem Verlust dieselbe Ursache wie im ersten Fall zugeordnet hatte: unterdurchschnittliche Reaktionszeit. Das war jedoch nur die halbe Wahrheit.

»Wie nennt man diesen Fehler in der Grundausbildung, Sergeant?«, sprach er sie im autoritären Tonfall an.

Ein paar Sekunden lang überlegte Wiga, warum ihr dieses Faktum nicht selbst aufgefallen war. Dann antwortete sie: »Den überheblichen Perfektionismus des Marionettenspielers.«

Nach der Analyse mit Cornwell gab es für sie keinen Zweifel mehr darüber, wie es zu dem zweiten Treffer gekommen war. Sie nahm ihm die Zurechtweisung daher nicht übel.

»Überheblich weshalb?«

»Weil wir uns anmaßen, die eigenen Interessen auf Kosten der uns anvertrauten Maschinen zu verfolgen«, leierte sie schnell das Sprüchlein herunter, das man ihr im Rahmen ihrer Ausbildung eingebläut hatte.

»Warum Marionettenspieler?«

»Sobald wir damit beginnen, *Troopers* nur noch als Marionetten zu betrachten, steigert sich unsere Bereitschaft, sie im Kampf zu opfern. Aber wir übersehen dabei die personellen Verluste, die sich daraus ergeben können. Diese sind unersetzbar.«

»Und warum Perfektionismus?«

»Ein Perfektionist analysiert die eigenen Fehler während einer laufenden Kampfhandlung. Nichts könnte für das Gefecht kontraproduktiver sein.«

»Schön, dass Ihnen unsere Regeln in Erinnerung geblieben sind, Sergeant. Was mir allerdings viel wichtiger ist: Halten Sie sich daran und verschieben Sie die Fehleranalyse auf später! Sie sehen ja selbst: Wenn Sie nicht Ihre Zeit damit verplempert hätten, für eine kleine Ewigkeit von fünf Sekunden die genaue Ursache Ihres ersten Verlustes zu eruieren, dann wäre der zweite gar nicht eingetreten! Das hat mit taktischen Überlegungen, wie Sie sie eben noch genannt haben, nur wenig zu tun. Und die beiden Zivilisten hinter Ihnen hätten den Kampf höchstwahrscheinlich überlebt!«

»Ich muss Ihnen beipflichten, Major.«

Zugegebenermaßen hatte Cornwells Vorgehensweise etwas

für sich, ganz gleich, was sie von der zeitlupenartigen Simulation hielt.

»Gut! Wir wollen es damit belassen, Sergeant. Ich gehe davon aus, dass Sie beim nächsten Mal vorsichtiger sein werden.«

»Jawohl, Sir.«

Der Ausbildungsoffizier seufzte. Wiga konnte sich gut vorstellen, dass es nicht immer leicht war, jeden Schritt eines Gefechts bis ins Detail analysieren und dabei die kleinsten Fehler der *Warrior Controllers* auf die Waagschale legen zu müssen, besonders bei den kampferfahrensten Soldaten. Aber seine Auswertungen dienten nicht nur der Verbesserung von Taktiken und der Vermeiden von Verlusten, sondern auch der MIETRA-globalen Abschätzung gegnerischer Kompetenzen, beispielsweise, ob auf Unachtsamkeiten reagiert worden war und wie stark man sich diese auf feindlicher Seite zu Nutzen gemacht hatte. Außerdem besprach Cornwell vermutlich nur die gröbsten Mängel mit den *Controllers*, denn bei all seinem Enthusiasmus war er sich bestimmt bewusst, dass er es mit biologischen Wesen zu tun hatte, die nur allzu oft bis an die Grenzen ihrer Fähigkeiten gehen mussten und die – wie es für Menschen charakteristisch ist – hin und wieder Fehler machten.

Er tippte auf das Panel und brachte die *V-Space*-Darstellung damit zum Verschwinden. »Wie gesagt, Sergeant, ich betrachte das als eine unrühmliche Ausnahme Ihrer ansonsten brillanten Kampftechnik. In allen anderen Fällen haben Sie exzellente Reflexe gezeigt, eine gute Abschätzung der Gesamtsituation und taktisch kluges Vorgehen. Ich würde Sie zu den Besten Ihrer Gruppe zählen.«

»Danke, Major.«

»Übrigens konnten Sie sich im Vergleich zum Vorjahr sogar noch steigern, obwohl Sie mit sechsundzwanzig Jahren nicht mehr zu den Jüngsten für solche Einsätze gehören. Sieht fast so aus, als ob die ständigen Verfeinerungen unseres Trainingsprogramms bei Ihnen anschlagen würden ...«

Wie die anderen Offiziere des *Hypercorps* wusste er zweifellos nur allzu gut, dass die Fähigkeiten der *Controllers*, parallele Sinneseindrücke in atemberaubend schneller Weise neuronal zu verarbeiten, selbst während der kampffreien Zeit ihren Tribut forderten, weil sich das Hirn irgendwann an das hohe Verarbeitungstempo, mit denen die Soldaten die *Hypertroopers* steuerten, gewöhnte. Deshalb zeigten viele auch eine geradezu pathologische Form von Anspannung, wenn Konzentration und Aufmerksamkeit außerhalb eines virtuellen Gefechts erwartet wurden, eine Unsitte, die sich des Öfteren bei der retrospektiven Analyse von Kampfhandlungen offenbarte und bei Wiga ebenfalls zu beobachten war. Die MIETRA kannte diese Problematik natürlich und versuchte, ihr durch gezielte Trainingsprogramme entgegenzuwirken; leider nur mit mäßigem Erfolg. Daneben ergriff sie Maßnahmen, um die unweigerliche Verlangsamung der Reaktionszeiten, die sich aus dem biologischen Alterungsprozess ergaben, hinauszuzögern, ohne die Persönlichkeit und die seelische Integrität der *Controllers* zu gefährden.

»In Ihrer Gruppe gibt es einige Soldaten desselben Jahrgangs, die – so wie Sie – ihr Leistungsmaximum noch nicht erreicht haben. Ich könnte mir durchaus vorstellen, dass man früher oder später eine generelle Anhebung des theoretischen Höchstalters bei *Warrior Controllers* in Betracht ziehen wird. Das wäre doch auch in Ihrem Sinn.«

»Sie meinen, von siebenundzwanzig auf …«

Sie ließ Cornwell den Satz ergänzen. »… zweiunddreißig. Das würde mir plausibel erscheinen.«

»Glauben Sie denn, unsere Reaktionsgeschwindigkeit bleibt so lange intakt?«

Der Major zuckte mit den Schultern. »Wer könnte das sagen? Bereits die älteren Jahrgänge – die vielleicht vier Slots gleichzeitig schafften – waren für uns medizinische Phänomene, Sergeant. Wir wissen zwar schon seit geraumer Zeit, dass unser Gehirn erstaunliche Fertigkeiten ausbildet, wenn es früh genug trainiert wird, aber die Verarbeitungsgeschwindigkeit eines typischen *Warrior Controllers* von heute hätte wohl niemand für möglich gehalten.«

»Sie hat natürlich ihren Preis: Verzicht auf den *BioBounds-Extender*.«

»Wo liegt das Problem? Dann lassen Sie ihn eben ein wenig

später einsetzen. Sehen Sie mich an. Mir wurde der *Extender* erst mit Vierzig implantiert. Ist mir dadurch ein Nachteil erwachsen? Nein. Im Gegenteil, ein sichtbarer Reifeunterschied kann manchmal ganz förderlich sein.«

Wiga überlegte, wie Cornwell auf sie wirken mochte, wenn er sie in der Erscheinungsform eines Adoleszenten auf die Fehler ihrer letzten Missionen hinweisen würde, und sie musste ihm wohl oder übel recht geben: Als nicht ACI-geblockte Soldatin hätte sie ihm gegenüber vermutlich nur einen Bruchteil der Akzeptanz aufgebracht, die sich durch die Altersdifferenz einstellte.

»Was würden Sie davon halten, bis zweiunddreißig im aktiven Dienst zu bleiben, Sergeant? In Ihrer jetzigen Funktion?«

Sie sah ihn irritiert an. »Ist das eine offizielle Frage?«

»Wirklich offiziell wäre sie, wenn Bas Veskos sie stellte.«

Veskos war Kommandant jener Einheit, zu der auch Wigas und Cornwells Kompanie M12-C gehörte.

»Ich würde das erst einmal als semioffizielle Anfrage betrachten, Sergeant. Und sie sollte vorläufig unter uns bleiben.«

»Verstehe, Sir.« Angenommen, sie nahm den Vorschlag an, grübelte sie. Wäre sie dann eine unter vielen? Oder wollte man sie zu einem Versuchskaninchen der MIETRA machen, um eine grundsätzliche Machbarkeitsstudie durchzuführen? »Darf ich aufrichtig sprechen?«

»Ich bitte darum.«

»Eine Anhebung käme für mich nur infrage, wenn ich auch einige meiner engsten Kameraden dafür gewinnen könnte. Ein Leben als Einzelkämpferin wäre für mich nicht erstrebenswert.«

Er seufzte. »Sie sind in Kürze fällig, Sergeant! Ist Ihnen das nicht bewusst?«

»Doch, Sir. Aber ich kenne nur Leute in meinem Alter! Die würden alle vor mir ausgelistet werden, und ich stünde dann völlig isoliert da.«

Cornwell schien eine passende Antwort auf den Lippen zu haben, beherrschte sich allerdings. Die MIETRA sprach nur äußerst selten über den Vorgang des Auslistens. »Ich habe schon befürchtet, dass Sie so reagieren könnten, Sergeant. Leider beharrt der

Kommandant darauf, das Experiment auf nur wenige Teilnehmer zu beschränken, weil unser jetziger Wissensstand nicht ausreicht, um die genauen Folgen abzuschätzen.«

»Sie meinen, falls die Reaktionsgeschwindigkeit stärker nachlassen würde als erwartet, bliebe der Schaden im Rahmen …?«

»Ein Verfall der Reaktionsgeschwindigkeit wäre *eine* Möglichkeit. Es könnten sich auch psychische Blockaden aufbauen oder vielleicht sogar Depressionen und Desorientierung. Wir wissen es nicht. Deshalb sollten wir es langsam angehen.«

»Schon klar. Nur: Wie wollen Sie mit einer einzigen Versuchsperson einen statistischen Aussagegehalt erreichen, Major?«

»Wer sagt, dass es nur eine Person geben wird? Natürlich beteiligen sich mehrere Kompanien daran! Und sobald alle Daten ausgewertet sind, gibt es genug statistisches Material.«

Sie mochte den Gedanken, dass man den Soldaten die Möglichkeit bieten wollte, den aktiven Dienst zu verlängern. Einige der altersbedingt ausgeschiedenen *Warrior Controllers*, die sie gekannt hatte, waren hervorragende Kämpfer gewesen, die bestimmt im Team geblieben wären, wenn man sie nicht zu ihrem Abgang gezwungen hätte. Damals war die MIETRA allerdings noch der Ansicht gewesen, man würde innerhalb von zwei Jahren mit einem dramatischen Leistungsabfall rechnen müssen, und dieses Risiko hatte man nicht eingehen wollen.

»Ich finde es gut, dass man endlich über diese Option nachdenkt, Sir. In der Vergangenheit wurden viel zu viele erfahrene Leute wegen dieser Altersgrenze aus dem aktiven Dienst entlassen – und die meisten von ihnen waren mit sechsundzwanzig kampftechnisch auf höchstem Niveau.«

»Das ist einer der Gründe, weshalb wir dieses Pilotprogramm starten werden.« Er sah sie eindringlich an. »Ich hätte Sie wirklich gern dabeigehabt, Wiga. Bei Ihren Erfolgsraten! Wollen Sie nicht noch einmal darüber nachdenken?«

Sie schüttelte den Kopf. »Für mich gibt es nicht viel nachzudenken. Ein Solokämpferdasein bis zweiunddreißig wäre praktisch genauso schlimm, wie vorzeitig auszusteigen.«

»Sie würden neue Kameraden finden.«

»Bei allem Respekt, Sir, aber ich glaube nicht, dass Sie das beurteilen können. Kameraden sind nicht gleich Kameraden. Wirklich gute Freundschaften entwickeln sich nur selten und brauchen Jahre, bis sie sich voll ausbilden.«

»Können Sie mir wenigstens jemanden in Ihrer Gruppe empfehlen?«

Sie zuckte mit den Schultern. »Es ist schwer zu sagen, wer an einer Verlängerung seiner Dienstzeit Interesse hätte.«

»Haben Sie nicht mittlerweile ein Gespür für die charakterlichen Eigenschaften Ihrer Kameraden entwickelt, nach so vielen Jahren?«

Wenn er auf die außerdienstlichen Einstellungen und Gewohnheiten der Leute anspielte, dann mochte er recht haben, ging es ihr durch den Kopf. »Bei einigen schon. Lassen Sie es mich versuchen. Es scheint mir, dass Sie nach zwei speziellen Charaktertypen Ausschau halten, Major: Einzelgänger, die in Kürze ihre Altersgrenze erreichen – das sind wahrscheinlich die verbissenen Kämpfer – und bejahrte Teamspieler mit einem Freundeskreis, der sich hauptsächlich auf jüngere Jahrgänge beschränkt.«

Sein Gesichtsausdruck ließ erahnen, dass er konkrete Beispiele erwartete.

»Mit beiden Gruppierungen habe ich nicht viel am Hut«, bekannte sie, um seine Erwartungen abzuschwächen. »Zu den fähigeren Einzelkämpfern gehören meiner Meinung nach Gaard und Ula aus unserer Kompanie. Sie könnten sich eventuell für Ihr Angebot interessieren. In die andere Gruppe fällt mit Sicherheit Pelle. Ich sehe ihn immer wieder mit jüngeren Kameraden zusammen.«

»Gaard hat gerade mal sechshundertzwanzig *Mission Stars*. Damit liegt er ein beträchtliches Stück hinter Ihnen.«

»Mag sein, aber ihn und mich trennen oft nur wenige Punkte. Er ist eindeutig der bessere Kämpfer; bloß taktisch hinkt er etwas nach.«

Cornwell nickte bedächtig. »Gut. Ich werden mir Ihre Empfehlungen durch den Kopf gehen lassen, Sergeant!«, sagte er in militärischem Tonfall. Anschließend richtete er sich auf und signalisierte damit das Ende ihrer Besprechung. »Beim nächsten Mal erwarte ich, Ihnen zu einem *Silver Jack* gratulieren zu können!«, appellierte er an sie, nachdem sie sich ebenfalls erhoben hatte.

Auf dieses Abzeichen wartete Wiga jetzt schon eine ganze Weile. Ihr fehlten nur noch wenige *Mission Stars*, bis sie es erhalten würde. »Ich werde mein Bestes geben, Sir!«

»Davon gehe ich aus!«

48: Dämmerzustand

Einen Tag nach Helen Fawkes' Besuch im *Medical Research Center* begannen die Bemühungen des medizinischen Teams, die zu etwa achtzig Prozent konvertierte Lucy Hawling aus dem künstlichen Tiefschlaf zu erwecken. Das Vorhaben scheiterte. Damit trat etwas ein, das die LODZOEB bereits zu Beginn als mögliche Komplikation vorhergesagt hatte: Falls nämlich die veränderte Physiologie so stark von den biologischen Verhältnissen abweichen würde, dass sie der Ausbildung eines Bewusstseins in der adaptierten Neurostruktur im Wege stünde, dann, so hatte die zweite Ordnungsebene prognostiziert, könne die Virtufaktkünstlerin in einem Wachkomazustand hängen bleiben, wäre also weder ansprechbar noch über äußere Reize zu erreichen. Und dieser Symptomatik sah man sich nun gegenüber. Ein Großteil der Körperfunktionen arbeitete einwandfrei, einschließlich der Energieumsetzung, der neuen Stoffwechselvorgänge und des *Aurufluid*-Pumpsystems. Nur die kognitiven Areale zeigten ein unkoordiniertes Aktivitätenmuster.

Obwohl – angesichts der seit Konvertierungsbeginn bekannten Risiken – niemand allzu überrascht darüber sein konnte, war der Rückschlag doch enttäuschend für das *Telos*-Team, denn insgeheim hatte man gehofft, dass die vielen vorangegangenen Transformationen an Tieren einen lückenloseren Übergang vom biologischen zum synthetischen Körper ermöglichen würden, insbesondere, da dies in den letzten Versuchsreihen mit Menschenaffen gut gelungen war. Die Sache hatte zumindest eine positive Seite: Man wusste, wo genau die Probleme lagen, nämlich bei den Verschiebungen in neuronalen Schwellenwerten und bei den veränderten Inhibitorwirkungen. Dadurch steigerten sich die Chancen, dass man sie in den Griff bekommen würde.

Auch Buechili war davon in Kenntnis gesetzt worden. Gleichzeitig hatte man ihm gegenüber die Empfehlung ausgesprochen, Lucy erst dann zu besuchen, wenn das Neurogefüge und seine Verschaltung vollständig wiederhergestellt wären. Doch der Ultraist wollte sie in der schweren Situation nicht allein lassen. Zwar schloss er aus, dass sie Angst oder Panik fühlte – denn derartige Empfindungen würde man vermutlich aufspüren und kompensieren –, dafür war aber mit Irritation und Verwirrung zu rechnen. So nahm er jedenfalls an.

Als er schließlich in Gestalt eines *Proxybots* in Lucys Zimmer auftauchte, um sich selbst von ihrem Zustand zu überzeugen, begann er zu begreifen, warum die Empfehlung des medizinischen Teams Sinn ergeben hatte. Er fand die wie in matter Goldpatina getauchte Virtufaktkünstlerin in regloser Pose vor, an Schläuche und Kabel angeschlossen, den Kopf ein wenig zur Seite geneigt, ihre trockenen rissigen Lippen geöffnet. Sein Erscheinen löste nicht die geringste Reaktion bei ihr aus; sie schien im Halbschlaf vor sich hinzudösen und die Umwelt dabei vollständig auszuklammern. Hin und wieder rollte sie die goldgelben Augen langsam von einer Richtung in die andere, lugte durch die Lider, ohne ihren Blick zu fokussieren.

Er stellte sich neben sie, berührte mit der Hand des *Proxybots* sanft ihren linken Arm, fragte sie leise, ob sie ihn hören könne und ob es ihr an etwas fehle. Keine Resonanz. Miss Mendes, eine der diensthabenden Betreuerinnen, erklärte ihm, dass sich Lucy nach wie vor in ihrer eigenen Welt befände und vollkommen teilnahmslos gegenüber äußeren Reizen sei. Doch das würde den Großteil des medizinischen Personals nicht davon abhalten, trotzdem mit ihr zu sprechen. Buechili lächelte. Er solle es ruhig auch versuchen, ermutigte sie ihn. Vielleicht gelinge es ja einem engen Freund, zu ihr durchzudringen.

Der Ultraist gab sich einen Ruck und setzte sich in den von der Betreuerin bereitgestellten Stuhl, um mit flüsternder Stimme über einige lapidare Neuigkeiten zu berichten, so, als ob es keinerlei Zweifel daran gäbe, dass Lucy seinen Worten folgen könne. Wie sich das vor Ort anhörte und ob der *Proxybot* ein halbwegs brauchbarer Ersatz für Buechilis biologische Körperlichkeit war, konnte er vom VINET aus nicht feststellen. Aber aus Miss Mendes' Verhalten folgerte er, dass Erscheinungsform und Auftreten wohl akzeptabel sein mussten, denn diese begab sich dezent abseits und studierte dort mit neutraler Miene die Anzeigen.

Während seines Monologs blieb Lucy regungslos liegen, bewegte nur hie und da ihre Augen in willkürliche Richtungen, wie sie es auch schon zuvor getan hatte. Es schien offensichtlich, dass sie Buechili nicht wahrnahm. Er schwieg eine Weile, bemühte sich, seine Enttäuschung zu verbergen, ergriff dann ihre Hand und strich mit dem künstlichen Daumen sanft darüber.

Ein paar Minuten später erhob er sich wieder, den Griff langsam von ihr lösend. Doch plötzlich hielt er inne. Täuschte er sich, oder war da ein leichtes Zucken auf Lucys Lippen gewesen, ein erster mühevoller Versuch, mit ihm in Kontakt zu treten? Er spähte fragend zu Miss Mendes, die sich nach wie vor den Anzeigen widmete, schüttelte den Kopf. Möglicherweise hatte er nur etwas gesehen, das der eigenen Wunschvorstellung entsprungen war. Aber sein Verstand weigerte sich, eine solch simple Erklärung zu akzeptieren, und so wandte sich Buechili erneut der goldglänzenden Anthrotopierin zu, studierte intensiv ihre Gesichtszüge, in der Hoffnung, dieselbe Reaktion ein weiteres Mal zu beobachten. Vergebens! Vielleicht doch nur eine Einbildung? Nach allem, was er von Clarice Touchette gehört hatte, bildete Lucys Neurostruktur aufgrund der veränderten Gegebenheiten zurzeit noch keine vollständige kognitive Einheit aus, zumindest hielt sie den Zustand nicht lange genug aufrecht, um ein permanentes Bewusstsein entstehen zu lassen. Somit musste das Zucken unwillkürlicher Natur gewesen sein. Ja, das war die einzige Erklärung, die seine Ratio in diesem Moment akzeptierte.

Wie schon des Öfteren in den letzten Tagen fühlte er eine merkwürdige Ambivalenz in seinem Inneren aufsteigen, etwas, das er durch den Blocker früher nie erlebt hatte. Aus irgendeinem Grund brachte er die Unsicherheit mit dem seltsamen Anfall in der Getränkebar und dem *Reflections*-Ereignis in Verbindung. Seit damals schien er psychisch geringfügig aus dem Gleichgewicht zu laufen, allerdings nur in einem Maß, das während der *Medical Center*-Untersuchung nach dem Trauma nicht aufgefallen war. Der Konflikt bestand in folgendem Zwiespalt: Einerseits wäre es ihm lieber gewesen, wenn sich Lucys Geist langsam von seiner materiellen Komponente gelöst hätte, damit er eine neue, angemessenere Zuordnung erfahre. Auf der anderen Seite hoffte ein kleiner, zurückgezogener Teil seiner Persönlichkeit aber insgeheim darauf, sie würde aus ihrem apathischen Zustand erwachen und jenes Leben fortsetzen, das durch die Transformation unterbrochen worden war. Natürlich entlarvte er diese Stimme sogleich als eigennützig und albern, als einen Seelenrest, der es irgendwie schaffte, hin und wieder durch die konfliktlösenden Mechanismen seiner Psychodämpfung zu schlüpfen. Trotzdem war sie da und beschäftigte ihn. Sie hatte sich seit seinem Gespräch mit Esther Diederich auf der Nocturnus-Höhe sogar noch verstärkt.

Vermutlich würde sich schon bald zeigen, wie es tatsächlich um Lucy bestellt war. Wenn es für einen Ultraisten etwas Schlimmeres gab, als auf unbegrenzte Zeit an einen irdischen Körper gebunden zu sein, dann wohl, ein Dasein in einem permanenten Dämmerzustand fristen zu müssen, so, wie die Virtufaktkünstlerin ihn momentan zu durchleben schien. Buechili hoffte von ganzem Herzen, dass ihr ein solches Schicksal erspart blieb. Es wäre auch ein denkbar unwürdiger Abschluss für eine Persönlichkeit gewesen, die ihr Leben lang den Stillstand und die Einengung gehasst und in der Nanokonvertierung die einzige Möglichkeit für die Fortführung ihres unkonventionellen Künstlerdaseins gesehen hatte. So etwas durfte einfach nicht geschehen.

49: Ergebnisse einer isolierten Forschung

1

Molora Fabra war eine schlanke Frau mit großen braunen Augen und einem gewinnenden Lächeln. Nach ihrem Aussehen zu urteilen, hätte man sie auf circa dreißig geschätzt, und wie immer bei *Extender*-Trägerinnen trog der Schein.

An das Phänomen waren die Bürger von Anthrotopia längst gewöhnt. Für sie spielten optische Eindrücke eine wesentlich unbedeutendere Rolle als etwa verhaltensspezifische Charakteristika. Aber in Moloras Fall versagte selbst diese Strategie, denn anders als ihre Kolleginnen trug sie die jugendliche Frische nicht wie eine Fassade zur Schau, sondern vermittelte insgesamt die authentische Ausstrahlung einer blühenden, wissbegierigen Forscherin, die bisher nur wenig mit den Enttäuschungen des Lebens konfrontiert worden war. Vielleicht ergab sich diese Wahrnehmung aus der toleranten Art, mit der sie ihren Mitmenschen begegnete, wodurch es ihr meistens relativ rasch gelang, sich ein gutes Bild von deren Kompetenz und Ansichten zu machen. Dazu gehörte auch ein unbewusstes Verständnis für körpersprachliche Signale und das seltene Talent, auf ihre Gesprächspartner individuell einzugehen. Wenn die Leute dann erfuhren, dass Molora bereits das fünfundfünfzigste Lebensjahr hinter sich gelassen hatte, staunten sie. Ihr dynamisches Auftreten und ihre unbeschwerte Persönlichkeit suggerierten etwas gänzlich anderes.

Diesmal hatte Ted Hawling sie mit einem besonderen Auftrag betraut: Er benötigte für den anthrotopischen Rat eine unabhängige Expertise über das immer noch zu nebulöse Inselprojekt des Gastprofessors Piet van Dendraak, den man erst kürzlich – gemeinsam mit seinem Assistenten – den Fängen der *Force* entrissen hatte, damit beurteilt werden konnte, ob es mehr als nur das Hirngespinst eines Exzentrikers war. Die Wahl für diese Aufgabe fiel nicht zufällig auf Molora Fabra. Abgesehen davon, dass sie zu den naturwissenschaftlichen Allroundkräften gehörte, die ihre

Nase schon in die unterschiedlichsten Fachrichtungen gesteckt hatte und somit eine breite Palette an Themenbereichen überblickte, stand sie der Erforschung neuer Zusammenhänge und Domänen wesentlich unbefangener als andere gegenüber, eine Eigenschaft, die sie bereits des Öfteren in die exponierte Position einer offiziellen Gutachterin gebracht hatte. Zudem kannte und respektierte man ihr umgängliches Wesen. Hawling hatte daher schnell erfasst: Wenn jemand mit dem kauzigen Akademiker klarkam, dann am ehesten Molora. Und diese nahm den Auftrag auch gern an.

»Bevor wir beginnen, sollten Sie vielleicht wissen, dass ich mich mit Ihrem Projekt noch nicht eingehend auseinandergesetzt habe«, warnte sie van Dendraak vor, »und zwar bewusst nicht. Ich bin hier, um mir eine Meinung zu bilden – aus erster Hand.«

Sie saßen in jenem moderat eingerichteten Büro, das man ihm für die Dauer seines Aufenthalts in einem isolierten Sektor des *Advateres*-Komplexes (*Advanced Technological Research*) zugewiesen hatte. Mit dieser Geste wollte der Rat wohl andeuten, dass man die Erkenntnisse des externen Kollegen keinesfalls geringschätzte, sondern darin einen potenziellen Beitrag am Forschungsgeschehen von Anthrotopia sah. In dem riesigen mehrstöckigen Gebäude arbeiteten Wissenschaftler unterschiedlichster Spezialisierungen, darunter auch Ted Hawling mit seinen Leuten sowie medizinische Fachgruppen, die zu Matt Lexem gehörten. Aus offensichtlichen Gründen blieb dem Professor der Zugang zum *Rhenium*-Trakt allerdings vorläufig verwehrt.

Er nickte unwillig. Es missfiel ihm vermutlich, mit seiner Geschichte immer wieder von vorn anfangen und sein Niveau dabei jedes Mal tiefer und tiefer legen zu müssen. Bestimmt fragte er sich längst, ob es nicht ein Fehler gewesen war, sich auf eine Zusammenarbeit mit Anthrotopia einzulassen.

»Keine Sorge«, beruhigte Molora. »Ich habe mich schon mit vielen wissenschaftlichen Kerngebieten beschäftigt; sie müssen ihre Ausführungen nicht unnötig simplifizieren.« An den Anblick ihres Gegenübers ohne Stirnreif musste sie sich erst gewöhnen. Dieses Utensil gehörte zum täglichen Bild der Großen Stadt und wurde selbst von freien Ultraisten benutzt, obwohl sie körperliche Verflechtungen mit technischen Systemen sonst eher mieden. Außerdem sah man es bei praktisch allen anthrotopischen Gästen (als Komponente ihres *Interaktors*). Dadurch erweckte van Dendraak den Eindruck, als ob ihm etwas Entscheidendes fehlen würde, ein Stück Solidarität, wenn man so wollte, das ihn mit der hiesigen Gesellschaft verband.

Der Professor reagierte nicht auf ihre Beschwichtigung.

Sie sprach unbefangen weiter: »Nach unserem Gespräch werde ich einen Bericht nebst Empfehlung verfassen und ihn an meinen Auftraggeber, Ted Hawling, abliefern. Die Evaluierungsphase ist dann beendet und Sie können wieder ungestört Ihre Studien aufnehmen.« Falls der Rat zu dem Entschluss käme, dass seine Arbeit fortführenswert sei, dachte sie.

»Sehr tröstlich«, brummte der andere missmutig. »In mein einstiges Labor werde ich kaum zurückkehren können. Denn davon ist – wie man mir versichert hat – nichts übrig geblieben!«

»Wir finden bestimmt eine akzeptable Lösung.«

»Wenn Sie es sagen …«

Molora konnte sich gut vorstellen, was derzeit in seinem Kopf vorging: Er fragte sich wahrscheinlich, ob es in Anthrotopia die notwendigen Forschungseinrichtungen für seine Experimente gäbe. Darüber brauchte er sich keine Sorgen zu machen.

»Was wissen Sie überhaupt über die Sache!?«, fuhr er sie an. Und so, als ob er seinen Tonfall im Nachhinein selbst als zu streng empfände, setzte er daraufhin eine etwas freundlichere Miene auf.

»Soweit mir bekannt ist, geht es um Anomalien in organischem Material.«

»Viel ist das nicht gerade«, monierte er, nach einem Objekt greifend, das am Rande des Tisches in einem verschnörkelten Stahlgestell eingeklemmt war.

Molora folgte seinen Bewegungen und fixierte den hervorgeholten Gegenstand. Ihr Interesse schien auch dem Professor nicht zu entgehen.

»Eine Pfeife«, erklärte er. »Moderner Bauart natürlich. Benötigt weder Tabak noch Feuer, sondern funktioniert mit aromatischen Einsätzen. Im Prinzip eine Art Inhalator. In diesem Fall einer mit Eukalyptusaroma.«

»Kenne ich«, antwortete die Wissenschaftlerin mit dem altklugen Gehabe einer Zehnjährigen. »Mein Großvater war ebenfalls Pfeifenraucher.« Angenehme Erinnerungen kamen in ihr hoch, wenn sie an ihn zurückdachte. »Das war eine seiner Leidenschaften, aber so wie Sie begnügte er sich mit Inhalatoren. Bis auf ein Mal, als wir zu den *Tribes* hinausfuhren, um an echten Tabak ranzukommen.« Sie lächelte spitzbübisch. Trotz ihres Stirnreifs mit dem markanten Anthrotopiazeichen gewahrte man immer noch Spuren jener Abenteuerin in ihr, die sich einst in wilden Gegenden wohler gefühlt hatte als im Schutze abgeschotteter Ringkernstädte.

Ihr Gegenüber verzog keine Miene.

»Es blieb bei diesem einen Versuch, denn er hustete sich fast zu Tode. Danach hat er nie wieder von klassischen Pfeifen geschwärmt.«

Über van Dendraaks Gesicht huschte ein konspiratives Grinsen. »Zu so etwas habe ich mich nie überwinden können«, sagte er.

Er betätigte den versenkten Druckknopf auf der Unterseite des in noblem Mahagoniholzdesign gestalteten Inhalators und zog die aromatisierte Luft genüsslich in seine Lungen. Molora roch den harzigen Geruch, der Geborgenheit und Vertrautheit in ihr wachrief.

»Also, was wollen Sie hören?«, forderte er sie auf, sich langsam zurücklehnend.

»Beginnen wir doch einfach ganz von vorn«, gab sie keck zurück.

»Sie gefallen mir! Ganz von vorn! Das würde Tage dauern.«

Molora lächelte, und dadurch sprang ein Teil ihrer Freundlichkeit auf den Professor über. Jetzt, da sie ihn genauer musterte, fiel ihr vor allem eines auf: Obwohl er sich – wie es in seinem Kurzprofil nachzulesen war – bewusst gegen einen *BioBounds-Extender* entschieden hatte, wirkte er immer noch erstaunlich agil. Er hatte markante Züge mit lebhaften Augen und ein für sein Alter unverbrauchtes Gesicht. Die graumelierten Haare trug er streng nach hinten gekämmt; nur an den Seiten standen sie ein wenig ab. Sie hätte ihn auf vielleicht sechzig geschätzt und wäre damit der Wahrheit ziemlich nahe gekommen.

»Warum tragen Sie eigentlich keinen Stirnreif?«, fragte sie plötzlich.

»Unnützer Schnickschnack! Was ich brauche, habe ich hier ...« Dabei tippte er sich mit dem Zeigefinger gegen die Schläfe.

»Und wenn Sie mal ein GT rufen oder jemanden erreichen müssen?«

»Dann benutze ich diese beiden Freunde da ...« Er griff in ein Zwischenfach und holte seinen Gaststirnreif nebst Brille hervor.

»Nicht zu fassen!«, rief sie belustigt. »Sie haben tatsächlich noch ... eine Overlay-Brille?«

»Ja, was amüsiert Sie daran? Die hat man mir bei der Einreise gegeben.«

»Ich bitte Sie! Wer trägt heutzutage noch *Brillen*? Gab es denn keine Linsen mehr?«

»Oh doch, die gab es! Aber ich möchte selbst bestimmen können, wann mir der Sinn nach Virtuellem steht und wann ich unsere kümmerliche Wirklichkeit vorziehe. Ist das für eine Anthrotopierin so schwer nachzuvollziehen?«

»Hm ...« Für sie waren Virtuelles und Wirkliches im Laufe der Jahre zu einer untrennbaren Einheit verschmolzen. Das eine ergänzte das andere. Ihr Gefühl riet ihr allerdings dazu, das Thema jetzt besser fallen zu lassen. »Also, um auf Ihr Projekt zurückzukommen, Professor ...«

Und wie auf Kommando fiel damit ein Teil der ungezwungenen Heiterkeit von ihm ab.

»Stimmt es, was ich vorhin über die Anomalien sagte?«

Er nickte streng und legte Stirnreif und Brille in das Zwischenfach zurück. »Wir beschäftigten uns mit der Eigentümlichkeit des Lebens an sich«, erläuterte er, seinen Blick nun auf die braunen Augen der Wissenschaftlerin gerichtet. »Das mag Ihnen vielleicht ein wenig absonderlich vorkommen ...«

»Ganz und gar nicht! Ich bin absolut wertfrei in dieser Hinsicht.«

»Niemand aus Anthrotopia ist absolut wertfrei, Miss Fabra. Aber verschieben wir diese Diskussion auf ein andermal. Sie fragen, wie alles anfing. Nun, wir haben uns zunächst auf mikrobiologische Prozesse und ihre subatomaren Wechselwirkungen konzentriert, insbesondere auf die Erkenntnisse, die man in einer Zeit gewann, als die Möglichkeit eines molekularen Vitalismus noch nicht gänzlich ausgeschlossen schien. Falls Sie damit nie in Berührung gekommen sind: es geht um die Idee, in Biostrukturen ein Prinzip zu erkennen, das durch rein materielle Vorgänge nicht vollends erklärt werden kann.«

»In dieser Hinsicht hat man sich doch längst geeint. Ein derartiges Modell würde unser heutiges molekularbiologisches Verständnis ad absurdum führen. Selbst die Ultraisten gehen mittlerweile von einer losen Kopplung zwischen Geist und Körper aus, die keinen direkten materiellen Niederschlag findet.«

Er musterte Molora mit unterdrückter Erheiterung. »Sie würden staunen, wenn Sie herausfänden, wie viele von ihnen anfänglich gegensätzlicher Meinung waren.«

Das mochte sein, aber in der Zwischenzeit hatten die Ultraisten ein Erklärungsmodell gefunden, das mit den Laborbeobachtungen im Einklang stand. Für sie ergab sich biologisches Leben aus dem Zusammenwirken von materiellen und geistigen Phänomenen, wobei erstere auf molekularbiologischen Prinzipien beruhten und letztere auf aszendologischen. Das Resultat war so etwas wie ein Summenego. Wie das genau vonstattenging, war Molora ein Rätsel, doch sie fand den Grundgedanken nicht ganz so abwegig wie manche ihrer strukturistischen Kollegen.

»Wozu in die Vergangenheit schweifen? Sie haben ja mittlerweile ihre Meinung geändert. Das erspart uns eine Menge Reibereien«, bemerkte sie diplomatisch.

»So kann man es natürlich auch sehen«, erwiderte der Professor, nachdenklich einen Zug aus dem Eukalyptusinhalator nehmend.

»Sie sehen es anders?«

»Was heißt anders«, antwortete er, während er die Hand, mit der er die Pfeife hielt, auf seinen übergeschlagenen Beinen ruhen ließ. »Ich gehöre noch der alten Schule an, die Themen hinterfragt, mit denen der Großteil unserer Gesellschaft längst konform geht.« Er senkte den Kopf in Gedanken.

»Wussten Sie zum Beispiel«, sagte er nach einer Weile, »dass die seltsame Harmonie zwischen den beiden Strömungen erst begann, als *Projekt Anthrotopia* – ihr ehrwürdiger, langgehegter Traum – umgesetzt war? Darin lag eine Art größter gemeinsamer Teiler, wenn Sie so wollen, das bedeutendste Stückchen ideologischer Korrespondenz, zu dem man sich bekennen konnte, ohne viel vom eigenen Dogma aufzugeben.«

»Ich glaube an diesen Traum, Professor. Oder kennen Sie eine Gesellschaft, die Freiheit, Würde, Toleranz und Sicherheit so gut unter einen Hut bringt und daneben eine Fülle an Perspektiven für die persönliche Entwicklung bietet? Als Wissenschaftlerin kann ich mich hier völlig meinen akademischen Interessen widmen und komme durch den *Cogito*-Verbund automatisch zu spannenden Forschungsprojekten. Und nebenbei wird mir eine Infrastruktur geboten, die keine Wünsche offen lässt. Was kann es Besseres geben?«

»So, meinen Sie? Mir waren schon immer Dinge suspekt, die allzu nett auf dem Präsentierteller gereicht werden, Lora. Ich darf doch Lora zu Ihnen sagen?«

»Gewiss! Wir sind ja Kollegen!«

Der Professor quittierte das mit einem Lächeln. Offenbar gefiel ihm die Zwanglosigkeit, mit der die Wissenschaftlerin auftrat. »Ich finde«, setzte er fort, »zwischen einer progressiven, selbstlosen Gesellschaftsform, wie Anthrotopia sie lebt, und einer modernen Form hegemonialer Politik mit weltumspannenden Machtansprüchen liegt oft nur ein vernachlässigbar schmaler Graben. Und das schließt den betont zurückhaltend auftretenden Verbund der Ringkernstädte mit ein. Was meinen Sie, warum ich als externer Forscher tätig bin und mich nicht der *Cogito* unterordne?«

Darüber hatte sie bislang nicht nachgedacht. Entscheidend war für sie gewesen, dass van Dendraak eine Perspektive in das naturwissenschaftliche Weltmodell einbrachte, an der hochrangige Theoretiker ihre Zweifel hegten und dass man sie jetzt als unabhängige Gutachterin um ein fachkundiges Urteil ersuchte.

»Vielleicht wollten Sie lieber für sich allein arbeiten«, mutmaßte sie.

Er nickte. »Damit hat es auch zu tun. Lassen Sie mich das präzisieren. Es widerspricht meiner Auffassung eines eigenständigen Forscherlebens, im Rahmen der *Cogito* als wissenschaftlicher Dienstnehmer aufzutreten, der heute dies untersucht und morgen das, ganz so, wie es das System wünscht. Ich habe mehr als genug mit meinen eigenen Visionen zu tun. Was gehen mich die Visionen anderer an!?«

Visionen? Molora Fabra musste schmunzeln. Einen derart beißenden Egoismus hätte sie von ihm nicht erwartet. »Wenn man Ihnen so zuhört, könnte man meinen, Sie hätten gerade erst die *Induca* hinter sich gelassen!«, witzelte sie. Einige Absolventen der Primärausbildung tendierten nämlich ebenfalls zu einer etwas rebellischen Haltung. Das änderte sich, sobald sie den Wissenschaftsbetrieb der *Cogito* kennenlernten.

»Erfrischend, nicht? Dafür brauche ich keinen *Extender*. Ich halte meinen Geist auch so jung!«

»Zweifellos. Aber Sie sollten wissen, dass es selbst innerhalb der *Cogito* möglich ist, eigene Projekte vorzuschlagen. Solange deren Wert unstrittig ist, sich keine gröberen Kollisionen mit anderen Forschungsarbeiten ergeben und sie im Einklang mit den Moralvorstellungen von Anthrotopia – oder Annexea – stehen …«

Der Professor winkte ab. »Ich pfeife auf all diese Regeln! Wenn ich ein persönliches Interesse habe, setze ich es um. Und ich kann mir nicht vorstellen, dass die große Zensurinstanz – oder wer auch immer für die Auswahl von *Cogito*-Studien zuständig ist – meine Anomalienforschung gebilligt hätte.«

»Und warum nicht?«

»Weil sie im Widerspruch zum etablierten Weltbild materialistischen Denkens steht! Aber wir drehen uns im Kreis, Lora. Lassen Sie uns lieber auf unsere Beobachtungen zurückkommen.«

»Gern. Ich bin ganz Ohr!«

2

Schon zum wiederholten Male innerhalb der letzten Wochen weihte van Dendraak eine außenstehende Person in seine streng unter Verschluss gehaltene Forschungsarbeit ein. Nach dem Interview mit Helen Fawkes und Gesprächen mit Vertretern der Systemüberwachung hatte man ihm und Nathrak Zareon eine Art Asyl in der Großen Stadt gewährt, damit man sein Projekt in Ruhe unter die Lupe nehmen konnte. Er hoffte immer noch, einen Funken Zweifel in das anthrotopische Weltbild zu bringen, wenn er auch so gut wie nichts gegen die fest etablierte Idee des ontologischen Materialismus würde unternehmen können. Das setzte jedoch voraus, in kein Reproduktionsdilemma der eigenen Experimente zu geraten.

»Also, wir richteten unser Hauptaugenmerk zunächst auf die letzten verbissenen Studien, mit denen man – kurz vor der Einigung zwischen den beiden Lagern in dieser Sache – der Frage eines eventuellen biologischen Vitalismus nachging.«

Er bezog sich auf eine Zeit, in der das materialistische Modell bereits massiv an Boden gewonnen hatte, wodurch die von ihm angesprochenen Forschungen im Grunde nur Verzweiflungsversuche einiger Ultraisten gewesen waren, um irgendwie doch noch greifbare Beweise für ein Leben auf der Basis von geistigen Einflüssen zu finden. Aber das Unterfangen hatte einem Kampf gegen Windmühlen geglichen, denn nachdem sämtliche molekularbiologischen Vorgänge in Eu- und Prokaryoten bis ins Detail ergründet worden waren, hatte es keinen Zweifel mehr darüber geben können, dass die Vorstellung einer organisierenden Fremdkraft, die lenkend in das zellulare Geschehen eingriff, obsolet sein musste.

»Natürlich scheiterte man daran, und so fanden sich die meisten ultraistischen Forscher nach einer Weile mit dem Konzept, in biologischem Leben nicht mehr und nicht weniger als eine Folge von molekularen Reaktionsketten zu sehen, ab. Was hätte man auch sonst tun sollen? Angesichts der Beweislage wäre alles andere unseriös gewesen. An ihrer Ansicht einer externen

Geistkomponente änderte das freilich nichts. Sie mussten nur ihre ursprüngliche These aufgeben, dass Geist direkt auf molekularbiologischer Ebene Einfluss nahm.« In seinen Ausführungen schwang eine Spur von Bitterkeit mit.

»Wie sahen denn diese letzten Studien der Ultraisten aus?«

»Es ging um quantenmechanische Aspekte in organischen Strukturen, etwa um die Zufälligkeit von Molekularbewegungen, um Quantenrauschen, Orbitaleigenschaften und Ähnlichem. Wir haben uns ihre Berichte angesehen und damit begonnen, die Experimente nachzustellen. Zusätzlich führten wir Nanofeldvermessungen mittels hochsensibler Gravimeter durch. All das jeweils in biologisch aktiven und toten Geweben.«

»Und was haben Sie dabei herausgefunden?«

Ihre Neugierde amüsierte ihn. Sie sah ihn groß an.

»Nichts«, antwortete er süffisant.

»Nichts? Im Ernst, Professor, das kann doch nicht das Ergebnis Ihres Forschens gewesen sein ...«

»Anfangs schon, und ich muss zugeben, dass ich darüber kaum überrascht war. Warum sollten wir im Handumdrehen etwas finden, das niemand vor uns entdeckt hatte und das zudem auf einer ganz anderen Schiene lag? Das wäre viel zu einfach gewesen.«

3

Molora schwieg. Jetzt, da er es erwähnte, ergab es Sinn für sie. Man hatte ihr von »Parametern« berichtet, die für den Nachweis erforderlich wären, und bei einer simplen quantenmechanischen Anomalie hätte man nichts weiter kennen müssen als den Quanteneffekt selbst.

»Nehmen wir zum Beispiel die Ausdehnung der Elektronenorbitale. Ich muss Ihnen sicher nicht erklären, dass eine Vermessung an lebenden Strukturen sogar mit heutiger Technologie eine ziemliche Herausforderung ist. Wir konnten anfangs nur isolierte Szenarien betrachten.« Er zog an seiner Eukalyptuspfeife, wodurch die Luft hörbar durch sie hindurchströmte. »Wie gesagt«, rekapitulierte er, »die Elektronenorbitale entsprachen genau der Theorie, in jeder Probe, die wir entnahmen. Alles andere wäre für uns auch ein Alarmsignal gewesen, denn dann hätte vermutlich ein Fehler unsererseits vorgelegen. Als Nächstes betrachteten wir die Wahrscheinlichkeitsverteilungen in den Orbitalarealen, und es fiel uns immer noch nichts auf, von gelegentlichen Ausreißern abgesehen, wenn ein Areal statistisch schneller oder langsamer an den Erwartungswert heranwuchs, ein Verhalten, das sich über die Zeit hinweg natürlich ausglich. Und da kam mir irgendwann eine Idee ...«

Moloras Aufmerksamkeit steigerte sich.

»... und während sie entstand, war ich schon fast wieder dabei, sie zu verwerfen, weil es mir unmöglich schien, ihr auf den Grund zu gehen.«

»Welche Idee?«

»Betrachten wir folgenden Ansatz: Angenommen, die gesuchten Phänomene würden *für sich allein gesehen* tatsächlich den statistischen Gesetzmäßigkeiten genügen, wie sie von der Naturwissenschaft prognostiziert werden. Und wir wollen jetzt mal dahingestellt lassen, welche konkrete Ursache sie haben, also welches Weltmodell wir zugrunde legen. Das spielt für unsere Überlegung keine Rolle.«

Sie folgte seinem Gedankenspiel.

»Ein solcher Ansatz würde das Konzept des Vitalismus nicht notwendigerweise ausschließen«, erläuterte er. »Denn selbst, wenn es eine irgendwie geartete Kraft von ›außen‹ gäbe, einen induktiven Einfluss oder was auch immer, könnte der Effekt dergestalt sein, dass die üblichen Wahrscheinlichkeitsmodelle nach wie vor zum Tragen kommen. Dabei ist dieses ›Außen‹ natürlich nicht wörtlich zu verstehen, wie Sie sich denken können.«

Die Wissenschaftlerin nickte.

»Es stellte sich also die Frage, wonach wir suchen sollten. Ging es um Phänomene, die das Potenzial haben, das molekulare Geschehen steuern zu können? Im Idealfall: ja! Aber das wäre viel zu vermessen gewesen. Jedenfalls am Anfang. Wir mussten uns schrittweise an die Gegebenheiten herantasten. Schrittweise!«

Wollte er damit andeuten, dass frühere vergleichbare Projekte nur deshalb gescheitert waren, weil man sich größere Wirkungen erwartet hatte, als tatsächlich beobachtet werden konnten?, spekulierte Molora.

»Ich bin in aller Bescheidenheit an die Problematik herangetreten«, unterbrach van Dendraak ihre Überlegungen, »und hielt zunächst nach jeglicher Form von ›Andersartigkeit‹ Ausschau. Egal, wie diese im Detail beschaffen waren und ob sie überhaupt das Potenzial hatten, auf molekulares Geschehen einzuwirken.«

Ein solcher Ansatz erschien Molora plausibel, obwohl dadurch im schlimmsten Fall eine gänzlich neue Arbeitshypothese notwendig werden würde.

»Wie gesagt, bei isolierter Betrachtung quantenmechanischer Phänomene konnten wir praktisch nichts feststellen, das von Wert gewesen wäre. Also änderte ich meine Taktik und begann, sie in Gemeinschaft zu studieren. Und damit handelte ich uns auf einen Schlag ein ganzes Bündel an Problemen ein.« Seine Miene verriet, welches Vergnügen es ihm bereitete, die Geschichte im Detail zu erzählen, trotz der Startschwierigkeiten, die sie miteinander gehabt hatten. »Wenn Sie schon mal Orbitalvermessungen durchgeführt haben, dann wissen Sie bestimmt, dass es dabei um relativ aufwendige Untersuchungen geht, die man üblicherweise in Einzelszenarien durchführt«, fuhr er fort. »Ein Bereich nach dem anderen und keine weiteren Beobachtungen während dieser Zeit. Was wir jetzt aber vorhatten, war die Messung einer Vielzahl von Parametern auf einmal: Elektronenorbitale in unterschiedlichen Schalen, Quantenrauschen, Molekularbewegungen, gravimetrische Verzerrungen …« Er verlangsamte das Tempo seiner Aufzählung. »… chemische Reaktionen, Molekularbindungen, atomare Kerndurchmesser, thermische Dynamik, Photonenabsorption und -generierung, Mikrokonvektionen et cetera. Selbstverständlich sind einige dieser Messgrößen klassischer Natur – und nicht quantenmechanischer –, doch das war für uns nur insofern von Belang, als wir derartige Werte direkt übernehmen konnten, während bei quantenmechanischen Beobachtungen die Entwicklung von Wahrscheinlichkeitsarealen aufgezeichnet wurde. Sie finden bestimmt den einen oder anderen Parameter, der eigentlich konstant bleiben müsste, weil es unsere physikalischen Hypothesen so vorhersagen, aber ich bin eine experimentierfreudige Natur, also schlossen wir auch solche Eigenschaften mit ein.«

Erneut lehnte sich van Dendraak zurück und nahm einen Zug aus seiner Pfeife. Dann räusperte er sich und berichtete weiter: »Wie Sie sich vorstellen können, stellte sich schon bald heraus, dass mein Vorhaben mit herkömmlichen Methoden nicht zu bewerkstelligen war. Die Labortechnik, die wir anfangs von unseren Sponsoren erhielten, leistete zwar einiges, doch eine simultane Messung dieser Größen war undenkbar. Dazu kam, dass bestimmte Verfahren auf organisches Material überhaupt nicht anwendbar waren, sodass wir viel Zeit und Mühen investieren mussten, um Alternativen zu finden. Teilweise arbeiteten wir sogar mit Forschungsgruppen aus Annexea zusammen, natürlich ohne unsere wahren Absichten zu offenbaren. All das war sehr zeitraubend und zog sich über Jahre dahin.«

»Und dann?«

»Ja, dann ... Als wir endlich ein geeignetes Laboratorium aufgebaut hatten und die notwendigen Eichungen und Probeläufe unserer Detektoren hinter uns lagen, begannen wir mit der ersten, zunächst noch relativ simplen parallelen Messreihe. Wir wählten eine Samplingfrequenz im Attosekundenbereich, denn nur so würden wir möglichst viel vom atomaren und molekularen Level erfassen. Trotz dieses schmalen Beobachtungszeitraumes kam einiges an Daten zusammen, mehrere Exabytes in kürzester Zeit. Also haben wir die Samplingfrequenz so lange reduziert, bis wir einen akzeptablen Kompromiss zwischen Genauigkeit und Datenmenge fanden.«

»Ein paar Exabytes sollten selbst für ältere Geräte kein Problem sein«, warf Molora ein.

»Die Menge an sich natürlich nicht. Aber wenn Sie die Aufzeichnungen einer fundamentalen Analyse unterziehen wollen, ist ein solches Volumen ziemlich kontraproduktiv.«

»Ich verstehe.«

Van Dendraak deaktivierte seine Pfeife, betrachtete sie gedankenvoll und legte sie anschließend auf das Stahlgestell zurück. »Es folgten weitere Studien. Ich suchte nach offensichtlichen Zusammenhängen zwischen temporären Wahrscheinlichkeitsanomalien und chemischen Reaktionen, nahm später die gravimetrischen Daten hinzu, aber ich konnte beim besten Willen keinen Konnex entdecken. Wenn irgendwo Spitzenwerte zu beobachten waren, dann verhielt sich das Geschehen auf anderer Ebene völlig unverdächtig. So, als ob jemand seine Spuren fein säuberlich verwischt hätte. Das war natürlich nur meine emotionale Interpretation; auch als empirischer Forscher ist man von abergläubischen Anwandlungen nicht immer gefeit. In Wirklichkeit ging es um atomare und subatomare Grundgesetze.«

»Also zeigen biologisch aktive Substanzen und totes Gewebe selbst auf diesem tiefen Level weitgehend ähnliche Muster?«

Er lächelte matt. »Zu diesem Schluss könnte man kommen. Doch ich ließ mich nicht beirren, nahm die gesamte Datenbasis einer Messserie und ersuchte einen Freund aus Annexea, sie einer Maschinenintelligenz höheren Grades vorzulegen, um eine Korrelationsanalyse durchzuführen. Er hatte im Rahmen der *Cogito* Zugang dazu und konnte das Material gut für seine eigene Forschung verwenden, die sich eben genau mit dem Auffinden von komplexen Zusammenhängen zwischen anscheinend unabhängigen Eingabeströmen befasste.«

»Das nenne ich Zufall!«

»Ja, so spielt manchmal das Leben. Es stellte sich heraus, dass wir mit dem Datenvolumen immer noch jenseits der Grenze zur Machbarkeit lagen, und so arbeiteten wir daran, es durch sinnvolle Kürzungen und verbesserte Sampling-Verfahren zu reduzieren. Das ging eine Zeit lang so hin und her. Wir nahmen Reduktionen vor, unser Freund analysierte die Daten, wir bekamen das Ergebnis zurück, reduzierten die Menge aufs Neue, bis sich eines Tages tatsächlich etwas fand.«

»Ein Zusammenhang?«

»Ich würde es vorsichtiger formulieren. Nennen wir es«, er kniff die Augen zusammen, »die Spur einer variierenden ... nichtlinearen ... Abhängigkeit ... eines bestimmten Satzes ... an Messgrößenkoinzidenzen … innerhalb von dynamischen Temporalarealen.«

Diese Beschreibung war nicht wie ein Schwall aus ihm gekommen; stattdessen hatte sie sich langsam, beinahe zaghaft entwickelt, mit merklichen Pausen zwischen den Wörtern. Molora hatte ihre Schwierigkeiten, der Aussage zu folgen. Sie versuchte, sich vorzustellen, worauf genau er hinauswollte.

»Vereinfacht ausgedrückt: Es *gibt* Abhängigkeiten, aber sie sind keineswegs konstant oder deterministisch, sondern nehmen ständig andere Formen und Eigenschaften an.« Er erkannte vermutlich selbst, dass er die wahren Verhältnisse nur unzureichend darstellte, und ergänzte daher: »Sie könnten die Natur dieser Zusammenhänge vielleicht mit einer Schar von Wahrscheinlichkeitsfunktionen abbilden, wobei das konkrete Selektionskriterium der jeweiligen Funktion bis dato unbekannt blieb. Bedenken Sie bitte, dass ich hier von der Natur der Abhängigkeiten spreche, nicht von derjenigen der Koinzidenzen oder gar der Verteilungen, die wir beobachten.«

Das hatte Molora verstanden.

»Darüber hinaus findet alles auf nichtdeterministischen Zeitskalen statt. Die Beeinflussung erstreckt sich also nicht konstant in die Zukunft, sondern mit ebenso variierender Zeitdistanz.«

»Wie konnte man so etwas überhaupt feststellen?«, wunderte sie sich.

»Offenbar besteht zwischen den Scharen von Wahrscheinlichkeitsfunktionen für unterschiedliche Koinzidenzereignisse selbst wieder eine Relation, die sich herausrechnen lässt. Fragen Sie mich nicht, wie die Maschinenintelligenz das ermitteln konnte. Die Zusammenhänge sind so komplex, dass ich sie nie richtig durchschaute. Aber ich habe mir den Parametersatz genauer angesehen, und laut diesem lassen sich indirekte Verknüpfungen zwischen unabhängigen Quantenphänomenen in lebender Materie ableiten, etwas, das es nach der herkömmlichen Lehrmeinung gar nicht geben kann!«

Molora Fabra bemühte sich redlich, aus van Dendraaks bisherigen Aussagen schlau zu werden. Sie durfte sich auf keinen Fall auf persönliche Interpretationen verlassen, wenn sie dem anthrotopischen Rat eine objektive Einschätzung vorlegen wollte.

»Lassen Sie mich rekapitulieren, ob ich das alles verstanden habe, Professor. Sie haben Messungen verschiedener Größen vorgenommen, darunter quantenmechanische und klassische Eigenschaften auf atomarer und subatomarer Ebene. Diese Daten speicherten Sie in einem Archiv und beauftragten eine maschinenintelligente Korrelationsanalysefunktion, nach Hinweisen zu suchen, die Abhängigkeiten offenbaren könnten. Das Ergebnis zeigte einen komplizierten, aber eindeutig ableitbaren Determinismus zwischen unterschiedlichen Quantenphänomenen, allerdings nur in belebter Materie. Ist das korrekt?«

»Im Prinzip schon. Nur der ›eindeutig ableitbare Determinismus‹ gefällt mir nicht so ganz. Es ist eher ein verschachtelter Konnex ... zwischen multifaktoriellen Koinzidenzrelationen. Zur Veranschaulichung: Das Resultat einer Koinzidenzanalyse zwischen den Messgrößenverteilungen A und B in einem sehr eingeschränkten Temporalbereich könnte – im simpelsten Fall – über einen solchen Konnex mit dem Resultat einer anderen Analyse zwischen C und D in Verbindung stehen.«

Sie nickte und stellte sicher, dass die Formulierungen des Professors und ein paar ihrer eigenen Gedanken über die *Neurolink*-Anbindung gespeichert wurden. Für ihren Bericht würden sie unverzichtbar sein. »Ist es dieses Wechselspiel an Wahrscheinlichkeitsfunktionen, aus dem sich die Einzigartigkeit biologischen Lebens ergibt?«

»Ich weiß es nicht genau, Lora«, bekannte er. »Aber es ist sehr wahrscheinlich, dass es damit zu tun hat. Bedenken Sie: Derartige Schwankungen, die bisher nur als Zufallsereignisse gedeutet wurden, sind potenzielle Auslöser für größere Effekte. Auf neuronaler Ebene könnten sie der Stein sein, der eine Gedankenlawine ins Rollen bringt.«

»Der Traum jedes Vitalisten schlechthin«, bemerkte Molora ein wenig unüberlegt. Als sich die Miene van Dendraaks daraufhin verdüsterte, wusste sie, dass er darin einen ironischen Angriff auf seine Denkweise sah, obwohl sie es gar nicht so beabsichtigt hatte.

»Wie auch immer«, brummte er. »Uns ging es zunächst darum, ein solches Phänomen überhaupt erst einmal zu entdecken. Die Interpretation wird später folgen müssen.«

Molora überflog ihre Notizen und zog dann ein kurzes, beinahe überschwängliches Fazit: »Alle Achtung! Für jemanden, der offiziell außerhalb der *Cogito* operierte, haben Sie eine ganze Menge in Erfahrung gebracht!« Und das meinte sie auch so. Sie wäre nicht verwundert gewesen, wenn genau in van Dendraaks Isoliertheit der Schlüssel für seinen Erfolg läge, falls sich die Ergebnisse tatsächlich als richtig erweisen sollten. Im Umfeld der Großen Stadt hätte sich ein derartiger Gedanke wahrscheinlich gar nicht erst entwickeln können, weil man sich im molekularen Determinismus viel zu sicher wähnte. »Aus welchen Organismen stammten die analysierten Zellen eigentlich?«, fragte sie.

»Wir untersuchten die verschiedensten Spezies, von Pflanzen bis hinauf zum Menschen.«

»Und dieser Konnex, von dem Sie vorhin sprachen ... fand sich überall?«

»Überall.«

»Das ist ja unglaublich!«

Sie musste ihre Aufregung über van Dendraaks Entdeckung im Zaum halten, aber falls es ihm gelang, die Phänomene auch in Anthrotopia nachzuweisen – vor einem offiziellen Prüfkomitee –, dann würde wohl der Start für ein gänzlich neues Forschungsgebiet eingeleitet werden, ein Thema, das sie selbst brennend interessierte!

»Könnte ich einen Blick darauf werfen?« Es war wichtig für sie, einen Eindruck davon zu bekommen, wie diese verschachtelten Abhängigkeiten im Detail beschaffen waren und vor allem, ob sie der *Force of Nature* durch Abhörmaßnahmen unabsichtlich zugefallen sein konnten.

»Ja, warum nicht?«

Er setzte sich an das manuelle Interface des *V-Space*, rief die importierten Labordaten ab und stellte sie in einem geeigneten Visualisierungsmodus dar. Dann begann er – anfangs ein wenig schroff – das Ergebnis zu erläutern, einzelne Konnexe zu interpretieren, vermeintliche Verbindungen auszuklammern. Mit der Zeit taute er jedoch wieder mehr und mehr auf.

So saßen sie noch eine ganze Weile zusammen, die im Anzeigebereich dargestellten Informationen ausführlich diskutierend: er, der gut erhaltene, skurrile Professor aus der externen Zone, dessen Unzugänglichkeit in den letzten Tagen und Wochen eine deutliche Sprache gesprochen hatte, und sie, die kahlköpfige, jung gebliebene Wissenschaftlerin mit dem anthrotopischen Stirnreif, deren scharfer Intellekt und breites Hintergrundwissen in einem merkwürdigen Kontrast zu ihrem jugendlichen Äußeren standen. Jeder von ihnen vertrat eine eigene Ansicht über die Gesetze des Lebens, aber die Erkenntnisse der Studie schienen für beide gleichermaßen faszinierend zu sein. Darin lag unzweifelhaft eine gute Ausgangsbasis für eine eventuelle Fortsetzung des Projekts.

50: Rückkehr aus dem Nichts

1

Es verstrichen mehrere Tage, bis man durch neuronale Rekalibrierungen in Lucy Hawlings transformiertem Kortex endlich ein Aktivitätenlevel erreichte, das sie aus dem komaähnlichen Zustand erwachen ließ. Niemand aus dem *Telos*-Team hatte daran gezweifelt, die Grundproblematik mithilfe der LODZOEB früher oder später in den Griff zu bringen. Trotzdem entging Buechili nicht der Stolz in Alephs Worten, als er ihm und Hawling – nach initialen Integritätstests – mitteilte, dass Lucy jetzt ansprechbar sei. Beide Männer nahmen die Nachricht beherrscht auf. Ted war durch seine starke Verwicklung mit *Telos* ohnehin längst darüber unterrichtet gewesen, wie es um seine Schwester stand, und Buechili fühlte sich für einen Moment in ein Stadium emotionaler Leere übergleiten, wodurch er nach außen hin ungerührt wirkte. Erst nachdem der Blocker den innerlichen Disput bereinigt hatte, empfand er so etwas wie Erleichterung über den Ausgang.

Aleph schlug vor, das erste Wiedersehen am Morgen des übernächsten Tages anzuberaumen, sobald sie die wichtigsten internen Funktionstests mit der Nanokonvertierten abgeschlossen haben würden. Die beiden Männer erhoben keinen Einwand, zumindest nicht, was den Termin anbelangte. Die Aussicht, das Treffen mit Lucy quasi vor laufender Kamera zu inszenieren, begeisterte Buechili hingegen weniger. Er hatte sich das Ereignis privater vorgestellt, idealerweise zu dritt, und nicht in einem steifen Umfeld, in dem sämtliche Worte und Gefühlsregungen mitprotokolliert wurden, um sie später über die annexeanischen Medienkanäle der Öffentlichkeit zu präsentieren. Leider wollte der Rat von Anthrotopia keine Abweichungen von diesem Modell, weil man eine persönliche Note in der offiziellen Berichterstattung wünschte, etwas ganz und gar Untypisches für die Große Stadt. Und dem musste sich Buechili wohl oder übel beugen.

Allerdings hätte es schlimmer kommen können, wie er am

nächsten Tag herausfand. Was ihm nämlich bisher nicht bewusst gewesen war: Bei der im *Medical Research Center* auf ihn und Hawling wartenden Journalistin handelte es sich um Helen Fawkes, jene Annexeanerin, an die er sich aufgrund des energischen Auftretens in ihrem Holofonat mit Kale nur allzu gut erinnern konnte. Er war in der Zwischenzeit ein paar ihrer Reportagen durchgegangen, in erster Linie, um zu erfahren, wie sich die widerspenstige, schlagfertige Art, mit der sie damals ihre eigene Position verteidigt hatte, in ihren Artikeln reflektieren würde und dabei war deutlich geworden, dass sie im Gegensatz zu manch anderen Reportern offenbar sorgfältige Recherchen anstellte, bevor sie damit an die Öffentlichkeit ging. Jedenfalls hatte er keinen Beitrag gefunden, der schwerwiegende Fehlinformationen beinhaltet oder auf irgendeine Weise unseriös gewirkt hätte. Und was noch viel entscheidender war: Sie schien den materialistisch durchsetzten Ansichten der Strukturisten nur wenig Sympathie entgegenzubringen. Das kam Buechili recht, denn dadurch stieg die Wahrscheinlichkeit für eine Berichterstattung mit der nötigen Objektivität, so, wie es dieses Thema auch verdiente, anstatt in den typischen Beweihräucherungskanon der Konvertierungsbefürworter einzugehen.

»Was halten Sie nun persönlich von diesem Projekt, Miss Fawkes?«, fragte er, als sie sich – gemeinsam mit Ted Hawling – auf dem Weg in jenen Bereich des *Rhenium*-Komplexes befanden, in dem Lucy ihre drei Besucher erwartete. Diesmal brauchten sie keine *Proxybots* zu benutzen.

»Fangfrage?«, konterte sie, ohne den Blick von ihrem Vordermann, Ted Hawling, abzuwenden.

Ihre langen blonden Haare, die sie vermutlich aus Rücksicht gegenüber dem ästhetischen Empfinden der Anthrotopier hochgesteckt trug, tauchten sie in eine Aura der Unwirklichkeit und verdeutlichten, wie wenig sie im Grunde mit der Sterilität der Großen Stadt gemein hatte. Ähnliches offenbarte sich in ihrer jugendlichen Ausstrahlung, die angesichts der nüchternen Zielgerichtetheit hier fast schon naiv wirken musste. Dieser Konflikt erzeugte in Buechili trotz seiner langjährigen Zugehörigkeit zu dem lokalen Umfeld eine milde Faszination, vergleichbar mit jener, als er gezwungenermaßen Zeuge des Holofonats zwischen ihr und Kale geworden war. Nach ihren damaligen Äußerungen zu urteilen, schien sie ein Mensch zu sein, der Anthrotopia und seiner Vormachtstellung mit Misstrauen begegnete.

»Ganz und gar nicht. Es würde mich nur interessieren, wie das alles auf jemanden wirkt, der noch nie etwas von *Telos* gehört hat«, erwiderte er. Und ein wenig spitzzüngig fügte er hinzu: »Betrachten Sie meine Frage als eine Art Vorbereitung für Ihren Bericht.«

Seine Nebenbemerkung ließ sie schmunzeln. »Ich fürchte, dass meine persönlichen Ansichten nicht repräsentativ für den annexeanischen Durchschnittsbürger sind, Mister Buechili.«

Sie wandte sich ihm zu und blickte ihm dabei direkt in die Augen. Ihre mit feinen Gittern versehenen, leicht glimmenden – und damit aktiven – Overlay-Linsen irritierten ihn. Das geschah fast immer, wenn er auf Leute mit derartigen Implantaten traf. Für ihn hatten sie etwas Bizarres an sich, eine merkwürdige Reaktion, wie er zugeben musste, aber sie ergab sich aus der Relevanz, die er den Augen eines Menschen beimaß. Glücklicherweise kam der von einem Großteil der Anthrotopier genutzte *Neurolink* ohne ein solches Linsensystem aus.

»Und was ist mit den konservativen Strömungen, wie etwa den Ultraisten?«, hielt er dagegen, seine negativen Empfindungen unterdrückend. Er machte sich bewusst, dass die Journalistin unstreitig harmlosere Implantate trug, als er oder die meisten Bürger der Stadt es taten.

»Selbst der Ultraismus ist der Hightech nicht abgeneigt.«

Wem sagte sie das? Wenn es anders wäre, würde wohl kaum jemand aus seinem Lager mit einem *Extender* leben wollen, dachte er. »Warum auch? Das entscheidende Kriterium liegt in der Art der Anwendung und ob sie im Einklang mit dem eigenen Weltbild steht.«

»Der Zweck heiligt bekanntlich die Mittel ...«, kommentierte sie mit einem Lächeln, das vermutlich boshaft hätte sein sollen, aber nicht so wirkte. Jedenfalls nicht auf ihn. Stattdessen glaubte er, darin das versteckte Schmunzeln einer Annexeanerin zu gewahren, die bemerkt hatte, die Wahrheit vielleicht um eine Spur zu direkt ausgesprochen zu haben. Nur die Overlay-Linsen wollten nicht recht zu dieser Vorstellung passen.

»So, meinen Sie?«

2

Als Anhängerin einer erzkonservativen Bewegung, dem *Natural Way of Life*, konnte Helen Buechilis rationaler Denkweise verständlicherweise nichts abgewinnen. Schon die Bereitschaft der Ultraisten, hirnmanipulative Technologien zuzulassen, wenn sie der eigenen Weiterentwicklung förderlich waren, stieß sie ab, denn dies offenbarte, dass die Gruppierung dem Gedankengut der Strukturisten gefährlich nahekam, jedenfalls nahe genug, um sich als Außenstehende die Frage zu stellen, warum die Nanokonvertierung so tiefe Gräben zwischen sie zog. Helen genügten bereits die harmlosen Gastimplantate in Anthrotopia, um sich wie eine halbsynthetische Schreckensgestalt zu fühlen.

»Im Grunde spielt das alles keine Rolle, Mister Buechili. Vergessen Sie nicht, dass die Reportage erst im Nachhinein veröffentlicht wird. Meine persönliche Haltung ist unwichtig.«

»Da muss ich widersprechen«, entgegnete er. »Die Art und Weise, wie Sie darüber berichten werden, hängt sehr wohl von Ihrer Einstellung ab. Damit prägen sie implizit die Ansichten der Öffentlichkeit über ein eventuelles Nachfolgeprojekt mit. Bei mir als Ultraist laufen Sie offene Türen ein, wenn Sie *Telos* kritisch beleuchten, aber ich würde Ihnen trotzdem zu weitgehender Objektivität raten ...«

Erneut spähte sie zu ihm herüber. »Keine Sorge. Ich war vor ein paar Tagen mit Dr. Hawling im *Medical Research Center* ...«

»Ein guter Rat, Miss Fawkes«, unterbrach er sie flüsternd. »Lassen Sie den Doktor besser weg. Ted ist kein Freund von akademischem Zierrat.«

»Oh ... ich rede ihn jetzt schon seit meiner Ankunft so an!«

»Das würde ich mir an Ihrer Stelle abgewöhnen.«

»Was tuschelt ihr beiden da?«, fragte Hawling, gespielt streng zu ihnen zurückblickend.

»Wir schmieden Verschwörungspläne gegen die Strukturisten«, scherzte Buechili. »Und wie ich dich kenne, machst du nicht mit!«

»Bleibt mir mit diesem Unfug vom Leib«, erwiderte der Wissenschaftler und wandte sich wieder nach vorn.

»Sie waren also vor Kurzem bei Lucy, Miss Fawkes?«

»Ja, aber nicht direkt. Wir benutzten *Proxybots*.«

Er nickte. »Ich habe ihr auch zwei oder drei Mal einen Besuch abgestattet. War eher desillusionierend. Es ist schon ein wenig merkwürdig, wenn man mit ansehen muss, wie die inneren Organe eines nahestehenden Menschen in unappetitlichen Klumpen aus dessen Körper gespült werden.«

»Das hat sogar mich – als Außenstehende – befremdet«, bekannte sie und überlegte, ob sie die seltsamen Veränderungen der Iriden ansprechen sollte, entschied sich jedoch dagegen.

Sie bogen um die Ecke, gingen weiter den Gang hinunter und blieben dann ein paar Meter vor ihrem Ziel, also jener Tür, hinter der die Nanokonvertierte bereits auf sie wartete, stehen. Links und rechts davon hatte man zwei *Ambers* postiert.

»Sicherheit scheint hier großgeschrieben zu sein«, flüsterte Helen.

Ted Hawling wandte sich um. »Bevor wir meine Schwester besuchen, sollte ich noch erwähnen, dass wir ihre Neurostruktur zwar wieder reaktiviert haben, doch es gibt einige gravierende Unterschiede in der internen Funktionsweise. Deshalb läuft die Psychodämpfung derzeit auf relativ hoher Stufe. Während unseres Gesprächs wird die LODZOEB an Feinjustierungen arbeiten. Wundern Sie sich also bitte nicht, wenn Lucy zwischen Desinteresse und Sentimentalität hin und her springt, Miss Fawkes. Das ist bloß eine Konsequenz dieser Justierungen.«

»Verstehe. Ich bin vorgewarnt.«

Er signalisierte ihnen, ihm zu folgen, und steuerte daraufhin direkt auf die bewachte Tür zu, ohne von den *Ambers* Notiz zu nehmen. Dort verharrte er, bis der Zugangscheck abgeschlossen war. Die Schiebetür öffnete sich und sie traten ein.

Der Raum war schlicht ausgestattet. Außer einem Holofon, zwei Wandschirmen und einem Sitzbereich fand sich nichts darin. Auf einem der frontseitigen Stühle saß eine zierliche Person in kerzengerader Pose, die sich bei näherem Hinsehen als Lucy Hawling herausstellte. Sie trug einen dunklen, perfekt zum goldenen Teint ihrer Haut passenden Overall und erinnerte mehr denn je an die unwirkliche und beinahe übernatürliche Schönheit einer antiken Göttin. Auf ihrem Stirnreif prangte ein in einem großen Omega eingefasstes Deltazeichen, gemäß ihrem Wunsch, als Verbindungsglied zwischen den beiden Lagern aufzutreten. Das machte ihre Erscheinung noch surrealer, als sie es ohnehin schon war.

»Da seid ihr ja!«, rief sie, während sie den Blick mit einer einzigen fließenden Bewegung auf Ted Hawling und Darius Buechili richtete und der Rest ihres Körpers dabei in vollkommener Reglosigkeit verblieb. Ihre Stimme klang ein wenig tiefer als Helen sie von einer früheren Aufzeichnung in Erinnerung hatte, aber sie gehörte unverkennbar zu Lucy Hawling. Die Anwesenheit der Journalistin schien sie zunächst nicht weiter zu interessieren.

»Entschuldigt, dass ich nicht aufstehen kann! Mein motorischer Apparat ist noch nicht ganz auf der Höhe.«

»Wie schön, dich wieder unter den Lebenden zu wissen, Schwester«, sagte Ted Hawling mit erstaunlicher Ruhe, schritt auf die Nanokonvertierte zu und umarmte sie, eine Geste, die bei Anthrotopiern nur selten zu beobachten war. Seine Miene blieb dabei fast unverändert.

»Das Leben hat mich nie verlassen, Ted!«

Innerhalb von Sekunden löste sie sich von ihm und wandte sich mit fragendem Blick dem Ultraisten zu. »Und du, Dari? Du hast mich doch bestimmt auch ein wenig vermisst?«

»Was für eine Frage!?« Er drückte sie herzlicher an sich heran, als es ihr Bruder getan hatte. Es war unverkennbar, dass zwischen Buechili und Lucy Hawling ein innigeres Verhältnis bestand. Dennoch wirkte die Begrüßung kühl. Helen hätte sich stärkere Emotionen erwartet.

»Ein *Cellular Breakdown* wäre schlimmer gewesen …«

3

»Ja«, meinte Buechili und ließ sie wieder los. »Ein Weggang ohne Wiederkehr ...«

Die relativ lange Umarmung hatte seinen Wunsch widergespiegelt, eine Deckungsgleichheit zwischen dem goldfarbenen, synthetischen Wesen und der abhandengekommenen biologischen Virtufaktkünstlerin von einst zu schaffen. Das wäre ihm fast gelungen. Zumindest fiel ihm im Augenblick nichts Gravierendes an ihr auf. Freilich war ihre Haut aufgrund der veränderten Oberflächenstruktur zäher geworden, und ihr haftete durch die seltsame Färbung etwas Außerweltliches an. Doch Stimme und Gestik erinnerten immer noch an die Lucy von früher. Gewöhnungsbedürftig war allerdings, dass sie sich puppenhaft hart anfühlte. Außerdem schien sich ihre Abneigung gegenüber Körperkontakten weiter gesteigert zu haben. Das war offensichtlich geworden, als sie vorhin ihre Arme nicht um ihn, sondern distanziert von sich gestreckt hatte. Und es ging eine ihm unerklärliche Hitze von ihr aus. Ob das normal für einen nanokonvertierten Organismus war?

»Geht es dir gut?«, fragte er.

»Danke, Dari. Den Umständen entsprechend.«

Sie verharrte ein paar Sekunden und wandte sich dann an ihren dritten Gast. »Und Sie müssen die angekündigte Journalistin sein?«

»Stimmt. Ich freue mich sehr, Ihre Bekanntschaft machen zu dürfen, Miss Hawling. Ich bin Helen Fawkes vom *World Mirror*.«

4

Lucy Hawlings Händedruck war kurz und leidenschaftslos, fand Helen. Trotz ihrer Vorbehalte der Grundidee des synthetischen Körpers gegenüber und der reichlich kühlen Begegnung konnte sie nicht anders, als die ebenmäßigen Gesichtszüge der Nanokonvertierten, ihre wohlgestaltete schmale Nase und die herausfordernden Lippen zu bewundern. Von dem haarrissartigen Netz aus Sprüngen, das sich vor ein paar Tagen noch über ihre Augen gezogen hatte, war nichts mehr zu erkennen. Im Gegenteil: Die Iriden glichen nun filigranen Kunstwerken, phosphoreszierenden, in feinen Abstufungen vergoldeten Kugeln, in denen das tiefe Schwarz der Pupillen eingebettet lag und die auf die Journalistin eine fast schon suggestive Wirkung ausübten. Gleichzeitig vermittelten sie aber Distanziertheit und Zurückhaltung.

»Setzt euch bitte!«, forderte Lucy ihre Gäste auf.

Sie nahmen Platz.

»Erzähl doch mal!«, drang Buechili in sie. »Wie ist es dir ergangen? Was hast du von der Konvertierung mitbekommen?«

Die forsche Neugierde des Ultraisten hatte etwas Aufmunterndes und löste die Spannung im Raum. Helen empfand sofort eine Sympathie für diesen Mann. Mehr als für Ted Hawling, dessen sprödes Gehaben ganz der klischeehaften Vorstellung entsprach, die man sich außerhalb der Großen Stadt von den anthrotopischen Einwohnern machte.

»Nur wenig. Nach meinem letzten Gespräch mit euch über das Holofon, das ich noch gut im Gedächtnis habe, fiel ich in einen ziemlich verworrenen Zustand. Ich erinnere mich bloß an wirre Traumbilder, gelegentliche Abgriffe von der LODZOEB, Miss Whites besorgte Miene und an Alarmsignale.«

»Und Ihr neuer Körper? Fühlt er sich anders an als sein biologischer Vorgänger?«, erkundigte sich Helen vorsichtig.

Lucy Hawlings Augen richteten sich in einem gleichförmigen Schwenk auf sie. »Er ist nicht *neu*, sondern nur verwandelt«, belehrte die Nanokonvertierte. »Natürlich lebt es sich anders mit ihm. Die Motorik reagiert exakter und ich nehme plötzlich Details wahr, die mir vorher niemals aufgefallen wären. Außerdem hat man einen besseren Einblick in innere Abläufe. So kann ich jederzeit den Zustand meiner Körpersysteme abrufen, wenn ich zum Beispiel wissen möchte, ob es irgendwelche Komplikationen auf dem Level der *Nascrobs* gibt oder wie es um die chemische Zusammensetzung des *Aurufluids* steht. Zudem sind meine Bewusstseinsprozesse viel koordinierter. Dadurch lassen sich Probleme leichter erfassen und lösen.«

»Aber bist du immer noch die, die wir kennen?«, fragte Buechili und sprach damit nur aus, was von Anfang an im Raum geschwebt war.

»Das werdet ihr selbst beurteilen müssen.« Lucys Gesicht verfiel in eine befremdende Starre, so, als ob sie ihre Aufmerksamkeit vollständig auf mentale Vorgänge lenken würde.

»Bevor wir uns mit dieser Frage auseinandersetzen, sollten wir Miss Fawkes mit den Hintergründen vertraut machen«, mischte sich Ted Hawling ins Gespräch.

Helen nickte zustimmend, während sie einige Schnappschüsse mithilfe des *Mini-Inducer-Interface* ihres *Interaktors* machte. Sie hatte zwar die letzten Tage damit verbracht, ihr Wissen um *Telos* aufzubessern, allerdings gab es immer noch eine Menge an Unklarheiten, die sie im Rahmen ihrer Interviews zu beseitigen gedachte.

Wir stehen vor einer Herausforderung«, wandte er sich Helen zu. »Wie können wir feststellen, ob die Nanokonvertierung tatsächlich erfolgreich verlief? Es sind mehrere Faktoren zu prüfen. Zum einen die physiologische Seite. Sie ist ziemlich aufwendig, weil der gesamte Körper inklusive Energieumsetzung, Rezeptoren, *Aurufluid*-Kreislauf und Motorik zu analysieren ist, aber das meiste davon kann in systematischen Routinechecks ohne menschliches Zutun überprüft werden. Dafür ist kein Faktenwissen über Lucys Persönlichkeit vonnöten.«

»Wie viele von diesen Checks wurden denn bereits durchgeführt?«, griff Helen das Thema auf.

»Unzählige! Sie sind mittlerweile so gut wie abgeschlossen. Es gab keine ernsten Probleme.«

»Keine *ernsten* Probleme? Wollen Sie damit andeuten, dass einige Dinge doch nicht so liefen, wie man sich das vorgestellt hatte?«

»Ich würde es anders formulieren«, entgegnete Ted Hawling. »Es wurde nichts gefunden, das man durch Rekalibrierungen und Verfeinerungen nicht korrigieren könnte.«

»Zum Beispiel?«

»Zum Beispiel die veränderte Physiologie rund um meine

Stimmbänder«, erläuterte Lucy, ihre Augen in die Ferne gerichtet. »Bis ich mich darauf eingestellt hatte, dauerte es eine Weile. Viel massiver waren allerdings die neuronalen Modifikationen durch die *Nascrobs*.«

»Warum das?«, fragte Helen.

Die Nanokonvertierte fokussierte ihren Blick, wobei sie eine leicht herablassende Miene aufsetzte, wie jemand, den man wegen einer Lappalie aus tiefgründigen Gedanken holte. Möglicherweise bereitete ihr auch nur ihre neue Körperlichkeit Schwierigkeiten, und sie kämpfte damit, eine angemessene Reaktion auf die Frage in ihrem Gesicht widerzuspiegeln. Falls das zutraf, dann ging der Versuch gehörig daneben.

»Durch Optimierungen bei Neurotransmittern, synaptischen Kopplungen und Axonen haben sich die Potenzialschwellen in meinem Gehirn verlagert. Das wurde zwar vorausgesehen und berücksichtigt, nicht aber in dem beobachteten Ausmaß. Es mussten mehrstufige Kalibrierungen vorgenommen werden.«

»Sie wurden sich also nicht mehr als Lucy Hawling bewusst?«

»Ich stand – im wahrsten Sinne des Wortes – neben mir. Ein bisschen zu viel an einer Stelle, ein bisschen zu wenig woanders, und schon präsentierten sich meinem Neurogefüge alle gespeicherten Informationen in verzerrter Form. Ich hätte nicht einmal einen einfachen Satz bilden können, geschweige denn verstanden, was man von mir hören wollte.« Sie hob in einer beinahe graziösen Bewegung die Arme und berührte mit Zeige- und Mittelfingern ihre Schläfen. »Erst die Kalibrierungen durch die LOD-ZOEB – über das Hirnstrom-Paraboloid – machten die Daten in meinen Neuronen zu dem, was sie eigentlich sein sollten: abgelegtes Wissen, Erinnerungen und Erfahrungen.«

»Mit solchen Komplikationen hatten wir gerechnet«, relativierte Ted Hawling diese anfänglichen Hürden. »Die Verzerrungen bildeten sich ziemlich spät aus, konnten zum Glück aber rasch behoben werden.«

5

Buechili hatte sich bisher nicht am Gespräch beteiligt, weil er zu sehr damit beschäftigt war, Lucys Verhalten zu studieren: ihre Erwiderungen, ihre Gestik, ihr Mienenspiel. Die vor ihm sitzende Person teilte zweifelsohne eine Menge an Eigenschaften mit der früheren Virtufaktkünstlerin. Doch er musste feststellen, dass es auch ein paar Auffälligkeiten an ihr gab, die ihn befremdeten. Ihre bedächtigere Sprechweise etwa, die nur wenig Emotion durchblicken ließ, oder das Fehlen jeglichen Enthusiasmus. Und natürlich jene Phasen, in denen sie abwesend zu sein schien, fast so, als ob sie in ihrer eigenen Welt lebte.

Insgesamt glaubte er, an ihr eine merkwürdige Distanz zu ihrem Umfeld wahrzunehmen, ein Gebaren, das sie sonst nur gezeigt hatte, wenn sie mit einem anspruchsvollen Virtufakt beschäftigt gewesen war. Allerdings lag die Nanokonvertierung noch nicht weit zurück, sodass man kaum sagen konnte, ob es sich bei diesen Veränderungen um vorübergehende Begleiterscheinungen des Anpassungsprozesses handelte oder ob sie von permanenter Natur waren und mit der neuen Körperlichkeit in Zusammenhang standen. Womöglich resultierten sie auch aus der Feinjustierung ihrer Psychodämpfung.

»Angesichts der massiven Transformationen grenzt Miss Hawlings stabiler Zustand eigentlich an ein Wunder«, bemerkte Helen Fawkes nachdenklich, »wenn Sie mir die obsolete Terminologie gestatten.«

»Ein Großteil dieses ›Wunders‹ steckt in der Kompetenz und der Kreativität unserer Wissenschaftsteams«, erwiderte Ted. »Und in den Analysefähigkeiten der LODZOEB. In ihr laufen sämtliche Forschungsergebnisse zusammen.«

Die Journalistin neigte gedankenversunken den Kopf. »Könnte man sagen, dass die Rolle der LODZOEB in *Telos* die des übergeordneten Koordinators ist?«

»Mehr als das«, erklärte der Strukturist. »Sie setzt sich auch mit individuellen Problemen auseinander, die zu diffizil wären, als dass sie ein Mensch im Detail begreifen könnte.«

»Wie würden Sie ihre Involvierung in diesem Projekt dann mit einfachen Worten beschreiben?«

Hawling lächelte. »Mit einfachen Worten? Das wird nicht leicht werden, aber ich will es versuchen. Die LODZOEB widmet sich der Lösung von Aufgaben jenseits des menschlichen Abstraktionsvermögens. Dabei kann es sich um fachspezifische Dinge wie etwa um die optimalen physikalischen Eigenschaften von *Aurufluid* oder um das molekulare Design von *Nascrozyten* handeln. Sie kümmert sich allerdings auch um übergeordnete Tätigkeiten, wie die von Ihnen erwähnte Koordination zwischen den Teams. In so umfangreichen Projekten wie *Telos* wäre es einem Menschen unmöglich, den Überblick zu wahren und zielgerichtete Forschungs- oder Entwicklungstätigkeiten von Hunderten Abteilungen anzufordern. Dazu gehört außerdem, auf Erfolg und Fehlschläge in angemessener Weise zu reagieren und globale Pläne sowie individuelle Forschungsziele kurzfristig anzupassen.«

»Beeindruckend!«

6

Helen schlug mit dem *Interaktor* in ihren Gesprächsnotizen nach und sagte: »Sie erwähnten vorhin mehrere Bereiche, die nach der Nanokonvertierung zu überprüfen wären, Mister Hawling.« Um ein Haar hätte sie wieder »Dr. Hawling« gesagt. Ihr war gerade noch rechtzeitig Buechilis Warnung eingefallen. »Zum einen den physiologischen ...«

»Der wäre abzuhaken. Wir haben ihn ausreichend diskutiert, denke ich.«

Sie nickte.

»Dann müssen die kognitiven Aspekte überprüft werden«, erläuterte er, und Helen kam sich dabei ein wenig wie in einer *Induca*-Sitzung vor, in der Ted Hawling die Rolle eines virtuellen Lehrers übernommen hatte. »Dinge wie Assoziationen, Merkfähigkeit, Gedächtnisleistung, logisches Verständnis, analytische Verarbeitung und Ähnliches. Auch das ist mittlerweile erledigt.«

»Mehr als das, lieber Bruder«, fiel Lucy Hawling etwas hochmütig ein. »Meine Fähigkeiten in dieser Hinsicht haben sich im Durchschnitt um einen Faktor von 2,8 erhöht! In manchen Tests wurden gar Steigerungen von über vierhundert Prozent beobachtet! ›Das ist mittlerweile erledigt‹ kommt somit einer groben Untertreibung gleich.«

»Ich meinte das nur im Hinblick auf ein kompatibles Verhalten zu früher.«

»Sehe ich das richtig: Ihre kognitive Leistung ist fast dreimal höher als bei einem herkömmlichen Menschen?«, fragte Helen an die Nanokonvertierte gewandt, fasziniert von dieser Vorstellung.

»Dreimal höher als bei meiner biologischen Vorform«, verbesserte die Virtufaktkünstlerin.

»Und welche Konsequenzen hat das für Sie?«

»Durchwegs positive. Ich kann logische Zusammenhänge schneller und umfassender einschätzen als zuvor, mein Erinnerungsvermögen hat sich signifikant gesteigert und ich schaffe es, mehrere Gedankenstränge auf einmal zu verfolgen.« Der Anflug eines zynischen Lächelns zeigte sich auf dem goldenen Antlitz der Anthrotopierin. »Zuweilen geht es so weit, dass mich herkömmliche Konversation langweilt, weil sie mir zu gemächlich abläuft. Während jemand in einer Kausalkette gerade den Sprung von Punkt A auf B schafft, bin ich für gewöhnlich längst bei G oder H, verstehen Sie?«

»Ja«, sagte Helen. Das klang resigniert, reflektierte aber ganz ihren Unmut, den sie in diesem Moment empfand, obwohl sie sich eigentlich vorgenommen hatte, eine möglichst neutrale Haltung einzunehmen.

»Das macht es für mich schwierig, konzentriert zu bleiben. In einigen Fällen habe ich vorgeschlagen, zwei oder drei Dialoge auf einmal in mehreren parallelen VINET-Sitzungen zu führen. Mit so etwas wird mein konvertierter Kortex fertig, selbst wenn gleichzeitig gesprochen wird und die Inhalte von komplexer Natur sind.«

Lucy Hawling hatte damit einen praktisch aussichtslosen Kampf um ihre volle Aufmerksamkeit ins Spiel gebracht und die

Unbefangenheit, mit der sie ihren Besuchern scheinbar entgegengetreten war, in ein distanziertes Kalkül verwandelt. Dadurch fühlte sich Helen vor den Kopf gestoßen. Mit einem Mal wurde ihr bewusst, wie einfältig ihre bisherigen Fragen in den Augen der Nanokonvertierten gewesen sein mussten. Und welche Mühen es ihr vermutlich bereitet hatte, sich auf ein solch niedriges Niveau zu begeben. Die beiden ACI-Blocker-Träger würden das bestimmt entspannter sehen.

»Dann kann ich nur hoffen, dass Ihnen unsere Langsamkeit nicht allzu unerträglich wird, Miss Hawling«, erwiderte sie gereizt.

Buechili konnte sich eines Schmunzelns nicht erwehren. Vielleicht, weil er ohne die Psychodämpfung ähnlich reagiert hätte.

»Seien Sie unbesorgt, Miss Fawkes. Dieses erste Gespräch hat einen viel zu hohen Stellenwert für mich, als dass ich Langeweile empfände. Der Grund für meinen Hinweis lag einzig und allein darin, Ihnen einen Eindruck von den herausragenden Fähigkeiten nanokonvertierter Gehirne zu vermitteln. Nicht, dass Sie am Ende in die Welt hinausposaunen, der synthetische Körper unterscheide sich nur marginal vom biologischen. Dann würde Ihnen der Fehler einer nicht wiedergutzumachenden Inkompetenz unterlaufen. Und vor einer solchen Blamage will ich Sie bewahren!«

Interessanterweise hatte sie nicht direkt ausgesprochen, dass ihr an Buechilis und Ted Hawlings Besuch etwas lag, sondern nur, welchen Stellenwert sie der Zusammenkunft beimaß, fiel Helen auf und notierte ihre Beobachtung für später mittels *Interaktor* in ihr virtuelles Notizbuch. »Diese Gefahr wäre ja damit gebannt«, gab sie zurück. Sie schloss nicht aus, dass Lucy selbst in diesem Moment über ihr Neuronalinterface an anderen Aufgaben arbeitete. Vielleicht liefen gar Tests des *Telos*-Teams im Hintergrund ab, spekulierte sie. »Gibt es neben den kognitiven Aspekten noch weitere Merkmale, die überprüft werden?«, wandte sie sich wieder an Ted Hawling.

»Die gibt es«, antwortete dieser. »Wir nennen sie identitätsbestimmende Attribute. Darunter fallen Eigenschaften wie Persönlichkeit, Charakter, Langzeiterinnerungen und Gestik. Das ist bedeutend schwieriger, und genau hier werden *unsere* Fragen ansetzen. Mit ihnen überprüfen wir, ob Lucys Gedächtnis konsistent blieb und ob ihr jetziges Wesen dem alten entspricht. Übrigens hat uns das medizinische Team schon einiges an Arbeit abgenommen: grundsätzliche Wissensabfragen und Verhaltenschecks ergaben keine nennenswerten Abweichungen. Darius und ich werden jetzt etwas in die Tiefe gehen.«

»Sollte man nicht noch andere Punkte berücksichtigen? Kreativität zum Beispiel? Oder bestimmte erworbene Fähigkeiten?«, entgegnete Helen.

»Das wäre verfrüht, weil es eine Zeit dauern wird, bis Lucy zu ihrem kreativen Potenzial zurückfindet«, erläuterte Ted Hawling. »Sehen Sie, als Künstlerin ist meine Schwester stark von Aspekten wie der momentanen emotionalen Verfassung, inneren Spannungen und Konfliktinhalten abhängig, und diese hängen wiederum unmittelbar von der Intensität der Psychodämpfung ab. Damit verkompliziert sich die Problematik. Während bei Durchschnittsanthrotopiern eine halbwegs umfassende Dämpfung genügen würde, kommt es bei Lucy auf eine präzise Balance an. Deshalb müssen wir uns zunächst primär um eine stabile Psyche kümmern. Erst danach werden wir uns mit dem Faktor Kreativität auseinandersetzen.«

»Verstehe.«

»Womit wir wieder beim Ausgangspunkt wären«, resümierte Buechili, »unseren Fragen ...«

»Richtig.« Hawling blickte kurz auf den Ultraisten, und als dieser nickte, wandte er sich an seine Schwester. »Meine erste Frage: Bist du immer noch Lucy Hawling?«

Sie machte aus ihrem Amüsement keinen Hehl; ein Lächeln huschte über ihr Gesicht. »Ein drolliger Einfall. Stammt er von dir oder von Dari?«

»Spielt das denn eine Rolle?«

»Nur, um meine persönliche Neugierde zu befriedigen.«

»Er stammt von uns beiden.«

Lucy lächelte distinguiert und warf einen belustigten Seitenblick auf Buechili. »Gut. Also, eine triviale Antwort könnte lauten: Ich bin das, was von Lucy Hawling übrig geblieben ist, nachdem man einen Großteil ihrer biologischen Zellen durch synthetische Strukturen ersetzt hat.« Sie wandte sich abwechselnd ihrem Bruder und Buechili zu, Helen dabei komplett ignorierend. »Natürlich steckt weit mehr dahinter als nur das: Die Veränderungen in meinem Körper hatten massive Konsequenzen. Das beginnt bereits damit, dass der gesamte Energiehaushalt umgestellt wurde und ich mich jetzt von OMNIA ernähre. Daraus ergibt sich nicht nur ein sozialer Aspekt, wenn ich künftig mit anderen Menschen zusammenkomme. Auch Faktoren wie sportliche Leistungen und Ausdauer werden davon betroffen sein. Ich muss lernen, Ermüdungs- und Überanstrengungssymptome richtig zu deuten.«

Wie intensiv sich die Andersartigkeit ihres transformierten Organismus zeigte, hatte man in den vorangegangenen Tagen leidlich erfahren, ging es Helen durch den Kopf.

»Von den physischen Modifikationen, der erhöhten kognitiven Kapazität und der vorläufig stärkeren Psychodämpfung abgesehen, sollte mich aber nur wenig von der alten Lucy unterscheiden. Wir teilen dieselben Erinnerungen, Fähigkeiten, Ansichten, haben dieselben Vorlieben. Im Kern fühle ich immer noch wie jene Lucy, die ihr kennt. Nur ihre Ecken und Kanten wurden etwas abgeschliffen. Und nach außen hin bin ich jetzt vergoldet.«

Eingepackt in Edelmetall, dachte Helen. Ein Geschenk der LODZOEB an ihre Schöpfer. Sie konnte nicht anders, als dabei an die Totenmaske einer altägyptischen Königin zu denken.

»Meine Antwort muss also lauten: Ich bin quasi eine upgedatete Lucy, die den Hightech-Erfordernissen unserer Zeit nachkommt. Zufrieden damit?«

Ted Hawling bejahte. Offenbar hatte er nur herausfinden wollen, ob seine Schwester ihre eigene Lage realistisch einschätzte. Und das schien der Fall zu sein.

»Dann weiter.«

»Glaubst du an ein Leben nach dem Tod – außerhalb eines synthetischen Körpers?«, meldete sich jetzt Buechili zu Wort.

Wie Helen wusste, hatte die alte Lucy Hawling in dieser Hinsicht dem ultraistischen Weltbild deutlich nähergestanden als dem ihres Bruders. Das sollte wohl auch das verschränkte Symbol auf ihrer Stirn symbolisieren: eine Nanokonvertierte mit ultraistisch eingefärbten Ansichten.

»Meine Position dazu ist unverändert«, erwiderte die Künstlerin mit blanken Augen, aus denen so gut wie nichts abzulesen war. »Ich gehe davon aus, dass Geist bestrebt ist, sich nach oben zu entwickeln und dass er Stufe für Stufe durchläuft, von niederen, kleinen Daseinsformen zu immer mächtigeren Verbänden.«

7

Diese Antwort hätte Buechili eigentlich überzeugen müssen, doch ihre Worte kamen ihm hohl und fern vor, fast so, als ob sie einen Text herunterlas, dessen genaue Bedeutung sie nicht verstand. Jene Lucy, die er in Erinnerung hatte, hätte stärkere Emotionen gezeigt.

»Meine zweite Frage an dich: Du sympathisierst mit der Aszendologie, Schwesterherz, und hast dich dennoch konvertieren lassen«, stellte Ted frostig fest. »Ist das nicht ein Widerspruch?«

»Aber nein«, entgegnete sie und ihre eben noch neutrale Miene zeigte plötzlich Spuren von Ungeduld. »Ganz und gar nicht. Obwohl ich langsam müde werde, das immer wieder zu erwähnen. Für mich gibt es keinen Zweifel darüber, dass sich strukturistische und ultraistische Strömungen früher oder später einander annähern müssen. Erst wenn sich der Strukturismus von seinem statischen Weltbild löst und der Ultraismus von seinem pathologischen Misstrauen gegenüber synthetischen Körperlichkeiten, werden wir uns geistig weiterentwickeln. Ich sehe in meiner eigenen Person so etwas wie ein Brückenglied, das die beiden Lager miteinander verbindet.«

»Falls du unter ›statisch‹ unsere Ablehnung von Transzendenz verstehst, dann bezweifle ich, dass deine Erwartungshaltung realistisch ist. Mit der erfolgreichen Nanokonvertierung konnte faktisch nachgewiesen werden, wie obsolet die Vorstellung einer metaphysischen Welt ist. Gerade du solltest das einsehen.«

Buechili musste sehr an sich halten, diese Aussage von seiner

Seite unkommentiert zu lassen. Nur der Vorsatz, die Gedankengänge der nanokonvertierten Lucy nicht zu beeinflussen, hielt ihn von einer Stellungnahme ab.

»Sollte ich das? Keine Ahnung, wie du zu diesem Schluss kommst. Wir haben gezeigt, dass sich Bewusstsein durch materielle Konstrukte aufrechterhalten lässt. Aber es ist nach wie vor unklar, ob Wechselwirkungen mit geistigen Komponenten bestehen oder nicht.«

Ted schüttelte den Kopf. »Dafür gibt es keinerlei Indiz.«

»Du weißt ebenso gut wie ich, dass unser heutiges Weltbild ein Sammelsurium aus verschiedenen Denkbarkeiten darstellt. Auch das haben wir bereits des Öfteren diskutiert. Hält nicht sogar die LODZOEB transzendente Modelle für möglich?«

Das klang schon eher nach der alten Lucy, fand Buechili. Trotzdem wollte ihr Gesichtsausdruck einfach nicht mit ihren Antworten konform gehen.

»Die LODZOEB ist über das Konzept einer singulären Wahrheit längst hinweg; sie arbeitet nur mit Wahrheitskontinua. Es liegt an uns, eine plausibel erscheinende Hypothese zu wählen.«

Lucys Mimik verhärtete sich. »*Wem* sagst du das? Sie hat den gesamten Prozess meiner Nanokonvertierung *gesteuert* und sich dabei in mein Bewusstsein gemengt. Wer könnte wohl mehr Ahnung von ihrer Denkweise haben als *ich*!?«

Ein kalter, fast basiliskenhafter Blick richtete sich auf Ted, so, als ob sie ihren Bruder am liebsten in eine schockgefrorene Masse verwandelt hätte. Die darin mitschwingende Unerbittlichkeit löste für einen Moment sogar in Buechili den Schatten eines Fluchtreflexes aus, ehe der ACI-Blocker den inneren Konflikt beseitigen konnte. Er fragte sich, um wie viel stärker dieser Effekt bei der ungeblockten Journalistin sein musste.

»Hast du eine Vorstellung davon, wie seltsam sich ihr Tasten anfühlt, wenn sie in deine Psyche eindringt?«, setzte Lucy beinahe im Flüsterton fort, der sie noch gefährlicher wirken ließ. »Da war keine Neugierde, die sie antrieb, oder ein Interesse, mehr über das Lebewesen herauszufinden, das sich unter ihrem logischen Skalpell befand. Es war pures Kalkül. Reine Logik.«

Buechili nahm Lucys Reaktionen mit befremdeter Verwunderung zur Kenntnis. Schwang darin eine verhüllte Anklage mit, weil Ted sie dem Prozess der Konvertierung bewusst ausgesetzt hatte, wodurch ihr eine Art Opferrolle zugekommen war, ohne jedwede Möglichkeit zur Flucht aus ihrem komaähnlichen Zustand? Jedenfalls mussten die Erfahrungen während der Transformation Spuren in ihr hinterlassen haben.

»Aber ich schweife ab.« Binnen weniger Sekunden verschwand die Feindseligkeit, und die Anspannung in ihrem Gesicht löste sich. »Was ich sagen wollte: *Denkbar* ist vieles. Und sogar vereinbar mit naturwissenschaftlichen Beobachtungen. Ihr müsst nur die richtigen Rahmenbedingungen festlegen, dann werdet ihr von der LODZOEB auch passende Modelle geliefert bekommen.«

Teds etwas gereizter Wink signalisierte Buechili, das Thema zu wechseln. Offenbar hatte er genug gehört.

»Lasst uns den Punkt abhaken«, ergriff dieser das Wort. Und da niemand einen Einwand erhob, betrachtete er den Vorschlag als angenommen und richtete seine zweite Frage an Lucy: »Wir sprachen vorhin von der LODZOEB. Wie hast du sie oft genannt, wenn Ted nicht dabei war?«

Der Anflug einer Belustigung legte sich über ihr Gesicht. Ob sie gespielt oder echt war, hätte Buechili nicht zu sagen vermocht. Jetzt noch weniger als vor der merkwürdigen Spannung gerade eben.

»Soll ich das wirklich erwähnen, in Anwesenheit der Medien?«

»Miss Fawkes? Versprechen Sie, das für sich zu behalten?«

Es wäre naiv gewesen, dem Wort einer Journalistin allzu große Bedeutung beizumessen, aber damit definierten sie ein Zensurkriterium, dem sie sich freiwillig unterwerfen würde.

Die Angesprochene nickte mit einem konspirativen Lächeln.

Drei Augenpaare hefteten sich erwartungsvoll auf die Lippen der Nanokonvertierten.

»Ich nannte sie immer ... Teds Surrogat-Gottheit.«

Buechili senkte bestätigend den Kopf. Und wie zu seiner Rechtfertigung ergänzte er. »Wir wollten unter anderem Lucys Erinnerungsvermögen überprüfen ...«

»Das ist mir nicht entgangen«, reagierte Hawling mit dem Ausdruck eines gutgelaunten Gentlemans, auf dessen Kosten eben ein taktvoller Scherz gemacht worden war. »Viele haben eine verklärte Vorstellung von der LODZOEB, vor allem diejenigen, denen es an technischem Hintergrundwissen mangelt. Eine solche Mystifizierung liegt mir fern. Für mich ist die Logik der zweiten Ordnungsebene in erster Linie ein Werkzeug. Ein unvorstellbar hochentwickelter Intellekt, der sich von den niederen Einflussfaktoren tierischen Seins entfernt hat und nur noch in abstrakten Modellräumen operiert.«

»Also doch eine Art Gottheit«, meinte Helen Fawkes.

»Ich bitte Sie! Zeigen Sie mir, wie sie das Transzendenzkriterium erfüllt, eine der Grundeigenschaften, die man einer Gottheit normalerweise unterstellt. Oder definieren Sie die von ihr postulierte Orientierung, nach der sich früher oder später eine Religion um sie herum ausbilden müsste. Wer mit der LODZOEB kommuniziert, wird Abstand von fixen Wegen nehmen, weil sie sich immer in hypothetischen Mannigfaltigkeiten bewegt. Nicht sie definiert die Regeln, sondern wir – ihre Auftraggeber – tun es. Als abstrakter Intellekt sucht sie nach Lösungen im Wahrheitsraum der zweiten Ordnungsebene, und in den wenigsten Fällen ergeben diese unmittelbar Sinn, sobald sie durch die Brille unserer begrenzten Ratio betrachtet werden. Damit hat sie eindeutig Werkzeugcharakter und keineswegs die Natur einer gottähnlichen Entität.«

»Theoretisch könnte man die zweite Ordnungsebene sehr wohl als eine Art logische Transzendenz betrachten«, unterbrach ihn Buechili, »wenn man berücksichtigt, dass wir keine Möglichkeit haben, den rationalen Graben zwischen der ersten und zweiten Ebene zu überspringen. Außerdem hat sich im Laufe der Zeit etwas herangewickelt, das wir als blindes Vertrauen ihr gegenüber bezeichnen könnten, wie es auch bei Religionsanhängern zu beobachten ist. Aber das würde jetzt zu weit führen. Wir sollten besser mit unseren Fragen fortfahren.«

»Machen wir das«, pflichtete Ted ihm bei. Er schwieg kurz, als ob er selbst erst zu einer Entscheidung kommen müsste, in welche Richtung er gehen sollte, und sagte dann: »Wie nannte dich unsere Mutter ab einem bestimmten Alter – und warum?«

Für einen Moment schien die Angesprochene irritiert zu sein, so, als ob man plötzlich von ihr gefordert hätte, die Wurzel aus einer neunstelligen Primzahl auf sieben Nachkommastellen ohne technische Hilfsmittel zu berechnen und dafür nicht länger als fünf Sekunden zu benötigen. Ted hatte offensichtlich nach einem Wissen gefragt, dass ihr auf direktem Weg nicht zur Verfügung stand. Ihr war anzusehen, dass sie intensiv über seine Frage nachdachte. Ob wohl die biologische Lucy mit einhundertneunundzwanzig Jahren die Antwort sofort gewusst hätte? Buechili war sich unsicher. Nicht einmal er ahnte, was der Strukturist hören wollte.

»Also?«

Sie sah ihn ein wenig hilflos an, suchte offenbar immer noch nach Anhaltspunkten in ihrem Gedächtnis, ein Vorhaben, das angesichts der Spärlichkeit in Teds Hinweis schwierig sein musste. Doch dann hellte sich ihr Blick plötzlich auf, und die starren Gesichtszüge gingen in die eines belustigten Kindes über. Buechili war überrascht. Einen solchen Kontrast zu ihrem bisherigen Verhalten hatte er nicht erwartet.

»Ich weiß es! Ich weiß es!«, rief sie, wie eine Zehnjährige in sich hineinkichernd. Es hätte den Ultraisten nicht verwundert, wenn sich ihr Körper vor den Augen aller in den eines heranwachsenden Mädchens transformiert hätte, um den Showeffekt zu vergrößern. Technisch wäre das womöglich sogar machbar gewesen.

»Wir hören!«

Auch die Journalistin beobachtete die Szene gespannt. Offenbar konnte sie mit Lucys momentanem Gesinnungswechsel ebenso wenig anfangen wie Buechili.

»Ich war damals noch ein Kind«, begann die Nanokonvertierte, jetzt wieder mit der Stimme einer Erwachsenen, »so um die acht Jahre vielleicht. An diesem Tag hatten unsere Eltern auswärts zu tun, und ich war mit Ted allein zu Hause. Wo genau er sich aufhielt, weiß ich nicht mehr. Nur, dass ich mich – wie schon oft zuvor – zum Toilettenschrank meiner Mutter schlich, in dem sie oben rechts ein Glasfläschchen mit Badeöl aufbewahrte. Ich liebte den Geruch dieses Öls. Er war so süß und betörend. Normalerweise ging mein Akrobatenstück gut, doch diesmal hatte ich Pech, denn als ich mich auf der kleinen Trittleiter ausstreckte, um den Flakon zwischen die Finger zu bekommen, da kippte er um. Dabei löste sich der schwere, geschliffene Glasverschluss, und das Öl floss aus. Zu meinem Leidwesen stand ich direkt darunter, sodass ein Großteil davon auf meinen Kopf und auf das blaue, hell gepunktete Kleid lief, das ich so mochte. Was für eine Bescherung! Alles klebte an mir. Trotz meiner Bemühungen verströmte ich noch tagelang einen süßen, exotischen Duft, sehr zum Gaudium der ganzen Familie! Daraus ergab sich der Kosename *Vanilla*. Meine Mutter hat ihn mir verliehen. Begreiflicherweise war sie nicht sonderlich begeistert über die Misere, die ich angerichtet hatte, aber sie schenkte mir später trotzdem ein Aromafläschchen mit Vanilleöl, wohl in erster Linie aus Sorge um mich, damit ich mein Kunststück nicht wiederholte. Gut möglich, dass ihr meine versteckte Leidenschaft auch ein wenig zu Herzen ging.«

»Ja, das war ein ziemlicher Schlamassel«, bestätigte Ted. »Wir haben versucht, das Öl aus deinem Kleid herauszuwaschen … erinnerst du dich? Das gelang uns zwar, doch es war danach klatschnass. Du musstest dich umziehen, ehe die Eltern auftauchten. Mutter fiel das natürlich sofort auf.«

Lucy lächelte in Gedanken und nickte. »Stimmt. Sie hatte einen Blick für so was.«

8

Helen fand das Geschichtchen rührend, nicht nur, weil es sich ebenso gut in einer Wohngemeinschaft des *Natural Way of Life* hätte zutragen können, nein, es spannte auch eine Brücke zwischen der nanokonvertierten, kühlen Anthrotopierin und der erwachenden, kokettierenden Weiblichkeit in einer Kleinmädchenseele. Damit kam der distanziert wirkenden Virtufaktkünstlerin eine emotionale Komponente zu, die Helen überraschte.

»Wir sprachen sicher schon Jahrzehnte nicht mehr über diesen Vorfall«, richtete sich Hawling an seine Begleiter. »Also muss sich die Erinnerung daran in Lucys tertiärem Gedächtnis befunden haben.«

Indessen war die Nanokonvertierte in ein apathisches Schweigen gefallen. In Kombination mit ihrer Reglosigkeit hätte man meinen können, sie befände sich in tiefer Meditation, weit weg von den kleingeistigen Anliegen ihrer Besucher. Nur die Augen verrieten, dass es in ihrem Kopf arbeitete: sie hatten jetzt die Farbe von geschmolzenem Gold. Helen fragte sich, ob darin eventuell eine stumme Erwiderung auf Ted Hawlings unpersönliche Analyse zu sehen war, und ob sich Lucy möglicherweise ausgeschlossen fühlte. Sie verwarf die Möglichkeit jedoch wieder, als ihr zu Bewusstsein kam, dass der ACI-Blocker eine solche Fehlinterpretation bestimmt unterdrückt hätte.

»Eine nette Geschichte«, meinte Buechili, und aus seiner Miene leitete Helen ab, dass ihm die Anekdote bisher unbekannt gewesen war. Eigentlich erstaunlich, wenn man bedachte, dass sie gewiss eine Menge an Erinnerungen in VINET-Sitzungen gemeinsam durchlebt haben mussten.

»Nun zu meiner letzten Frage«, kündigte er dann in einem Tonfall an, als ob die Antwort der Virtufaktkünstlerin untrüglich offenbaren würde, ob immer noch die alte Lucy Hawling in dem transformierten Körper wohnte.

Die Angesprochene signalisierte Bereitschaft, indem sie ihre Augenlider senkte und wieder hob.

»Wer – oder was – ist Ponti?«

Buechili hatte den Satz wie einen Torpedo auf sie abgeschossen und beobachtete jetzt aufmerksam ihre Reaktion darauf. Er musste nicht lange warten: schon bald floss ihre statuenhafte Mimik in ein wissendes Lächeln über. Und diesmal wirkte die Empfindung echt. Niemand sagte etwas, zumindest nicht auf verbaler Ebene. Doch zwischen den beiden schien plötzlich eine Kongruenz zu bestehen, wie sie nur Menschen gelang, die sich ausgesprochen gut kannten. Dann, als die Stille für die Journalistin beinahe unerträglich geworden war und sie ihre Ungeduld kaum noch zügeln konnte, gab Lucy Hawling die Antwort: »Ponti ist das Geheimnis unserer gemeinsamen Kindheit«, flüsterte sie, mehr zu den anderen als zu ihrem langjährigen Freund. Was Helen nicht wusste: Die Virtufaktkünstlerin trennten fast vierzehn Jahre von Buechili. Daher fiel ihr auch nicht auf, dass an dieser Kindheit – numerisch betrachtet – ein Haken war.

51: Abfangkurse

Der Anfang einer *Aerochase*-Simulation war jedes Mal ein großartiges Erlebnis. Wenn man vom menschlichen, mit dem irdischen Boden verhafteten Körper ohne Übergang in ein virtuelles Geschöpf der Lüfte mit zusätzlichen Freiheitsgraden transformierte, fühlte es sich so an, als ob man all seine schweren, phlegmatischen Elemente gegen die Dynamik einer evolutionären Frühform eintauschen würde und damit plötzlich einem Umfeld angehörte, das in seiner erinnerten Vertrautheit dermaßen nahe an der pulsierenden Energie des eigenen Kerns war, dass die trägen, komplexen und in sich verwundenen Logikgebilde eines im Schneckentempo agierenden Homo sapiens wie eine Farce erschienen. So kam es jedenfalls Wiga immer vor, und sie wusste aus Gesprächen mit anderen, dass es ihnen ähnlich ging.

Natürlich handelte es sich bei *Aerochase*-Simulationen um rein virtuelle Erlebnisse. Sie dienten als Trainingssitzungen für die Steuerung von *Hyperceptors*, jenen eleganten und agilen Abfangjägern des *Hypercorps*, die in der Realität nur selten eingesetzt wurden, da die wenigsten Bedrohungen eine Unterstützung aus der Luft notwendig machten. Trotzdem nutzte man ihre künstlichen Pendants gern, um die Grenzen von Reaktionszeiten und simultaner Reizverarbeitung bei MIETRA-Soldaten auszutesten und weiter zu optimieren. Als angenehmen Nebeneffekt lernten dabei auch *Warrior Controllers*, die normalerweise ausschließlich *Trooper*-Gefechte bestritten, mit *Hyperceptors* umzugehen, sodass sie ohne allzu großen Aufwand auf Luftkämpfe umgeschult werden konnten, falls einmal zusätzliche Piloten erforderlich waren.

Wie gesagt, die Mehrheit aller Auseinandersetzungen wurde am Boden ausgetragen, und selbst dort blieben offene Konflikte zwischen Annexea und dem Rest der Welt überschaubar. Man hätte beinahe von einer Art Waffenstillstand sprechen können, wenn nicht gelegentlich der eine oder andere Übergriff erfolgt wäre, den die Streitkräfte Annexeas mit der Lässigkeit eines genervten Riesen beantworteten. Der Städtebund verhielt sich dabei weitgehend defensiv: er zeigte keinerlei Interesse daran, sich externe Territorien einzuverleiben oder Anschläge mit Militäraktionen auf *Tribes*-Siedlungen zu vergelten.

Aerochase-Simulationen liefen stets nach einem vordefinierten Muster ab: Sie begannen mit einer Anpassungsphase, in der die Piloten frei über eine szenarienbedingte Landschaft flogen, um eine allmähliche Identität mit dem *Hyperceptor* zu entwickeln. Daraufhin folgte Phase zwei: Die Route verengte sich zu einem Korridor aus Fixpositionen mit wählbaren Abzweigungen an diversen Wegpunkten. Aus ihnen ergab sich ein mehr oder weniger breiter, von visuellen Markern begrenzter Schlauch, den der Teilnehmer für den Rest des Trainings zu durchfliegen hatte. Stieß er daran an, reduzierte sich der Schutzschild seines Flugobjekts um einen von der Intensität der Kollision abhängigen Wert. Später kamen feindliche Angriffsdrohnen niedriger Schwierigkeitsstufe ins Spiel, danach ein möglichst ebenbürtiger menschlicher Gegner aus einer willkürlich gewählten MIETRA-Kompanie und schließlich, zur Steigerung der parallelen Sinnesverarbeitung und des Reaktionsvermögens, weitere automatisierte Drohnen, die jeweils nur an einem der zwei *Hyperceptors* Schaden anrichten konnten und sich durch ihre Farbe voneinander unterschieden. Am Ende gewann derjenige, der überlebte. Falls beide durchkamen, diente die Kombination aus Flugdauer sowie verbleibender Schildenergie als Bewertungskriterium, sodass letztlich der am wenigsten beschädigte und schnellste *Hyperceptor* den Sieg davontrug. Aus Gründen der Unbefangenheit und des Schutzes vor missbräuchlicher Anwendung teilte das System den Soldaten erst zum Schluss mit, gegen wen sie angetreten waren. Diese Maßnahme ergriff man, da *Aerochase*-Errungenschaften zur Verleihung eines *Mission Stars* führen konnten und andernfalls die Gefahr bestanden hätte, sich durch unfaire Absprachen MIETRA-Auszeichnungen zu erschwindeln.

Wiga befand sich gerade in der ersten Etappe des Trainings, der Aufwärmphase. Wie immer hatte sie sich innerhalb weniger Minuten an die Einheit mit dem pfeilschnellen Jäger gewöhnt und ihr Empfinden ganz auf die neuen Umstände ausgerichtet.

Im Gegensatz zur Luftfahrttechnik früherer Jahrhunderte gab es längst keine Trennung zwischen Piloten und Flugzeug mehr: alles war Pilot oder alles Flugzeug, je nachdem, wie man es betrachtete. Das System projizierte die Hauptkomponenten des *Hyperceptors* auf die neuronale Struktur des menschlichen Körpers, sodass nicht nur sämtliche dabei auftretenden Kräfte deutlich zu spüren waren, sondern auch die verdrängten Luftmassen mit zunehmender Geschwindigkeit immer schneller über die Haut strichen. Dazu kam, dass man von einer Hülle umschlossen wurde, die sich selbstständig den jeweiligen Verhältnissen anpasste und etwa von sich aus Auftriebsflächen schuf, sobald es erforderlich war, oder Kurvenflüge, Rollen, Nickbewegungen durch dynamisch generierte Strömungszonen unterstützte. Zudem ermöglichte die Kombination aus einem speziellen Antrieb und den damit einhergehenden kompensatorischen Effekten höchst wendige Manöver bei moderaten, aber dennoch jenseits menschlicher Grenzen liegenden g-Kräften, ein Aspekt, der bei unbemannten Flugzeugen zwar eine kleinere Bedeutung haben mochte, jedoch weniger strukturelle Anforderungen an Material und Konstruktion stellte.

Die geradezu perfekte Aufschaltung dieser Daten auf Wigas Neurostruktur erzeugte in ihr das Gefühl, selbst durch die Lüfte zu schießen, einem blitzschnellen, außerordentlich gewandten und überdimensionalen Vogel gleich, der mit der Flexibilität eines Quecksilbertropfens beständig seine Form den auftretenden Belastungen gemäß ausrichtete. Wenn sie den *Hyperceptor* in einer leichten Drehbewegung ihres virtuellen Leibes eine weite Kurve fliegen ließ, spürte sie deutlich, wie sich die Strömungsverhältnisse entlang ihrer Außenhaut umgestalteten und wie sich in manchen Bereichen neue Vertiefungen und Vorwölbungen bildeten, mit denen der Jäger seine Beweglichkeit optimierte. Dabei zog die von eisenoxidrotem Staub bedeckte Landschaft wie im Zeitraffer unter ihr vorbei, breite, flache Areale, unterbrochen von teils riesigen orangefarbenen Felsformationen, abgeplatteten Hügeln und ausgetrockneten Flussläufen.

Sie neigte sich auf die andere Seite, um die Flugkurve ausklingen zu lassen und in die Gegenrichtung überzugehen, registrierte, wie der *Hyperceptor* praktisch verzögerungsfrei darauf ansprach, wie sich gleichzeitig erneut Veränderungen in der Hülle ergaben und die Umgebung eine starke Drehbewegung erfuhr. Dann schwenkte sie in die Gerade, senkte die virtuelle Nase, legte ihre ausschließlich neuronal präsenten Arme eng an den Rumpf, wodurch sie den Jäger zum Sturzflug veranlasste, der unmittelbar auf ihr Vorhaben reagierte, indem er sich in eine zum Boden gerichtete, langgestreckte Gestalt umformte, schneller und schneller wurde und Wiga mit enormer Geschwindigkeit der roten Oberfläche entgegenrasen ließ. Erst im letzten Moment hob sie die Nase wieder an. Dem *Hyperceptor* schien das nicht viel auszumachen. Er folgte willig ihren Befehlen, kompensierte die auftretenden Zugkräfte mit einer perfekten Kombination antriebstechnischer und hüllengestaltender Maßnahmen, wich dabei kaum von der Ideallinie ab.

Genau diese nahezu unbegrenzte Agilität schätzte Wiga so sehr an den *Aerochase*-Simulationen. Weniger die Freiheit, als Kreatur der Lüfte nach Gutdünken über ausgedehnte Landschaften zu fegen, als vielmehr die vollkommene Kontrolle über eine unermesslich leistungsfähige Flugmaschine zu haben, der man mittels unbarmherziger, mentaler Zügel den persönlichen Willen aufoktroyierte, sie letztlich bis an die Grenzen physischer Machbarkeit heranführte. Darin lag ein ganz besonderes, prickelndes Vergnügen, für das sie keine logische Erklärung fand. Vielleicht ergab es sich aus der fast perfekten Verschmelzung mit dem *Hyperceptor*, repräsentierte eine Art Hinauswachsen aus der Enge des organischen Körpers in ein Wesen, das sich den gravitativen, irdisch auferlegten Fesseln entledigte. Jedenfalls war eine *Aerochase*-Simulation weitaus faszinierender, als einen auf dem Feld operierenden *Hypertrooper* zu steuern oder beinahe ein Dutzend davon simultan. Es ließ sie gleichsam zum eigenen Ursprung zurückkehren, sodass sämtliche Aktionen plötzlich einzig und allein einem hocheffizienten, rational entlasteten Bewusstsein unterstanden und die Dominanz des Intellekts in der Versenkung verschwand. War ihre Leidenschaft als Rückfall in eine Existenzform zu verstehen, die in einer Vorstufe zu ihrem jetzigen Sein agiert hatte, lange bevor der menschliche Seelenmüll zum Tragen gekommen war? Oder wurde sie einer Entwicklungsstufe teilhaftig, die den meisten noch bevorstand? Vermutlich kannte niemand die Antwort auf diese Frage. Nur eines stand für sie unzweifelhaft fest: Sie hätte nur ungern darauf verzichten wollen, und das musste sie als *Warrior Controller* auch nicht.

Das System leitete jetzt Phase zwei ein, stellte unmittelbar vor Wigas Wahrnehmungsbereich das offene Ende einer halbtransparenten Röhre dar, in die sie Sekunden später zwangsläufig einflog. Sie konnte zwar nach wie vor den Himmel über sich und die eisenoxidrote Landschaft darunter erkennen, aber die Wände tauchten diese in eine Art Nebel. Gelegentlich schien es zu Reflexionen des Außenlichts zu kommen. Tatsächlich handelte es sich dabei um besondere Marker, welche die Orientierung im Inneren des Schlauches erleichtern sollten.

Wiga hielt sich mit ihrem *Hyperceptor* so gut es ging in der Mitte des Korridors auf, folgte dem geraden Anfangsstück, dann der leichten Linkskurve und erreichte schon bald den ersten Gabelungspunkt, von dem zwei Kurse wegführten. Einer verlief in horizontaler Richtung weiter und war mit einem grünen »+5«-Label versehen. Damit signalisierte das System, dass die Passage zwar eine relativ niedrige Schwierigkeit aufwies, aber um fünf Einheiten länger war als die theoretische Normstrecke. Rechts davon zweigte im Fünfundvierzig-Grad-Winkel ein alternativer Verlauf ab. Die blaue »-2«-Beschriftung klassifizierte ihn als fortgeschrittene Route, die gegenüber der Normstrecke einen Zeitvorteil von zwei Einheiten bringen würde, wenn man sie erwartungsgemäß passierte.

Sie wählte die blaue Option und bemerkte schon nach wenigen hundert Metern, wie sich die Geradlinigkeit des Tunnels von einer einfachen, in einer einzigen Achse langsam variierenden Konstruktion auf ein Gebilde reduzierte, das sich nach alle Richtungen hin wand, dabei teilweise ungewöhnliche Schnörkel bildete und sich darüber hinaus als bedeutend schmaler erwies, als es die vorhergehende Röhre gewesen war. Für die routinierte

Soldatin stellten diese Erschwernisse keine allzu große Herausforderung dar. Sie schoss mit energischen Schwüngen durch den Korridor, bedacht darauf, der Ideallinie zu folgen, schraubte sich in die Kurven, als ob sie auf Schienen unterwegs wäre, katapultierte eine beinahe senkrechte Strecke nach oben und schmiegte sich dann gefühlvoll wieder in die ursprüngliche, anspruchslose Hauptroute ein.

Nach ein paar solchen Kursen, in denen sie sich auf später folgende waghalsigere Manöver einstellte, tauchten plötzlich in gelben Signalfarben gehaltene Flugobjekte auf. Sie galt es, ohne schwere Kollisionen und unter Beibehaltung einer möglichst direkten Linie zu passieren. Nur einige von ihnen nahmen die aktive Verfolgung auf, und diese konnten leicht abgeschüttelt werden. Das war auch so beabsichtigt: bei der aktuellen Übung ging es hauptsächlich um eine Steigerung der Sinnesverarbeitung paralleler Ereignisse, die wenig bewusste kognitive Auseinandersetzung erforderten. So jagte Wiga durch Abzweigungen verschiedener Schwierigkeitsgrade, schlug mühelos ihre Haken um Objekte, die wie aus dem Nichts kamen, drillte sich einem Spiralbohrer gleich in tiefe Abgründe und vernahm mit Genuss die Aufprallgeräusche hinter sich, wenn es die eine oder andere Drohne einmal nicht schaffte, einem Hindernis auszuweichen, das sie Sekunden zuvor in geradezu irrwitzigem Tempo elegant umsteuert hatte. Indessen informierten sie die Statusanzeigen darüber, dass sie knapp daran war, ihren persönlichen Teilstreckenrekord zu brechen und immer noch über fünfundneunzig Prozent Schildleistung verfügte. Sie schien in ausgezeichneter Verfassung zu sein!

Vor der nächsten Einmündung in die Hauptroute meldete das System die Zusammenführung mit dem gegnerischen MIETRA-Soldaten und somit den Beginn von Phase vier. Dabei sorgte die Simulation selbstständig für den räumlichen Abgleich der beiden Teilnehmer, wodurch sie in unmittelbarer Sichtweite zueinander erschienen, egal, wie schnell jeder von ihnen bisher unterwegs gewesen war. Von nun an galten drei einfache Regeln. Erstens führten Berührungen zwischen Spitze und Heck immer zur Schildreduktion desjenigen, der angegriffen wurde, während der mit der Nase attackierende Pilot keinen Abzug erhielt, es sei denn, die Flugzeuge waren aufeinander zugeflogen, dann erfolgte eine Verminderung der Schilde beider Kämpfer. Man nannte das die Angriffsregel. Zweitens bewirkten seitliche Kontakte grundsätzlich einen gegenseitigen Schaden, wobei es darauf ankam, welche Stelle mit welchem Rumpfteil zusammenstieß. Je kritischer die betroffenen Bereiche waren, desto höher fielen die Strafpunkte aus. Das bezeichnete man als die Scherregel. Und drittens wurden, ganz im Gegensatz zu herkömmlichen Luftkämpfen, keinerlei Waffen mitgeführt. Die Kunst bestand darin, den Schild des Mitstreiters ausschließlich durch gezielte Kollisionen zu beeinträchtigen. Das war die Trainingsregel. Sonst war alles erlaubt: waghalsige Manöver, kühne Abkürzungen, unvorhergesehene Attacken und anderes.

Wiga flog eben in den regulären Korridor ein, als sie in ihrem Panoramasehfeld, das zusätzlich zum Dreihundertsechzig-Grad-Rundumblick eine komprimierte Sicht des oberen und unteren Luftraumes bot, ihren Kontrahenten entdeckte. Bei dieser ersten Begegnung war immer besonderes Geschick gefordert, da der weitere Verlauf stark davon abhing, wie man den Kampf bestreiten wollte. Wenn man hinsichtlich Schild und Position einen Vorsprung hatte, trachtete man für gewöhnlich danach, möglichst rasch das Ziel zu erreichen. Dann nahm man auch gern in Kauf, den feindlichen MIETRA-Soldaten im Nacken zu haben. Jemand, der hingegen im Hintertreffen war, wählte eine andere Taktik: Er würde versuchen, so oft es ging über die Angriffsregel Punkte zu machen, also mit seiner Nase den Rumpf des Gegners zu treffen, ohne dabei selbst Schaden zu nehmen.

Sie jagten eine Weile nebeneinander her, fegten den in leichten Bögen und weit ausholenden Kurven verlaufenden regulären Kurs mit maximaler Geschwindigkeit entlang, während sie einen konstanten Abstand zwischen sich hielten. Nach den eher strapaziösen Abkürzungen der bisherigen Strecke, bei denen Wiga zwar gute Fortschritte gemacht, aber kaum das volle Tempo erreicht hatte, wirkte diese Phase nun wie ein gewöhnliches Wettrennen, in dem es einzig und allein um die rascheste Absolvierung des Kurses ging. Doch der Schein trog. Jeder der beiden Piloten behielt den anderen misstrauisch im Auge, wusste, dass der momentan nur auf Schnelligkeit fixierte Kampf unvermittelt in eine Kollisionsfehde übergehen konnte. Dafür hätte nur einer zurückbleiben müssen, um dann in einem geschickten Manöver mit der Nase das Heck des Vordermannes zu touchieren und damit dessen Schild zu beeinträchtigen. Noch entschied sich niemand für eine solche Taktik, da man dem Gegner auf diese Weise quasi freiwillig Geschwindigkeit abgetreten hätte.

Wiga blickte kurz auf die Anzeigen: ihr Kontrahent schien sich bisher gut zu schlagen. Er lag in seiner absoluten Position kaum hinter ihr und war – so wie sie – praktisch unversehrt. Das ließ darauf schließen, dass sie es definitiv mit einem ebenbürtigen Kollegen zu tun hatte, der ihr keineswegs ein leichtes Spiel bereiten würde. Nur, wenn sie alle seine Bewegungen im Auge behielt, war sie vor unangenehmen Überraschungen gefeit. Daneben galt es, den Streckenverlauf zu verfolgen und gegebenenfalls auf Hindernisse, feindliche Objekte sowie lohnenswerte Austrittspunkte zu reagieren.

Vor ihnen tauchte eine blaue »-4«-Abzweigung auf. Wiga ging jede Wette ein, dass ihr Gegner diese Abkürzung wählen würde, weil es einfach absurd schien, auf einen Vorteil von vier Zeiteinheiten zu verzichten, ganz gleich, was sich dahinter verbarg. Auch sie wollte sich eine solche Chance nicht entgehen lassen. Allerdings bestand das Risiko, die blaue »-4«-Strecke zu zweit absolvieren zu müssen, einen Kurs, der bedeutend enger als die Hauptröhre ausfiel und dadurch einen erhöhten Schwierigkeitsgrad mit sich brachte. Dieser Aspekt führte bei roten Seitenzweigen oft dazu, dass Teilnehmer eine lohnende Alternativroute bewusst mieden. Denn selbst, wenn sie hintereinander geflogen wären, hätte die Anwesenheit des Gegners irritiert. Entweder nahm er die Sicht oder er bedrohte als potenzielles Kollisionsobjekt im Rücken den Schild.

Dessen ungeachtet entschieden sich Wiga und ihr Kontrahent für die Abkürzung. Sie zogen ihre Jäger unter Ausbildung von unterstützenden Hüllenelementen steil nach oben und schwenkten dann in einen beinahe tangential verlaufenden Seitenschacht ein. Wie vorhergesehen erwies er sich als wesentlich enger als die Hauptstrecke. Die Abstände zum Gegner und zur jeweiligen Außenwand schrumpften auf gerade einmal eine halbe Flugzeugbreite! Als der erste Loop zu bewältigen war, stieg die Gefahr einer Kollision drastisch an. Um möglichst unbeschadet durchzukommen, flogen sie eine Viertelrolle, wodurch ihre Unterseiten einander fast berührten, folgten der in einer geometrisch wohlgeformten Schraube gestalteten Überschlagsschleife, bis sie den auslaufenden Schwenk erreichten. Dort geschah es: Eine lokale Verengung, die in einem spiralförmigen Abwärtsdrill wieder in die originale Wegstrecke zurückführte, zwang die beiden, näher zu rücken, sodass sich in der ersten Spiralwindung die Schilde überlagerten. Während dieser Zeitspanne fuhr ein alarmierendes Schmerzsignal durch Wigas Rückgrat – und wohl auch durch das ihres Konkurrenten – und die Schildenergie schrumpfte in schnellen Schritten. Ihr Gegner reagierte sofort: Er drosselte den Antrieb, fiel dadurch etwas zurück und schuf so die unter den gegebenen Umständen beste Voraussetzung, um weitere Kollisionen zu vermeiden. Doch nun hatte die Soldatin einen Verfolger im Nacken.

Für Wiga gab es mehrere Möglichkeiten, das Dilemma zu lösen. Sie konnte so lange Schub zurücknehmen, bis sie wieder nebeneinander flogen, riskierte dabei aber einen Angriff am Heck. Taktisch günstiger wäre es, auf einen Seitenloop zu warten, eine von der Hauptstrecke wegführende Schleife. Auf diese Weise würde sie ein paar hundert Meter hinter ihrer aktuellen Position landen und den Kontrahenten für eigene Attacken vor sich haben. Das ginge allerdings mit der Einbuße eines beträchtlichen Teils ihres bisherigen Vorsprungs einher. Oder sie übte sich in Geduld, bis eine Gabelung mit nennenswerter Zeitersparnis auftauchte, und nutzte dann ihre Chance. Sie setzte auf Letzteres.

Dummerweise ergab sich keine solche Gelegenheit. Während sich die Hauptröhre mit weiten, aber bei maximalem Tempo nicht immer ganz so einfachen Biegungen dahinzog, wurden außer Verlängerungsrouten nur Seitenloops in allen Radien angeboten.

Diese Merkwürdigkeit des Systems war ihr schon des Öfteren aufgefallen: je mehr man auf eine Abkürzung wartete, desto geringer schien die Wahrscheinlichkeit zu sein, auf eine zu stoßen. Sie entschied sich, in einen Loop einzufliegen und die Zeiteinbuße in Kauf zu nehmen. In Anbetracht ihrer relativ hohen Schildenergie würde das zu verschmerzen sein. Wiga steuerte den Jäger nach unten, schoss auf den mit »L6« bezeichneten Ausgang zu, einem Loop mit einem Radius von sechs Längeneinheiten, und hoffte, mit dieser Taktik hinter ihren Kontrahenten zu kommen. Doch der Pilot hatte ihre Absicht durchschaut und ebenso schnell seine Richtung an die ihre angepasst. So jagten sie gemeinsam durch den Loop, einer knapp nach dem anderen, der Biegung dabei mit höchstmöglicher Geschwindigkeit folgend. Wieder in der Hauptröhre angekommen, behielt Wiga die Krümmung ihrer Flugbahn bei, setzte somit die Schleife fort, um ihren Gegner vor die Nase zu bekommen. Zu ihrem Erstaunen blieb er in ihrem Windschatten. Und auch im dritten Durchlauf ließ er sich nicht überlisten.

Hinter ihr musste ein sehr erfahrener MIETRA-Soldat fliegen, jemand, der mit solchen Finten rechnete und der sich innerhalb von Sekundenbruchteilen auf unkonventionelle Manöver einstellen konnte. Wigas Vermutung bestätigte sich, als sie den Loop verließ und ihr Kontrahent dasselbe unternahm. Während sie ihre Runden gezogen hatte, war eine neue Abzweigung entstanden, die sie nun deutlich in ihrem Dreihundertsechzig-Grad-Rundumblick über sich ausmachte. Sie riss ihren Jäger in einer steilen Linie nach oben, spürte, wie er sich von einer Form in die andere umgestaltete. Die dabei auftretende Spannung lief wie ein dumpfer Schmerz den gesamten Körper entlang. Sofort reagierte der *Hyperceptor* mit geeigneten Gegenmaßnahmen auf die Situation, indem er die Antriebsbeschleunigung in eine optimale Richtung lenkte und Teile des Rumpfes den veränderten Strömungsverhältnissen anpasste. Trotz dieser Unterstützung schaffte sie den Eintritt in die rote »-7«-Abzweigung nur mit Müh und Not, ohne an die Wand der Hauptröhre zu stoßen. Die wenigen Augenblicke, die ihr Kontrahent gebraucht hatte, um den Kurs zu korrigieren, waren für ihn zu viel. Er musste sein Vorhaben, der Soldatin in die Abkürzung zu folgen, wohl oder übel aufgeben, wenn er sein Schildlevel halten wollte, und einstweilen die konventionelle Röhre durchfliegen, bis sich eine bessere Gelegenheit bot.

Die alternative Route erwies sich als kompliziert, obwohl Wiga ihren Gegner fürs Erste hinter sich gelassen hatte und ihre Konzentration nun ganz auf die Flugstrecke legen konnte. Schon der vom Hauptkorridor wegführende Kanal kam ihr wie ein langgezogenes, leicht in sich verwundenes Nadelöhr vor, das sich mit ihrer aktuellen Geschwindigkeit nicht unversehrt passieren ließ. Dabei vernahm sie deutlich die auftretenden Schergeräusche, spürte die kortexinduzierten Abschürfungen auf jeder Seite ihres Körpers, eine weniger schmerzhafte als eher unangenehme Erfahrung. Um den Durchflug ohne schlimme Beschädigung zu überstehen, drosselte sie das Tempo, aber nur in einem Maß, das ihren Zeitvorteil nicht gefährdete, und schoss dann geschmeidig durch den tunnelartigen Tubus hindurch wie die sprichwörtliche Kugel durch das Kanonenrohr, nur mit dem Unterschied, dass dieses Rohr eine Windung aufwies.

Nach erfolgreicher Absolvierung des Eingangsbereichs folgte ein längerer, nach oben gekrümmter Abschnitt mit etwas großzügiger bemessener Weite, in dem sie wieder an Geschwindigkeit zulegte. Hier waren die Außenwände nicht mehr glatt, sondern erinnerten eher an eine Höhle mit spitzen, von allen Seiten hereinwachsenden Tropfsteinen, denen es auszuweichen galt. Zwar blieb dazwischen in den meisten Fällen Platz für eine axiale Flugbahn, doch war Vorsicht geboten, denn Wiga befand sich in einer rot markierten Abkürzung, die gewiss noch einige Überraschungen für sie bereithielt.

Ein paar Kilometer später ging die leichte Krümmung des Tunnels in einen sinusförmigen Verlauf über, ein zunächst relativ gemächlicher Kurs mit niedrigen Amplituden, dem angenehm zu folgen war. Aber Frequenz und Auslenkung erhöhten sich stetig, drängten dem Flugzeug immer nervösere Richtungsänderungen auf, und das Schlimmste daran war: auch die sägezahnartigen Begrenzungen näherten sich, bis der Durchlass so eng wurde, dass kaum ein Spielraum für größere Korrekturen blieb. Wiga musste all ihre Konzentration auf diesen Abschnitt legen, sich mit dem *Hyperceptor* gleichschalten – den Fortschritt des Gegners und seine auf die Hauptstrecke normierte Position in der Übersichtskarte dabei außer Acht lassend –, damit sie die metergenauen Manöver ohne gröbere Schrammen überstand. Das erforderte höchste Aufmerksamkeit, und sie glaubte zu spüren, wie Tausende von Signalen durch die Neurokopplung der *Inducerkalotte* strömten, wie sich die Kontaktstellen unter der Last zunehmend erwärmten und wie ihr in den Haltebügeln fixierter physischer Körper schweißgebadet in der *Hyperconnector*-Umklammerung lag. Mit dieser Route schien sie an die Grenze ihrer Leistungsfähigkeit zu kommen, denn allmählich spürte sie jenes Kribbeln im Kopf, vor dem sich jeder MIETRA-Soldat fürchtete: die ersten Anzeichen einer neuronalen Überladung, eines *Modus-D*. Aber noch war nichts verloren. Irgendwann würde auch diese Passage bewältigt sein. Schließlich konnte das System die Schlangenlinienfrequenz des Korridors nicht endlos erhöhen.

Und tatsächlich musste sie nicht lange warten, bis die Sinuswelle mit einer Abruptheit endete, dass sie anfangs Schwierigkeiten hatte, dem nun fast geradlinigen Kurs ohne die zuvor notwendigen Pendelbewegungen zu folgen. Was für eine Befreiung, die strapaziöse Achterbahn endlich absolviert zu haben! Sie hätte ihrem inneren Verlangen, eine Weile sanft dahinzugleiten, sich von der Aufregung zu erholen, stattgegeben, wenn sie nicht genau gewusst hätte, wie viele unerfahrene Trainingsteilnehmer an eben dieser Hürde scheiterten. Gerade jetzt würde sie an Geschwindigkeit zulegen, jenen Zeitvorteil nutzen müssen, den die »-7«-Route versprach. Und das tat sie auch, obschon ihr Instinkt sie nach dem bisherigen Streckenverlauf zur Vorsicht gemahnte.

So brachte sie einige Kilometer mit gutem Tempo hinter sich, stellte zufrieden fest, wie der Rückstand ihres Gegners anwuchs, bevor sie die letzte Komplikation erreichte, einen dreifach ineinanderführenden, in sich verwundenen Loop mit enger Krümmung. Durch die Verschachtelung kam bei solchen Konstrukten oft ein zusätzlicher Schwierigkeitsfaktor ins Spiel, da es zuweilen verwirrend sein konnte, zwischen Einflugzone, Verbindungspassagen und Abzweigungen zu unterscheiden, insbesondere, wenn der Kanal – so, wie es hier der Fall war – eine Verwindung aufwies. Wiga hatte allerdings das Label, mit dem die Piloten schon ein paar hundert Meter vorher auf die Konstruktion aufmerksam gemacht wurden, zur Kenntnis genommen und daher eine annähernde Vorstellung davon, was sie erwartete. Obwohl sie nach wie vor von Spitzen und Höckern umgeben war, die von allen Seiten aus der Wand zu wachsen schienen, kam ihr nun zumindest der Korridor breiter vor, und so flog sie den Anfangs-Loop mit einer etwas höheren Geschwindigkeit, als sie es sonst getan hätte. Erst im zweiten Loop verengte sich die Passage auf ein problematisches Maß, nachdem sie den Bogen des dritten und des ersten gekreuzt hatte. Die letzte Schleife musste sie – wie bereits zuvor das Nadelöhr – mit stark vermindertem Schub und höchster Konzentration durchfliegen, um den *Hyperceptor* vor gröberen Schrammschäden zu bewahren. Wiga konnte nur hoffen, nicht durch eine überraschende Eigenwilligkeit des Kursverlaufs aus dem Konzept gebracht zu werden, denn sie verließ sich bei ihrer Steuerung wohl oder übel auf Beschilderungen und auf die geometrische Ebenmäßigkeit der Konstruktion. Solche Annahmen waren bei Strecken mit einem Verkürzungsgrad von bis zu »-8« legitim. Garantie gab es freilich keine dafür; das System erschuf sie nach eigenem Gutdünken, hielt sich aber in den meisten Fällen an Grundgesetze, solange die Route ein gewisses Schwierigkeitslevel nicht überschritt.

Allmählich wurde die Außenwand des Korridors wieder glatter, verschwanden die Buckel und Zacken, bis die Begrenzungen schließlich eine so plane Beschaffenheit aufwiesen, dass Wiga ihren *Hyperceptor* bequem hindurchsteuern konnte. Daraufhin folgte ein trichterförmiger Abschnitt mit einem parabolischen schmalen Tunnel, der sich an die Hauptstrecke schmiegte. Dort gingen sofort drei gelbe Flugobjekte auf Kollisionskurs mit ihr: Wiga schien also Phase fünf erreicht zu haben, die letzte Etappe des Trainingskampfes. Sie wich in geschickten Schwenks den Drohnen aus, jagte mit zunehmender Geschwindigkeit die Röhre entlang. Laut Anzeige lag ihr Kontrahent, den sie aufgrund der relativ großen Entfernung nur als kleinen Punkt wahrnahm, etwa achthundert Meter hinter ihr. Zwar besaß er einen intakteren Schild als sie, doch ihr eigener Vorsprung würde wohl zu massiv für ihn sein, um noch eine realistische Aussicht auf Sieg zu haben. Wieder näherten sich ihr zwei gelbe Objekte, und sie tauchte elegant darunter hinweg. Das unmittelbar dahinter platzierte Geschwader aus blauen Angreifern durchflog sie unbeeindruckt. Es konnte ihrem *Hyperceptor* nichts anhaben, war nur für den Gegner bestimmt.

Als sie das Rennen schon so gut wie gelaufen glaubte, spielte das System plötzlich einen raffinierten Winkelzug aus: Es präsentierte den Strohhalm einer roten »-10«-Abkürzung. Strohhalm deshalb, da es geradezu selbstmörderisch schien, der Route zu folgen. Bei solchen Schwierigkeitsgraden stellten Streckenvorankündigungen in Form von Labels und geometrische Ebenmäßigkeiten keine Selbstverständlichkeit mehr dar. Man musste mit allem rechnen. Selbst Kreiselfallen, von denen nur unscheinbare Abzweigungen wegführten, traten auf. Zudem kamen ab dem achten Level gesplittete Kurse mit Sackgassen ins Spiel, die zu durchbrechen eine beachtliche Schildenergie konsumierte. Strohhalm aber auch deshalb, weil sich für Wiga die Option erst gar nicht bot. Eine Wolke aus gelben Angreifern bewachte die Abkürzung, hinderte die Soldatin daran, in sie einzufliegen. Wie es schien, war die Passage ausschließlich für ihren Gegner geschaffen worden. Ihm konnten Objekte in dieser Farbe keinen Schaden zufügen. Damit blieb ihr nur eine Strategie übrig: die Hauptstrecke mit maximalem Tempo zu durchfliegen und ihren Vorsprung so weit wie möglich auszubauen. Dass ihr Kontrahent die »-10«-Route wählen würde, stand für sie außer Zweifel. Nur so bestand zumindest der Hauch einer Chance, noch vor Wiga ins Ziel zu gelangen.

Unfair war diese Maßnahme des Trainingssystems keineswegs. Es versuchte lediglich, die Balance zu halten und die *Aerochase*-Simulation wegen eines kleinen Rückstandes gegen Ende hin nicht zu einem aussichtslosen Kampf werden zu lassen. Für ihren

Gegner stellte die »-10«-Route kaum mehr als einen Hoffnungsschimmer dar, es sei denn, er besaß großes Geschick – und ungewöhnliches Glück. Wie erwartet stürzte er sich trotzdem in die von gelben Objekten gesicherte Abzweigung, begann sich seinen Weg durch eine bereits in ihrem Einflugbereich furchterregende Himmelfahrtspforte zu bahnen.

Indessen bemühte sich Wiga, am Ball zu bleiben, indem sie sämtliche ihr gebotenen Abkürzungen wählte, auch wenn es sich nur um unterdurchschnittlich effektive Kurse mit zeitlichen Gewinnbewertungen von gerade mal »-2« bis hin zu »-4« handelte. Im Vergleich zu ihrer letzten »-7«-Route waren sie die reinste Erholung, nur die lästigen gelben Gegner machten ihr das Leben schwer. Zur gleichen Zeit kämpfte sich ihr Konkurrent durch die »-10«-Passage, verlor dabei erwartungsgemäß an Schildenergie, zwar nicht so sehr, wie es die Soldatin gern gesehen hätte, aber doch genug, um früher oder später unter Wigas jetziges Schildniveau zu fallen. Wieder bestätigte sich, dass ihr Kontrahent über exzellente Reaktionen verfügte. Viele Leute gab es nicht bei der MIETRA, die eine solche Leistung konsistent hätten bringen können: dedizierte *Hyperceptor*-Piloten und vielleicht ein paar Dutzend *Warrior Controllers*, Menschen, deren Reizverarbeitung von Kindheit an fortwährend trainiert und optimiert worden war. Wer einen »-10«-Korridor mit so wenigen Verlusten absolvierte, musste in der Tat erstaunliche Fähigkeiten ausgebildet oder enormes Glück haben! Wiga ertappte sich dabei, wie sie anfing, über die Identität dieses Soldaten zu spekulieren, während sie routinemäßig in unkomplizierten Manövern die gelben, von Maschinenintelligenzen gelenkten Drohnen umsteuerte. Aber es war wohl müßig, darüber nachzudenken. Mit großer Wahrscheinlichkeit kannte sie ihn nicht einmal persönlich.

Als Nächstes folgte sie einem langgezogenen Bogen in der Hauptröhre, den sie beinahe mit maximaler Geschwindigkeit durchfliegen konnte, weil sie praktisch weder Hindernisse noch feindliche Objekte aufhielten. Laut grober Übersichtskarte – die nur den Hauptkorridor darstellte – musste es sich hier um das Endstück des *Aerochase*-Kurses handeln, und wenn sie nicht falsch lag, spannte sich bereits die beginnende Zielpassage vor ihr auf, ein zunehmend geradliniger Verlauf mit schraffierten Tunnelwänden im finalen Viertel. Wo aber war ihr Kontrahent? Irrte er nach wie vor in dieser Abkürzung herum? War er womöglich einer Kreiselfalle auf den Leim gegangen? Sie wusste es nicht, konnte nur seine auf die Hauptstrecke normierte Position erkennen, und diese lag – sie fasste es kaum – ein paar hundert Meter vor der ihren! Er schien im letzten Abschnitt immens aufgeholt zu haben!

Genau in diesem Moment schoss er vor ihr in den Korridor herein, beschleunigte seinen *Hyperceptor* und jagte die gerade Strecke entlang. Wiga tat das Einzige, das sie jetzt noch machen konnte: Sie legte die virtuellen Arme eng an sich, wodurch sich die Luftverdrängung reduzierte und der Querschnitt des Flugzeugs auf ein Minimum schrumpfte, investierte einige Schildeinheiten, um sie in Antriebsenergie umzusetzen, und flog daraufhin mit vollem Schub nur wenige Sekunden hinter dem unbekannten Piloten in das Ziel ein.

Wie immer an diesem Punkt schien sie etwas mit Gewalt zum Stehen zu bringen, während ihr Jäger allein weiterflog und sich rasch von ihr entfernte. Nach einer Weile blendeten sich vor Wiga zwei Zeilen mit halbtransparenten *Hyperceptor*-Symbolen ein, eines davon in weißer, das andere in schwarzer Farbe. An oberer Stelle fand sich jener Teilnehmer, der im *Aerochase* die höchste Punktzahl erhalten hatte. Ihrer Einschätzung nach war ihr Gegner zwar schneller im Ziel angekommen, hatte aber um einiges mehr an Schildenergie verloren als sie. Allerdings musste berücksichtigt werden, dass sie im Endanflug einen Teil ihres Schildes dafür eingesetzt hatte, um zusätzliches Antriebsmoment zu erzeugen. Ja, es würde knapp werden!

Als daraufhin die Punktestände in gut lesbaren Lettern neben den immer noch anonymen *Hyperceptor*-Symbolen erschienen, war sie über das Ergebnis erstaunt: 12.229 zu 12.119 Punkten. Damit lagen sie ein gutes Stück über dem Durchschnittswert herkömmlicher *Trooper*-Soldaten von 10.000 Punkten! Wenn sie recht hatte, folgte daraus ein Unentschieden: laut *Aerochase*-Regeln erforderten Siege nämlich eine Differenz von mindestens einem Prozent.

Die vor den Jägersymbolen eingeblendeten Positionsangaben 1a und 1b bestätigten schon bald ihre Vermutung. Wer aber hatte die höhere Punktzahl von ihnen erhalten? Ihr Kontrahent oder sie? Wieder vergingen ein paar Sekunden, und dann präsentierte sich das vollständige Bild. In der 1a-Zeile mit dem weißen *Hyperceptor*-Symbol war nun »Emile« aus der Kompanie 12/IIIc angeführt. An zweiter Stelle prangte Wigas Name aus derselben Einheit. Beide erhielten für ihre Leistungen das Viertel eines *Mission Star Awards*, ein ansehnliches Ergebnis!

Dass ihr Gegner Emile – den man im privaten Umfeld auch Sol nannte – gewesen war, überraschte die Soldatin. Sie kannte ihn gut, hätte eigentlich gedacht, seinen Kampfstil identifizieren zu können. Genauer gesagt stand sie ihm sogar näher als anderen, denn ihre Freundin Sparkles und Emile pflegten ein kleines amouröses Verhältnis miteinander, ein von der MIETRA hormonell eingedämmtes Interesse, das über herkömmliche Kameradschaft hinausging. Wiga fühlte sich wohl in ihrer Gesellschaft, und die drei verbrachten manche freie Stunde zusammen, tauschten Erfahrungen aus, diskutierten über militärische Strategien und *Trooper*-Taktiken. Oft alberten sie einfach nur herum, so, wie das unter Freunden üblich ist.

Angesichts ihrer engen Beziehung versuchte Wiga, die Sache von einer positiven Seite zu sehen. Emile war ein guter Flieger – wenn auch nicht so gut, dass er jede »-10«-Route mit derartiger Perfektion absolviert hätte; es musste eine gehörige Portion Glück im Spiel gewesen sein. Im Grunde konnte sie zufrieden sein. Formal gab es zwei Sieger, und beide wurden mit dem Viertel eines *Mission Star Awards* ausgezeichnet. Das brachte sie weiter. Trotzdem missfiel ihr die 1b-Position, mehr, als sie es zugeben wollte. Sie konnte Wettkämpfen, die unentschieden ausgingen, nur wenig abgewinnen, ob nun die Erfolgspunkte geteilt wurden oder nicht. Und sie hasste es zu unterliegen, egal gegen wen.

52: Natural Way of Clashing

Zunächst möchte ich Ihnen dafür danken, dass Sie mir heute einen Teil Ihrer kostbaren Zeit für ein Interview zur Verfügung stellen, Miss Hawling«, sagte Helen mit gespielter Freundlichkeit, und sie begriff, noch während ihr dieser Satz in typischer Manier journalistischer Eloquenz über die Lippen ging und keinerlei Wirkung auf der steinernen Miene ihres Gegenübers zeigte, wie wenig Bedeutung sie bisher den Schwierigkeiten ihrer Rolle als externe Berichterstatterin beigemessen hatte. Helens Fragen würden im Leben der nanokonvertierten Virtufaktkünstlerin nur einen untergeordneten Stellenwert einnehmen. Zudem war es ausschließlich der publizistischen Strategie des Rates von Anthrotopia zuzuschreiben, dass sie die Exzentrikerin überhaupt empfing. Daraus ergab sich nicht unbedingt die beste Basis für ein fruchtbares Gespräch.

»Schon in Ordnung«, murmelte die Angesprochene.

Sie saßen im selben Besuchszimmer wie damals, als Helen das erste Treffen zwischen Lucy Hawling und ihren engsten Vertrauten miterlebt hatte. Soweit sie wusste, lief die Psychodämpfung der Nanokonvertierten mittlerweile in einem weitgehend autonomen Modus; die wichtigsten Feinjustierungen durch die LODZOEB waren abgeschlossen.

»Wie Sie vielleicht wissen, verdanke ich es einigen seltsamen Zufällen, dass man mich nach Anthrotopia eingeladen hat, um über Ihre Konvertierung zu berichten. Eigentlich rechnete ich zunächst mit einer anderen, nicht minder interessanten Recherche. Sehen Sie es mir daher bitte nach, wenn ich nicht jede Facette dieses Projekts kenne. Ich bin immer noch dabei, mich durch Berge von Informationen zu wühlen.«

Lucy Hawling nickte.

»Meine Beiträge beruhen in der Regel auf umfangreichem Hintergrundmaterial aus verschiedenen Quellen«, setzte Helen fort. »Soweit es möglich ist, versuche ich, die *Personen* in den Mittelpunkt zu setzen, nicht den Sensationsgehalt einer Geschichte.«

»Ted sagte mir, Sie seien Mitglied des *Natural Way of Life*.«

»Das bin ich.«

»Verträgt sich das denn mit Ihrer Öffentlichkeitsarbeit? Die Schwesternschaft ist doch für ihren beinahe pathologischen Hang zur Abgeschiedenheit bekannt ...«

Helen lächelte. Es war nicht das erste Mal, dass sie darauf angesprochen wurde. »Dieses Missverständnis scheint ziemlich hartnäckig zu sein. Zur Erklärung: In ›Abgeschiedenheit‹, wie Sie das nennen, leben nur wenige. Ja, es gibt solche Gemeinschaften, sie heißen bei uns *Sisteries*, nicht zu verwechseln mit der Gesamtschwesternschaft, der *Sisterhood*, aber das ist nur ein Aspekt unter vielen. Die meisten wohnen in annexeanischen Ringkernstädten.«

»Merkwürdigerweise ist niemand darum bemüht, das Missverständnis zu beseitigen, Miss Fawkes«, stellte Lucy Hawling nüchtern fest. Ihr goldfarbenes Gesicht wirkte wie die Verkörperung mustergültiger Neutralität. Natürlich bewegten sich ihre Lippen, doch sie schienen nicht mit den leuchtenden Augen zu korrespondieren, die groß und ohne erkennbaren Fokus den Raum in einer ganzheitlichen Schau aufnahmen. »Es findet sich nur wenig offizielles Material über Philosophie und Prinzipien des *Natural Way of Life*. Dafür stößt man auf umso mehr Klagen von enttäuschten Männern.«

Auch mit diesem Vorwurf wurde Helen immer wieder konfrontiert. »Die Schwesternschaft hält sich in dieser Hinsicht tatsächlich ziemlich bedeckt«, räumte sie ein. »Allerdings sind die Eckpfeiler unserer Ansichten für jeden frei abrufbar, etwa unser Engagement für natürliche und traditionelle Lebensweisen.«

»Traditionelle Lebensweisen in Annexea?«

»Ich spreche von den *Sisteries*. Und was die Männer angeht: Die wissen sehr genau, worauf sie sich einlassen. Es sollte keinen Grund zum Klagen geben.«

Lucy Hawling verfiel für einen Moment in ein ausdrucksloses Starren, schien ganz in ihren Gedanken zu sein. Und wie schon damals, als die noch nicht vollständig Transformierte mit gesprungenen Iriden an diversen Kontrollapparaten und Schläuchen gehangen hatte, ließen die reglose Erscheinungsform und ihre ungewöhnliche Hautpigmentierung das Bild einer aus Gold gearbeiteten Statue in Helen aufkommen.

»An einer amazonenartig organisierten Gemeinschaft kann ich nicht viel Natürliches ausmachen«, bemerkte die Nanokonvertierte, nachdem sie ohne Übergang aus der seltsamen Fixiertheit zurückgekehrt war. »Außerdem wäre es evolutionär gesehen wohl höchst widersinnig, zu den Wurzeln unserer Vorfahren zurückzukehren und den Fortschritt der letzten Jahrhunderte zu ignorieren. Die Natur hat alles bereitgestellt, was sie konnte: Rohstoffe, Energie, organische Nahrung. Diese Phase liegt hinter uns. Jetzt sind *wir* am Zug, die nächste Hürde zu nehmen.«

Ähnliche Ansichten hatte sie in einem anderen Zusammenhang bereits vor Monaten ihrem Bruder und Buechili gegenüber geäußert. Helen wusste davon, da Ted Hawling kürzlich darauf Bezug genommen hatte.

»Apropos Hürde«, knüpfte Helen schnell an. Sie wollte auf keinen Fall eine Debatte über den *Natural Way of Life* lostreten. »Es sieht so aus, als ob Sie sich – nach anfänglichen Problemen – nun wieder frei bewegen könnten.«

»Ja, die motorischen Komplikationen hat man in den Griff bekommen. Dabei ging es eigentlich mehr um die Vermeidung von unerprobten Belastungen als um die Steuerung und Synchronisierung von synthetischen Fibrillen.«

»Wie muss man sich das vorstellen? Die Konvertierung hat doch mittlerweile ein Stadium erreicht, in dem viele biologische Handlungen, wie Essen, Trinken und Schlafen, nur noch einen untergeordneten Stellenwert einnehmen. Vermissen Sie diese Gewohnheiten nicht?«

»Sollte ich das?«, erwiderte Lucy Hawling, ohne die Journalistin eines Blickes zu würdigen.

»Sie sind ein wichtiger Teil des menschlichen Sozial- und Kulturbegriffs.«

»Was sollte ich daran vermissen, Miss Fawkes? Den erbärmlichen Akt, durch den man als organisches Wesen die unverwertbaren Reste seiner Mahlzeiten loswird? Liegt in der Nahrungsaufnahme nicht ohnehin ein Gutteil unserer biologischen Armseligkeit begründet?« Ihr Ausdruck und ihre Stimme offenbarten eine seltsame Mischung aus Distanziertheit und Bedeutungslosigkeit, eine Art abwägendes Rückschauen auf eine überholte Existenz, die auf dem Müllplatz der Entwicklung gelandet war. »Oder den Einsatz von primitiven Kauwerkzeugen, um den Gedärmen die Arbeit zu erleichtern?«

War es wirklich so schlimm?, fragte sich Helen. Ihrer Meinung nach lag im Essen und Trinken auch ein sinnlicher, zuweilen recht angenehmer Aspekt, für den es sich zu leben lohnte. So sah es jedenfalls der *Natural Way of Life*. Ob man als Bürger der Großen Stadt eine abweichende Perspektive hatte?

»Nein, solche Gewohnheiten vermisse ich nicht, denn wo etwas Notwendiges verschwindet, verliert es schnell an Bedeutung. Oder würden Sie immer noch allmorgendlich zum Kamm greifen, wenn Sie keine Haare mehr hätten?«

Was für ein lächerlicher Vergleich, fand Helen. Sie konnte nicht anders, als dahinter einen versteckten Angriff auf ihre kontra-anthrotopische Gesinnung zu sehen.

»Darüber muss ich mir zum Glück keine Sorgen machen«, gab sie diplomatisch zurück.

»Wohl nicht. Nebenbei bemerkt habe ich mich nie recht mit der Haarlosigkeit in Anthrotopia abfinden können und öfter Perücken getragen, als manchem lieb war. Aber Glatzen haben auch ihre praktischen Seiten.«

Diese Enthüllung überraschte Helen. Sie hatte sich eine Einstellung erwartet, die konform zum Ästhetikempfinden der Großen Stadt ging. »Man spart sich morgens bestimmt einiges an Zeit«, witzelte sie ein wenig unbeholfen.

»Ohne Frage«, bestätigte die Anthrotopierin und verzog dabei keine Miene.

Es war seltsam, dass sie überhaupt nicht an Lucy Hawling herankam. Ob das mit dem ACI-Blocker zusammenhing, den man bei ihr in einem anderen Modus als bei rein organischen Menschen betrieb?

»Hat sich denn durch die Konvertierung Ihre Haltung zu den angenehmen Seiten des biologischen Lebens verändert? Ich meine, werden Sie es nicht vermissen, gelegentlich ein Dinner mit Freunden zu genießen? Oder hin und wieder ein Glas Wein zu trinken?«

Die Künstlerin lachte, doch es schien nicht von Herzen zu kommen (von welchem auch?), sondern klang flach und hohl. »Kaum. Nicht, dass ich früher keinen Gefallen an solchen Dingen gefunden hätte. Ich war so manchen Genüssen zugetan. Aber mein Hauptinteresse galt im Grunde immer der Erschaffung von Virtufakten und der Umsetzung von Ideen, und da waren mir die biologischen Einschränkungen letztlich eher hinderlich. Ehrlich gesagt, wenn es irgendwie gegangen wäre, hätte ich wahrscheinlich schon damals auf den menschlichen Körper verzichtet und stattdessen …« Sie überlegte. »… als reine Energieform gewirkt, zumindest ab einem bestimmten Alter. Ja, das wäre angenehmer gewesen, als von einer organischen Zellmasse in eine …« Wieder stockte sie für ein paar Sekunden. »… synthetische Körperstruktur übergeführt zu werden.«

Helen wunderte sich über die Verzögerungen beim Sprechen. Sie vermutete, dass Lucy Hawling simultan an einer anderen Sache arbeitete, vielleicht an der Beantwortung einer Nachricht, die ihr währenddessen zugegangen sein mochte.

»Vor allem die biologischen Ermüdungserscheinungen und die aufgenötigten Erholungsphasen haben mich immer angewidert«, fuhr Lucy fort. »Für mich war das reine Zeitverschwendung. Obwohl ich natürlich wusste, dass sich dadurch das kreative Potenzial auffrischt. Es ging eher um die grundsätzliche, evolutionäre Designentscheidung, Regeneration und Schlaf zu einer Voraussetzung menschlichen und tierischen Lebens zu machen.«

»Brauchen Sie denn überhaupt keinen Schlaf mehr?«

»Theoretisch nein. Ich spüre zumindest keinerlei Müdigkeit. In der Praxis ist man sich jedoch nicht sicher, welche Konsequenzen es hätte, wenn ich gänzlich darauf verzichten würde, und man rät mir zu zwei bis drei Stunden Erholung pro Tag. Stellen Sie sich meinen ›Schlaf‹ wie eine Ruhesimulation vor, in der die neuronalen Aktivitäten allmählich in Gleichklang mit einer langweiligen Schwingung kommen, eingeleitet durch ein Signal des Bewusstseins. Möglicherweise sind diese Phasen gar nicht notwendig, und ich könnte tagelang auf voller Leistung laufen, ohne irgendeine Beeinträchtigung zu erfahren. Wahrscheinlicher ist es aber, dass mentale Ruhepausen für die Restrukturierung psychischer Inhalte nach wie vor eine gewisse Rolle spielen. Daher bleibt synthetischen Körperlichkeiten dieses Übel auch nicht vollständig erspart, zumindest, solange die *Synthecells* auf alten organischen Strukturen fußen.«

Helen fröstelte bei der Vorstellung, der Mensch könnte sich irgendwann völlig von seinen biologischen Wurzeln lösen. »Lassen Sie uns zur Nanokonvertierung zurückkehren. Was empfanden Sie dabei?«

Lucy Hawling musterte sie kalt. »Darüber habe ich doch schon gesprochen, als mich mein Bruder und Darius Buechili besuchten. Ist Ihnen das entgangen?«

»Keineswegs«, antwortete Helen, darum bemüht, ihren freundlichen Tonfall beizubehalten. »Sie erwähnten abstruse Träume und kurzzeitige Interaktionen mit der LODZOEB.«

»Es waren weniger Interaktionen als neurologische Check-ups. Genauer gesagt sprach ich damals von ›gelegentlichen Abgriffen‹, wie Sie sich vielleicht erinnern.«

Wieder ein dezenter Untergriff. Möglicherweise war sich Lucy Hawling gar nicht bewusst, dass sie mit ihren Aussagen auf eine ungeblockte Annexeanerin beleidigend wirkte. Wenn Helen ein positives Gesprächsklima aufrechterhalten wollte, würde sie den Offensiven ihrer Interviewpartnerin mit Gleichmut begegnen müssen.

»Mich hätten diese Abgriffe näher interessiert«, tastete sie weiter. »Was können Sie mir darüber erzählen? Oder ist meine Frage zu intim?«

Über das Gesicht der Virtufaktkünstlerin huschte ein steifes Lächeln. »Keine Ahnung, was eine Externe wie Sie unter intim versteht. Ich kann mich jedenfalls an nichts Anstößiges oder Obszönes erinnern, falls Sie das meinen.«

In ihrer Missdeutung schien pure Absicht zu liegen, zumindest kam es Helen so vor.

»Und an Schmerzen?«

»Auch an keine Schmerzen im eigentlichen Sinn. Da war nur ein merkwürdiges Kribbeln im Inneren meines Körpers, neben dem Fieber. Manchmal ein Gefühl der Beklemmung.«

Es wirkte auf die Journalistin, als ob sich Lucy Hawling jetzt eine bestimmte Situation ins Gedächtnis riefe.

»Einmal lag ich in einer wüstenartigen Gegend ...«, berichtete ihr Gegenüber ungewöhnlich langsam. »Ich erinnere mich noch deutlich an die Hitze. Und an den schrecklichen ... brennenden Durst, ... den ich dabei empfand.«

»Hatten Sie denn keine Angst? Soweit ich weiß, war doch der ACI-Blocker eine Zeit lang ohne Funktion.«

Die Angesprochene reagierte nicht.

»Miss Hawling?«

Ein paar Sekunden verstrichen.

»Angst?«, gab die Künstlerin dann mit versteinertem Gesichtsausdruck zurück. »Wie kommen Sie darauf, dass ich Angst hatte?«

»Ihr Körper war dem Prozess der Konvertierung hilflos ausgesetzt. Eine solche Reaktion wäre nur natürlich gewesen.«

Lucy Hawling ließ sich mit ihrer Erwiderung Zeit. Vermutlich musste sie erst selbst einen Bezug zu der Frage aufbauen. »Während des gesamten Vorgangs habe ich nicht eine einzige Situation in Erinnerung behalten, die von Angst oder einem panikartigen Gefühl geprägt gewesen wäre. Womit könnte das wohl zusammenhängen?«

»Weil die Erinnerungen daran verschüttet sind?«

Wieder antwortete die Konvertierte nicht sofort, sondern starrte sie nur an, so, als ob sie vorher noch eine Korrelationsanalyse zwischen der eben getätigten Aussage und dem Mienenspiel ihrer Gesprächspartnerin machen müsste. Dann, als Helen schon glaubte, sie läge in jeder nur erdenklichen Weise falsch, meinte die Anthrotopierin: »Richtig geraten! Der ACI-Blocker glättet im Nachhinein jegliche Emotionalität, die Konfliktpotenzial aufweist.«

»Und jetzt?«, erkundigte sich Helen. »Ist er auch in diesem Augenblick aktiv?«

Lucy Hawling faltete die Hände ineinander. »Davon können Sie ausgehen.«

Helen nickte, ärgerte sich jedoch über die anmaßende Art der Virtufaktkünstlerin. ACI-Geblockte neigten hin und wieder zu Aussagen, die den Verdacht von Hochmut erweckten, das hatte sie schon bei früheren Interviewpartnern festgestellt. Es kam ihr so vor, als ob Menschen mit *Extendern* zuweilen absichtlich Themen anschnitten, in denen sie zeigen konnten, wie sehr Ungeblockte von emotionalen Aspekten geleitet wurden und wie kontrolliert sie selbst in dieser Hinsicht waren. Allerdings schien Lucy Hawlings Verhalten noch einen Schritt weiter zu gehen.

»Anders gesagt: Ob der Prozess Ihrer Umwandlung schmerzhaft verlief oder nicht, ob Sie dabei Angst und wilde Panikattacken hatten oder nicht, ob die empfundenen Eindrücke womöglich gar so fürchterlich waren, dass Sie Ihre Entscheidung mehrfach bereuten, können Sie aus heutiger Perspektive nicht mehr beurteilen.«

Wenn das zutraf, dann griff der Blocker nicht nur besänftigend ein, sondern nahm auch nachträgliche Korrekturen an bestehenden Gedächtnisinhalten vor, dachte Helen. Damit besäße er unweigerlich manipulative Eigenschaften, beste Voraussetzungen für eine zielgerichtete Wahrheitsverzerrung und für politische Umpolungen. Sie zweifelte daran, dass eine Stadt wie Anthrotopia Derartiges zuließ, und machte mit ihrem *Interaktor* eine Randnotiz, der Frage irgendwann auf den Grund zu gehen. Ihre jetzige Gesprächspartnerin schien hierfür weniger gut geeignet zu sein.

»Ihr Sinn für Dramatik ist beeindruckend, Miss Fawkes. Leider kann ich Ihnen darauf keine Antwort geben, egal, wie plastisch Sie die Situation auch darstellen. Sie müssen das medizinische Personal befragen, wenn Sie eine chronologische Aufstellung aller Vorfälle benötigen, bei denen ich um Abbruch gefleht habe ... falls es solche gegeben hat.«

Eine befremdende Sprödigkeit schwang in diesen Sätzen mit. Fast so, als ob sie die Leiden der alten, organischen Lucy Hawling nichts mehr angingen und sie auch kein Interesse dafür aufbringen könnte. Es wäre sinnlos gewesen, weiter nachzuhaken.

»Sie machen es mir nicht leicht, etwas über Sie und Ihre persönliche Situation herauszufinden.«

»Hören Sie, es ist schon einem ACI-geblockten Anthrotopier kaum möglich, meine Lage zu begreifen. Wie kommen Sie auf die Idee, dass es Ihnen besser gehen könnte? Gerade Sie, als Anhängerin einer durch und durch konservativen Vereinigung, die sich am liebsten vollständig von jeglicher Technologie lossagen würde?«

Helen zuckte mit den Schultern. »Ich bemühe mich, den ehemals organischen Menschen in Ihnen zu sehen, damit ich die Hürden der Konvertierung und ihre Folgen abschätzen kann. Verstehen Sie? Nur so werde ich ein halbwegs akkurates Bild zeichnen können. Es gibt doch bestimmt Leute in Ihrem Umfeld, die nicht gerade zu den Hightech-Fanatikern zählen, oder?«

Die Virtufaktkünstlerin sah sie ohne erkennbare Regung an. »Niemand aus meinem Umfeld gehört zu einer fanatischen Gesinnung, in keinerlei Hinsicht. Wir sind im Grunde bloß Nutznießer des Fortschritts, denen der Weg zurück in die Natur nicht erstrebenswert erscheint. Daher werden Sie hier lange suchen, bis Sie jemanden finden, der neidvoll den Schimpansen beim Klettern zusieht.«

Auch diese Äußerung hatte sie vor geraumer Zeit schon einmal zum Besten gegeben, in einem Gespräch mit einer ultraistischen Vertreterin über eines ihrer Virtufakte. Helen war vor ein paar Tagen durch Zufall darauf gestoßen, und es hatte sie amüsiert. Die Wiederholung des Gesagten kam ihr jetzt aber witzlos vor.

»Allerdings scheint nicht jeder dieselbe Auffassung darüber zu haben, wie weit dieses Nutznießen gehen sollte«, wandte sie ein. »Nehmen wir zum Beispiel Mister Buechili. Soweit ich weiß, ist er der Nanokonvertierung gegenüber völlig abgeneigt.«

»Mister Buechili und mich verbindet wesentlich mehr, als uns voneinander trennt. Wir glauben an ähnliche Weltbilder, nutzen beide hochentwickelte Implantate, befürworten den anthrotopischen Lebensstil und verfolgen Ziele von gleicher Art. Nur die Nanokonvertierung ist ein strittiger Punkt zwischen uns.« Ein distanziertes Lächeln zeigte sich auf ihrem Gesicht. »Ihnen wird bereits aufgefallen sein: Er sieht in mir gern eine Märtyrerin, deren Untergang groteskerweise in einer vollständigen Einverleibung durch unsere Hochtechnologie liegt. Für mich stellt sich die Situation anders dar. Nicht die Technologie ergreift von mir Besitz, sondern umgekehrt, ich bemächtige mich ihrer, selbst wenn der Preis die Überführung in eine synthetische Körperlichkeit ist. Letztlich hat Buechili tatenlos zusehen müssen, wie ich die Konsequenzen aus meiner Sichtweise gezogen habe.« Sie schwieg, als ob damit alles gesagt wäre.

»Würden Sie es wieder tun?«

»Aber ja! Wie sonst könnte ich den *Cellular Breakdown* überwinden?«

Helen nickte. »Wie lebt es sich eigentlich in dem neuen Körper? Können Sie all das machen, was Sie früher taten?«

»Der größte Teil davon sollte sich aus unserem letzten Gespräch von selbst ergeben, Miss Fawkes, als ich mich mit Ihnen, meinem Bruder und Mister Buechili traf. Die Verarbeitungsgeschwindigkeit meiner Neurostruktur hat sich um ein Vielfaches erhöht. Und die offensichtlichen Vorteile eines nichtorganischen Körpers kennen Sie ebenfalls. So gesehen habe ich eine Menge gewonnen. Ein paar meiner Fähigkeiten scheinen sich durch die Konvertierung allerdings ein wenig zurückgebildet zu haben. Zum Beispiel das Vermögen, Zugang zu meinem schöpferischen Potenzial aufzubauen. Das liegt an der adaptierten Hirnphysiologie und an der leicht veränderten neuronalen Verschaltung. Diese Komplikationen werden hoffentlich in einigen Wochen beseitigt sein.«

So, wie sie darüber sprach, hätte sie auch das Wetter der letzten Tage kommentieren können oder die Entwicklung des Bevölkerungswachstums in Anthrotopia.

»Außerdem muss noch an den Feineinstellungen des ACI-Blockers gearbeitet werden. Er tendiert dazu, manchmal zu viele, dann wieder zu wenige mentale Vorgänge zu unterdrücken.«

Gut möglich, dass ihre zynischen Bemerkungen eine Folge dieser Schwierigkeiten waren, dachte Helen. »Da Sie gerade Ihr kreatives Potenzial erwähnten, Miss Hawling ... Sie haben in Ihrem Leben eine imponierende Menge an Virtufakten geschaffen;

einige davon rangierten auf den Zugriffslisten wochenlang an oberster Stelle.«

»Ich habe getan, was mich künstlerisch erfüllte. Wenn jemand daraus Nutzen zieht, umso besser.«

»Gibt es denn einen persönlichen Favoriten unter Ihren Virtufakten?«

»Nein. Sie haben alle ihre Berechtigung.«

»Wie steht es mit den Werken anderer? Welche präferieren Sie da?«

»Das hängt ganz von den momentanen Einflüssen und meinem kreativen Fokus ab. Kurz vor der Konvertierung ließ ich mich von *Adrenalos*, *Lingua Vera* und *Void Glitter* inspirieren. Ein paar ihrer Schöpfungen sind beachtlich.«

Diese Namen sagten Helen wenig. Hier zeigte sich wieder einmal, dass sie sich viel zu selten mit zeitgenössischer Kunst beschäftigte. Hauptsächlich deshalb, weil sie in ihrer annexeanischen Wohneinheit – wie die meisten Bürger außerhalb von Anthrotopia – über keinen eigenen *Inducer* verfügte, sondern nur über ein holografisches Unterhaltungssystem, das zwar für hervorragenden Hör- und Sehgenuss sorgte, aber kein vollständiges Eintauchen in ein Szenario gestattete. Somit verloren Kunstwerke einen beträchtlichen Teil ihres Reizes, insbesondere jene, die alle Sinnesorgane ansprachen, um eine möglichst perfekte Illusion des Eingebundenseins aufkommen zu lassen. Nur in *Action Spots*, den *Inducer*-Zentren für annexeanische Bürger, erlebte man, wie intensiv eine neuronale VINET-Kopplung sein konnte. Es war eine zutiefst beeindruckende Erfahrung, die sich um mehrere Größenordnungen von holografischen Aufbereitungen unterschied.

»*Adrenalos* versteht es wie kaum ein anderer, den Aspekt der Leidenschaft und Schönheit darzustellen«, erläuterte Lucy. »Wenn er ein Virtufakt schafft, dann tut man sich schwer damit, nicht von seinem Enthusiasmus angesteckt zu werden. Er hat ein außergewöhnliches Talent dafür, Menschen zu faszinieren. *Void Glitter* ist ein Künstler der Innenperspektiven. Er thematisiert die Verquickung musikalischer Leitmotive mit visuellen Mustern und berücksichtigt dabei meistens die momentane Verfassung des Teilnehmers. In mancherlei Hinsicht erinnert sein Œuvre an mein eigenes Schaffen. Er kommt recht nahe an die Schwelle des Unausdrückbaren heran. Bei *Lingua Vera* handelt es sich um eine Gruppierung von Leuten, denen die Aufbereitung alter Werke aus dem präannexeanischen Zeitalter wichtig ist. Sie haben ein paar großartige Virtufakte aus dem Vermächtnis früherer Künstler wie Salvador Dali, H.R. Giger, Lars Hedron und anderer geschaffen, sogar filmische Titel und literarische Vorlagen umgesetzt. Sehr empfehlenswert für jemanden, der sich für eine oder zwei Stunden in den Zeitgeist der Vergangenheit versenken möchte.«

Lucy Hawling schien jetzt wieder die Haltung ihres einstigen Egos anzunehmen, für das Kunst als höchste Ausdrucksform menschlichen Denkens über alles gestanden hatte. Das spürte auch Helen, obwohl sie nicht sicher wusste, wie viel von dem eben Vorgebrachten ausschließlich der Erinnerung ihres Gegenübers entsprang. Sie fasste den Entschluss, sich demnächst im VINET nach den erwähnten Künstlern umzusehen. Es wäre schade, wenn sie die Verfügbarkeit eines eigenen *Inducers* während ihres Aufenthalts in Anthrotopia unnütz verstreichen ließe.

53: Aletheia

1

Zwischen Helen und Lucy Hawling schien immer noch eine deutliche Distanz zu bestehen, obwohl sich die Journalistin alle Mühe gab, das Eis zu brechen.

»Ich habe mir kürzlich einige Ihrer frühen Virtufakte angesehen«, lenkte sie das Thema von den Arbeiten der anderen Künstler zurück.

Die Angesprochene zeigte keine Reaktion. Sie ging wohl davon aus, dass ihr Gegenüber von selbst auf den Punkt kommen würde.

»Eines ist mir besonders in Erinnerung geblieben.«

»Welches?«

»Truth.«

Lucy nickte. »*Aletheia*«, sagte sie dann, jede Silbe betonend. »Das ist das griechische Wort für Wahrheit.«

2

Niemals zuvor hatte Helen ein derart aufwühlendes Kunstwerk erlebt. Das Ausgangsszenario war harmlos gewesen: eine spärlich beleuchtete Höhle, in der außer brennenden Fackeln und einem blinden Torbogen nichts vom Schaffen eines Menschen verraten hatte. Sie erinnerte sich an die Unebenheiten an Wänden und Boden, an Mulden und natürlich gewachsene Nischen, nahm sogar jetzt noch, als sie daran zurückdachte, den feuchten, modrigen Geruch wahr – und das unregelmäßige Klatschen fallender Wassertropfen.

»Willkommen!«, hatte Lucy das Virtufakt eröffnet und daraufhin gefragt, ob ihr Gast denn bereit für das sei, was hier enthüllt werde? Bereit, sich der Wahrheit hinter dem blinden Torbogen zu stellen. Eine Entscheidung, die man besser nicht leichtfertig treffe, denn die Wahrheit stille zwar den menschlichen Wissensdrang, doch wer sie erblicke, würde nie wieder von ihr loskommen. Es gäbe kein Zurück.

Die mahnenden Worte hallten lange nach, verzerrten sich und zersplitterten an den Höhlenwänden. Für einen Moment schien alles zu lauschen, alles zu verharren, hörte das Wasser auf, zu tropfen, gefror der zuckende Brand auf den Fackeln. Ein Gefühl der Unsicherheit überfiel sie, ließ sie darüber nachdenken, ob in Lucys Frage nicht das Dilemma jedes Wahrheitssuchenden lag: die Furcht, etwas aufzudecken, aus dem sich unweigerlich die Bedeutungslosigkeit des eigenen Daseins ableitete, und das allem Leiden, Hoffen und Trachten des Menschen den Sinn entzog. Eine deprimierende Vorstellung, die gar nicht *ihrem* Geist entsprungen zu sein schien, sondern wohl durch das Motiv der Szene induziert wurde.

Was erwartete die Schöpferin des Virtufakts von ihr?, hatte sie damals überlegt. Sollte sie auf den Torbogen zugehen? Nun, viele Alternativen gab es nicht. Sie wollte sich eben in Bewegung setzen, als sie einen sanften Luftzug aus jener Richtung bemerkte, wo der Bogen stand. Er führte Wärme mit sich, aber auch einen muffigen Geruch. Zart strich er an Helen vorbei, eine freundliche Berührung, und gerade diese Milde war es, die in ihr einen Schauer des Unbehagens auslöste, weil der Hauch nichts von der Harmlosigkeit zu besitzen schien, die er vermittelte. Waren das die Vorboten einer Wahrheit, aus der sich ein ähnlich zwiespältiges Bild ergab? Es reizte Helen, mehr darüber herauszufinden, also ging sie los, dem offensichtlichen Ziel entgegen.

Schon nach den ersten Schritten fühlte sie eine Veränderung in sich, so, als ob in ihre Seele Finsternis einströmen würde, vermutlich ein vom *Inducer* erzwungener Stimmungswandel, der sie an das Hauptthema heranführen sollte. Dagegen anzukämpfen, wäre mit ihrer Entscheidung, sich der Wahrheit zu stellen, unvereinbar gewesen. Und es hätte sie der Möglichkeit beraubt, jemals Lucy Hawlings Sichtweise kennenzulernen.

Wieder spürte sie diesen warmen Luftzug. Durch den Schleier, der die Bogenöffnung anfangs blind gemacht hatte, schien für kurze Zeit Licht hindurchzukommen, die Reflexion von etwas, das sich dahinter vorbeibewegte, Bilder aus einer ihr fremden und irrealen Welt. Furcht ergriff sie, lenkte ihre Aufmerksamkeit auf ein Objekt, das aus der Unwirklichkeit heraus plötzlich Formen anzunehmen drohte, wenn sie es nur zuließe. Eine Denkbarkeit, vor der ihr intuitiv graute. »Nein!«, rief sie. »Zurück!« Aber sie hatte wohl ihre eigene Neugierde unterschätzt, ihr fast schon kindliches Verlangen, die Hintergründe zu erfassen.

Was, wenn der Schleier die bizarre Natur einer Wahrheit offenbarte, über die man besser im Unklaren bliebe?, überlegte sie. Genau das hatte Lucy Hawling vielleicht mit ihrem anfänglichen Kommentar sagen wollen. Der Wahrheit zu verfallen hieß, ein Teil von ihr zu werden, sich auf ihre Andersartigkeit einzulassen, sie vollkommen und kompromisslos zu verinnerlichen. Denn wie sonst sollte sie beschaffen sein als andersartig? Sie war nicht für Sterbliche gemacht, musste nicht im Einklang mit den Moralvorstellungen Fleischgeborener stehen.

Helens Einwand verschwand so schnell, wie er aufgekommen war. Für einen Moment manifestierte sich die Spur einer wiedererlangten Erinnerung im Schleier, eine Spanne, die zerbrechlicher als das dünnste Zeitgespinst zu sein schien. Sie meinte, ein filigranes Kristallgebilde zu sehen, in dem die Wahrheit ihren zarten Niederschlag gefunden hatte. Schon eine kleine mentale Dissonanz würde genügen, um es in tausend Scherben zerspringen zu lassen. Nur keine falschen Ideen jetzt, dachte sie und wischte sich mit der Hand über die feuchte Stirn.

Mit hochsensiblen Fühlern arbeitete sie sich an das Denkbarkeitsgestöber heran, vorsichtig, damit es intakt bliebe, deckte auf diese Weise eine ganze Schar von kreiselnden Nebelwirbeln auf, jeder von ihnen ein Aspekt des Wahrheitskontinuums, dem sie auf der Spur war. Dabei nahm aus unerfindlichen Gründen die Angst in ihr zu. Helen trat ihr entgegen, legte das Phänomen in die Schublade hysterischer Empfindungen ab und überwand die Krise, indem sie sich stärker auf die Zentren der nebelhaften Verwirbelungen konzentrierte. Diese übten eine faszinierende Wirkung auf sie aus, luden sie ein, näherzukommen, ihr fremdartiges Wirken zuzulassen.

Als plötzlich ein Energiestoß durch die Pupillen in ihr neuronales Geflecht einbrach und dort gleichsam ein interdimensionales Zwiegespräch mit ihr begann, dessen Inhalt wort- und erinnerungslos blieb, traf es sie völlig unvorbereitet. Er verließ die Sehpforte auf demselben Weg wieder, verschwand im Nebel, nur um danach in abgewandelter Form zurückzuschießen. Während ein Teil ihres Ichs dieses Treiben fasziniert beobachtete, die elektrisierend prickelnden Stöße erduldete, staute sich in einem anderen Teil die Angst weiter auf, Angst vor etwas, das genauso wenig artikulierbar schien wie die Botschaft selbst, die der Energiestrahl einbrachte. Indessen schwand Helens visuelle Wahrnehmung, und anstelle des Schleiers zeigte sich ein farbig umsäumtes, pulsierendes Etwas inmitten des tiefsten Schwarzes, das sie jemals gesehen hatte, wie die zersetzende Urkraft in einem sterbenden Universum.

Die hin- und herschießende Ladung wurde jetzt schneller und schneller, erreichte bald eine solche Geschwindigkeit, dass sich eine feste Verbindung zwischen Helen und der Nebelwand bildete. Dadurch erfolgte der Energietransfer nicht mehr häppchenweise, sondern direkt über einen Tunnel, das Resultat einer Gleichschaltung von geradezu elementarer Gewalt. Parallel dazu stieg die Anziehung, die das funkelnde, umsäumte Etwas inmitten des tiefschwarzen Gebildes auf sie ausübte, erzeugte in ihr die Begierde, sich geistig auf das Konstrukt zuzubewegen, ihm näher zu kommen, sein Wissen in sich aufzunehmen. Welche Rolle spielt schon die eigene winzige Existenz, das mickrige Körnchen Individualität, das einen ausmacht, wenn man im Tausch vom Wasser der Wahrheit trinken kann? Ging denn im schlimmsten Fall etwas anderes verloren als eines jener unbedeutenden Persönchen, die en masse auf der Erde ihr Dasein fristeten und in ihren biologischen Fesseln gefangen blieben, weil sie niemals einen Blick hinter den Spiegel warfen?

Aus dieser Perspektive betrachtet, erschien das erforderliche Opfer der Selbstaufgabe geradezu lächerlich klein zu sein. Insbesondere, da sich im Gegenzug das primitive Ego des Menschen in eine höhere Form verwandelte, in ein abstraktes, übergeordnetes

Etwas, das die irdische Wahrheit in ihrer Gesamtheit vor sich sehen und erfassen würde.

Die Intensität, mit der Helen auf das Virtufakt reagierte, übertraf alles bisher Erlebte. Sie wäre dazu bereit gewesen, den letzten noch verbleibenden Schritt – die komplette Aufgabe ihres Selbst – zu unternehmen, wenn sich in ihrem Inneren nicht eine starke Gegenkraft aufgebaut hätte, die wie eine aus der Ferne mit Riesenschritten hereneilende Erschütterung durch ihre Seele wälzte, immer heftiger, immer lauter in Richtung Kern vorstieß, bis sie schließlich auf den unersättlichen Wissensdrang ihrer bröckelnden Persönlichkeit traf und Helen in ein psychisches Chaos stürzte. Gleichzeitig verschwand der Nebel vor ihr, machte blendender Helligkeit Platz, begleitet von einem hochfrequenten, schmerzhaften Klingeln in den Ohren. Sie spürte deutlich, wie sie an ihre emotionale Belastungsgrenze stieß, wie ihr Denken so zäh wurde, als ob es kurz vor dem Übergang in einen anderen Aggregatzustand stünde. Wenn sie nicht sofort etwas dagegen unternähme, würde sie unter dem Druck zerplatzen! Es war das erste Mal in ihrem Leben, dass sie auf einen automatischen Virtufaktabbruch hoffte. Und es war auch das erste Mal, dass ein solcher tatsächlich ausgelöst wurde.

3

»Ein beängstigendes Werk«, resümierte die nun im sicheren Kämmerchen sitzende Journalistin der nanokonvertierten Lucy Hawling gegenüber. Sie beugte sich ein wenig vor und fügte dann mit gerunzelter Stirn hinzu: »Was genau befindet sich hinter der Pforte?«

»Die Wahrheit«, erwiderte die Künstlerin süffisant. »Aber kein Mensch kann sie ertragen.«

»Haben *Sie* dahinter gesehen?«

Ein unergründlicher Blick traf Helen. »Ich habe das Virtufakt *erschaffen*.«

»Das heißt: Sie kennen die *Wahrheit*?«

Lucy verzog ihre Mundwinkel zu einem erzwungenen Lächeln. »Ich kenne den Weg dorthin, sonst hätte ich *Aletheia* nicht konstruieren können.«

Daraus folgte nicht notwendigerweise, dass sie mehr wusste als jene, die in ihr Werk eintauchen, dachte Helen. »Mit anderen Worten: Der Weg an sich ist nicht das Problem«, wagte sie einen Vorstoß. »Es geht vielmehr darum, ihn zurückzulegen.«

Sie erntete keine sichtbare Reaktion auf ihre Schlüsse. Wenn sie aber stimmten, dann lief alles darauf hinaus, dass man sich ab einem bestimmten Punkt mit dem zu begnügen hatte, was man erfasste, und keinesfalls weitergehen durfte. Eine schwierige Prüfung, besonders für jemanden, der bereits nahe an der nebeligen Barriere der Wahrheit stand. Welche Charakterstärke musste man besitzen, um einer solchen Versuchung zu trotzen!

»Ist das eine korrekte Interpretation?«, drang Helen in Lucy Hawling.

»Korrekt oder nicht korrekt, meine Virtufakte haben nur selten etwas mit menschlicher Ratio zu tun. Es sind Stimmungsbilder, und dafür lässt sich kein Wertungsschema festlegen. Jedes davon wird zu einer individuellen Wahrheit, sobald es im Kopf eines Teilnehmers Gestalt annimmt.«

Helen dachte über die Aussage nach. Intuitiv schien es ihr einleuchtend, dass Virtufakte nicht notwendigerweise wahr oder falsch sein mussten. Aber es gab doch auch Stimmungsbilder, von denen sich die Menschen irgendwann distanzierten, weil sie sich von ihnen wegentwickelten.

»Was, wenn Sie Kunstwerke schaffen, die Sie später ablehnen?«

»Einige davon habe ich sogar schon zu Beginn abgelehnt, und genau das machte sie so faszinierend. Oder glauben Sie etwa, *Aletheia* ist einer romantischen Vorstellung entsprungen? Kunst beschäftigt sich oft mit Schreckensvisionen. Manchmal ohne näheren Sinn und Zweck.«

Bestimmt hätte die organische Lucy Hawling dieselbe Argumentation vorgebracht, dachte Helen. »Es mag paradox klingen, aber das Sujet von *Truth* erinnert mich an eine sehr alte Ballade ... eines gewissen Friedrich Schillers.« Und als sie den erheiterten Gesichtsausdruck ihres Gegenübers bemerkte, erläuterte sie: »Falls es Sie wundert: Wer im Umfeld des *Natural Way of Life* aufwächst, lernt zwangsläufig eine Menge an Texten aus uralten Zeiten kennen. Es gibt dort sogar eine richtige Bibliothek, also mit physischen Büchern, ... um den heranwachsenden Leuten ein Gefühl für den früheren Wissenstransfer zu vermitteln, wie man so schön sagt.«

»Physische Bücher habe ich auch hin und wieder in den Händen gehabt, bevor ich nach Anthrotopia zog«, meinte die Künstlerin gelassen. »Es finden sich einige Perlen darunter. Übrigens stimmt es: *Aletheia* nimmt tatsächlich Anleihen bei Schillers verschleiertem Bild zu Sais. Die Thematik hat mich damals so gefesselt, dass ich ihr ein würdiges Denkmal in der Gegenwart setzen wollte. Sie können das in den ergänzenden Virtufaktnotizen gern nachlesen.«

»Die müssen mir in der Aufregung entgangen sein.« Es war ihr fast ein wenig peinlich, dies so unumwunden zuzugeben. »Darf ich Ihnen trotzdem ein Lob zu Ihrer Umsetzung aussprechen? Die Natur der Wahrheit ist – meiner bescheidenen Meinung nach – in Ihrer Interpretation sogar noch furchteinflößender als bei Schiller.«

»Danke. Wir haben heute auch mehr Möglichkeiten, solche Feinheiten auszuleben.«

Damit fiel das Stichwort für ein weiteres Thema, das Helen anschneiden wollte. »Ihr Bruder hat mir erklärt, dass Sie derart intensive Virtufakte – wie *Truth* – nur bei stark gedrosselter Psychodämpfung erschaffen konnten. Gab es da keine Probleme, wenn Ihre Psyche plötzlich auf sich allein gestellt war?«

»Die Antwort ist frappant simpel, Miss Fawkes: Auf herkömmlichem Level erreichte ich nur einen Bruchteil meiner Ausdrucksfähigkeit. Was sollte ich also tun?«

»Und das ging immer gut?«

»Nein, aber das ist der Preis, den man als Virtufaktkünstler zahlen muss. Gelegentlich fand ich mich im *Medical Center* wieder. Beim nächsten Mal war ich dann vorsichtiger.« Ihre Mimik ließ vermuten, dass sie sich der in ihrer Aussage mitschwingenden Ironie nicht bewusst war. Oder sich gewollt unantastbar gab.

»Ein Leben zwischen den Welten sozusagen …«

»Man könnte es so bezeichnen, wenn man Ihren Sinn für Dramatik hätte.«

Daran sollte es einer Journalistin nie fehlen, dachte Helen.

»Danke für diese Einsichten, Miss Hawling. Ich hätte jetzt noch ein paar allgemeine Fragen.«

»Fragen Sie!«

Helen sah kurz mit dem *Interaktor* in ihren Notizen nach, um die mittlerweile irrelevant gewordenen Themen auszufiltern.

»Wie möchten Sie in die Annalen der Geschichte eingehen?«

»Als Pionierin.«

»Nicht als Künstlerin?«

»Ich gehe davon aus, dass meine Rolle als erster Mensch mit einer synthetischen Körperlichkeit die größere Tragweite für unsere Gesellschaft haben wird.«

Helen nickte. Sie konnte die Argumentation sachlich nachvollziehen, obwohl der Effekt, den Lucy Hawlings Werke auf Annexea haben würden, wohl ebenso wenig zu unterschätzen war.

»Was halten Sie für die größte Errungenschaft unserer Zeit?«

»Anthrotopia.«

»Das schließt vermutlich die LODZOEB mit ein …«

»Ohne Anthrotopia gäbe es die LODZOEB nicht. Außerdem ist dadurch die Basis zu völlig neuen Werten geschaffen worden. Macht- und Besitzdenken haben sich abgeschafft.«

»Und welcher nächste große Meilenstein ist Ihrer Meinung nach entscheidend für die Zukunft der Menschheit?«

»Da könnte man einige aufzählen, aber greifen wir zwei fundamentale Punkte heraus. Nummer eins: die Zusammenführung ultraistischer und strukturistischer Weltmodelle. Sie ist meines Erachtens eine wichtige Prämisse für unser geistiges Weiterkommen.«

»Gibt es Tendenzen in diese Richtung?«

»*Ich* bin eine solche Tendenz.«

»Und zweitens?«

»Die Verfeinerung unseres Nanokonvertierungsmodells mit dem Ziel, ohne explizite Transformation auszukommen.«

»Sie meinen, es könnte unserer medizinischen Forschung gelingen, den zellularen Crash durch einen modernisierten *Extender* zu verhindern?«

Helen bemerkte zu spät, dass sie sich mit ihrer Aussage, insbesondere mit der Formulierung »unserer medizinischen Forschung«, unwillentlich mit Anthrotopia identifizierte. Ob dies auch der synthetischen Künstlerin auffiel, hätte man aufgrund ihrer neutralen Miene nicht sagen können.

»Nein. Worauf ich hinaus will, ist viel elementarer.«

Das machte sie neugierig. Inwiefern konnte etwas noch elementarer sein, als die gesamte Zellstruktur eines Menschen umzukrempeln?

»Es ist nicht anzunehmen, dass wir schon bald einen Ersatz für den *Extender* finden werden, der die bekannten Limits überwindet«, führte die Virtufaktkünstlerin weiter aus. »Das hat man jahrzehntelang versucht ... und schließlich kapitulieren müssen. Andererseits kann es nicht die Lösung sein, auf immer und ewig unseren organischen Körper in ein synthetisches Gegenstück transformieren zu lassen, sobald wir die biologische Grenze erreicht haben. Es muss einen eleganteren Weg geben.«

»Ich fürchte, ich kann Ihnen da nicht folgen ...«

»Nein? Dann frage ich Sie: Wäre es nicht besser, irgendwann komplett ohne Transformation auszukommen?«

»Aber Sie sagten doch eben ...«

»Ich sagte, dass sich die Limitierungen des ... *BioBounds-Extenders* ... kurzfristig kaum überwinden lassen werden. Vielleicht ist das gar nicht notwendig. Was, wenn wir ganz am Anfang ansetzen, ... dort, wo der Mensch seinen Ursprung hat?«

Helen wusste nach wie vor nicht, worauf die Künstlerin hinauswollte. Das lag wohl auch daran, dass sie die erneut einsetzenden Unterbrechungen ihres Redeflusses irritierten.

»Verstehen Sie, was ich meine? Wir könnten von Beginn an ... synthetische Körperlichkeiten generieren. Nichts hält uns davon ab ... das menschliche Genom ... so zu ... modifizieren ... dass ...«

Lucy Hawlings Aussage sollte ohne Abschluss bleiben. Ehe

sie ihre schreckliche Vision zu Ende formulieren konnte, geschah etwas, das ihre neuronale Aktivität gänzlich für sich vereinnahmte, wodurch Helen von einem Moment auf den anderen wie vor einer Statue saß.

»Miss Hawling?!«, rief sie. »Miss Hawling? Hören Sie mich?« Sie sprang auf und ergriff die Anthrotopierin am Oberarm. »Hallo?! Was ist los mit Ihnen?!«

Nach wie vor keine Reaktion. Die Lippen der Künstlerin verharrten in jener halboffenen Stellung, mit der sie ihr letztes Wort formuliert hatten, die Augen reglos auf das ursprüngliche Ziel gerichtet.

Helen rüttelte an der Erstarrten, legte die Hand auf ihre Stirn, ohne darüber nachzudenken, ob diese Vorgehensweise überhaupt Sinn ergab. Lucy Hawlings Gesicht war brennend heiß!

Sie stürzte auf den Notrufknopf zu, der frontseitig im Zimmer angebracht war und auf den man sie zuvor aufmerksam gemacht hatte, für den Fall, dass sie dringend jemanden vom *Telos*-Team benötigen würde. Doch ehe sie den versenkten Knopf betätigte, ging ein schrilles Piepsignal los, begleitet von einem pulsierenden orangefarbenen Licht. Anscheinend hatte man über körperinterne Sensoren herausgefunden, dass Lucy in Schwierigkeiten geraten war. Zur Sicherheit schlug Helen trotzdem auf den Alarmmelder.

Nun würde sie nur noch warten müssen, bis Hilfe käme. Möglicherweise konnte man das Problem schnell lokalisieren; vielleicht war es sogar bereits bekannt. Ob Helen am Kollaps mitschuldig war, weil sie mit ihren Fragen Bereiche angeschnitten hatte, denen Lucy zu diesem Zeitpunkt nicht gewachsen gewesen war?, fuhr es ihr durch den Kopf. Oder handelte es sich um einen bloßen Zufall?

Obwohl die Unsinnigkeit ihrer Sorgen auf der Hand lag, gelang es der Journalistin nicht, das in ihr aufgekommene Schuldgefühl zu ignorieren. Gegen jede Logik kam sie sich wie ein Kind vor, dem ein Streich arg danebengegangen war und das jetzt befremdet den angerichteten Scherbenhaufen anstarrte. Und wie ein solches hätte sie am liebsten alles ungeschehen gemacht, bevor jemand aufkreuzen konnte, der die Misere zu Gesicht bekäme. Mit diesen Empfindungen wartete sie auf das medizinische Notfallteam und legte sich in Gedanken schon einmal sämtliche Fakten zurecht, die man wahrscheinlich abfragen würde.

54: Amikale Zusammenkunft

Ich hätte es wissen müssen!«, wetterte Wiga, als sie in Emiles Raum stürmte. Sie ergriff ein Kissen, das in Griffweite auf einer der Ablagen im Eingangsbereich lag, und schleuderte es auf ihren Kameraden.

»He!«, rief dieser, die Arme schützend vor sein Gesicht haltend. »Was soll denn das?!«

Die neben ihm lümmelnde Soldatin wirkte noch überraschter als er.

»Lass die Heuchelei!«, erwiderte Wiga. Sie ließ sich auf einen Sessel fallen und fauchte in Emiles Richtung: »Dein Problem ist: Du kannst nicht verlieren!«

Mit einem prustenden Geräusch machte er seine Empörung deutlich. »Aber du kannst es, wie?«

Sie schüttelte protestierend den Kopf, gab ein paar unverständliche Worte von sich. Dann langte sie nach dem abgewehrten Kissen, das unweit von ihr auf dem Boden lag, und warf es dorthin zurück, wo sie es hergenommen hatte, eine Aktion, die von der Soldatin neben Emile misstrauisch beäugt wurde.

»Worum geht's hier überhaupt?«, mischte sich diese mit einer Stimme in die Auseinandersetzung, die in einem merkwürdigen Missverhältnis zu ihrem ausgemergelten Körperbau stand. Sparkles war hochgewachsen und spindeldürr. Im Vergleich zu der stämmigen Wiga ließ ihre Gestalt unweigerlich Erinnerungen an ein Knochengerüst aufkommen. Ihr schmaler Kopf, der – wie bei allen *Controllers* – wegen der *Inducerkalotten* komplett haarlos war, machte sie nicht gerade weiblicher. Für einen Außenstehenden hätte sie ebenso gut eine Anthrotopierin sein können, nur trug sie als MIETRA-Kämpferin keinen Stirnreif.

Schweigen. Dann: »Frag ihn«, schnauzte Wiga sie an. Ihre Blicke trafen sich kurz, bevor die wütende Soldatin wieder in die Ferne starrte.

»Was läuft hier ab, Sol?«

In Sparkles Tonfall schwang etwas Fürsorgliches, Warmes mit, besonders, wenn sie mit Emile sprach.

»Es geht um unsere letzte *Aerochase*-Simulation«, gab er zurück. »Wir sind gegeneinander angetreten.«

»Und du hast gewonnen?«

»Denkste!«, versetzte Wiga.

»Was jetzt?«

»Keiner hat gewonnen«, erklärte er seufzend. »Es ging unentschieden aus.« Und in die andere Richtung raunte er versöhnlich: »Whistle, ich wusste doch nicht, dass *du* meine Gegnerin warst!«

Die Angesprochene hob ihren Kopf. So, wie Emile im engsten Kreis Sol und seine Freundin Sparkles genannt wurden, hatte sich für Wiga irgendwann der Spitzname Whistle ergeben.

»Wie zum Donnerwetter hast du das hingekriegt!?«

»Was hingekriegt?«

»Du weißt genau, was ich meine!«, rief sie. »Den Zehner-Korridor!«

»Ach den«, beschwichtigte er. Mit seinem breiten Grinsen und den leicht geröteten Wangen hätte man ihn eher für jemanden halten können, der die Kriegskunst anderen überließ. Doch der Schein trog: Emile gehörte zu den besten *Warrior Controllers* der Mannschaft. »Ich muss gestehen, dass ich mehr aus Verzweiflung da reingeflogen bin, weil die Sache praktisch gelaufen schien.«

»Das war mir klar ...«

»Der Kurs hatte es in sich. Anfangs tappte ich beinahe in eine Kreiselfalle! Dann wurde die Passage enger und ich habe aus purem Glück die richtigen Abzweigungen gewählt; bestimmt waren Sackgassen darunter. Am Ende gab es drei Pfade, von denen wohl nur einer zum Ziel führte. Ich flog in den linken Tunnel und wurde überraschenderweise in die Hauptroute zurückkatapultiert. Anders hätte ich da mit Sicherheit nicht mehr herausgefunden. Du kennst ja diese zufälligen Gabelungen in den hohen Schwierigkeitsgraden, mit denen man stets aufs Neue hinters Licht geführt wird.«

»Verrückte Aktion«, fand Wiga. »Ich war überrascht, dich aus der Abkürzung halbwegs unversehrt wieder herauskommen zu sehen. Seltsam, dass es trotzdem nur unentschieden ausging.«

Er zuckte mit den Achseln. »Die Fehler am Anfang haben

mich einige Punkte gekostet. Und ich konnte den Zehner-Kurs nur mit niedriger Geschwindigkeit durchfliegen, sonst wäre ich gegen die Hindernisse gestoßen.«

»Kann ich mir gut vorstellen.«

»Ein Zehner-Korridor«, murmelte die Hagere. »Für mich ist schon bei Siebenern Finito! Höhere Schwierigkeitsgrade sind mir nicht mehr geheuer, da gibt es zu viele Fallen ...«

Als *Warrior Controller* kam es für sie auch nicht darauf an, meisterhaft mit *Hyperceptors* umgehen zu können, solange sie es nur verstand, eine oder zwei Handvoll *Troopers* gleichzeitig – und möglichst effizient – zum Einsatz zu bringen.

»Ich habe mich mal in einen Zwölfer gewagt«, erinnerte sich Wiga. »Aber das kostete eine Menge Zeit und Schildenergie. Im letzten Drittel landete ich in einer Sackgasse und am Ende musste ich wohl oder übel durch die dünne Wand preschen. Spätestens an diesem Punkt war der Schild im Keller. Mein Konkurrent konnte sich auf der Hauptstrecke einen erholsamen Flug gönnen und trotzdem gewinnen!«

»Der Regelfall«, bestätigte Emile mit fachkundiger Miene. »Wenn ich nicht an den kritischen Stellen die richtigen Entscheidungen getroffen hätte, wäre ich ebenso chancenlos gegen dich gewesen.«

»Dumm nur, dass dir das Glück gerade in diesem Kampf hold war, mein Lieber. Hätte ich gesiegt, dann wäre ich dem *Silver Jack* ein gutes Stück näher gekommen!«

»Nur mit einem souveränen Vorsprung«, antwortete der Soldat, sich jetzt wieder entspannt nach hinten lehnend. »Ein halbherziger Sieg bringt kaum etwas. Du weißt, wie geizig die MIETRA ihre *Mission Stars* vergibt. Da müsstest du schon Herausragendes zeigen!«

»Pfff!«, machte Wiga. Ihr Zorn war immer noch nicht ganz verraucht. Sie entschied, das Thema zu wechseln. »Seid ihr fertig für heute?«

»Nein. Sparkles hat Bereitschaft«, erwiderte Emile. »Bis neunzehn Uhr. Das hält uns auf dem trostlosen Boden der Realität fest. Also fürs Erste kein Ausflug in die schöne V-Welt.« Seine

Gesichtszüge wirkten steif, sodass man meinen konnte, er würde angestrengt über etwas nachdenken. In Wirklichkeit offenbarte sich darin Emiles theatralische Form des Humors. Wer ihn kannte, wusste diese Eigenart richtig zu deuten.

»Auch gut.«

Wiga war es im Grunde egal, ob sie nun ein virtuelles Szenario starteten oder einfach nur in Emiles Zimmer herumlungerten. Sie hatte zurzeit ohnehin nur wenig Lust auf extravagante Unternehmungen. Außerdem war sie mit den Trainingseinheiten für ihr »persönliches Betätigungsfeld« – wie man die Auseinandersetzung mit dedizierten Wissensbereichen in der MIETRA so treffend bezeichnete – im Rückstand. Offiziell ging es um die »Erkundung von Interessensarealen« für die Zeit nach ihrer Tätigkeit als *Warrior Controller*. Dabei handelte es sich um Fachgebiete, die in einem anfänglichen Herantasten mit Hilfe eines automatisierten Prüf- und Abschätzungssystems ermittelt wurden, und zwar nach einem denkbar simplen Schema: Aus den zentralen Begabungen und Neigungen leiteten sich Primärdomänen für das persönliche Betätigungsfeld ab. Inwiefern die Beschäftigung damit später von Bedeutung war, wusste keiner der Soldaten.

»Ich habe euch doch nicht etwa bei irgendetwas gestört, als ich hereingeplatzt bin?«, fragte Wiga vorsichtig.

»Aber nein«, gab Emile zurück, einen undeutbaren Seitenblick auf seine knochige Kameradin werfend. »Wir unterhielten uns gerade über ein historisches Thema.«

»Über ein historisches Thema, soso. Und worum ging es dabei?«

»Um die günstigste Überlebensstrategie in der Zeit unmittelbar nach dem globalen Kollaps.«

Im Rest der Welt hätte sich bestimmt mehr als nur eine Soldatenfreundschaft zwischen Sparkles und ihm entwickelt. Als *Warrior Controllers* unterlagen sie allerdings einer starken hormonellen Regulierung, standen in mancher Hinsicht auf der Stufe vorpubertierender Kinder mit dem Körper und dem Intellekt von Erwachsenen. Infolgedessen spürten die beiden zwar eine Zuneigung füreinander, konnten sie jedoch nicht richtig einordnen, geschweige denn ein intimes Verhältnis aufbauen. Intuitiv begriffen Sparkles und Emile wohl, dass die Verbindung zwischen ihnen über das Ausmaß einer einfachen Kameradschaft hinausging. Und sie hatten es sogar irgendwie geschafft, im selben Betätigungsfeld zu landen.

»Aha«, quittierte Wiga abweisend genug, um keine Missverständnisse über ihren wahren Fokus aufkommen zu lassen. Das Gebiet der Historik, für das die beiden eine unübersehbare Leidenschaft aufbrachten, interessierte sie nicht die Bohne. Zumindest nicht im theoretischen Sinn. Zum Glück gab es in ihrem eigenen Betätigungsfeld, der Militärwissenschaft, wesentlich mehr Querbezüge zu praktisch verwertbarem Material. Ganz auf geschichtliche Analysen konnte man dort allerdings ebenso wenig verzichten.

»Damals stand die Menschheit bekanntlich auf der Kippe«, bemerkte Emile.

Wiga zupfte gelangweilt an der Armlehne herum. Die Umstände in der späten präannexeanischen Ära, als die gesamte zivilisierte Welt nach jahrzehntelanger Raffgier, hemmungsloser Ausbeutung, fehlendem Verantwortungsgefühl und einem völlig irrationalen Festhalten an fortwährendem Wachstum schließlich kollabiert war, boten naturgemäß einen unerschöpflichen Fundus für die Historik sowie massenweise Fallstudien für die Militärwissenschaft. Doch sie fühlte sich immer noch nicht ganz in Friedenslaune und meinte daher herausfordernd: »Schwer zu sagen, ob sie wirklich auf der Kippe stand. Eine Gesellschaft ging zugrunde und eine andere wuchs aus ihren Trümmern hervor. Was ist daran besonders?«

»Was daran besonders ist!?«, echote Sparkles erbost, ohne ihrem Freund die Chance auf eine Antwort zu geben. »Was, wenn die Mächtigen von damals einen globalen Krieg angezettelt hätten, bei dem das gesamte Arsenal ihrer Waffentechnik zum Einsatz gekommen wäre? Das hätte das Aus für die menschliche Zivilisation bedeutet! Nein, stattdessen fielen die Staaten, einer nach dem anderen, still und leise in sich zusammen.«

Mächtige von damals! Was für ein bedeutungsloser Begriff in einer Zeit, die sich von dem Konzept primitiven Besitzdenkens entfernt hatte, zumindest in den annexeanischen Teilen der Welt. Eine Kultur, in der das Anhäufen persönlichen Eigentums als erstrebenswerte Zielsetzung betrachtet wurde, erschien von Wigas Perspektive aus gesehen geradezu armselig. Unvorstellbar, wie ein solches System überhaupt so lange hatte existieren können! Aber all das erklärte immer noch nicht, warum sich Sparkles und Emile so sehr über den Ausgang dieser historischen Phase wunderten. Der Mensch schien einen Instinkt für das Überleben zu besitzen. Nie und nimmer hätte er sich selbst eliminiert, nur um die Privilegien einer kleinen Gruppe zu erhalten. Oder war Wiga als Mitglied einer modernen Gesellschaft längst nicht mehr in der Lage, die abwegigen Denkweisen jener Epoche nachzuvollziehen?

»Ja, ja!«, tat sie lapidar ab, innerlich zufrieden darüber, dass sie etwas Dynamik in ein Thema gebracht hatte, das den Keim zu unendlicher Langweile in sich trug. »Vom *militärischen* Blickpunkt aus gesehen war die Situation natürlich prekär. Ich dachte, ihr wolltet auf den *wirtschaftlichen* Aspekt hinaus und darauf, dass es praktisch keine Versorgung mit Nahrung und Medikamenten gab. Krisensituationen wie diese meisterte die Menschheit in der Vergangenheit bekanntlich öfter.«

»Gerade der *wirtschaftliche* Aspekt war einer der Hauptkatalysatoren für die Entwicklung der ersten Bollwerke«, widersprach Sparkles. Sie meinte damit die Vorformen der Ringkernstädte.

»Ein Thema, das so gut wie jeder Einführungskurs zum Staatenbund bis zum Exzess abhandelt«, stellte Wiga genervt fest.

»Stimmt«, erwiderte Emile. »Es ging uns auch um etwas anderes: Wie schafften es Siedlungen, beispielsweise *Carnuntum*, mitten in einem Gebiet, das von *Tribes* nur so wimmelte, zu überleben? Wenn man bedenkt, wie primitiv die Technologie damals zum Teil war, ist das erstaunlich!«

»Und die Probleme waren vielgestaltig, etwa die Herausforderungen bei der Nahrungsproduktion, wie du schon selbst bemerkt hast«, ergänzte Sparkles, als sie Wigas zunehmend teilnahmsloses Gesicht gewahrte. »Schließlich gab es noch keinen *Cooking-Master*. Auch der Zugang zu Trinkwasser war ein Problem, neben dem täglichen Kampf mit katastrophalen Umweltbedingungen.

Außerdem sollte man nicht vergessen, dass die meisten Menschen in den Jahrzehnten vor dem Kollaps zu regelrechten Fachidioten degradiert waren. Sie kannten vielleicht die technischen Details der Geräte, die sie zu warten hatten, wussten jedoch nichts von einfacher Landwirtschaft oder von den essbaren Produkten in der freien Natur. Und über die Verseuchung in bestimmten Regionen wollen wir gar nicht erst reden.« Die knochige Soldatin schien ganz in ihrem Element zu sein. »Trotzdem überwanden sie die Krise irgendwie. Ich finde das sehr beeindruckend!«

Wiga musste sich zwingen, den Ausführungen der beiden weiter zu folgen. Sie fragte sich, ob sie nicht lieber eine *Aerochase*-Simulation starten sollte, statt ihre Zeit hier zu vergeuden. Aber nach ihrem letzten anstrengenden Einsatz war eine Erholungspause angebracht. Darüber hinaus würde es ohnehin schon bald keine Rolle mehr spielen, wie viele Trainingsstunden sie noch flog. Das Ende ihrer militärischen Karriere stand unmittelbar bevor.

»Wie auch immer«, sagte Emile, dem Wigas Desinteresse wohl nicht entgangen war. »Jedenfalls haben Sparkles und ich beschlossen, die wirtschaftlichen und sozialen Probleme dieser Epoche zu unserem Hauptthema zu machen und dabei das Augenmerk auf *Carnuntum* zu legen.«

Es war der mit nur einem Ohr zuhörenden Kämpferin schleierhaft, wie man sich so verbissen in eine so platt getretene Thematik hineinsteigern konnte. Und warum sie für die MIETRA von Relevanz sein sollte.

»Gut, gut!«, spottete sie. Und um nicht allzu negativ zu wirken, streute sie ein: »Ich weiß nicht, ob es euch bewusst ist, aber *Carnuntum* ist vor allem militärwissenschaftlich von Bedeutung. Der damalige Kommandant – Oberst Grappner – hat die Siedlung schon relativ früh aus dem Boden gestampft.«

»Ja, es war eines der ersten Bollwerke«, bestätigte Emile.

Wiga tat seinen Kommentar als nichtig ab. »Es gab eine Menge solcher Bollwerke, Sol. Im Unterschied zu ihnen gehörte *Carnuntum* – wir nennen es heute EA-7 – allerdings zu den wenigen, die überleben konnten. Und das lässt sich leicht begründen.« Sie wartete gespannt auf die Reaktionen ihrer Kameraden.

»Die Siedlung stellte den Großteil ihrer Waren selbst her«, zitierte Emile eine der Lehrmeinungen. »Dadurch wurde sie autark.«

Wiga machte eine abschätzende Geste. »Das auch, aber es gibt noch einen viel wichtigeren Grund.«

»Sie wusste sich zu verteidigen.«

»Absolut! Und wie?«

»Mit einem – für damalige Verhältnisse – brillanten Abwehrsystem.«

»Stimmt. Wisst ihr, wie es dazu kam?«

Keine Antwort.

»Ich will es euch sagen: Grappner beschäftigte sich vor dem Kollaps mit der Optimierung von Verteidigungsanlagen. Gemeinsam mit seinem Team entwarf er Dutzende von ringförmigen Abwehrstellungen, bei denen eine beachtliche Menge vollautomatischer Drohnen zum Einsatz kam. Das Ergebnis war ein höchst raffinierter Ansatz von verteilt eingesetzten Waffensystemen, die taktisch nahezu perfekt auf jede erdenkliche Situation reagierten. So schaffte er es, Barrieren zu errichten, die gegen leicht bis mittelschwer bewaffnete Infanteriegruppen und Luftstreitkräfte weitgehend gefeit waren. Ich kenne diese Details, weil *Carnuntum* in der Militärwissenschaft eines der Paradebeispiele dafür ist, wie man mit konventioneller Waffentechnik effektive Verteidigungssysteme bauen kann.«

Sparkles nickte.

»Als dann der Kollaps kam, war es relativ einfach für Grappner, auf ein ansehnliches Arsenal an Drohnen und Ausrüstungsgegenständen zurückzugreifen. Zudem hatte er gute Kontakte zu einem früheren Elitekommando. Er warb einen Großteil dieser Leute an und baute mit ihnen eine bis an die Zähne bewaffnete Truppe auf. Danach brauchte er nur seine langjährigen Konzepte umzusetzen, mitten in einem Gebiet, in dem die beginnenden *Tribes* ihr Unwesen trieben.« Eine ideale Spielwiese für jemanden, der seine Verteidigungsanlagen zum Einsatz kommen lassen wollte, dachte Wiga. Allerdings war das nicht die ganze Geschichte. »Es gibt ein pikantes Detail dazu«, erzählte sie weiter. »Neben Grappners

Fort existierte noch ein anderes Lager, etwa zwanzig Kilometer von ihm entfernt. Es wurde von einem Mediziner geführt ...« Der Name lag ihr auf der Zunge. Sie war erst kürzlich auf die Sache gestoßen. »Köss!«, rief sie dann, als er ihr wieder einfiel. »Schon mal von ihm gehört?«

Emile verneinte.

»Köss hatte früh genug die Möglichkeit eines Kollapses vorhergesehen und mit Hilfe von privaten Förderern eine kleine medizinische Auffangstation in einer ländlichen Gegend errichtet. Sie verfügte über einen beträchtlichen Vorrat an Ausrüstung und Verpflegung. Eine auf Verteidigung spezialisierte Truppe schützte sie vor Überfällen. An sich eine passable Idee. Nur besaß der Mann leider keine militärischen Kenntnisse, sonst hätte er wohl einen günstigeren Ort ausgewählt. Das war auch Grappners größter Kritikpunkt daran gewesen. In einem gewissen Sinn stellte *Protecta*, so wurde das Lager genannt, das Gegenteil seiner eigenen Basis dar. Es gab weder lückenlos gesicherte Schutzwälle noch eine nennenswerte Verteidigungstruppe. Grappners Versuche, die Schwachpunkte durch Elitesoldaten aus seinen Reihen zu kompensieren, scheiterten.« Und er hatte Köss ebenso wenig dazu bringen können, seinen Stützpunkt aufzugeben, ergänzte sie für sich. »So kam eines Tages, was kommen musste: Die *Tribes* der Gegend organisierten sich und griffen die Station an. Als Grappner Stunden später zu Hilfe kam – ein paar *Tribes*-Rotten hatten sich zwischen den beiden Siedlungen postiert und ihm die Rettungsaktion erschwert –, war das Lager bereits Geschichte. Man hatte die Bewohner allesamt getötet, inklusive der Kinder, und sie teilweise bis zur Unkenntlichkeit verstümmelt. Auch Köss war dem Überfall zum Opfer gefallen. Und natürlich fehlte alles, für das die *Tribes* Verwendung fanden: Medizin, Waffen, Nahrungsmittel; selbst die Decken und Betttücher hatte man mitgenommen.«

Emile und Sparkles schüttelten die Köpfe.

»Der Anblick soll so entsetzlich gewesen sein, dass Grappner, ein sonst ziemlich harter Bursche, tief betroffen davon war und schwor, jeden einzelnen der Mörderbande aufzuspüren und hinrichten zu lassen.« Eine Absicht, die Wiga angesichts der Umstände nur allzu gut verstand. »Dieses Vorhaben gab er später jedoch auf. Nicht nur, weil es aussichtslos gewesen wäre, alle Schuldigen zur Verantwortung zu ziehen, sondern auch, weil eine derartige Aktion nicht gerade zur Stabilisierung zwischen den ersten Ringkernstädten und dem Rest der Welt beigetragen hätte.« Die Kämpferin blickte verbittert zu Boden. »Zumindest hatte die Sache auch etwas Gutes, wenn man so will«, resümierte sie dann. »Mit der Zerstörung von *Protecta* wurden nämlich immer mehr Siedlungen auf die Wirksamkeit von Grappners Verteidigungsanlage aufmerksam. Und so traten viele an ihn heran, die ein ähnliches System wollten.«

Sparkles suchte Augenkontakt mit Wiga und meinte: »Wir haben natürlich von Grappner und seinen Abwehrringen gehört, aber diese Geschichte war mir fremd.«

»Das dachte ich mir. Sein Erfolgsrezept stand im Wesentlichen auf drei Säulen: Militär, Know-how und Produktion, wobei die letzten beiden Punkte erst nach einer anfänglichen Stabilisierungsphase umgesetzt wurden, als man sich in der Basis halbwegs sicher vor den *Tribes* fühlte. Anders ausgedrückt: Er bot bestmöglichen Schutz durch eine beinahe unüberwindliche Verteidigungsanlage und hervorragend ausgebildete Kämpfer, kümmerte sich schon früh um den Aufbau von fachlicher Kompetenz und schuf im Laufe der Zeit – in den beschirmten Zonen innerhalb des Abwehrgürtels – eine weitgehend unabhängige Industrie. Außerdem waren seine Eignungstests, mit denen er später die Integrität und Solidarität der Immigranten testete, legendär.«

Die drei schwiegen eine Weile.

»Ein interessanter Exkurs«, unterbrach Emile die Stille. »Wusste gar nicht, dass du dich für Historik begeisterst.«

»Nur, wenn sie mit Militärwissenschaft zu tun hat.« Wiga lehnte sich zurück. »Es gäbe noch weitere spannende Themen. Auf eines stieß ich erst kürzlich.«

»Und das wäre?«

»Die Rolle der *Force*.« Sie blickte in zwei fragende Gesichter. »Ich wundere mich nicht über das Entstehen der *Tribes*-Clans nach dem globalen Kollaps oder über die Kleingruppierungen, die alles unternehmen, um am Leben zu bleiben. Das wäre leicht vorhersagbar gewesen. Aber die *Force of Nature* ist ein ganz anderes Kaliber.«

»Inwiefern?«, fragte Sparkles.

»Sie ist ein Eliteverband, der den Einsatz bestimmter Technologien verurteilt. Trotzdem verfügt sie über schlagkräftige Waffen. Denkt nur an die *Currusare*. Die Frage ist: Warum macht sie das?«

»Macht sie was?« Es war nicht besonders scharfsinnig von Sparkles, immer wieder nachzuhaken, doch offenbar fing sie mit Wigas Bemerkungen nur wenig an.

»Warum lehnt sie Konzepte wie hochentwickelte Formen der Nanotechnologie oder Maschinenintelligenzen mit solcher Verbissenheit ab?«

»Ganz einfach«, erwiderte Emile. »Sie betrachtet sie als ›unheilvoll‹.«

»Und das ist gut für uns!«, fand Sparkles, ihrem Kameraden ein verschmitztes Lächeln zuwerfend. Die konsequente Einstellung der *Force* reduzierte ihre militärische Bedeutsamkeit beträchtlich.

»Seltsam ist es dennoch. Ohne diese Beschränkung wäre sie ein viel würdigerer Gegner für die MIETRA. So ist ihr Kampf ein aussichtsloses Um-sich-Schlagen.«

»Sieh es mal andersherum«, wandte Emile ein. »Wenn sie eine ähnliche Gesinnung hätte, gäbe es am Ende gar keine Differenzen mehr zwischen uns.«

Sein Argument hatte etwas für sich. Es gab jede Menge Beispiele aus der Geschichte, die zeigten, dass Gruppierungen wie die *Force* zuweilen mit gemäßigten Staatsformen kooperierten. Somit musste ihre Ablehnung bestimmten Technologien gegenüber tief genug verankert sein, um Annexea noch erbitterter zu hassen als die heruntergekommenen *Tribes*-Clans, die für ein paar Waffen, deren Herstellung einen gewissen Grad an Know-how erforderte, praktisch alles machten.

Sparkles grinste sie unverfroren an. »Irgendwann wirst du diesen Dingen persönlich auf den Grund gehen, Whistle, da bin ich mir sicher. Spätestens nach deiner Zeit bei der MIETRA.«

Ihr Optimismus entlockte der abgebrühten Kämpferin ein dünnes Lächeln. »Klar doch!«

»Du glaubst mir nicht?«

Sie hatte für den heutigen Tag bereits genug Negativismus verstreut, wollte aber bei der Wahrheit bleiben. »Ich weiß nicht, Sparkles. Wenn ich nur einen einzigen MIETRA-Soldat kennen würde, der nach seiner Terminierung da draußen irgendwo auftaucht ... Sie verschwinden einfach aus unserem Umfeld, von einem Tag zum anderen, und wir hören nie wieder von ihnen.«

»Stimmt«, räumte die Kameradin ein wenig bedrückt ein. »Kürzlich konfrontierten wir sogar Cornwell damit.«

»Und? Was sagte er dazu?«

»Nicht viel. Nur das übliche ausweichende Geschwafel, dass wir uns keine Gedanken machen sollen.«

Wiga schüttelte verdrossen den Kopf. Genau das hatte sie erwartet. Es war, als ob man gegen Mauern rennen würde, sobald man sich an das Thema heranwagte.

»Glaubst du denn, dass man uns etwas Gravierendes verschweigt?« Obwohl sich Sparkles sichtlich bemühte, locker zu wirken, schwang in ihrer Frage Besorgnis mit. Es fiel Wiga schwer, eine positive Antwort zu finden.

»Wir sollten nicht schwarzmalen. Gut möglich, dass ›ausgediente‹ MIETRA-Soldaten in operativen Positionen zum Einsatz kommen. Vielleicht in einer internen Strategieabteilung. Oder man macht sie zu Ausbildungsoffizieren in anderen Kompanien.« Irgendwie glaubte sie selbst nicht so recht an das, was sie da sagte. »Wie auch immer, wir werden es noch früh genug herauskriegen«, seufzte sie. »Ich wohl eher als ihr!«

Sparkles warf ihr einen alarmierten Blick zu. »Warum sagst du das?«

Sie versuchte, möglichst gleichmütig zu bleiben. »Es ist nur so eine Ahnung. Kürzlich meinte Cornwell, dass ich bald fällig sei. Das gab mir zu denken.«

Ein merkwürdiger Ausdruck legte sich über die Gesichter ihrer beiden Freunde: Unsicherheit, die sie zu kaschieren suchten.

»Außerdem wurde ich für ein Treffen mit Bas Veskos vorgemerkt.« Damit hatte sie die Katze aus dem Sack gelassen, bereute es aber schon im nächsten Moment, etwas gesagt zu haben. »Bitte behaltet das vorläufig noch für euch.«

Und da Emile und Sparkles sie daraufhin nur betroffen anstarrten, fügte sie beschwichtigend hinzu: »Das muss nichts heißen! Vielleicht wollen sie mir bloß einen Orden überreichen. Wer weiß?«

Schweigen. Eine furchtbare Ahnung baute sich auf.

»Du hast doch nicht etwa vor, sang- und klanglos aus unserem Leben zu verschwinden?«, entfuhr es Sparkles.

»Du Dummchen! Mach dir keine Sorgen. Ihr seht mich wieder!« Sie erhob sich und drückte die andere wortlos an sich.

»Versprich, dass du alles unternehmen wirst, um bei uns zu bleiben, Whistle«, beschwor Sparkles sie.

»Ich werde tun, was ich kann …«

Es war seltsam, die dürre Riesin wie ein hilfloses Kind in den Armen der stämmigen Soldatin zu sehen. Und ihren konsternierten Kameraden gleich daneben. Genau diese peinliche Situation hatte Wiga vermeiden wollen. Jetzt war sie geradewegs in sie hineingeschlittert.

55: Bewertung einer Studie

Seit sich das Projekt *Telos* in seiner aktiven Phase befand, war es üblich geworden, die Sitzungen des Rates von Anthrotopia mit Ted Hawlings und Matt Lexems Berichten zu beginnen. Damit wollte de Soto keinesfalls deren Rang über den anderer stellen, sondern lediglich einen pragmatischen Ansatz für den Ablauf der Konferenz verfolgen, denn nicht selten ergaben sich aus den Ausführungen der beiden Wissenschaftler weitere Themen, die einer Klärung bedurften. Diesmal erwartete man ihre Zusammenfassung mit noch größerem Interesse als sonst. Schließlich wusste jeder der hier Anwesenden, dass etwas mit der Nanokonvertierten nicht stimmte und dass es einen Zwischenfall gegeben hatte. Aber da alle anspruchsvolle Positionen bekleideten, waren sie über die Einzelheiten nicht auf dem Laufenden.

»Ted, Matt, was haben Sie heute für uns?«, eröffnete Will de Soto nach der üblichen Begrüßung die Sitzung. Wie immer saßen sie in jener virtuellen Turmkanzel, die dem Rat für seine Konferenzen zur Verfügung stand und von der aus man die gesamte Stadt überblicken konnte, falls die eingestellte Wandtransparenz es zuließ. Die Augenpaare von acht größennormierten Anthrotopiern richteten sich auf Ted Hawling, und das intensive blaue Leuchten seines Overalls schien diesen Umstand noch zu unterstreichen.

»Beginnen wir mit den erfreulichen Fakten«, sagte Hawling nach einem kurzen Blickkontakt mit de Soto. Als Rhetoriker der alten Schule hielt er sich an die Regel, zuerst die positiven Aspekte ins Feld zu führen, obwohl – bis auf Esther Diederich – ausschließlich ACI-Blocker-Träger um ihn herum saßen und eine solche Vorgehensweise daher im Grunde unnötig war.

»Die bisherigen Ergebnisse der Nanokonvertierung deuten darauf hin, dass wir auf dem richtigen Weg sind. Zum einen die Persönlichkeitsintegrität, an der meines und Darius Buechilis Erachtens kein Zweifel bestehen kann. Lucy zeigte in allen Fällen, mit denen sie konfrontiert wurde, dass sie auf Situationen in angemessener und für sie typischer Weise reagierte. Ihre Äußerungen lassen auf konsistente Gedächtnisinhalte ohne erkennbare Brüche schließen. Zu einer ähnlichen Einschätzung kamen breitflächige Tiefenabfragen, die von Maschinenintelligenzen im Rahmen einer umfassenden Psychostudie gemacht wurden. Auch die kognitiven und perzeptiven Fähigkeiten sind zur Gänze erhalten geblieben, haben sich zum Teil sogar deutlich gesteigert. Dasselbe trifft auf Lucys physiologisches Vermögen zu.«

Die unsachlichen Bemerkungen Buechilis, bei der Nanokonvertierten zwar erwartungsgemäße Verhaltensweisen zu erkennen, aber insgesamt eine merkwürdige Fremdheit und Distanz zu spüren, waren für ihn gegenstandslos. Es handelte sich – wie so oft bei Ultraisten – um subjektive Eindrücke, denen keinerlei wissenschaftliche Beachtung zukommen sollte.

De Soto nickte.

»Dennoch verläuft nicht alles nach Plan. Das wohl gravierendste Problem besteht darin, ihre Psyche stabil zu halten. Nach anfänglichen Höhen und Tiefen, die wir durch Finetuning halbwegs ausgleichen konnten, ging es vor ein paar Tagen plötzlich rapide abwärts, und zwar während eines Gesprächs mit der Gastjournalistin Helen Fawkes. Daraufhin fiel sie in einen Zustand vollständiger Apathie.«

Aus seiner Schilderung war nicht abzuleiten, ob und wie sehr ihm dieser Vorfall Sorgen bereitete.

»Aber sie verfügt doch über einen ACI-Blocker«, wunderte sich Esther Diederich.

»Das tut sie«, bestätigte Matt Lexem. »Und daraus scheint sich eines der Probleme zu ergeben. Der Dämpfungsfaktor nimmt teilweise horrende Ausmaße an. Zuweilen legt er bis zu neunzig Prozent ihrer zerebralen Strukturen lahm! Zum Vergleich: Bei organischen Menschen sind in Ausnahmefällen höchstens Werte von zehn Prozent zu beobachten.«

»Also wird die Konfliktaufarbeitung in Lucys Psyche so dominant, dass sie alle anderen mentalen Prozesse überlagert.«

Er setzte ein flüchtiges Lächeln auf und neigte zustimmend den Kopf: »Ich hätte es nicht besser ausdrücken können, Esther.«

»In welchem Zustand befindet sie sich *jetzt*?«, erkundigte sich Athena, mindestens ebenso ungerührt wie zuvor Ted Hawling. Die breite Stirn und der betont konzentrierte Blick der japanischstämmigen Progressiv-Ultraistin schienen ihrer Frage noch zusätzliche Strenge zu verleihen.

»Wir haben die Dämpfungswirkung des Blockers geringfügig reduziert und konnten Miss Hawling dadurch wieder aus der Starre befreien«, berichtete der Leiter des medizinischen Systems, ohne es der Mühe wert zu finden, sich der elitären Wissenschaftlerin länger als ein paar Sekunden zuzuwenden. »Sie selbst scheint von der ganzen Angelegenheit nicht viel mitbekommen zu haben. Es war wie eine Ohnmacht für sie.«

»Könnte sich das zu einem ernsthaften Problem entwickeln?«, meldete sich de Soto.

Ted Hawling antwortete darauf: »Das werden wir erst dann mit Gewissheit sagen können, wenn die eigentliche Ursache des Phänomens feststeht. Momentan wissen wir nur, dass sich in Lucys Zerebrum wellenartige Erregungspotenziale bilden, wir nennen sie auch *Storms* oder *Psychic Storms*. Es handelt sich dabei um Muster, die im psychischen Hintergrundrauschen ihren Ausgang nehmen und die sich langsam in unregelmäßigen Intervallen aufschaukeln. Sobald sie ihr Maximum erreichen, verschwinden sie wieder, bis sie nach einer willkürlich scheinenden Zeitspanne erneut entstehen. In dieser Vorphase beobachten wir Amplituden, die mit einer ACI-Dämpfung von circa acht bis zehn Prozent der kognitiven Kapazität beherrscht werden können.«

»Natürlich greift der Blocker zusätzlich in andere Bereiche ihrer Neurostruktur ein«, beeilte sich Lexem zu ergänzen, »beeinflusst also nicht nur kognitive Zonen, aber wir wollen das der Einfachheit halber vernachlässigen.«

»Zehn Prozent klingen relativ moderat«, fand de Soto.

Ted Hawling nickte. »Stimmt. Damit würden sogar rein biologische Lebensformen zurechtkommen.« So, wie er das sagte, klang es fast wie eine Abwertung der nichtkonvertierten Menschheit, ein Effekt, den er nicht beabsichtigt hatte. Er dachte kurz über die tiefenpsychologischen Hintergründe seiner Formulierung nach und darüber, ob sie eventuell seine innere Haltung reflektierte, riss sich dann jedoch davon los und lenkte die Aufmerksamkeit wieder auf die Konferenz zurück.

»Das eigentliche Problem besteht darin, dass sich derartige Phasen tendenziell aufschaukeln«, setzte Lexem die Ausführungen seines Kollegen fort, während er im *V-Space* eine Kurvenschar seiner bisherigen Beobachtungen einblenden ließ, »bis sie schließlich, wenn sie etwa zwanzig Prozent der zerebralen Kapazität beanspruchen, zu einer regelrechten neuronalen Entladung führen.«

Er zeigte mit dem virtuellen Cursor auf einen dieser Ausbrüche, zog langsam Kreise um ihn herum.

»In solchen Situationen baut sich das Erregungspotenzial nicht mehr ab, sondern steigert sich binnen kürzester Zeit auf ein horrendes Ausmaß, wodurch ACI-Blocker und *Storms* letztlich in ein Patt gelangen. Von außen wirkt es, als ob Lucy Hawling ihr Denken völlig eingestellt hätte. Eine Fehlinterpretation, wie wir mittlerweile wissen, denn in Wirklichkeit arbeitet ihr Kortex auf Hochtouren und beschäftigt sich beinahe ausschließlich mit der Psychodämpfung.«

»Warum führt dann aber eine Reduktion des Blockers zu einer Verbesserung?«, hakte Athena nach.

Diesmal warf Lexem ihr einen längeren Blick zu. »Ein erstaunliches Phänomen, nicht? Die Details dazu sind noch ungeklärt. Ich habe da allerdings eine Theorie.« Der virtuelle Cursor wanderte an den Anfang der Kurvenschar. »Für mich sieht es so aus, als ob der Keim des Sturms hier läge.« Wieder kreiste er die besagte Position ein. »Wenn Sie genau hinsehen, erkennen Sie an dieser Stelle eine relativ unscheinbare Spitze, die sofort vom ACI-Blocker kompensiert wurde. Ähnliche Ausschläge finden sich in anderen Kurven.« Er wandte sich vom *V-Space* ab. »Ich habe den Eindruck, dass solche Spitzen nicht bloß zufällige Entladungen sind, sondern einen starken Drang nach Umsetzung in sich tragen. Gelingt ihnen das nicht, weil sie von der Psychodämpfung daran gehindert werden, dann ziehen sie sich in tiefere Regionen zurück, sammeln Energie und versuchen es später erneut, diesmal mit gesteigertem Wirkpotenzial. Das tun sie so lange, bis ihre Intensität ausreicht, um übergeordnete Zonen zu involvieren und schließlich irgendwann den Kampf gegen den ACI-Blocker aufzunehmen.«

»Das würde erklären, warum der letzte Anstieg so steil ausfällt«, verdeutlichte Hawling, der Lexems Vermutung nicht zum ersten Mal hörte.

»Tritt nun der Fall ein, dass die Dämpfung gedrosselt wird«, setzte der Leiter des medizinischen Systems fort, »dann gelingt die Umsetzung des Keims vielleicht bereits früh genug, um einen größeren Schaden zu verhindern. Die ursprüngliche kleine Turbulenz gelangt dadurch sofort in die oberen Regionen, womöglich durch den ACI-Blocker ein wenig abgeschwächt, aber nicht gänzlich unterdrückt, und bildet in tiefen Ebenen kein bedrohliches Gebilde mehr heran.«

Er lehnte sich im *Relaxiseat* zurück, seine Aufmerksamkeit voll und ganz auf die Kurvenschar gerichtet, so, als ob etwas einen neuen Gedanken in ihm entfacht hätte. In der größennormierten Variante seiner selbst sah der kräftige Körper, den er mittels spezieller Trainingsprogramme in Form hielt, noch athletischer aus als sonst, ein Umstand, der aufgrund seiner beiden eher hager proportionierten Sitznachbarn, Esther und Aleph, umso stärker ins Auge fiel. Wie bei den meisten *Extender*-Trägern trotzte seine Erscheinungsform der Tatsache, dass er numerisch längst zu den Greisen zählte. Doch zusätzlich schien er auch seine ursprüngliche Mentalität weitgehend erhalten zu haben: er wirkte nach wie vor wie jener Militärarzt, der sich einst um das Leben und die Gesundheit von annexeanischen Kampfeinheiten gekümmert hatte.

»Wie sieht die LODZOEB das?«, fragte de Soto.

Der Mediator wandte sich ihm zu. »Sie hält die Idee für interessant, obwohl sich daraus nicht notwendigerweise ein zielführender Lösungsansatz ableiten lässt. Unser Fokus liegt zurzeit eher auf operationeller, physikalischer Ebene.« Die Schnelligkeit, mit der Aleph seine Aussage formuliert hatte, machte evident, dass keine separate Anfrage an die LODZOEB notwendig gewesen war.

»Ein Fehler in den *Nascrozyten*?«, erkundigte sich de Soto.

»Eher eine Ungenauigkeit, wie sie durch geringfügig divergente Abläufe in synthetischen Neuronen unter spezifischen Umständen zustande kommen kann. Oder Fehlsignale, ausgelöst durch lokale Koinzidenzreaktionen. Bis dato wurde aber nichts gefunden, das einen Hinweis darauf liefert.«

»Es wäre auch möglich, dass Lucy Hawlings *Hirn*physiologie vollkommen intakt ist und sich frühere Psychotraumen aufgrund der veränderten *Körper*physiologie nun verstärken«, führte Lexem an, nach wie vor auf die Kurvenschar starrend. »Immerhin sieht sie sich seit dem Konvertierungsbeginn gravierenden Modifikationen ausgesetzt. Denken Sie nur an das neuartige Kreislaufsystem, an die massiven Umgestaltungen in ihrem Organismus und an die vielfach gesteigerten chemischen Wirkprozesse.«

»Die LODZOEB möchte sich zu Wort melden«, verkündete Aleph unvermittelt. Er legte den Kopf mit dem mützenartigen Aufsatz, in dem sich die Verbindungsapparatur zu den Randelementen des Logikkomplexes befand, ein wenig nach hinten, schloss die Augen und furchte seine Stirn. Wie immer, wenn die LODZOEB etwas zu sagen hatte, steigerte sich die Aufmerksamkeit der anderen. Hawling hatte nie herausgefunden, woran das lag. Er vermutete, dass dieses Verhalten mit der sonderbaren Art und Weise im Zusammenhang stand, mit der Aleph die Anliegen der zweiten Ordnungsebene vorbrachte.

De Soto senkte den Kopf als Zeichen der Zustimmung.

»Aus medizinischen Archiven geht hervor, dass die biologische und nicht ACI-geblockte Lebensform ›Mensch‹ zuweilen an psychischer Degenerierung leidet, die mit Termini wie ›Schizophrenie‹, ›Verhaltensstörungen‹, ›Neurosen‹ et cetera bezeichnet werden«, übersetzte Aleph die Nachricht der LODZOEB.

Lexem nickte. »Solche Störungen gibt es«, erklärte er, »aber wir können sie meistens durch Analysen bei der *Inducer*-Kopplung und während der periodischen Persönlichkeitsscans aufspüren und ihnen im Rahmen des *Cogito*-Programms begegnen.« Er sah demonstrativ auf Athena, die unter anderem für die *Cogito* zuständig war.

»Dieser Aspekt ist Teil eines Lösungskontinuums, das die Zukunft organischer Lebensformen determinieren könnte, Mister Lexem«, fuhr Aleph fort. »Dabei geht es weniger um die statistische Relevanz jener Daten, sondern vielmehr um deren qualitative Bedeutung. Psychische Störungen einer biologischen Existenz sind nebensächlich, wenn sie nicht den Genotyp tangieren. Aber in einem *synthetischen* Körper sind die Folgen vielschichtiger.«

Wie immer hatte die LODZOEB einige Züge im Voraus gedacht. Die menschliche Psyche mochte durch den ACI-Blocker wirkungsvoll im Zaum gehalten werden, doch wie würde sich diese in einem nanokonvertierten Körper weiterentwickeln, der per se einen anderen strukturellen Unterbau bot?

»Es geht wohl darum, dass die *Storms* in Lucy einen Bezug zu geistigen Degenerierungen aufweisen könnten, die sonst nur ohne *Extender* oder kurz vor dem zellularen Verfall zu beobachten sind«, erläuterte Hawling.

Esther senkte ihren Blick. Als einzige Teilnehmerin, die über keinen *BioBounds-Extender* verfügte, überlegte sie vielleicht gerade, ob dieser Aspekt irgendwann auch sie betreffen würde.

»Man könnte es vereinfacht so ausdrücken«, bestätigte der Mediator.

»Ja, ich verstehe, worauf das hinausläuft«, murmelte Lexem, durch die abgedunkelten Wände des Sitzungssaals gleichsam hindurchsehend. Er spann ganz offensichtlich an jenem Faden weiter, den die LODZOEB eingebracht hatte. So offensichtlich, dass ihn niemand bei seinen Überlegungen unterbrechen wollte. »Bislang sind wir davon ausgegangen, dass der ACI-Blocker bei Lucy Hawling sämtliche Störgrößen erkennt, so, wie dies auch bei biologischen *Extender*-Trägern zu beobachten ist«, fasste er schließlich seine Gedanken in Worte. »Anders gesagt: Er eliminiert alles, was langfristig das Potenzial zur Destabilisierung in sich trägt. Falls er das aber aus bestimmten Gründen nicht tut, weil sich etwa das psychische Umfeld gewandelt hat, dann könnten sich Störungen ausbilden, die ungehindert im Unbewussten heranreifen und sich später an der Kontrolle der Psychohemmung quasi vorbeiarbeiten. Vielleicht liegt darin die Ursache der beobachteten *Storms*.«

»Das erklärt allerdings nicht, warum eine Drosselung des Blockers dem Ausnahmezustand entgegenwirkt«, wiederholte Athena ihren früheren Einwand. »Denn nach Ihrer Interpretation müsste es dadurch zu noch größeren Problemen kommen.«

Lexem reagierte erst nach einiger Verzögerung auf ihren Punkt. »Nicht notwendigerweise. Was, wenn der Blocker zwar den Großteil der kritischen Psychoinhalte verhindert, aber diejenigen, die Lucy Hawling Schwierigkeiten machen, durchgehen lässt, weil sie nicht richtig erkannt werden? Wenn wir die verschonten Inhalte quasi implizit vor konkurrierenden Strömungen beschützen, gegen die sie sonst unterliegen würden? Dann ermöglichen wir es ihnen, ungestört heranzureifen, solange die Psychodämpfung auf normalem Level operiert.« Er schien noch etwas ergänzen zu wollen, beließ es jedoch dabei.

»Mir wird das zu spezifisch«, unterbrach Angela McLean die Sprechpause. »Vielleicht sollten wir unsere Diskussion in eine allgemeinere Richtung lenken ...« Sämtliche Anwesenden bis auf Lexem drehten ihr die kahlen Köpfe zu. »Nach der Kurvenschar zu urteilen, scheint es mehr als nur *einen* Zusammenbruch gegeben zu haben. Ist das korrekt?«

Ted Hawling nickte. »Ja. Bisher gab es fünf.« Unglücklicherweise hatte sich einer davon in Gegenwart der Journalistin ergeben, dachte er mit Missbehagen. Dadurch würden ihre persönlichen Vorbehalte nicht gerade weniger werden.

»Fünf!? Und wie verhindern wir, dass sich so etwas wiederholt?«, fragte sie spitz. »Offensichtlich gibt es keine gesicherte Erklärung, was die Ursache dieser Blockaden betrifft.«

»Im Moment können wir das Problem nur so lange eingrenzen, bis wir an seine Wurzeln gelangen, und versuchen, die Wahrscheinlichkeit für einen neuerlichen Kollaps zu senken. Allerdings ist Lucy bereits seit mehr als einem Tag stabil, und das macht uns zuversichtlich, dass wir auf dem richtigen Weg sind.«

»Und wenn sie erneut kollabiert?«

»Sie wurde vorläufig in eine virtuelle Umgebung versetzt. Kommt es zu einem weiteren Zwischenfall, kann sie weder sich noch andere in Gefahr bringen.«

McLean richtete einen missbilligenden Blick auf Hawling. »Das heißt, wir verstehen die Hintergründe zwar nicht, glauben aber, einen ähnlichen Vorfall in Zukunft *möglicherweise* verhindern zu können …?«

Hawling widerstrebte die Ironie in ihrer Formulierung. »Angela«, sagte er in einem verweisenden Ton, »die Nanokonvertierung ist Neuland für uns, selbst für die LODZOEB, die dem menschlichen Intellekt um Längen überlegen ist. Solche Hürden überraschen mich nicht, sollten eigentlich niemanden überraschen, am wenigsten ein Mitglied des Rates von Anthrotopia. Wie Sie wissen, distanziere ich mich grundsätzlich von pessimistischen Äußerungen; trotzdem denke ich, wir können von Glück sagen, dass es nicht schlimmer kam. Es gelang uns, in relativ kurzer Zeit eine vorübergehende Lösung zu finden. Das ist nicht selbstverständlich bei einem so komplizierten System wie dem synthetischen Körper! Seien Sie versichert, dass wir uns alle um eine genaue Ursachenanalyse bemühen, und wenn ich von ›uns‹ spreche, dann meine ich sämtliche Mitarbeiter, die an *Telos* beteiligt sind.«

Die Außensprecherin reagierte nicht darauf, sondern nahm einen zweiten Anlauf: »Ist sich der Rat bewusst, welche negative Publicity ein erneuter Vorfall in Anwesenheit der Journalistin haben könnte?«, wandte sie sich an den Vorsitzenden. In der flachen Intonation, mit der sie ihre Worte aussprach, schwang unmissverständlich die Ernsthaftigkeit der Lage mit.

»Ich glaube, wir verstehen die Tragweite sehr gut«, erwiderte de Soto so gelassen, wie es nur ein ACI-Blocker-Träger zustande brachte. »Es wird ratsam sein, die Interviews vorläufig auszusetzen, zumindest so lange, bis wir uns hinsichtlich der psychischen Stabilität Miss Hawlings im Klaren sind.«

»Ganz meine Meinung«, pflichtete Lexem ihm bei. »Nach ein paar Tagen wissen wir mehr. Und falls bis dahin keine nennenswerten Auffälligkeiten zu beobachten sind – weder in der virtuellen Umgebung noch im realen Umfeld –, können wir wieder mit den Interviews beginnen.«

McLean spähte in die Runde. »In Ordnung«, sagte sie gedehnt. »Wenn das beschlossene Sache ist, werde ich Miss Fawkes davon in Kenntnis setzen.« Und beiläufig fügte sie hinzu: »Für die Journalistin wird das kein großes Problem sein. Allzu viele Gespräche mit Lucy Hawling waren ohnehin nicht geplant. Und es gibt auch so genug für sie zu recherchieren.«

»Gut«, meinte de Soto. »Noch Fragen zu diesem Thema?«

Keinerlei Reaktion.

»Dann wollen wir zum nächsten Punkt übergehen. Ted?« Er fixierte den Strukturisten. »Sie ließen uns doch neulich einen Bericht über die Arbeit eines gewissen Professor van Dendraaks zukommen. Wem der Namen nichts sagt: das ist jener Forscher, den wir gemeinsam mit Helen Fawkes und seinem Assistenten vor den *Force*-Leuten gerettet haben. Können Sie uns einen Überblick darüber geben?«

Hawling fuhr seinen virtuellen *Relaxiseat* etwas zurück und legte die Fingerspitzen aneinander. »Gern. Der Bericht basiert auf einem internen Gutachten«, begann er seine Ausführungen in einer Stimmlage, die ruhig und angenehm war. »Grundsätzlich geht es bei den Überlegungen des Professors darum, biologisch aktiven Zellen quantenmechanische Anomalien zu unterstellen, aus denen er die Legitimität einer neovitalistischen Hypothese abzuleiten versucht. Interessanterweise scheint ihm das gelungen zu sein, allerdings in äußerst komplexen Zusammenhängen, die kaum aus Einzelbeobachtungen abgeleitet werden können, denn andernfalls wäre die Idee des Vitalismus in der Vergangenheit wohl nie aufgegeben worden.« Lange genug war sie in den Köpfen früherer Wissenschaftler herumgegeistert, dachte er. »Wenn ich es richtig verstanden habe, dann lassen sich Anomalien nicht direkt aus Quanteneffekten innerhalb von biologischen Strukturen ablesen, sondern reflektieren sich in Korrelationen ausgewählter Messgrößen.«

De Soto folgte seinen Worten mit konzentriertem Ausdruck.

»Anders gesagt: Van Dendraak behauptet, einen Beweis dafür antreten zu können, dass sich belebte Materie signifikant von unbelebter unterscheidet«, vereinfachte Hawling den Sachverhalt. »Dieser ›Beweis‹ ist allerdings so verwickelt, dass er ihn nur implizit in Form von komplexen Analysen seiner Beobachtungsdaten durch einen maschinenintelligenten Korrelationsprozess erbringen kann. Ich spreche hier nicht von einer konventionellen Logik. Es geht um Maschinenintelligenzen höheren Grades, wie sie nur ausgewählten Labors zugänglich sind, mit Analysefähigkeiten jenseits der Basissysteme, die uns im täglichen Leben zur Verfügung stehen.«

»In Ihrem Bericht sind Sie auf diese Tatsache ausführlich eingegangen, Mister Hawling. Ich glaube, wir haben das alle verstanden«, kommentierte Athena brüsk, die offensichtliche Unkenntnis einiger ihrer Ratskollegen ignorierend. »Inklusive des Hinweises, wie er an diese Maschinenintelligenzen herankam.«

Thomas Kaler wollte etwas einwenden, schien sich aber eines Besseren zu besinnen und lehnte sich wieder zurück.

»Was mich viel mehr interessiert«, setzte sie fort, wobei sie manche Silben stark betonte, eine häufige Unart progressiver Ultraisten, die Außenstehende oft als Zeichen der Herablassung auffassten, »haben wir denn – im Zuge unserer Rettungsaktion – sämtliche Forschungsdaten, also Testgrößen, Korrelationsparameter, Analyseergebnisse et cetera, sicherstellen können?«

Hawling sah sie gleichmütig an. »Ja, wir verfügen über einen Großteil dieser Daten«, bestätigte er. »Außerdem hat uns van Dendraak das Konnexmodell zukommen lassen, das sich aus den Koinzidenzanalysen ergab.«

»Wenn diese ... Anomalien ... nun tatsächlich existieren«, mischte sich Esther Diederich in die Diskussion, »was würden sie für uns bedeuten?«

Wenig überraschend war Athena sofort mit einer Antwort zur Stelle: »Man könnte darin ein erstes Indiz für die Beweisbarkeit externer Einflüsse auf materielle Strukturen sehen«, schoss sie ihren Giftpfeil auf die anwesenden Strukturisten ab. Unter »extern« verstand sie natürlich »geistig« im Sinne der Ideenmetrik, aber so direkt wollte sie es vermutlich nicht aussprechen.

Will de Soto schmunzelte. »Eine Gelegenheit, auf die wohl alle Ultraisten Annexeas seit Jahrzehnten verbissen warten.«

»Mindestens ebenso verbissen wie die Strukturisten auf einen Gegenbeweis ...«

Ihre Antwort amüsierte Hawling. Er hatte eben dasselbe gedacht.

»Es versteht sich von selbst, dass sich daraus nicht notwendigerweise die Existenz eines Konstrukts ergeben muss, das die Ultraisten Geist nennen«, warf Aleph ein. Auch diesmal war er nicht offensichtlich mit der LODZOEB in Kontakt getreten. Vermutlich hatte er sie bereits mit den Fakten konfrontiert, als Hawling noch bei seinem Bericht gewesen war. »Es könnte sich schlicht um ein Energiereservoir handeln«, präzisierte er, »über das biologische Lebensformen verfügen und das bisher unentdeckt blieb. Vielleicht sind es Indizien für eine Erweiterung organischer Körperlichkeiten in höhere Dimensionen. Oder hinter den Anomalien verbergen sich nur Folgen von Pseudoabhängigkeiten, die sich indirekt aus dem Versuchsaufbau ableiten.«

Hawling nickte. »Absolut. Gerade Letzteres erscheint mir durchaus realistisch. Womöglich sind die Zusammenhänge so komplex, dass sie erst aus der Perspektive der zweiten Ordnungsebene erkannt werden können. Ich empfehle, die Messungen van Dendraaks unter seiner Anleitung in Anthrotopia zu wiederholen und dann unsere eigenen Schlüsse daraus zu ziehen.«

»Ganz meine Meinung«, unterstützte ihn Athena. »Ohne interne Prüfung sind die Studien für uns so gut wie wertlos.« Es wirkte beinahe skurril, die Ultraistin auf einer Linie mit den Gegnern ihres Lagers zu sehen.

De Soto wandte sich an den Leiter des medizinischen Systems. »Wozu raten *Sie*, Matt?«

»Ich muss den beiden zustimmen.«

»Weil Sie ihre Einschätzung teilen?«

Lexem erwiderte den Blick des Vorsitzenden mit selbstsicherer Miene. »Egal, aus welcher Perspektive man es betrachten mag, ob als Ultraist, der ein starkes Interesse daran hat, mehr über die Beziehung zwischen Körper und einem postulierten Geist in Erfahrung zu bringen, oder als Strukturist, der ein möglichst exaktes Bild über die biologischen Vorgänge in lebender Materie wünscht, eine Untersuchung der Anomalien kann nur ein Gewinn für Anthrotopia sein. Falls sie in unseren Labors nicht zu beobachten sind, was am wahrscheinlichsten ist, dann werden wir dem Vitalismus ein weiteres Mal den Rücken zukehren müssen. Sollten sie sich aber tatsächlich nachweisen lassen, könnten sich weitreichende Konsequenzen ergeben.«

»Matts Argumente sind einleuchtend«, schloss sich Greg Nilsson, Leiter der internen Infrastrukturen von Anthrotopia, an. »Wir werden um eine Prüfung dieser Anomalien nicht herumkommen.«

»Das sehe ich genauso«, pflichtete ihm Esther Diederich bei. Damit standen alle Ultraisten des Rates – sie und Athena – auf Hawlings Seite.

»Grünes Licht auch von mir«, sagte McLean.

Thomas Kaler, der Sicherheitschef der Großen Stadt, räusperte sich und meinte: »Falls wir uns dafür entscheiden, empfehle ich anfangs eine ähnliche Geheimhaltung wie bei *Telos*. Es wäre ziemlich unklug, wenn kurz nach der Publikmachung unserer ersten Nanokonvertierung plötzlich die Rede von neu entdeckten Eigenschaften in biologischen Organismen wäre. Nicht, dass ich an einen positiven Ausgang dieses Experiments glaube, aber man kann nie wissen. Was denken Sie, Angela?«

»Sie sprechen mir aus der Seele, Kale. Durch die Beteiligung zweier Nicht-Anthrotopier könnten sich allerdings Komplikationen ergeben …«

»Sie meinen den Professor und seinen Assistenten? Wie wichtig ist denn die Mitwirkung der beiden an dem Projekt?«

»Ich halte sie für unverzichtbar«, schaltete sich Hawling ein. »Und es entspräche wohl auch nicht der ethischen Auffassung unserer Stadt, sich Erkenntnisse einzuverleiben und deren Herkunft zu verschleiern.«

»Darüber sollte es eigentlich keine Diskussion geben, meine Herrschaften«, ermahnte Ratsvorsitzender de Soto. »Ehre, wem Ehre gebührt! Ich bin sicher, Mister Kaler findet einen Weg.« Er sah kurz mit einem freundlichen und dennoch bestimmten Gesichtsausdruck auf den Sicherheitschef, bevor er auf den organisatorischen Aspekt zu sprechen kam: »Wer würde die Studie koordinieren? Ted? Matt?«

Lexem seufzte. »Sie wissen, wie gern ich das übernehmen würde, Will. Was könnte für einen Mediziner wie mich verlockender sein, als den Forschungen des Professors nachzugehen? Aber das Thema beschäftigt sich hauptsächlich mit physikalisch-mathematischen Konzepten ... und da gibt es kompetentere Leute als mich.«

Es war fraglich, ob er ohne den ACI-Blocker auf dieselbe Weise reagiert hätte. Wahrscheinlich nicht.

»Ich bin überzeugt, dass Sie hervorragend dafür geeignet wären, doch ich möchte Sie auf keinen Fall dazu nötigen«, erwiderte de Soto diplomatisch. »Wie denken *Sie* darüber, Ted?«

Hawling überlegte kurz, ehe er antwortete: »Nun, ich bin gern dazu bereit, die Wissenschaftlerin, die sich mit van Dendraaks Forschungen auseinandergesetzt hat, für eine vorübergehende Zusammenarbeit mit dem Professor abzustellen.« Damit kam er implizit der Bitte Molora Fabras nach, an der Sache dranbleiben zu dürfen. »Allerdings sehe ich ein Ressourcen-Problem auf mich zukommen. Wie jeder hier weiß, kämpfen wir in *Telos* mit unvorhergesehenen Schwierigkeiten. Ich verfüge zurzeit nicht über die Bandbreite, um mich daneben auch noch um eine solch komplexe Studie zu kümmern, jedenfalls nicht allein. Zudem sollten beide Lager gleichermaßen involviert werden.«

»Was genau schwebt Ihnen vor?«, fragte de Soto.

Hawling deutete ein Lächeln an. »Ganz einfach: Ich denke daran, Athena mit ins Boot zu holen.«

Alle Augen richteten sich auf die Progressiv-Ultraistin, die keine Miene angesichts dieser Musterung verzog. Niemand hätte ablesen können, ob sie Hawlings Vorschlag erfreute oder verärgerte, wahrscheinlich nicht einmal ihre engsten Mitarbeiter. Durch das beständige harte Training ihrer psychischen und kognitiven Fähigkeiten, wie es bei Progressiv-Ultraisten üblich war, konnte sie jene winzigen subjektiven Störeinflüsse, die der ACI-Blocker durchgehen ließ, besser als manch anderer im Zaum halten, wenn sie es wollte. Sie saß vollkommen bewegungslos in ihrem hellsilbern gehaltenen, zart glimmenden Ratsoverall, die Aufmerksamkeit ganz auf Hawling gerichtet.

»Athena verfügt über umfassendes Wissen auf diesem Gebiet und ist geradezu prädestiniert dafür, die Wahrung wissenschaftlicher Objektivität sicherzustellen«, begründete er seine Empfehlung. »Und gerade das scheint mir bei dieser Forschungsarbeit von zentraler Bedeutung zu sein.«

Für einen Außenstehenden wäre es schwierig abzuschätzen gewesen, ob da ein klein wenig Gehässigkeit in seiner Stimme zu vernehmen war. Einen Moment lang konnte man beinahe den Eindruck haben, dass er bewusst eine ironische, zweite Bedeutungsebene zuließ. Doch so etwas lag ihm fern.

Damit war Hawling in einer gewissen Weise über seinen eigenen Schatten gesprungen. Als Strukturist eine so überzeugte und selbstbewusste Ultraistin wie Athena einzubinden, grenzte schon fast an Irrwitz. Allerdings ergab seine Argumentation durchaus Sinn, denn wie sonst hätte man eine Untersuchung vom Kaliber des vorgeschlagenen Projekts ohne gegenseitige Verdächtigungen abwickeln können? Nur durch die Involvierung beider Seiten konnte sichergestellt werden, dass auch wirklich allen Aspekten mit ausreichender Motivation nachgegangen wurde.

»Und wie verhindern wir Führungskonflikte, wenn es zwei Verantwortliche gibt?«, wandte de Soto ein.

»Ich sehe da kein Problem«, erwiderte Athena. »Hawling übernimmt die globale Leitung, während ich die täglich anfallenden Detailfragen kläre und als Ansprechpartner für das Team fungiere. Signifikante Entscheidungen, wie Ressourcenzuteilungen, wissenschaftliche Strategien, Prioritäten et cetera, treffen wir gemeinsam in wöchentlichen Sitzungen. Und falls wir an bestimmten Punkten zu keiner Einigung kommen sollten, legen wir sie dem Rat vor.«

»Soll mir recht sein«, sagte Hawling.

»Also hätten wir auch das geklärt. Einwände dagegen?«

Niemand meldete sich.

»Schön. Dann bräuchten wir noch einen Projektnamen …«

»Ich schätze, Sie haben bereits einen passenden für uns parat, Will«, mutmaßte Lexem.

Der Vorsitzende verzog amüsiert die Lippen. »Sie kennen

mich gut. Ich habe mir tatsächlich Gedanken darüber gemacht. Was halten Sie von *Tritos*, in unserer Sprache ›der Dritte‹? Eine Anspielung auf eine mögliche weitere Komponente in biologisch aktiven Zellen, die mit Leben im uns bekannten Sinne in Verbindung steht. Ein externer Faktor, wenn Sie so wollen, vielleicht eine Art Energiequelle oder ein abstrakter Ordnungsprozess, über dessen Natur wir bislang nichts wissen und folglich auch keine Aussage treffen können.«

»Solange ich mir den Namen merken kann, ist mir jeder recht«, scherzte Hawling, »obwohl ich der Vollständigkeit halber anfügen möchte, dass selbst die Spur eines nachweisbaren Determinismus innerhalb atomarer oder subatomarer Zufallsprozesse nicht notwendigerweise eine externe Größe bedingt. Wir sollten darin höchstens einen hypothetischen Grenzfall sehen.«

Einige Ratsmitglieder nickten.

»Gut, Ted, zur Kenntnis genommen. Weiteres Feedback?«
Diesmal schwiegen alle.

»Dann wollen wir zum offiziellen Beschluss kommen. Lassen Sie mich noch ein paar Ergänzungen hinzufügen …« Er fiel in eine kurze Phase äußerlicher Inaktivität und blendete etwa eine halbe Minute später die Abstimmungsmaske in den *V-Space* ein. Wie immer nahm dabei der in klaren Lettern gefasste Text den Großteil des Platzes ein, während die acht angedeuteten Bereiche darunter, repräsentativ für die Stimme jedes Einzelnen mit Ausnahme des Vorsitzenden, eher unscheinbar gehalten waren. Auch für Aleph gab es ein Feld. Er unterzeichnete auf der Basis des Wissensstandes, den er durch seine Interaktionen mit der LODZOEB gewonnen hatte. Somit war seine Einschätzung als Mensch gefragt und nicht die der zweiten Ordnungsebene.

»Beschluss: Aufnahme eines internen Forschungsprojekts mit dem Codenamen *Tritos* zur Überprüfung der Beobachtungen Professor Piet van Dendraaks in biologisch aktiven Strukturen«, las de Soto vor. »Die Leitung hierfür übernehmen Ted Hawling und Athena in gleichrangigen Positionen. Vorläufiges Ziel ist die Nachstellung aller extern durchgeführten, für die Fragestellung einer vitalistischen These relevanten Experimente, daraus abgeleitete wissenschaftliche Folgerungen sowie die Präsentation eines Abschlussberichts, der im Falle vitalistischer Indikationen eine Empfehlung für die weitere Vorgehensweise beinhaltet. Gezeichnet: *der Rat von Anthrotopia*.« Er sah in die Runde. »Bitte geben Sie Ihr Votum ab.«

Es dauerte nicht lange und die Blicke der acht Mitglieder erstarrten, ein Hinweis dafür, dass sie nun ihre Stimmen über die virtuellen Kontrollinstrumente des VINETs übermittelten. Das zeigte sich auch in den unteren, zunächst kaum sichtbaren Feldern, in denen nach und nach Einzelelemente in die Höhe wuchsen, bis irgendwann die gesamte Fläche mit acht grünen Balken versehen war. Anschließend ertönte ein kurzes, melodisches Signal.

»Ich danke Ihnen im Namen der Großen Stadt«, sagte de Soto und bestätigte die Authentizität des Beschlusses als neunter und letzter Teilnehmer. Damit löste er einen irreversiblen Vorgang aus, der sich sofort visuell widerspiegelte: Die Darstellung wirkte nun wie ein in Stein gemeißeltes Schriftstück mit acht Unterschriften im Signaturabschnitt und einer deutlich abgehobenen neunten an unterster Stelle. Ganz oben rechts hatte das System automatisch eine fortlaufende Ordnungsnummer sowie das aktuelle Datum und die Uhrzeit eingetragen.

Mit der Abstimmung waren die Würfel für Professor van Dendraak und Nathrak Zareon gefallen, das heißt, sie würden fallen, sobald das Kontrollgremium, auch Prüfungsrat genannt, den Beschluss als ethisch unbedenklich abzeichnete. Durch das Gremium, eine aus anthrotopischen Bürgern von höchster Integrität in regelmäßigen Perioden neu zusammengestellte Instanz, gewährleistete man, dass globale Entscheidungen zu keinem Interessenskonflikt führten. Eine Vorsichtsmaßnahme, trotz der verschärften Persönlichkeitsscans, die man als Ratsmitglied zu akzeptieren hatte.

Noch vermochte niemand einzuschätzen, welche Konsequenzen sich aus *Tritos* ergeben würden und ob eines der beiden Lager davon profitierte. Vielleicht blieb alles beim Alten. Vielleicht standen aber auch schwerwiegende Revidierungen bevor. Es hing eine ganze Menge von diesem Projekt ab.

56: Dining Chambers

Das GT glitt zügig auf das Geschäftszentrum von Anthrotopia zu, passierte eben einen jener *Connexes*, die radial zum Zielring führten. Es war angenehm kühl im Wagen. Außer dem Rauschen der Luftzirkulation, dem gedämpften Summen des Antriebs und den zarten Ambientalklängen, welche die langsam und beruhigend ineinanderfließenden Farbnuancen der Innenbeleuchtung untermalten, war kaum etwas zu hören. Aufgrund der gleichförmigen Geschwindigkeit hätten die beiden Fahrgäste schwer sagen können, dass sie sich in einem Taxi befanden. Nur die *Veloseats*, in denen sie passgenau und weich hinter abgedunkelten Scheiben saßen, und die animierte Kartendarstellung in der Konsole ließen darauf schließen.

»Ich wusste gar nicht, dass es in Anthrotopia Kleidung für besondere Anlässe gibt«, bemerkte Helen Fawkes gut gelaunt. Sie warf einen Seitenblick auf ihren Begleiter. »Obwohl selbst in diesen Kollektionen ein gewisser Hang zu schmucklosen Overalls nicht zu übersehen ist«, ergänzte sie.

Buechili lächelte flüchtig. »Overalls sind nicht nur in Anthrotopia beliebt.«

»So? Aber nirgendwo sonst werden sie mit solcher Verbissenheit getragen. Ich glaube, mir ist noch niemand hier in anderer Kleidung über den Weg gelaufen.«

»In den Wohneinheiten tragen wir auch Hausanzüge.«

»Tatsächlich?! Damit nach draußen zu gehen, ist sicher bei Strafe verboten?«

»Unsinn. Es ist nur nicht üblich. Wissen Sie eigentlich, warum wir die Overalls eingeführt haben?«

Bestimmt wusste sie es. Allerdings schien sie nicht dazu aufgelegt zu sein, ihm eine seriöse Antwort zu geben. »Wahrscheinlich, um den weiblichen Part der Gesellschaft zu reizlosen Subjekten zu machen.«

»Erraten. Aber behalten Sie das bitte für sich.«

Er sprach die Worte so ernst aus, dass Helen ihn kurz unsicher von der Seite ansah. »Sie nehmen mich wohl auf den Arm!?«

»Das würde ich nie wagen«, grinste Buechili. »Außerdem wäre das in den *Veloseats* ein Ding der Unmöglichkeit.«

Das Bordsystem unterbrach ihre Neckereien: »Ankunft in circa zwei Minuten.«

Er blickte zu ihr hinüber. Sie hatte ihr blondes Haar hochgesteckt und mit einem Band straff zusammengefasst. Das verlieh ihr den konservativen Look einer Erzieherin, wie er sie aus Archivbildern kannte.

»Die Haare hätten Sie diesmal nicht zurückbinden müssen«, sagte er wie nebenbei.

Für einen Moment schien sie überrascht zu sein. »Das habe ich in dieser Stadt bisher erst einmal gewagt ... und wurde dafür beinahe wie eine Abtrünnige behandelt.«

»Wirklich? Normalerweise übt man bei Gästen eher Nachsicht.«

»Die Antipathie war deutlich spürbar. Ich hätte von der Gesellschaft hier – ehrlich gesagt – eine etwas tolerantere Sicht erwartet. Selbst der kahlste Anthrotopier kann seine evolutionären Wurzeln nicht verleugnen.«

Buechili zuckte mit den Schultern. »Dort, wo wir heute hinfahren, ist man an traditionelle Stile gewöhnt.«

Ihr war anzusehen, dass sie nur allzu gern mehr über diesen Ort erfahren hätte, ihm jedoch keinesfalls den Triumph ihrer Neugierde gönnte. »Heißt das, Sie zählen nicht zu den Leuten, die sich daran stoßen?«, versuchte sie, den Spieß umzudrehen.

Er lächelte. »Sagen wir es so: Ich lege Wert darauf, dass sich meine Gäste wohl fühlen.«

»Sie weichen meiner Frage aus!«

Tat er das? Vielleicht. Eigentlich hatte er mit seiner Bemerkung keinerlei Intimität zwischen ihnen einführen wollen, aber jetzt stellte sie es fast so dar.

Im Kopf der blonden Annexeanerin arbeitete es indes emsig weiter. »Ich trage mein Haar gern offen«, enthüllte sie.

»Ich weiß.«

»So? Und *woher* wissen Sie das?«

»Nun, nachdem man mich darüber informiert hat, wen man

als Gastjournalistin erwartet, habe ich mich über Sie schlaugemacht ...«

»... und dabei sind Sie im VINET auf Fotos von mir gestoßen.«
»So ist es!«
»Oh, Sie sind gerissener als ich dachte, Mister Buechili!«
Und eine solche Aussage kam ausgerechnet von einem Mitglied des *Natural Way of Life*!
»Fahrziel wird in Kürze erreicht«, unterbrach das Bordsystem erneut ihre Unterhaltung.
»Entschuldigen Sie«, sagte er im Flüsterton und dann mit lauter Stimme: »Claire!?«
»Ja?«, antwortete seine Assistentin. »Kann ich behilflich sein?«
Der überlebensgroße Kopf einer jungen Dame mit attraktivem Gesicht, mandelförmigen grünen Augen und kastanienrotem schulterlangem Haar erschien vor ihnen.
»Höre, Claire, ich habe heute Morgen ein paar abschließende Überlegungen zu den aszendologischen Grenzstudien angestellt, aber vergessen, sie an Ulf Gordon und Alim Wahed weiterzuleiten. Kannst du das für mich erledigen?«
»Gern! Ist das die Ausarbeitung mit dem Titel ›Grenzwälle im Ideenraum – Bue‹, letzte Bearbeitung um 10 Uhr 47?«
»Ja, das ist sie. Bitte erwähne, dass ich die Studie in den nächsten Tagen an Artur und Athena senden möchte und dass ich gespannt bin, was die beiden davon halten.«
Artur Leonov war Vorsitzender der gemäßigten Ultraisten in Anthrotopia. Er hatte Buechili mit dieser Arbeit betraut.
Claire lächelte ihm zu. »Erledigt!«
»Danke!«
Und so schnell, wie das Bild erschienen war, verschwand es auch wieder.
»Ich muss sagen, Sie zeigen Geschmack«, stellte Helen Fawkes fest.
»Geschmack? Wie meinen Sie das?«, fragte er. Seine Gedanken beschäftigten sich immer noch mit der aszendologischen Studie.
»Ihre Assistentin ... Sie haben Sie doch nach Ihren eigenen Vorstellungen gestaltet, oder?«

»Nicht ganz. Das *VINET-System* entwarf sie für mich ... nachdem ich die Rahmenparameter definierte.«

Das mochte bedeutungsgleich für sie klingen, aber darauf kam es nicht an.

»Sie hat eine gewinnende und glaubwürdige Ausstrahlung. Um Längen sympathischer als Mister Hawlings Assistent.«

»Finden Sie?«, meinte Buechili amüsiert. »Was gefällt Ihnen denn nicht an Antonius?«

»Das fragen Sie noch? Er entspricht dem weit verbreiteten, abstoßenden Klischee eines Anthrotopiers: kahlköpfig, farblos, förmlich.« Sie sah ihn ein wenig unsicher an, da sie wohl begriff, dass ihre Einschätzung ein reichlich negatives Bild von den Bewohnern der Großen Stadt zeichnete. »Nichts für ungut. Sie wissen, wie ich das meine.«

Buechili lächelte über ihre Direktheit. Und da sie offenbar erkannte, dass er keinen Anstoß am Gesagten nahm, fuhr sie mit ihrer Analyse fort: »Jedenfalls ist es für mich unbegreiflich, wie man den eigenen Assistenten mit einer solchen Karikatur besetzen kann.«

»Ich denke, genau darum geht es Ted dabei.« Vermutlich klang das provokanter, als er es beabsichtigt hatte. Er konkretisierte den Kommentar: »Verstehen Sie? Er macht sich einen Jux daraus, dem Klischee ein Schnippchen zu schlagen, indem er es sich täglich selbst vor Augen führt. Aber Sie sind nicht die Erste, die Antonius nichts abgewinnen kann.«

»Wie tröstlich«, erwiderte sie und blickte durch die transparent werdende, aerodynamisch geformte Frontscheibe.

Das GT war mittlerweile am Zielsektor angelangt und bewegte sich jetzt langsam durch die Sicherheitszone auf ein größeres Gebäude zu, auf dem in deutlich lesbaren Lettern der Schriftzug *Nobility* und etwas kleiner *Dining Chambers* zu sehen war.

»Ah, da sind wir!«, rief sie. »Ich muss sagen, ich bin schon sehr auf dieses Restaurant gespannt. Am Holofon haben Sie nicht mit Lob gespart. Laden Sie denn öfter Ihre Damen hierher ein?«

»Andauernd«, flunkerte er. »Zum Glück hat sich das Servicepersonal bisher immer diskret verhalten.« Von wegen Servicepersonal, dachte Buechili mit Belustigung. Viele Vertreter davon gab es nicht mehr in Anthrotopia. Das meiste wurde von Robotern abgewickelt.

Die restlichen Meter schwebten sie förmlich über die Einfahrtsschleife auf die Zeile mit den Parkslots zu. Dort verlangsamte sich das GT auf die in der Sicherheitszone übliche Geschwindigkeit und kündigte den bevorstehenden Halt mit zunehmend heller werdender Innenraumbeleuchtung an.

»Ziel erreicht!«, meldete das Bordsystem, nachdem sie zum Stillstand gekommen waren.

Der durch das Kraftfeld auf ihre Körper lastende Druck baute sich langsam ab, und die *Veloseats* richteten sich in eine aufrechte Lage. Danach fuhren die beiden Flügeltüren mit zischendem Geräusch in die Höhe.

»Wir wünschen einen angenehmen Abend!«, verabschiedete sich die synthetische Stimme, während die Sitze in eine bequeme Ausstiegsposition schwenkten.

Buechili verließ das GT, schlenderte auf den visuell markierten Gehsteig zu und wartete dort auf seine Begleiterin.

»Was für ein Wagen!«, schwärmte diese, als sie zu ihm aufschloss und einen Blick auf das Taxi zurückwarf. »Man kann über Anthrotopia sagen, was man will, aber die Leute hier verstehen etwas von eleganten Transportmitteln!«

Die günstigen Lichtverhältnisse vor dem *Nobility* brachten Helen Fawkes' Outfit so richtig zur Geltung. Sie trug einen dunkelgrauen Overall mit eingestickten goldenen Ornamentmustern und apart auslaufenden langen Ärmeln. Um die Taille hatte sie ein bandähnliches Tuch mit aufgebrachten Glitterpartikeln gewickelt, das ihr bis über die Knie reichte und damit ziemlich nahe an die Vorstellung eines klassischen – und von der weiblichen Bürgerschaft als chauvinistisch verpönten – Abendkleides ging. Dazu hatte sie schwarze Schuhe mit halbhohen Absätzen gewählt.

»Donnerwetter! Ich wusste gar nicht, dass es so schicke Damenkleidung in Anthrotopia gibt!«

»Ich auch nicht. Gefällt es Ihnen?« Sie drehte sich einmal um die eigene Achse, sichtlich darauf bedacht, eine möglichst gute Figur dabei zu machen. So etwas wäre einer Anthrotopierin niemals in den Sinn gekommen. »Habe ich mir selbst aus der Gästekollektion zusammengebastelt. Die Fertigstellung dauerte natürlich nur wenige Minuten.«

Buechili war ehrlich angetan von ihrer Wahl. Sie brachte die feminine Statur der Nordländerin wunderbar zur Geltung, unterstrich aber auch, dass sie einer Gesellschaft mit abweichenden Werten angehörte. Dadurch tat sich zwischen der Annexeanerin und ihren androgynen Geschlechtsgenossinnen in Anthrotopia eine Kluft auf. Die Situation rief in ihm Erinnerungen an eine Episode aus der Jugendzeit wach, als sein Herz mit sechzehn für ein Mädchen aus seinem damaligen Umfeld entbrannt war. Er versuchte, die Empfindung, die mit der blassen Reminiszenz einherging, in Worte zu fassen, doch der ACI-Blocker kam ihm zuvor.

»Sie sehen bezaubernd aus«, murmelte er unbeholfen.

Helen Fawkes schien zu fühlen, dass sie den überzeugten Ultraisten ein wenig aus der Fassung gebracht hatte. »Würden Sie das auch sagen, wenn Sie ungeblockt wären?« Sie hatte ihre großen Augen mit den deaktivierten Overlay-Linsen direkt auf ihn gerichtet.

»Dann würde ich wahrscheinlich noch mehr sagen, Helen«, antwortete er, und sofort wurde ihm bewusst, dass er sie beim Vornamen genannt hatte. Ihr war das gewiss ebenso aufgefallen.

Mit einem Lachen überspielten sie den Fehltritt, wandten sich um und schlenderten dem dezent gerahmten Eingang des Gebäudes zu, das fast wie die überdimensionale Ausgabe einer konventionellen Wohneinheit wirkte: ein überlanger, verspiegelter, nach außen gebogener Keil ohne erkennbares Dach. Einzig die zahlreichen GT-Slots und die Lettern auf der Vorderseite ließen darauf schließen, dass es sich um einen Geschäftsbetrieb handeln musste.

»Guten Abend, Mister Buechili, und willkommen, Miss Fawkes!«, begrüßte sie eine tiefe Männerstimme, während sich der gesamte eingefasste Türbereich dematerialisierte. »Es freut uns, Sie heute als unsere Gäste begrüßen zu dürfen. Bitte folgen Sie den visuellen Indikatoren zu Ihrem Tisch. Wir wünschen einen angenehmen Aufenthalt im *Nobility*!«

Mit den Indikatoren verwies die Stimme auf jenes Overlay, das Buechilis *Neurolink*-Implantat – und auch Helens Linsen, falls sie diese nun aktiviert hatte – in Form eines seitlichen Pfeils und einer Entfernungsangabe in das Sehfeld einblendete. Laut diesem würden sie zunächst in gerader Richtung gehen müssen, um dann leicht schräg nach rechts abzuzweigen. Ein solches Leitsystem mochte auf externe Besucher überorganisiert wirken, hatte sich aber in der Großen Stadt als eine Art Standard durchgesetzt, der so gut wie überall zur Anwendung kam.

Sie passierten den Eingangsbereich, der hinter ihnen sofort wieder ein geschlossenes Ganzes mit der Außenwand bildete, und folgten den Hinweisen des Overlays. Bereits nach den ersten Metern fiel auf, dass dieser Ort eine für Anthrotopia ungewöhnliche altmodische Eleganz verströmte. Alles stand an seinem rechten Platz: die in Holzimitation gehaltenen nussfarbenen Möbel, die den Geist der Zeit völlig verschlafen zu haben schienen, der weiche Läufer, auf dem sie dahinschritten, ein aus allerlei Verzierungen, Gemälden und Einlegearbeiten bestehendes Wanddekor sowie die privaten Sitzbereiche, in denen sich kleinere Gruppen, Pärchen und zum Teil einzelne Gäste an ihren Speisen delektierten. Neben der beruhigenden Hintergrundmusik war ein behaglicher Stimmenpegel zu vernehmen, wodurch unweigerlich Kultiviertheit und Gemütlichkeit suggeriert wurden, ein geschickter Kunstgriff, wie man rasch erfasste, wenn man seinen Blick unauffällig auf nahegelegene Inselzonen warf, die keinen hörbaren Beitrag zum Klangspektrum des Raumes leisteten. Ganz offensichtlich wurden die gedämpften Stimmen künstlich eingespielt und jeder Bereich durch Audiobarrieren begrenzt, ähnlich wie sie auch in einfacheren Lokalen außerhalb der Stadt zum Einsatz kamen. Und noch etwas fiel ins Auge: Der Anteil an kahlköpfigen Leuten schien an diesem Ort deutlich geringer zu sein.

»Ah, Mister Buechili«, rief ein im Frack gekleideter etwa fünfzigjähriger Mann. Seine für anthrotopische Verhältnisse gewagte Bekleidung verlieh dem Restaurant eine zusätzliche anachronistische Glaubwürdigkeit. »Und Miss Fawkes, wie ich annehme«, ergänzte er, als sie ihren Tisch erreicht hatten und er den schweren, gepolsterten Holzstuhl für die ihm unbekannte Annexeanerin bereitstellte. Seine Bassstimme klang wie das Zugangssystem am Eingang. Auch er schien sich klar von der üblichen anthrotopischen Kahlheit zu distanzieren, indem er kühn sein schütteres, graumeliertes Haar zur Schau stellte – oder eine täuschende Imitation davon, was eher anzunehmen war. In Verbindung mit dem massiven Kopfreif, der auf der Rückseite zu der typischen Ausbuchtung zusammenlief, wirkte das reichlich ungewöhnlich.

»Guten Abend, Maurice!«, erwiderte Buechili. »Viel los heute?«

»Wir sind – wie immer – ausgebucht.« Er zeigte ein charmantes und distinguiertes Lächeln, das die funkelnden Augen unterstrich.

»Gut, dass Claire früh genug reservierte!«, meinte der Ultraist gut gelaunt.

»Wir halten jeden Monat einen Tisch für Sie frei, wie von Ihrer Assistentin gewünscht.«

Buechili nickte. »Ich bin ausnahmsweise nicht mit Miss Hawling hier, sondern konnte heute Helen Fawkes dafür gewinnen, mich zu begleiten. Sie ist Journalistin beim *World Mirror* und verbringt einige Wochen in Anthrotopia.«

Der Graumelierte wandte sich an die Annexeanerin und machte eine tiefe Verbeugung. »Sehr erfreut, Madame! Ich werde mein Bestes tun, damit Sie sich bei uns wohlfühlen.«

»Danke«, sagte diese und warf ihm ein Lächeln zu.

»Maurice führt dieses Restaurant«, erklärte ihr Buechili. »Es ist eines der wenigen Häuser, in denen man noch für ein paar Stunden dem Zeitgeist der Ultramodernität entfliehen kann – außerhalb des VINETs.«

»Vielen Dank, Monsieur. Wir bemühen uns, einen möglichst authentischen Eindruck zu erzeugen. Übrigens, Madame, ich finde Ihr Haar einfach fabelhaft, wenn ich das anmerken darf.«

»Oh, danke sehr!«

»Es ist Echthaar, Maurice ...«

Der andere hob die Augenbrauen in die Höhe. »Tatsächlich?

Schade, dass Sie es nicht offen tragen. Ich bin sicher, es würde allen hier die Schau stehlen.«

»Mein Fehler«, bekannte Buechili. »Ich wollte sie überraschen und habe deshalb nichts von der Ungezwungenheit des *Nobility* erwähnt.«

»Wenn Sie möchten, können Sie sich in einem der Schminkzimmer ... schick machen, Madame. Viele Damen tun das, weil sie außerhalb unseres Hauses der anthrotopischen Etikette nachkommen müssen.«

So, wie er das sagte, klang es nicht nur antiquiert, sondern geradezu patriarchalisch. Buechili konnte nur hoffen, dass die Journalistin darin keinerlei Anmaßung sah.

»Ein andermal«, wies sie ihn ab.

»Sehr wohl.« Abermals deutete er eine Verbeugung an. Doch diesmal fiel sie etwas zurückhaltender aus.

»Ist Miss Hawling wohlauf, wenn die Frage gestattet ist?«, wandte er sich an den Ultraisten.

»Miss Hawling?« Buechilis Gedanken waren für einen Augenblick woanders gewesen. »Ja, danke, Maurice. Miss Hawling geht es gut.« Ob sie allerdings jemals wieder in dieses Lokal kommen würde, stand auf einem anderen Blatt, dachte er. Schließlich fing sie mit organischen Nahrungsmitteln nichts mehr an. Aus Helen Fawkes' Gesichtsausdruck las er ab, dass ihr wohl gerade Ähnliches durch den Kopf ging. »Was haben wir heute auf dem Programm?«, lenkte er ab. Und zu seinem Gast gewandt bemerkte er: »Sie müssen wissen, Maurice und sein Team stellen ihre Kompositionen nach alten Rezepten zusammen und bereiten sie eigenhändig zu.«

»Ganz so weit würde ich nicht gehen, Mister Buechili. Wir benutzen eine Abart des *Cooking-Masters*, um die Zutaten zu erzeugen. Aus diesen arrangieren wir unsere Gerichte, verfeinern sie mit Aromen und geben ihnen den letzten Schliff. Somit ist alles, was Sie hier essen, individuell zubereitet; die notwendigen Grundstoffe wurden jedoch synthetisch erzeugt.«

»Ich komme aus dem hohen Norden«, streute Helen Fawkes ein. »Dort ist konventionelle Ernährung nichts Exotisches.«

Maurice trat von einer Stelle auf die andere. »Dann wird es uns eine besondere Ehre sein, Ihren verwöhnten Gaumen zu erfreuen!«

Ihr Blick spiegelte einen Anflug von Skepsis wider. Den Patron schienen die Zweifel nicht zu stören.

»Ich habe mir erlaubt, ein paar unserer beliebtesten Gerichte als Empfehlungen auf Ihre Tischkarten zu transferieren. Vielleicht findet sich etwas Passendes darunter. Andernfalls können Sie auch gern auf das erweiterte Angebot zurückgreifen – ebenfalls über das Tischsystem erreichbar. Falls Sie Fragen haben, rufen Sie mich einfach. Darf ich in der Zwischenzeit einen Aperitif servieren lassen?«

»Gern«, antwortete Helen Fawkes. »Ich nehme ...«, sie sah konzentriert auf die im Tisch eingelassene Anzeige, »... einen Sherry Amontillado. Aber nur, wenn er nicht wie die üblichen Surrogate in dieser Stadt schmeckt.«

Maurice tat, als hätte er ihren Tadel überhört. »Und für Sie, Mister Buechili?«

»Das Gleiche«, sagte dieser mit einem Lächeln, in dem sich seine Erheiterung über die offensichtliche Erwartungshaltung der Journalistin zeigte.

»Also zwei Sherry Amontillado. Ich lasse sie Ihnen sofort bringen.« Mit diesen Worten verschwand er, allerdings nicht, ohne zuvor die obligatorische Verbeugung gemacht zu haben.

»Ich hoffe, diese Bestellung war kein Fehler«, flüsterte Helen Fawkes ihrem Gastgeber mit sympathischer Offenheit zu. »Wenn der Sherry so ausfällt wie die anderen Ersatzdrinks hier, dann werde ich ein Glas Wasser zum Nachspülen brauchen.«

»Lassen Sie sich überraschen.«

»Ist das eine häufige Strategie in Anthrotopia?«

»Was?«

»Sich überraschen lassen. Ich dachte, in dieser Stadt überlässt man nichts dem Zufall.«

In ihrem betont unschuldigen Blick konnte Buechili keinerlei Bosheit oder Sarkasmus erkennen. Allerdings unterlag sie aufgrund fehlender Psychodämpfung stärkeren emotionalen Einflüssen und neigte daher eher dazu, ihre Motive zu überspielen. Diesen Umstand hatte auch Angela McLean angesprochen. »Unterschätzen Sie sie nicht«, waren ihre Worte gewesen. »Sie gibt sich gern naiv und wickelt damit reihenweise ihre Gesprächspartner um den Finger. Vieles davon ist reine Taktik. Helen gehört nicht ohne Grund zu den erfolgreichsten Journalisten des *World Mirrors*.«

Trotz dieser Warnung glaubte er, etwas Ungekünsteltes in ihren Augen zu gewahren, so, als ob er für einen Moment einen Teil dessen erhaschen könnte, was hinter der Maskerade lag, obwohl er die Nordländerin erst kurz kannte. Besonders, wenn sie lachte und sich von einer Fröhlichkeit zeigte, die in Anthrotopia praktisch ausgestorben war. Esther Diederich hatte früher ähnlich auf ihn gewirkt, lange vor ihrer Zeit als ehrwürdiges Ratsmitglied, in ihren Sturm-und-Drang-Jahren. Doch er musste vorsichtig sein. Solange die Motive der Journalistin so ungewiss waren, würde er sein Wohlwollen ihr gegenüber zügeln müssen.

»In diesem Restaurant kann man schwerlich etwas Falsches bestellen«, beruhigte er. »Gehen Sie einfach davon aus, dass Sie den Amontillado mögen werden.«

»Hm.« Das klang so wenig überzeugt, dass er ein Grinsen nur mit Mühe unterdrücken konnte.

57: Noble Gaumenfreuden

Der Sherry wurde nicht von Maurice, sondern von einer Kellnerin gebracht, die den Stil vergangener Jahrhunderte in Kleidung und Umgang beinahe mit ähnlicher Hingabe präsentierte wie der charismatische Patron. Sie trug die Gläser mit einer Eleganz an den Tisch, dass man sich kaum an dem Anachronismus sattsehen konnte, und stellte sie dann mit ebensolcher Würde – unter Einhaltung uralter Etikette – vor die Gäste, ohne dabei ihr gemessenes Lächeln und eine achtungsvolle Haltung zu vergessen, beides Relikte, die auf die Nordländerin fast schon befremdend wirkten. Anschließend trat sie dezent zurück, flüsterte ein paar Wörter, die Helen nicht verstand, und wandte sich zum Gehen. Genau in diesem Moment, als ihr Blick für kurze Zeit dem der Journalistin begegnete, bemerkte diese etwas Seltsames: eine nur marginal wahrnehmbare, winzige Unnatürlichkeit, die nicht so recht zum Gesamtbild passen wollte.

»War das ...«, eröffnete sie eine elliptische Frage, nachdem die Bedienung mit grazilem Schritt dem Hörbereich entschwunden war.

Buechili nickte. »Wie haben Sie es erkannt?«

»Ihre Augen kamen mir merkwürdig vor.«

»Ja, das ist immer noch ein Mysterium, nicht? Dass die Augen so viel über die Wahrheit aussagen.«

Sie musste zwangsläufig an die zuweilen gewöhnungsbedürftigen Effekte der Overlay-Linsen denken. Durch sie schien ebenfalls etwas Bizarres, Unnatürliches ins Spiel zu kommen. Das fiel ihr jedes Mal auf, wenn sie in ihrer Gastwohneinheit vor dem Spiegel stand. Deshalb hatte sie die Linsen an diesem Abend deaktiviert.

»Aber davon abgesehen macht sie ihre Sache großartig.« Und leiser fügte sie hinzu: »Warum eine Androidendame?«

Natürlich hätte sie nicht flüstern müssen. Durch die Audiobarriere blieb ihre Privatsphäre ohnehin gewahrt.

»Trinken wir erst einmal, Miss Fawkes. Wir wollen den guten Amontillado nicht allzu warm werden lassen. Auf Ihr Wohl!«

Offenbar war es ihm entfallen, dass er sie vor ein paar Minuten noch unabsichtlich beim Vornamen genannt hatte. Die plötzlich wiederhergestellte Förmlichkeit missfiel ihr.

»Auf das *Ihre*! Sagen Sie Helen zu mir!«

»Sehr gern. Darius.«

Die beiden stießen an, und sie nahm zunächst nur einen kleinen Schluck, um den Sherry einer Prüfung zu unterziehen.

»Gar nicht übel«, kommentierte sie. »Und schmeckt wahrhaftig nach Alkohol. Ich dachte, solche Drogen seien in der Großen Stadt nicht zu bekommen? Oder ist das hier am Ende gar ein illegaler Laden …?« Mit einem Augenzwinkern unterstrich sie, dass er ihre Aussage nicht allzu ernst nehmen sollte.

»Sie gefallen mir. Es gibt keine illegalen Läden in Anthrotopia, weil die physische Einfuhr einem strengen Reglement unterliegt und fast ausschließlich auf Personentransfers beschränkt ist.« Er merkte vermutlich selbst, dass seine Erwiderung etwas zu trocken ausgefallen war, und ergänzte: »Und falls es tatsächlich welche gäbe, dann würden Sie sie wohl kaum mit einem herkömmlichen GT erreichen …«

»Stimmt auch wieder!«, lachte Helen.

»Maurice hält sich jedenfalls ziemlich bedeckt, wenn man ihn nach seinen Aperitifs fragt. Soweit ich es verstanden habe, enthalten sie einen gewissen Anteil an Alkohol, allerdings mit einer Substanz versetzt, die dem menschlichen Organismus die Aufnahme unmöglich macht.«

»Ein Sherry ohne Wirkung sozusagen. Wie langweilig!«

Buechili schwieg und wahrte eine freundliche Miene. Um ihm nicht den Spaß zu verderben, setzte sie hinzu: »Hat natürlich auch etwas Gutes an sich: man kann Drinks in rauen Mengen genießen und bleibt nüchtern.«

Er nahm einen Schluck und erklärte dann: »Sie fragten vorhin, warum uns eine Androidendame bediente. Wir in Anthrotopia glauben, dass jeder Bürger ein Anrecht auf Selbstentfaltung hat und dass er seine Lebenszeit nicht damit vergeuden sollte, physische Arbeit zu verrichten, die ebenso gut von einer Maschine übernommen werden könnte.«

»Ich weiß. Eine Meinung, für die es sogar außerhalb der Stadt reichlich Sympathisanten gibt. Doch ich hätte an einem Ort wie diesem hier erwartet, dass man das Konzept des noblen Retroambientes bis ins Detail durchzieht. Ist Maurice am Ende auch nur ...?«

Er lachte. »Aber nein! Zum Glück hat er Ihre Frage nicht gehört! Er – und seine Partner – sind der kreative Kern. Sie versuchen ständig, das Angebot zu erweitern und zu verbessern. Und ich finde, es gelingt ihnen ganz gut.«

Sie begannen nun damit, mittels Tischpanel in der Speisekarte des Restaurants zu blättern, das in wohlgeordneten Kategorien eine überschaubare Auswahl an internationalen Gerichten anbot, einige davon mit Favoritensymbolen gekennzeichnet. Neben Fotos, detaillierten Informationen zu Hintergründen, Geschmack und Zubereitung sowie video- und textbasierten Bewertungen fanden sich auch obligatorische Aufstellungen zu den Nährwerten pro gewählter Portionsgröße, zu Inhaltsstoffen und Synthetikanteilen, die immer hundert Prozent zu betragen schienen. Von manchen Speisen hörte Helen zum ersten Mal.

»Wirklich beeindruckend, was man hier alles serviert. Obwohl das Sortiment relativ kompakt geraten ist – im Vergleich zum Angebot des *Cooking-Masters* in meiner Wohneinheit.«

»Wenn Sie einen *Neurolink* besäßen, wäre es sogar *noch* beeindruckender für Sie. Zu sämtlichen Gerichten gibt es virtuelle Geschmacksproben, damit Sie bereits im Vorfeld wissen, woran Sie sind.«

Helen starrte ihn verblüfft an. »*Das* ist wahrhaftig eine brillante Idee! Kommen die Proben dem tatsächlichen Geschmack denn nahe?«

»Sehr! Das Wichtigste ist aber der Spaßaspekt. Lucy und ich haben uns oft durch die halbe Speisekarte gekostet. Das ist wohl auch einer der Gründe, warum sie so übersichtlich ausfällt; sonst würden die Leute wahrscheinlich kaum etwas anderes mehr tun.«

»Dafür hätte ich vollstes Verständnis«, meinte sie lächelnd. »Schön übrigens, dass Begriffe wie Spaß und Vergnügen in Anthrotopia noch nicht gänzlich ausgestorben sind.«

»Wir arbeiten daran«, spottete Buechili.

Zumindest betrugen sich die Menschen hier nicht annähernd so nüchtern, wie sie außerhalb meist dargestellt wurden, dachte Helen. Andernfalls wäre ihnen die Fähigkeit, Genuss zu empfinden, längst abhandengekommen. Einige schienen sogar Humor zu haben.

»Würden Sie für mich kosten?«, fragte sie spontan, die Augen zusammenkneifend.

Trotz seines Blockers gab sich Buechili über die kleine Annäherung, die sie in ihre Bitte hineingelegt hatte, überrascht. Aber nur kurz. »Gern, obwohl ich nicht weiß, ob Ihnen das weiterhelfen wird. Mein Geschmackssinn ist sicher schon etwas eingerostet.«

Jetzt, da er es ansprach, kam ihr wieder zu Bewusstsein, dass sie – physiologisch gesehen – im Grunde einem Greis gegenübersaß, der ohne die lebensverlängernden Funktionen des *BioBounds-Extenders* vermutlich andere Sorgen hätte, als mit ihr in diesem Restaurant zu sitzen und in der übrigen Zeit aszendologischen Randthemen nachzujagen. Zwar kannte sie sein genaues Alter nicht, doch die gemeinsame Kindheit mit Lucy Hawling gab ihr zu denken – sofern man die kryptische Antwort der Virtufaktkünstlerin auf die Frage, wer oder was Ponti gewesen sei, überhaupt ernst nehmen konnte. Erstaunlicherweise wirkte Buechili trotz dieses Umstandes immer noch so vital wie ein Mann in den besten Jahren. Es kam ihr nichts konservativ oder altmodisch an seinem Verhalten und seinen Äußerungen vor. Die gesamte Persönlichkeit schien vom Geist eines Vierzigjährigen getragen zu werden.

»Sie könnten mir sagen, wie in etwa die Basisnote ausfällt. Und ob ein Gewürz dominiert.« Mit diesem Vorschlag schaffte sie wieder die nötige Distanz, die ihnen fast schon abhandengekommen war.

So machten sie es dann auch. Irgendwann kam Maurice vorbei, um sich zu vergewissern, dass es keine Unklarheiten gab. Bei all den verlockenden Gerichten sei es schwer, eine Auswahl zu treffen, bemerkte Helen.

Wenn sie wolle, könne sie gern etwas bestellen, das nicht auf der Karte stehe, erwiderte er. Das Repertoire des *Nobility* sei grösser, als es auf den ersten Blick den Anschein habe.

»Köttbullar«, gab sie spontan zurück. »Kennen Sie das?«

»Certainement, Madame. Wir hatten sogar einmal eine moderne Variation davon in unserem Angebot. Verfeinert mit ein wenig Rosmarin und Balsamicozwiebeln.«

»Klingt zwar ungewöhnlich, aber warum nicht? Ich nehme es … falls das möglich ist!«

»Gewiss ist es möglich.«

Buechili entschied sich für Seezunge in Kräutermarinade, garniert mit Karamell, dazu Bratkartoffeln mit in Öl eingelegten Paprikastreifen. Auf die Frage, ob sie ein Entree wünschten, riefen sie kurzerhand die Menüseite des Tischpanels auf und folgten der Tagesempfehlung. Daraufhin schritt Maurice wieder diskret von dannen.

»Sind Sie mit dem Konzept der *Dining Chambers* vertraut?«, fragte Buechili.

»Ich bin mir nicht sicher. Sagen Sie mir, worum es geht.«

»Nun, es gibt mehrere Modelle. Das spannendste ist wohl das *Social Dining*-Modell. Dabei definiert ein Organisator bestimmte Kriterien, die für die Auswahl der Gäste herangezogen werden. Ein Beispiel: Sie möchten einen angenehmen Abend mit drei Ihnen noch nicht näher bekannten Personen verbringen. Einer davon sollte Strukturist sein, der andere Ultraist und für den Dritten lassen Sie die Wahl offen. Was die fachlichen Kompetenzen betrifft, so schwebt Ihnen ein Naturwissenschaftler, ein Mediziner und ein Medienvertreter vor oder eben Menschen in ähnlichen Betätigungsfeldern. Die Geschlechtsverteilung Ihrer Runde ist Ihnen egal. Einer darf ruhig Nicht-Anthrotopier sein. Sie legen ein Datum fest, und das System macht sich an die Arbeit, geht also die gesamte Liste all jener Leute durch, die sich für *Social Dining Events* interessieren.«

Unterdessen tauchte die Androidenservierin wieder auf und brachte die bestellten Suppen.

»Gut wäre es natürlich, wenn Sie mit keinem der auserkorenen Gäste im Streit sind«, gab Helen zu bedenken, die distinguierten

Bewegungen der Bedienung fasziniert beobachtend, bis diese – nach verrichteter Tätigkeit – wieder verschwand.

»Dasselbe gilt für die Gäste untereinander«, warf er ein.

»Obwohl das Gegenteil davon ebenso zur Erheiterung beitragen könnte ...«

Er strafte sie mit einem rügenden Blick. »Sinn und Zweck ist es, einen möglichst *angenehmen* Abend zu verbringen. Zu Konflikten zwischen Ihren Tischpartnern sollte es dabei nicht kommen.«

Sie nahm einen Löffel Suppe und führte ihn langsam an die Lippen. »Schade. Für eine Journalistin wie mich wäre das die ideale Spielwiese«, bemerkte sie mit leicht gehässigem Grinsen.

»Nur hätten sie kaum Erfolg mit Ihren Einladungen, wenn die Gäste schon vorher Lunte riechen.«

Der fruchtige Gazpachogeruch stieg ihr in die Nase und animierte sie dazu, eine Kostprobe zu wagen. Sie nippte kurz, ließ der kalten Flüssigkeit in ihrem Mund Raum und wurde sogleich mit einem intensiven Aroma aus Oliven, Tomaten und südländischen Gewürzen überflutet. Helen war ehrlich überrascht von dieser Komposition. Da konnte der *Cooking-Master* nicht mithalten. »Alle Achtung!«, staunte sie, den Löffel langsam sinken lassend. »Eine nahezu perfekt abgerundete Gazpacho! Und *die* soll synthetischen Ursprungs sein?«

»Sagt jedenfalls Maurice«, erwiderte Buechili.

Eine ziemliche Meisterleistung. Schon die einfachsten Gerichte schienen hier zu überzeugen. Das erklärte vermutlich auch den Andrang.

»Und in Anthrotopia wäre etwas anderes gar nicht möglich«, beeilte er sich, hinzuzufügen.

Sie nickte. »Was meinten Sie vorhin eigentlich mit ›Lunte riechen‹?«

»Nun, das System ermittelt automatisch eine passende Zusammenstellung mit Personen, die terminlich zur Verfügung stehen, und legt diese dann vor«, antwortete der Ultraist, hin und wieder ein wenig von der Gazpacho zu sich nehmend. »Die Entscheidung, ob die Tischgesellschaft so bleibt oder ob sie umgestellt werden soll, obliegt zunächst Ihnen allein. Sobald Sie aber die

Wahl bestätigen, wird eine VINET-Einladung mit sämtlichen Details zum geplanten Treffen an Ihre Gäste übermittelt, inklusive einer Liste der Geladenen. An dieser Stelle würden Sie wohl Absagen erhalten, sollten sich manche nicht leiden können. Erst die Akzeptanz aller bestätigt den Termin.«

»Das war zu erwarten. Und wenn sich kurzfristige Änderungen ergeben, weil etwa jemand ausfällt ... was dann?«

»Dann beginnt der Auswahlprozess von neuem«, erläuterte Buechili, den Löffel behutsam auf dem leeren Teller ablegend und diesen in den unscheinbar schraffierten Bereich des Tisches stellend, damit er bei nächster Gelegenheit von einer Servierkraft mitgenommen würde.

»Kommt mir ziemlich bekannt vor! Es gibt ähnliche Modelle in Annexea.« Sie machte es Buechili mit ihrem Teller gleich.

»Soviel ich weiß, entstand die Idee lange vor unserer Zeit«, unterrichtete sie der Ultraist. »Der Ansatz an sich ist deswegen aber nicht minder spannend: durch ihn eröffnen sich Kontakte, die sich anderweitig wohl nie entwickelt hätten.«

Nun wurden die Hauptgerichte gebracht, diesmal von zwei ihnen noch unbekannten Serviererinnen, welche sich – allem Anschein nach einer vorgegebenen Choreographie folgend – spiegelbildlich dem Tisch näherten, mit geradezu meisterhafter Symmetrie die dekorativ verzierten Hauptgänge vor den Gästen platzierten und – nachdem sie im freundlichen Tonfall einen guten Appetit gewünscht hatten – die leeren Suppenschalen in einer schwungvollen Handbewegung abräumten. Daraufhin entschwanden sie wieder auf ebenso graziöse Weise, wie sie gekommen waren.

»Hier scheint sogar die Bewegung der Bedienung genauestens einstudiert zu sein.«

»Nun, es sind Androidendamen, Helen. Da ist so etwas relativ einfach umsetzbar. Aber genug der Worte. Lassen Sie uns probieren!«

Sie betrachtete ihr Gericht mit anerkennendem Nicken. »Mit der Dekoration haben sie sich schon mal alle Mühe gegeben!«, lobte sie und stach mit skeptischer Miene eines der Fleischbällchen an. Querschnitt und Konsistenz waren so, wie sie es vom organischen Pendant erwartet hätte. Sie spießte ein Stück auf die Gabel, besah es von verschiedenen Seiten und kostete schließlich davon. Würziges Rosmarinaroma und andere eigenwillige Nuancen, die sie nicht richtig zuordnen konnte, schmeichelten ihrem Gaumen, neben dem für Köttbullar typischen Geschmack. Ungewöhnlich, aber durchaus exquisit, wie sie fand! Dann ging sie zu dem liebevoll angerichteten Kartoffelpüree über und wagte sich an eine der Balsamicozwiebeln, die sie genüsslich zerkaute. »Köstlich, wirklich köstlich!«, schwärmte sie, während sie eine Portion Püree auf die Gabel lud. »Eine gewagte Spielart von Köttbullar zwar, die stark ins Mediterrane geht, doch trotzdem delikat. Ich muss schon sagen, Darius, ich bin beeindruckt von diesem Lokal!«

»Freut mich!«

»Möchten Sie probieren?«

Buechili verzog zunächst irritiert das Gesicht, ging dann jedoch – wahrscheinlich vorwiegend aus Höflichkeit – darauf ein. Gleichzeitig rückte er wortlos seinen Teller in ihre Richtung. »Interessant«, befand er, nachdem er eines der Bällchen gekostet hatte. »Sie haben recht: Es schmeckt tatsächlich mediterran.«

»Für einen traditionsgebundenen Nordländer wäre das wohl nichts. Aber ich mag es. Übrigens: Ihre Seezunge kommt dem Original täuschend nah. Und die Karamellgarnierung dazu ist einfach ... sagenhaft!«

»Haben Sie denn Seezunge schon einmal in organischer Form genossen?«, fragte er verwundert, die Teller wieder an ihre ursprünglichen Plätze rückend.

»O ja! In meiner Heimat wurde sie manchmal zu besonderen Anlässen serviert. Fragen Sie mich nicht, wo sie die herhatten. Soweit ich weiß, gibt es sie kaum noch.«

Er nickte. Helen ahnte, was gerade in ihm vorging: Er war bestimmt froh darüber, nur eine synthetische Variante des Fisches zu essen und kein gesundheitliches Risiko einzugehen. Ob er außerhalb der Großen Stadt – in einer konservativeren Umgebung – wohl ebenso vorsichtig gewesen wäre? Bei jedem anderen Anthrotopier hätte sie das ohne zu zögern bejaht. Aber

Darius Buechili schien von der Norm abzuweichen, nach allem, was sie bisher herausgefunden hatte. Außerdem empfing sie hinter seinem galanten und scheinbar routiniert geselligen Auftreten deutliche Signale der Sympathie. Er respektierte sie, nicht nur als Journalistin, sondern auch als Mensch. So etwas war ungewöhnlich für einen ACI-Geblockten und erweckte ihre Aufmerksamkeit. Man hätte darin fast einen Anflug von romantischer Würze sehen können, fand sie mit leichtem Amüsement über eine solch kühne Interpretation. Zum ersten Mal seit ihrer Einreise in Anthrotopia fühlte sie sich rundherum wohl, derart wohl, dass sie für eine Weile sogar die tragischen Ereignisse vergaß, die sich in der Außenzone von ED-40 abgespielt hatten. Die nostalgische Gemütlichkeit an diesem Ort, Buechilis beruhigende Stimme, das vorzügliche Essen: all das machte das *Nobility* zu einer Oase der Wiederfindung. Es war genau die Art von Ablenkung, die sie nach den Wirrnissen der letzten Wochen brauchte.

58: Retrospektiven im Nobility

Noch einmal zu den *Dining Chambers*, Darius. Ich vermute, Sie haben selbst schon ein paar Mal den Gastgeber für solche Zusammenkünfte gespielt?«

Ein paar Mal kam einer starken Untertreibung gleich. Es hatte eine Zeit gegeben, da war Buechili regelmäßig ins *Nobility* gekommen, um *Social Dinings* abzuhalten.

»Das habe ich ... und mitunter ganz erstaunliche Persönlichkeiten dabei kennengelernt. Menschen, die jenseits der Konventionalität eigene, durchaus ernstzunehmende Philosophien vertreten. Manche davon sind heute gute Freunde von mir.«

Sie beäugte ihn mit einem undeutbaren Blick. »Wie kam es eigentlich zu Ihrer Verbindung mit den Hawlings?«

Die Frage klang beiläufig, doch Buechili begriff, dass ihr Interesse daran größer war, als es den Anschein erweckte. »Oh, das liegt lange zurück. Kurioserweise wurden Ted und ich miteinander bekannt, weil wir konträre Ansichten hatten und diese auch öffentlich bekundeten. Damals war ich um die dreiundzwanzig – und er noch keine Berühmtheit.«

»Das muss dann mehr als neunzig Jahre her sein ...«

Ihre Gerissenheit, sein genaues Alter zu erfahren, amüsierte ihn. »Ungefähr, ja.«

»Wer hätte das gedacht?«, sagte sie nach einer kurzen Verzögerung mit diplomatischer Miene.

Vermutlich wunderte sie sich darüber, dass seine Freundschaft mit den Hawlings nicht früher begonnen hatte, mutmaßte Buechili. Lucys Bemerkung über ihre gemeinsame Kindheit wenige Tage nach ihrem Erwachen aus dem Tiefschlaf war für eine Außenstehende nicht sonderlich aufschlussreich gewesen. Doch die Art und Weise, wie Helen das Thema angestoßen hatte, erlaubte es nicht, auf diese Unvereinbarkeit einzugehen.

»Unser anfängliches Verhältnis entsprach eher dem einer guten Bekanntschaft. Ted war immerhin schon vierunddreißig, Lucy zwei Jahre älter.« Er spießte die Hälfte einer Bratkartoffel auf seine Gabel und tunkte sie in das Öl der künstlichen Paprikastreifen.

»Nur damit ich das richtig verstehe: Sie haben Miss Hawling erst kennengelernt, als sie bereits in ihren Dreißigern war?«

»Stimmt.«

Helen zögerte, ehe sie nachhakte: »Und wer war dann dieser ... Ponti, von dem sie kürzlich sprach?«

Er lächelte, weil sich mit dieser Frage seine Vermutung von vorhin bestätigte. »Ponti war eine Kindheitsfantasie«, erwiderte er geheimnisvoll. »Etwas, das sich Lucy ausdachte.«

Die Journalistin nickte. Vielleicht meinte sie, ihn auf diese Weise am ehesten zum Weitersprechen zu bewegen.

»Wie auch immer«, kehrte Buechili zu dem alten Thema zurück. »In jener Zeit glaubte ich noch, sämtliche Gegner der ultraistischen Idee früher oder später vom Gegenteil überzeugen zu müssen. Ich hielt es für unfassbar, wie jemand als denkendes Wesen ohne einen übergeordneten Zweck auskommen konnte! Oder sich mit einer Daseinsform identifizierte, die nur einen Wimpernschlag lang aufflackert, wenn man sie in Relation zur Ewigkeit betrachtet. Dementsprechend stark engagierte ich mich für das Gedankengut der Aszendologie.«

»Sie waren also einmal ... so etwas wie ein intellektueller Revolutionär?«

»Eigentlich führte ich nur die Überlegungen anderer fort. Obwohl mir eine Revolution wahrscheinlich gar nicht so ungelegen gekommen wäre«, scherzte er.

In dieser Hinsicht gab es Parallelen mit Esther Diederich. Eine Eigenschaft, die wohl auf die meisten Ultraisten zutraf, sie miteinander verband, insbesondere in jungen Jahren: ein geradezu überzogener Ärger über die Ignoranz der Gesellschaft.

»Irgendwann begann Ted, auf mich aufmerksam zu werden«, erzählte er weiter. »Er mochte es, wenn sich jemand für etwas mit aller Kraft einsetzte, solange es konstruktiv und halbwegs wissenschaftlich erfolgte. Aus purem Vergnügen an einem kritischen Gedankenaustausch stellte er sich ein paar Mal meinen Argumenten, hat mich dabei natürlich in Grund und Boden geredet, weil meine unerfahrenen Einwände für einen Strukturisten wie ihn nur allzu deterministisch waren. Ich wusste zu diesem Zeitpunkt noch nicht, dass er an einem so fundamentalen Projekt wie dem *BioBounds-Extender* arbeitete. Nach einigen Monaten wurden wir es leid, unsere Auseinandersetzungen zu einer öffentlichen Angelegenheit zu machen, und wir entschieden, künftig privat zusammenzukommen. So begann unsere Freundschaft und damit auch mein Kontakt mit Lucy.«

»Hat sich Miss Hawling denn an diesen Diskussionen beteiligt?«

»Anfangs kaum. Sie war damals eine scheue und unangepasste Persönlichkeit.«

»Wie stand sie zu Ihren Argumenten?«

»Sie sah sich als bekennende Strukturistin, konnte aber meiner Sichtweise durchaus etwas abgewinnen. Das äußerte sich darin, dass sie langsam Interesse für unsere Gespräche zeigte. Nach einer Weile erfuhr ich mehr oder weniger beiläufig, wie viel Zeit sie für die Erschaffung von Virtufakten aufwendete. Das faszinierte mich. Ich war immer schon von virtuellen Kunstwerken angetan gewesen, hatte allerdings bisher nur ein kleines Spektrum davon kennengelernt. In den ersten Monaten unserer Bekanntschaft versorgte sie mich mit allen möglichen Virtufakten, einschließlich ihrer eigenen Kreationen. Es war großartig. Ich hatte auf einen Schlag zwei neue Freunde gefunden, die mir wohl ein Leben lang erhalten bleiben würden.«

Das war nicht die ganze Geschichte, aber er sah keine Veranlassung, ins Detail zu gehen. Warum auch?

Indessen tauchte Helen genießerisch ein Stück synthetisches Fleisch in ihr Kartoffelpüree ein und nahm sich etwas Preiselbeerkompott. Bevor sie die Gabel zum Mund führte, fragte sie: »Wie würden Sie Miss Hawling beschreiben? War sie eine ... liebenswerte Persönlichkeit, in ihren späteren Jahren?«

»Sie meinen, ob sie zugänglich war?«

»Zugänglich? Hm ... ja ...«

»Mit Fremden konnte sie nicht viel anfangen. Aber Vertrauten brachte sie Herzlichkeit und Wärme entgegen. Mehr, als man es von einer ACI-Geblockten erwartet hätte. Manchmal verkehrte sich das jedoch ins Gegenteil. Dann wurde sie unausstehlich und man entschied freiwillig, nicht allzu lange in ihrer Nähe zu bleiben. Eine Folge der stark reduzierten Psychodämpfung.«

»Ich dachte, sie hätte die Dämpfung nur gedrosselt, wenn sie Virtufakte schuf?«

»Nicht nur. Lucy war der Ansicht, dass sich die psychische Dominanz des ACI-Blockers generell schädlich auf das kreative Potenzial auswirkt, weil dadurch negative Strömungen unterdrückt würden, etwa Schwermut und Melancholie. Diese dunklen Kräfte sind für Kunstschaffende nicht immer nachteilig, sondern treiben sie mitunter sogar schöpferisch an. Daher senkte sie die Dämpfung manchmal über mehrere Tage hinweg. Verstehen Sie?«

»Ja. Das kann ich nachvollziehen.« Sie hielt einen Moment inne und stocherte in ihrem Essen herum, ehe sie sich einen Ruck gab: »Eines würde mich interessieren, Darius, nur fürchte ich, Sie könnten mir die Frage übelnehmen ...«

»Seien Sie ruhig offen«, ermunterte er sie, schob seinen Teller zur Seite und verschränkte die Arme.

»Soweit ich es verstanden habe«, begann Helen, »sieht der Ultraist die Welt als Projektion einer Idee.«

»Eines Ideenmodells, um bei unserer Terminologie zu bleiben, aber das ist nur ein marginaler Punkt.«

Es sah so aus, als ob sie seine Bemerkung gar nicht registriert hätte. »Damit wird Materie doch zu so etwas wie ... einer Illusion, oder?«

»Nicht gerade zu einer Illusion, denn in diesem Fall wäre sie irreal. Sagen wir lieber, sie wird zu einer lokalen Wahrheitsform.«

»Wenn allerdings der Ultraist das, was wir allgemein unter Welt verstehen, ›nur‹ als eine Wahrheitsform betrachtet und er jede permanente Bindung an die Materie – wie etwa die Nanokonvertierung – ablehnt ...« Ein konzentrierter Blick traf ihn, während sie an der Fortsetzung ihres Gedankens arbeitete. »... warum entschieden Sie sich dann überhaupt für den *BioBounds-Extender*? Ursprünglich diente er doch genau diesem Zweck: der Unsterblichkeit. Oder sehe ich das falsch?«

Buechili lächelte. »Ein offensichtlicher Widerspruch, wie es scheint ...«

»Ist er es nicht?«

Diese Thematik geisterte in den Köpfen vieler Annexeaner herum. Helen war nicht die erste, die danach fragte.

»Ihre Argumentation ist durchaus schlüssig: Wie kann ich Unsterblichkeit anstreben, wenn wir den Tod als ein unumgängliches Ereignis betrachten, um geistig weiterzuwachsen? Darauf wollen Sie doch hinaus? Sie meinen, dass wir – nach unserer Philosophie – das materielle Dasein aufgeben müssen, damit wir einen adäquateren Körper finden können. Somit käme jede Form der irdischen Unsterblichkeit einem Bruch dieses Modells gleich.«

Helen nickte.

»Und mit dieser Sichtweise haben Sie natürlich recht. Nur dürfen Sie nicht vergessen, dass der Ultraismus keine technologiefeindliche Strömung ist. Gut, es gibt Fraktionen bei uns, die ein sehr vorsichtiges Verhältnis zu bestimmten Entwicklungen haben, manche davon sogar vollständig ablehnen. Aber im Grunde sind Fortschritt und Ultraismus durchaus miteinander vereinbar, sonst würde sich niemand von uns mit der Idee der Großen Stadt identifizieren können.«

Auch dieser Zusammenhang war Annexeanern nicht immer klar.

»Warum ließ ich mir also den *Extender* implantieren, damals, vor mehr als sechzig Jahren? Die Antwort wird Ihnen banal erscheinen: Ich wollte mich mit dem sukzessiven Verfall meines Körpers und meines Intellekts nicht abfinden.« Damit war er ehrlicher, als sie es vermutlich erwartet hatte. »Hätte ich denn das langsame Schwinden meiner irdischen Form hinnehmen sollen, wenn es würdevollere Wege gibt, alt zu werden? Das wäre grotesk gewesen, jedenfalls für mich. Ich glaube an die technischen Fähigkeiten des Menschen und – so seltsam sich das für einen Außenstehenden auch anhören mag – glaube immer noch daran.«

»Aber woher wussten Sie, dass Sie Ihren Geist nicht dauerhaft an die Materie binden würden?«

»Ganz einfach: Ich ließ mir den *Extender* über zwanzig Jahre nach der ersten erfolgreichen Implantation einsetzen. Zu diesem Zeitpunkt gab es bereits Dutzende von zellularen *Breakdowns*!

Außerdem war schon vorher aufgrund von Studien an Primaten klar gewesen, dass es nur zu einer *beschränkten* Erhöhung der Lebenserwartung kommen würde. Es ging also nicht um eine Verhinderung des Todes, sondern um die Reduktion der Alterungseffekte bis dahin.«

»Das erklärt vieles«, sagte Helen. »Und haben Sie den Schritt jemals bereut?«

»Niemals. Dadurch wurden Körper und Intellekt quasi konserviert. Nur die psychischen Auswirkungen sind anfangs ein wenig … verwirrend. Doch daran gewöhnt man sich.«

»Diese psychischen Auswirkungen waren es wohl, die Lucy Hawlings Kreativität beeinflussten und die sie den *Extender* drosseln ließen …«

»Die Psychodämpfung, nicht den *Extender*.«

»Ja, die meinte ich. Ist denn zu erwarten, dass sie nach der Konvertierung mit denselben Problemen zu kämpfen hat?«

Er musste unweigerlich an ein Gespräch zurückdenken, das er kürzlich mit der Virtufaktkünstlerin geführt hatte. Darin war es um die Zukunft organischer Lebensformen gegangen und was Lucy jetzt, nach der Transformation, davon hielt. Ihrer Einschätzung nach würde die Nanokonvertierung früher oder später zu einem Standardprozedere werden – ähnlich wie die Implantierung des *BioBounds-Extenders* es bereits war. Das erfordere allerdings genügend Erfahrung, um die Risiken massiver zellularer Veränderungen auf ein Minimum zu reduzieren, hatte sie dargelegt. Dazu gehöre auch, die LODZOEB vom Prozess der Konvertierung zu entkoppeln und ein Modell für einfachere Maschinenintelligenzen abzuleiten, mit dem Ziel, den Umwandlungsvorgang deutlich effizienter zu gestalten. Auf Buechilis Frage, ob sich denn bei ihr außer den bekannten Einschränkungen des synthetischen Körpers noch andere Komplikationen abzeichneten, war sie zunächst verstummt. Erst nach und nach hatte sie offenbart, dass ihr vor allem eine Unannehmlichkeit missfiele: Man erlaube ihr im momentanen Stadium nicht, die Psychodämpfung zu drosseln – aus Gründen eines möglichen Integritätsverlusts auf mentaler Ebene. Dadurch habe sie aber so gut wie keinen Zugang zu ihrem kreativen Potenzial und folglich auch keinerlei Aussicht darauf, neue Virtufakte zu schaffen. Ebenso wenig könne sie bestehenden Kunstwerken etwas abgewinnen.

Nicht ihre Äußerung an sich war merkwürdig gewesen, sondern die Art und Weise, mit der sie die Problematik vorgebracht hatte: wie ein notwendiges Übel, das mit der Konvertierung einherginge und mit dem man sich arrangieren müsste. Jene Lucy, die er von früher kannte, hätte wohl heftigere Worte angesichts derart dramatischer Einschränkungen gefunden. Virtufakte waren ihr Leben gewesen. Sie hätte ein Dasein ohne die Fähigkeit, sich mit künstlichen Umgebungen auseinanderzusetzen – sei es als Produzentin oder als Konsumentin –, kaum hingenommen.

»Schwer zu sagen«, antwortete er auf Helens Frage, ob Lucy den *Extender* auch nach der Konvertierung drosseln müsse, um kreativ sein zu können. »Das bleibt abzuwarten.«

»Ich hatte unlängst ein Interview mit ihr, das in einer Katastrophe endete, und sah da einen möglichen Zusammenhang.«

»Ja, Ted hat mir von dem Vorfall erzählt. Worin sehen Sie einen Zusammenhang?«

»Könnte sich der Kollaps aus einer zu starken Drosselung der Psychodämpfung ergeben haben?«

Er winkte ab. »Das glaube ich weniger. Soweit ich weiß, läuft der ACI-Blocker momentan noch in einem Kalibrierungsmodus und ist nicht frei steuerbar.«

»Verstehe. Nun, im Grunde lief es auch zuvor nicht gerade rosig bei den Interviews …«

»Das sollte niemanden überraschen. Lucy befindet sich derzeit in einer schwierigen Situation. Sie muss mit einem grundlegend veränderten Körper zurechtkommen und mit einer umgemodelten Hirnphysiologie. So etwas schlägt sich natürlich seelisch nieder.«

Sie machte eine ernste Miene. »Finden Sie denn, dass die nanokonvertierte Künstlerin und die organische Vorform vom Charakter her identisch sind?«

»Was für eine Frage, Helen! Sie waren doch dabei, als wir genau dieser Sache nachgingen …«

»Das stimmt. Aber die Verfahrensweise kam mir – verzeihen

Sie – ein wenig simpel vor. Ich meine, der Aufbau einer Scheinidentität wäre wohl ebenso einem Virtualbewusstsein gelungen, wenn es Zugang zu entsprechendem Hintergrundwissen hätte.«

»Deshalb hakten wir auch dort nach, wo es um mehr als um reines Faktenwissen ging.«

»Dann lassen Sie mich meine Frage anders formulieren: Würden Sie Miss Hawlings Verhalten Ihnen und ihrem Bruder gegenüber als charakteristisch für die Person bezeichnen, mit der Sie jahrzehntelang befreundet waren?«

Noch während sie sprach, spürte er einen Anflug von Misstrauen in sich aufkommen. Sie schien es zu merken: »Zu Ihrer Beruhigung: Nichts von dem, was Sie mir jetzt sagen, wird je in meiner Reportage Erwähnung finden, falls Sie es so wünschen. Ich schneide das Thema nur deshalb an, weil ich mit jemandem, der dem *Telos*-Kreis angehört, über meine Eindrücke sprechen möchte. Das ist für mich ein wichtiger Prozess, um eine allzu subjektive Sichtweise zu vermeiden.«

Buechili dachte darüber nach und kam zu dem Schluss, dass die Risiken für ihn moderat ausfielen. Bevor Helen ihren Bericht veröffentlichen konnte, würde sie ihn der Außenabteilung vorlegen müssen. Und wie er die Leute dort kannte, ließen sie spekulative Behauptungen über Lucys Konvertierung nicht durchgehen, besonders, wenn sie einem Anthrotopier zugeschrieben wurden.

»Die nanokonvertierte Lucy hat einen großen Teil ihrer früheren Persönlichkeit behalten«, bemerkte er in einem Plauderton, der ihre beschwichtigenden Worte von vorhin relativierte. »Denken Sie etwa an die Aussage, dass man als Strukturist nur die richtigen Fragen stellen müsse, um von der LODZOEB die passenden Antworten zu erhalten. Das hätte ebenso gut aus dem Mund der organischen Lucy kommen können … ich glaube mich sogar zu erinnern, so etwas schon einmal von ihr gehört zu haben. Sie war immer der Meinung gewesen, dass die beiden Lager viel zu stark an ihren internen Modellen festhalten.« Er hielt einen Augenblick inne. »Trotzdem scheint sich ihr Wesen in mancherlei Hinsicht verändert zu haben«, gestand er ein. »Wahrscheinlich eine Konsequenz der permanenten Psychodämpfung.«

»Haben Sie ein Beispiel dafür?«

»Nehmen wir die Begrüßung. Ich hätte mir mehr Freude über unser Wiedersehen erwartet.«

Die Journalistin nickte gedankenvoll. »Sie bestätigen damit im Grunde nur meine eigenen Schlüsse, Darius. Ich fand Miss Hawlings Reaktionen ebenfalls reichlich unterkühlt, manchmal sogar eisig. Von der fast schon verletzenden, herablassenden Art mir gegenüber ganz zu schweigen. Hatte sie solche Anwandlungen auch vorher?«

»Ja, aber nie so ausgeprägt und nur in den seltensten Fällen beleidigend.« Außerdem hätte sie ihre engsten Bezugspersonen wohl kaum derart halbherzig empfangen, schloss er im Geiste an. Entweder wäre sie ehrlich erfreut über den Besuch gewesen, oder sie hätte ihren Ärger unmissverständlich kundgetan. Die reservierte, leidenschaftslose Haltung, mit der sie ihn und Ted begrüßt hatte, passte einfach nicht zu ihr.

»Laut ihrem Bruder bewältigte Lucy Hawling sämtliche physiologischen, kognitiven und persönlichkeitsspezifischen Tests, die das *Telos*-Team vornahm, mit Bravour. Nur was beweist das schon?«, sagte Helen.

»Worauf wollen Sie hinaus?«

»Denken Sie an die LODZOEB. Was für ein riesiger, brillanter Intellekt! Seit Jahren arbeitet sie an der Überwindung der *Extender*-Probleme. Als Außenstehende kann ich über dieses mächtige Maschinenwesen nur spekulieren, aber das wenige, das ich darüber in Erfahrung brachte, ist bereits höchst faszinierend. Man fragt sich unweigerlich, was der Mensch für die LODZOEB sein mag. Sieht sie mehr als eine wandelnde biologische Maschine mit einem empirischen Verhaltensprogramm in ihm? Wie definiert sie eigentlich Leben? Lässt sie diesen Begriff überhaupt zu? Oder ist alles nur Steuerung, Programmierung, Determination?«

Buechili sah gedankenverloren auf die Journalistin. Dabei verweilte sein Blick auf ihrem hochgesteckten Haar, und er ertappte sich bei der Vorstellung, wie sie wohl aussähe, wenn sie es offen trüge. Doch halt, worum war es eben gegangen? Er ließ ihre letzten Sätze im Geiste Revue passieren.

»Mir fehlt im Moment zwar der Zusammenhang zu Lucys Nanokonvertierung«, nahm er den Faden auf, »aber lassen Sie mich trotzdem darauf eingehen. Soweit ich es verstanden habe, kann sich niemand ein genaues Bild von der LODZOEB machen, niemand, nicht einmal die Leute, die täglich mit ihr zusammenarbeiten. Ich hatte vor Kurzem Gelegenheit, mit einem der Mediatoren zu sprechen – das sind die Mittelspersonen zwischen der zweiten Ordnungsebene und Anthrotopia. Dabei erfuhr ich einiges über die Natur der LODZOEB. Ihr Zugang zu Problemen ist so anders, dass sie mühelos Dilemmas überwindet, die den Menschen bei seiner methodischen Suche vollständig blockieren. Und wissen Sie, woher das kommt?« Eine rein rhetorische Frage. »Weil sich bestimmte, für uns unlösbare Aufgaben aus einer höheren Perspektive in Formen verwandeln, die sich simplifizieren lassen. Erstaunlich, nicht? So können fundamentale Hürden auf einen Bruchteil ihrer ursprünglichen Größe schrumpfen.«

Diese Erkenntnis beeindruckte selbst das ultraistische Lager, obwohl es der LODZOEB sonst eher vorsichtig gegenüberstand. Darin lag vermutlich auch einer der Gründe, warum Progressiv-Ultraisten wie Athena schon mehrmals laut darüber nachgedacht hatten, was die zweite Ordnungsebene mit Konzepten wie der Aszendologie alles anfangen könnte, wenn man sie darauf ansetzen würde. Insgeheim hoffte sie wohl immer noch, mit ihrer Hilfe irgendwann zu einer Art Level-2-Aszendologie (oder kurz L2-Aszendologie) zu kommen, ähnlich wie man es mit der L2-Physik versuchte.

»Mit anderen Worten«, setzte er fort, »die Sichtweise der LODZOEB ist derart abweichend vom herkömmlichen Denken, dass wir uns keine Vorstellung davon machen können, wie sie zu ihren Lösungen kommt, ob sich komplexe Probleme aus ihnen ergeben und inwiefern sie für uns überhaupt relevant sind. Es ist beim besten Willen nicht abschätzbar, aus welcher Perspektive sie den geradezu mikrobenhaften Intellekt unserer Spezies wahrnimmt.«

»Eben deshalb ist es leicht möglich, dass sie in uns bloß einfachste Logikformen mit primitiven Ein- und Ausgabemustern sieht«, folgerte die Journalistin.

Buechili schüttelte den Kopf. »Diese Sichtweise ergibt sich nur dann, wenn man als Mensch, der naturgemäß in der ersten Logikebene operiert, in die Rolle der LODZOEB zu schlüpfen versucht und sich anmaßt, wertend auf die eigene Gattung herabzublicken. Einer Intelligenz von ihrem Kaliber unterläuft sicher kein solcher Fehler.«

»Das ist ziemlich strukturistisch gesprochen«, stellte sie mit einem feinen Lächeln fest.

»So, finden Sie? Ich bin auch als Ultraist der Objektivität verpflichtet. Wäre ich strukturistisch angehaucht, würde ich früher oder später die Irrelevanz immaterieller Größen erwähnen. Aber das tue ich nicht. Ich sage nur, dass die LODZOEB mit einem völlig anderen Wahrheitsmodell arbeitet als wir. Darin sind sich beide Lager einig.«

Ehe die Journalistin protestieren konnte, kam eine Serviererin vorbei und begann, mit würdevoller Effizienz das Geschirr abzuräumen. Helen beobachtete den Vorgang sichtlich interessiert, und als die Androidendame damit fertig war, orderte sie noch einen weiteren Amontillado. Aus der etwas verkrampften Art und Weise, wie sie die Bedienung ansprach, erkannte Buechili, dass sie unsicher darüber war, ob diese ihrer Aufforderung wohl nachkommen würde. Doch die Angesprochene nickte und bestätigte die Bestellung.

»Für Sie auch einen?«, wandte sich Helen an ihren Gastgeber.

»Ja, warum nicht?«

»Dann zwei!«, befahl sie, den Blick auf die Serviererin gerichtet.

Diese nickte ein zweites Mal und verschwand.

»Ihre Argumente leuchten durchaus ein«, kehrte Helen zum Gesprächsthema zurück. »Trotzdem sollte uns Miss Hawlings Verhalten zu denken geben. Vielleicht lässt es sich durch die Psychodämpfung erklären; in diesem Fall brauchen wir uns keine Sorgen zu machen. Oder es sind weitere neuronale Kalibrierungen nötig. Das würde sich früher oder später richten lassen. Was aber, wenn Lucy Hawling als solche gar nicht mehr existiert, sondern nur noch eine künstliche Hülle ist? Eine Hülle, die von der LODZOEB zusammengehalten wird? Wir hätten dann ein Wesen vor uns, dem zwar alle vergangenen Erlebnisse und Empfindungen bekannt wären, doch es könnte keinerlei kreative Leistungen vollbringen, weil die ursprüngliche Persönlichkeit im Zuge der Nanokonvertierung verloren ging.«

Helen schien zu wissen, dass sich Lucy II derzeit genau mit diesem Problem herumschlug, dachte Buechili. Möglicherweise hatte sie in einem der Interviews davon erfahren, obwohl er sich eigentlich nicht vorstellen konnte, warum die Virtufaktkünstlerin darauf zu sprechen gekommen sein sollte.

»Und wozu der ganze Aufwand?« Die Frage klang so, als würde er sie an sich selbst richten.

Helen zuckte mit den Schultern. »Vielleicht, um die Illusion aufrechtzuerhalten, dass man mit *Telos* einen gangbaren Weg gefunden hat?«

In ihrer Äußerung schwang eine so grundlegende und substanzielle Skepsis mit, dass er hellhörig wurde. Unweigerlich spürte er ein Gefühl des Befremdens in sich aufsteigen. Die Loyalität der LODZOEB oder einer Maschinenintelligenz anzuzweifeln, hieße, sämtliche Säulen zu zerstören, auf denen das Dach der Gemeinschaft ruhte. So etwas kam ihm nicht nur unseriös, sondern geradezu grotesk und närrisch vor.

»Sie interpretieren schon wieder menschliche Eigenschaften in die LODZOEB hinein.«

»Und wenn sie keinen signifikanten Unterschied zwischen einer simulierten Existenz und dem *mikrobenhaften* Intellekt eines Menschen sieht – wie Sie ihn vorhin so treffend bezeichneten?«

»Wie erklären Sie sich dann die Probleme mit Lucys Psychodämpfung? Ein derart hochentwickeltes Logikwesen sollte ihr Verhalten doch spielend nachstellen können!« Das nahm er zumindest an.

»Möglicherweise ein raffiniertes Manöver, um die Glaubwürdigkeit der Konvertierung zu erhöhen.«

Buechili runzelte die Stirn. »Wer anfängt, der LODZOEB zu misstrauen, kommt in ein schwerwiegenderes Dilemma, liebe Helen. Er würde damit nämlich einen Eckpfeiler unserer Stadt infrage stellen. Vergessen Sie nicht, dass für die zweite Ordnungsebene die Integrität gegenüber Anthrotopia und der Menschheit eine Maxime ist.« Der letzte Satz hätte ebenso gut einem Manifest entstammen können, aber als anthrotopischer Bürger stand er voll und ganz dahinter.

Wie um Buechilis Sichtweise noch zu unterstreichen, brachte in diesem Moment eine der Androidendamen die vorhin georderten Sherrys an den Tisch.

»Jedenfalls zeigte die konvertierte Miss Hawling für meine Begriffe zu wenig Einfühlungsvermögen«, fuhr Helen fort, nachdem sich die Bedienung wieder entfernt hatte. »Mit ihrem abweisenden Verhalten kann ich mir beim besten Willen nicht vorstellen, wie sie eine Brücke zwischen den Fronten schlagen möchte. Eigenschaften wie Empathie spielen da eine große Rolle.«

»Soziale Kontakte lagen ihr nie besonders. Trotzdem hat sie ihr Ziel immer im Auge behalten. Warum sonst hätte sie mir als Abschiedsgeschenk ein Virtufakt hinterlassen sollen, das die Aszendologie thematisiert? Ich habe es mir kürzlich angesehen – oder es ›durchlebt‹ – und finde es beeindruckend. Das könnte eine solche Brücke sein, mit der sie die Lager zusammenführt. Klar, es wird gewiss Leute geben, die weniger damit anfangen können ...«

Helen horchte auf. »Tatsächlich? Und wie heißt das Werk?«

»*Ignis Vitae*. Sie hat es allerdings noch nicht veröffentlicht.«

»Oh! Also eine Art persönliche Kreation nur für Sie?«

»Das würde ich so nicht sagen«, antwortete er. »Der Reiz des Virtufakts liegt in seiner allegorischen Vermittlungstiefe, mit der es ihr gelungen ist, außerzeitliche und außerräumliche Zusammenhänge der Aszendologie intuitiv erfahrbar zu machen. Ein Erlebnis für jeden, der die Bereitschaft hat, sich darauf einzulassen. Früher oder später – je nachdem, wie es mit Lucy weitergeht – werde ich es wohl für die Öffentlichkeit freigeben.«

Ihre Augen funkelten vor Eifer. »Sie machen mich neugierig! Nicht, weil das Werk unter Verschluss gehalten wird. Verstehen Sie mich nicht falsch ...«, beteuerte sie, während ein charmantes Lächeln über ihr Gesicht huschte. »Es ist eher so, dass ich Miss Hawling und den Ultraismus zurzeit überhaupt nicht in Zusammenhang bringen kann.«

Eine solche Fehleinschätzung konnte nur dann passieren, wenn man Lucy nicht näher kannte, dachte Buechili. Helen sah ihn mit dem bettelnden Blick eines kleinen Mädchens an. Er brauchte nicht lange zu warten, bis sie ihr Anliegen offen aussprach.

»Wären Sie eventuell bereit, mir Zugriff darauf zu geben?«, drang sie in ihn. »Es würde mir helfen, ein authentischeres Bild der früheren Künstlerin für meine Reportage zu zeichnen.«

»Ich hätte nichts dagegen. Aber lassen Sie mich vorher mit Lucy sprechen, um sicherzugehen, ob eine Veröffentlichung immer noch in ihrem Sinn ist.«

Sie senkte verdrossen den Kopf. Vermutlich nahm sie an, dass Lucy mit der Weitergabe ihres Vermächtnisses an sie nicht einverstanden sein könnte. »Okay.« Und hoffnungsvoll fügte sie hinzu: »Vergessen Sie nur nicht darauf.«

»Ich werde ihr gleich morgen eine Nachricht senden.«

Nach diesem Exkurs wandten sie sich wieder zwangloseren Inhalten zu, in erster Linie Helens bisherigen Eindrücken von Anthrotopia. Währenddessen bestellte die Nordländerin dunkle Schokoladenmousse sowie Espresso von einer der unzähligen Röstvarianten, die der *Cooking-Master* des *Nobility* im Programm hatte. Buechili ließ sich eine Tasse Earl Grey bringen. Beide sahen darin angemessene Abschlüsse, um ein – nach anthrotopischen Verhältnissen – geradezu opulentes Mahl harmonisch ausklingen zu lassen.

Natürlich wurden auch die Nachspeisen ihren Erwartungen voll und ganz gerecht. Helen meinte, dass die Mousse ruhig ein wenig mehr hätte sein können, lehnte dann aber eine zweite Portion dankend ab. Als sie sich später mit der Serviette den Mund abtupfte, beobachtete Buechili sie dabei und seine Gedanken gingen in die Richtung eines – wie er fand – seltsamen Empfindens, weckten Reminiszenzen an eine jüngere, noch ungeblockte Lucy Hawling in ihm. Er bekam anfangs gar nicht richtig mit, wie die Journalistin zu ihm sagte: »Vielen Dank für diesen wunderbaren Abend, Darius! Ich weiß wirklich nicht, wie ich mich revanchieren könnte ...«

»Aber gern. Wer einen Abstecher nach Anthrotopia macht,

sollte zumindest einmal im *Nobility* gewesen sein. Und dass Sie Ted wohl kaum hierher führen würde, war mir bei seiner Nüchternheit klar.«

Sie schmunzelte. »Vielleicht ergibt es sich, dass ich Sie irgendwann für ein traditionelles Abendessen in einer der Ringkernstädte gewinnen kann, wenn Sie in der Nähe sind.«

»Nun, darüber lässt sich reden! Ich habe schon seit Jahrzehnten nichts mehr gegessen, das organischen Ursprungs ist. Wo wohnen Sie eigentlich, Helen?«

Sie blies Luft durch die Lippen. »Fragen Sie nicht. Ich schlage überall mein Lager auf, wo mich der *World Mirror* für Recherchen benötigt.«

»Und Ihre Familie?«

»Familie?«, gab sie zurück, die Augen amüsiert zusammenkneifend. »Gibt es so etwas überhaupt noch in Anthrotopia?«

»Oh ja, wenn auch nicht so ausgeprägt wie anderswo.«

Ein kurzes Schweigen folgte, ehe sie erklärte: »Ich bin eine *Sensitiva* des *Natural Way of Life*. Unsere Familie ist die Schwesternschaft.«

»Aber Sie haben doch sicher Verwandte?«

Helen sah ihn ernst an. »Sie sollten eine *Sensitiva* nie nach ihren familiären Wurzeln fragen, Darius, es sei denn, Sie stehen in einer engen Beziehung zu ihr.«

»Verzeihung, das wusste ich nicht! Ich kam bisher nur selten mit Leuten des *Natural Way of Life* in Kontakt.« Er lächelte etwas irritiert. »Deshalb beherrsche ich wohl auch nicht die Spielregeln im Detail.«

Die Unsicherheit dauerte nur kurz, dann hatte der ACI-Blocker die psychische Turbulenz wieder abgebaut.

»Oh, Sie machen sich sonst ganz gut …«, ermunterte sie ihn.

Dabei erwiderte sie sein Lächeln mit einer Wärme, wie es nur Menschen tun, die mehr Nähe zu ihrem Gegenüber empfinden, als offensichtlich ist. Das bemerkte sogar der psychogedämpfte Buechili. Um die Situation zu entschärfen, lenkte er das Gespräch auf das ursprüngliche Thema zurück. »Sind Sie denn nirgendwo richtig … zu Hause?«

»Doch, doch«, sagte sie, ohne sich anmerken zu lassen, ob sie Buechilis Zögern korrekt zu deuten wusste. »Ich besitze ein *Bachelorette*-Häuschen in einer kleinen Siedlung des *Natural Way of Life*.« Ihre Miene wurde nachdenklich. »Früher«, fuhr sie mit einer Stimme fort, die erraten ließ, dass dieses Früher schon lange zurücklag, »als sich meine Freundin Marion noch enger mit der Schwesternschaft verbunden fühlte, war ich öfter dort. Eine schöne Gegend, vor allem in den Sommermonaten. Seither bin ich höchstens ein- oder zweimal hingefahren. Es ist nicht mehr dasselbe.« Ein feuchter Glanz trat in ihre Augen und sie wandte den Blick ab. »Ich wünschte …«, murmelte sie kaum hörbar, brach den Satz dann aber kopfschüttelnd ab. »Entschuldigen Sie meine Rührung. Marion kam kürzlich bei einem Angriff der *Force* ums Leben – zumindest geht die Systemüberwachung davon aus. Ihr Verschwinden nimmt mich immer noch mit. Die Aussicht, sie nie wiederzusehen, ist einfach …« Sie strich sich mit den Fingerspitzen die Tränen aus den Augen und versuchte, die Fassung zu bewahren. Ihre Lippen wurden dabei ganz schmal und zitterten.

»Das tut mir leid, Helen. Glauben Sie mir: Ich verstehe Ihren Schmerz. Ohne ACI-Blocker hätte mich Lucys Konvertierung wahrscheinlich ebenso schwer getroffen.«

Obwohl er Zeit genug gehabt hatte, sich darauf vorzubereiten.

»Was ist mit Ihrer Freundin geschehen?«, fragte er, da keine Reaktion auf seine Worte folgte. »Vielleicht hilft es Ihnen, darüber zu sprechen.«

»Nein«, murmelte sie, sich ungeniert die nachkommenden Tränen wegwischend. »Ich kann nicht …«

Er sah sie hilflos an, und plötzlich tat er etwas, das für einen ACI-geblockten Anthrotopier einer Fremden gegenüber völlig untypisch war und ihn selbst überraschte: Er nahm spontan ihre Hand und umschloss sie, in der Hoffnung, damit ein wenig Trost zu spenden. Doch in jenem Trost lag auch die Spur einer Rührung und Zuneigung jenseits der üblichen Barrieren seiner Psychodämpfung. Und die Annexeanerin schien das zu bemerken.

»Danke … für die Anteilnahme, Darius. Es ist gut, in solchen Stunden einen Freund zu haben.«

Freund, hatte sie gesagt! Kurz, nur sehr kurz, empfand er eine Art seelische Gleichschaltung zwischen ihnen. Dann neutralisierte der ACI-Blocker mit gewohnter Effektivität die emotionale Resonanz. Das Gefühl einer gewissen Vertrautheit blieb dennoch bestehen. Nach einer Weile des Schweigens wechselte er das Thema, und Helen fand schon bald wieder in die gesellige Ungezwungenheit von vorhin zurück. Sie scherzten über die im Städtebund herrschenden Vorurteile, besonders, was die anthropotopische Nüchternheit betraf, und umgekehrt über das Stereotyp der genießerischen Lebensweise mancher Annexeaner. Und sie amüsierten sich darüber, dass die Nordländerin als Vertreterin des *Natural Way of Life* plötzlich die Annehmlichkeiten der Großen Stadt zu schätzen wusste.

Nach dem Essen erschien Maurice, überreichte Helen galant drei nachtblaue Rosen und erkundigte sich, ob sie mit den Leistungen des *Nobility* zufrieden gewesen wären. Perfekt wie üblich, antwortete Buechili. Seine Begleiterin gab sich eloquenter, schwärmte davon, dass sie die Gerichte kaum von den organischen Varianten habe unterscheiden können. Man tue sich schwer damit, sie mit synthetischer Nahrung in Verbindung zu bringen, brachte sie ihre Eindrücke auf den Punkt. Dementsprechend theatralisch fiel dann auch die Verneigung des graumelierten Patrons aus.

Als sich Buechili später an diesem Abend von einem GT zurückfahren ließ – Helen hatte er zuvor wie ein Kavalier der alten Schule an ihrer Gastwohneinheit abgesetzt –, war er immer noch in Gedanken bei der smarten Journalistin. Er mochte die Offenheit, mit der sie auf die Leute zuging. Dazu gesellte sich eine Agilität, wie sie nur ungeblockte Personen aufwiesen und die von einer schier grenzenlosen Energie angetrieben zu werden schien. Zudem war sie mit einer auf ihre Umgebung überspringenden Unbeschwertheit gesegnet, ohne dabei in Oberflächliches auszuarten. Das ließ eine Seite in ihm zum Vorschein kommen, die er lange verloren geglaubt hatte.

Trotzdem gab er sich keiner Illusionen hin: zum einen war Helen eine Vertreterin des *Natural Way of Life*, zum anderen trennten sie mehr als neunzig Jahre Lebenszeit. Darüber hinaus war es fraglich, ob er sie nach ihrem Aufenthalt je wiedersehen würde – außer vielleicht in einem Holofonat.

»Anruf von Ted Hawling«, meldete Claire plötzlich, sich in den Fahrgastraum des GTs einblendend. »Soll ich durchstellen?«, fragte sie, als er nicht darauf reagierte.

»Ja, bitte, Claire!«

Wenig später erschien Ted Hawlings Kopf an jener Stelle, an der eben noch seine Assistentin gewesen war. »Darius? Bist du allein?« Er wirkte trotz seiner sonst so souveränen Art angeschlagen.

»Ja, bin ich. Ist etwas geschehen?«

Eine kurze Pause, dann sagte Hawling: »Es geht um Lucy. Bitte komm ins *Medical Research Center*. Wir brauchen deine Hilfe.«

59: Sturmpläne

Gut zwanzig Minuten später saß Buechili in Clarice Touchettes Büro, gemeinsam mit Ted Hawling, Matt Lexem, Aleph und der Molekularbiologin. Sie wirkten gleichmütig, doch der Schein trog.

Lexem beendete gerade seine Ausführungen zu den beobachteten Problemen bei Lucy. »Die schrittweise Reduktion des ACI-Blockers führte zwar zu einer Beruhigung der *Psychic Storms*«, erklärte er, »allerdings nur für kurze Zeit.«

»Um wie viel wurde der Blocker denn reduziert?«, erkundigte sich Buechili.

»Er läuft derzeit auf neunzig Prozent der regulären Leistung. Eine stärkere Drosselung hielten wir – auf längere Dauer gesehen – für zu riskant.«

»Und dennoch fiel Lucy erneut in einen Zustand der Apathie zurück?«

»Trotz unserer Bemühungen, ja«, bestätigte der Leiter des medizinischen Systems. »In ihrem Inneren prallen verschiedene mentale Strömungen mit solcher Intensität aufeinander, dass für bewusste kognitive Vorgänge kaum etwas übrig bleibt.«

»Kann man denn nicht bis zum Zentrum dieser psychischen Stürme vordringen und es stilllegen?«

»Schön wäre es! Leider gibt es kein Zentrum. Das Bewusstsein wird von mehreren Fronten gleichzeitig attackiert.«

»Und wenn man den ACI-Blocker versuchsweise noch stärker drosselt – für kurze Zeit?«

»Wir haben es temporär mit siebzig Prozent versucht. Nach einer Übergangsphase präsentierte sich schon bald wieder das gewohnte Bild. Allerdings stiegen die neuronalen Spitzenwerte durch die geringere Dämpfung rapide an.«

»Was für eine Ironie«, seufzte Buechili. »Das wichtigste Organ des Menschen – sein Gehirn – verhindert letztlich den vollständigen Übergang auf eine synthetische Basis, obwohl das Vorhaben dafür ursprünglich von ihm kam. Es sieht beinahe so aus, als ob sich Lucys Psyche gegen die Konvertierung wehren würde.«

»Das könnte man fast meinen«, räumte Hawling ein, »insbesondere, da es somatisch keinerlei Probleme gibt.«

»Vielleicht wurde das Faktum der seelischen Konsequenzen auf die Nanokonvertierung unterschätzt«, spekulierte Buechili. Dass sich damit eventuell nur die Theorie der Ultraisten bestätigte, nach der die menschliche Individualität mehr als die Summe ihrer neuronalen Zellen war, griff er gar nicht erst auf.

»Ganz ausschließen kann man es nicht«, murmelte Ted.

Dann schwiegen alle und Buechili hatte den Eindruck, als warte jeder auf eine kluge Wortmeldung von ihm. Aber was hätte er sagen sollen, das auf irgendeine Weise förderlich gewesen wäre?

»Nachdem wir auf operationeller Ebene bisher relativ erfolglos waren, liegt ein Strategiewechsel nahe«, unterbrach Lexem die Gesprächspause. »Wir haben zwei Vorgehensweisen im Auge, die Lucy Hawlings Lage normalisieren könnten.«

Das hörte sich doch gut an, fand Buechili. Oder waren die Optionen am Ende mit Risiken verbunden, über die man besser zweimal nachdachte?

»Sie sind allerdings nur umsetzbar, wenn uns dabei eine Schlüsselfigur aus ihrem früherem Leben zur Seite steht.«

Darin lag also der entscheidende Punkt! Es ging weniger um die Risiken als vielmehr um die Ausführung ihres Plans.

»Und eine der zentralen Figuren waren Sie, Darius. Ted glaubt sogar, dass niemand an Ihren Stellenwert heranreicht.«

Es war schwer für Buechili, darauf eine passende Antwort zu geben. Doch das brauchte er gar nicht.

»Wärst du bereit, uns zu helfen?«, fragte Hawling rundheraus.

»Im Prinzip schon«, erwiderte Buechili zögernd. »Aber ich nehme dafür nicht jedes Opfer auf mich!«

»Selbstverständlich nicht …«, gab der andere mit einem Lächeln zurück, das dezent genug war, um gerade noch als solches wahrgenommen zu werden.

Der Leiter des medizinischen Systems nahm sofort wieder den Faden auf. »Die Idee ist eigentlich recht simpel. Lucy Hawling befindet sich zurzeit – aus Sicherheitsgründen – in einer künstlichen Umgebung, die einen Teil von Anthrotopia nachstellt. Darin kann sie sich praktisch frei bewegen. Aufgrund ihrer derzeit beschränkten kognitiven Kapazitäten geschieht das jedoch langsamer als gewöhnlich.«

»*Wie* langsam?«

»Sehr langsam! Für einen Außenstehenden wirkt es zeitlupenartig.«

»Und das, obwohl ihre Verarbeitungsgeschwindigkeit wesentlich höher als bei jedem anderen Mensch ist?«

»Verblüffend, nicht? Die *Psychic Storms* schränken ihre zerebralen Funktionen enorm ein. Bisher hat sie ihren Aufenthaltsort nicht verlassen und sich relativ passiv gezeigt. Aber vor circa einer Stunde kam in ihr der Wunsch auf, sich ein GT zu ordern. Zielpunkt war – und jetzt halten Sie sich fest – Ihre Wohneinheit.«

»Moment mal ... Lucy hat tatsächlich das Kommunikationsportal benutzt?«

»Nicht direkt«, berichtete Lexem. »Wir haben starke Aktivitäten in Kortikalarealen lokalisiert, die mit Ihrer Wohneinheit und der anthrotopischen Infrastruktur zusammenhängen. Es ist also eher eine abstrakte Zielvorstellung als ein konkreter Befehl.«

»Dann scheint sie nur nach außen hin apathisch zu sein.«

»Man könnte es so interpretieren.«

»Ich verstehe. *Deshalb* haben Sie mich holen lassen ...«

»Nun ja, wir hätten ebenso gut selbst in die Rolle eines künstlichen Darius Buechili schlüpfen können«, bemerkte der Mediziner trocken, »aber wir fanden es angemessener, wenn eine direkte Begegnung stattfindet.«

Angemessener? Buechili wollte etwas einwenden, doch die Psychodämpfung relativierte Lexems ungeschickte Bemerkung rasch. »Was, glauben Sie, schwebt Lucy vor?«, erkundigte er sich stattdessen.

»Wissen wir nicht genau«, antwortete Hawling. »Die LODZOEB hat aus ihren Bewusstseinsströmen – neben den dominanten Kompensationsmustern des ACI-Blockers – nur *einen* Wunsch herauslesen können: dich zu treffen. Übrigens«, bemerkte er trocken, »hat sie auch an mich gedacht, aber dir gab sie den Vorzug.«

»Warum ist sie nicht einfach in deinen Wohnbereich übergewechselt, wenn sie dich sehen wollte?«

Hawling zuckte mit den Schultern. »Verstehe ich ebenso wenig. Außerdem hätte sie dich anrufen können, statt persönlich aufzutauchen, doch offenbar ist sie zu einem Gespräch nicht imstande.«

Und genau das irritierte Buechili. Da sie wohl kaum einen klaren Gedanken fassen konnte, mussten ihre Beweggründe andere sein. Vielleicht suchte sie nur seine Nähe. Er fragte sich, ob ihm das *Telos*-Team die ganze Geschichte erzählt hatte.

»Gibt es sonst noch etwas, das ich wissen sollte?«

»Nichts, das für Ihre Begegnung von Bedeutung wäre«, erwiderte Lexem kühl.

Das war zu erwarten gewesen. Sie würden nur das Notwendigste preisgeben. Ob sie es schon mit einem künstlichen Gegenstück von ihm versucht hatten und dabei gescheitert waren?

»Also, was genau soll ich tun?«

Hawling warf einen auffordernden Blick auf den Mediator.

»Begeben Sie sich in das virtuelle Umfeld und warten Sie dort in Ihrer Wohneinheit auf Lucy Hawling«, wies dieser ihn mit seiner Baritonstimme an.

»Um was zu tun? Ihr eine Botschaft zu übermitteln?«

»Nein, Botschaften kann auch die LODZOEB in ihre Psyche einbringen. Wir hatten so gut wie keinen Erfolg damit. Versuchen Sie stattdessen, direkten Kontakt zu Miss Hawlings Kernpersönlichkeit aufzubauen. Nach unserer Einschätzung müsste das die *Psychic Storms* beruhigen.«

Das Vorhaben kam ihm reichlich dubios vor. Wie konnten sie wissen, ob Lucy die Geschehnisse um sich herum überhaupt noch richtig wahrnahm? Im schlimmsten Fall war die Kernpersönlichkeit bereits so stark vom Rest ihres Denkens abgekoppelt, dass sie in keinerlei Verbindung mehr damit stand und den Ortswechsel gar nicht bewusst miterlebte. Der wahre Grund für seine Beteiligung an dem Experiment blieb ihm schleierhaft.

»Und wenn es nicht funktioniert?«

»Dann gehen wir zu Plan B über«, meinte Hawling.

Buechili sah ihn fragend an. »Plan B?«

»Alles zu seiner Zeit.«

Etwas in den Augen seines Freundes gab ihm zu verstehen, dass diese Eventualität besser nicht eintreten sollte. Ein Ahnen überkam ihn, wie der Alternativplan vielleicht aussehen mochte. Aber bevor sein Verdacht konkrete Formen annahm, verdrängte er ihn, damit seine Begegnung mit Lucy so unbefangen wie möglich bliebe. Nur auf diese Weise würde er das sein können, worauf es jetzt ankam: eine rettende Insel, auf der seine langjährige Freundin Schutz vor den *Psychic Storms* in ihrem Seelenmeer finden konnte, die seit der Konvertierung mit zerstörerischer Gewalt gegen die Mauern des ACI-Blockers tobten.

60: Gedrosselte Bewusstseinsreste

Der virtuelle Schauplatz fühlte sich zu Beginn merkwürdig an. Obwohl hinter den transparenten Wänden seiner Wohneinheit ein authentisches Bild jenes Teils von Anthrotopia zu sehen war, den Buechili nur allzu gut kannte, und sogar in unregelmäßigen Intervallen Fahrzeuge auf dem *District Ring* vorbeiglitten, wusste er, dass nichts davon als real im Sinne der irdischen Wirklichkeit bezeichnet werden konnte. Das befremdete ihn, insbesondere, da er sein eigenes Heim noch nie innerhalb einer VINET-Sitzung betreten hatte, außer einmal mit Moulin, der hier fehlte. Wann immer er sonst in Simulationen eingetaucht war, hatte er sich stets anderswo wiedergefunden, etwa an Orten vergangener Ereignisse oder in künstlichen Welten, manchmal auch in abstrakten, dynamisch erzeugten Szenarien. Er erinnerte sich an keinen Fall, bei dem die Große Stadt selbst zu einem Sujet gemacht worden war.

So kam er sich ein wenig deplatziert vor, wie ein unsichtbarer Beobachter, der das Geschehen um sich herum zwar gewahrte, aber nicht darin eingreifen konnte. Und als ob das nicht bereits seltsam genug gewesen wäre, setzte sich schon bald der Eindruck durch, jederzeit in eine tiefere Ebene der Virtualität absteigen zu können, einen zusätzlichen Schritt von der irdischen Wirklichkeit entfernt. Derartige Verschachtelungen wurden öfter als Stilmittel eingesetzt und stellten für VINET-Nutzer längst nichts Ungewöhnliches mehr dar. Doch das hier war eine weitgehend authentische Simulation der Großen Stadt – oder zumindest eines Teils davon –, und daher würde mit solch einem Perspektivenwechsel wohl kaum zu rechnen sein.

»Miss Hawling wird jeden Augenblick bei Ihnen eintreffen«, informierte ihn eine Stimme, die er mit Matt Lexem in Verbindung brachte. »Bleiben Sie im Haus, und lassen Sie sie die Hälfte des Weges selbst zurücklegen.«

»In Ordnung!« Er sah durch die transparente Wand hindurch auf den vorbeiführenden *District Ring*, konnte aber im Moment kein Taxi entdecken. Erst nach circa einer halben Minute fuhr ein gelbes Fahrzeug die Straße herunter, bog in die Haltespur, steuerte langsam auf die Wohneinheit zu und hielt an.

»Da ist sie«, meldete Lexem, während sich die rechte Flügeltür mit einem Schwenk öffnete. »Sie kämpft gerade mit einem *Psychic Storm*. Bleiben Sie einstweilen, wo Sie sind. Wir möchten, dass sich ihr die Situation realistisch darstellt.«

Buechili musste sehr an sich halten, um nicht nach draußen zu laufen und ihr aus dem GT zu helfen. Er hatte auf eine Reduktion seiner Psychodämpfung bestanden, da er sich so gut wie möglich in die Umstände einfinden wollte, und war seinen Gefühlsregungen deshalb mehr als sonst ausgesetzt.

Eine Minute verstrich, dann eine zweite. Immer noch nichts.

»Was geschieht mit ihr?«

»Nur mit der Ruhe, Darius. Die neuronalen Aktivitäten von Miss Hawling haben sich mittlerweile etwas reduziert. Es sind wieder kleinere Entscheidungsprozesse in ihrem mentalen Muster zu erkennen.«

»Weiß sie überhaupt, dass sie auf dem Weg zu mir ist?«

»Der Wunsch, Sie zu sehen, ist nach wie vor dominant ... Da, sie erhebt sich jetzt aus dem *Veloseat*.«

»Gut«, sagte Buechili erleichtert. Nun sah er sie. Unter der Flügeltür tauchte eine schlanke Gestalt auf, die ein paar unsichere Schritte machte. Sie schwenkte im Zeitlupentempo in Richtung seiner Wohneinheit und steuerte zögerlich darauf zu. Indessen schloss das Taxi die Tür und entfernte sich mit der ihm typischen Souveränität anthrotopischer Perfektion.

Buechili fokussierte den Blick, veranlasste das VINET-System, den Frontbereich unmittelbar neben der GT-Haltespur zu vergrößern. Es handelte sich bei dem Ankömmling zweifellos um Lucy. Aber dieses Gesicht! Krampfhaft starre Züge hatten es in eine Maske verwandelt, in eine Maske mit leblosen Augen, wie er anhand der gezoomten Darstellung erkannte. Auch der übrige Körper schien wenig Natürliches an sich zu haben: er bewegte sich mit geradezu befremdender Ruckartigkeit vorwärts, machte dabei kaum Fortschritte. Trotzdem lag etwas Beharrliches in dem Gang, eine Zielgerichtetheit, die im seltsamen Widerspruch zu dem einschläfernden Tempo stand, fast so, als ob die treibende Kraft und die tatsächlich aufgewandte in keinerlei Zusammenhang stünden. Das also war der kleine Rest, der von Lucys einstigem Wesen übrig geblieben war! Er kämpfte offenbar gegen eine Flut an Konflikten und ACI-Kompensationen an, arbeitete mit eisernem Willen an der Umsetzung seines Vorhabens, einem Ziel, das derzeit noch im Dunkeln lag. Von den geschmeidigen Bewegungen der früheren Virtufaktkünstlerin hatte sich nichts erhalten. Die auf Buechili zukommende Gestalt schien bestenfalls etwas mit einem *Proxybot* älterer Generationen gemein zu haben.

»Lassen Sie sich von ihrem Verhalten nicht irritieren«, erriet Lexem seine Gedanken. »Innerlich tobt und brodelt es. Sie ist wie ein Vulkan, der jederzeit ausbrechen würde, wenn wir ihn gewähren ließen.«

Es dauerte eine kleine Ewigkeit, bis Lucy endlich die Hälfte ihres Weges zur Wohneinheit zurückgelegt hatte. Während dieser Zeit setzte sich Buechili mit der Frage auseinander, was von der Begegnung mit der Nanokonvertierten zu erwarten war. In Anbetracht ihres offenkundigen Verfalls erschien ihm die Aussicht auf Erfolg nun zunehmend unwahrscheinlicher. Schon für das evidenteste Problem fiel ihm keine Lösung ein: Wie sollte er mit jemandem kommunizieren, dessen mentale Kapazität zu einem Großteil damit beschäftigt war, einen kaum beherrschbaren inneren Ausnahmezustand zu bekämpfen? Würde sie seine Anwesenheit überhaupt registrieren? Womöglich wusste sie gar nicht mehr, warum sie ihn hatte treffen wollen!

»Sie können jetzt auf sie zugehen ...«

Für einen Außenstehenden wie Matt Lexem war das freilich leicht gesagt. Ehe sich Buechili in Bewegung setzen konnte, würde dieser die Bizarrheit der Situation erst einmal emotional verarbeiten und sich über bestimmte Aspekte klar werden müssen. Aspekte wie etwa: War das vor seiner Wohneinheit die wirkliche Lucy? Oder versuchte nur ein neuronales Imitat, mit Relikten einer vergangenen Persönlichkeit den Eindruck menschlichen Handelns zu erwecken? Falls es nicht Lucy war, litt dann eine synthetische

Nachbildung unter den gedankenzermalmenden, psychischen Stürmen – ein Konstrukt, das die Illusion der Authentizität so lange wie möglich aufrechterhielt, während eine tragende Säule nach der anderen kippte? Und sollte auch das zutreffen, wäre der Kampf damit weniger real oder hatte Leiden nur Bedeutung, wenn es von einem organischen Wesen mit subjektivem Schmerzempfinden wahrgenommen wurde? Er wusste es nicht, konnte es beim besten Willen nicht sagen. Seine Überlegungen schienen das Misstrauen nur zu erhärten, das er gegen die Nanokonvertierte hegte und dem der ACI-Blocker bei voller Dämpfung bisher mangels rationaler Argumente immer bagatellisierend begegnet war. Etwas stimmte nicht an dieser künstlichen Lucy, und er hatte es von Anfang an befürchtet.

»Darius?!«

Lexems Ruf stellte ihn wieder auf den Boden der für sie geschaffenen Wirklichkeit zurück. Ob es ihm nun gefiel oder nicht, er würde das Experiment mitmachen müssen, wenn er herausfinden wollte, wie viel psychische Eigenständigkeit sich noch in der Transformierten befand. Diesen kleinen Dienst hätte die organische Lucy mit Recht von ihm erwartet.

Also setzte er sich in Bewegung, fast ebenso zaghaft wie das sich zeitlupenartig nähernde Geschöpf vor seiner Wohneinheit, überwand die spürbare Hürde, den Eingangsbereich zu passieren und ins virtuelle Freie zu treten. In der Zwischenzeit hatte Lucy etwa zwei Drittel des Weges zurückgelegt, arbeitete sich beharrlich vorwärts, ohne sein Auftauchen zur Kenntnis zu nehmen.

Durch das Schneckentempo der Nanokonvertierten schien auch die gesamte Umgebung in eine seltsame Trägheit zu verfallen, und da der *District Ring* gleichermaßen ausgestorben wirkte, entstand der Eindruck eines viel zu langsam abgespulten Films oder einer zeitlich verzerrten Wahrnehmung. Ein starkes Gefühl der Unwirklichkeit erfasste ihn, prägte dem Schauplatz eine surreale Note auf, mit dem Sujet einer Welt, die alles in ihr Ablaufende einem unfassbar gemächlichen Tempo unterwarf und in der die Zeit träge wie dickflüssiger Sirup dahinquoll. Dabei ertappte er sich, wie sein eigenes Empfinden Teil dieser Zähigkeit wurde, wodurch er so schleppend auf die Virtufaktkünstlerin zusteuerte, dass es einem Außenstehenden lachhaft vorkommen musste.

Jedes in Normalgeschwindigkeit vorbeifahrende Taxi hätte dieses Gefühl zerstört. Jedes Ereignis, das entkoppelt vom momentanen Fluss aufgetreten wäre. Doch nichts dergleichen geschah. Dafür schienen das System und die externen Beobachter gesorgt zu haben. Im Hier und Jetzt bestand die Welt nur aus Lucy und ihm, und es baute sich eine Vorfreude auf, die mit sinkender Distanz zu ihr an Intensität zunahm: eine Hoffnung auf etwas, das tief in seinen Erinnerungen lagerte. Von den ursprünglichen Zweifeln, die Buechili eben noch stark genug geplagt hatten, um seinem Unterfangen Irrelevanz oder gar Sinnlosigkeit zu unterstellen, war so gut wie nichts geblieben. Im Gegenteil, das erste Mal seit Lucys Transformation empfand er eine innere Verbundenheit mit ihr, gepaart mit der Aussicht, einen Teil von dem wiederzubekommen, das er schon für immer verloren geglaubt hatte.

Ja, und dann stand er plötzlich zwei Armeslängen vor der goldfarbenen Virtufaktkünstlerin. Beide stoppten ihre Schritte beinahe gleichzeitig, den Blick auf den jeweils anderen gerichtet, sagten kein Wort, fielen nur in diesen immerwährenden Moment des Jetzt hinein, in den gemeinsamen Schnitt zweier Leben. So kam es Buechili zumindest vor. Was in ihr ablief, war unmöglich zu durchschauen. Sie sah ihn mit großen Augen an, ließ Erinnerungen an ein kleines Mädchen aufkommen, an eine Abenteurerin, die zum ersten Mal einer der vielen irdischen Kleinigkeiten auf den Grund geht und sich so fasziniert darüber zeigt, dass sie eine übermenschliche Verzauberung erfasst, etwas, in dem die Energie für eine Umwälzung ganzer Welten steckt. Oder für deren Entstehen. Was für ein Glanz in diesen goldschimmernden Augen! Was für eine Ausstrahlung! Fast wie jene Lucy, die er vor Jahrzehnten an den *BioBounds-Extender* verloren und die mit ihm und dem künstlichen Ponti-Geschöpf Szenen einer virtuellen Kindheit verbracht hatte.

»Erstaunlich!«, hörte er im Hintergrund Lexems kehlige Stimme. »Ihre neuronalen Aktivitäten beruhigen sich.«

Buechili ging nicht darauf ein. Er las Lucys Zustand aus ihrem

Gesicht ab und gewahrte erstmalig einen Ausdruck darin, wie er ihn von früher kannte. Würde er es schaffen, die eingekerkerte Kernpersönlichkeit in ihr zu befreien? Die ursprüngliche Ganzheit zusammenzusetzen?

»Lucy«, flüsterte er, seine Hände auf ihre Schultern legend.

Da: Huschte nicht eben eine Bewegung über ihre Lippen, oder spielte ihm seine Wunschvorstellung einen Streich? Nein, er hatte richtig gesehen. Sie lächelte tatsächlich. Lucy lebte! Und sie zeigte nicht die kühle Mimik der Nanokonvertierten, sondern das warme Lächeln von einst.

Doch der Moment währte nur kurz. Noch ehe er darauf reagieren konnte, lief ein starkes Zucken durch ihren Körper. Gleichzeitig verzerrte sich ihr Gesicht und spannten sich die Glieder. Erschrocken zog Buechili die Hände zurück. Er war hilflos, wusste nicht, was er tun sollte.

»Ein neuerlicher Konflikt«, stellte Lexem wie beiläufig fest. »Kein Grund zur Beunruhigung. Miss Hawling hat so etwas schon dutzendmal durchgestanden. Es ist zwar unangenehm, aber man stirbt nicht daran.«

Buechili war fassungslos. Nicht allein Lexems Aussage wegen, sondern auch, weil er untätig mit ansehen musste, wie Lucy vor seinen Augen kollabierte und wie sich die Züge ihres goldfarbenen Gesichts versteinerten.

»Lucy, was ist mit dir?!«, rief er, während er versuchte, ihren bis zum Äußersten angespannten Körper durch Rütteln wieder aus seiner Verkrampfung zu lösen. Der Lauf der Welt um sie herum schien nun vollständig angehalten zu haben. Nichts außer ihrer Qual und seiner Sorge darüber existierte in diesem Augenblick.

»Merkwürdig«, kommentierte der Mediziner nach einer Weile ungerührt und revidierte damit seine frühere Einschätzung. »Die Intensität ist höher als alles, was wir bisher gesehen haben.«

»Ich würde mir etwas mehr Mitgefühl erwarten, Mister Lexem!«, eiferte sich Buechili. »Lucy Hawling ist ein Mensch und keine Maschine!«

Der Angesprochene ignorierte ihn und fuhr im selben Plauderton fort: »Sie scheint sich vollkommen von der Außenwelt zurückgezogen zu haben. Und was noch schlimmer ist: ACI-Blocker und Konfliktinhalte verbrauchen über neunundneunzig Prozent ihrer kognitiven Kapazität! Zum Teil sind sogar Kleinhirnregionen betroffen. Mich wundert nur, wie sie sich in diesem Zustand auf den Beinen halten kann ...«

Durch die Drosselung der Psychodämpfung wurde Buechili die Aussichtslosigkeit der Situation überdeutlich bewusst. Und als Zugabe stand eine gleichsam zur Säule erstarrte Lucy vor ihm.

Matt Lexem räusperte sich und meinte: »Auch *Ihre* psychische Belastung macht mir allmählich Sorgen, Darius. Vielleicht sollten wir Ihren Blocker auf den normalen Modus umstellen.«

Als ob das jetzt noch eine Rolle spielte! An den momentanen Umständen würde sich dadurch nicht das Mindeste ändern. Außerdem empfand er aus unerfindlichen Gründen das Bedürfnis, seinen Schmerz mit minimaler Filterung zu ertragen. Er *wollte* leiden, so leiden, wie Lucy es in diesem Augenblick tat.

»Das hängt ganz davon ab, ob wir zu Plan B übergehen«, versetzte er mit einer Entschlossenheit, die ihn selbst überraschte.

Lexem schwieg. Vermutlich diskutierte man im Hintergrund über die verbleibenden Optionen. Währenddessen trat Buechili dicht an die Nanokonvertierte heran, die gleichsam durch ihn hindurch zu starren schien.

»Lucy!? Hörst du mich?«

Schweigen. Im Vergleich dazu hatte sie vorhin, als sie im Zeitlupentempo aus dem Taxi gestiegen war, noch quicklebendig gewirkt. Ein Gedanke blitzte in ihm auf, der ihn unangenehm berührte. Aber er war zu wichtig, um ihn zu ignorieren. Konnte es sein, dass ihre Basispersönlichkeit den nahenden Totalkollaps gespürt und die letzten Kräfte mobilisiert hatte, um sich von Buechili zumindest auf nonverbale Weise zu verabschieden? Dass der einzige Sinn und Zweck ihrer Begegnung in einer durch und durch menschlichen Zielsetzung gelegen hatte? Denkbar wäre es, obwohl eine solche Emotionalität Lucys nanokonvertierter Natur – falls man es so bezeichnen wollte – widersprochen hätte. Vielleicht relativierte sich die Diskrepanz auch, wenn man unterstellte, dass ihr ursprüngliches Wesen zu einer Subkomponente des transformierten Bewusstseins geworden war, die sich in Form eines *Psychic Storms* sukzessive nach oben gekämpft hatte. Doch lag darin der Beweis für eine Identität der früheren Persönlichkeit mit ihrer synthetischen Nachfolgerin? Oder ergab sich das Phänomen als Konsequenz einer flächendeckenden Simulation, die selbst jene Residual-Individualitäten abdeckte, welche dem neuen Ich hinderlich waren?

»Das Experiment ist zwar nicht so gelaufen, wie wir es uns erhofft haben«, unterbrach Lexem seine Überlegungen, »aber es hätte schlimmer kommen können. Immerhin wissen wir jetzt, dass in Miss Hawling das Potenzial steckt, mit ihren mentalen Konflikten umzugehen.«

»Ja, eine Erkenntnis, für die sie einen hohen Preis zahlen musste: die vollkommene psychische Destabilisierung«, gab Buechili zurück.

»Das ist nicht gesagt. Sie hatte schon vorher jeglichen Kontakt zur Außenwelt eingestellt. Möglicherweise wäre sie früher oder später von allein in diesen Zustand abgerutscht.«

»Während wir hier diskutieren, könnte sich ihre Lage weiter verschlimmern. Sollten wir nicht lieber zu Plan B übergehen?«

»Sie wissen doch noch gar nicht, worauf sie sich da einlassen! Plan B bringt zusätzliche Gefahren mit sich.«

»Inwiefern?«

»Nun ja, im Gegensatz zum jetzigen Szenario würde dann Miss Hawling – und nicht wir – das Umfeld konstruieren, in dem Sie sich befinden. Verstehen Sie? Damit bieten wir ihr die Möglichkeit, sich nach Belieben auszudrücken ... inklusive der Konfliktinhalte, die sie beschäftigen.«

»Und was macht Sie so sicher, dass sie das tun wird?«

»Wenn Sie mich schon so direkt fragen: nichts! Es wäre ein Versuch, und wir müssten es darauf ankommen lassen. Vielleicht finden wir auf diese Weise mehr über die *Psychic Storms* heraus und können geeignete Gegenmaßnahmen entwickeln.«

Buechili starrte unschlüssig auf die reglose Gestalt vor sich und schüttelte den Kopf. »Sehen Sie sie doch an, Matt! Sie ist vollkommen teilnahmslos. Es wird sich nicht das Geringste tun!«

»Ja, und deshalb würden wir auch den Blocker vollständig deaktivieren ...«

»*Meinen* Blocker?«

»Nein, nicht Ihren. Lucy Hawlings Blocker!«

Es dauerte etwas, bis er die Worte des Mediziners und deren Tragweite zur Gänze erfasste. »Wie bitte!?«

»Die Psychodämpfung verbraucht ihre gesamte mentale Kapazität. Das ist der Grund, warum Miss Hawling jetzt wie eine Steinsäule vor Ihnen steht.«

Er konnte nicht glauben, dass man diese Option überhaupt in Betracht zog! »Sie schlagen mir ernstlich vor, mich in eine Welt versetzen zu lassen, die von einem psychisch instabilen Bewusstsein gestaltet wird? Noch dazu von einer Künstlerin, die oftmals ihre dunkelsten Seiten in ihren Virtufakten ausgelebt hat? Wissen Sie, was Sie da von mir verlangen?!« Er schrie seine Frage förmlich hinaus, aber Lexem hatte angesichts des reduzierten Blockers mit so einer Reaktion wohl bereits gerechnet.

»Beruhigen Sie sich, Darius. Wir würden Sie nicht schutzlos in eine solche Umgebung transferieren. Rund um Sie herum gäbe es einen Schild, den nur Licht und Schall durchdringen können. Sie wären absolut sicher darin.«

Buechili schnaubte verächtlich. Er hätte gern gesehen, wie sich einer dieser Leute mit gedrosseltem ACI-Blocker in den unheilvollen Welten anstellte, die Lucy zu schaffen imstande war, nur durch einen Schild getrennt!

»Außerdem könnten Sie Ihre Psychodämpfung jederzeit anheben, sobald es Ihnen zu viel wird. Und wir verfügen über einen Sicherheitsmechanismus, der Sie bei Erreichen eines bestimmten Stresslevels automatisch aus dem Szenario rausnimmt.«

»Wie einladend!«, spottete Buechili.

Lexem seufzte. »Wenn Sie das vor derartige Probleme stellt, dann lassen Sie es. Es zwingt Sie keiner dazu. Wir können den Versuch auch ohne Sie durchführen. Die Aussichten auf eine Kontaktaufnahme mit Miss Hawlings Kernbewusstsein sind in einem solchen Fall zwar erheblich geringer, aber wir würden das verstehen.«

Das gefiel ihm ebenso wenig, obwohl er sich schwer damit tat, hierfür eine rationale Erklärung zu finden. Hinter all seiner Unsicherheit steckte zweifelsohne der reduzierte Betriebsmodus des ACI-Blockers. Er hinderte ihn daran, sich von seinen emotional verhafteten Vorstellungen zu lösen und eine objektive Sichtweise einzunehmen. Buechili entschied sich, die Effektivität der Psychodämpfung für einen Moment anzuheben.

Und tatsächlich, bei nüchterner Betrachtung – unter stärkerer Kontrolle des Blockers – schrumpften die Risiken zu einem Bruchteil ihrer eben noch wahrgenommenen Größe zusammen. Zwar verschwanden dadurch die mit Plan B verbundenen Gefahren nicht zur Gänze, weil sich die Umstände in Lucys Fantasien in eine für ihn ungünstige Richtung entwickeln konnten, aber die vorhandenen Sicherheitsmechanismen schienen mehr als ausreichend zu sein. Alles in allem ein Ansatz, der durchaus Aussichten auf Erfolg bot, wie er jetzt fand.

»Planen Sie, Lucys Blocker sofort zu deaktivieren, oder geschieht das schrittweise?« Seine Stimme klang ruhiger als zuvor.

»Wir glauben, dass eine schrittweise Drosselung kontraproduktiv für den psychischen Regenerationsprozess sein könnte, insbesondere, wenn sich Residuen ausbilden, die ein zusätzliches Gegenpotenzial schaffen.«

»Hm. Das wäre natürlich denkbar.«

Lucy stand immer noch wie angewurzelt vor Buechili. Nichts an ihr vermittelte den Eindruck, dass in ihrem Inneren ein mentaler Sturm von unvorstellbarem Ausmaß wütete.

»Also, Darius, dürfen wir auf Ihre Mithilfe zählen?«

»Nur wenn dadurch die Aussicht besteht, sie zurückzuholen«, antwortete Buechili.

»Die besteht. Andernfalls würden wir das Experiment gar nicht erst vorschlagen.«

»Dann sollten wir es wagen.« Er wandte sich von Lucy ab. »Wann geht es los?«

»Sobald Sie dazu bereit sind. Vielleicht wäre vorher eine kurze Pause angebracht. Miss Hawling läuft uns nicht davon…«

»Nein, bringen wir es hinter uns.«

»Übertreiben Sie es nur nicht! Niemand weiß, was Sie genau erwarten wird!«

Buechili nickte. »Schon gut. Im schlimmsten Fall wird mich der Notaus in die Wirklichkeit zurückkatapultieren.«

Er drosselte die Psychodämpfung ein zweites Mal in dieser VINET-Sitzung und wartete, dass sich sein Inneres an die neuen Verhältnisse anpasste. Wie immer, wenn die mentale Kontrolle des ACI-Blockers nachließ, spürte er zunächst keine Veränderung. Ein Gedanke löste den nächsten ab, führte zu Assoziationen, denen weitere entsprangen. Erst mit der Zeit webten sich emotionale Färbungen ein, die zuvor noch nicht da gewesen waren, ein leichter Hang zu Grübeleien ohne klare Fokussierung, ein Interesse an schwer zugänglichen Gedankenkonstrukten und an ihren dunklen, gleichsam von den Ausläufern tiefenpsychologischer Strömungen benetzten Unterseiten. Daraus ergaben sich Tendenzen, in denen der Ansatz für Befürchtungen und düstere Ahnungen deutlich wurde, Keime, die im Falle einer ungedrosselten Psychokompensation nicht spürbar gewesen wären und nun kleinere Kausalketten ausbildeten, mit teilweise unangenehmen Folgen. Dieser sukzessiv sich entwickelnde, von schwachen Ängsten und Unruhe begleitete Seelenzustand war es, der erneut Bedenken über sein Vorhaben anmeldete, in ein Gefühl der Beklemmung resultierte. Ein kühnes Unterfangen, wie er meinte, in die Welt einer psychisch instabilen Persönlichkeit einzutreten, eines Wesens, von dem niemand wusste, ob es überhaupt noch etwas Menschliches an sich hatte.

»Ich bin bereit«, verkündete er mit größerem Optimismus, als er ihn empfand. »Beginnen wir!«

Kaum hatte er das gesagt, kippte die Umgebung und er fand sich in einer Welt wieder, die aus nichts anderem als einer sandigen Ebene und einem grauen Winterhimmel ohne Sonne und Wolken bestand, ein trostloser Anblick. Wahrscheinlich war der monotone Hintergrund als Basiskulisse gewählt worden, um in der Nanokonvertierten ein möglichst starkes Bedürfnis nach Veränderung aufkommen zu lassen.

»Wir demonstrieren Ihnen nun die Wirksamkeit Ihres Schutzschildes«, meldete sich Lexem. »Richten Sie Ihren Blick nach Nordwesten, auf die markierte Position im Geo-Assistenten – bei exakt dreihundert Grad.«

Buechili blendete das digitale Kompassdisplay in den obersten Bereich seines Sichtfeldes ein und drehte den Kopf in die angewiesene Richtung.

»Von dort wird ein raketenartiger Flugkörper geradewegs auf Sie zuschießen, in einer Höhe von circa einem Meter über dem Boden. Doch seien Sie unbesorgt! Ihnen kann nichts geschehen. Ihr Schild wird Sie schützen.«

Noch bevor Buechili Einwände erheben konnte, sah er auch schon ein kleines, rundes, glänzendes Etwas auftauchen, das zunächst wie eine defekte Stelle in seiner Retina wirkte, aber schnell und immer größer werdend näher kam.

»Verdammt!«, fluchte er, in Gedanken den medizinischen Leiter für diese Horroridee mit brennendem Pech übergießend.

»Versuchen Sie erst gar nicht, dem Flugkörper auszuweichen! Er würde automatisch seinen Kurs korrigieren.«

Trotz seines Wissens um den Schutzschild kam sich Buechili wie ein Beutetier vor, das man auf Rücken und Bauch markiert hatte, und er fühlte ein unangenehmes Kribbeln auf seinem virtuellen Körper.

Lexem hatte wohl einen Blick auf die Kreislaufparameter geworfen, denn er mokierte sich: »Ihr Adrenalinspiegel ist die reinste Lachnummer! Wozu die Angst? Für das System sind Sie praktisch gar nicht vorhanden. Sie werden nicht das Geringste spüren. Also machen Sie sich auf Ihren Scheinabschuss gefasst!«

Das war leicht gesagt. Der mit rasender Geschwindigkeit herannahende Flugkörper war Fakt. Der Schild hingegen konnte visuell nicht wahrgenommen werden. Und Buechili hatte genügend VINET-Sitzungen erlebt, in denen Schmerzen Teil der Simulation gewesen waren, wenn man es darauf angelegt hatte.

»Kontakt in vier Sekunden … drei … zwei …«

Wie ein Blitz schoss die Lenkwaffe an ihn heran, ohne Details erkennen zu lassen. Für einen Moment glaubte er, ihre kegelförmige, schimmernde Spitze zu sehen, ein kleines böses Auge vor einer sich vergrößernden Wolke aufgewirbelten Untergrunds; im nächsten war das Objekt bereits durch ihn hindurchgegangen. Er hielt den Atem an und schloss die Lider.

»Der Staub wird durch Ihren Schild abgeblockt«, bemerkte Lexem. »Wie schon gesagt, Sie sind nur indirekt mit der Welt um Sie herum verflochten. Deshalb ist das Ding auch nicht durch Sie, sondern bloß durch Ihr Abbild geflogen.«

Buechili öffnete vorsichtig die Augen. Es stimmte! Die Staubpartikel verdunkelten zwar das Umfeld, doch er war unversehrt geblieben, mehr noch: er hatte von dem *Durchschuss* überhaupt nichts wahrgenommen!

»Außerdem, wären Sie auf herkömmliche Weise in das Geschehen eingebunden gewesen, dann hätte die Stoßwelle des Flugkörpers Sie – oder das, was von Ihnen übrigblieb – längst in der Umgebung verteilt!«

Das leuchtete ein.

»Sie sehen also: Ihr Schild ist wie ein schützender Kokon. Er lässt nur harmlose Wechselwirkungen zu, etwa Wind, akustische Signale oder unkritische physische Kontakte.«

»Physische Kontakte?«

Lexem lachte. »Ich wusste, dass Sie sich daran stoßen würden. Keine Sorge! Das System ist intelligent. Durch die Neurokopplung findet es heraus, ob Sie einen Kontakt wünschen oder nicht. Ihr Vorhaben muss eindeutig und die Tuchfühlung gefahrlos für Sie sein, damit es die Aktion toleriert.«

»Verstehe.«

»Sind Sie nun davon überzeugt, dass unsere Vorkehrungen ausreichen werden?«

Er hätte liebend gern Nein gesagt, aber das wäre reine Bosheit gewesen. De facto hatte diese kleine Demonstration mehr bewirkt, als er sich eingestehen wollte. Seine Befürchtungen waren beträchtlich geschrumpft. »So überzeugt, wie man unter diesen Umständen nur sein kann«, erwiderte er.

»Schön! Dann wollen wir jetzt Miss Hawling ins Spiel bringen.«

Lexem versetzte den Schauplatz in seinen Anfangszustand,

wodurch von einem Moment zum anderen der aufgewirbelte Staub verschwand und Buechilis Sicht wieder frei wurde. Wenig später erschien Lucy, nur ein paar Meter von ihm entfernt. Der Haltung nach zu urteilen, hatte man sie direkt aus der letzten Simulation heraustransferiert. Sie stand immer noch apathisch vor ihm, eine in einem dunklen Anthrotopiaoverall gekleidete Wachträumerin mit weit geöffneten, teilnahmslosen Augen. Von dem Umgebungswechsel schien sie nichts mitbekommen zu haben, denn sie würdigte die Szenerie keines Blickes.

»Ich sehe sie«, flüsterte Buechili unnötigerweise. »Lucy?«, sprach er sie an, in der Hoffnung, mit dem veränderten Umfeld vielleicht neue Voraussetzungen für einen verbalen Brückenschlag vorzufinden.

Wieder prallte sein Kontaktversuch wirkungslos ab.

»Nichts«, seufzte er.

»Das war zu erwarten«, konstatierte Lexem nüchtern. »Ihre neuronalen Muster sind unverändert. Wir schalten jetzt – wie besprochen – die ACI-Begrenzung ab.«

61: Entfesselte Psyche

Trotz des Schildes konnte sich Buechili eines mulmigen Gefühls nicht erwehren. Mit der vollständigen Abschaltung von Lucys Psychodämpfung würde gleichsam ein riesiger Damm, hinter dem sich über Jahrzehnte hinweg Seelenmaterial angesammelt hatte, bersten. Eine solch abrupte Aktion blieb gewiss nicht ohne Konsequenzen und wäre auch für organische ACI-Blocker-Träger gefährlich gewesen. Buechili wusste, dass er sich mit dem Experiment auf dünnes Eis begab.

Die Wirkung der Blockerabschaltung folgte unverzüglich. Wie ein starker Stromschlag jagte plötzlich eine schockartige Welle durch ihren Körper, eine Urkraft geballter Energie, der sie keinen Widerstand entgegensetzen konnte. Gleichzeitig erstarrte ihr Gesicht zu einer Grimasse, aus der die Intensität ihres Leidens ungeschönt hervorging, während ihre Augen jeglichen Ausdruck verloren.

»Deaktiviert«, sagte Lexem der Vollständigkeit halber.

»Ich sehe es!« Buechili hatte den Satz gerade beendet, da gab die Nanokonvertierte ein schwaches Krächzen von sich, ähnlich einem Erstickenden, der noch etwas zu sagen hat, aber dem die Luft dazu fehlt, sich zu artikulieren. Sie versuchte es erneut, warf daraufhin schmerzverzerrt den Kopf zurück und verfiel in heftiges Zittern.

»Alles läuft wie erwartet«, kommentierte der Leiter des medizinischen Systems mit der Geschäftigkeit eines observierenden Wissenschaftlers. »Nach einem anfänglichen Abfall der neuronalen Aktivitäten auf ein Minimum steigen jetzt die Konflikte exponentiell an, und das wirkt sich auf den gesamten Kortex aus.«

Im realen Leben hätte Buechili längst auf Lucys Qualen reagiert: Er wäre auf sie zugegangen, hätte ihre Schultern berührt, vielleicht auch ihre Hände genommen und ihr zugeredet – mehr konnte man sich von einem Anthrotopier nicht erwarten. Aber hier war es anders. In diesem Umfeld, in dem die Virtufaktkünstlerin selbst an den Hebeln saß, um Einfluss auf das Geschehen zu nehmen, hätte eine solche Aktion jede Wirkung zeitigen können. Mit ihrem psychischem Potenzial war Lucy wie eine scharfe Bombe, die durch eine voreilige Handlung, eine Einmischung oder eine emotionale Erschütterung unversehens losgehen konnte. Eine höchst gefährliche Persönlichkeit, egal, ob sie nun Freund oder Feind war. Und im Prinzip brauchte man sie gar nicht erst anzustoßen, dachte Buechili. Die Kernschmelze lief bereits vor seinen Augen ab. Unaufhaltsam. Nur zeigte sie bisher – außer dem deutlich sichtbaren körperlichen Kollaps – keinen Niederschlag im virtuellen Umfeld.

Dann kam es zu einer jähen Veränderung. Der graue Winterhimmel über ihnen wich einer Helligkeit, die wie ein Sonnenaufgang im Zeitraffer das gesamte Land erfasste. Dabei gab die unter Anspannung stehende Künstlerin ein keuchendes Geräusch von sich, als ob damit eine neuerliche Konfliktwelle einherginge. Gleichzeitig stieg die Außentemperatur an. Diese akustischen und thermischen Eindrücke ließ der Schild also zu, folgerte Buechili. Auch die Lichtstärke intensivierte sich, tauchte die Welt in kontrastreichere Farbtöne – eine willkommene Abwechslung zu den düsteren Nuancen zuvor – und begann schließlich, an exponierten Flächen Reflexionen zu erzeugen. Schon bald war die Gegend von gleißenden Strahlen überflutet.

»Wie sieht ihr Neuronalmuster aus?«, fragte er mit einer merkwürdigen Mischung aus Hoffnung und Sorge darüber, dass Lucy nun in der Lage zu sein schien, aktiv in das Geschehen einzugreifen.

»Ziemlich chaotisch. Vermutlich eine Folge des letzten *Psychic Storms*, der jetzt ungehindert Fuß fassen kann. Es kommen immer neue Turbulenzen aus dem Unbewussten nach. Jede von ihnen will sich verwirklichen.«

»Und der Umgebungswandel hier?«

»Stammt von Miss Hawling selbst. Er weist darauf hin, dass sich ein kleiner Teil ihrer mentalen Kapazität von den Konflikten lösen konnte. Ein positives Zeichen.«

Ja, von der sicheren Außenwelt aus gesehen war das freilich positiv, dachte Buechili.

»Ihr Schild wird Sie schützen, falls die Änderungen gravierender ausfallen sollten«, versuchte Lexem, seine Befürchtungen zu zerstreuen.

Währenddessen hatte die virtuelle Interaktionsumgebung Buechilis Bemühen erkannt, die Vorgänge genauer verfolgen zu wollen und einen *Shading Layer* appliziert, der die Lichtintensität dynamisch senkte. Dadurch wurde die Landschaft für ihn dunkler.

»Können wir nicht etwas gegen diese Gluthitze unternehmen? Wenn das so weitergeht …«

»Schon erledigt. Ihr Schutzsystem hat eben eine Temperaturschranke für Sie aktiviert. Es wird nicht mehr heißer werden. Sollen wir den ursprünglichen Zustand wiederherstellen?«

Er dachte kurz darüber nach. »Nein. Das würde mich zu sehr von Lucys Welt abkapseln. Belassen wir es so, wie es ist.«

»Gut, wie Sie meinen.«

Das Gleißen um ihn herum stieg weiter an und mit ihm die Hitze: fünfundvierzig Grad, fünfzig, fünfundfünfzig. Sechzig! Er fragte sich, wie die Nanokonvertierte mit diesen Umständen fertig wurde, wenn ihm bereits die geblockten vierzig Grad fast unerträglich vorkamen. Nirgendwo waren Schatten auszumachen, so, als ob die Strahlen von allen Seiten kämen. Buechili riskierte einen kurzen Blick zum Himmel, darauf vertrauend, dass sich sein *Shading Layer* automatisch nachstellte – was er auch tat –, und konnte keine spezifische Lichtquelle entdecken. Das gesamte Firmament war von einer gleichförmigen Helle erfüllt.

Irgendwann erreichten Temperatur und Einstrahlung ein Ausmaß, ab dem sie nur noch gebremst weiterstiegen, sodass die Umgebung langsam, aber sicher einem Kulminationspunkt entgegensteuerte. An Lucys Verhalten änderte das allerdings nichts: Sie stand nach wie vor mit zurückgeworfenem Kopf da, völlig entrückt vom Geschehen um sich. Eine mit unsichtbaren Mächten verschmolzene Schöpferin, vielleicht die erste synthetische Lebensform, die dem Menschsein zu entfliehen trachtete.

Daraufhin jagte eine neue Stoßwelle durch ihren Körper. Er ging einen Schritt auf sie zu, um sie zu beruhigen, hielt jedoch inne, als er sich das brisante Naturell seines Umfelds sowie die Instabilität von Lucys derzeitigem Seelenzustand bewusst machte.

Sollte er den Versuch dennoch wagen? Andererseits, wenn er es nicht tat, wofür war seine Anwesenheit dann gut?

»Kann ich sie berühren?«, fragte er Lexem.

»Es spricht nichts dagegen.«

»Obwohl ich nur lose mit dieser Welt verflochten bin ...?«

»Das ist kein Problem. Wie schon gesagt, wir haben Ihren Schild so eingestellt, dass er ungefährliche Wechselwirkungen mit der Umgebung zulässt.« Es klang, als ob Lexem mit seinen Ausführungen noch nicht alles offenbart hätte. Und tatsächlich fügte er hinzu: »In einem realen Umfeld wären Sie jedoch besser dran, Miss Hawlings Nähe zu meiden.«

Buechili wurde hellhörig. »Wieso?«, gab er zurück.

»Sie ist glühend heiß und emittiert eine tödliche Dosis an Strahlung.«

»Und das hält ihr Körper aus?«

Der Mediziner schnaubte amüsiert. »In ihrer Welt hat sie volle Kontrolle über Naturgesetze und Umweltbedingungen. Es obliegt ihr, ob sie es aushält oder nicht.«

Natürlich, dachte Buechili. Lucy steuerte ja den Verlauf des Geschehens selbst. Vermutlich reflektierte sich in der hohen virtuellen Körpertemperatur die immense Energieumsetzung ihrer kognitiv gesteigerten Verarbeitung.

»Ihr Schild ist immer noch aktiv, Darius. Sie können sie bedenkenlos anfassen, wenn Sie möchten.«

Doch dazu kam es nicht. Von einem Moment auf den anderen fiel plötzlich jegliche Anspannung von Lucy ab und sie begann, den Kopf wieder gerade zu richten. Gleichzeitig brach die Helligkeit der Umgebung ein, wodurch der *Shading Layer* durchlässiger wurde.

»Warten Sie!«, rief Lexem. »Ihre neuronalen Aktivitäten haben sich jetzt substanziell verändert.«

»Was meinen Sie damit?«

»Sie treten nun wesentlich verstreuter in allen Ebenen des Gehirns auf. Es sieht ganz so aus, als ob sich die Konflikte splitten würden ...«

Buechili war sich nicht sicher, ob er Lexems Worte richtig interpretierte. Wenn sich ihre Konflikte aufteilten, wurden sie dann nicht unweigerlich schwächer? Oder blieb Lucy außerstande, auf Kontaktversuche einzugehen?

Seine Überlegungen relativierten sich in dem Moment, da er ihre Augen sah. Anders als vorher waren sie jetzt nicht nur apathisch und leer, sondern hatten auch ihren goldfarbenen Glanz verloren, wirkten stumpf wie unbearbeitete Messingkugeln. Darüber hinaus quoll aus der Stirn eine dickflüssige schwarze Substanz, lief träge den Nasenrücken entlang, um von dort in dünnen Fäden auf den Boden zu tropfen.

»Was geschieht hier?«, wandte sich Buechili an Lexem. »Ist sie ... immer noch aktiv?« Er wollte nicht direkt danach fragen, ob sie nach wie vor am Leben sei, da er sich bei gedrosselter Psychodämpfung mit der gegenteiligen Vorstellung einfach nicht abfinden konnte. Aber ihr entseeltes Starren vermittelte den Eindruck, als ob sie den Kampf gegen die psychischen Attacken nun endgültig aufgegeben hätte.

»Solange Sie Veränderungen in Ihrem virtuellen Umfeld bemerken, stammen sie von Lucy Hawling«, erklärte der andere geduldig. »Und was ihren derzeitigen Zustand betrifft, so scheint sie sich in einer Art Transitionsphase zu befinden.«

Indessen hatte die Landschaft ihr blendendes Leuchten verloren und war auf dem Weg, normale Verhältnisse anzunehmen. Dasselbe traf auf die Außentemperatur zu: sie unterschritt allmählich den für Buechili festgelegten Maximalwert von vierzig Grad und sank weiter.

Er wusste nicht, warum, doch glaubte er, einen Zusammenhang zwischen der Wunde auf Lucys Stirn und dem Energieverlust der Umgebung zu registrieren. Der Anblick jener dunklen Masse, die nun ergiebig hervortrat, drang jedenfalls tief genug in die Psyche des schwach ACI-geblockten Buechili ein, um einen dumpfen Schmerz an derselben Stelle bei ihm auszulösen, so, als ob er unter einer ähnlichen Verletzung zu leiden hätte wie die Virtufaktkünstlerin. Die Einbildung war dermaßen echt, dass er sogar ein paar Tropfen auf seinem Nasenrücken herablaufen spürte.

Um welche Substanz es sich dabei wohl handelte? *Aurufluid*

konnte er ausschließen, denn das wäre durch die Goldfärbung eindeutig zu erkennen gewesen. Diese Flüssigkeit hingegen quoll wie zähes, altes Maschinenöl der präannexeanischen Zeit aus der Wunde. Er machte einen Schritt vorwärts, sah genauer hin: In dem dickflüssigen Etwas schien ein inhärentes Bestreben zu liegen, mit dem Körper der Nanokonvertierten verbunden zu bleiben. Es klammerte sich mit unsichtbaren Tentakeln an ihre synthetische Haut, kämpfte in länger und länger werdenden Fäden gegen die Schwerkraft an, bis diese schließlich abrissen und zu Boden klatschten.

Und als ob das nicht schon schlimm genug gewesen wäre: Die dunkle Masse um ihre Füße herum versickerte nicht einfach im Grund, sondern bildete eine Lache, die sich, wie er mit Grauen feststellen musste, in konstanter Bewegung befand. Die Ursache hierfür offenbarte sich schnell, auch wenn seine Psyche sie nur allzu gern aus dem Bewusstsein verbannt hätte: Dort zuckte ein Biotop mit wurm- und asselartigen Gedankengeschöpfen, ein krabbelndes, sich windendes Geschmeiß, das begierig vom Seelenblut der Nanokonvertierten trank. Buechili wich unwillkürlich zurück, weil er nicht mit den schauerlichen Kreaturen in Berührung kommen wollte.

Was, in aller Welt, war das?! Warum gipfelten Lucys psychische Konflikte in solch obskuren Daseinsformen? Wahrscheinlich musste man diese grotesken Fantasien als Vorboten ihres endgültigen Kollapses sehen, dachte er, eine weitere Bestätigung für seine Empfindung, die er gespürt hatte, als ihm zuvor ihre toten Augen aufgefallen waren.

Die abnehmende Lichteinstrahlung hatte mittlerweile das Niveau eines wolkenlosen Sommertages unterschritten und ging rasch in ein abendliches Dämmern über. Buechili verfolgte mit Abscheu, wie immer mehr von der zähen Substanz aus Lucys Stirn quoll, wie die Lache um sie herum größer und größer wurde und wie sich Tausende von kriechenden Geschöpfen an ihre Beine klammerten, eine sich in widerwärtigen Zuckungen regende Masse. Etwas an der Art, in der die Künstlerin dem Geschehen ausgeliefert war, und die darin enthaltene Dramatik bewirkten in ihm eine Resonanz. Doch seine Bemühungen, sie zu verstärken, blieben ohne Erfolg.

Unterdessen waren zu der Wunde auf ihrem Kopf weitere hinzugekommen, sodass sich Verästelungen von Strömen bildeten, die mit deutlichen Geräuschen zu Boden klatschten. Nach allen Seiten hin lief die von schauderhaftem Getier durchsetzte zuckende Substanz auseinander, breitete sich mehr und mehr in der Szenerie aus, umfloss schon bald auch Buechilis Standfläche. Zum Glück verhinderte sein Schild eine direkte Berührung damit.

Dann wurde es dunkel und Lucy tauchte in einen Schleier der Verklärung, durch den das grauenhafte Treiben unter Verschluss gehalten wurde. Als schließlich eine tiefe Finsternis hereinbrach, so intensiv, dass Buechili nicht länger die Umrisse seines eigenen virtuellen Körpers sah, war die Verhüllung perfekt. Er fühlte Beklemmung in sich aufsteigen, Angst vor etwas, das er nicht erblicken konnte, das aber trotzdem da war. Warum hatte sie aus allen denkbaren Optionen gerade diese eine ausgewählt?, fragte er sich. Wollte sie kaschieren, was in ihr ablief? Ihm vorenthalten, wie sie ein Meer aus niederen Daseinsformen speiste, wie sie jahrzehntelang unterdrückten Seelenkeimen ihres Unbewussten zu Leben verhalf? Er spürte einen Luftzug aus jener Richtung, wo Lucy stand, vernahm undefinierbare Nagegeräusche, dazwischen Stille, so, als würden die Verursacher einem singulären Willen gehorchen.

»Sie brauchen sich nicht im Dunkeln aufzuhalten«, sprach ihn Matt Lexem an. »Wenn Sie Licht möchten, können Sie es über die Regler in Ihrer VINET-Konsole zuschalten.«

In Kombination mit den surrealen Motiven erinnerte ihn die Stimme des Mediziners an die eines omnipräsenten Wesens, das den Verlauf der Begegnung aus einer Perspektive jenseits des Firmaments beobachtete. Der Anflug von Fürsorge, der in ihr mitschwang, wollte nicht so recht zu der Vorstellung jenes kühlen, ACI-geblockten Mannes passen, den der Anthrotopier eigentlich repräsentierte. Und da Buechili keinerlei Reaktion zeigte, fuhr die Stimme fort: »Der Regler sorgt für gedimmtes Licht ... aber nur für Sie; Miss Hawling wird davon unbeeinflusst bleiben.«

Er nickte schweigend, ohne sich darüber im Klaren zu sein, ob Lexem seine Geste überhaupt erfasste. Furcht hielt ihn davor zurück, seine Position durch eine unnötige Äußerung zu verraten oder auch nur den Verdacht zu erwecken, dass es neben Lucy eine weitere anthropomorphe Lebensform in dieser Welt gab. Wieder erhaschte er den Ausläufer einer Erinnerung, und wieder strengte er sich an, sie festzuhalten. Ein lautes Schmatzen lenkte ihn ab, ließ das Bild eines Tieres vor seinem geistigen Auge aufsteigen, das sich an einem Kadaver satt fraß, mit aller Kraft daran zerrte und riss. Sollte Buechili tatsächlich den Lichtregler benutzen, um zu sehen, was da im Finstern ablief? Er hätte der Neugierde nur zu gern nachgegeben. Was aber, wenn er durch das Licht den Blick auf das Wesentliche verlor? Wenn Lucy für die Vermittlung ihrer Botschaft die Dunkelheit brauchte?

Da, ein Scharren unmittelbar neben ihm. Und zu seiner Linken leises Tasten. Eine Armada von Skorpionen vielleicht – oder eine Hundertschaft Riesenasseln. Daraufhin scharfes Zischen. Er widerstand der Versuchung, sich von der Stelle zu rühren, trotz des zunehmenden Kribbelns, das er an Armen und Beinen spürte, ein rein psychisches Phänomen, sagte er sich. Wovor hatte er Angst? Was auch immer geschehen mochte, würde für ihn ohne Konsequenzen bleiben, wäre genauso wirkungslos wie die Attacke einer Holografie mit einer Laserkanone. Es gab nichts zu befürchten, bis auf die Bilder. Und selbst mit diesen würde er fertig werden, spätestens dann, wenn der ACI-Blocker wieder im normalen Betriebsmodus lief.

Ein Gefühl der Beruhigung breitete sich in ihm aus – vermutlich die Folge der reduzierten Psychodämpfung –, legte sich mit der Flauschigkeit einer Daunendecke über sein angekratztes Gemüt und ließ ihn die Scheuer- und Krabbelgeräusche für einen Moment vergessen. Ob er etwas von diesem Frieden an Lucy abtreten, ihre Wunden verschließen und das Geschmeiß zum Verschwinden bringen konnte? Die Vorstellung einer solch einfachen Lösung gefiel ihm. Ja, er glaubte sogar, sie zum Greifen nah vor seinem geistigen Auge zu sehen, jene Hintertür, die den zerfallenen synthetischen Intellekt wieder zu seinen organischen

Wurzeln zurückführte. Aber wie sollte er das anstellen? Er stand doch in keinerlei direkter Verbindung mit Lucy, obwohl sie sich in derselben virtuellen Sphäre befanden. Und wenn noch ein Rest von ihr am Leben war, dachte er, der Kern ihrer ursprünglichen Persönlichkeit, abgeschottet in den verborgenen Kammern ihrer Psyche? Er würde seinen Niederschlag in dieser Welt finden – früher oder später.

Etwas bewegte sich an Buechili vorbei, verursachte unrhythmische Geräusche, wie Pfoten auf Sand von einer dreibeinigen Katze, suchend und tastend. Dann ein Fauchen, das von allen Seiten erwidert wurde. Für einen Moment glaubte er, ein bedrohlich glimmendes Augenpaar zu gewahren, aus dem ihm derartige Bösartigkeit und Wildheit entgegenschlugen, dass sich unweigerlich ein Anflug von Panik in ihm einstellte.

Ob ihn das Geschöpf sehen konnte? Es hatte zumindest den Anschein. Nur wenige Meter von dem Untier entfernt schien ein Konkurrent unter drohendem Knurren seine Position einzunehmen und sich kampfbereit zu machen. Als die beiden schließlich übereinander herfielen, übertönten sie mit ihrem wildem Schnauben und mit markdurchdringenden Schmerzensschreien die Krabbel- und Nagegeräusche aus der Umgebung, zogen von allen Seiten weitere glimmende Blicke auf sich. Was immer diese Wesen sein mochten, sie hätten nie den finsteren Verliesen der Denkbarkeit entsteigen dürfen.

Der Kampf dauerte eine Weile an und ging mit einem heiseren Winseln zu Ende. Kurz darauf hörte Buechili Schmatzen und knochenknackendes Zermalmen. Offenbar machte sich der Sieger jetzt über den Körper des Besiegten her. Aber damit nicht genug: ganz in der Nähe kam es zu einem ähnlichen Zusammenstoß, und ein dritter schien sich gerade anzubahnen. Solche Laute konnten unmöglich von den primitiven Lebensformen hervorgebracht werden, aus denen die dunkle Substanz um ihn herum bestand. Die asselartigen Wesen mussten sich in der Zwischenzeit fortentwickelt oder schlimmeres Getier angelockt haben.

Blitze erhellten die Umgebung, lenkten Buechilis Aufmerksamkeit auf eine von schwarzer Flüssigkeit fast vollständig überzogene, reglose Lucy und auf ein Meer aus sich windendem, krabbelndem Geschmeiß, das sich in alle Richtungen erstreckte. Unfassbar, wie es sich so schnell hatte ausbreiten können! An manchen Stellen sah er zwei- und vierfüßige Kolosse mit mächtigen Ektoskeletten, deren Augen die Blitze wie zwei flammende Sonnen reflektierten und die – im Gegensatz zu den untergeordneten Lebensformen ringsum – durch das Licht in ihrer Bewegung innehielten. Zudem machte er mehrere geflügelte Wesen über sich aus. Wie Vorformen aus der Kreidezeit standen sie in der Luft, als ob er durch ein Fenster in eine prähistorische Epoche blicken würde. Dann herrschte wieder Dunkelheit.

Das Überraschungsmoment des Intermezzos währte nur kurz. Noch ehe er seine Eindrücke richtig verarbeiten konnte, begann hinter ihm, eine Kreatur fauchende, knurrende Geräusche von sich zu geben. Er drehte sich herum und ging unbewusst in die Hocke, die Angriffsfläche dabei reduzierend. Diese Welt war irreal, beruhigte er sich. Und er verfügte über einen unüberwindlichen Schild. Nichts würde passieren. Das war anhand der Lenkwaffe doch eindrucksvoll bewiesen worden!

Abermals erhellten Blitze den Schauplatz, und diesmal löste sich ein grauenhaft anzusehendes Geschöpf aus der Finsternis, wie eine mannsgroße Mischform aus Reptil und Hund mit nadelartigem Gebiss, deren schlitzförmige Pupillen direkt auf ihn gerichtet waren. Obwohl sich die Umgebung rasch wieder in tiefe Dunkelheit hüllte, verfehlte das Bild seine Wirkung nicht. Es fuhr in Buechilis Glieder, erweckte einen uralten Instinkt: die Lähmung seines gesamten Körpers. Auf das Heulen im Hintergrund achtete er gar nicht, genauso wenig wie auf das Winseln, Knurren und Schnappen unweit von ihm und auf das Kreischen in der Luft. Im Moment beschäftigte Buechili nur jene furchterregende Kreatur, die ihn offenbar ins Visier genommen hatte. Sie schien ihm näher und näher zu kommen, sodass er bald schon ihren heißen Atem spürte und einen penetranten Gestank nach Fäulnis und Tod roch.

Zum wiederholten Mal in diesem Szenario erfasste ihn eine düstere Ahnung. Er glaubte, in den schonungslosen Augen des

Reptilienhundes Spuren von Lucys basiliskenhaftem Starren zu erkennen, wie es seit ihrer Konvertierung hin und wieder zu beobachten gewesen war. Ein Gefühl der Distanz zum eigenen Ich bemächtigte sich seiner, aus dem eine beinahe hellsichtige Stimmung hervorging. Dadurch schien Buechili in einen Taumel der Irrealität zu fallen, während die bis vor Kurzem noch alles dominierende Panik mehr und mehr in den Hintergrund trat.

Je länger er sich in diesem Zustand befand, desto offensichtlicher wurde, dass die Konfrontation mit dem Monstrum einen psychischen Prozess in ihm ausgelöst hatte. Schon begann er, die ersten kognitiven Folgen davon zu spüren, Erinnerungslücken zu schließen, durch die er bisher von der Entfaltung des wahren Inhalts ferngehalten worden war. Und da geschah es plötzlich: Aus den schonungslosen Pupillen der Kreatur mit dem Nadelgebiss, die sich in seinem Gedächtnis erhalten hatten, starrte ihn mit einem Mal etwas anderes, weit weniger Animalisches an, ein ihm auf merkwürdige Weise vertrautes Etwas, das ebenfalls den Tiefen seiner Erinnerung entstammte. Er brauchte eine Weile, um das Rätsel zu lösen. Dann ergänzte sein Hirn schlagartig die fehlenden Teile und präsentierte ihm ein nur allzu bekanntes Bild: Es zeigte Lucy Hawling! Sie hing in einer schaurigen Apparatur, mit entmenschlichtem, durchdringendem Starren, am Leben gehalten durch einen dicken Beatmungsschlauch und Dutzenden, in eine verborgene Maschinerie mündenden Rohren!

In diesem Moment löste sich die Blockade, mit der seine Psyche bisher den Zugang zu dem traumatischen *Reflections*-Erlebnis abgeschottet hatte, sodass er nun jene unheilvolle Szene kristallklar vor sich sah, aus der er beim letzten Mal nur mit Hilfe der Automatikabschaltung herausgekommen war. Ein nach wie vor beängstigendes Bild, das sich säuregleich in seine Wahrnehmung fraß und ihn fest in den Würgegriff nahm. Durch die reduzierte Psychodämpfung entfesselte die Konfrontation eine Art Panikattacke in ihm. Panik darüber, erneut von der unbekannten Macht einverleibt, von Kabeln und Schläuchen fixiert und durchdrungen zu werden. Aber diesmal begegnete er der Gefahr rascher, indem er den Blocker um ein paar Stufen anhob. Die Maßnahme zeigte Wirkung: Innerhalb kürzester Zeit verwandelte sich die vernichtende Spirale des Entsetzens in ein überbewertetes Trugbild und zog sich zurück. Zwar kämpfte ein Teil der psychotischen Konfliktnester noch eine Weile gegen die ACI-Kompensation an, doch musste dieser letztlich ebenfalls die Waffen strecken, ehe er im Unbewussten versank.

Damit war der Spuk zu Ende. Nicht nur, weil Buechili nun endlich eine konkrete Vorstellung von dem Trauma hatte, mit dem sich sein Blocker seit Längerem herumschlug, sondern auch, weil die aggressive Kreatur unmittelbar vor ihm durch die erhöhte Psychodämpfung zu einer harmlosen Erscheinungsform mentaler Prozesse geworden war. Seine anfängliche Scheu, sich durch eine unbedachte Bewegung zu verraten, hatte sich völlig gelöst. So harrte er jetzt der Dinge, die da kommen würden, im Schutze seines nahezu perfekten Schildes und des beruhigenden ACI-Blockers, unbeeindruckt von den knurrenden Drohlauten und den glühenden Augen, aus denen unbändiger Hass und Raserei abzulesen waren.

Als das reptilienhundeartige Etwas einen großen Satz machte, um ihn niederzureißen, sprang es mitten durch Buechili hindurch, ohne ihm den geringsten Schaden zuzufügen. Und auch die nachfolgenden Bemühungen, ihn zu fassen, führten zum selben Ergebnis; sie hätten ebenso gut Attacken eines holografischen Kunstgebildes sein können.

Er drehte sich gleichgültig um und wartete, bis das Licht des nächsten Blitzes auf die Nanokonvertierte fallen würde. Diesmal dauert es länger, doch als es geschah, offenbarte sich ihm etwas Unerwartetes: Außer einem Ozean aus niederem Geschmeiß und Dutzenden von mannshohen Wesen mit grauenhaften Silhouetten, die wie Schattenrisse das Land bevölkerten, sowie einigen Fluggeschöpfen über ihm schien er allein zu sein!

»Wo ist Lucy!?«, rief er Lexem zu. »Ich sehe sie nicht!«

»Was glauben Sie, Darius?!«, erwiderte dieser. »Sie hat ihre frühere Gestalt aufgegeben und widmet sich nun ganz ihren Kreaturen!«

»Wie bitte!?«

»Ja, Sie haben richtig gehört! Jedes dieser netten Tierchen wird von Lucy Hawling mit Leben erfüllt.«

»Wenn das zutrifft, auf welcher Entwicklungsstufe steht sie dann?«

Der Mediziner ignorierte die Frage.

»Lucy?!«, schrie Buechili, so laut er konnte.

Keine Antwort. Nur das scharrende Geräusch des Ungeziefers auf dem Boden, durchsetzt von Heulen, Fauchen und Knurren.

»Lucy!? Wo bist du?«

Wieder erhellte ein Blitz die Szenerie, enthüllte die gleiche infernalische Gegend wie zuvor.

Es war hoffnungslos. Er drang einfach nicht zu ihr hindurch. »Sie scheint sich vollkommen von uns zurückgezogen zu haben«, sagte er zerknirscht.

Und dabei hatte alles es so gut angefangen. Immerhin war für ein paar Sekunden tatsächlich eine Art seelischer Kontakt mit dem alten Wesenskern zustande gekommen.

»Genug!«, hörte er jetzt Ted Hawlings Stimme. »Du hast dein Möglichstes getan, Darius. Brechen wir das Experiment ab.«

Buechili war nicht gerade glücklich darüber, sah aber ebenfalls keine anderen Optionen mehr. »Ja, ist gut.«

Er hatte die letzte Silbe kaum ausgesprochen, da katapultierte ihn Lexem aus dem virtuellen Schauplatz hinaus. Für die Geschöpfe in Lucys Welt war das sicherlich ohne jeden Belang.

62: Relikte einer Virtufaktkünstlerin

Buechili kam erst spät nachts in seine Wohneinheit zurück. Normalerweise hätte er sich um diese Zeit schlafen gelegt, doch stattdessen warf er sich erschöpft auf den *Relaxiseat* und reagierte nur mit einem Kopfschütteln auf Claires Anfrage, ob sie seine Stimmung durch ein *Ambience*-Programm aufbessern solle. Selbst Moulins Zärtlichkeiten blieben ohne Wirkung. Er spürte eine Antriebslosigkeit, wie er sie schon lange nicht mehr erfahren hatte.

Angesichts der jüngsten Ereignisse war das auch kein Wunder. Er hatte Lucys psychische Stürme mit reduziertem Blocker erlebt und eine Seite von ihr gesehen, auf die er gern verzichtet hätte. Darüber hinaus kannte er nun den Inhalt des bis vor Kurzem noch für sein Bewusstsein versiegelten *Reflections*-Traumas, das groteskerweise ebenfalls die Schattenseiten der Virtufaktkünstlerin thematisiert hatte: Lucy als eine an den Kabeln und Schläuchen einer riesigen Maschinerie hängende, im Dahindämmern versunkene Gefangene, bezwungen von einem künstlichen Wesen, das ihr Leben tropfenweise auspresste und sie auf unbestimmte Zeit an die Materie band. Durch die Konfrontationstherapie im *Medical Center* hatte diese Vorstellung mittlerweile einen Großteil ihres ursprünglichen Schreckens verloren. Doch die nun empfundene Leere gefiel ihm ebenso wenig.

Es war offensichtlich, dass der Blocker damit beschäftigt war, Buechili vor einer tiefen Depression zu bewahren. Wenn er lange genug gewartet hätte, wäre dieser Zustand wohl irgendwann von selbst abgeklungen, wahrscheinlich schon im Rahmen der verstärkten Psychomechanismen in einem der nächsten Schlafzyklen. Nur kam ihm eine solche Methode unnatürlich vor, denn wie hätte er dadurch die Ursache der Konflikte zu fassen bekommen?

Noch mehr gab ihm zu denken, dass er trotz der intensiven Erlebnisse in den letzten Stunden nach wie vor einen Hoffnungsschimmer in sich spürte, Lucys psychische Stürme könnten sich durch gezielte Einflüsse des *Telos*-Teams früher oder später vielleicht wieder auflösen. Für einen geblockten Ultraisten war das nicht nur bedenklich, sondern sogar vollkommen absurd. Wenn er Lucy II als eine Simulation ihrer biologischen Vorform betrachtete – und etwas anderes hielt er für unrealistisch –, dann handelte es sich bei der Nanokonvertierten nur um eine Phantompersönlichkeit. Woher kam also diese ganz und gar irrationale Anwandlung? Ein Wunsch, der widersinniger zu seiner Philosophie nicht sein konnte. Behielt Esther Diederich am Ende womöglich recht, und es brodelte tatsächlich in jedermanns Herz, egal ob gedämpft oder nicht, ein menschliches Gefühlskaleidoskop? War es deshalb so schwer, sich von Lucy zu lösen?

In jedem Fall musste Buechili der Ursache auf den Grund gehen, ehe die letzten Spuren durch den Blocker für immer verschwanden. Er entschied sich spontan für eine weitere *Reflections*-Sitzung, allerdings wollte er die Psychodämpfung diesmal auf einem vernünftigen Niveau halten, damit er sich später nicht erneut im *Medical Center* wiederfand. Außerdem beabsichtigte er, sich auf authentische Erinnerungen zu beschränken, statt eine Rekombination seiner Stimmungslage zu neuen Szenarien zuzulassen.

So begab er sich in den *Inducer*, definierte die gewünschten Parameter und startete das Virtufakt. Nach der üblichen Einstiegsphase, in der sich die Neuroinduktionsfelder kontinuierlich an seine zerebrale Struktur anpassten, verbrachte er die ersten Minuten mit mehr oder weniger bedeutungslosen Motiven, eine Folge der allmählichen Synchronisation zwischen seinem Bewusstsein und der *Reflections*-Umgebung. Doch schon bald steuerte Buechilis Geist direkt auf das Konfliktpotenzial zu, und er sah plötzlich die nanokonvertierte Lucy Hawling vor sich: kahlköpfig, mit golden schimmernder Haut und weitgehend starrem Ausdruck. Obwohl er mit ihrem Erscheinen gerechnet hatte, spürte er deutlich, wie seine Anspannung zunahm.

»Ich habe an uns beide gedacht, kurz bevor der Konvertierungsprozess startete«, offenbarte sie, und der Ultraist erinnerte sich daran, dass dieses Gespräch tatsächlich stattgefunden hatte, ein paar Tage nach der ersten offiziellen Wiederbegegnung im *Advateres*-Komplex. Wie damals fiel ihm die Kraftlosigkeit in der

Betonung ihrer Worte auf. Oder spiegelte sich darin nur eine Art von Sentimentalität wider?

»An unsere gemeinsame Zeit, als wir noch ohne *Extender* waren«, setzte sie fort. »Wie lange ist das jetzt her? Um die neunzig Jahre! Es fühlte sich ... unwirklich ... an. Und doch ... sehnte ich mich danach zurück. Absurd, nicht?« Sie warf ihm einen Blick zu, der mit dem Inhalt ihrer Aussage nicht recht konform gehen wollte. So, als ob sie die Emotionen einer fremden Person analysierte. »Seitdem hat sich vieles verändert«, stellte sie fest. »Zuerst der Blocker ... dann die Nanokonvertierung.«

Er nickte, wie er es auch damals getan hatte.

»Kennst du mich denn überhaupt noch, Dari?« Es klang hilflos, stand im bizarren Widerspruch zu jener Selbstsicherheit, die sie Helen gegenüber an den Tag gelegt hatte. In einer gewissen Weise zeigten sich darin Spuren ihres einstigen Charakters. Nur wirkte es bei ihrem nanokonvertierten Pendant gezwungen.

»Aber ja«, erwiderte Buechili. Er sprach die Worte aus, ohne den Befehl dazu gegeben zu haben. Sie waren ein Teil seiner Erinnerung. »Und wie kommst *du* mit der Situation zurecht?«

Lucy zuckte mit keiner Miene. »Ich wünschte, ich könnte die Kreativität und mein Empfinden von früher erreichen, Dari. Etwas in mir hungert nach ... Freude, Schmerz, Angst, Wärme ... Glück. Es wird von Tag zu Tag schwerer, darauf zu verzichten.«

»Das muss der ACI-Blocker sein«, hörte er sich sagen. »Er ist vermutlich immer noch nicht vollständig auf die neue Physiologie abgestimmt.«

»Hoffen wir es. Irgendwann möchte ich wieder dort weitermachen, wo ich vor der Konvertierung stehenblieb. Es gibt so viel Begonnenes, das ich nie zu Ende führen konnte ...«

In diesem Augenblick veränderte sich die Szenerie. Das *Reflections*-Virtufakt hatte wohl erkannt, dass seine Psyche abschweifte. Aus der goldfarbenen, nüchternen Anthrotopierin mit dem leeren Blick wurde eine junge Frau mit halblangem, schwarzem Haar, deren Augen voller Enthusiasmus strahlten. Es war faszinierend und traurig zugleich, die frühere, vor Ideen sprühende Virtufaktkünstlerin aus der Versenkung seiner Erinnerungen aufsteigen zu sehen. Auch diese Begegnung hatte tatsächlich stattgefunden, vor Lucys *Extender*-Implantation. Für einen Moment glaubte er, über den unüberwindbaren Zeitenwall spähen zu können und damit einer Vergangenheit teilhaftig zu werden, die mehr als neunzig Jahre zurücklag. Doch es handelte sich nur um ein gespeichertes Erlebnis im Datenraum des VINETs.

»Sie ist da draußen«, sagte Lucy, und obwohl Buechili nur wenig Bezug zum Kontext ihrer Bemerkung hatte, erinnerte er sich daran, von wem sie sprach: Es ging um eine Macht oder vielmehr um die Vorstellung einer solchen Macht, an die sie irgendwann bei der Erschaffung eines Virtufakts herangekommen und die seitdem ein mitbestimmender Faktor für ihre lebenslange Beschäftigung mit der Aszendologie gewesen war. Aus unerfindlichen Gründen hatte sie in dieser stets eine weibliche Größe gesehen.

»Weißt du, wie faszinierend es ist, in ihre Nähe zu kommen?«, flüsterte sie sichtlich bewegt, während sie auf einer Plattform mitten in einer virtuellen Blase standen, die, umhüllt von einem durchsichtigen Schutzmantel, im äußeren Rand des Planetensystems gemächlich dahintrieb. Jetzt fielen ihm auch die genauen Umstände wieder ein. Sie hatten sich damals in ein früheres Lieblingsvirtufakt von Lucy namens *Space Bubble* begeben, eine Art Beobachtungssphäre, in der sich jeder Punkt in einem mehr oder weniger realistisch nachgebildeten Universum ansteuern ließ.

»Zu spüren, wie der ganze menschliche Ballast von einem abfällt?«, fuhr die Künstlerin fort.

Sie starrte gebannt in die Ferne. Die Aussicht war großartig. Rund um sie herum, sogar durch den transparenten Boden hindurch, flimmerten Lichtpunkte in allen möglichen Farbnuancen, und das breite Band der Milchstraße zog sich wie glitzernder Chromitsand über sie hinweg. Fast schien es, als ob jeder dieser Funken nur darauf wartete, mit den Fingern ergriffen und aus der Nähe betrachtet zu werden. Schräg hinter ihnen stand das Zentralgestirn des hiesigen Planetensystems, die Sonne, wie ein Stecknadelkopf mit unermesslicher Leuchtkraft, übertraf die Helligkeit sämtlicher anderer Objekte um mehrere Größenordnungen.

»Ich kann dich an sie heranbringen, wenn du willst«, bot sie ihm an.

»Zeig sie mir«, sagte Buechili, oder vielmehr fühlte er sich durch das *Reflections*-Virtufakt dazu genötigt, es zu tun. Trotz der Psychodämpfung empfand er deutlich die jugendliche Frische und den Überschwang seines früheren Ichs. Und die starke körperliche Zuneigung, die er damals für Lucy gehegt hatte.

»Gut«, erwiderte sie nickend. Ein paar Sekunden lang stand sie reglos da, spielte eine von ihr eigens für diesen Zweck geschaffene Virtufakterweiterung ein. Dann wandte sie sich wieder an ihn. »Gib mir deine Hand!«

Er folgte ihrer Aufforderung.

»Und nun ... sieh nach oben.«

Zunächst blieb alles beim Alten. Sie befanden sich nach wie vor in dem blasenförmigen Gebilde, das sich langsam durch den Raum bewegte.

»Ich habe das VINET veranlasst, einige Kernregionen in unseren Neurostrukturen zu stimulieren und die Umgebung daran anzupassen«, erklärte sie. »Das kommt einer Filterung der Wahrnehmung gleich. Dadurch legen wir den Fokus zunehmend auf Ideenmodelle mit einer bestimmten Ausrichtung und reduzieren die Sicht auf andere. Pass auf!«

Lucys warme Hand umschloss die seine nun fester, als ob sie damit ihre eigene Faszination auf ihn übertragen wollte. Und vielleicht tat sie das auch. Währenddessen spürte der aus der Zukunft zurückblickende Buechili, wie die gedrosselte Psychodämpfung einen Teil der aufwallenden Empfindungen in sein Bewusstsein strömen ließ. Nach der gedanklichen und emotionalen Leere von vorhin kam es fast einer Befreiung gleich, endlich Anwandlungen von Trauer in sich zu registrieren, einen Schmerz zuzulassen, den der Blocker bisher unterdrückt hatte. Obwohl die aufkeimende Stimmung nicht ihre volle Intensität entfalten konnte, fühlte er doch, wie seine Seele schwermütig nach Erinnerungsfragmenten griff, die er längst im Treibsand der Zeit versunken geglaubt hatte.

Daneben überfiel ihn aber noch etwas anderes, ein prickelndes Behagen, das eindeutig vom Virtufakt selbst kam, gepaart mit dem Wunsch, mehr davon zu erlangen. Hoffnung. Ein Potenzial, das jenseits menschlichen Erfassens lag.

»Spürst du es?«, raunte Lucy, während ein leichtes Vibrieren durch ihre Hand ging und die ersten Sterne um sie herum zu verblassen begannen.

»Da ist tatsächlich etwas«, bestätigte er. »Eine Art Sog. Etwas Fremdes und dennoch Faszinierendes.«

»Konzentriere dich darauf. Je stärker dieses Gefühl in dir anwächst, desto schärfer wird dein Blick für die wahre Ursache werden.«

Und so geschah es auch. In den nächsten Minuten entfaltete sich die von außen induzierte Stimmung in ihm, ließ Hunderte und Aberhunderte von Sternen um sie herum verschwinden. Manche erloschen sofort, während andere zunächst an Leuchtkraft zunahmen, nur um später ein Maximum zu erreichen und dann ebenfalls dem Sichtbereich zu entfliehen, vergleichbar mit Ideen, denen man sich so lange nähert, bis man darüber hinausschießt. Und selbst das eben noch wie ein gleißend heller Stecknadelkopf prangende Zentralgestirn wurde von der Dunkelheit verschluckt. Nur schräg über ihnen arbeitete sich ein zuvor kaum wahrnehmbarer Punkt zu einem immer intensiver strahlenden Objekt heraus. Von dort schien Buechilis plötzliche Faszination herzukommen.

»Das ist sie«, erriet sie seine damaligen Gedanken. »Von hier aus mag sie dir vielleicht klein und unbedeutend erscheinen, aber das wäre eine gänzlich falsche Vorstellung. Wenn wir nahe genug an sie herankämen, könntest du ihre wahre Pracht erblicken, ihre unfassbare Schönheit. Doch wir würden auch sofort verglühen. Auf der Stelle. Unser Geist ist viel zu winzig für ein derart gigantisches Potenzial. Nur die Großen können einen solchen Schritt wagen, und nicht einmal sie bleiben davon unbeeinflusst.«

Ihre Hand zitterte jetzt so stark, dass Buechili nicht mehr wusste, ob es von ihr allein kam oder ob er einen Anteil daran hatte. Inzwischen war seine Ergriffenheit weiter angewachsen. Nun glaubte er, nicht nur die immense Anziehungskraft dieses entfernten Etwas deutlich wahrzunehmen, sondern auch ganz in dessen Gefühlskonglomerat aus sprühender Energie, gebündelter Dynamik, überwältigender Sehnsucht und einer die Grenzen menschlicher Vorstellungskraft überschreitenden Selbstlosigkeit und Fürsorge aufzugeben. Er konnte selbst kaum fassen, welch enorme Gravitation dieses über viele Lichtjahre hinweg wirkende Potenzial auf ihn ausübte. In ihm schienen verschiedenartige Facetten geistigen Strebens zu einer Einheit zu kulminieren und eine Art Schmelztiegel zu bilden. Es musste sich um eine unermessliche, grenzenlos kreative, immerfort neue Ideen umsetzende Existenzform handeln.

Im Nachhinein erkannte Buechili freilich gewisse Parallelen zu jenem Geschöpf, das gegen Ende der traumatischen *Reflections*-Szenerie in Lucys Gestalt aufgetreten war, nur dass Letzterem sämtliche positiven Anteile gefehlt hatten. Ob es tatsächlich mit diesem Szenario in Verbindung gestanden oder ob *Reflections* anderswo Anleihen genommen hatte, konnte er schwer abschätzen. Jedenfalls kam ihm die in die Maschinerie eingespannte reglose Figur, die gleichzeitig Märtyrerin und Königin gewesen war, wie eine grauenvolle Abart der hier erlebten Macht vor.

»Das ist der Ort, den ich einst aufsuchen möchte«, hauchte Lucy. »Wenn alles für mich auf dieser Welt vorbei ist. Wenn es nichts mehr gibt, das mich festhält.«

Mit einem Schlag versiegte der Stimmungstornado in seiner Psyche wieder, die Vibrationen kamen zu einem Stillstand, und über ihnen funkelte das Firmament, als ob er eben einer Sinnestäuschung erlegen wäre.

»Dort wirst du mich finden«, fügte sie beinahe tonlos hinzu. »Oder zumindest auf dem Weg dorthin.«

Ein solches Schlusswort hätte er sich eigentlich von der späteren Lucy gewünscht, damals bei ihrem Holofonat kurz vor der Konvertierung. Es schien evident, warum sein Unbewusstes genau diese Szene ausgewählt hatte: Sie sollte all die negativen Erlebnisse der letzten Tage überdecken, um nur die Essenz der ehemaligen Virtufaktkünstlerin in ihm zurückzulassen.

An jenem Ort würde er sie also finden, grübelte Buechili, während er *Reflections* beendete. Darin lag wahrscheinlich die Antwort auf seine Frage, wie er die Krise überwinden konnte: Indem er Lucy Hawling losließ, statt in der psychischen Müllhalde ihrer synthetischen Nachfolgerin nach Resten der früheren Persönlichkeit zu suchen. Ein auf den ersten Blick schmerzvoll erscheinender Vorsatz, aber er barg Hoffnung. Schließlich war die organische Lucy bis zuletzt eine starke Anhängerin der Aszendologie gewesen, wie sie in ihrem abschließenden Virtufakt, *Ignis Vitae*, deutlich offenbart hatte. Daran änderten auch die zahlreichen Schöpfungen nichts, die das Dunkle und Destruktive der menschlichen Seele thematisierten. Genauso wenig wie ihre Entscheidung, sich nanokonvertieren zu lassen.

Jetzt war also Buechili am Zug. Er musste damit aufhören, seine alte Freundin mit dem leblosen Gebilde gleichzusetzen, in das man sie gewandelt hatte. Lucy Hawling existierte in ihrer irdischen Form nicht mehr. Sie war ihr entwachsen, nach einem Dasein voller Kreativität und Inspiration, und befand sich nun vermutlich auf dem Weg zu jenem Ort, wo sich Kraft, Feuer, Selbstlosigkeit und Größe vereinten. Dorthin, wo das künstliche Universum vor etwa neunzig Jahren den einzigen gleißenden Punkt gezeigt hatte, der geblieben war, während sich ein Teil der zugrundeliegenden Idee in ihre beiden Herzen eingebrannt hatte.

63: Junger Forschergeist

Der Start von Projekt *Tritos* war weit mehr als nur ein Teilerfolg für Professor van Dendraak und Nathrak Zareon. Sie hatten es geschafft, die anthrotopischen Entscheidungsträger von der Relevanz ihrer Arbeit zu überzeugen, obwohl die Konsequenzen dem naturwissenschaftlichen Weltbild ein Dorn im Auge sein mussten. Das war umso erstaunlicher, als es sich bei ihnen um zwei Außenseiter handelte, von denen bis vor Kurzem noch niemand hier etwas gehört hatte.

Für Nathrak Zareon ergab sich durch die Beteiligung an dem Projekt eine neue Perspektive. Es war gewissermaßen seine Eintrittskarte in den anthrotopischen Forschungsbetrieb. Damit verwirklichte sich für ihn ein Traum, den er schon seit seiner Kindheit gehegt, aber aufgrund bisheriger Umstände immer in den Hintergrund geschoben hatte. Er würde erstmals mit der akademischen Elite zusammenarbeiten, womöglich sogar mit der LODZOEB selbst. Auch wenn er es bisher mit den *Induca*-Trainingssitzungen nicht so genau genommen hatte, weil ihm die praktischen Versuchsreihen des Professors relevanter und zielgerichteter vorgekommen waren, so hatte er – im Gegensatz zu van Dendraak – in der Großen Stadt doch stets die Spitze der menschlichen Entwicklung gesehen. Und in dieser Spitze würde er von nun an mitarbeiten. Was für ein Karrieresprung! Es fehlte nur noch, dass man ihm irgendwann – vielleicht in ein oder zwei Jahren – die anthrotopischen Bürgerschaft anbot. Schon jetzt lebte er in einer Wohneinheit für Gäste mit besonderem Status, verfügte über einen eigenen *Inducer*, hatte Zugriff auf sämtliche Infrastrukturdienste, und das Beste von allem: Ihm und dem Professor waren virtuelle Assistenten zugewiesen worden. Konnte man sich als Wissenschaftler mehr wünschen?

Neben diesen Glanzpunkten verblasste das kurze Intermezzo mit Marion Splinten zu einer vagen Erinnerung. Ja, er hatte die Annexeanerin in sein Herz geschlossen und sich von ihrem geradezu außerweltlichen Wesen angezogen gefühlt – im Vergleich dazu verloren seine früheren Liebschaften jegliche Attraktivität –, doch war im Laufe der Zeit immer deutlicher geworden, wie sehr sie sich voneinander unterschieden. Durch den Anschlag der *Force* hatte sich dieses Thema ohnedies erledigt. Vielleicht eine Fügung des Schicksals, dachte er, denn mit großer Wahrscheinlichkeit hätte ihn die Bindung nur von seiner eigenen Entwicklung abgehalten.

Das Kapitel Marion Splinten war also zu Ende. Und auch sonst pflegte er nur wenige Kontakte. Freundschaften im eigentlichen Sinn hatte er keine, seine Eltern ließen schon seit gut einem Jahr nichts mehr von sich hören und seine Halbschwester arbeitete in irgendeinem Außenposten für Asylsuchende. Am wichtigsten erschien es ihm, sich von nun an ganz auf die wissenschaftliche Karriere zu konzentrieren. Wenn er jemals zu einem festen Mitglied des hiesigen Forscherteams werden wollte, würde er seine Kompetenz weiter ausbauen und Stunden um Stunden in die Arbeit investieren müssen. Da blieb kein Platz für emotionalen Ballast.

Trotzdem hatte er etwas von der unkonventionellen Annexeanerin in sich bewahrt, einen Hauch jenes Zaubers, durch den er anfangs auf sie aufmerksam geworden war. Daran dachte er jetzt, als er seine virtuelle Assistentin mit einer Recherche für Projekt *Tritos* beauftragte. Die nach seinen Vorstellungen entworfene holografische Gestalt war schlank, hatte türkisfarbene Augen und eine Stupsnase. Sie sprach leise mit einer warmen dunklen Stimme. Am auffälligsten aber war ihr rot gewelltes Haar: damit lag sie eindeutig außerhalb des üblichen anthrotopischen Ästhetikempfindens ...

64: Ankündigung eines Startschusses

1

Ein paar Tage nach den Ereignissen in Clarice Touchettes Büro läutete in einer Wohneinheit der Großen Stadt frühmorgens das Holofon. Helen Fawkes brauchte eine Weile, ehe sie in dem melodischen Signal etwas erkannte, das außerhalb der Welt ihres Dämmerzustandes seinen Ursprung hatte. Mit leichtem Schwindel fand sie in die Wirklichkeit zurück, setzte sich unwillig auf und berührte den Lichtsensor. Ein gedämpfter Violettton mit spielerischen, von unten nach oben fließenden Verwirbelungen legte sich über die Wände, gerade hell genug, um das Zimmer schwach auszuleuchten.

»Kassiopeia!?«, richtete sie sich an das *Ambience System*. »Was gibt's?« Ihre Stimme klang verschlafen und heiser.

»Angela McLean möchte Sie sprechen.«

Sie erhob sich und ging auf die Kommunikationseinheit zu, im Vorbeigehen nach einem Morgenmantel greifend.

Die Repräsentantin der Großen Stadt war beharrlich. Es klingelte bestimmt schon eine ganze Weile.

»Bildübertragung aus, Anruf entgegennehmen.«

»Bestätigt ...«

Helen streckte sich und gähnte dabei. Ein Blick auf die Uhrzeit sagte alles: es war erst knapp nach sechs.

Sekunden später erschien McLeans Hologramm vor ihr mit abgewandtem Gesicht. Als die Außensprecherin bemerkte, dass die Verbindung aufgebaut war, drehte sie sich herum. »Ah, guten Morgen, Helen! Tut mir leid, Sie schon so früh aus dem Bett zu treiben. Aber ich würde es nicht tun, wenn es nicht wichtig wäre.« Sie lächelte schelmisch. »Ich sehe Ihnen sogar nach, dass Sie die Bildübertragung abgeschaltet haben.«

»Ja, ja, spotten Sie nur. Ebenfalls einen guten Morgen!«, antwortete die Journalistin mit müdem Lächeln, während sie auf einem der Gästestühle Platz nahm.

»Stehen Sie – oder sitzen Sie?«, fragte McLean.

»Ich sitze.«

»Das ist gut so, denn ich habe leider schlechte Nachrichten.«

Schlechte Nachrichten? Für einen Moment zog Helen in Erwägung, ob man ihr vielleicht das Erstveröffentlichungsrecht ihrer Reportage streitig machen wollte und wie sie sich dagegen wehren könnte. Aber die Außensprecherin ließ ihr nur wenig Zeit zum Nachdenken.

»Wir mussten Lucy Hawling heute Nacht abschalten«, kam diese ohne Umschweife zur Sache.

Helen war schlagartig hellwach. Laut Clarice Touchette war die Künstlerin doch bis vor Kurzem noch körperlich völlig intakt gewesen, wenn man von der Psyche einmal absah! »*Was* sagen Sie da?! Sie wurde abgeschaltet?«

»Sie haben richtig gehört. Lucy Hawling ist tot.«

Was für eine Schreckensbotschaft! Sie lehnte sich zurück und bedeckte ihr Gesicht mit den Händen.

2

Auch wenn McLean Verständnis dafür aufbrachte, dass Helen die Bildübertragung abgestellt hatte, wäre es in diesem Augenblick bestimmt aufschlussreich gewesen, die Reaktion ihres Gegenübers zu sehen.

»Aber wie kann das sein?«, erwiderte die Journalistin nach einer Verzögerung. »Ich dachte, man hätte die Ursache der Probleme gefunden?«

Sie schien ehrlich betroffen zu sein. Das war zwar ein positives Zeichen, aus dem sich ein gewisses Einfühlungsvermögen ableiten ließ, doch McLean kannte Leute dieses Kalibers zu gut, um sich etwas vorzumachen. Die Reportage würde deswegen nicht günstiger für *Telos* ausfallen, sondern durch Helens Mitgefühl eher noch stärker in die Gegenrichtung verzerrt werden.

»Das *Telos*-Team hat die Gefahr, die sich durch das Abschalten des ACI-Blockers ergab, wohl unterschätzt. Die psychischen Konflikte von Miss Hawling waren zu weit fortgeschritten.«

»Und wenn die Konflikte erst durch meine Fragen ausgelöst wurden?«

»Aber nein«, beruhigte McLean, die bereits damit gerechnet hatte, dass Helen auf derartige Schlüsse kommen könnte. »Das Interview mag als Katalysator gewirkt haben, das ja. Doch die Probleme liegen woanders. Sie trifft bestimmt keine Schuld!«

Was die Journalistin nicht wusste – und auch nicht zu wissen brauchte: Die *Psychic Storms* waren im Grunde nur Vorboten für den irreversiblen Zusammenbruch bei der letzten virtuellen Begegnung mit Buechili gewesen. Danach hatten die albtraumhaften Gestalten trotz zugeschalteter Psychodämpfung keinerlei Anstalten mehr gemacht, ihre Dominanz aufzugeben. So war es evident geworden, dass die einstige Lucy Hawling als solche nicht mehr existiert hatte, sondern von einer degenerierten Meute aus ungehemmten Psychofragmenten abgelöst worden war, jenseits dessen, was mit den Maximen der Großen Stadt auch nur im Entferntesten vereinbar gewesen wäre.

»Wollen Sie trotzdem, dass ich ...« Es war Helen anzuhören, dass ihr die Frage in diesem Augenblick taktlos und deplatziert vorkam. McLean hielt sie jedoch für durchaus legitim.

»Dass Sie Ihren Bericht abschließen? Aber sicher. Warum sollten wir den Ausgang der ersten Konvertierung geheim halten? Das wäre gewiss nicht im Sinne von Miss Hawling gewesen. Außerdem werden wir das Projekt deswegen nicht aufgeben, so tragisch die Sache auch sein mag.«

»Besteht denn die Möglichkeit, sie zu einem späteren Zeitpunkt wieder ... ›aufzuwecken‹?«

Die Außensprecherin schüttelte den Kopf. »Das ist sehr unwahrscheinlich. Mit dem Abschalten gingen sämtliche neuronalen Zustände verloren.«

Helen reagierte nicht darauf. Da die Bildübertragung deaktiviert war, konnte McLean schwer beurteilen, was in der anderen gerade ablief. Vielleicht setzte ihr die Nachricht schlimmer zu, als man es von jemandem aus der Medienbranche erwartet hätte.

»Ich verstehe, wenn Ihnen Lucy Hawlings Tod nahegeht, Helen. Sie haben durch Ihre Recherchen und die Interviews einen gewissen Bezug zu ihr aufgebaut. Für uns ist das Ganze noch erschütternder, wie Sie sich denken können, aber wir müssen darüber hinwegkommen.«

»Natürlich«, murmelte die Nordländerin. »Bitte richten Sie ihrem Bruder und Darius Buechili aus, wie sehr ich an ihrem Verlust Anteil nehme.«

»Das werde ich gern tun.«

»Danke, Angela. Ist zumindest eine offizielle Verabschiedung von ihr geplant?«

»Nein, Miss Hawling hat sich vor ihrer Konvertierung – falls etwas Derartiges eintreten sollte – strikt dagegen ausgesprochen. Und wir respektieren ihren Wunsch.«

Es folgte eine kurze Pause, dann meinte Helen: »Der Fehlschlag wird wohl die Hoffnung all jener einen Dämpfer versetzen, die selbst an der Altersgrenze stehen und mit einer baldigen Lösung des *Breakdown*-Problems gerechnet haben ...«

McLean zeigte ihr gewohntes professionelles Lächeln, mit dem sie Fragen dieser Art zu beantworten pflegte. »So schwarz würde ich das nicht sehen. Das Konzept an sich funktioniert, sonst wären wir schon bei unseren Labortieren damit gescheitert, nur die Anwendung beim Menschen bereitet noch Schwierigkeiten. Aber auch das werden wir in den Griff kriegen, sobald sämtliche Daten analysiert sind.«

»Vielleicht behält Professor van Dendraak doch recht mit seiner Theorie, dass organisches Leben mehr als nur ein biologischer Prozess ist ...«

Das wäre natürlich eine nette Überleitung zu einer zweiten Artikelserie, dachte McLean sarkastisch. »Dafür gibt es keinerlei Anzeichen. Vergessen Sie übrigens bei allem Enthusiasmus nicht, dass die Studie immer noch Verschlusssache ist. Sie werden sich gedulden müssen, bis wir Ihnen grünes Licht geben.«

»Das ist mir bewusst. Bekomme ich zumindest das Erstveröffentlichungsrecht?«

»Ich kann nichts versprechen. Aber ich werde sehen, was sich machen lässt.« McLean wechselte das Thema: »Also, was den Fall Lucy Hawling betrifft: Heute, um genau siebzehn Uhr, werden alle internen und externen Medienorganisationen von Projekt *Telos* in Kenntnis gesetzt. Ab diesem Zeitpunkt erhalten Sie die Freigabe für eine Veröffentlichung im *World Mirror* – natürlich zu unseren Bedingungen, das heißt, Sie lassen uns Ihre Reportage bis spätestens fünfzehn Uhr zukommen, damit wir sie überprüfen und eventuell gemeinsam mit Ihnen anpassen können, bevor sie – zeitgleich mit der offiziellen Ankündigung – an Ihren Chefredakteur geht.«

»Okay.«

»Wie ich Sie kenne, haben Sie den Großteil Ihres Berichts ohnehin schon vorbereitet ...«

»Falls es der *World Mirror* genehmigt, würde ich gern mehrere Beiträge bringen. Part eins dient dabei als Aufhänger, etwas in der Art wie ›Unsterblichkeitsträume einer Pionierin: Miss Lucy Hawlings gescheiterter Versuch, dem *Cellular Breakdown* zu entkommen‹. Das meiste davon ist praktisch abgeschlossen: Hintergrundinfos, das erste Wiedersehen mit Buechili und ihrem Bruder, Zitate aus meinen Gesprächen mit ihr, der Kollaps. Nur der Ausgang der Nanokonvertierung fehlt noch.«

McLean nickte. Es war abzusehen gewesen, dass Helen die Dramatik der Situation zu ihrem Vorteil nutzen würde. »Wir lassen Ihnen da freie Hand.«

»Schön.«

»Das setzt allerdings voraus, dass wir den bisherigen Modus unserer Zusammenarbeit beibehalten«, erinnerte sie die Außensprecherin.

»Selbstverständlich.«

So, wie sie das sagte, klang es fast provokant, und McLean war davon überzeugt, dass es Helen auch genau so meinte. Welche Journalistin unterwarf sich schon gern dem Reglement des Systems, selbst wenn es so gut wie nie zur Anwendung kam? Das alleinige Wissen darum reichte bereits, um sich bevormundet zu fühlen.

»Gut! Dann sehe ich Ihrem Bericht mit Spannung entgegen!« Sie zwinkerte, lächelte ihr zu und hob die Hand zu einem kollegialen Gruß. »Also bis später!«

3

Helen erhob sich und seufzte. Obwohl sie Lucy Hawlings barscher und unnahbarer Art nicht viel hatte abgewinnen können und sie als Anhängerin einer erzkonservativen Strömung die Idee der Nanokonvertierung schauderhaft fand, ging ihr das Ende der Künstlerin doch nahe. Immerhin musste diese früher – unter ihrer harten Schale – ein zutiefst feinfühlender Mensch gewesen sein, sonst hätte sie Virtufakte wie *Aletheia* niemals in solcher Perfektion umsetzen können. Und das machte den Ausgang des Pilotversuchs umso tragischer. Ob sie nach dem fatalen Interview noch einmal zu sich gekommen war? Falls nicht, dann hätte sie ihre letzten Minuten bei vollem Bewusstsein mit Helen zugebracht. Darin lag eine gewisse Skurrilität, so groß, wie die Distanz zwischen der felsenfest von ihrer Konvertierung überzeugten technologiegläubigen Halbstrukturistin und dem Weltbild des matriarchalischen *Natural Way of Life* gewesen war. Eine Skurrilität, die sich aufgrund mehr oder weniger zufälliger Verwicklungen ergeben hatte.

Das ließ Helen an die schlimmen Umstände zurückdenken, durch die sie überhaupt erst in die jetzige Situation gelangt war, und an die damit verknüpften Geschehnisse: den Angriff der *Force*, das Intermezzo mit der katzenartigen Bestie im Labor und den tragischen Verlust ihrer Freundin Marion Splinten. Letzteres belastete sie am meisten, nicht nur auf emotionaler Ebene, sondern auch wegen der Verpflichtungen, die im Rahmen der Schwesternschaft auf sie zukamen, sobald sie Anthrotopia verließ. Und das, obwohl sie nicht einmal sicher sein konnte, ob Marion tatsächlich gestorben war. Außer Nathrak Zareon schien es keine Zeugen für den Anschlag zu geben – und ihr Leichnam war nie gefunden worden.

Zumindest hatte sich dadurch eine Chance geboten, von der andere Journalisten nur träumten. Und sie war unerwartet auf einen neuen Freund gestoßen, mitten im Lager der alteingesessenen Stadtbewohner: Darius Buechili. Die Gespräche mit ihm hatten ihr Kraft verliehen, über den Verlust hinwegzukommen, und sie ertappte sich des Öfteren dabei, wie sie ihre Fühler vorsichtig nach den Lehren der Aszendologie ausstreckte, offiziell, um den Horizont zu erweitern, aber in Wirklichkeit scheute sie sich nicht davor, trotz ihrer Zugehörigkeit zur Schwesternschaft alternative Meinungen kennenzulernen. Warum sollte sie auch Bedenken haben? Zusätzliches Wissen kam einer Berichterstatterin wie ihr stets gelegen.

Darüber hinaus spielte sie mit einem Gedanken, den sie Buechili erst zu gegebener Zeit enthüllen wollte. Eigentlich handelte es sich dabei um einen geradezu grotesken Einfall, weil es angesichts der Unnahbarkeit, die man Anthrotopiern nachsagte, mehr als fraglich war, ob er darauf eingehen würde. Dennoch reizte sie die Idee. Sie war verwegen und aufsehenerregend unkonventionell zugleich, jedenfalls für eine *Sensitiva* des *Natural Way of Life*. Und Helen glaubte, sich intuitiv auf dem richtigen Weg zu befinden, selbst wenn sie damit in der Schwesternschaft zunächst auf wenig Gegenliebe stieß. Die Sache war das Risiko wert, fand sie. Früher oder später würde man ihr wohl beipflichten. Es ging nur darum, den Funken, der während des Abendessens im *Nobility* übergesprungen war, weiter auszubauen, eine Aufgabe, der sie sich durchaus gewachsen fühlte. Schließlich hatte man Helen und ihre Mitstreiterinnen von Kindheit an darauf vorbereitet, sich nach geeigneten Männern umzusehen, sobald die Zeit dafür gekommen wäre. Und Buechili schien ein solcher Mann zu sein, ungeachtet dessen, dass seine emotionale Struktur als ACI-geblockter Anthrotopier große Anforderungen an ihr weibliches Geschick stellen würde und sie beinahe einhundert Jahre an Lebenserfahrung voneinander trennten.

Auf der anderen Seite lag Helen allerdings auch viel an ihrer Karriere beim *World Mirror*, die sie, falls sie dem vorgezeichneten Kurs des *Natural Way of Life* folgte, aufgeben müsste. Eine schwierige Situation, insbesondere jetzt, da sie kurz vor der spektakulärsten Reportage ihrer bisherigen beruflichen Laufbahn stand. Noch nie zuvor war sie derart unsicher gewesen, welche Richtung sie einschlagen sollte. Sie konnte nur hoffen, dass sie bald eine klarere Sicht auf die Dinge bekam.

Und wenn ihre Entscheidung gar keine Rolle spielte, sinnierte sie, weil sämtliche Pfade letztlich ohnehin in einem Punkt endeten? Seit ihrer journalistischen Einbindung in *Telos* wuchs in ihr eine Art Zukunftsvision heran. Darin sah sie sich auf einem gigantischen Wellenberg stehen, der wie ein Tsunami über den Globus fegte und überall dort, wo er auftraf, die alten Weltbilder dem Erdboden gleichmachte. Und an ihrer Seite befand sich Darius Buechili! Vielleicht eine Folge ihrer mentalen Auseinandersetzung mit den Turbulenzen der letzten Woche. Oder eine Ahnung aus den Tiefen ihres Unbewussten. Noch stand sie vor einer geschlossenen Tür, hinter der diese Ereignisse ausgebreitet lagen. Aber schon bald würde sie darauf zugehen, sie öffnen und jenen Platz einnehmen, den das Schicksal für Buechili und sie vorgesehen hatte.

Epilog

Der Mann im Gartenstuhl hatte den Vorsatz immer noch nicht fallen gelassen, einen Bezug zu den verloren gegangenen Erinnerungsfragmenten zu finden. Doch es erwies sich als ausgesprochen schwierig, die ihn umgebende Wirklichkeit zu vergessen, sich tastend dorthin zu begeben, wo er einst gewesen zu sein glaubte. Wenn er es mit aller Beharrlichkeit versuchte, kam er zwar an die Barriere heran, an den schützenden Wall des hiesigen Wirklichkeitsgefüges, spürte allerdings auch einen unangenehmen Schwindel aufkommen, so, als ob seine Gedanken von ihrer üblichen planen Verstandesebene in ein mehrdimensionales Kontinuum übergehen und dabei auf alternative Ausprägungen ihrer selbst stoßen würden.

Eine Zeit lang ertrug er die Konfusion, während er sich näher und näher an den Wall heranarbeitete. Aber schon bald zwangen ihn die an Heftigkeit zunehmenden Kopfschmerzen dazu, das Experiment abzubrechen. Dadurch fielen seine Reflexionen in die gewohnte Linearität zurück, und sein Verstand saugte die vertrauten Umstände mit derselben Gier ein, mit der eine beinahe unter einer Glasglocke erstickte Flamme den plötzlich verfügbaren Sauerstoff an sich reißt, nachdem die Haube entfernt wurde. Nur das schmerzhafte Pochen in seinem Schädel hielt an. Aus Erfahrung wusste er, dass auch dieses früher oder später abflauen würde, jetzt, da er wieder völlig auf dem Boden der Realität stand.

Seit seinem »Unfall«, von dem eine Narbe auf der linken Schläfe geblieben war (die er aus unerklärlichen Gründen manchmal an der falschen Stelle wähnte), erlebte er solche Episoden des Öfteren. Etwas hinderte ihn daran, mehr über die Natur jenes Ereignisses herauszufinden, durch das sich die Narbe gebildet hatte; eine Art Schutzmechanismus, der eine Wirklichkeit abschirmte, über die er hier nichts wissen durfte. Einschließlich der Rolle, die er dort eingenommen hatte.

War es das, was in ihm den intensiven Drang erzeugte, sich wiederholt über die Beschränkungen hinwegzusetzen, damit er die von seiner Position aus kaum erkennbaren Erinnerungsfragmente jenseits des geistigen Grabens zu fassen bekam? Zu einem Teil mochte das zu-

treffen. Von größerer Bedeutung aber war, dass er hinter dem Graben die Ursache eines ihm unerklärlichen Schauders spürte, so, als ob ihn etwas vor einer immensen Gefahr warnen müsste, die weit über die Bedrohung seines Körpers hinausging und die das Potential einer Katastrophe von globalem Ausmaß in sich trug.

Keine Frage: Er musste der Sache nachgehen, musste herausfinden, ob die Ahnung mehr als das Nachbeben eines verschütteten Traumas war. Und so versuchte er es alle zwei, drei Wochen aufs Neue, immer und immer wieder, um vielleicht eines Tages mit einem zündenden Funken von der anderen Seite zurückzukehren. Einem Funken, der entweder eine psychisch plausible Erklärung für die Bedeutungslosigkeit seiner Befürchtung lieferte oder aber Details über jene Vorfälle offenbarte, die – wie er meinte – aus einer fernen Zukunft kamen und hier ihren Niederschlag fanden.

Noch wusste er nicht, wie er im Falle einer realen Bedrohung reagieren sollte und ob er sie überhaupt abwenden könnte. Womöglich ergab sich die Lösung von selbst, sobald er Zugang zu den verlorenen Erinnerungen erlangte. Bis dahin musste er beharrlich bleiben, ungeachtet des heftigen Pochens in seinem Schädel. Und darauf gefasst sein, dass die Überwindung des Grabens das Risiko in sich barg, nie mehr in die gegenwärtige Wirklichkeit zurückzufinden.

Schlussbemerkungen

Als ich mit der »Chronik eines Grenzgängers« begann, wusste ich noch nicht, wie viel von der Gesamthandlung in den ersten Band passen würde. Aus drucktechnischen Gründen galt es, unter achthundert Seiten zu bleiben, und das klang zunächst nach reichlich Platz. Doch die Schilderung der Gegebenheiten, mit denen Schmidt konfrontiert wird, und die Beschreibung seines neuen Umfelds beanspruchten einen beträchtlichen Teil des Manuskripts.

Nun, da »Lucys Verwandlung« fertiggestellt ist, glaube ich, einen akzeptablen Mittelweg zwischen Plot und Hintergrundinformationen gefunden zu haben. Freilich, so manches bleibt unerwähnt, wie etwa Details zum *Natural Way of Life*, die genauen Zustände im Rest der Welt oder das Terminierungsprozedere bei der MIETRA, aber das wird in den Folgebänden nachgeholt werden.

Falls Ihnen »Lucys Verwandlung« gefallen hat, freue ich mich über eine konstruktive Rezension. Für persönliches Feedback finden Sie auf meiner Webseite Kontaktmöglichkeiten. Dieses Buch wurde sorgfältig lektoriert, dennoch sind Fehler nie ganz auszuschließen. Sollten Sie welche entdeckt haben, nimmt der Verlag Ihre Hinweise gern entgegen.

Darius Buechili, im März 2014.
www.dariusbuechili.com

Vorschau: Buch 2

Gero Schmidts Verflechtungen mit den Protagonisten einer Hightech-Zukunft gehen weiter. In Band zwei reist er über Darius Buechilis' Gastkörper mit Helen Fawkes in eine Siedlung des *Natural Way of Life*, um der Frage nachzugehen, ob ihre Freundin Marion Splinten tatsächlich bei einem Anschlag im Rest der Welt ums Leben kam. Während des mehrwöchigen Aufenthalts lernt er nicht nur die merkwürdigen Gebräuche der Schwesternschaft kennen, sondern stellt auch schon bald fest, dass Helens Erwartungshaltung längst nicht so harmlos ist wie ursprünglich angenommen. Als er dann noch mit einer düsteren Zukunftsvision konfrontiert wird, die eine Destabilisierung der globalen Machtverhältnisse prognostiziert, spitzt sich die Lage zu.

Anhang

Glossar

ACI
Kurzform für →ACI-Blocker.

ACI-Blocker
Affective Cognitive Interference Blocker, manchmal auch nur Blocker oder ACI genannt. Eine auf psychischer Dämpfung basierende Konfliktkompensation zur Wahrung geistiger Integrität. Bestandteil des →*BioBounds-Extenders*. Der Blocker reduziert trieb- und aggressionsgeladene Einflussgrößen, die das Potenzial zu einer Eskalation in sich tragen, ohne das Gefühlsleben dabei komplett zu unterdrücken.

Action Spot
Inducer-Zentren für annexeanische Bürger (→Annexea), die über keinen hauseigenen *Inducer* (→*Inducer*) verfügen und dennoch in den Genuss virtueller Szenarien kommen möchten. Durch isolierte Kammern wird die Privatsphäre der Teilnehmer sichergestellt.

Adressschema
Adressierungssystem für Ringkernstädte (→Ringkernstadt), durch das in →Annexea die exakte Position einer Wohneinheit festgelegt wird. So bezeichnet beispielsweise A-R348-S12-U3 oder A-348-12-3 in →Anthrotopia die dritte Wohneinheit im 348. Ring des →Sektors 12 (was dem achten →Bezirksring im 34. →*Transit Ring* entspricht). Ungerade Hausnummern verweisen auf die zur Innenzone hin gelegene Seite einer Straße.

Advateres-Komplex
Advanced Technology Research. Anthrotopisches Zentrum (→Anthrotopia) für höhere Forschung, in dem sich unter anderem das →*Medical Research Center* befindet.

Aerochase-Simulator
Künstliche Umgebung der →MIETRA, in der zwei oder mehrere virtuelle →*Hyperceptors* (Kampffluggeräte) gegeneinander antreten. Wird auch oft als Training für →*Warrior Controllers* benutzt.

Airvario-Gewehr
Gewehr mit Projektilen, die ihren Kurs innerhalb eines gewissen Rahmens selbst den Erfordernissen anpassen und so etwa gekrümmte Flugbahnen zu ihren Zielobjekten beschreiben können. Technologie im →Rest der Welt (→*Force of Nature* und →*Tribes*).

Allianzarmband
Sicherheitssystem der →*Force of Nature* in externen Lagern. Solange es aktiv ist, wird der Träger als Verbündeter betrachtet und die patrouillierenden →*Force*-Züchtungen ignorieren ihn. Andernfalls fallen sie über ihn her. Wird oft zusätzlich zur →*Dotierung* angewandt.

Alt-Ultraismus
Hochkonservative Strömung des →Ultraismus, die in der Hightech die Krux des modernen Menschen sieht und die sich von fortschrittlichen Gesellschaften wie der Großen Stadt (→Anthrotopia) ideologisch distanziert. Der Alt-Ultraismus ist eine vernachlässigbar kleine Minderheit des ultraistischen Lagers.

Amber
Bezeichnung für die exekutiven Kräfte der →Systemüberwachung, sowohl innerhalb von →Annexea (→*Interna*) als auch außerhalb davon (→*Externa*).

Ambience System
Steuerungssystem einer Wohneinheit. Kontrolliert unter anderem die Lichtdurchlässigkeit von Wänden, ambientale Projektionen, Audiountermalungen, Farbvariationen, Lichteinstellungen, Wechselsprechanlagen und kann auch als Kommunikationshub fungieren.

Annexea
Ein Verbund von Ringkernstädten (→Ringkernstadt), der sich mit einem gemeinsamen Verteidigungssystem (→ARMOR) und einem effektiven Sicherheitsteam (→Systemüberwachung) gegen den kriegerischen →Rest der Welt schützt. Mit Ausnahme von →Anthrotopia befinden sich alle Städte auf dem Festland.

Annexeaner
Bewohner des Städtebundes →Annexea.

Anthrocom
Kommunikationssystem der Großen Stadt, auf das mittels →*Neurolink*, →*Inducer*, →*Interaktor* und ähnlichen Schnittstellen zugegriffen wird.

Anthrotopier
Bewohner der »Großen Stadt« →Anthrotopia.

Anthrotopia
Auch die »Große Stadt«, »Bollwerk Mensch« oder »Stadt auf dem Meer« genannt. Anthrotopia ist das Elitezentrum des Städtebundes →Annexea und Sitz der →LODZOEB. Mit seinem auf →Maschinenintelligenzen basiertem Verteidigungssystem und seiner isolierten Lage gilt die Stadt als praktisch uneinnehmbar. Geographisch befindet sie sich in der Nordsee. Durch ihre nanotechnologische Grundstruktur ist sie in der Lage, sich dem jeweiligen Platzbedarf automatisch anzupassen, indem sie Außenringe schrumpft oder neue entstehen lässt. Anthrotopia ist mit Abstand der modernste und sicherste Ort der Welt.

Anthrotopischer Stirnreif
Stirnreif für →Anthrotopier, der die Bürgerschaft symbolisiert und als externe Komponente des →*Neurolinks* dient. Stellt an der Vorderseite entweder das Emblem der Großen Stadt (→Die Große Stadt) oder das einer Gesinnungsrichtung dar.

ARMOR
Artificial Reasoning System for Military Operations and Retaliation.
Das hauptsächlich auf →Maschinenintelligenzen beruhende Verteidigungssystem →Annexeas.

Aszendologie
Philosophische Ansicht, nach der Leben (und damit auch →Geist) das Bestreben hat, sich im →Geistraum durch Sublimierung nach »oben« zu entwickeln (der Terminus leitet sich aus dem lateinischen Wort »ascendere« ab, was so viel wie »emporsteigen« bedeutet). Die auf diese Weise heranreifenden Daseinsformen sind nicht auf die im hiesigen Universum zu beobachtenden Varianten beschränkt, sondern hängen vom jeweiligen Ideenkomplex eines →Fürstentums ab. Das Konzept der Aszendologie wird primär von →Ultraisten vertreten. Es gibt aber auch Menschen, die keiner ultraistischen Fraktion angehören und dennoch mit dieser Philosophie sympathisieren. Das formale Modell der Aszendologie nennt sich →Ideenmetrik.

Aszendologisches Gremium
Eine Arbeitsgruppe von ultraistischen Logikern, die das formaltheoretische Konstrukt der →Ideenmetrik auf dem neuesten Stand hält. Größtenteils handelt es sich dabei um Progressiv-Ultraisten (→Progressiver Ultraismus). Manche der Mitglieder sind aber auch fraktionsfrei.

BBX
Kurzform für →*BioBounds-Extender*.

Bezirksring
Siehe →*District Ring*.

Bio Extension System
Ein Subsystem des →*BioBounds-Extenders*, das den physischen Alterungsprozess stoppt.

BioBounds-Extender
Ein unter anderem auf →*Nascrozyten* beruhender Regulator, der ab dem Zeitpunkt der »Implantation« den physischen Alterungsprozess stoppt und bei höheren Spezies die geistige Integrität wahrt. Die »Einpflanzung« erfolgt nicht-invasiv in Form von selbstbildenden Strukturen (*Nascrozyten*), die über den Blutkreislauf zugeführt werden, sodass der in →Annexea übliche Terminus »Implantation« im Grunde irreführend ist (er hat historische Ursachen). Funktional wird der *BioBounds-Extender* in zwei Subkomponenten unterteilt, dem →*Bio Extension System* (biologischer Alterungsregulator) und dem →ACI-Blocker (psychischer Stabilisator).

BioBounds-suppressive Erkrankung
Erkrankung, die ab einem bestimmten Stadium dem →*BioBounds-Extender* entgegenwirkt und zu einem vorzeitigen →*Cellular Breakdown* führt.

Blocker
Kurzform für →ACI-Blocker.

Bollwerk
Präannexeanische Vorform einer →Ringkernstadt.

Cellular Breakdown
Phänomen bei Trägern von →*BioBounds-Extendern*, das üblicherweise in einem Alter zwischen einhundertfünfundzwanzig und einhundertzweiunddreißig Jahren einsetzt und einen plötzlichen körperlichen Verfall auslöst. Trotz intensiver Forschungen ist kein Verfahren bekannt, mit dem der Prozess aufgehalten werden könnte. Die Folge des *Cellular Breakdowns* ist immer der Tod.

Ceptor
Kurzform für →*Hyperceptor*.

Class C Purifier
Spezielle Variante eines →*Nascrozyten*, der die Aufgabe der Reparatur von Zellschäden bei →*BioBounds-Extender*-Trägern übernimmt.

Cogito
Ein Partizipationsmechanismus für die Zuordnung von Aufgaben in →*Annexea* und →*Anthrotopia*. Anders als in früheren Gesellschaften sind Bürger nicht länger an bestimmte Unternehmen oder Berufsgruppen gebunden, sondern treten als Dienstleister in der *Cogito* auf. Grundlage hierfür sind unter anderem *Induca*-Kompetenzen (→*Induca*), bisherige Tätigkeiten, Interessensgebiete und persönliche Orientierung.

Connex
Radial verlaufende, meist mehrspurige Speiche in annexeanischen Ringkernstädten (→Ringkernstadt), die →*Transit Rings* miteinander verbindet.

Controller
Ein MIETRA-Soldat (→MIETRA), der Drohnen oder Kampfroboter fernsteuert. Siehe →*Warrior Controller* und →*Hyperceptor Controller*.

Controller-Implantat
Im rechten Unterarm eines →*Controllers* (→*Warrior Controller* und →*Hyperceptor Controller*) implantierte Identifikationseinheit, die berührungslos ausgelesen werden kann.

Cooking-Master
Ein auf nanotechnologischer Basis arbeitendes Gerät in annexeanischen (→Annexea) und anthrotopischen (→Anthrotopia) Haushalten, Restaurants sowie öffentlichen Einrichtungen, das auf Kommando ausgewählte Mahlzeiten und Getränke zubereitet.

Core Unit
Basiszelle oder auch kleinste strukturelle Einheit eines →*Hypertroopers*. Sie besteht aus einer konzentrierten Energieform, dem Gesamtbauplan und einer Replikationsmaschinerie.

Currusar
Ein mittels Kettenantrieb ausgestattetes Panzerfahrzeug (lat. currus armatus) der →*Force of Nature* mit *ThermoPulse*-Kompensationspanzerung (→*ThermoPulse*), *Nanodriller*- und Laser-Geschützen (→*Nanodriller*), sowie →*Airvario*-Gewehren.

Decoupler
Sicherheitsvorkehrung bei →*Hyperconnectors*, die den Hals und den oberen Bereich der Wirbelsäule von →*Controllers* umschließt, damit ungewollte, während der Kämpfe entstehende Nervenimpulse an Rumpf und Gliedmaßen abgedämpft werden und sich das Verletzungsrisiko auf ein Minimum reduziert.

Delta-Symbol
Kennzeichen für den →Strukturismus. Das Delta (Δ) steht für die Analyse der Weltstruktur bis in kleinste Dimensionen.

Die Große Stadt
Siehe →Anthrotopia.

District Ring
Auch →Bezirksring genannt. Der schmalste Verkehrsweg einer →Ringkernstadt. Auf jeden zehnten *District Ring* folgt ein →*Transit Ring*. Siehe auch →Adressschema.

Dotierung
Bezeichnung innerhalb der →*Force of Nature* für ein im Rahmen des →*Venom Treaty* angebrachtes Giftinjektorsystem.

Driller
Siehe →*Nanodriller*.

Einreisesubstitution
Vorgehensweise der →Systemüberwachung in →*Security Hubs*, bei der sämtliche persönlichen Gegenstände und Kleidungsstücke ankommender Personen gegen sicherheitstechnisch unbedenkliche Pendants ersetzt und für die Dauer des Aufenthalts in externen Depots verwahrt werden. Ähnliche Bedingungen gelten bei der Einreise nach →Anthrotopia oder bei Betreten von kritischen Zonen in Ringkernstädten (→Ringkernstadt).

Enemy Assessment Program
Interne Datenbank der →MIETRA, die Aufschluss über Taktiken, Vorgehensweisen und Präferenzen feindlicher Kräfte gibt.

Extender
Kurzform für →*BioBounds-Extender*.

Externa
Sammelbezeichnung für die im →Rest der Welt agierenden Abteilungen der →Systemüberwachung (ohne das →*Hypercorps*).

Extremauslöser
Automatische Notabschaltung, die bei hohem psychischem oder körperlichem Stress in VINET-Szenarien (→VINET) aktiv wird.

Fertigungsfab
Vollautomatisierte Fabrik zur Herstellung von Gütern aller Art.

Field-Trooper
Ein hauptsächlich für Kämpfe auf weiträumigem Areal gedachter →*Hypertrooper*, der es auf eine Körpergröße von rund zwei Meter dreißig bringt.

Force of Nature
Kurzform: *Force*. Aus dem Verborgenen operierender Eliteverband aus dem →Rest der Welt. Benutzt moderne Waffen, verzichtet

allerdings aus dogmatischen Gründen weitgehend auf →Maschinenintelligenzen und fortgeschrittene Nanotechnologie. Die *Force of Nature* lehnt hochtechnisierte Gesellschaften ab, wie sie etwa →Annexea und →Anthrotopia darstellen.

Force-Katze
Siehe → *War-Cat*.

Force-Tarnanzug
Militärische Kleidung der →*Force of Nature*, die hauptsächlich aus Textil- und Carbonfasern besteht und sowohl der leichten Panzerung als auch der Tarnung dient. Im Gegensatz zu *Smartex*-Anzügen (→*SmartExoSkin*-Anzug) vom *Camouflage*-Typ beschränkt sie sich auf eine farbliche Anpassung an das vorherrschende Umfeld.

Force-Züchtung
Speziell für den Nahkampf trainierte, genetisch perfektionierte und technisch aufgerüstete Tiere der →*Force of Nature*, die oftmals von →*Pack Leaders* angeführt werden. Am häufigsten kommen dabei Hunde, Großkatzen, Hyänen, aber auch Krähen zum Einsatz.

Freier Ultraismus
Eine Strömung des →Ultraismus, deren Anhänger zwar technischen Errungenschaften gegenüber aufgeschlossen sind, eine starke Verflechtung mit dem menschlichen Organismus aber missbilligen. So distanzieren sie sich etwa vor der Implantation eines →*BioBounds-Extenders*. Nichtsdestoweniger benutzen sie – wie etwa die gemäßigten Ultraisten (→Gemäßigter Ultraismus) – das →VINET als virtuelle Trainings- und Forschungsplattform und leben zum Teil im Hightech-Umfeld der Großen Stadt. Da sie wegen ihrer Ablehnung des *Extenders* von konservativen Fraktionen respektiert werden, gleichzeitig aber auch Kontakte mit progressiven Strömungen pflegen, werden sie gern als Brückenglieder eingesetzt (etwa als Vorsitzende des ultraistischen Komitees).

Fürstentum
Ein Terminus der →Aszendologie, auch →Ideenkomplex genannt. Bezeichnet ein Areal innerhalb des geistigen →Weltenraums, das kompatible Ideenmodelle unterschiedlicher Realitäten zu einer Einheit zusammenfasst. Fürstentümer werden von Geistriesen (Fürsten) gelenkt, aus deren Kraft Welten als Substrukturen hervorgehen. Eine dieser Welten ist die irdische Wirklichkeit.

Geist
Körperloser, abstrakter Persönlichkeitskern außerhalb von Raum und Zeit, der nach Ansicht der →Ultraisten die Grundlage jeden Lebens darstellt, den irdischen Tod überdauert und wichtige Erinnerungen als bild- und wortlose Informationen in die nächste Seinsform mitnimmt.

Geistraum
Ein Terminus der →Aszendologie. Der mit dem →Weltenraum in Verbindung stehende Hyperraum, von dem aus Geistelemente (→Geist) ihre Wirkung entfalten. Über die Frage, welche Rückkopplungen zwischen Welten- und Geistraum genau existieren, besteht Uneinigkeit.

Gemäßigter Ultraismus
Eine Strömung des →Ultraismus, die sowohl technischen als auch konservativen Ausrichtungen Toleranz entgegenbringt. Angehörige dieser Fraktion sind gesellig, ehrgeizig, lassen sich gern mit →Virtufakten in künstliche Welten versetzen, verfügen in der Regel über →*BioBounds-Extender* und nutzen das →VINET als Trainings- und Forschungsplattform. Ideologisch stehen sie einem weniger formalen Modell der →Aszendologie näher als der →Ideenmetrik, ein Umstand, der oftmals zu Diskussionen mit den strengen Anhängern des progressiven Ultraismus (→Progressiver Ultraismus) führt.

Geo-Assistent
Ein in →Anthrotopia häufig verwendetes Werkzeug, das über *Augmented Reality* Lokationsdaten einblenden und Navigationshinweise geben kann. Das Pendant dazu in →Annexea nennt sich →Lokationsassistent.

Global Intelligence
Ein auf →Maschinenintelligenzen basiertes Kontroll- und Analysesystem für militärische Einsätze.

Größennormierung
Einheitliche Abbildung der Mitglieder des Rats von Anthrotopia (→Rat von Anthrotopia) bei virtuellen Zusammenkünften auf eine Körpergröße von eins fünfundsiebzig, um unbewusste Dominanzvorteile auszuschließen.

GT
Kurzform für →*Guided Taxi*.

Guided Taxi (GT)
Selbststeuerndes Transportmittel in Ringkernstädten (→Ringkernstadt), das – je nach Ausführung – zwischen zwei und sechs Passagieren Platz bietet.

Hierarchien von Fürstentümern
Ein Terminus der →Aszendologie. »Übereinander« gelagerte Metropolen von →Ideenkomplexen, die ihrerseits wieder aus →Weltenmodellen (Welten) bestehen. Je nach Position innerhalb der Fürstentümer (→Fürstentum) ergeben sich so unterschiedliche Wirklichkeitsformen.

Hirnstrom-Paraboloid
Eine den Schädel in Form eines Paraboloides einschließende Apparatur, die berührungslos das neuronale Gefüge eines Menschen überwacht, analysiert und zu einem gewissen Grad auch beeinflusst. Hirnstrom-Paraboloiden gehören zur Standardein-

richtung von →*Medical Centers*. Sie werden über Standardinterfaces (→*Neurolinks*, Gestensteuerung) bedient und verfügen über ein Display zur Anzeige von Status- und Diagnoseinformationen.

Homo verus
Mensch, der im Gegensatz zum Homo sapiens seine animalischen Anteile weitgehend hinter sich gelassen hat. Nach Auffassung der →Anthrotopier kann sich der *Homo verus* nur in einem Umfeld entwickeln, wie es in der Großen Stadt (→Die Große Stadt) geboten wird. Als Zeichen dieses Wandels tragen sie den anthrotopischen Stirnreif (→Anthrotopischer Stirnreif).

Hyperceptor
Kampffluggeräte (Drohnen) der →MIETRA, die wie →*Hypertroopers* auf speziellen Nanozellen basieren und von →*Hyperceptor Controllers* gesteuert werden.

Hyperceptor Controller
Soldaten der →MIETRA, die über →*Hyperconnectors* in Verbindung mit Kampffluggeräten (Drohnen) stehen (→*Hyperceptors*). Die dabei zum Einsatz kommende Technologie ähnelt der von →*Warrior Controllers*.

Hyperceptor-Pilot
Alternativbezeichnung für →*Hyperceptor Controller*.

Hyperconnector
Inducerartiger Aufbau (→*Inducer*) mit Kalotte für MIETRA-Soldaten (→MIETRA), welcher der Steuerung von Kampfrobotern (→*Hypertroopers*, →*Hyperceptors* etc.) dient. Siehe auch →*Controller*.

Hypercorps
Offizielle Bezeichnung jenes militärischen Verbandes der →Systemüberwachung, die Kampfroboter wie →*Hypertroopers* und

→*Hyperceptors* zum Einsatz bringt. Er wird von einer geheimen Organisation, der →MIETRA, kommandiert.

Hypertrooper
Ein aus speziellen Nanozellen aufgebauter Kampfroboter, der sich aus →*Materia Constructa*-Schwaden aufbaut und teils autonom operiert, teils von →*Warrior Controllers* gesteuert wird. Seine robuste Konstruktion und das hochentwickelte Waffensystem (→*Schwärmerdrohnen*, →*MoldeGun*, →*NascroRip*, →*ThermoPulse*) machen ihn zu einem kaum bezwingbaren Gegner für Aggressoren aus dem →Rest der Welt. *Hypertroopers* (Kurzform: *Troopers*) existieren in unterschiedlichen Ausführungen, die je nach örtlicher Begebenheit zum Einsatz kommen: →*Field-Troopers*, →*Urban-Troopers*, →*LongDistance-Troopers*.

IDCOPA
Kurzform für *Identification, communication, and payment transponder*. Ein Implantat, das der Identifikation von annexeanischen Bürgern (→Annexea) ohne →*BioBounds-Extender* dient und unter anderem bei Bezahl- und Kommunikationsdiensten zur Anwendung kommt.

Ideenkomplex
Ein Terminus der →Aszendologie. Siehe →Fürstentum.

Ideenmetrik
Ein formales Modell der →Aszendologie, das vom aszendologischen Gremium (→Aszendologisches Gremium) gepflegt wird.

Ideenmodell
Ein Terminus der →Aszendologie. Siehe →Weltenmodell.

Ideenraum
Ein Terminus der →Aszendologie. Siehe →Weltenraum.

Induca
Eine Trainingseinrichtung für →Annexeaner und →Anthrotopier, die das Kompetenzlevel eines Teilnehmers auf der Grundlage seiner bisherigen Ausbildung, Fähigkeiten, derzeitigen Aufgaben und Interessen sukzessive steigert und die gesamte Lebensspanne abdeckt. Ziel ist nicht die Heranbildung von Spezialisten, sondern von Bürgern, die sich ihrer Persönlichkeit und ihren Begabungen entsprechend entwickeln können.

Inducer
Interface zum →VINET über berührungslose Neuroinduktionsfelder (→Neurokoppler).

Interaktor
Anthrotopisches Kommunikationssystem für Menschen ohne →*Neurolinks*. Wird auch oft synonym für einen Gästereif (einer Art anthrotopischer Reif (→Anthrotopischer Stirnreif) mit reduziertem Funktionsumfang) verwendet.

Interna
Sammelbezeichnung für die in →Annexea und →Anthrotopia operierenden Abteilungen der →Systemüberwachung.

Investigator
Offiziell eingesetzter Sicherheitsbeauftragter der →Systemüberwachung, der nach Zustimmung durch den Betroffenen einen abgegrenzten Datenbestand seiner Bewegungs- und Nutzdaten analysiert, um einem durch das maschinenintelligente Sicherheitssystem gemeldeten schwerwiegenden Verstoß gegen die geltende Ordnung nachzugehen (→Maschinenintelligenz).

L2-Physik
Kurzform für →Level-2-Physik.

Level-2-Physik
Eine durch die →LODZOEB vorgenommene Erweiterung der naturwissenschaftlichen Wissensbasis, mit der neue, im Wahrheitskontinuum der zweiten Ordnungsebene verifizierte Prinzipien in die anthrotopische Wissenschaft eingebracht werden.

LinguA
Sprache in →Annexea und →Anthrotopia. Kurz für *Lingua Annexeae*. *LinguA* wurde aus dem Englischen abgeleitet.

LODZOEB
Logik der zweiten Ordnungsebene. Eine jenseits der menschlichen Logik operierende →Maschinenintelligenz in →Anthrotopia, die entwickelt wurde, um die Lösung hochkomplexer Probleme voranzutreiben. Die LODZOEB war unter anderem maßgeblich an der Entwicklung des →*BioBounds-Extenders*, der →*Hypertroopers* und des Nanokonvertierungsverfahrens (→Nanokonvertierung) beteiligt. Außerdem schufen Vorstufen davon die theoretischen und technischen Grundlagen für die Umsetzung der Stadt Anthrotopia.

Lokationsassistent
Eine in →Annexea häufig verwendete Funktion, die über *Augmented Reality* Lokationsdaten einblenden und Navigationshinweise geben kann. Das Pendant dazu in →Anthrotopia nennt sich →Geo-Assistent.

LongDistance-Trooper
Ein speziell für die Überwindung größerer Entfernungen optimierter →*Hypertrooper* mit stark reduziertem Gewicht.

Makka
Ein →*Tribes-Clan*, der unter anderem in Feindschaft mit den →*Nossa* lebt.

Maschinenintelligenz
Künstliche Logikform, die für gewöhnlich innerhalb der ersten Ordnungsebene (also auf der Ebene des Menschen) operiert. Die höchste in Anthrotopia zum Einsatz kommende Maschinenintelligenz ist die Logik der zweiten Ordnungsebene (→LODZOEB). Sie entsprang einem stufenweisen Entwicklungsprozess aus rekursiv verfeinerten Kalkülen der ersten Ebene.

Materia Constructa
Ein Gemisch aus Metallen, gebundenen Gasen und Nanostrukturelementen, das den →*Primen* als Baumaterial für die Herstellung von →*Hypertroopers* dient.

Mediator
Speziell ausgebildetes Vermittlungsglied zwischen →Anthrotopia und der →LODZOEB, das über eine neuronale Kopplung mit den peripheren Systemen der Logikzwischenschicht kommuniziert. Ein Teil dieser Kopplung ist in einem kronenähnlichen, an ägyptische Pharaonen erinnernden Aufsatz untergebracht. Der Mediatorprimus in Anthrotopia heißt Aleph.

Medical Center
Medizinische Station in Ringkernstädten (→Ringkernstadt).

Medical Research Center
Ein innerhalb des →*Advateres*-Komplexes untergebrachter Forschungsbereich für medizinische Spezialgebiete.

Mental Cleansing
Neuronale Löschung systemkritischer Informationen im Gedächtnis von Expatriierten.

MIETRA
Kurzform für *Military Elite Training Program*. Eine nach außen hin unter dem Namen →*Hypercorps* operierende militärische Spezialeinheit, die der Heranbildung von Soldaten (→*Warrior Con-*

trollers, →*Hyperceptor Controllers*) mit besonderen Fähigkeiten zur neuronalen Steuerung von Kampfrobotern (→*Hypertroopers*, →*Hyperceptors*) dient und deren Einsätze koordiniert. Offiziell existiert die MIETRA nur in Form des *Hypercorps*. Sowohl die interne Bezeichnung der Organisation als auch die Existenz von *Controllers* und deren Involvierung bei Gefechten werden geheim gehalten.

Mingler
Ermöglicht eine exakt dosierbare Zufuhr von körperfremden Substanzen (zum Beispiel →*Nascrobs*) in den Blutkreislauf. *Mingler* kommen unter anderem in →*Medical Centers* zum Einsatz.

Mission Star
Missionspunkte, die MIETRA-Soldaten (→MIETRA) für besondere Leistungen bei Kampfeinsätzen verliehen werden.

Modus-D
Beginnende Desintegration sensorischer und kognitiver Verarbeitung bei neuronal überforderten →*Controllers*.

MoldeGun
Abkürzung für *Molecular Decomposition Gun*. Kanonen auf dieser Basis lösen im anvisierten Ziel mikroskopisch kleine raumgeometrische Verzerrungen aus, wodurch chemische Bindungskräfte im näheren Umfeld temporär überwunden und molekulare Verbände auseinandergerissen werden. Mit einem derart verlängerten »Schneidbrenner« können innerhalb kürzester Zeit massive neuronale Schäden verursacht werden, wenn damit auf den Kopf eines Gegners gezielt wird. Kommt in Verbänden der →Systemüberwachung zum Einsatz.

Morning Dew
Waisenprogramm des →*Natural Way of Life*, um *Sensitiven* (→*Sensitiva*) heranzubilden.

Nanodriller
Auch *Driller* genannt. Eine von der →*Force of Nature* eingesetzte Granate mit winzigen, wenige Atomlagen dicken Metallspindeln, die durch Hohlladungen getrieben werden und das Nanogefüge eines →*Hypertroopers* durchstoßen. Aufgrund der hohen Anzahl an Spindeln besteht eine gewisse Wahrscheinlichkeit, dass sie eine kritische Menge an Antimaterie-Feldern perforieren und so eine Annihilation auslösen.

Nanoformer
Nanotechnologische Strukturelemente, aus denen sich die *Smartex*-Kampfanzüge (→*SmartExoSkin*-Anzug) der →Systemüberwachung zusammensetzen.

Nanokonvertierung
Transformation eines biologischen Organismus in ein aus →*Synthecells* bestehendes synthetisches Pendant mit Hilfe von →*Nascrobs*.

Nascrob
Abkürzung für *Nanoscale Robot*, einer Kleinstmaschine auf nanotechnologischer Basis. *Nascrobs* werden sowohl in zivilen Bereichen (Gebäudebau, Nahrungsaufbereitung, →*Proxybots*), als auch im medizinischen (→*Nascrozyten*) und militärischen Umfeld (→*Hypertroopers*, →*Hyperceptors*) genutzt.

NascroRip
Eine oft komplementär zu *ThermoPulse*-Kanonen (→*ThermoPulse*) eingesetzte Technologie, mit denen vor allem Geschosse ausgerüstet werden. Zwar kommen diese nicht an die physische Zerstörungskraft anderer annexeanischen Waffen heran, doch dafür sind sie absolut tödlich, falls sie die Panzerung eines Kriegers durchdringen. Sie führen →*Nascrozyten* mit sich, die nach ihrer Aktivierung im Nervensystem und im Blutkreislauf des Feindes Schäden verheerenden Ausmaßes herbeiführen und binnen kurzer Zeit einen qualfreien Tod zur Folge haben. Zur Unterbindung

von *Reverse-Engineering*-Versuchen und zur Vermeidung von unbeabsichtigten Ausbreitungseffekten lösen sie sich danach in ihre Einzelteile auf. Wird in Verbänden der →Systemüberwachung eingesetzt.

Nascrozyt
Ein in biologischen Systemen aktiver →*Nascrob*, wie er etwa in →*BioBounds-Extender*-Trägern zur Beseitigung von Zellschäden genutzt wird.

Natural Way of Life
Matriarchalische Vereinigung (auch →Schwesternschaft oder →*Sisterhood* genannt). Vertritt eine Lebensweise nach alten Werten, hält sich nach außen hin aber über ihre Philosophie bedeckt. Die nur aus Frauen bestehende Anhängerschaft setzt sich zu einem großen Teil aus *Sensitiven* (→*Sensitiva*) zusammen, die in *Sisteries* (→*Sistery*) aufwuchsen. Für leitende Funktionen sind Priesterinnen (→*Suprima*) zuständig. Verfechter des *Natural Way of Life* finden sich vor allem in den abgeschotteten Zonen der Schwesternschaft und in →Annexea.

Neurokoppler
Komponente, die das menschliche Neurosystem mit einer externen Struktur, etwa dem →VINET, verbindet. Beispiele dafür: →*Neurolink*, →*Inducer*.

Neurolink
Neuronale Ankopplung an das globale Kommunikationssystem (→*Anthrocom*). Ermöglicht die Ausführung von simplen Funktionen wie das Absetzen und Annehmen von Anrufen, das Verfassen von Nachrichten, das Abfragen von Wegbeschreibungen, die Steuerung des →*Ambience Systems* und Ähnliches.

Neurolinkon
Über neuronale Ankopplung (→*Neurolink*) mit dem globalen Kommunikationssystem (→*Anthrocom*) verbundener, permanent interagierende Bürger.

Nossa
Ein →*Tribes-Clan*, der unter anderem in Feindschaft mit den →*Makka* lebt.

NWoL
Kurzform für →*Natural Way of Life*.

Observer
Aufklärungsdrohne der →Systemüberwachung, die mit einem Flugkörper auf vordefinierte Höhe gebracht wird und von dort an einem lenkbaren Gleitschirm zu Boden schwebt, um das Terrain einem detaillierten Scan zu unterziehen.

Omega-Symbol
Kennzeichen für den →Ultraismus. Das Omega (Ω) symbolisiert die Sublimierung des aszendologischen Geistes (→Aszendologie, →Geist).

Overlay-Linsen
Kontaktlinsen zur Bedienung von Kommunikationsinterfaces (wie dem →VILINK in →Annexea oder den Gäste-Stirnreifen in →Anthrotopia).

Pack Leader
Ein über ein Funkinterface mit →*Force*-Züchtungen in Verbindung stehender Spezialkrieger der →*Force of Nature*. *Pack Leaders* nehmen meistens nicht aktiv an Kämpfen teil, sondern beschränken sich auf die Koordination und Zielfixierung ihrer Tiere.

Persönlicher Assistent
Siehe →Virtualbewusstsein.

Persönlichkeitsscan
Periodische Neurosimulationen in →Annexea und →Anthrotopia, um ein Mindestlevel an sozialen und ethischen Werten bei den Bürger zu garantieren. Mit ihnen werden humane Faktoren überprüft, Eigenschaften wie etwa Mitgefühl, Empathie, Altruismus und Fairness. So kann ein produktives, gewaltloses Umfeld sichergestellt werden, ohne das Recht auf freie Meinung einzuschränken.

Physical Hall
Reale (also nichtvirtuelle) Sportumgebung mit *Neurolink*-Anbindung (→*Neurolink*).

PlummetStrike
Angriffsdrohne des →*Hypercorps* mit kombiniertem Gefechtskopf (→*ThermoPulse* und panzerbrechende Fusionsladung), die mit einem Flugkörper auf vordefinierte Höhe gebracht wird, sich zunächst geräuschlos in die Tiefe fallen lässt, und dann ihr Triebwerk zündet, um auf Kollisionskurs mit einem markierten Bodenziel zu gehen. Wird in Verbänden der →Systemüberwachung eingesetzt.

Präannexeanische Zeit
Menschheitsgeschichte vor der Gründung des Städtebundes →Annexea.

Primen
Saatzellen, die bei ihrer Aktivierung eine sofortige Heranbildung von →*Hypertroopers* auslösen, falls sich in der Nähe ein ausreichendes Reservoir an →*Materia Constructa* vorfindet. Sie stellen im Grunde spezielle →*Core Units* dar.

Probing
Verfahren, bei dem das Umfeld mit einem breiten Spektrum gepulster, elektromagnetischer Wellen abgetastet wird, um getarnte Kräfte der →Systemüberwachung aufzuspüren. Wird vor allem von der →*Force of Nature* eingesetzt.

Progressiver
Als einen »Progressiven« bezeichnet man einen Anhänger des progressiven Ultraismus (→Progressiver Ultraismus).

Progressiver Ultraismus
Eine Strömung des →Ultraismus, die sich unter anderem mit den Grenzen des Denk- und Erfassbaren auseinandersetzt und technischen Entwicklungen überaus aufgeschlossen begegnet. Angehörige dieser Fraktion zeichnen sich vor allem durch unermüdlichen Arbeitseifer und enorme Willenskraft aus, verfügen fast ausnahmslos über →*BioBounds-Extender* und nutzen das →VINET als Trainings- und Forschungsplattform. Durch ihre hohen Abstraktionsfähigkeiten sind sie die treibenden Kräfte im aszendologischen Gremium (→Aszendologisches Gremium). Oft werden sie aber als elitär und unnahbar eingestuft.

Proxybot
Ferngesteuerte Androiden, die es →Annexeanern erlauben, an entfernten Orten in physischer Form aufzutreten. Aufgrund ihres täuschend echt an die Originalpersonen angepassten Aussehens (Körper, Gesicht, Bekleidung) und den weitgehend authentischen Bewegungen werden sie vor allem dort benutzt, wo Holografien unzureichend wären. Den höchsten Grad an Perfektion erreichen anthrotopische *Proxybots*: Bei ihnen kommt ein Teil jener Technologie zum Einsatz, die ursprünglich für →*Hypertroopers* entwickelt wurde.

Prüfungsrat von Anthrotopia
Eine aus der integersten Bürgerschaft von →Anthrotopia jedes Mal neu zusammengestellte Instanz (ein Kontrollgremium), die sicherstellt, dass der →Rat von Anthrotopia keine Entscheidungen trifft, die moralisch fragwürdig sind.

Psychic Storms
Wellenartige Erregungspotenziale bei ACI-Geblockten, die sich langsam bis zu einem psychischen Ausnahmezustand aufschau-

keln und dann einen Großteil der zerebralen Strukturen lahmlegen. *Psychic Storms* (manchmal auch schlicht *Storms* genannt) wurden erstmalig bei der nanokonvertierten Lucy Hawling beobachtet (→Nanokonvertierung).

Psychodämpfung
Siehe →ACI-Blocker.

Rat von Anthrotopia
Ein aus neun Mitgliedern (acht regulären Vertretern und einem →Mediator) bestehendes Gremium, das die Lenkung und strategische Ausrichtung der Stadt →Anthrotopia innehat. Voraussetzung für die Aufnahme im Rat sind besondere Verdienste um die Gesellschaft sowie ein vorbildliches Ergebnis bei regelmäßig durchgeführten →Persönlichkeitsscans. Um sicherzustellen, dass Entscheidungen nicht aus eigennützigen oder kontraproduktiven Beweggründen getroffen werden, müssen sämtliche Beschlüsse durch einen Prüfungsrat (→Prüfungsrat von Anthrotopia) genehmigt werden. Zu Beginn der Handlung setzt sich der Rat von Anthrotopia aus folgenden Personen zusammen: Will de Soto (Vorsitzender), Ted Hawling, Thomas Kaler, Greg Nilsson, Esther Diederich, Athena, Matt Lexem, Angela McLean, Aleph (Mediator).

Relaxing Lounge
Ein abgetrennter Bereich mit →*Relaxiseats*, vor allem in öffentlichen Einrichtungen und Bars, der einer ungestörten Interaktion mit dem →*Neurolink* dient.

Relaxiseat
Bequemer, selbstkalibrierender Sitz, der über →*Neurolink*-Rückmeldungen eine perfekte Ausrichtung und Passform gewährleistet.

Rest der Welt
Der überwiegend von →*Tribes-Clans* und der →*Force of Nature* beherrschte unkultivierte und kriegerische Teil der Menschheit außerhalb des annexeanischen Territoriums (→Annexea).

Rhenium
Interner Abteilungsname für das Projekt →*Telos* im →*Medical Research Center*.

RILA
Abkürzung für *Raw Interaction Layer*. Ein in einem isolierten anthrotopischen Komplex (→Anthrotopia) verfügbares maschinell generiertes Vermittlungsinterface zwischen Menschen und den peripheren Subsystemen der →LODZOEB, eine Art Simultaninterpreter, der verbale Eingaben in ein für die zweite Ordnungsebene kompatibles Muster überträgt und Reaktionen darauf wieder in die menschliche Sprache zurückführt. Aufgrund der fundamentalen Unterschiede zwischen den Ordnungsebenen liefert dieses Interface allerdings meistens derart rätselhafte Antworten, dass es so gut wie nie zum Einsatz kommt.

Ringkernstadt
Eine sich von innen nach außen vergrößernde Stadt in →Annexea, die in ringförmige Bereiche unterteilt und von einem Verteidigungsgürtel umgeben ist. Die Bezeichnung geht auf das konzentrische Wachstum an den Außenzonen und auf den von einem Abwehrring beschirmten Kern zurück. Ursprünglich »Bollwerk« genannt.

Schwärmerdrohne
Fingernagel- bis handtellergroße Aufklärungs- und Angriffsdrohne, die weitgehend autonom ein selektiertes Ziel ansteuert. Ihr häufigster Einsatzzweck ist die Aktualisierung von taktischen MIETRA-Karten (→MIETRA), meistens gemeinsam mit anderen Schwärmerdrohnen. Technologie der →Systemüberwachung.

Schwesternschaft
Alternative Bezeichnung für →*Natural Way of Life*.

Security Hub
Isoliertes Sicherheitszentrum der →Systemüberwachung, in denen gefährdete, aber auch verdächtige Personen untergebracht werden.

Sektor
Ein zuordenbarer Kreisabschnitt, der in Kombination mit dem →*District Ring* die grobe Position einer annexeanischen Wohneinheit (→Annexea) ergibt. Siehe auch →Adressschema.

Sensitiva
Angehörige des →*Natural Way of Life*, die nach dem Kodex der Schwesternschaft erzogen wurde.

Silver Jack
Ehrenabzeichen für MIETRA-Soldaten (→MIETRA), wenn sie eine bestimmte Anzahl an →*Mission Stars* gesammelt haben.

Sisterhood
Alternative Bezeichnung für →*Natural Way of Life*.

Sistery
Abgeschiedene Gemeinschaft des →*Natural Way of Life*, in dem unter anderem *Sensitiven* (→*Sensitiva*) herangebildet werden.

Smartex-Anzug
Siehe →*SmartExoSkin*-Anzug.

SmartExoSkin-Anzug
Kurzform *Smartex*-Anzug. Ein Kampfanzug der →Systemüberwachung, der durch nanotechnologische Strukturelemente hohen Schutz vor Verletzungen durch konventionelle Waffen bietet und in Kombination mit Neuroimplantaten die wichtigsten mensch-

lichen Sinne verstärkt. Er wird wie ein Volllatexanzug über den gesamten Körper gezogen, einschließlich des Kopfes. Durch die →*Nanoformers* bilden sich sofort an Nase, Mund und Ohren Öffnungen sowie über den Augen ein transparenter Sichtbereich aus. *Smartex*-Anzüge vom *Camouflage*-Typ bieten Tarnkappen-Funktionalität.

Storms
Kurzform für →*Psychic Storms*.

Strategiefechten
Eine hauptsächlich in →*Physical Halls* praktizierte Sportart in →Annexea und →Anthrotopia. Dabei kommt ein Griffstück ohne Klinge zum Einsatz, das mithilfe eines →*Neurolinks* (oder eines anderen Interaktionsgeräts) zu einer virtuellen Waffe vervollständigt wird. Ziel ist es, durch Treffen von eingeblendeten Feldern möglichst viele Punkte anzusammeln und den Gegner am Sammeln eigener Punkte zu hindern, indem er mit der virtuellen Klinge getroffen wird. Je nach Zugfolge (Bauernlauf, Kavalierreigen, Rittermarsch, Läufersprint, Kardinalschritt, Königsgang) unterscheiden sich die erreichbaren Punkte.

Strukturismus
In →Annexea und →Anthrotopia verbreitete Weltanschauung, die nur das mit den Sinnen Fassbare als wissenschaftliche Basis akzeptiert und die menschliches Bewusstsein ausschließlich auf die »Verschaltung« von neuronalen Zellen zurückführt. Das Zeichen der Strukturisten ist das griechische Delta, ein Symbol für die Zerlegung der Materie bis in kleinste Dimensionen. Vertreter dieses Lagers betrachten die Hightech als die *Via Regia*, mit der früher oder später auch die Überwindung des Todes gelingen soll.

Strukturisten sind eifrige Nutznießer technischer Hilfsmittel (wie etwa von →*BioBounds-Extendern*, →*Neurolinks* und →*Inducern*), verstehen Anthrotopia als den Zenit menschlicher Entwicklung und erachten die →Nanokonvertierung als annehmbaren Kompromiss, um die Probleme des zellularen *Breakdowns*

(→*Cellular Breakdown*) zu umgehen. Philosophien, die sich mit transzendenten Aspekten auseinandersetzen, halten sie für obsolet und irreführend. Ihrer Meinung nach haben sie sich im Laufe der Menschengeschichte ergeben, um die Angst vor einer unweigerlichen Auslöschung durch den Tod besser verkraften zu können. Der Strukturismus missbilligt daher die →Ideenmetrik und die →Aszendologie.

Strukturist
Vertreter des →Strukturismus.

Suprima
Priesterin des →*Natural Way of Life*.

Synthecell
Synthetisches Pendant zu einer organischen Körperzelle, die von *Telos-Nascrobs* (→*Nascrob*) im Rahmen der →Nanokonvertierung transformiert wurde.

Systemüberwachung
Eine eng mit →Maschinenintelligenzen zusammenarbeitende Kontrollinstanz →Annexeas, die effektiven Schutz vor inneren und äußeren Gefahren bietet und dabei dennoch die Privatsphäre der Bürger wahrt. Sie umfasst die interne Überwachung (→*Interna*), die externe Überwachung (→*Externa*), das ARMOR-System (→ARMOR) und das →*Hypercorps*.

Telos
Internes Forschungsprojekt in →Anthrotopia, das sich mit der Überwindung des →*Cellular Breakdowns* auseinandersetzt und nach Fehlschlägen bei der Weiterentwicklung des →*Bio-Bounds-Extenders* das Verfahren der →Nanokonvertierung hervorbringt.

ThermoPulse
Abkürzung für *Thermo Transfer Tunnel for Highly Energetic Pulses*. Waffen von dieser Machart bauen Mikrotunnel zum Transfer von hochenergetischen Thermopulsen auf, die so gut wie jedes materielle Konstrukt durchschmelzen. Dadurch erhitzen sich punktförmige Areale auf der Oberfläche von Zielobjekten innerhalb von Sekundenbruchteilen um mehrere Tausend Grad. Wird in Verbänden der →Systemüberwachung eingesetzt.

Throttled-ACI-Virtufaktserie
Ein früher Virtufaktzyklus (→Virtufakt) von Lucy Hawling, der sich mit reduzierter →Psychodämpfung auseinandersetzte.

Transit Ring
Ein oder mehrspurig angelegte Fahrbahnen für →*Guided Taxis* und andere Transportmittel in annexeanischen Ringkernstädten (→Ringkernstadt). Siehe auch →Adressschema.

Transitschlaf
Künstlich herbeigeführte Bewusstlosigkeit, die im annexeanischen Teil der Welt (→Annexea) der Verschleierung geografischer und militärischer Details von Hochsicherheitszonen dient. Da man die gesamte Große Stadt als eine derartige Zone betrachtet, ist jede Zu- oder Abreise in →Anthrotopia mit einem Transitschlaf verbunden.

Triangulum-Serie
Virtuelle Konferenzräume (→VINET), die das Dreieck als Grundelement thematisieren. Es wird unterschieden zwischen *Triangulum Convexum*, *Triangulum Concavum* und *Triangulum Verum*.

Tribes
In Clans unterteilte kriegerische Siedler im →Rest der Welt. Da sie weitgehend primitiv bewaffnet sind, kaum über fortgeschrittene Infrastruktur verfügen und nur wenig Koordinationsvermögen

besitzen, ist ihnen die →*Force of Nature* an Effizienz und Schlagkraft weit überlegen.

Trooper
Kurzform für →*Hypertrooper*.

Ultra Nova Group
Lose Interessensgemeinschaft von Ultraisten verschiedener Strömungen, durch die oftmals unkonventionelle Perspektiven eingebracht werden.

Ultraismus
Eine auf der →Aszendologie (und der →Ideenmetrik) basierende Denkart, die das biologische Leben als ein Resultat höherer Prozesse betrachten, in deren Folge sich →Geist (Persönlichkeitskerne) sukzessiv nach oben entwickelt und verfeinert. Geburt und Tod sind keine singulären Ereignisse, sondern dienen einer losen Kopplung zwischen der biologischen Existenz und dem geistigen Konnex.

Für Ultraisten ist das irdische Umfeld ein Aspekt des abstrakten →Ideenmodells, das seinerseits wiederum eine konkrete Ausprägung des übergeordneten →Ideenkomplexes (auch →Fürstentum genannt) repräsentiert. Eine permanente Bindung des Menschen an die Materie liegt nicht in ihrem Sinn, da dies einer effektiven Weiterentwicklung des Geists im Wege stünde. Daraus ergibt sich die konsequente Ablehnung der →Nanokonvertierung.

In der Frage, ob die »Implantation« eines →*BioBounds-Extenders* kontraproduktiv für die überzeitliche Entwicklung eines Persönlichkeitskerns ist, sind sich die Ultraisten uneinig. Einige Strömungen (zum Beispiel die gemäßigten und die progressiven Ultraisten (siehe →Gemäßigter Ultraismus und →Progressiver Ultraismus)) sehen darin keine Probleme, da sich der biologische Tod damit nur hinauszögert. Konservativere Strömungen hingegen, wie etwa der freie Ultraismus (→Freier Ultraismus), lehnen den *Extender* ab.

Die Hightech der Großen Stadt (→Anthrotopia) wird nur

von wenigen Anhängern missbilligt (→Alt-Ultraismus). Der Rest steht technischen Innovationen aufgeschlossen gegenüber. Manche Ultraisten (insbesondere progressive Vertreter) zählen sogar zu den führenden Wissenschaftlern des Städtebundes (→Annexea).

Ultraist
Vertreter des →Ultraismus.

Ultraistisches Komitee
Ein Ausschuss, der den gemeinsamen Nenner aller Ultraisten (→Ultraismus) definiert. Von zentraler Bedeutung sind dabei die grundsätzlichen Ansichten der Gruppe nach außen hin, losgelöst von ideenmetrischen Details (→Ideenmetrik). Formell wird das Komitee unter dem Vorsitz eines gewählten Mitglieds geführt. Häufig handelt es sich dabei um einen freien Ultraisten (→Freier Ultraismus).

Unit
Alternative Bezeichnung für Wohneinheit.

Urban-Trooper
Ein hauptsächlich für Kämpfe in Ballungszentren konstruierter →*Hypertrooper*, der kleiner als ein →*Field-Trooper* und deshalb wendiger ist (Körpergröße von über einhundertneunzig Zentimetern).

V-Space
Kurzform für *Visualization Space*. Holografische Anzeigeeinheit, die oft in Tischen und Pulten verbaut ist. Virtuelle Pendants dazu finden sich in VINET-generierten Konferenzräumen (→VINET).

Veloseat
Ein speziell für Reisen konstruierter, autonom seine Form anpassender Komfortsitz (→*Relaxiseat*) in Transportmitteln wie →*Guided Taxis*.

Venom Treaty
Formales Abkommen zwischen der →*Force of Nature* und Kräften des Rests der Welt (→Rest der Welt), durch das kurzzeitige Verbündete an Stillschweigen gebunden werden. Um das zu garantieren, wird den Betreffenden ein Dosierungssystem (Injektor) mit kompliziertem Innenleben angelegt, welches laufend neues Gift produziert, es dem Körper zuführt und später durch das Verabreichen von Gegenmitteln in feinen Dosen wieder neutralisiert (→*Dotierung*). Wird der Injektor gewaltsam entfernt, ohne die Wirkung der aktiven Toxika aufzuheben, so stirbt der Träger.

VILINK
Ein auf Sensoren basierendes annexeanisches Kommunikationsinterface (→Annexea) zur externen Anbindung an die Basisfunktionen des →VINETs, das keinen →*Neurolink* erfordert.

VILINK-Stirnreif
Stirnreif für →Annexeaner, mit dem die Basisfunktionen des →VINETs abgerufen werden können. Anders als beim anthrotopischen Stirnreif (→Anthrotopischer Stirnreif) erfolgt die Ansteuerung nicht über einen →*Neurolink*, sondern über Sensoren (→VILINK).

VINET
Kurz für *Virtual Interaction Environment*. Eine künstliche Interaktionsumgebung für →Annexeaner und →Anthrotopier, die sowohl der Unterhaltung (→Virtufakte) als auch der produktiven Zusammenarbeit (VINET-Konferenzen, →*Cogito*) und der Fortbildung (→*Induca*) dient. Wird bevorzugt mittels →*Inducer* angesteuert. Falls ein solcher gerade nicht verfügbar ist, weicht man auf →*Neurolinks* oder holografische Systeme aus.

Virtual Herold
Mediengesellschaft in →Annexea.

Virtualbewusstsein
→Maschinenintelligenz für persönliche Interaktionen, wissenschaftliche Analysen, Forschungsarbeiten und ähnliche Aufgaben. Alternative Bezeichnung: persönlicher Assistent. Jedem anthrotopischen Bürger steht ab einem bestimmten *Cogito*-Level (→*Cogito*) ein solcher Assistent zur Verfügung.

Virtufakt
Ein im Rahmen des →VINETs erlebbares, oftmals die eigene Person einbindendes Szenario, das idealerweise über einen →*Inducer* abgespielt wird und aktiv auf neuronale Reaktionen des Partizipanten reagiert. Dadurch entstehen ganzheitliche, emotionale, auf allen Sinnen basierende Schauspiele mit höchst individuellen Verläufen. Virtufakte werden üblicherweise von Virtufaktkünstlern gestaltet.

Vortexpunkt
Ein Terminus der →Aszendologie. Treibende Kraft eines →Fürstentums, die der ideenkonformen Ausrichtung von Welten und Geisteselementen (→Geist) sowie der Bündelung von Wirkprozessen dient. Vortexpunkte existieren an räumlich gestreuten Positionen eines Fürstentums und decken seinen gesamten Einflussbereich ab. Wie sie entstehen – ob sie sich aus hochentwickelten Wesen oder durch spontane Dynamikprozesse bilden – ist unklar. Die →Ideenmetrik arbeitet in dieser Hinsicht mit mehreren Modellen.

War-Cat
Eine von der →*Force of Nature* für Kampfeinsätze gezüchtete Großkatzenart (→*Force*-Züchtungen). Umgangssprachlich auch →*Force*-Katze genannt.

War-Crow
Eine von der →*Force of Nature* für Kampfeinsätze gezüchtete Krähenart (→*Force*-Züchtungen).

War-Dog
Eine von der →*Force of Nature* für Kampfeinsätze gezüchtete Hundeart (→*Force*-Züchtungen).

Warrior Controller
Soldaten der →MIETRA, die über →*Hyperconnectors* in Verbindung mit Kampfrobotern stehen (→*Hypertroopers*). Dabei projiziert das ARMOR-System (→ARMOR) die Statusimpulse der Maschinen auf die haptische Sensorik bestimmter Körperregionen. Auf diese Weise kann ein *Controller* den Aktivitätsgrad von theoretisch bis zu fünfzehn Kampfrobotern verarbeiten, ohne dabei sein virtuelles Sichtfeld zu reduzieren.

Weltenmodell
Ein Terminus der →Aszendologie. Auch →Ideenmodell genannt. Das Weltenmodell stellt eine konkrete Ausprägung des übergeordneten →Ideenkomplexes dar, die eine Welt oder Realität ausmacht (zum Beispiel die irdische Umgebung). Ein Großteil der dabei ablaufenden Vorgänge findet seinen Niederschlag im →Wirkungsraum. Hierarchisch betrachtet ist das Weltenmodell die kleinste Struktur des allumspannenden →Weltenraums (→Ideenraum).

Weltenraum
Ein Terminus der →Aszendologie. Auch →Ideenraum genannt. Hyperraum mit hoher Dimensionalität, in dem abstrakte Grundkonzepte auf eine Art umgesetzt werden, dass Distanzfunktionen ein Maß für die Vereinbarkeit von Weltenmodellen definieren. Jeder Punkt des Raumes entspricht dabei einem →Weltenmodell (auch →Ideenmodell genannt).

Wirkungsraum
Ein Terminus der →Aszendologie. Jener dem →Weltenmodell (also einer Welt) zugeordneter Hyperraum, in dem die Wirkprozesse einer Realität ihren Niederschlag finden. Die genaue Abbildung zwischen Welten und Wirkungsräumen ist unklar. So könnte jeder besetzte Punkt im →Weltenraum mit einem eigenständigen Wirkungsraum verbunden sein oder auch nur jedes →Fürstentum. Sogar der Konnex zu noch größeren Regionen ist denkbar. Einige sehen in der wahrgenommenen Realität eine ideenabhängige Projektion des →Wirkungsraums.

World Mirror
Mediengesellschaft in →Annexea, der unter anderem die Journalistin Helen Fawkes angehört. Zu Beginn der Handlung ist Joe Gärtner Chefredakteur des *World Mirror*.